1938 The Past Days In SHANGHAI

上海往事

杨植峰 著

团结出版社

©团结出版社，2025 年

图书在版编目（ＣＩＰ）数据

　1938 上海往事 / 杨植峰著.-- 北京：团结出版社，
2016.1（2025.7 重印）
　　ISBN 978-7-5126-2413-9

　　Ⅰ. ①1… Ⅱ. ①杨… Ⅲ. ①长篇小说－中国－当代
Ⅳ. ①I247.5
　　中国版本图书馆 CIP 数据核字(2015)第 295282 号

策划编辑：梁光玉
责任编辑：何　颖
封面设计：谭　浩

出　　版：团结出版社
　　　　　（北京市东城区东皇城根南街 84 号　邮编：100006）
电　　话：（010）65228880　65244790　（出版社）
　　　　　（010）65238766　85113874　65133603（发行部）
　　　　　（010）65133603（邮购）
网　　址：http://www.tjpress.com
电子邮箱：zb65244790@vip.163.com
经　　销：全国新华书店
印　　装：三河市东方印刷有限公司

开　　本：170mm×240mm　　16 开
印　　张：24.25　　　　　　字　　数：365 千字
版　　次：2016 年 1 月 第 1 版　　印　　次：2025 年 7 月 第 2 次印刷

书　　号：978-7-5126-2413-9
定　　价：69.00 元
　　　　　（版权所属，盗版必究）

目　录

第一章

只说流光容易，匆匆便到了九月，秋分已过了两天。前几日，上海人还在打赤膊，抱怨秋老虎太毒太凶，不期周末就来了强冷空气，连砸几场雷阵雨后，气温跌到只有18度，不及添衣的，都冻出了鸡皮疙瘩。于是，满城都在翻箱倒柜换季忙了。

下午两点时，一辆褐色的新型卡迪拉克轿车开进了法租界"金凤记娱乐总会"。轮子碾过湿漉漉的细石子车道，躺满路面的黄叶，趁势贴到黑色的车胎上。车刚停稳，一个细瘦的男子就撑开伞，迎了上去。他是赌场的当手赵善纯。只见他左手持伞，右手拉开后门后，胳膊就势一伸，让后座的乘客扶住。苍灰的天幕下，雨势稍歇了，树梢还在滴水，打在伞顶，噼啪作响。

车里的人，正是赌场的本家金石寒。他躬身下车时，赵善纯的鼻子里，飘进一股樟脑和雪茄的混合气味。他穿件茶叶色的英国料子哔叽夹袍，熨得笔挺，翻起的袖口雪白，显然是刚刚换上的秋衣。赵善纯刚要开口寒暄时，金石寒直起身，右臂弯里露出一团毛茸茸的东西。定睛一看，见是条咖啡色的小狗，瘦瘠瘠的小脸，眼球鼓突出来，快有乒乓球般大。小狗一见赵善纯，"汪"地吠一声。赵善纯措手不及，朝后一闪。

金石寒呵呵呵地一阵笑，胸腔嗡嗡作响。站稳后，松开赵善纯的袖管，抚摸起小狗的脑袋道："怎么样，这狗灵光吧，叫吉娃娃狗，鼻子那个灵敏啊，就针尖这么大的一点点烟土，随便你怎么藏好了，都给你找出来。哈哈哈，不错不错，上星期法国总领事夫人送我的。"

法国总领事夫人，金凤记的常客，也是赌场最要巴结的。赌场有几个包赢不输的贵客，她是其中的一位。上海的赌场大多开在法国地界，那里掌握立法的总董，掌握外交的总领事，掌握执法的警察局长，通通对帮派友好，因为都被收买了。结果再大的赌场，想开就开。到了孤岛初期的 1938 年，就是故事发生的这一年，终于出现了集大成者，就是这家"金凤记娱乐总会"。

赵善纯恍然大悟道："原来是总领事夫人送的，怪不得，瞧这伶俐劲儿。"面对着狗狗的金鱼眼，总领事夫人的肉感形象，蓦地兜上心头。她总是和衣服有仇似的，让见了她的人，都要遐想联翩起来。金石寒对她是经年累月地憧憬，一见她身影，就赞叹不停。现在，她居然送了他一只小狗。而他呢，虽然从来没对小动物有些许的兴趣，居然也狗不离身了，谈起狗时，笑声还如此的愉悦，难道不是很有深意吗？赵善纯这么想着，朝那只狗耸眉挤眼地微笑，摆手，憋着嗓子招呼，却不敢去碰，原来是小时候给狗咬过，一直怕。他高举着伞，绕到金石寒的右手，躲着狗。赵善纯是个瘦子，那年代的上海，瘦子触目皆是，但他是瘦中翘楚，脸颊都没了，剩下两个窟窿，嘴突了出来。头顶留两片瓦的中分发型，发质粗硬，抹了发油，还很不服帖。因为脸条子细，更显得头发茂盛。他的身子像支铅笔，穿一件烟灰色的阴丹士林布长衫，大概有几年旧了，说是不褪色的料子，也褪得七七八八了，肘子处磨得有些稀薄。长衫在他身上，总是显大，一走路就晃动起来，里头像包着一团空气。为怕溅到地上的泥水，他左手举伞，右手把长衫撩得很高，露出两条麻秆细腿。

被赵善纯一衬托，金石寒几乎像个金刚了。他高出赵善纯大半个头，后者只好把举伞的胳膊，撑得旗杆一般直。他的肩背让人想起沙包，躯干像榕树桩。在岁月的砍斫下，腰身放大了，肌肉松懈开来，脊梁弓起，脖子越发不明显，脑袋仿佛直接搁在了肩膀上，三十年前的彪悍只留下依稀残影。那时他一身短打，挽着袖管，手持棍棒，在码头、货栈、赌档里与人大打出手。他有个茶盘大的脸庞，单眼皮，大蒜鼻，脸颊布着一些凹坑，是天花的遗痕，好在脸色酱紫，才不至明显。他的耳朵却小巧得犹如两朵蘑菇，与大脸不成比例，左耳的顶端缺个小口，但他并不在意，把黑白夹杂的头发剃到只有半寸短，任由那小小缺陷暴露，可见极度自信，而自信又增添了威严。

金凤记开在巨籁达路近古拔路，用今天的路名说，就是巨鹿路近富民路。那是个占地宏大的花园，里头有三四幢建筑。主楼三层，赌场就设在里头。

车停得靠主楼近，两人走了几步路，鞋也不湿，就进了赌场。门厅里聚着一群穿中山装的看场，见金石寒进来，在领班的带领下，都朝他鞠躬，七嘴八舌请安。金石寒每月只来一两次，日常管理，都托付给了赵善纯。所以，赌场的职员见到他的机会不多。他们见金石寒身上多了条小狗，心里好奇，却不敢多嘴。在帮会大众眼里，金石寒是个高不可攀的人物。

赌场的一楼是接待普通客人的，东厅玩传统式赌台：牌九、番摊、押宝、"大小"、麻将、挖花等。西厅是进口的赌博机器：吃角子老虎机、扑克机、高尔夫机，等等，另外还出售"金露彩票"。金石寒见里头人头攒动，笑语喧喧，吊起了兴致，在每个中式赌台前都流连一会儿，看着赌客们脸红脖子粗地吆五喝六，心情越发舒畅了。他打年轻时起，就在小东门的赌场里看场子，凭着拳头加脑子，一步步混到青帮的高层。赌场的氛围，最让他亲切和放松。

一楼巡视完，两人便到了后面，顺楼梯上二楼的贵宾厅。楼梯口也布置了三个身材魁梧的看场，见了金石寒，又是一番诚惶诚恐的躬身请安。

二楼的气氛就截然不同了。东首满铺着紫红织花的厚地毯，四壁乌亮亮包着柚木护墙板，头顶是星雨般的水晶吊灯，墙上挂着西洋油画，东一丛、西一丛地摆着鲜花。煌煌灯光下，混沌沌到处弥散着雪茄、美酒、脂粉的绵软气息。大厅中间摆一台西洋轮盘赌台，四周有各式中西式赌台：牌九、二十一点、沙蟹、杰克扑、骰子等。金石寒进去时，赌客里男女大约参半。他眼神毒，一眼能看出女客人中哪些是阔人的眷属，哪些是娱乐界的红星，哪些是欢场女人。下午这个时间段里，总是女人有闲，男人忙碌，所以脂粉盖过了雪茄。等到晚上八点一过，情况就颠倒过来，往往是女人有事，男人作乐了。那个时候，男客人的比例，就会压倒性超过女客人。任你多有钱的人，到了金凤记的贵宾厅，都不觉得自己有钱。但除去有钱这一点之外，豪客们是各领风骚、鱼龙混杂的一群，有过气的军阀政客、前清的遗老遗少、工商巨贾、洋行买办、贵妇名媛、当红舞女、明星戏子、帮派大佬。有钱人是喜欢扎堆的，一是同类在一起安全，二是交换资源方便。金石寒最得意的是，金凤记地位已很难撼动了。

穿着白围兜的女侍们在客人中周旋。她们有撒娇的武器，见了大老板，就没男职员那么畏缩。一见金石寒臂弯里小狗，都大惊小怪起来，跑过来将他团团围住，七嘴八舌，叽叽喳喳，有摸狗头的，有扯狗尾的，有搔狗脖子的，把个小狗撩拨得激动起来，尖声乱吠。赌客们被骚动吸引，也纷纷停手，朝这边张望。金石寒见营业受影响，连声说："好，好，你们忙。"从贵宾厅里退了出来。二楼的西首是一个大休息间，沿墙是一张张的棕黄皮沙发，意大利云石茶几。靠中间摆放许多圆桌和靠椅。香烟、洋酒、咖啡、点心、干湿果点，一概免费取用。两人穿过休息间，径直进了后面的账房间，耳朵立刻半聋了，全是吵成一片的算盘声。

账房间有一扇门，通往金石寒的办公室。他难得来，房间里设有他专用的大写字桌，是森森然的老黄花梨。桌上有阴绿玻璃罩的台灯，沉郁的铜镇纸，文房四宝，一应俱全。他文墨有限，只识得自己的名字，自然不去碰那些劳什子，东西看着年头久远，其实一概都没碰过。待他坐定了，赵善纯便开始了例行功课，汇报这两个星期的营业情况。数字于他，都是烂熟于胸的，但出于习惯，汇报的时候，还是要拿个算盘拨弄着，每说一项内容，先要噼里啪啦打一阵，嘴里念念有词。好像非得这样，说出来的数字，才显得有凭有据："……营业总收入792万元，去掉开销里的接客费210万元，特殊营业税42万元，各处打点红包112万元，职员薪金98万元……"

金石寒打断道："娘的，就剩这点收入了，怎么职员开销还这么高？"

赵善纯瘦归瘦，精神却好，谈起业务，两眼犹如电灯泡，灼灼发亮，手指和嘴皮仿佛通了电，语速也快。金石寒的脑子要非常努力才跟得上，觉得那只狗在大腿上动来动去，干扰自己的思路，便把它放到地下。那狗到了陌生地方，心吊了起来，沿着墙根，小心翼翼地边走边嗅。

赵善纯留神那只小狗，怕它靠近自己，嘴里道："已经减了，可是摊子大，剩下的人还是多，光台面职员就有150人，再减的话，一日两班就不好排了。另外，营业部账房间的职员还有30人，领班20人，抱台脚的稽查60人，男女招待60人，厨房间40人，一共还有360人呢……"

金石寒露出厌烦之色，挥挥手，示意他继续。

"这么算下来，收入减去支出，这两个礼拜的净赚是130万。"

金石寒的心情原本不错，听了赵善纯报出的盈利数字，心情便掩上了阴霾。打个哈欠道："真给东洋人害死了，他们没来的时候，我两个礼拜还不得做一千多万啊。"

"好的时候有一千七八百万呢，"赵善纯道，有些伤感，"以后恐怕不能够了，南市开出了那么多新场子，生意分走太多了。前两天我去那边打眼了，好几个咱们这边辞掉的人，都在那边上班呢。"

"那帮短命鬼，让他们去吧。那种地方，俗得要命。"

"是，是俗气，可派头不小啊，全用上大型霓虹灯广告了，什么'清闲胜地，高尚娱乐'，什么'车接车送，通宵营业'。虽然摊子都不如咱们大，但架不住开得多呀，而且都 24 小时营业。日本人是纵容你开赌场，没一点儿限制，不像法国人规矩多，这也不行，那也不许。"

金石寒半合着眼，喃喃道："得想些什么法子啊。这么下去，可是得坐吃山空啊。"沉默了一会儿，随口问："这些天，没什么有趣儿的事儿？"

"有趣儿？没有……哦，对了，倒是来了一个新客人。"

"才一个新客人？"金石寒一下没明白他的意思。来金凤记贵宾厅消遣的赌客当中，熟客与生客，大约是一半对一半。若放在过去，上海滩这种档次的赌场，生客是极罕见的。偶尔见个陌生面孔，仿佛是件大事。但抗战硝烟一起，东北华北沦陷，达官贵人、工商巨子、遗老遗少从全国各地涌进上海租界躲避，于是，外来的豪客一下猛增，陌生面孔便不再稀奇了。赵善纯突然说来了一个新客人，金石寒觉得奇怪。

"我是说，他不太一样。"

"怎么个不一样法？"

赵善纯转头看门，确定关好了，才说："这人的身家不可估量，单单随身带的数目，已经很吓人了，"他嗓门压得很低，尽管屋里只有他们两个，而且房门紧锁着。

"他带了多少？"金石寒的兴趣吊了起来。

"总有二十四五万的样子——而且全是美金。"

金石寒的眼睛瞪得老大，半天才道："那么多怎么带，装箱子里？"

"真让您说对了。他有只密码箱，走到哪拎到哪，还用一条钢链锁在手腕上。只有在赌钱时，才取下箱子，寄存到兑换台后面的保险柜里。"

金石寒略有疑色："既然锁在密码箱里，你怎么知道的？"

赵善纯一拍腿道："这人过去从来没见过,像是刚从北面下来的。这种生客,不是都要检查嘛。"金石寒这才点点头。赌场里发生过持枪杀人事件,所以立了规定,凡遇到生客或可疑者,一概检查后才能放进场。赵善纯道:"开头他是死也不肯受检,看场的又是非查不可,闹得很僵,后来找我出面。我是赔礼道歉,好说歹说,解释了半天,他才勉强答应了。条件是只许我亲自检查,不能有其他人在场。检查前,还要赌场出具保证书,盖印画押,不得透露箱子里的内容。"

金石寒瞪大的眼睛又合拢了,眯成条缝,沉吟不语。赵善纯不敢打扰,无言地等着。他见那只小狗顺着墙根走来走去,走到一个地方,反复嗅着,原地兜了几圈,突然撩起腿,在地板上撒了一泡尿,不禁"啊"了一声。金石寒一抖,见他表情尴尬,顺他视线看过去,见是这事儿,一仰头,"呵呵呵"地大笑起来。突然收了笑,道:"说下去,你检查了,看见什么?"

"就是刚才说的,美金,满满一箱,全是百元的钞票,一沓一沓整齐码好,摆了两层,每层十二沓,每沓一万元。"

"那一共是多少?"金石寒一听数字脑子就乱。

"箱子里头就是二十四万元,美金。我想他身上还有。跟其他豪客比,他挺特别的,进出再多,都用现金,从来不开支票。"说完,拉开桌子抽屉,取出个信封,从里面抽出一沓七寸的黑白照片,递给金石寒。金凤记为策安全,对陌生的豪客,是要拍照存档的。万一出什么事,可以调动法租界巡捕房和江湖的力量,按图索骥,找到肇事者。

金石寒挨张细看。照片是从远处偷拍的,对象是一个北方模样的男人,三十二三的样子,梳着大背头,眉毛厚重,单眼皮,头发有些长。他那件西装金石寒一看,知道是在华懋饭店楼下惠尔康定制的最新款,胸口插枝红色康乃馨。大多数的照片里,他都在赌台上。有几张抓拍到他拎着一个密码箱,朝门口走去。其中一张是箱子的特写。拎箱子的手上,一只四克拉左右的钻戒,在无名指上熠熠生辉。

赵善纯道:"他走到哪儿都拎着那只密码箱。玩的时候,把箱子存在账房的保险柜里,离开时取走。我怀疑他睡觉时,都把箱子锁在手腕上。"

"你肯定他是头一回来?"

"肯定。他也没熟人，没见他跟其他客人聊天。别说聊天了，好像从来不跟人招呼。住了几天了，没给外面打过一个电话。"赵善纯关照过总机，让记下这位客人的每一句话，却是徒然。

"他住咱们招待所？"

"没错。他说刚来上海，还没来得及找地方。"金凤记的大院里，主楼赌场除外，还有三幢较小的楼房。其中一幢用作员工宿舍，一幢供金石寒歇脚会客，一幢作为招待所，供豪客留宿。

金石寒若有所思地点点头。"他人在场子里吗？"

赵善纯看看表道："刚才没见他。不过该来了，他每天都是这个时候下来的。"

"他叫什么？"

"他姓殷，都管他叫殷先生。"

那小狗在地上走得乏味了，过来扒拉金石寒的腿。他弯腰抱起它，鼻子里嗅到一股臊味，对赵善纯道："不去叫人来把尿擦一擦？"

第二章

　　且不表殷先生在金凤记赌场如何逍遥，过了几日，一艘叫 ANDRE LEBON 号的客轮，从香港驶抵上海的法租界码头。下船的旅客中，有一名二十七八岁的男子，晒成熟麦色的面孔，穿件象牙白的亚麻西装，剪裁得很合体，缝工也考究得很，足蹬白皮鞋，白绸的衬衣领上系条玫红细花真丝领带，把巴拿马草帽压低了戴，眼额藏在阴影里。手里提一只包着铜角的浅菱色皮箱，夹在旅客群里，顺舷梯慢慢下到码头。

　　他这次回到上海，与上次离开，已相隔多年了，因此眼里带着探究。上次走时，长城以南的中国，还是中国人的天下，这次回来，一半的中国，包括首都南京，已经被日本占去了。秋雨刚过，阳光淡薄，像感冒后的病容，地上乌糟糟到处是黑泥浆。举目望去，满世界苍灰色，天是灰的，外滩的建筑群更灰，码头顶上的法国三色旗，便在灰色的压迫下，倦怠地翻动着。身后的江上，铁灰的日本军舰，与美、英、法军舰交杂停泊着，破烂的舢板慢吞吞地穿插其间。由于是法国地界，陆地上没有日军的影子，明面上还一如旧日，鼻子却嗅得出，上海已经不复往昔了。

　　海关是按旅客姓氏字母的顺序检查的，快到末尾时轮到他。箱子被法国籍的稽查打开，仔细翻查了一遍，然后让他自己合上，用粉笔在箱盖上画了一个大圈，挥挥手放行了。出了码头的栅栏，密密挤满了先出来的旅客和等候的人群。挑夫们和旅客抢夺着行李，小贩们拦住道，兜售热腾腾的小吃，黄包车在拉客，挤成了堆，擦皮鞋和讨饭的在人丛里穿梭。各色吆喝此起彼伏，空气也酸腐变质了，鼻子受到轮番践踏，都是些烂瓜皮、臭豆腐、肉包、五香茶叶蛋和窨井的气味。离开上海久了，那种热闹和混乱，刹那间真的不适应。他举左手在胸前，挡开汹涌人潮，侧身前行，左顾右盼地找人。随后，发现不远处有个人费劲地踮起脚尖，捏着份报纸朝他摇摆，露出笑，挤了过来。

来接他的是个洋人，壮实，个子不高，红脸膛，很深的抬头纹，淡灰的眸子，光线从侧面射来，淡得几近透明。栗色头发带点微卷，开始稀疏，理得又短，看得清发根处一粒粒汗珠。他是怕热的人，虽然满城都换上了秋装，他还是夏天装束，没戴帽，也不穿西装，只着衬衣，还挽起袖口。在三十年代的上海，对一个"绅士"阶层的洋人来说，这种打扮是近乎不修边幅的。那洋人管中国人叫"翔"，中国人管洋人叫"罗约"。两人握了手，拍了肩膀。

"翔"是汤仲翔，中国航空公司的飞机师。"罗约"是罗约·伦纳多，也是中国航空的飞机师。伦纳多是机长，汤仲翔是他的副驾，两人是固定的搭档。

"恢复得还行吗？"伦纳多问。拍汤仲翔肩膀时，见他咧了咧嘴。

"八九不离十了。用力拍的时候，才有点感觉，但不影响飞行。还是你幸运啊，一根汗毛没伤到。"

伦纳多笑道："因为我上辈子积了好多德，而你呢，上辈子造了太多的孽，所以这辈子要还。"他在中国混了一段时间后，爱用中国式的道理解释事物。三个月前，他们的运输机被日本人打中油箱着火，两人一起跳了伞。伦纳多毫发无损，汤仲翔却沾上了火苗，左肩烧伤，所以到香港治疗了三个月。这件事，让伦纳多找到机会，来发挥他的因果报应说。

汤仲翔道："希望这次受伤，把上辈子欠下的全还清了。"说这话时，下意识地朝旁一瞥。伦纳多随他视线望去，见不远处，一个刚下船的女乘客正和接她的男子拥抱，男方被抱得措手不及，满脸都是尴尬。那是一个西方化的中国年轻妇女。她刚好回过头来，与汤仲翔的目光一碰上，又赶紧避开了，只装作是不认识。伦纳多看在眼里道："哈哈，在船上没闲着吧。"

汤仲翔略现窘色说："还好吧，只不过有一些普通社交活动而已。你知道我不喜欢看书的，海上四天里不找人聊聊天的话，不闷死啊。过去三个月真是度日如年，香港医院那些护士都很无趣的。"他回头一瞥，见那女士已被家人和仆佣簇拥着远去了，才说："她从小在英国读书的，说是家里突然让她回来完婚。"

伦纳多的视线，好奇地跟着那远去的背影，回过脸道："那就祝她婚姻幸福吧……该说正经的了，怎么突然就来上海了？你是一向不眷恋这里的。还想着等我婚假一结束，要和你在武汉会合呢，收到你的电报时，都有点不信。"

汤仲翔道："本来是没打算。计划是出院后直接回武汉的，但发生了一件很特别的事情，弄得非来不可了。"

伦纳多怀疑地望着他道："很特别的事情？但愿你不后悔，老兄。现在来上海太可怕了。霍乱控制不住，工部局收尸都来不及……你打防疫针了？"

汤仲翔摸出一张黄卡甩甩道："打了，没黄卡是不让登陆的。"

"千万别掉以轻心。我一个领事馆朋友的老婆就出事儿了。那天晚上一起吃饭，饭后一起听音乐会，分手时已经快半夜了，还活蹦乱跳的。第二天接到消息，说已经死了。凌晨发的病，送医院后几个小时就没救了。所以啊，但愿你那'特别的事情'值得你来一趟。别没给日本人干掉，倒给时疫闹死了。我是因为一早就订了婚，实在不好再拖了。"

他们边走边说，出了铁栅门，被十几辆黄包车团团围住了。两人给车夫们的汗臭一逼，都住了嘴。车夫们不管，个个伸长脖子，青筋暴露地喊着苏北话，不像是拉生意，倒像是寻架。汤仲翔见无路可走，把箱子就地一放。立刻被一个车夫抢在手里。没想到车夫快，两个机师更快，早就跨出一步，一左一右，同时抓住车夫两只胳膊，把他举在空中，夺下箱子，再把车夫顺势一抛，扔到他的车座上。车夫回过神后，揉着两只酸痛的胳膊，骂骂咧咧。旁边同行们看了，爆出一阵哄笑，让出一条道来。

"到底有啥特别的事，你还没说呢。"伦纳多问。汤仲翔正色道："不是三言两语说得清的，先去旅馆住下，我会慢慢道来的。这件事，你想都不敢想的。"伦纳多半信半疑道："那走吧，我搞了一辆汽车，就停在那边。"

车停在法大马路（今天的金陵东路）。这里的乱景比起码头来似乎更甚。电车的绿、轿车的黑、人力车的黄，混成肮脏的杂色。各式交通工具都在抢道行驶，电车不停叮当，汽车喇叭长鸣，人力车夫的吆喝此起彼伏，警告着挡道的人。汤仲翔望着两边骑楼新旧掺杂的店招广告，见当铺数量多了，一个个硕大无比的"当"字，成了骑楼下夺目的新景。伦纳多在中国的时间也不短了，上海的商业形态还是让他惊叹。那肉铺的柜台造得那么高，让屠夫在客人的头顶上挥舞大刀劈斩。鸭胗干一串串地从天花板吊到地面，把整个店堂挤得满满当当。店家间的竞争方式更惨烈，都用噪声做首要武器。旧衣店的伙计成群站在门口，展示着皮衣，吆喝着一百种好处；绸缎庄雇了乐手在橱窗吹打；南货店架起收音机，高声播放电台的戏曲；小吃店的门口，则派人敲打毛竹管。

人行道堵到迈不开步，两人半天没走出多远，行人不算，所有的小商小贩也都在人行道上讨生意。伦纳多说："上海已经没什么地方是清净的了，都是来租界避难的，一年里多出了两百万人。现在两个租界加起来，已经有五百万居民了，你想想看。"他几乎要扯着嗓子喊，才能让汤仲翔听清自己，因为小贩们也都不遗余力，一起参与了噪声的制作。磨刀配钥匙的担子上都挂着一沓铁片，跟着步子的节奏"哗嚓、哗嚓"响。卖乐器的挑子则边走边吹唢呐。其他小贩也绝不输阵，吹哨的也有，敲锣的也有。至于各种吆喝的声音，更是排山倒海地压了过来。

正说着，迎面人缝里走来一个衣衫褴褛的小脚老妇，白发蓬乱，脑后的发髻散了，脖子全是黑垢，皱纹深得能夹死苍蝇，让汤仲翔想起左翼杂志上的黑白木刻画。她捧只破盆，装了大半碗米饭，像是刚刚讨到的。道上人多，她走得太慢，被谁从后面 挤，脚下正好也不平，一个前扑，手里的盆子斜斜飞了出去，从汤仲翔面前掠过，落在马路上，白米饭撒了一地。顿时撕心裂肺地哭喊起来，满脸都是鼻涕眼泪，不管不顾了，四肢并用地爬到马路上，咒骂着，把手掌当扫帚，狂乱地拨扫，把撒落的米饭归到一起，放回破盆里。路上最猖獗的是小汽车，一辆接一辆在黄包车、自行车、手推车和电车的缝隙左右穿行。一个满面油汗的安南巡捕，顶着斗笠，挥舞指挥棒，无望地指挥着交通，嘴里咒着喊着。汽车照样横冲直撞，好几次差点压到老婆子，她却全神贯注于地上的饭粒。看她的样子，这顿饭是再脏也要吃下去的，哪管它尘土垃圾痰迹。

两位机师见了，挪不动步子。汤仲翔想，这可能是老人几天来最像样的一顿了，却突然要落空，自然精神要崩溃了。行人都漠然，有人瞟一眼，大多一眼也不瞟，更没人驻足。伦纳多实在看不过，一只手伸进了前胸，被汤仲翔及时按住了。不远处，几个乞丐蹲在墙边，朝他们看，眼神如同饿坏的鬣狗见了潜在的猎物。汤仲翔凑近伦纳多耳边说："你给了她，咱们就别想脱身了，马上会有一千个要饭的围住你，把你撕成碎片。"

说话间，一辆簇新的大轿车鸣着笛，贴着路沿准备拐上外滩。车子为避开一辆人力车，朝旁边一闪，车速丝毫不减。等司机看到匍匐在路上的老太时，已经晚了。一阵刺耳的刹车声盖过了所有噪声，车轮从老太身上碾了过去。

刹车声、碰撞声和惨叫，把整条街唤醒了，路人集体兴奋起来，从四面八方呼啦围了过来，把两位机师挤到了后头。那一刻，似乎全世界人同时开口说话了，汇成嗡嗡响的声浪。汤仲翔听到无数声音在说"死了""肯定死了""打赌"。那指挥交通的巡捕抹着汗，慢慢踱了过来，这时倒不见他急了。见他来了，大家让出一条路。巡捕黑头黑脸，记下了车牌，用生硬的上海话，问了司机的姓名。后排车窗这时才探出半张脸来，问巡捕："出什么事了？"巡捕说："压死了一个叫花子。"后座男子道："中国人就是没秩序，放着人行道不走，偏偏走马路上。"

汤仲翔踮起脚尖，伸长脖子，朝事故现场张望。肇事车子有一个碑形进气栅，银光耀眼，两边两个大圆灯，圆灯下骄傲地突出两个银色喇叭。车身酱红，车顶、轮罩和踏板以乌黑来反衬。轮毂也是酱红色，和车身呼应，轮胎则是白色的，突出了反差。车头的右侧挂了一个备胎。汤仲翔认出是辆劳斯莱斯，心想，这车香港不多，记得何东爵士有一辆。上海更少见，不知是哪位阔佬的座驾。

伦纳多个矮，看不见，急着问："怎么样，有没有人救？"汤仲翔道："没有，大家围着看，谁也不碰她。"见伦纳多在摇头，又解释说："中国有句话，叫救人救到底。谁要是出手救她，就再也脱不了干系，被救的人，就成了他的责任。所以，在中国，救人是非常严重的事情，搞不好要把身家性命都搭进去，没人敢轻易出手救人的。"伦纳多喃喃念叨："救人救到底，救人救到底……又学会了一句。告诉你，因为你们的国家什么都不管，让国民自生自灭，才会这样。"

汤仲翔刚要回答，又收了声。视线正好扫到那张伸出车窗的脸，不禁一愣。那张脸最熟悉不过了，阔别了六年，却相逢于这种场合。意外之下，急忙低下身子，闪到人墙后面。那人胖了不少，下巴部分，也有些松垮了，还留了一抹唇髭。巡捕正在问那人姓名，他不耐烦地说："戴杏文。"说完，头一缩，靠回了座椅。刚坐好了，突然有所触动，似乎看到了什么，对司机说"等等"，再次把脸探到窗口，认真扫视人群，却一无所获。怔了片刻，心想是自己眼花了，才拍拍司机肩膀。汽车便若无其事地开走了。

见车子走远了，汤仲翔才从人丛后面直起腰。不一会儿，一辆黑色收尸卡车开了过来，车身喷着法租界公董局标志。老太的尸体拉走后，马路中间的人群在巡捕驱赶下，也渐渐散去。地上的米饭被车轮压烂了，破盆已被人趁乱捡走了。

汤仲翔一脸怔忡，回想她给拦腰碾过的那一幕。要是自己不拦住伦纳多，老太走上人行道来接钱，或许就躲过那一劫了。见惯了日机轰炸后的惨象，却被一个讨饭婆的死搞乱了心情。下意识去搜寻血迹，没找到。也许她没什么血。

伦纳多跟他说话，见没反应，便不再多言。两人又走了几十步，上了伦纳多的车。车子拐上外滩后，伦纳多才安慰道："中国人喜欢说命。上回飞昆明的事，不也一样嘛。所以，别太责怪自己。"没听汤仲翔接话，偏过脸，见他正茫然地望着窗外，不知是听见了，还是根本没入耳。江风灌进车窗里，脸湿湿的，车子已经过了和平之神，到了赫德铜像，对面方向的车，被草地隔开了。伦纳多说的那件事，发生在四个月前，两人本来要从香港飞昆明，因为另一对机师找他们换班，就改了航期，结果，那架飞机被日本人打了下来，机上无一幸存。汤仲翔嘴角扯了一下，算是微笑，说："我们能主宰的事情，总是太少，无论是别人的命，还是自己的。"顿了片刻，又道："刚才那人，我是认识的……不是认识，是很熟的。"

"你认识那要饭的老太？"伦纳多诧异道。

"不不，是肇事汽车里的人，坐后排那位。"伦纳多只是颔首，没细问，因为没看见汽车里的乘客。片刻，汤仲翔继续说："他叫戴杏文，我同学。比原来胖了许多，长了双下巴，头发也少了……没想他坐上了劳斯莱斯。六年前我去美国进修时，他们的家产都快败光了，本来还有一辆旧别克，后来也卖了。"

"老兄，别忘了这是上海，而且是乱世。阔佬变瘪三，瘪三变阔佬，都在一夜间的工夫。这样的事儿每天要发生多少，你又不是不知道……可你干吗躲着他，欠他钱？"

汤仲翔一笑，欲言又止。伦纳多的余光瞥到了，觉得别有隐情，又追问了一句。他才说："不是躲他，是不想见他妹妹，所以不想让他知道我回上海了。"伦纳多明白了："啊哈，妹妹，有意思……又是爱情旧债？那么多年了，也许人家早忘了。"汤仲翔只叹了气。看他无心再说，伦纳多也不勉强。静静开了一会儿，汤仲翔倒自己又说了："她要能忘掉，我求之不得啊。"伦纳多讽刺道："注意啊，别太高估自己的魅力。"汤仲翔道："不关魅力的事儿，是仇恨。"停了半晌又说："她怀孕了，因为我的关系。"伦纳多别过脸，一时忘了看路，问："你是说，你和她有个私生子？"

汤仲翔大叫一声："当心——"

伦纳多一回头，把方向盘猛一拐，绕过一个过路的老头，两个人被甩得东歪西倒。汤仲翔惊魂未定道："你看前面啊，差一点……什么私生子，这种事能发生吗？你还是不懂中国。"

伦纳多道："翔，你小看我了，别以为我不懂。你搞大了人家的肚子，又不跟人结婚，这在任何地方，都是招人恨的。所以，你当然就不敢见人家了。"

"在中国，结婚是要资格的。不是我不娶人家，是她爸不许。"

伦纳多想听下去，汤仲翔却收住了话头。伦纳多不知汤仲翔此时的内心，是不忿，是遗憾，还是庆幸，只见他一脸淡淡的。心想，既然没结成婚，也没私生子，这胎儿显见是打掉了。但朋友再好，总有不可言及的隐私，不好意思追问下去了。

汤仲翔振作起精神，好像刚留意到坐的是一辆车况簇新的克莱斯勒双门车，琵琶黄的皮座椅，亮眼的挡杆，车内幽幽漫着新皮革、机油和烟草气味，道："不错嘛，搞了这么好的车。"伦纳多解释说，一个在美孚石油的朋友，举家返美休八个月的长假，走之前把东西全处理了，因为预计不会回来。他便趁机顶下了这辆车，就贪它价钱便宜，以后不来上海的话，可以再让给别人，不仅不会赔，保不准还挣一笔呢。

汤仲翔看着窗外，突然道："罗约，怎么没在西藏路拐弯，不是去国际饭店吗？"伦纳多道："我改主意了，你那神秘故事，在自己家里听才合适，饭店里说话，万一隔墙有耳呢？我在白赛仲路租了一幢房子，你可以和我住。国际饭店的预订，就打电话取消好了。"

汤仲翔迟疑道："还是住饭店吧。你们新婚宴尔的，在一起的日子是以分钟计算，我凑什么热闹啊。"

伦纳多被他的话逗笑了，道："不至于，还是人多热闹嘛。"伦纳多与未婚妻玛兴订婚多年，因为习惯了浪荡不羁的生活，借着中美远隔，把婚期一推再推。经历了上次的九死一生后，突然良心发现，同意马上办。婚礼是上个月在上海举办的，目前在休两个月的婚假，下个月假期满了，就要归队。

"忘了祝贺你了。新婚的生活怎么样？"

伦纳多嘴角透出点狡黠的笑，似乎在斟酌该怎么说："太美好了，首先是有免费的性生活；其次是有大量文娱活动，比如逛百货公司，参加派对，跳舞，听音乐。今晚已经买好工部局音乐会的票子了，本来准备带你去的。"

汤仲翔含着笑，端详老友的侧脸，伦纳多道："看什么？"汤仲翔道："怎么觉得你言不由衷啊。"伦纳多也笑了道："只是有点小小的无聊而已。"伦纳多决定结婚时，汤仲翔是反对的，一个朝不保夕的飞机师，贸贸然结婚，看上去是对女友负责，其实恰好相反。现在木已成舟，自然不好再说什么，只说："无聊是小事，但愿从此好好活着，不要制造寡妇和孤儿。"

车子很快到了白赛仲路的伦宅，汤仲翔下车后说："终于到了，容我仔细向你汇报情况吧。"

伦纳多只觉得滑稽。工作的时候，他是机长，汤仲翔是副驾，却从不用"汇报"之类的词汇。汤仲翔从他表情看出他意思，沉着一张脸道："这件事，想得再严重，也不为过啊。"

第三章

　　汤仲翔下了车，人就漂浮起来，浮在桂花的香河里。迷迷瞪瞪中，好似一脚踏空，掉进了十多年前的时空。那时，他爸的大宅子里，总是弥漫桂花气息，金桂、银桂、四季桂，花粒稀薄的时候，香气转淡，厚密的时候，香芬馥郁。眼下，正是枝头黄遍的季节，沉甸甸的花穗多到挤不下，空气里都在流蜜了。

　　"你累啦？"伦纳多看他的样子，以为他疲惫。

　　汤仲翔摇头道："只是有些感触，好像刚刚确定自己回到上海了……你这里的桂花树真不少啊。"

　　"是啊，到处都是，不像外滩那里，光秃秃的烂泥滩，见不到绿色。上海臭的地方是真臭，香的地方也是很香的，要不我怎么会租在这里呢。"

　　伦纳多租的洋房大小适中，让汤仲翔想起小时候的家。那时，爸爸一家人提起他们母子两人时，都用"小房子"代指。其实所谓的"小"，只是相比大宅子而已，他们母子两人加上几个用人，是足够转圜的。看伦纳多这间洋房，似乎比自己的房子略大一些，但不带家具，所以布置新房的工作一直在进行中。中国人结婚，总想整一套全新的红木家具。西洋人的习惯不同，只中意精工制作的柚木或桃心木家具，本地做的有之，进口的亦有之，而且是不论新旧的，甚而喜爱旧货还胜过新货。一旦要离开上海了，就把家具放到拍卖行出售。伦纳多也秉承了这个习惯，家具都是陆续从旧货行或拍卖行买的。"八一三"开战后，撤出上海的西洋家庭一直不断，旧家具在店里堆得满谷满坑。上海百物看涨，唯有旧家具的行情一路下探，让伦纳多可以花小钱，买到头等的家具。沙发是这个大班家的，餐桌是那个大班家的，背后都有历史，所以放在一起，照样协调。

他们进门时，伦纳多的新婚妻子玛兴正在指挥用人悬挂窗帘。她早知汤仲翔要来，见了他，眉眼间挂满笑意，也不等丈夫介绍，热情地迎上来，仰脸让他在左右各贴了一下。两人虽然不曾谋面，互相都见过对方照片，各种事情，耳里也听多了，倒一点没有陌生感。她穿一件清冷冷的白绸子长袖衣，圆领低开，莲花袖口，玲珑的胸部，比伦纳多高出两指，身段苗条，不似中国女子的弱柳垂岸，倒透出春槐迎风的俊爽。若与伦纳多分开看，会以为高出他一个头。当下见伦纳多一身汗，道："你瞧你，还不赶紧洗一下，换身衣服，我先陪翔熟悉熟悉好了。"

玛兴是典型的美国妇女，一点即燃的自来熟。她是头一回来上海，处处觉得新鲜，单单结婚收礼一项，已经让她震惊不已了。"你看看这些窗帘，"她转了一圈，指着每个窗户，"都是用收到的锦缎料子做的。全部做完了，还剩下好多，不知道还能做多少旗袍——他们说我的身材适合穿中国旗袍呢。你不知道，婚礼请柬刚发出去，礼物就一批批送来了。上海送礼的习惯很有意思，都必须成双成对才行，银花瓶是一对对的，玉雕是一对对的。还有些是四个一送的，你看那边的中国画，春夏秋冬。最有趣的是这对铜盆，我用它们栽了花，大家都吓一跳，说那是给将来生宝宝后洗澡用的。"说着就哈哈大笑起来。

说完了礼物，她挽起汤仲翔的胳膊，带他参观了厨房。"罗约每封信里都会提到你的，"她说，"你是波士顿来的？"他说："我在波士顿学了两年飞行，前年回来进了中航。一开始就和罗约配对子，一直到现在。"她问："听不出来，我以为你一直在那里。两年就能说这么好的英语啊。"他笑道："那倒不是，我从小在美国人的教会学校读书的。去波士顿前，又在笕桥航校跟着美国教官学了两年飞行，所以一直没断过说英语。""怪不得呢，"她道，"你看看我的厨房，怎么样，够大吧。认识一下，这是根发，我们的厨师。"汤仲翔朝根发点点头，见他三十多岁的样子，圆脑袋上戴顶雪白的厨师帽，穿着白围兜，浆得笔挺。他神色忧郁，管汤仲翔叫少爷。招呼完了，继续俯身在一个刚出炉的蛋糕上，拿一根长长的筷子，抹平蛋糕上的奶油。

根发身后是一排玻璃橱柜，里头整齐排列着各种美式厨房电器，闪亮如新。玛兴注意到汤仲翔的视线，笑着解释道："都是看到杂志上的广告买来的。东西那么齐全，可根发什么都不用，就用菜刀、筷子、粗盆粗碗，一切都搞定了。做起蛋糕来像个 patissier，做起 Filets de Sole Meuniere 像法国大厨。"根发抹平淡黄的奶油层，又挤了几堆粉色的忌廉在上面，然后拿一根火鸡毛在手，在忌廉上轻挑细捻，不出片刻，一朵朵鲜花便跃然而出了。玛兴笑着拍手道："看见没，真是好神奇啊。厨房里的活，没什么是根发不会的。来到上海，我觉得自己成了一无用处的废物，什么也不用做，只好和朋友太太打桥牌，看音乐会和电影。"

她招呼他穿过厨房，到后头的外廊坐下。望过去，正对的花园里，嗡嗡几只游蜂正在戏谑桂花，空气里暗香浮动。她跷起腿，哑黑的裤腿缩起来，露出一截光溜溜的小腿。一阵小风吹来，她说："上海的蚊子太可怕了，点蚊香都不管用。这一阵凉了，才敢到外头坐坐。你们进门之前，刚刚让刘妈把蚊帐收了。"汤仲翔道："上海还算好，广东香港那边，一年四季离不开蚊香蚊帐。"她说："中国太不一样了，连花花草草都很不同。"他道："看来，上海的生活，你是适应了。"她道："是啊，觉得好浪漫。其实，我妈一直让罗约回美国结婚的，可是罗约没假期，他还有两年才可以拿长假回美国。"汤仲翔嘴里赞同着，不敢告诉她，伦纳多并不缺假期，只是宁愿在上海流连作乐。

"所以我就决定过来了，"她继续道，"没想到上海这么不同。在马路上，你觉得上海是世界上最忙的地方，可过起日子来，又觉得一点不忙，至少外国社区是闲得发慌的。男人不必修剪草坪，不必照看锅炉，不必修车，也不必清理屋檐的雨水管。女人不必买菜做饭，做女红，或照看孩子，和美国的生活太不一样了，不知道该说这好还是不好。你说，是不是因为外国人这样生活，所以中国人就恨我们？"

汤仲翔迟疑片刻道："这问题很复杂，真的很复杂。一方面呢，就像你说的，中国人恨外国人，因为外国人侵略我们，掠夺我们。另一方面呢，中国人都同意，上海是中国最好的城市，而没有外国人就不会有这样的上海。"她问："那你呢？"他微笑道："我当然恨，但发现光恨是没有用的，必须向你们学习，让我们中国跟你们一样先进和强大，才能把你们这些帝国主义赶出去。

所以这恨又变成'爱'了，爱你们的科学，爱你们的民主，爱一切先进的地方。"玛兴愣了愣，爆出一阵笑道："那你们已经学得够好的了，至少，我们的婚礼和所有美国人的婚礼是一模一样的，教堂啦，神父啦，伴娘啦，花童啦，一样不少。可是，一般美国人结婚可没有我们这么浪漫，可以在杭州的画舫上度蜜月。"

女佣端一个盘子过来，放下两杯冒着热气的咖啡、牛奶和方糖，还有一包骆驼香烟、火柴和烟缸。玛兴介绍说："翔，你猜不出吧，刘妈已经四十岁了，去年就当了奶奶，看上去那么年轻。她好盼望我能早日怀孕，比我还急，还专门去静安寺烧香拜佛呢。"他道："看你这架势，是想在上海长待下去了。"她脸上的微笑慢慢褪去了，端起咖啡喝了几口。刘妈又端着盘子过来了，这回是一个蛋糕，根发的成品，嵌上了红的樱桃。刘妈当场切了，刚裱好的牡丹花顿时支离破碎了。汤仲翔心头一紧，好像眼看完整的中国被外敌切成四分五裂的样子。刘妈拿两个釉质细腻的红楼人物粉彩瓷碟，一碟放一块，配上银勺，放到他们跟前，退了下去。

玛兴舀一勺忌廉花抿在嘴里，眼神直勾勾的。她蜜色的头发在光线下变成了淡金。她说："我也不知道，要看罗约待到什么时候了。他好像对自己的工作特别着迷，不知道为什么。"他点点头。她转过脸来，望着他道："虽然美国人谈不上喜欢日本人，但我们之间是没有仇恨的。可罗约好像跟日本人特别过不去。"他不响，只顾喝咖啡。她这才意识到他是中国人，道："对不起，你很恨日本人吧？"他迟疑半响道："过去的时候，我们对日本人并没什么恨。很多中国人都有日本朋友，大家都佩服日本的进步，向日本学习。不过，经过这十几年，尤其是最近两年发生的事，我想没一个中国人会不仇恨日本的，包括那些和日本合作的人。"她点点头道："我知道，死了那么多无辜的人。可罗约的行为有些过头了，这场战争跟美国人是没有关系的。"

他纠结片刻，才说："玛兴，你可能想简单了，这场战争，我看迟早会打到美国头上的。再说了，罗约给少帅开了那么多年飞机，后来又给总司令开飞机，在中国时间长了，他把我们当自己人，自然就把日本人当敌人了。"她说："我理解你的心情，可是，为什么要和日本人死斗呢？战争总是残酷的。我看报纸上说，死在军阀内战中的中国人，要远远超过死在日本人枪下的。所以要恨就应该恨战争，中日两国，为什么不能合作共赢，非要你死我活呢？"

"怎么样！"伦纳多风风火火蹿了出来，打断了他们。"喜欢我的房子吗？"他换了身干净衣服，浆得硬硬的细麻衬衣，卡其长裤，身上飘过来一股香皂味。汤仲翔笑道："你看，有老婆和没老婆到底不一样啊……你的房子真是没说的……你也来一块蛋糕吧。"伦纳多道："你知道我不喜欢甜的……你要觉得这房子好就行。架不住天天折腾啊，从进来第一天，就没消停过，漆墙壁，换地毯，装窗帘，买家具，做家具……"玛兴抗议道："难道你不喜欢最后的效果吗……"他吻在她嘴唇上，把她堵住。汤仲翔见了，想起一句话"甜蜜的封口令"。伦纳多已直起身道："当然喜欢，最难得的是，连翔都说好，那是很不容易的，他家的房子是我们这房子的几倍大。"汤仲翔纠正道："是我爸的房子，我没份的……再说你布置的格调好，不像我爸家，到处堆着红木家私，古董字画，腐朽不堪。"

玛兴正想问为什么他爸的房子他没份，伦纳多拦住道："不好意思，我们要去书房了，翔有事情要向我汇报。"拖着他便走。

书房在二楼，玻璃书柜放了一排。里头的书寥寥无几，却摆满了照片。最大的一张，伦纳多站在中间，一男一女左右分立，搂着他的肩。男的是总司令蒋介石，女的是夫人宋美龄。背后是蒋介石的波音专机"空中行宫"。汤仲翔道："哟，你把这些照片都摆出来了。"伦纳多道："这房子的唯一好处，就是有地方摆这些了。平时都压在箱子里，没什么显摆的机会。"汤仲翔饶有兴趣地一张张欣赏过去。除了和总司令及夫人的合影外，张学良、孙科、孔祥熙、宋子文……国民党高层，几乎一网打尽了。好几张合影自己也在里头。说实在的，和大人物的合影在中航飞机师里不稀奇。他们的任务之一，就是运送高层，尤其是总司令和夫人。自从总司令的专机被炸毁后，就不再配备专机了，有任务时，随机抽调中航的飞机执飞，而伦纳多的飞机是最经常点到的，因为他的技术在公司里数一数二。

"摆的人不当回事儿，看的人要吓坏了。"汤仲翔道。

伦纳多说："是啊，我家用人看我像看神一样。不过，不瞒你说，其实我不习惯这种生活。"他踩着暗绿地毯，在屋里来回兜着，扭着脖子，看灯具、装饰、壁纸的花纹。"中国到处是战火，可上海滩整天宴会、舞会、音乐会，很假，很不真实。"听了这话，汤仲翔眼前蓦地现出成片的焦土和尸堆，一时恍惚了。

他走神时，伦纳多已去到边柜，夹了几块冰在玻璃杯里，过来递给汤仲翔。汤仲翔这才笑道："罗约，我才发现，三个月不见，你的变化也好大。以前是夜夜笙歌，连结婚的事都一拖再拖，现在居然说不习惯了。"伦纳多正色道："翔，不管你怎么看，要记住一点，我是个有良心的人。"他去沙发椅坐下，拍拍另一张椅子道："你也坐啊，跟我说说吧，到底出了什么大事，非得特地跑一趟。"

汤仲翔看看沙发，高贵的造型，总有眼熟的感觉，好像过去在哪户人家见过。他连啜了几口酒，蹙起眉，望着柜子里蒋介石的照片，似乎在考虑如何遣词造句。末了才说："这件事，关系到一个人的命运，也关系到中国的命运，甚至会影响到世界的局势。"

伦纳多顺着汤仲翔的视线，看到了自己与蒋介石夫妇的合影。他沉默许久，才问："你是说，这件事跟蒋总司令有关？"

汤仲翔别过脸来，迎住伦纳多的视线，对视了许久，才缓缓点了头。伦纳多不语，示意他继续说。汤仲翔又沉默了许久，才说："在香港的时候，一个日本人找到我，让我做一件事。"他看看伦纳多的反应，见他正双目炯炯地瞪视自己，便继续道："他要我下次执飞总司令的时候，先消灭你，然后独自驾驶飞机，飞到常州的日本海军航空队机场降落，让他们生擒总司令。"

书房门敲了几下，没等他们发声，玛兴就推门探进脑袋道："我说你们俩，肚子饿吗，给你们做个三明治吧？"待看清两人严峻的脸色，她一把捂住嘴。

汤仲翔堆起笑说："我不必了，那块蛋糕还顶在肚子里呢。喝点海波酒正好。"

伦纳多勉强从震惊中回过神来，喃喃道："你这么一提，我倒有点饿了，那就给我来个吞拿鱼三明治吧，多放点酸黄瓜和沙拉酱，洋葱少点。"

玛兴脑袋一缩，迅速关上门。伦纳多道："这么突兀吗？日本人凭什么？"

汤仲翔道："当然是凭金钱。香港还是'英国人的天下'，他们不敢造次的。"

伦纳多点头道："好吧，那你从头说吧。"汤仲翔从书桌上摸起一包烟，抖出一支给伦纳多，自己也抽出一支叼上。转眼间，书房就弥漫起一层浅蓝的烟雾。

事情的经过不复杂。汤仲翔出院后，就住进了香港的半岛酒店，这是中航飞机师在香港的固定住宿点。在等待飞武汉期间，他时常在酒吧里流连，认识了另一个住店客人殷先生，据他自己介绍，是大连来的。汤仲翔每次去酒吧，他几乎都在，相谈甚欢，于是就日渐熟络起来。殷先生为人很慷慨，总抢着付账，更容易让人生出好感来。

"先生——"

汤仲翔的话头被打断了，回过头，见厨子根发站在门口。五短身材，这会儿摘了厨师帽，露出圆圆的光头。

根发好像做错了事。伦纳多问："怎么回事？"

"夫人让我做吞拿鱼三明治，可鱼罐头变、变质了，"他说，态度不太自然，不停眨巴眼，用手去揉，好像眼睛吹进了沙子。他的双眼皮很深，勾出两只半月形的眼睛。"要不就做个火腿芝士生菜三明治？"

"变质了？"伦纳多觉得不可思议，"怎么个变质法？"他问。

根发道："味道不对，颜色好像也变了，我怕你吃了会生病的。"被伦纳多炯炯的眼神一逼，他垂下眼睛。伦纳多皱起眉头道："那就另外开一罐吧。"

第四章

厨子根发出去后，伦纳多对汤仲翔道："见鬼了，这牌子的日本水产罐头是我常备的，质量一直都好，一租下房子，就叫商行送来两箱。前一阵食品供应很不正常你知道吧，都怕了。"汤仲翔蹙起眉道："他可靠吗？"伦纳多道："挺可靠的啊，还是本地人，宝山罗店的。原来是在大来洋行一个经理家当厨子，西餐很拿手，苹果派、布丁、牛排、烤鸡、三明治、汉堡、沙拉都拿得起来，简单的鸡尾酒也能对付。来我这儿后，一直说很满意。我这儿没小孩，轻松，每天买菜买肉，全由他自己做主，玛兴放手不管，钱的进出都他自己管，所以很卖力的……"说着，若有所思。忽然又道："不管了，说正事儿吧。"

"我说到哪儿了？"

"那个殷先生，人家替你付了酒账，你就一股脑被降伏了。"

汤仲翔有些尴尬，也不辩驳，继续将故事进行了下去："终于有一天，他对我摊牌了，说他不是中国人，是日本人。"

伦纳多睁圆了眼睛："日本人，你连这都没看出来，他说的是中国话？"

殷先生当然说中国话，那口北方话，比汤仲翔的上海腔要地道许多。他说自己在中国出生长大，所以热爱中国，希望看到中日两国永久和平。他的理论是，中日和平的最大障碍，是蒋介石，因为他不理解日本的真正意图，是"帮助中国人民推翻白人的统治，共同振兴亚洲"。他说，蒋介石无视中国人民的苦难，贪恋独裁，才造成今天这种两国人民都不愿看到的局面。只要将他除掉，中国人民遭受的所有痛苦，必将马上消除。

"殷先生的结论是，在所有中国人里头，我的位置最特殊。作为蒋介石的飞机师，我可以决定蒋的命运，从而决定中国的命运。"汤仲翔道。

伦纳多端着酒杯，半天忘了喝。日本人的陈词滥调听多了，不新鲜。震惊的是，他们对中航的情况，实在摸得太清楚。汤仲翔看出了他的念头，道："没错，他对总司令的出行安排了如指掌，知道自从'空中行宫'报废后，总司令就不再配专机了，出行的时候，会随机抽调中航的飞机。他还知道，西安事变后，总司令是坐你的飞机到洛阳的，和你的关系最深。也知道我们这架飞机最常被总司令调用。罗约，这家伙对你非常了解。"

伦纳多的脸因愤怒涨得通红："怎么，他以为我会背叛总司令？"

汤仲翔刚想开口，根发又踮着脚进来了。他一摊手道："又开了一罐鱼罐头，还是坏的。"

伦纳多不耐烦起来。没吭声，把酒杯用力一放，咚咚咚走到门口，拨开根发，下楼到储藏室，扭亮电灯，搬一箱罐头在地上，查看究竟。折腾了一会儿，他喊根发过去，喊了两遍，根发才不情不愿地慢慢下楼，挨了过去，远远站住了。

汤仲翔觉出事情不一般，放下杯子，跟了下去。

伦纳多对根发勾勾手指道："走近点，走近点。"待他到了跟前，把罐头举高了，指着罐头顶部的一圈封口问："这是什么？"见根发两眼迷离，索性把罐头塞他手里道："自己看看。"

根发接在手里，愣站着，也不看。汤仲翔一把拿了过去，举高审视了半天，发现有两个小洞藏在罐头上沿的下方。不仔细真看不出。两个洞大小一致，像是铁钉扎的，因为部位高，里面的汁水也流不出来。

伦纳多道："麻烦你解释一下，好端端的罐头，怎么会有两个洞的？我看过了，这两箱罐头，每个都这样。"

根发低着脑袋，别向右边，像在看走道的踢脚线，拒不吭声。

伦纳多道："你知道这得花多少钱吗？钱还是小事，现在是有钱买不到东西，大家都在抢购，都在囤积。好端端的食品，凭什么把它毁了，谁给的权力？"这一次，他操的是正规英语，生气时，他是绝不讲洋泾浜英语的。玛兴和刘妈还在客厅里忙着窗帘的事儿，听见动静，过来见了根发的样子，忙问什么事。

伦纳多道："你问他吧。"根发还是一语不发。伦纳多对汤仲翔道："让他去。咱们谈咱们的。"走了两格楼梯，扭头扔下一句："你去慢慢想，想好了来见我。"

回到书房，添了酒，愤愤然喝了两口。汤仲翔似乎想起什么，道："是不是因为罐头是日本货，所以他要破坏？"

伦纳多皱着眉，好一会道："有可能……不管他了，刚才你说那个殷先生，到底想怎么操作？"

"很简单。等总司令下次乘坐我们飞机时，我必须先消灭你，然后将他劫持到常州的日本军用机场。只要我答应，他马上预支二十五万美元，是现金。记得我爸的朋友开盘升银行时，资本金才五十万元法币，还不用一次到位。这么算的话，这笔钱够开几家银行了。"

伦纳多冷笑一声："为什么不收买我，只收买你，我就那么不值钱？"

"因为他信不过西洋人，只信任东亚人。你该高兴才对。"他从西装内兜里掏出张折好的纸，递过去道："看看吧。"伦纳多展开看了，见是张航线图，标出从武汉飞往常州的空中线路，飞行高度，识别呼叫方式，上面画着各种箭头，用蝇头小字的中文，密密麻麻写满注释，重要的地方用红笔。他不懂中文，但对长江流域的城镇分布，机场位置，各条航线，都是极熟的，一看图，就明白这条航线避开了所有中方控制的机场，以免中国空军起飞追击，一路跟到常州的日本海军航空队机场。

汤仲翔继续说："殷先生关照说，等爬升到巡航高度，我就先一枪打死你，这样，整架飞机的命运掌握在我一人手里，就算卫队也不敢为难我了，因为我一死的话，全飞机的人便要一起陪葬，谁也不敢拿蒋介石的命开玩笑，这样，可以保证顺顺当当把他活捉到常州机场。"

伦纳多从航线图上抬起头，倒吸一口冷气道："早知会出这种事，我就该留一手，让你在暴风雨时不敢独飞，浓雾时也不敢独飞，夜航也不敢独飞，没有电罗经也不敢独飞。这样的话，即便有再大的诱惑，你也不敢答应。"

汤仲翔笑道："可事实证明，你选了一个好搭档，否则这次你就死定了——中国也死定了。"伦纳多煞白着一张脸，作势要撕手里的航线图，汤仲翔大喊一声阻止他，道："这可不能毁掉，这是日本人的罪证，你把它撕掉，以后向上峰汇报这件事，不就口说无凭了么。"伦纳多才意识到鲁莽，尴尬一笑，把草图还给汤仲翔，看着他仔细折好，放入皮夹子里，才问："你怎么回答日本人？"

"殷先生倒不要我马上回答。他说，从上礼拜开始，他会在上海法租界的金凤记赌场住一个月。如果我同意合作，就到金凤记找他，讨论行动细节，领取预付款。这个计划是最高机密，不能在英国人眼皮底下干。"

伦纳多点点头。香港是英国人的天下，英国的军事情报机构，还有港英警察局的政治处，把个小小殖民地控制得滴水不漏。不仅如此，美国的情报机构、国民政府的军统和中统，都布下了大网。日本人在香港无论想做什么，都碍手碍脚。所以，有秘密活动，不会选在香港策划。

"那你怎么想？"伦纳多问。

汤仲翔紧盯他那双灰色眸子，缓缓道："来上海就是想和你商量这事的。我在想，是不是这样，我先假装答应，把钱骗到手，然后咱们俩对半一分，远走高飞，到美国找个地方一躲，从此过上不愁金钱的神仙生活。"

伦纳多哈哈大笑起来。笑了一会儿说："这不像你，更不像我。别忘了，多少次了，咱们俩从武汉运黄金到香港，又从香港运美金到重庆，每次都十几个箱子、十几个麻袋。要是贪财的话，还等到现在吗？翔，你就直话直说吧，用不着试探我。"

汤仲翔这才绽开笑容道："我在想，空军的作战飞机都给打得差不多了。现在保卫武汉都靠苏联的飞机和飞机师，但数量也有限。夫人让陈纳德重新组织空军志愿队，最缺的就是作战飞机。二十五万美元是笔大数目，霍克Ⅲ现在是四万美元一架，多买可以有折扣，这笔钱可以买至少八架。只要我假装同意日本人的计划，这飞机钱不就有了嘛。"

伦纳多却不同意。美国人做事循规蹈矩，这种自作主张、私下里行事的做派，听上去太不妥，何况还有不可预测的风险。他说："翔，主意是好主意，可你想过没有，日本人要借你的手，危害总司令的生命，这是惊天的大阴谋了。知情不报，就已经犯下了大罪。不征得上峰同意，私自行动的话，又罪加一等。何况，这不是小孩子玩过家家，万一走漏一点风声，或出点纰漏，自己人都不知究竟，真会当你要刺杀'领袖'，叛国投敌的，到时你可就百口莫辩了。"

汤仲翔一时倒接不上话了。他仰身往沙发背一靠，静静思索片刻，发现确实考虑欠周了，不免有些丧气。转念一想，要是真的被自己人误会，遭到制裁，才是真的不值。后背上，不禁凉凉地沁出一层冷汗。

门又开了。

这次根发没敲门，直接一推而入。伦纳多咽下刚要出口的话，改口道："怎么样，根发，想好你的解释啦？"

根发哭丧着脸道："我不做了。"

伦纳多一愣，"说什么？"

"我要辞工。你把这个月的工钱给我，我现在就走。"

伦纳多一拍桌子，站起身："你敢。"根发一惊，惶恐起来，道："那、那我工钱不要了，就算赔你鱼罐头。"

伦纳多盯住他，半天才道："你说得倒轻巧。你辞工了，靠什么活？你一家老小来避难，谁来养他们？你在大中里借的那间房子，谁来付租金？还是你情愿替日本人去干？日本人是在请西厨啊，钱给的也高。他们卖鸦片海洛因，有的是钱，都在从西洋人家里高价挖厨子呢。"

根发听到"日本人"三字，满脸充血，暴跳起来道："我宁可全家人饿死，也不给萝卜头做一顿饭。你们美国人才对日本人好，和日本人交朋友，请日本人吃饭，让日本裁缝做衣服，买日本鱼罐头。要不是你们美国人护着，日本人也不敢这么坏，这么坏。"说到这，他嘴角直抖，手乱颤，平时带笑意的脸，发起火来，竟变得狰狞了。伦纳多有些错愕，这难道是平日里的根发吗？慢慢坐回椅子，听他宣泄，并不插话。

听见根发嚷嚷，洗衣服的刘妈挤到门口张望，急得又打手势，又跺脚，示意他住口。根发更加一发不可收拾了，"……我看着日本鱼罐头就来气……"

"好了，好了，老爷的三明治来了。"门外传来玛兴爽朗的声音。她托个盘，从刘妈身后闪了进来，把帆船图案的英国蓝花瓷碟往书桌上一放，对伦纳多使个眼色道："你面子大，请你吃老婆牌三明治，火腿、煎鸡蛋和番茄，双倍瑞士芝士，加法国芥末酱。"

伦纳多略一犹豫，对汤仲翔道："给他们折腾得越来越饿了。"说声谢谢，抓起对角切开的三明治，一口咬去一大角，嘴角浸出一点新鲜番茄的汁水。根发一见，职业习惯占了上风，忘了在闹意见，道："那我去拿啤酒。"匆匆去了。

玛兴见他出了房间才道："刚才我问他了。去年底日本打罗店时，他老婆

27

一家全死了。只要一见跟日本有关的东西就发火。你就别怪他了。他要走的话，这个家我搞不定的。"汤仲翔听了这话，想起之前在楼下和她关于日本人的对话，看了她一眼。她朝他竖起双掌道："你不必说，我明白了。"

少顷，根发端个托盘，送来两瓶百威啤酒，还有两个冻出白雾的切花玻璃啤酒杯，替两位斟上。伦纳多不言语，又吃又喝。吃完了，喝光啤酒，抹了嘴，这才又用洋泾浜英语对根发说："听着，我老婆的三明治做得很不对我的口味，所以你不许辞工。"刘妈站在根发身后，脸色有些紧张，下意识地搓衣角。伦纳多继续厉声道："日本货嘛，以后我会尽量少用，不过，找不到替代品的话，还是要用的，你们不许胡来——还有，把两箱鱼罐头拿去丢了，别放着生虫。"

汤仲翔想起了被压死的乞丐婆，心想，鱼罐头扔到外头，恐怕眨眼的工夫，就会被难民抢光的。至于变不变质，卫不卫生，到了生死交关的时刻，都顾不上了。

伦纳多看着大家下去了，情绪变得很低落。两人都发起了呆。过了许久，他问汤仲翔："这场战争，你说是中国人赢，还是日本人赢？"

汤仲翔想了半天道："这问题，我看总司令也回答不了。"

"如果中国付出这么大的代价，最后还是输给日本人的话，这么多的牺牲，这么多的苦难，不就白搭了吗？"纶纳多道。

汤仲翔笑了笑，不知怎么回答。最后道："管不了这么多，就算全死光，也只能打到底了。"

伦纳多又叹口气道："还是先想眼前的事吧。刚才你提的建议，关系太重大，而且越出了我的职责范围。我不敢贸然同意，要先请示上峰。"

汤仲翔默默点头："本来是打算今晚就去金凤记，和殷先生接上头的。"

"先别去。过两天陈纳德会来上海，我让他把情况转告侍从室。如果上峰同意你的做法，我们再行动。我估计，陈纳德本人八成会赞成你的主张，因为他正急着筹钱多买几架飞机。但是，咱们必须走正规程序啊。"

那晚，伦纳多陪着玛兴去听了场工部局乐团的音乐会。音乐会结束后，他本想送太太回家后，单独与汤仲翔去跳舞。但玛兴说从来没去过上海的舞会，死活要跟着，只好三人同往了。

第五章

下了几天的雨彻底停了，树梢也不再滴沥，白惨惨的太阳露了脸，比几天前淡薄了许多。殷先生起床后，觉得空气明显凛冽了，双手的皮皱了起来，脸也紧绷绷的，好像要把眉宇唇舌间的喜怒哀乐，一概锁住。他在金凤记勾留了好几日，天天在场子里头打转，并没见那个蒋介石的飞机师冒头。对自己的计划，开始有了些许的疑虑。说好是要等他一个月的，却不信真会拖那么久。二十五万美金，这可是个吓人的数目，任你是谁，都不会拖拉的，难道这招会不灵吗？

天一放晴，赌场的生意就旺，傍晚未至，金凤记的院子里已经停满了车，看场的来不及查看会员卡，入口处堆起了人。殷先生从招待所溜达了过来，排在后头。他走路微微有些瘸，一颠一颠的，照片上是看不出的。轮到他时，看场的都堆起笑脸，一个个不停鞠躬，摆手请他进去。他径直上了贵宾厅，换了一千元法币筹码，到中间那张轮盘赌台坐下。因为心里头一直在跌宕，下起注就没了章法，不一会的工夫，面前的一堆筹码输光了。于是从裤兜里摸出一千元法币，招来三号女招待，差她去换筹码。一转眼，三号送了过来，殷先生朝她笑笑，在她屁股上拍一下，抓了个满手的丰腴。其实他没有调情的兴致，但他不想让人觉察自己心绪不宁。下意识又扫了一眼场子，没见汤仲翔出现，就耐着性子坐着，拿着新换的筹码，继续下注，一点没手软。奈何今天的手气实在不顺，换来的筹码，又渐渐少了下去。

那边厢，赌场的当手赵善纯，正不动声色观察殷先生。他见多识广，虽然没吃透殷先生底细，但连看了几天，有七八成的把握，他是某个下台"大帅"的身边人,像参谋啦、军需官啦。那年头,过气"大帅"多如牛毛,手下人更多。独霸一方时,积攒了巨额身家,下台后要安享晚年,却让抗战烽火搅乱了平静生活。一些人不敢和日方合作,又怕受骚扰,就从东北、平津等地,纷纷转来上海租界。殷先生的口音带东北味儿,虽然西装笔挺,没什么凶相,却也不是文弱的类型,站在他旁边,能感觉到一种坚毅和自律,有行伍的气息透出来。再说他不良于行,估计也是打仗时受了伤。金石寒关照了要搞清殷先生的来历,但查不查都一样,反正自己的判断错不了。

赵善纯背着手,慢慢踱到他的台子观战。同台的另两个赌客,手气都比他强,虽然有起有落,但赢多输少。他一味只输不赢,却浑不在意,咬着支雪茄,因为烟的刺激,微眯起眼,认真地选地方放筹码,然后等着白珠子在轮盘上落定。看到输了,摇摇头,继续认真地在赌盘上布阵。他就这么周而复始,一路玩,一路输下去。金石寒站了大半小时,看着他连续三次从西装的内兜里摸钱换筹码,每次一千元,最后都贡献给赌场。

三号女招待不时送来瓶装荷兰水,顺便关心他的赌局。几天下来,早看出殷先生豪爽,手气好时,派起小费来很阔绰,殷勤点是不会错的。她穿着法国式的白色侍女围兜,白色头饰,大概二十出头,脸有些圆,单眼皮,脸上有几颗雀斑,厚嘴唇,笑起来左脸颊有个酒窝,头发多得拢不下,用好几个夹子才压服。洋场浸淫虽久,乡间的纯朴还是显眼得很。她见殷先生屡战屡败,不禁替他担心起来,按自己的乡下逻辑找起了原因。见殷先生头发有些长,盖住了耳朵,便伸手撩撩他的头发,认真说,许是头发太长了,去理个头,保不准就转运了。

殷先生正输得有些无趣,听三号这么说,觉得很有道理。便问她哪里有理发店。赵善纯听他这么问,忙凑过来说,有有有,善钟路上一家最好的店,叫弗莱芒理发公司。"那家店可好了,"他赔笑道,"法国总领事都是老客,用的是上等材料,一切设备都很考究,理发师都是专门的理发养成所毕业出来的,全部会说法语。香水、生发水、洗头水全从洋行定造出来,毛巾每天消毒。殷先生去的话,就找金牌理发师小赖子,不过要晚上五点后才去,因为小赖子白天休息,晚上才上班。"殷先生见他这么殷勤,有些惊奇,随口问:"那家店怎么走?"赵善纯说:"出大门口往西走个三百步,左拐几步就到了。"

殷先生看看表，见时间还有，心想，把剩下的筹码赌光再说，于是便继续玩了下去。赵善纯不走，饶有兴趣地旁观。殷先生本来做好了输光的准备，干脆放手大赌，没想手气突然反转，赌红来红，赌黑来黑，赌双来双，赌单来单，还连中了两次"孤丁"，面前渐渐又堆满了黑色的百元筹码。他一拍大腿，对赵善纯说："果然神奇，刚说要去理发，还没理呢，就赢了。看来我这头发是非理不可了。"赵善纯点头微笑，陪他高兴。

殷先生就这么一路大赢，玩到了尽兴才收手。他让三号女招待拿筹码去换钱，关照不要开支票，要现金。关照完了，顺手给她一个百元筹码犒赏一下。三号"哇"了一声，脸一红，眼一瞟。殷先生看了，忍不住又伸手在她屁股上摸了两把。三号留下一串笑去了。赵善纯看在眼里，俯身在殷先生耳边说："殷先生，您赢了有八千元呢，不算小数目了。这里人杂，这么多现金来回搬动不方便，还不如亲自去账房领。"殷先生觉得有道理，便端着酒，夹着雪茄，跟着赵善纯，摇摇晃晃到了兑换台。

管账的将八十张百元法币一张一张数给殷先生。趁着数钱的工夫，赵善纯打开兑换台后面的保险柜，取出密码箱。眼巴巴等着殷先生打开箱子，把那赢来的八千块钱放进去，好趁机再次瞄一眼内里乾坤，确定里头的内容未变。可殷先生偏不开箱，径直把厚厚一沓八千元塞进了西装内袋。赵善纯略感失望，马上又堆起笑脸问："殷先生，还去理发吗？"

殷先生这才想起还有理发的事，忙道："去去去，再不去，怕手气又变霉了。"一看手表，发现离五点还有一个小时。赵善纯说："殷先生今天也玩累了，不如趁这空当，上三楼歇歇，吃个点心，放松放松。"殷先生知道三楼是"特邀"才能去的，迟疑一下，把密码箱在手腕上锁好，便跟着赵善纯上楼了。

三楼是金凤记吸引豪客的另外一绝。楼梯口另有四位看场的把守，转过屏风，见一条走廊，格局如同大饭店，两旁是套房的门。殷先生随赵善纯进了其中一套，赵善纯道："殷先生，这是特邀贵宾才能享受的逍遥间，也是完全免费的。"殷先生点点头，箱子不脱手，一寸一寸查看四周。赵善纯继续道："这里是三间一套的格局，带独用的浴室。这一间是娱乐室，贵宾可以自由邀赌，各种玩法都可以。"打开左手一扇门道："这一间是大烟间，烟榻，烟具一应俱备，我们还免费供应上好云土，殷先生可以尽情享用。"又走过去打开右手一扇门道："这一间是卧室，连着浴室，殷先生可以在这里休息。要不，殷先生先洗个热水澡，然后香上一筒，再做个按摩，您看如何？"

殷先生点头称是，拎着密码箱进了浴室。半个钟头后，他穿着浴袍出来，手里还提着密码箱，链子垂在一旁，没锁在手腕上。走到娱乐室一看，大烟间门开着，早就准备停当了，烟榻上铺好了全新的绣金红缎褥垫，烟枪烟灯全新，两个穿粉底绿花袄裤的装烟姑娘，一高一矮，侍立烟榻边。赵善纯指着炕几上几只青花瓷缸说："殷先生，这是上好的云南老膏，用野山人参汤熬成，请殷先生香一筒。"殷先生客气几句，浑身舒坦地躺下了。赵善纯打算替他把密码箱拿进卧室，却被他阻止了，把箱子贴身放好。赵善纯也不勉强，关照好一切，便退了出去。

赵善纯下楼后，穿过账房间，进了金石寒的写字间，关紧门，打了一个电话。接通后，也不称呼对方，也不通报自己是谁，一共四五句话，便挂了。挂了电话，坐着出了会儿神，觉得心神不定，就起身在屋子里来回走了几圈，才去场子里巡视。

却说那逍遥间里，两个姑娘侍候在一旁，高个子为殷先生打钎、点泡、挖膏、清眼，服侍他舒舒服服享用大烟。殷先生吸了没几口，装烟姑娘便问："先生，您平时瘾不大吧。"他道："你怎么知道？"她道："您把烟在嘴里转个圈就吐出来了，没进丹田。我看您一点不馋。"他道："倒也是，平时很少吸的，逢场作戏而已，没什么瘾头，实在有点糟蹋这好土了。不过，我吸得少，看得不少，你装出的'雌斗'烟泡又黄、又长、又松，吸起来一气呵成。干这行有年头了吧。"她道："您眼睛好尖。我们是外头招来的。"他听她们说话带苏北音，语言和态度粗放无文，道："是八仙桥烟花间的？"矮个子姑娘捶着腿，做出媚态道："是啊，要不要做个局？"殷先生呵呵笑道："再说，再说。"两人见殷先生的密码箱贴身放看，觉得好奇。殷先生解释说，现在世道大乱，不得不防。高个姑娘说："我们这里可用不着防什么，上海哪儿都没这儿安全。"殷先生笑道："那可说不准，我怎么知道你们底细。"矮个姑娘直声直气地抗议道："天地良心，别看我们是烟花间招来的，都是查过三代的。平时管理好严，像女招待啦、抱台脚的啦、庄主啦、摇缸啦、勤杂工啦，还有我们装烟姑娘啦，每个礼拜只能轮休一天，平时连门都不能走出一步的。"她一抗议，捶腿的手，也落得重了，殷先生吃痛，告饶说："知道，知道，咱放心了。"他们就这么一边吸烟，一边打情骂俏地聊天。殷先生连日紧绷，难得舒坦了一回。

他的大烟再往外吹，总也吸进不少。两位姑娘一看，相互使个眼色，做出媚态，又缠着他进一步伺候，还是被谢绝了。矮个姑娘机灵，猜出他心思，说："嫌我们土啊，要不要让外面的招待小姐来伺候您啊。"殷先生一听招待小姐也做这服务，觉得新奇，便问是哪位招待。高个姑娘说："您看中哪位，我们就替您叫哪位。"殷先生一听，试探道："要是我想找三号呢？"两位姑娘笑着说："哪壶不开提哪壶，三号最叫不动，不过我们替您试试。"

在贵宾厅楼面走动的一群女招待里，三号是很挑剔的，但听说是要陪殷先生，倒答应了。这两天她对殷先生特别殷勤些，殷先生到休息室一坐下，她就兴高采烈地过去服侍，老美女牌雪茄、茄力克香烟、三星斧头白兰地、杏仁、腰果，一个劲地上。殷先生一赢钱，她那高兴劲儿，好像赢钱的是自己。这些表现，除了职业性，还有一些小小的私心。看殷先生这人，钱多得烧手且不说，人好像还正派，虽然也动动手，却守住分寸。要是能给他看上，娶回去当个小，岂不强似在这里当女招待百倍？有了这个念头，自然要打起十二万分的精神，曲意奉承起来。所以，一听殷先生请她作陪，虽然有些扭捏，也就没有推托，上楼进了殷先生的房间。

殷先生见她脸红红地进来，一副尴尬相，不禁满心欢喜。浅语轻言，转眼间消除了她的拘束，将她搂到里间卧室，坐在床沿。说了一会儿悄悄话，两人身子渐渐歪了下去。她靠在殷先生的臂弯里，看见他无名指上钻戒闪闪发亮，拉过那只大手来捏弄着，一脸艳羡，嘴里却说："就陪你说说话，可不许乱来。"殷先生趁机把右手插进她屁股底下说："这算乱来吗？"三号在他手臂上拧了一把，视线还在戒指上。殷先生见她这样，悄声说："这是假货。"她说："才不信呢，就你这派头还戴假货。那你说说吗，你这人该不会也是假的吧，要不，怎么过去没见你来过？"他有些不自在地挪挪身子，笑道："过去我还在天津呢，怎么来。"似乎为了证明自己不假，透露了一些身世。原来，他祖籍吉林，以前做过张宗昌的军需督办。张大帅下台后，便寓居天津。卢沟桥事变后，怕顶不住日本人的骚扰，最后像王志敏那样被拖下水，才想起移居上海租界。言语里，无限缅怀过去的好时光，对家乡沦丧给日本人，愤懑不已。三号问："那您打算在金凤记一直赌下去吗？"殷先生道："那倒不会，哪天玩厌了，或输光了，就走了。"哈哈一笑。

两人一问一答间，三号那点简单的身世，也给殷先生套得巨细不遗了。原来，她名叫陈月凤，祖籍浙江上虞，小时候随父母来上海，书读到小学毕业，就在家里帮母亲做家务，带两个弟弟。十七岁那年，进了杨树浦一间纱厂当女工，觉得苦透苦透，一直想摆脱纱厂的工作。半年前，金凤记在报纸大登广告招人，她来应试，没想到居然录取了。她笑着说："真搞不懂我怎么给选中了，一百多人才挑一个呢。"殷先生抚弄她的脸庞，陈月凤把脸埋进他的胸口。又一番浅语温存后，陈月凤呼吸渐渐急起来，熬不过殷先生的执着，任由他宽衣解带了。

待得云消雨散，陈月凤把下巴搁在殷先生的胸口，许久，问了个刚才没出口的问题："那你的夫人家小呢？可一起来上海？"殷先生听她这一问，略一迟疑道："家小这会儿还在天津，等上海的房子找好了，就接过来一块儿住。"她问："那你有没有讨过小？"他说："想过，但不敢，我老婆厉害着呢。"她一时无语，良久才显出一丝落寞道："我是个坏女人。"殷先生道："怎么这么说？"她说："就是，谁也不会要我的。"殷先生见她圆圆脸上流下两行泪来，心里一动，抚着她的背安慰道："你那么漂亮没人要，天下女人都嫁不出去了。"她摇摇头："你一定在想，我是给钱就卖身的那种。"殷先生被她说中了心思，不知该坦承还是否认，有些尴尬起来，一时语塞。她扑哧一笑，脸上还有残泪道："你怎么啦，我又没怪你。是我自己作践，没人要是活该。"叹了口气，贴到他怀里，在他胸口上画着十字道："我表姐早就说过，上海滩上，像我这样的女孩结局最惨。书没读多少，好歹念到小学毕业，算认识几个字；家里穷得叮当响，偏偏见的全是最有钱人。干的活最低贱，样子倒是顺眼的。挣一点点可怜工资，又不能不打扮，买丝袜，买口红，买鞋子，一个月的钱半个月光了，全给了大公司。嫁个没花头的男人不甘心，想找有花头的男人，人家又不会要我们这种出身的女孩，门不当，户不对。"

殷先生听着她絮絮叨叨说话，嗅着她清新的呼吸，安慰道："月凤，也别听你表姐的，我看你能嫁个好人家。"她眼一亮道："真的？"见他没有下文，知道是泛泛安慰，又暗淡了："你知道吗，我表姐说过，像我这样的人，最好的结局，就是嫁给一个有钱人做小。"殷先生道："那你是想得太简单了，讨小的都是有钱有势的人，讨个女人对他来说稀松平常，一时喜欢了就花钱讨过来，不喜欢了就推到一边，反正可以花钱再讨一个。所以讨小的人不会只讨一个，你能保证他讨了你就会喜欢你一辈子，不再找其他女人吗？"陈月凤道："那我倒从来不敢想，反正男人都是这样的。只要不跟大房住一起，趁着两人好时多攒点钱，就算将来被遗弃，好歹还有点私房钱、赡养费什么的。要是经营得好，老来也有点依靠，不必出去给人当老妈子，捡破烂。要是嫁个没花头的男人呢，说是大老婆，每天买葱姜的钱都要操心，眼前的日子就过不下去，别说老了……"

殷先生望着她水汪汪的眸子，没接她的话，只一味地微笑。陈月凤明白自己又扯远了，轻轻叹了一口气，欠身起床，默默穿衣着裙。他从赢来的八千元里头数出三百元，想想，又添了两百元，塞进她胸前缀着花边的大口袋，说："真传一句话，假传万卷书，刚才托你一句话，让我去理发，我才时来运转，赢了这几个钱，这是给你的抽头。"

三号按住胸口。这笔钱，等于她几个月的收入。她匆匆撩起衣服，把钱塞进内衣里，隔着衣服摸了又摸，才抱住殷先生柔声问："以后还找我吗？"

殷先生未及回话，传来轻轻敲门声。陈月凤急忙跳开一边。殷先生开门一看，见一个五大三粗的汉子，穿着过小的西装，身上勒出一条一条横褶，站在门外，见了殷先生，一揖身，扣子差点爆掉，说："赵总管差我过来，说是送殷先生去理发。"

殷先生听了这话，看看腕表，差两个字就六点了，连忙拿了箱子，将铁链在手腕锁好，跟着保镖出门而去。

第六章

　　或许是大烟起了作用，殷先生经过一番颠鸾倒凤，竟不觉得半丝疲惫。他随保镖一前一后，步行出了金凤记大门，沿着巨籁达路，朝善钟路的方向走去。十月的上海，日头眼见短了，六点一过，天色就一片苍黑。这一路都是梧桐蔽道，路灯又少，地上黄蒙蒙的，秋蝉声也稀落不少。他走在寂静的道路上，踢着随风滚动的枯叶，脚步声一轻一重，腿脚上的缺陷，格外明显起来。

　　快到善钟路的拐角时，见路边停着一辆轿车，并没在意。待从车旁经过时，蓦然觉到，这车子没挂车牌，心头刚一凛时，司机一侧的门已"嘭"的一声推开，跳出来一名蒙面人，直扑上来，要夺他手里的箱子。那保镖反应也算快，早已飞步上前挡住。两人厮打起来。几个回合后，保镖感觉不支，抽个空当跳开一步，拔出腰里的手枪，还不及拿稳，早被蒙面人一脚踢在手腕上，把枪踢得老远。保镖吃痛，手脚一迟，蒙面人就抢近身来，几下便击中保镖咽喉，将他打昏在地。

　　蒙面人见障碍扫除，便饿狼扑食，再扑殷先生而来。说时迟，那时快，殷先生身子一缩，闪到蒙面人身后，飞起一脚，踢在他的右肩，把他踢了一个趔趄。殷先生看着不良于行，居然是高手，危急时，真人露相了。蒙面人吃他一脚后，大吃一惊。毕竟也不是孬种，稍一迟疑，马上一跃闪开，稳住底盘，随即压低身形，抢近殷先生胸前，双拳暴风骤雨般招呼过来，眼看殷先生就要吃他大亏。

　　殷先生预料在先，身子竟不闪避，右臂一抡，把密码箱挡在敌拳的落点。

那密码箱是精钢锻制而成，蒙面人的拳头再硬，总是肉做的，他倾全身之力，以肉击钢，痛得裂帛一叫，团身就地一翻，滚出了一丈开外。殷先生摘下左手无名指上那枚钻戒，塞进裤兜。他并不进攻，严阵以待，蹲个马步，双手端住密码箱，护在胸前，冷冷盯着蒙面人。蒙面人单膝跪地，见殷先生不动，念他是胆怯，顾不得手上疼痛，低吼一声，身形已经暴起，飞身以连环腿照着殷先生的面门流星般踢来。殷先生又滑步轻巧躲过。蒙面人拳脚凌厉，殷先生左腾右闪，把密码箱当作盾牌，让蒙面人占不到半点便宜。

一番恶斗下来，双方都已经上气不接下气。蒙面人见轻易拿不下殷先生，焦躁起来，去腰里一摸，一支手枪对准了殷先生。殷先生一愣，忙用密码箱护住头和胸，一边想，对方真是为夺命而来的话，上来两枪就得了，何必打来打去费这么大劲儿，可见他的初衷，只为谋财，不为害命，应该先稳住他。他眼角瞟着保镖掉在人行道上的手枪，气喘吁吁说："这位好汉，山不转水转，有事好商量，何必你死我活呢。"边说边朝保镖那支枪的位置挪步。蒙面汉看出他的意图，不吱声，抬手就是一枪，当的一声正中密码箱的钢壳，距离近，冲击力大，殷先生朝后翻倒，趁势一个筋斗才站住，不敢再动弹了。那只密码箱只凹进一个坑，没有打穿。

枪声刚落，就听不远处哨声大作，一群穿制服戴斗笠的警员大呼小叫，嚷着口音不纯的法语，朝他们奔来。原来是一队安南巡捕。殷先生顿时松了一口气。和上海公共租界巡捕房一样，法租界巡捕房也是个多国部队，除了法国人和华人外，队伍中有不少俄国人、朝鲜人，但最多的外籍警员是安南人，有五六百人。事有凑巧，三天前，小东门分局辖区发生一起暗杀，一名法国电车公司的高级职员走在路上时，被地下人员乱枪击毙。后几日的报上说，此人被指一直向日本人暗输情报。这事一发生，所有分局都提高戒备，加强巡逻，每组人数也增加到六七人。巨籁达路属于贝当分局，地处甲乙级住宅区，头面人物的官邸连片，巡逻自然更加频密，所以，枪声一响，正好撞上。

蒙面汉显然是有备而来，见了安南巡捕，并不慌张。他收起枪，跳进车里，油门猛踩，绝尘而去。巡捕知道双腿跑不过轮子，只得放弃追赶。

被打蒙的保镖这时醒了，慢慢坐了起来。殷先生蹲下身仔细查看，见没伤到筋骨，安慰了几句。保镖满脸愧色，挣扎起身，去把枪捡了起来。巡捕们见枪大惊，如临大敌，七八支枪一起指住他。保镖只好把刚刚捡起的枪又扔回地上，踢到巡捕脚边。

捡起枪后，一群巡捕才蜂拥而上，粗手粗脚搜身，确定没有武器了，便开始了办案程序，无非是看现场，找弹壳，问情况，做笔录。这群巡捕里只有一个华人，所以由他问话。那是个二十五六岁的年轻人，样子斯文，殷先生猜他不是徐汇公学，就是中法学堂毕业的，一看便受过法国式教育。一番问答后，终于搞清了事情的来龙去脉，确定了当事人的身份。

巡捕问："那么，看清是什么车子了吗？"

殷先生："是一辆褐色的克莱斯勒，好像是1932年型的。"说话时是1938年10月，所以车龄在六年左右。上海的汽车全部是进口的。奥斯丁是廉价车，别克稍贵，克莱斯勒中档，卡迪拉克高档。劳斯莱斯是富豪座驾，极度罕见。

巡捕："车牌呢？"

殷先生："没挂车牌。"

这位巡捕留一抹淡淡的唇髭，少年装老成，勾起食指在唇髭上抹来抹去，一脸狐疑。

巡捕："我看这不像一般的拦路抢劫，应该是专门冲着你来的。"

殷先生："怎么见得？"

巡捕："你箱子里是什么？"

殷先生："这不方便说。"

巡捕微微一笑道："这就对了。一个密码箱，里面装着不方便说的东西，还拿链子锁在手腕上，那劫匪嘛，又正巧等在你经过的路上……再说了，劫匪的派头也不小，开一辆克莱斯勒轿车来抢劫，鄙人干了这么久，也是头一回遇到……你每天都在这个时候打这儿经过吗？"

殷先生："不是，头一回。我只是去理个发。"

巡捕："头一回就碰上抢劫了？巧合，巧合。那么，谁知道你会打这儿经过？"

听到这儿，坐在地上的保镖急忙辩白说："我是知道的，可我和谁都没说过，可别赖我啊。再说了，赵经理刚交代完，我就陪殷先生出门了，哪有时间通风报信？越说越玄了。"

巡捕双眼一亮："那就是说，赵经理是知道你们要打这儿经过的？"

保镖骂道："放你的屁，你还怀疑赵经理？你昏头了你。赵经理最怕的就是客人被抢，客人要是有个三长两短，要坏老板生意的，你懂不懂？为了保护客人安全，我们老板每个月得花多少钱打点道上的朋友。殷先生出来走一趟，我们都得寸步不离陪着，命都差点送掉了。你们呢，你们刚才死哪儿去了？我们老板的好处你们没少捞吧。"他刚才被劫匪打得落花流水，一腔的羞愤，要找机会发泄出来。

巡捕鼻子里轻轻哼了一声。金石寒在这里开赌场，法租界的方方面面都大捞特捞。但到了他这个级别，也就一点面包屑而已。他心里仍有疑惑未消，决定暂时按下不问。他见殷先生衣服破裂，鬓发蓬乱，左脸颊擦伤渗血，一副狼狈相。保镖也无法行走，便指挥众人搀扶两人回金凤记。

出事的地方离金凤记其实不远，喧闹和枪声已经惊动了守卫，继而通知了赵善纯。后者满脸惊慌，率领一众人，扛着家伙赶了过来，两帮人马就在半道相遇。赵善纯见殷先生只是皮肉受损，略松一口气，又是谢罪，又是安抚，连声道："谢天谢地。"殷先生倒是泰然自若，拂拂手，依旧谈笑风生，只说头发没理成，有些可惜。

赵善纯暂时搁下殷先生，把那华捕拉到一旁，耳语了好一阵，直到巡捕脸上露出了微笑，方才鞠躬告辞。

殷先生在金凤记大队保镖的簇拥下，回了自己住的套房。

他一进房间，赵善纯不等他邀请，咻溜一下跟了进去，随手关上房门。殷先生被他的举动弄得愕然，说，自己并无大碍，只是身困体乏，休息一下就恢复了，不必再劳你作陪了。

赵善纯哭丧着脸道："殷先生，今天这事，可是闯下大祸了。你也知道，上海滩上开个场子，内部的安保好做，外面的太平世界，却是最难保证的。所以，我们老板在开张前，路子都铺好了，法租界道上混的朋友该打点的全都打点到位，每个月都拆账给他们，所以，只要是金凤记的客人，敢保他出了这个大门，就跟在自家屋里一样，绝不会有人来动他一根毫毛。这点要是做不到，谁也不敢来赌，开张三个月就得关门。"

殷先生冷笑道："可我只出去一回，就被人动了毫毛。"赵善纯道："所以这就是最蹊跷的地方。发生这种事情，金凤记负有不可推卸的责任。在下代表金凤记，向阁下致以十二万分的歉意，同时，向阁下保证，一定要动用关系，将事情查个水落石出，给阁下一个彻底的交代。"说着，深深地鞠下躬去。殷先生因赵善纯最清楚自己行踪，本已对他生疑，有心对质一番。但见他说得如此诚恳，只好暂时把话咽了回去。

赵善纯见他不响，便道出了目的："在下斗胆请求殷先生海涵，不向外界透露此事，一切由鄙总会负责暗中调查。否则，一旦事情传开来的话，客人会因为担心安全不敢上门，公司的生意就要大受打击。金先生怪罪下来，在下就前途尽毁了。"

殷先生只想赶紧将他支走，接口就说："那好吧，咱答应你。"

赵善纯大喜过望，千恩万谢后，蹑手蹑脚地飘出门去了。

剩下一人时，殷先生才一屁股瘫坐在一张沙发上。想想不对劲，起身把窗帘拉紧了，把房门反锁，才重新坐下。他仰着头，闭着眼，颤着手在茶几上摸索了一会，摸到一罐半空的茄力克香烟，抖几抖，抽出一支塞进嘴角，又摸到一盒火柴，划了几下才划着，眯缝着眼点上了，贪婪地吸了起来。吸完一根后，再接一根，手才停住颤抖。刚才冷汗热汗出了几身，这会儿内衣凉冰冰地贴在身上。

他就这么坐着，既不清理脸上的创口，也不沐浴更衣，也没把密码箱从手腕上解下。抱着密码箱坐着不动，似乎就这么睡着了。

不知过了多久，有人轻轻敲门。他一惊，问："是谁？"

"我。"门外传来三号陈月凤的声音。

隔了许久，殷先生才开门，拉开条缝，探出半个脑袋来。走廊的吊灯光照在他脸上，眼前一条条刚干的血痕，衣衫破碎，头发凌乱，眼神惊觉。陈月凤吓一跳，说："要死了，怎么这样了……赵领班说你出了意外，让我送东西慰问你。"她手里托个大盘子，盘里除了烟酒水果，还有一堆马粪纸包住的圆柱体。殷先生一瞥之下，知道是百元的筹码。

殷先生见她身后无人，把房门开大点，让她进来。迅即把门合上锁紧。她进屋后一转身，见他背在身后的右手握了支水果刀，又一吓问："怎么啦？！"

殷先生说："没办法，得防着点，这不就遇上劫匪了。"

"箱子抢走了？"

"还好没有。"

陈月凤看不到那只密码箱，也没问他藏哪儿。又见他左手那只钻戒不见了，惊问："戒指给抢走了？"

殷先生把刀往床上一扔，去裤兜里掏出钻戒戴了回去，在她面前晃一晃，第一次露出笑。

陈月凤绷紧的脸也松了开来。她说："看你这副样子，好吓人啊，"她把盘子一放，"这是慰劳品：三星白兰地，茄力克烟，鸭梨，筹码一万元。"殷先生抓起一柱马粪纸包，拦腰掰断，紫色的百元筹码丁零当啷地掉了一桌。他说："这是掩口费。"陈月凤不明白他的意思，只顾瞧他那张脸，说："我给你擦擦吧。"殷先生点点头。

她打来温水，用干净毛巾擦净他脸上血迹，涂上碘酒。又替他把头发梳理顺了。她贴近他站着，他双手软塌塌垂放在大腿上，眼神直勾勾的，冷不丁问："还有谁给抢过？"

"你是说客人吗？"

"对。"

"从来没有，我们这儿是最安全的……"

他打断她："我不是说在赌场里头，是到了赌场外。"

"那也没有过，要是一出去就给抢了，谁还敢来啊，"她压低嗓子，在他耳边说："听说，我们老板每个月都要打点道上的人，花好多钱呢。"

"那么说，我是头一个啰？"

"就是。"

她觉得屋里静得有些发慌，就去把电唱机打开，上面那张黑色唱片慢慢转了起来。她把唱针放到胶片纹路上。夹着咝咝声，房间里涌起了威尔第的《阿依达》。这铿锵的乐声，这时听来，显得很不搭调。陈月凤似乎并没有感觉，她挑出一只最水嫩的大鸭梨，削了薄皮，托在手心里，递给了殷先生。殷先生没什么食欲，犹豫一下，还是伸出粗手指接了过去。他机械地吃着，梨汁顺着嘴角流到腮帮。她替他擦了，问："甜吗？"

他答非所问道:"那么,有谁知道我会走那条路去理发?"

"什么?"她问。合唱的浪潮正澎湃而来,盖过了他的话。

他又重复了一遍。

"我知道啊,还有赵领班也知道……等等,"她突然意识到什么,退开一步问:"你是怀疑我给人通风报信吧?"

殷先生捏着吃剩的梨核,垂头不语,良久,瞥她一眼。

"……怎么,是赵领班?"

"我没这么说。"

她六神无主地说:"不会啊,不会啊,怎么可能,赵领班是金老板最信任的,可是……"她越想越不敢想,突然抓住他的肩用力摇晃道:"要不你赶紧离开吧。"

殷先生望着那堆筹码,把梨核递给她,在毛巾上擦着手,喃喃说:"娘的,再玩玩吧,再玩个两三天,把它们玩光了再说。"他抬起眼,盯着她看,看得她有些发毛。"怎么啦?"

"你真替我担心吗?"他问。

她松了口气:"咳,你怎么这么多废话,命都差点没了。"

"你怎么会替我担心呢?"

她被他的问题噎住了,愣了半晌才说:"你不是给了我很多钱嘛。"

唱片放完了,在那儿空转,哑哑作响。两人都沉默着,忘了要换唱片。

殷先生突然又问:"你想和我成亲吗?"见她圆睁着眼,只顾发愣,他又重复了一遍问题。

"成亲?你是说,讨我做小?"

"做什么小,我没老婆,"见她一脸疑惑,他说:"我刚才没说实话,我哪有什么老婆孩子在天津。"

"你那么大了没娶过?"

"娶过,当然娶过……不过她死了。"

她有些糊涂,不知该不该相信,也不知该怎么接话。看他双手按在膝头,脑袋微垂,半闭着眼,像在养神,也像在修炼。这位殷先生越来越让她琢磨不透了。

末了她说："不讨我做小，就是当续弦啰？"

他点点头。

陈月凤束手无策地站着，脸都红了，不知是害羞，是困惑，还是紧张。

"什么时候？"她轻声问。

殷先生说："快了，等这事完了就办。"

"等什么事完了？"

殷先生想了一会儿才说："就这事儿呗，赌钱。"

第七章

汤仲翔到上海三天后，空军顾问陈纳德也来了。

中国空军的飞行员越打越少，一时补不上，他着急组建一支国际航空队，好替中国空军出战。在中国，会开飞机的外国人，大多数混迹在上海，伦纳多几乎都认识，就趁着休婚假，帮他张罗。中国政府开出的价码是诱人的，一下就有三十多人表示了兴趣，于是定好举办派对的时间，把大家聚齐到自己家里，由陈纳德过来，当面解释细节。这派对有些不同寻常，要求不携女伴，因为吃喝在其次，要讨论严肃的主题。

玛兴结婚时，收到了满谷满坑的漂亮器皿，只有这种开派对的场合，才有机会见天日，因此兴头比几个男人都高，风风火火地指挥一帮用人准备。到了举行的那天，无论是杯碟刀叉之精美，鲜花蜡烛之华丽，桌布餐巾之高档，与华懋、汇中的气派相比，也不输多少。食物美酒也丰盛，一帮飞机师乐翻了天，气氛超出了陈纳德的预期。

陈纳德传达的意思是，中国空军原有的国际中队，因为纪律涣散，不服管教，基本损失殆尽了，目前，只有俄国人在帮中国空战。所以打算组建一个全新的国际飞行大队，加强中国的空中力量。原国际中队的酬金是每个月500美元，打下飞机另有奖励。中国政府为表示诚意，对新建的国际大队飞机师，每月报酬再加100美元。他说："各位同人，这已经是政府能够承受的极限了，因为购买飞机的款项还没着落，我也在帮着筹措，希望各位能够体谅。"

派对从黄昏开始，结束时，夜已深了。最后，三十几个人里头，有二十六人签了合约。大家散去后，伦纳多把陈纳德请到楼上书房，汤仲翔尾随而至。大家坐下抽雪茄。东南西北一阵闲聊后，伦纳多正色道："克莱尔，刚才你说到买飞机缺经费，翔正好碰到一件事，倒是跟经费的事情有关系，要跟你汇报一下。"于是，汤仲翔便把在香港遇到的奇事，一五一十说了。

陈纳德听完，一张旧牛皮一般的脸，蓦地青森森起来。他说："这可了不得，还好你没拒绝他。"

"为什么？"

"假如你断然拒绝了，那么，日本人就会转而找你的同事。你想，中航的飞机师有几十号人，理论上说，都有可能执飞总司令，你能保证个个都对这些钱不动心吗？"

汤仲翔与伦纳多面面相觑，脸都白了。这一层，他们倒是没想过。

陈纳德继续道："即便你已经答应了，也难保日本人就没有策反其他飞行员了。他们善于谋略，行事一向缜密，或许会准备几套备选方案也难说。这几天武汉会战到了紧要关头，总司令在各地奔走，每天都在天上，不坐飞机是不可能的。万一有其他飞机师被暗中收买，我们怎么知道是谁？怎么防范？还好你向我报告了。回到汉口，我会直接向总司令和夫人禀报此事，让军统立刻对可能执飞总司令的飞机师，无论是中国人还是外籍的，都暗中甄别一遍。"

伦纳多和汤仲翔一听，果然在理。

陈纳德决定，汤仲翔暂时不回汉口报到，继续留在上海，尽快与殷先生接上头，能把钱骗到手最好，至少把殷先生稳住，不让日本人在武汉会战期间再出诡计。三人又详细讨论了行动计划，由陈纳德最后拍板。

一切讨论停当后，大家才稍稍安心。陈纳德思前想后，对那笔二十五万美元的巨款，很是割舍不下。他说："日美两国的关系现在很微妙。都知道迟早会翻脸，又不想那一天来得太早。国务院特别怕刺激到日本，所以要和中国的抗日撇清关系，也不愿我们这些美国人参与中国的抗日。这种气候下，要从美国得到经济援助，比登天还难，中国空军要添置飞机，基本没什么办法。所以，殷先生的这笔钱，要是真能到手的话，还真是雪中送炭呢。"

派对的欢声散去后，夜便静得空洞，花园里的虫声，细微可辨，大家的话音，也跌得低低的，快成耳语了。汤仲翔道："克莱尔，我从美国学成回国后，才知道在笕桥航校的同学，已经牺牲一半了。"他顿了许久，才继续道："自己这么活着，好像独自偷生，常常觉得愧疚，对不起他们，那张毕业的合影，都不敢再看了。所以，我必须做点实在的事，才配得上同他们站在一张照片里。你把这个任务给我，是成全我，我一定做好，给同学们一个交代，也给自己一个交代。"

法租界供电不稳，电灯时而没兆头地一暗，大家的脸就跟着模糊一层。蚊子进入了秋天的长眠，风也无力，窗户一扇一扇都敞着，把桂花的暗香放了进来，融在雪茄的烟雾里头。陈纳德直勾勾瞪视着汤仲翔，良久，才略略颔首。中国的飞行员，让他操心的地方很多，但为国牺牲的勇气，永远是不缺的。因为如此，他才有信心，顶着美国政府的压力，坚持在中国空军里服务。

他说："好吧。假设真有这笔钱到手，能买什么飞机呢？美国的政策是保持中立，不能提供武器给中国，包括战斗机，所以，美制霍克Ⅲ就不必想了。但法国人是帮没原则的混账，不跟日本人作对，也不在乎卖武器给日本的对手，只要有钱赚就行。前一阵，他们卖了16架蒂瓦丁（Dewoitine）D-510战斗机给中国空军，准备从河内运到昆明。我们干脆就向法国人追加15架。这钱正好够。"

汤仲翔有点担心问："这飞机我从来没飞过，性能怎么样？"

伦纳多道："我飞过，还不如霍克Ⅲ。配一台12缸860马力的发动机，开放式的座舱，无线电天线在座位的后方，操控很容易。战斗力差点。"

陈纳德道："现在这个时候，只要能上天，只要有火力，都是好的。就算卡车装一副翅膀能上天，我们也要了，没得挑挑拣拣。"说完，找了纸和笔，奋笔疾书。写完，把信交给汤仲翔，道："等钱一到手，你就到福州路汉密尔顿大厦343室联洲公司找帕特森，把这封信交给他……但别跟他说我来过上海，我的行踪透露得越少越好。这家伙是好几家欧洲飞机制造公司的代表。你向他下单就可以了。跟他说好在香港付款。他和我很熟，也知道我和蒋夫人的关系，所以凭我的亲笔信就行，不必付订金。我们的钱到他公司账后，飞机在河内交货，中国空军派人去接货，然后把它们飞到昆明。"他拍拍汤仲翔肩膀，"小伙子，看你的了。"

有陈纳德的信在手，似乎一切已经水到渠成了。第二天中午，陈纳德便搭船回了香港。

目送陈纳德的轮船破浪远去后，汤仲翔和伦纳多在码头上一合计，事不宜迟，当天就得去金凤记，尽早与殷先生取得联系，免得煮熟的鸭子飞走。晚饭后，两人就开车到了巨籁达路上的金凤记。

自从殷先生遭人打劫后，金凤记的戒备就骤然森严起来。大门口多了许多守卫，所有汽车一律拦下盘问，一一清点车内乘客，详细登记姓名身份。汤仲翔办完进门手续，又驶过几十米的车道，来到主楼门口，下车正要进去，又有一个穿藏青中山装的守卫斜刺里出来，对他们深深一鞠躬道："先生们是到这里来玩的吗？"

汤仲翔压住不耐烦道："你问得好奇怪，不是来玩的，还能来干啥？"守卫礼貌道："是，是，先生说得很是，请问先生记得带会员卡没有。"汤仲翔摸出会员证递过去，守卫认真看了很久。汤仲翔问："有什么不对头吗？"守卫道："没有没有，倒是张老卡了，只是见先生有些个面生，才冒昧问一下。这位外国朋友是……"汤仲翔说："外国朋友是我带的客人。我面生是因为，七七事变后就在外面被日本人追打，没机会给你们送钱。总算侥幸没死，今天专门来补送的。我看你，也有些面生嘛。听口音，好像是'满洲国'来的。你跟着你们少帅，把老家让给了关东军和开拓团，自己跑到外国朋友的地盘待着，日子过得挺滋润啊。"守卫装作没听到他的抢白，看看手表道："公董局规定，法租界所有娱乐场所，一点钟都必须结束营业。祝先生玩得尽兴。"又是一个鞠躬。

进门时，汤仲翔低声对伦纳多说："咱们分开玩。那日本人没见过你，就怕看到陌生面孔，一时多心，缩了回去。"

伦纳多有酒瘾，却没什么赌瘾，就在一楼找了张下注额最低的二十一点桌子，要了一杯波本威士忌，点了一支雪茄，夹在一群中国赌客中间，玩起了扑克。汤仲翔上到二楼贵宾厅，到兑换台换了两千元，也拣了一张二十一点的桌子坐下。一边赌，一边留意四周。这么玩了半个小时，也没见到要找的殷先生。

原来，殷先生发生意外后，身体没恢复，下午来转了一圈，还是没见到汤仲翔，没想突然发起了热，只好回房间里休息了。

汤仲翔见不到殷先生，又不能打听，只好一边玩牌，一边等待。他牌技纯熟，出的牌却乱七八糟。视线隔一会儿就在全场扫一圈，还不停叫东西喝。叫一次东西，就赏个一元筹码给女侍。两次一叫，有个六号女侍就盯上他了。

自从那次殷先生被人打劫后，大家都警觉起来，对陌生的面孔尤其如此。她去端东西时，领班赵善纯特地把她叫到暗处，关照她要留意那位陌生的"老客人"汤先生。六号趁他又叫了一杯斧牌白兰地，在递酒时，故意把杯子端在胸前，身体贴得过近，离他的脸不过几寸，让他对隆起的胸部，不得不关注。但他接杯子时，动作很仔细，偏偏就是不去碰。他使的是左手，腕上露出一只江诗丹顿表，表带上压了一个带圈的"中"字。他没趁机揩油，让她有些意外。

"您不是手气差，是没用心。您是在等谁吧？"六号说。

汤仲翔举杯在喝，听了她的话，差点呛到，隔一会儿才回过神，微笑说："我在等幸运之神的光顾呢。"

她会错了意，抛他个飞眼，摇着香肩道："您的幸运之神会来的。"

汤仲翔见她那样，难免有一丝丝的心痒。想起任务在身，便不再搭理她。

但一直熬到一点，汤仲翔的幸运之神也没来。那殷先生是踪影全无。赌场正中的南京牌立式自鸣钟敲了一响。随即，各个赌台一齐响起"丁零零"的电铃声，告诉赌客营业结束，汤仲翔也只有走人了。赌客们都排队到兑换台，将筹码换成现款，或让赌台开具存款凭证。排到汤仲翔时，兑换小姐见他面生，也不问，直接兑成现金，唱道："退法币一千三百元。"汤仲翔将现金推了回去，又添了七百，凑成两千，要求开具存款凭证。"还要来的。"他说。

汤仲翔和伦纳多会合后，去存衣柜台取了衣帽。赵善纯率一帮人在门口向赌客们道别，见到特别熟稔的，还要拉着手谈几句。汤仲翔在鱼贯而出的客人中认真搜寻，高矮胖瘦，并没有殷先生。走到院子里，中山装的巡场领班已在门口恭送，远远见到两人的身影，一个手势，手下就把车子开到门口停下，跳下车，打开双门，做出手势请两位客人上车。汤仲翔见他待客的功夫如此到家，只好叹服，跨进车门前，向他道了谢，给他一个笑脸。中山装鞠下躬去："谢谢汤先生惠顾，下次常来。"又用怪腔怪调的英语对伦纳多说了一遍。

赌客散尽后，金凤记的清场工作马上开始。工作人员将筹码和现款锁入金库，保洁人员随后进入各间赌场，全面清洁。二十多个巡场这时也都出动了，他们每三人编成一组，分成几路在整个夜总会里外巡查，包括花园的墙角树丛，都要仔细看过，以防有人藏匿作案。

赵善纯等在账房后面的写字间里，在日志本上写下了汤仲翔的名字。贵宾厅出现的新面孔，一般都要记录和拍照，也算是件例行公事。等各路巡场回来报告平安无事，他才下令熄灭所有灯火，自己回到员工宿舍。

汤仲翔和伦纳多在车子里交换了当晚的战绩。两人首战双双告负。伦纳多亏了一百四十元，汤仲翔亏了七百元。

最大的失败，是没有见到殷先生。

大家都有些沮丧，但更多的是担心，因为想起了陈纳德的警告。

"会不会这两天没等到我，他去找别人了？"汤仲翔问。

伦纳多道："但愿不会。"

第八章

　　大早上的，赵善纯本该在家歇着，下午才来场子，这会儿却已坐在了账房间的里屋，心不在焉地拨弄算盘珠子。他昨夜就没回，找了个逍遥间对付了一夜，一早就进了账房，里外的衣服都没换过，尖瘦的嘴脸冒出胡楂儿，头发也胡乱支棱着。算盘珠子噼里啪啦响，脑子全不在数字上，绕来绕去，都围着殷先生在转。本以为他中了伏击，惊吓之下，会迫不及待携钱财遁逃的。没想到，事发头一天，他只在房间里静养。到了第二日，还是依然故我，不见有离去的迹象，这扰乱了赵善纯的安排。他抓起案头电话，接通了大老板金石寒，请他移驾赌场，有要事商议。

　　金石寒每日应付的头绪多，拖到下午才等到。金凤记的院子里有一幢小楼，是金石寒专用的寝宫，平时很少住。这一回，他不去赌场巡视了，直接去了小楼，臂弯里还是搂着吉娃娃狗。赵善纯一如既往，已在楼前等候，拉开车门，见了小狗，勉强挤出个笑脸，比哭还难看。金石寒是草莽出身，发达后，也慢慢衣冠取人了，见赵善纯蓬头垢面的邋遢样，心里嫌弃，朝他皱皱眉头，差点开口责备。两人没有寒暄，快步进了客厅，等茶水点心一一奉上后，金石寒把小狗往一个女招待怀里一塞，把大家都打发了，门刚掩上，两颗脑袋就凑到一起。

　　"这个殷先生是越来越摸不透了，"赵善纯低声道，两条眉毛深深地拧在了一起，"换上别人，出了这么大的事，逃都来不及啊，可他倒沉得住气，没有一点要走的意思。真不明白他是什么人，待在我们这儿，到底有啥目的……对了，法租界巡捕房昨天给我回话了，没有此人的记录。他是鬼是人，只有天晓得。"

金老板啜着茶，硕大的脑袋点一下，点一下，像机器在操控。赵善纯原本的计划，是等姓殷的出逃，好派人手暗中尾随而去，在外头找机会做掉，夺下钱财。在外头动手，横竖不会倒溯回金凤记，所以可以放开手来干。这计划已经报得金老板同意了，没想殷先生龟缩不出，等于又出了一道难题给赵善纯。

赵善纯道："他不走的话，只好在院子里做掉了，是不是？"

金石寒眼皮一翻，把茶杯重重搁下道："胡说！"看眉宇间，并不见太多的焦灼。金凤记开在法国人地界里，要做大做稳，全靠美誉。作奸犯科的事，是不敢沾染的，怕触犯法租界当局底线，招来打压。这个宗旨，赵善纯最清楚了，他问："那就作罢了？"

金石寒鼻子里哼哼两声，也不作答，喝了好几口闷茶，才问："就没其他办法了不成？"

赵善纯就等他问这句，连忙说："办法是有的，那就是偷，找个梁上君子来，神不知鬼不觉，把箱子弄到手，人却毫发不伤。就算他闹起来，也是个偷窃案，巡捕房全是我们的人，最后只能不了了之。"

"上回你说，这人下场赌的时候，箱子是寄存在咱们保险柜的。你趁这时把人家东西偷了，这责任不还得我们背吗？"

"这不能，这成了掩耳盗铃了。要偷的话，只能在他房间下手。他房间的窗户正对着院子，院墙外是福煦路，路对面就是公共租界了。出了盗窃案，两家巡捕房一定踢皮球，谁也不会认真破案。至于我们，最多背一个守护不严的责任罢了。"

按规矩，在金凤记范围里，就算是偷鸡摸狗的小事，也是要严防的。但是，事关二十五万美元，再严的规矩，也不妨松动一下了。金石寒思忖半天道："只要不出人命，再大的事情都好摆平。可要是出了人命，是瞒不过新闻界的，一闹起来，法国的警察局长也不敢兜揽，只有一查到底。你要这么干的话，是真有把握？"他两道寒森森的目光，在赵善纯的瘦脸上画着圈圈。赵善纯是明白人，若按自己的建议来，一旦出岔子，自己就是牲口，要贡献出来给法律祭旗。他挪腾一下屁股，摸了摸后脖子，才说："我可以打包票不出人命的，但这件事情的难处，是没有人可以托付。打打杀杀的人我们不缺，但像时迁那种无影手，一时找不到。"

金石寒重新端起杯子道："你看你，说了半天，不还是没有办法。"

"您听我说完。虽然我们自己没人才，但江湖上多得是。只是，既要技术高，又要人可靠，凭我们自己是找不到的，必须劳动一个人物，替我们物色。"

"谁？"

"高剑霞。"

金石寒听了，嘴角一咧，似笑非笑。高剑霞是公共租界中央捕房刑事处华警队的督察长，金石寒隔三岔五要打点的。只是大家分处不同租界，没到如胶似漆的地步，不像与法租界巡捕房那种共饮一锅汤的关系。但高剑霞这人不一般，占据公共租界的关键位置，触须四通八达，在地下世界可以呼风唤雨，形形色色的人物，都甘愿供他调遣，要找一个听话的偷窃高手，是轻而易举的。他说："那你就去探探他口风吧，顺便也让他们公共租界，帮着查查殷先生的底细。"

于是，两人便如此这般，认真讨论起行事的细节来。

就在金石寒进了小楼不久，汤仲翔也驾车来了。

上次没接上头，脑子里就胡思乱想起来，担心那日本人等他不到，转而找其他飞机师，又怕他改了主意，放弃了原先的计划，因此吃饭睡觉都不香了。今天熬到吃过午饭，迫不及待借了伦纳多的车，直奔金凤记而来，下定决心，要从下午一直玩到关门，非把殷先生等出来不可。

他拿出上次的存款凭证，提取出二千元筹码，找了张二十一点的桌子坐下。因为打算作持久战，便采用保守战法，认真算牌，下的也是最小的注，还取过铅笔和便签，一路作记录。下午的场子里空落落的，一眼扫过去，每张面孔清清楚楚，扫了两遍，并没有殷先生，便按捺住性子，把脸埋进了手里的牌。场子里只有两个女招待在晃，懒洋洋的，其中一个就是六号。她见了汤仲翔，眸子里一闪，袅袅婷婷就过来了。

他鼻子里吸进幽幽浅香，一扭头，见六号贴近站着，眉目含笑，就回了一个笑。无聊的时候，有个人陪着拉扯几句，总是开心的。别人对你笑不能白笑，总是有代价的，便点了一瓶汽水。"香烟要吗？"她殷勤问。"现在不想。"他郁郁说。她扭身去了,笑容褪去一层,没有点酒,也不要烟,不过,生意开头都是淡的,她想。

他上回白来一次,这回不再乐观了,做好了空等的准备,没想却顺利得出乎意料。六号走开时,他的目光下意识追随她背影,不期看到一个男人一瘸一瘸,迎面过来,六号朝那人一弓腰,叫了声"殷先生好"。

汤仲翔愣怔片刻,见殷先生明明已看到自己,却一副陌路人的样子,才明白过来,忙把面孔转回来,假装认真看牌。殷先生从他身后走过,并没有停。从余光里看,他高一脚、低一脚,在各张赌台间溜达,有时停下看别人玩,却不落座,似乎没想好玩什么。

汤仲翔的汽水到了。六号替他开了瓶,他摆摆手不要玻璃杯,直接抓过来对着嘴就喝。她有些纳罕,不明他何以骤然来了精神。他是因为见了殷先生,就像背后突然矗起一道厚重的墙,心里顿时有依靠了,只要接上头,上海这趟就不会白来。

殷先生这么走走看看,终于转到汤仲翔的台子。他在汤仲翔身边坐下,正是最边上的位置。汤仲翔朝他点头,他也木着脸,回了一个点头,就如两个偶遇的陌生人,在尽一点起码的礼貌。接下来,殷先生便不再理汤仲翔,摸起发到面前的牌,认真玩了起来。几个来回后,他突然想起什么,从兜里掏出一包烟,抽一支叼在嘴角,想了想,又抖出一支来,伸到汤仲翔面前问:"您也来一支?"

汤仲翔一怔,连忙取过那支烟,见是一盒三炮台。这烟在国民党军队里头,尤其是北方的部队,几乎成了标配。他说着道谢,朝殷先生一笑,眼神第一次与他对上,见里头空空洞洞的。那张灯光勾勒下的脸,隐隐带着伤痕,还是一副木头木脑的样子,没有表情。六号见了两人嘴角的烟,早就碎步趋过来,熟练地点上了。汤仲翔暗暗佩服殷先生的演技,看来,他是一心装不认识,那就配合他,顺着演下去。他向六号要了一杯斧头牌白兰地,她兴高采烈地去了,果然生意是趋好了。

场子里的人开始多了,旁边的三张空椅子,陆续地被填满,来的全是浓妆的女子,脂粉气呛人。三人显然都相熟,叽叽喳喳说个没完。她们也吸烟,是那种细细的玫瑰薄荷烟,烟气弥漫开来,与身上的馥郁倒是押韵的。待到殷先生和汤仲翔的三炮台一起喷发出来，顿时熏得她们接连呛咳起来。汤仲翔身边的那位，弯下腰去，圈起粉拳，堵着小嘴咳了一阵，才拿肘子顶顶汤仲翔道："噢哟，这位先生，你们抽的啥烟啊，臭得不得了，真要把人熏死了。"汤仲翔略一打量，断定她是高级舞女一路的，便笑笑说："冒犯了，"接着又吸了一大口，见她露出愠色，才加一句："就这支，吸完就停。"

殷先生听了他们对话，随口问一句："这烟怎么样，抽得惯吗？"汤仲翔道："很辣，很凶，可是带劲。"殷先生得意道："我们北方人就爱抽这种……喜欢的话你都拿去好了。"说着，把那包三炮台推到他面前。汤仲翔道："这怎么好意思？"他回一句："小事，烟酒不分家。"侧飞过一个凌厉的眼神。只那么电光一闪，汤仲翔接住了，明白烟盒里头有文章，嘴里嘟哝道："那就不客气了，不过这烟抽起来，真的提神。"说着，早把那包烟抓在手里了。打出两圈牌后，装作漫不经心的样子，将香烟塞进了西装的内袋里，把扣子扣牢了。

殷先生的一支烟抽完后，手里的牌也光了。他看看筹码不剩几个，伸个懒腰，自言自语道："太臭了！今天手气不行，不玩了，回去睡觉。"没再理会汤仲翔，起身跛着脚走了。汤仲翔像入迷的赌徒一样，自顾自摸牌，对他的离场，浑不在意的样子。他手里的烟也吸光了，招手叫来六号说："给我来一听茄立克吧，这几位小姐不许抽三炮台，嫌臭。另外，给她们一人来一瓶汽水，算我道歉。"

那三位听了，才眉开眼笑起来，大家搭上了话，牌桌更热闹了。汤仲翔为了避嫌，不好紧跟着殷先生离开，就继续玩下去。今天是碰着好日子了，万事都顺遂，不仅和殷先生接上头，牌运居然也顺畅了，一路赢多输少，筹码堆成小山一般。七嘴八舌间，他也听明白了，那三位小姐，一个是书寓怡春院的馆人姜钰涵，一个是同院姊妹谢玲红，这家书寓在群玉坊，另一个是红舞女孙菱，三人是相约出来消遣的。汤仲翔虽然话不停，实质内容却少，在她们眼里，成了一个奇怪的存在。看他的出手和做派，应该不是等闲之辈，可场面上从没见过这人。若说是外埠过来的，却说一口地道上海话，样子也是彻头彻尾的上海人。上海说小不小，说大也不大，上层圈子里，这样的人，就算藏掖得再好，空气里也会飘过气味，人不可能没有家人亲戚，同僚同学，生意伙伴。也不可能从不踏足书寓舞场、食肆酒廊、电影院、慈善会、跑马厅、交易所。活在这蛛网般的社会里，总不能不留点痕迹。于是话里话外，曲曲折折来套他。汤仲翔心里好笑，与她们真真假假地兜圈子玩太极，对真实身份，是绝不触及的。心里想，只待与殷先生的生意一成，就立即取道香港回武汉。下次再回上海，就不知几时了，哪有机会莺莺燕燕的。

三位小姐晚上都要开工，见时候不早，虽然还在兴头上，只得勉强收手了。汤仲翔想着胸口那盒三炮台香烟，早已心不在此，急着赶回去查看究竟，便跟着起身，随大家一起到账台兑回钞票。今天果然大丰收，两千元变成了四千三百元。

话说赵善纯与金石寒商量了一下午，这时送老板过来登车，正好看见汤仲翔在三位欢场女子的簇拥下出到院子里，都披上一身金闪闪的夕阳余晖，笑语喧喧地辞别。三位小姐望着他驾跑车飞驰而去，越发相信，今天遇到的是个不为人知的贵公子哥。赵善纯举手搭个凉棚在眉头，对金石寒说："看见那个开跑车的年轻人吗？好多年前来过，后来就不见踪影了，前几天突然又冒头了。"金石寒道："是什么来头？"赵善纯摇摇头。金石寒道："嗐，东洋人一来，上海滩就冒出了形形色色的人物，管他呢。"

汤仲翔回到伦宅时，天色已经晦暝，只剩天边最后一抹紫红。大步跨进客厅时，见伦纳多不在，玛兴一个人坐在客厅，把头仰在沙发靠背上，听留声机里的爵士乐。她听见汤仲翔进屋，没起身，把脸歪过来看他，说："你回来了？可是罗约出去了。"

他一怔，"是什么活动？"心想，说好在家等消息的。

她说："突然来了一个电话，约他去乡村俱乐部喝东西，说是又有几个欧洲的飞机师，听说中国空军招人，也有兴趣加入，要具体聊。"

他摇头苦笑说："上海滩上，消息跑起来，真比闪电还快。他把你一个人丢家里头？"

"他说要谈正事，不是普通社交，我在场不方便……你会去找他吗？"

他想，伦纳多要谈的那些事，她确实不适合在场。刘妈见他回来，端一杯茶过来说："汤少爷请喝茶。"他谢过她，端起来喝了一大口，把杯子放到茶几上，对玛兴说："我不去找他，这种事情，我最好也不在场，人越少越好……

那你先坐，我去屋里换身衣服就下来。"

他进了自己房间，把房门仔细锁上，坐到台子前，扭开豆绿色的台灯，拿出了香烟盒。烟盒里有两张叠成方块的纸，展开来，上面那张用中文写着：

"仲翔君，此处不安全，我已遭拦劫一次，幸无折损，现日夜被监视，不敢妄动，原先的安排，全部搁置，你此去再勿折回。请前往北四川路 356 号的中国派遣军司令部特务部，找到岛津龙芥中佐，将后附字条呈交给他。其余信息，不得透露半个字，切切。事后可恢复常态，静等我联系。"

下面那张写的也是中文，显然是让汤仲翔一并了解：

"龙芥：我目前身处险境。收到字条后，请于落款日期后第七天下午四时，派适当便衣武装人员，开车到金凤记接我离开。收到字条后，即放走送信人，不得向他询问任何信息，事涉帝国最高机密，你无权知道。其他面谈。"署名是"岛津正博"，写了日期，盖了手印。

汤仲翔这才知道，殷先生的日本名字是岛津正博。那么，他要找的岛津龙芥，显然是兄弟了。他吃不准的是，殷先生被人盯上，是因为露财，还是整个计划都泄密了。而所有问号，只有下次见面之后，才会有答案了，如果有下次的话。

这样的大起大落，比他驾机在天上遇到湍流，还来得厉害。

第九章

汤仲翔的猜测，果然不偏。殷先生要搬的救兵岛津龙芥，确实是亲兄弟，还是双胞胎。

殷先生被打劫，断定问题出在金凤记内部。他去理发，安排的人是赵善纯，外人是无从知晓的，箱子里的美金，也只经赵善纯一人过目。惊惧之下，本想过抽身而去，但一来吃准出门会被追杀，二来不愿与汤仲翔失之交臂，毁掉一项千秋大计，便赌了一把大的，冒险留了下来，继续等待汤仲翔上门。他是赌金凤记投鼠忌器，不敢在内部动手。

问题是，即便等到了汤仲翔，也不可能在金凤记内交易了，因为自己被日夜监视，一举一动已失去秘密。就算把箱子移交给他，也是枉然，只要他一出大门，迟早要遭到毒手，人财两失，连带地葬送整个计划。于是便想出用烟盒暗传纸条，让汤仲翔去搬救兵，把自己接出去，再另择安全地方交易。盘算下来，情况到了这地步，只有等日本方面派车来，才能安全撤离，其他途径，都是死路一条。

向岛津龙芥求助，于殷先生是下策。这次的计划，事关大日本帝国的国运，成功的话，影响会远远超过皇姑屯事件，可能是日本版的西安事变，所以，除了大本营的极个别人物，整个日本阵营里，没有人知道这项计划的存在。即便岛津龙芥是孪生弟弟，即便他是陆军特务系统的骨干，也概不例外，连行踪也不通知他，包括这次来上海。

遗憾的是，地下活动常常节外生枝，这次出事，又是一例，只能向弟弟求援了。把行动定在七天之后，是有意把时间打宽裕。汤仲翔没干过特工，也从不接触日本的情报机构，应对这种事，可能一时无措，不知多久办成。龙芥不知就里，必然是茫然无绪的，要做出稳妥的安排，时间不可太逼了。另外，自己也要摆出悠然的姿态来，继续享受纸醉金迷的日子，好像只把抢劫当作偶发的事，并没怀疑到赌场头上，让赵善纯他们松懈。

他离开二十一点的赌桌后，想到消息已送走，仿佛千斤大石卸掉了。去保险柜取了密码箱，趁着兴致高涨，又去逍遥间逍遥了半日，回到房间时，夜已深了。三号过来服侍，给他上下拍爽身粉，一寸一寸捏腿。床头的灯黄幽幽的，一切都躲在暗影里，她的微笑，也变得微茫了。他手腕上扣着密码箱的铁链，呼吸着粉香，对三号说："月凤，外面的治安实在太坏了，搞得我再也不敢出去了，还好里头快活，可以安心休整。"她想起他答应的事，问："那你还打算玩多久呢？"声音里透出一点急。他才想起自己那天的承诺，道："再待三个礼拜，我就回大连了，你跟我一起走。"她顿时兜脸彻腮涨得通红，停下手问："真的？"他说："当然是真的，我这人说话算数。"

闭目躺了良久，突然坐起身，说："你把我外套拿来。"她拿来外套，他从内兜里摸出一沓法币，数出几张大额的，说："明天你去日清轮船公司，买两张到大连的头等舱票，时间是三个礼拜后。接下来，就可以向老板辞工了。"她看着手里的钞票，不放心，抬眼和他确认。他只微微笑着，连着点头。她也笑了，跟着就迸出泪水，赶紧捂住嘴，又哭又笑的，喃喃自语着，不知说了什么。

三号走了，他继续躺着。秋凉日深，蚊子几乎绝迹了，所以蚊帐已经撤掉，落地钢窗也敢开了。窗外树影婆娑，院子里的桂香、虫鸣从敞开的窗户自由出入，远处高墙外，依稀传来福煦路上的汽车声。他估计，明天上午，三号买好船票，下午一上班，就会向赵善纯辞工。这两张头等舱船票，足以让姓赵的深信，自己定好在三个礼拜后离开。或许，他就把一切的阴谋诡计，安排在离开金凤记的路上。希望这么一来，可以确保七天内太平。

他又在脑子里，把自己布下的迷魂阵，通盘检查一遍，相信不留破绽，这才把思绪转到弟弟岛津龙芥。

岛津一家在中国的历史，要从父亲岛津利雄说起。1904 年日俄战争后，父亲随日本陆军工程兵开进中国东北，占领了中东铁路南段。当年 5 月，父亲调入了陆军新成立的中东铁道提理部，并开始了汉语学习。当时，陆军情报人员被俄军逮捕的话，都会立即处死。只有会流利汉语的人，才可以假冒中国人，逃过一劫，这是日军学中国话的最初动因。对满洲日本人来说，学汉语还有另一项好处，就是可以增加收入。汉语考试获一等的话，每月能领到一日元的"手当"（津贴）。如果考到十等，手当就高达三十日元。有了这些好处，父亲就报读了营口商业学校附设的日本人夜校部，认真研读汉语。他本有语言天赋，又对汉语感兴趣，也希望多挣钱，所以拿了十等的汉语手当。

学习期间，父亲回日本结了婚，并于1906年初产下一对双胞胎儿子。同年正式退伍，转入南满铁路株式会社工作，继续从事南满铁路、安奉铁路各线路的修筑和复线铺设工作。1907年满铁总部从东京迁往大连，他担任了沟帮子站的站长。为了更好地在满洲工作，他再次被派往北京的汉语专门学校"同学会"进修。考虑到满洲的生涯将是长期的，次年就将妻儿从日本接到沟帮子镇。

他与弟弟龙芥是同卵双胞胎，谁也分不出哪个是哥，哪个是弟，父母只能在他手腕扎条红绳，才不会弄错。两兄弟的头发都粗硬，虎牙也长在同一个地方，连大小、形状都一样，都有点外翘。后背都有一块胎记，也是一模一样的。长大后，他的脚比弟弟龙芥大一码，这是他们的唯一区别，但一般人注意不到。

照日本的习惯，主妇都是不用保姆的。他们来到东北的沟帮子镇时，两岁还不到，后面又有了两个妹妹，一个小四岁，一个小两岁。四个孩子让母亲精疲力竭，就不再固守日本的习惯，请了中国保姆，所以他们从小听东北话，按中国习惯长大。日本人不在乎吃冷饭，他们只喜欢热饭，和中国人一样。日本人做菜很少放油，吃不得油腻的东西，他们便没事儿，再大的油照吃不误，什么东西都淋上麻油或猪油，吃起来才更香。日本人早上起来都用凉水洗脸，他们就不行，非用热水洗脸不可。最神奇的是，日本人平时讲究卫生，反而肠胃抵抗力弱，容易得阿米巴痢疾，他们从来没得过，在外头怎么乱吃都没事儿，和中国人是一模一样的。

到了学龄，就读的是沟帮子的日本人铁路小学。但父亲认识到中文对满洲日本人的重要性，严厉管教两个孩子学中文，加之他们成长于中文环境，周边中国人多，很早就能说一口带碴子味的东北话，语气、神态、表情都像彻头彻尾的东北土著，就算日本人看他们，也会产生错觉，当是会讲日本话的中国人。

来中国后，一家人就没有回过日本。随着年龄增加，中国化的倾向就越强了。两兄弟单独一起时，一半时候说中国话，一半时候说日本话。到了1924年18岁那年，父亲为了他们在中国的前途，将他们送入上海的东亚同文书院读书，还给他们取了中文名字，他叫"殷钰宁"，弟弟龙芥是"殷钰歆"。

兄弟俩一入学，就成了全校汉语最好的日籍学员，常常要协助老师，辅导同学的汉语发音。同文书院的课程中有上海话课程，而学校的地址又在上海虹桥，加上学校招收了本地的华人学生，两人都认真练习，学会了一口流利的上海话。

书院不只读书，还活跃着各种学生组织。学友会下设有运动部、文化部等。运动部开设的体育项目极多，有柔道、剑道、相扑、弓道、游泳、乒乓球、网球、马术等。兄弟俩精于各种运动，练就一身武功。

同文书院毕业后，他被关东军情报部看中，回到满洲，后来被调到参谋本部的中国班，在整个东亚奔走，从事帝国的谋略工作。"上田工作"是最新的任务。

弟弟龙芥起先就职于大连的满铁研究部，一年后，发现还是想念上海，就换回上海，在日本驻上海总领事馆的情报部谋了一份研究助理的差事。也就是那一年，他经人介绍，与花子成了亲。她是上海土著派居留民的女儿，在上海土生土长，婚后次年就有了女儿。上海待久了，又有了一个会上海话的老婆，他的上海话也越发精进了，连上海本地人都听不出口音。他可以根据需要，一会儿装作是北方来的，一会儿装作是上海本地的。"八一三"淞沪会战后，龙芥被调到中国派遣军特务部。

在同文书院期间，最让殷先生懊丧的事情，是左腿因为事故，落下了残疾。练骑术时，他从马背上摔下来，左腿粉碎性骨折，手术愈后不佳，走路变得微瘸了，这是同文书院留下的唯一阴影。双胞胎是互相离不开的，却也不停斗嘴，争执，批评对方。两人太像了，如同一体，对方的缺点就是自己的缺点，所以更容不下。弟弟看着他跛脚走路，感觉跛脚的是自己，无法忍受，有一阵子甚至不愿搭理他。而现在，自己陷入险境，弟弟知道后，最迫切的，肯定是救自己脱险。

他渐渐地迷糊过去。

次日上午，三号陈月凤依照殷先生的吩咐，去日清轮船公司，买了两张去大连的头等舱票。下午上班时，径直到账房间，向赵善纯辞工。这事来得毫无征兆，他很是诧异，自然盘诘了几句，她便把来龙去脉说了。他要过船票，端视良久，正面看了，又看反面，才把船票还给她，堆起一脸的笑，大大恭喜了她，又关照说，余下的三个礼拜，要照顾好殷先生，不得出错，遇到任何疑难，更要随时汇报，不可得罪贵客。她欢天喜地去了。

她走后，他又在算盘上拨打了起来，手指在拨，心里也在盘算，而他的结论，却与殷先生的设想，南辕北辙。

也想过，既然知道了殷先生的归期，也知道在日清轮船码头上船，不如就放弃原定的计划，而是提前布置好，待他离开金凤记后，在外头动手。

一转念，发现这是昏着儿。殷先生被人半道打劫过，却没有仓皇逃避，还要再待三个礼拜，这不合常理啊。最大可能，是在等人。他身携巨款，等人的目的，无非是做交易。待三个礼拜后离去时，交易估计早已做成，巨款也易手了。那时再行事，就扑空了。

所以，要抢在交易发生前，仆内部把事情办了。船期是三个礼拜后，交易很可能安排在登船之前的几天，但这是推测，不可作数，从现在起，就要密切留意与他接触的人。

忙乱了一阵，总算把事情都分派下去了。事不宜迟，他决定明天就去会一会公共租界的高剑霞探长，物色一个高手，把殷先生的密码箱弄到手。

第十章

租界时代的上海，警务人员利用职务便利，兼营各式生意，是司空见惯的。公共租界中央捕房刑事处的高剑霞探长，也在汉口路经营了一家中档的旅馆，名字叫兴旺达旅馆。

刑事处的警员都是便衣，不必点卯坐办公室，因此，外观和行事风格上，与上海滩的流氓地痞，实在很难分出彼此。那日的早晨，上海秋高气爽，气温回升到二十摄氏度左右。高剑霞如往常一般，到自己旅社的账房里喝茶吃早点，顺便向手下华捕布置当天的任务。高剑霞是湖州新市人，保持着家乡的生活习惯，每年湖羊开宰后，早餐定要吃一碗羊肉面，喝一盅黄酒。羊肉面是云南路同乡开的面馆孝敬的，黄酒是绍兴花雕，自然是陈酿，也是礼物。说实在的，高剑霞的吃穿用项，只要他愿意伸手，哪用得着破费一文半毫。

他坐在一张六尺宽的酸枝案台后面，身后悬着上海名人的书法。三十七八的年纪，中等偏矮，厚肩膀，粗腰身，短脖子，抬头时，脖子后面的肉挤成三折。他头发剃得半寸不到，隐约能看到头皮上的一块青色胎记。额头紧窄，两只眼皮一单一双，细条眼，眉毛倒很粗，朝上挑起，看人时，好像老带着疑问。下巴留撮山羊胡，整个的形象，与"剑霞"两字，相去甚远。他穿件灰色夹袍，脚踏黑面布鞋，浑身上下并无饰品，显得素净，只在衣襟的扣子上镶粒豆大的钻石，六克拉多，按当时的市价算，也得一万多元法币了。当时上海自认为有身份的男人，都鄙视穿金戴银，只在细节上做文章，比如纽扣、打火机、烟盒、领带夹、自来水笔等。高剑霞从善如流，学会了这一套。

账房外头就是旅社的前台。自从上海成了孤岛后，这旅社生意之红火，令高剑霞都不敢相信。一早的工夫，旅社已经熙来攘往，向导社女郎进进出出，客房里的麻将、牌局都已热闹非凡。楼上的嘈杂声浪，一浪接一浪地满溢到楼下来。账房趁着他吃面的工夫，将上月的账簿拿给他过目。账房是他的一个姑表哥，为人老实可靠。高剑霞看到又有两万多元的盈利，眉开眼笑。只是翻到后面，见又有几个免单的客人，才有点恼。账房一一解释说，免单的客人都是与武汉、重庆方面瓜葛很深的人物，来头都不小。现在形势未定，哪方面都得罪不起。这一点，高剑霞自然比他更明白，说过即过，不作深究。

正吃着看着，有人送来一张怡春院的请客票。他看了落款，有些纳闷。一般在妓院设局请客，总是要逼近晌午时分。一大早就来叫人，有些不太寻常，想必是有要紧的事体。再说，请客的人，也不是等闲的狐朋狗友，不敢怠慢。交代完公务，便独自出门，也不坐汽车，也不叫黄包车，一路步行而去。因为他要去的地方是群玉坊，即便慢吞吞走，也就五六分钟的工夫。

群玉坊汇聚了许多家堂子，整个一片弄堂里，做卖春这一行的，原来有一二百家。但传统卖淫业的盛况，随着"八一三"炮火的响起，迅速地衰微了。因为老派的嫖法很嫌烦琐，客人天天借着姑娘的香闺，呼朋唤友，一次次做"花头"，吃、喝、谈、唱，一样不少。又要陪着逛公司，扯布料，买珠宝……不太像是性交易，更像追求社交名媛。也因如此，上海社会上对上堂子嫖馆人并无鄙视，甚而当作光彩的事，堂而皇之。对于嫖客方面而言，这种嫖法，档次是有了，但金钱、时间及感情成本不免太高，与摩登生活方式渐行渐远。妓院方面则因维持的排场太大，养着一大群娘姨、乌龟、相帮、杂役，每日供应名酒名烟好茶，嫖资又全部赊欠，等到过年、端午、中秋三节才一并结账。碰上这货币开始贬值的年代，一拖欠便血本无归，自然也难以为继。于是，原先的妓院随着"八一三"炮响，纷纷关张。房子分租出去，妓女们改行做舞女或向导女。还在维持的老派妓院，已不足二十家了。高剑霞要去的怡春院，便是其中之一。

到了弄口，听到"叭叭"两声喇叭，一辆野鸡包车从弄堂里拉出来。这车没有公共租界发放的经营许可（俗称"大照会"），也没有南市地方当局的许可（俗称"小照会"），一般都拉固定的熟客。车上的人高剑霞认得，也是怡春院的，叫谢玲红，今天打扮得像个女学生，清清秀秀，显然是去出堂差。

见了高督察长，娇声招呼一声高警长。上海的普通市民，对租界巡捕房的英式职衔序列都很模糊，一般管便衣探员叫包打听，管头目叫探长、警长，乱叫一气。高剑霞见了她招呼，也挥手作答。

进了弄内，拐了两拐，来到怡春院，门前长方灯标上写着"姜钰涵""谢玲红"。推门进天井，一个中年相帮过来请安，大声招呼道："高警长来啦。"又回头朝屋里高声道："客来啦。"只听木楼梯一阵响，穿着绿缎旗袍的女本家匆匆下来迎接，见面说："哎呀警长来啦，赵大少已在楼上等候多时了。"高剑霞问："钰涵小姐不在啊？"女本家道："哪敢不在，本来有张条子说要到大鸿运出堂差，赵大少和高警长来了，就让玲红代她去了。"一抬头，圆脸微胖的姜钰涵已在上面楼梯口等着，她房里的娘姨和大姐也陪在一边。见了高剑霞，姜钰涵一把抓住他的手，杏眼横斜，在手背上狠狠一拧道："好啊，魂儿给哪边的狐狸精勾走了，一步都不愿踏进来了，就这么薄情啊。"高剑霞赔笑道："忙啊，你又不是不知道，天天打枪扔炸弹的，外国人催魂灵头要破案，饭都顾不上吃了，哪有心思找乐子。"姜钰涵嗲声道："什么打枪扔炸弹的，还会扔到你高警长头上吗。我不管，不管，反正你要来。"高剑霞对这套早麻木了，嘴里嘿嘿笑着，只顾往屋里去。

姜钰涵的房间是被隔成两间的统厢房，前间会客，摆着圆桌靠背椅；后间充当卧室，摆着全套红酸枝家具。连接前后间的门拱处悬着对联，上联是"五千年风生水起"，下联是"一刹那云消雨散"，横批是"情何以堪"，据说是一个知名政客酒后的留墨。高剑霞每次见这对联，总生出滑稽感觉，今天也顾不上看。朝里一瞄，圆桌前孤零零只坐着一个人，见他来了，连忙起身。不是别人，正是金凤记的赵善纯，他今天换了新装，拾掇得干净许多。两人都穿着长衫，所以也不行握手礼，互相拱手致意。

女本家敬完元宝茶后，拿来纸笔砚，说主客既然已经到了，其余陪客，让赵善纯再写请客票，好去召集。哪知赵善纯说，今天就我们兄弟俩私下说点话，只是打打茶围，装装干湿，改日再摆花酒请客。钰涵小姐要是有堂差，但去无妨，不必管我这头。高剑霞听了，证实了心中猜测。此次碰头，不是寻常的要乐。姜钰涵听说不摆花酒，要少了一笔大赚头，那张圆润的脸，顿时就从阳光普照，转为多云了。又想到好好的一趟堂差，白白让给了玲红，更加懊恼，又不敢发作，怏怏掩门退下。

赵善纯又关照娘姨说，没有招呼，不要进屋服侍。说完，"吱呀"一声，将房门关死。高剑霞与赵善纯是烂熟的关系，没有过多的客套，吸上烟就问："你们金老板的国难财发得怎么样了？"赵善纯说："托萝卜头的福，这国难财还算兴旺，只是楼下的生意，最近被南市新开的场子抢去好多，金老板有点发急了。"上海人管日本人叫萝卜头，因为日本兵大多矮壮，与本地人的豆芽菜身形迥异。"还好贵宾厅挺旺。过去的话，每天进出个万把块的客人，就可以当特别贵宾，到楼上逍遥去。现在没有个三四万的进出我就不请了，否则逍遥间都不够用。也不知道哪里突然冒出这么多的豪客，过去连听都没听说过。"

"可不是，钱是越来越不当钱了。"高剑霞打量姜钰涵的香闺，指指那套卧房红木家具道："姜小姐这一房间的红木家具，过去两千块法币也就差不多了，现在你猜要多少钱？上个月我嫁个堂侄女，陪嫁也是用的红木家具，全房间还不算床，就整整花了一万三千块钱。"赵善纯听了只点头，端着盖碗茶，拿盖子拨拉浮在水面的茶叶，呼噜呼噜吹着，心事重重的样子。高剑霞道："老兄，把我叫到这儿，关门闭户，神神秘秘，出什么大事儿了？"

赵善纯一口茶还没喝到，就放下杯子，苦笑说："还真出事儿了。"说着，从牛皮纸袋里掏出一沓照片，扔在高剑霞面前。"你看看这位，有印象吗？"

高剑霞把烟往嘴角一咬，照片拿在手里一张张过。他的手指给烟熏成了熟香蕉的颜色，左手的小指甲留得半寸长，让人见了，耳朵里便发痒。看那些照片，张张上面的人物都一样，就是那位殷先生，只是角度各异，远近不同，还有密码锁和铁链的特写。高剑霞眯缝起眼，把烟从右边嘴角吸进去，左边嘴角喷出来。这么来来去去看了几遍后，放下照片，也不说认不认识，只问："这人怎么啦？"

赵善纯迟疑了半晌道："金老板让我摸清楚他的底细。"

"这人有什么特别的？"

"那就是说，你也没见过吧？倒是没什么特别的，只是，过去从来没见过，突然就冒出来了。"

高剑霞把半截香烟在烟灰缸用力一拍，坐直身子，十指交叉，胳膊肘支在桌上。赵善纯一看这动作，知道他要冒火了，连忙举起双掌，还没开口，高剑霞抢先道："老兄，别给我绕圈子行不行，你们那场子里，每天有多少新面孔，怎么没见你来问我。"

"好吧好吧，跟你直说了，这人有钱。"赵善纯说。

"怎么个有钱法？"

"起码二十五万美元。"

高剑霞咬着烟，忘了吸。于是赵善纯把事前前后后交代了一遍。

"这二十五万也就是随身带的，身家到底多少，就深不可测了。豪客我见得多了，下起大注来不动声色，输了也不动声色，但那是装的。这哥们是真的不在乎，输了一万块，就像输了一块钱，东张西望，心不在焉。赢了钱开心，输了钱也没什么不开心。"

高剑霞又抓起照片看了一遍。想了一会儿道："那只能说明，这位朋友的钱来得容易，不是辛苦挣来的。不见得一定多到哪儿去。要不干脆就是骗子。你吃准他那一刀刀美钞下面不是白纸？"

"我随便抓起几沓用手撸过，全都货真价实的绿票子。"

高剑霞不响了，接过赵善纯递上来的新烟，点上后吸了几口，才长叹一声道："二十五万美金，用作发起股本的话，可以开银行了。娘的，上海滩真是卧虎藏龙之地啊，我也算是无孔不入的人了，这么肥的大鱼，都没有听过……告诉你件事儿，我有个兄弟，在军统上海区里混。那天喝酒时跟我说，年初的时候，戴老板从美国请了一个全世界最牛的破译专家，到重庆替他破译电讯。那地方没吃没喝，天天挨炸弹，人家为什么愿意？还不是冲着戴老板开的天价年薪。可你知道才多少？也就一万美金，照今天的外汇牌价，值五万两千法币。为了这一万美元，连人家美国人，全世界最牛的破译专家，都愿意拿生命去搏啊。"

他摇摇头，拿起殷先生的照片，重新看了起来。"可他手里是二十五万啊……这么着吧，回头我找个人，把过去五年的《警务日报》和《警务报告》从头到底翻查一遍，看看能不能找到关于他的记录。他要真这么有钱，不应该没线索啊。就算是条鱼，总也有浮起来冒泡的时候吧——对了，就算我查到他的底细，你又打算怎么样呢？"

"这个嘛……"赵善纯又支吾起来,见高剑霞又想坐直身子,赶紧说:"是这样,你刚才说过,人家美国的高手,为了一年一万美元,尚且要铤而走险,跑到重庆那种鬼地方。这么一比,你就知道这二十五万美元,是多惊人的一笔数字了。要是你老兄的财产上能添上这笔钱,那你在上海滩上,该是何等风光啊。"

高剑霞左边的眉毛挑了起来,他微微一粲道:"这种好事轮得到我吗?"

赵善纯低声说:"实话跟你说吧,这次请你来,是求你帮忙的。"

于是,赵善纯便把派人在路边伏击殷先生一节,原原本本说了一遍。高剑霞皱着眉认真听着,没有插话,只在几个细节处追问几句。赵善纯介绍完毕,总结说:"出了这样的事,那殷先生是决不会再跨出赌场大门一步了。今天碰头,就是跟老兄合计一下,还有什么好办法,既能钱财到手,又能把屁股擦干净。总之,关键是屁股要擦干净,不管怎么下手,都不能把赌场给牵扯进去。而且,只能劫财,不能死人。劫财的话,法租界警察局在我们手里,怎么都能对付过去。死了人,事情就麻烦了,逼得人家只能彻查,这样就会越闹越大,收不了场。"

他说完了,高剑霞垂着眼,并不接话。屋子里静得出奇,赵善纯的肠子叽咕了好几声,自己听了,像雷鸣似的。也不知过了多久,高剑霞才清清嗓子道:"善纯兄,你把事情搞砸了才来找我商量,有点马后炮了吧。"

赵善纯起身打躬作揖道:"是亡羊补牢。这次请老兄出马,只要成功,咱们三七开,你拿七,我拿三。"他心里想的是四六开,为了显出诚意,说的时候,多让了一成。等着高剑霞客气一下,退让一成。

高剑霞手掌在脸前摆了几摆,把蓝烟扰得四处乱窜,道:"拆账的事先不着急。你让我先想想。"他靠在椅背上,仰脸望着天花板,陷入沉思。赵善纯抓过一把酱油瓜子嗑了起来。看样子,高剑霞是同意上船了。他后悔不该急着提三七开。

高剑霞想了一阵问:"你把你们动手的情况再说说。"赵善纯把伏击殷先生的经过详详细细叙了一遍。他总结说:"都怪我看走了眼,见他是个瘸子,以为是块软豆腐,随便捏捏,没想到捏到一个武功高手了。真是,人不可貌相。"

"没有干脆一枪结果他?"

"要能杀人的话,还那么费神干吗。碰到命案,法租界巡捕房和你们公共租界巡捕房一样，被舆论一压，只好彻查到底，我们的人都有案底，一查一个准，哪能脱得了干系。再一个，要是赌场的客人赢了钱，出门就给劫杀，那生意还做不做？这是最大的忌讳。真出那样的事，金老板会要我命的。"

高剑霞点点头："那么，他现在是龟缩不出了？"他点点照片上的殷先生。赵善纯道："可不是嘛，大门不出，二门不迈。"高剑霞问："那他什么时候离开？"赵善纯瞒去实情道："谁也说不准，说走也就走了。"高剑霞道："那就静等他离开后，尾随而去，找机会下手。"赵善纯道："夜长梦多啊。再说了，他被这么一吓，还敢单独行动吗？要是走的那天找来一队罗宋保镖来团团围住，还怎么下手？我是这么打算的，先好吃好喝好招待，吸引他多勾留几天。趁他还在时，看能找个什么法子把事情做了。"

高剑霞再次陷入沉思，半闭着眼，像在瞌睡。赵善纯又嗑瓜子。弄堂里的叫卖声"青菜、菠菜、草头——"悠长地传进来。他眼一睁道："难难难，不能杀，不能抢，没有在外面动手的机会——这么说，也只有偷了。"

"说对了。可就是没合适的人。我们下面，打打杀杀的多，梁上君子少。就算有这等人才也不敢用。要找也得找不相干的人，跟我们没半丝瓜葛的，万一出事，可以洗刷得干干净净。"

"你的意思，人由我来物色？"

看高剑霞的表情，赵善纯觉得有希望，忙道："除了你，还有谁。"

高剑霞踟蹰了一会儿，眉头挑了起来，把额头推出一排皱纹，连前面的头皮也皱了起来，似乎内心在做小小的挣扎。他说："人选的事儿，要不我再想想，有眉目了再说。"

赵善纯站起身往高剑霞的空杯里添茶，道："那就看你的了，不过，咱们时间不宽裕了，哈哈。"

房门笃笃一响，赵善纯跳起来拉开门闩，见姜钰涵站在门外说："我说两位大少，你们关着门说了半天暗话，尿也不撒一泡，饭也不吃吗？都快一点了。"

赵善纯才意识到膀胱胀得要爆掉，起身冲下楼去，一边说："随便弄点东西来吃吃。晚上摆花酒，请客票马上就写，马上。"

姜钰涵这才欢欢喜喜地打开卧室的窗，探出半个身子，朝下面弄堂里喊道："老头子，送两客什锦炒糕上来，多放点菠菜。"原来这条群玉坊新近开了两家向导社，一批向导女子进进出出，随时要吃点心，一个炒糕炒面的摊头也就应运而生了，每天中午开档，居然要到第二天凌晨才收摊，生意火爆，好的时候能做八九百元法币的生意。下面老头听姜钰涵这么一喊，仰头问："是两客吗？"

"哎呀真是啰唆，两客两客，快一点，多放几条菠菜。"

第十一章

那晚，汤仲翔从金凤记回来后，陪玛兴胡乱吃了晚饭，在书房待到很晚，才把伦纳多等回来。

伦纳多问："这么晚了，你不去睡觉，等我干吗？明天我自然会跟你说的。"他以为汤仲翔是关心招募飞机师的事。

汤仲翔却道："等到天亮也要等，否则怎么睡得着。"便递上殷先生的两张字条，把白天发生的事情说了。伦纳多看不懂字条上的中文，只能让汤仲翔解释。伦纳多听明白后，初时也束手无策，一味望着窗外，眨巴着眼，很快便冷静了，对汤仲翔说，事情发展到这地步，干脆就收手吧，纠缠下去，反而违背了初衷，有害无益。

"为什么？"汤仲翔问，这种建功立业的机会，失之交臂，他心里非常的不舍。

"你是飞机师，不是军统特工，"伦纳多道，"本来想得简单，跟那个殷先生见个面，胡乱答应他的条件，最多签字画押，把钱骗到手就行了。可现在完全变了，难道你真要拿着他的字条，跑到日本派遣军的特务部，跟他弟弟接上头，配合他救出殷先生，然后再交易不成？这已经成了特工大战了，哪是我们该做的事情。我们是党国要人的飞机师，是敏感人员。总司令的性命，党国领导人的性命都要交到我们手里的，平时都要低调行事。所以，别说我不同意，陈纳德也绝不会让你卷入这种事的。"

汤仲翔虽不情愿，也承认伦纳多有理。他心有不甘道："就这么放弃的话，不就便宜别人了？我不把殷先生弄出来的话，这笔款子一定给金凤记吞了，他们趁他外出的时候，派人明抢过一次了，只是没成，肯定会再试的。"伦纳多断然道："虽然可惜，也只能如此了，再说了，让金凤记去坑日本人的钱，也不全是坏事。总之你不要再染指这件事了。那笔钱下落如何，跟我们无关，殷先生的死活，也不关我们的事。你这趟来上海，就当度假好了，我们没损失就好。"

讨论下来，决定让汤仲翔搭最早的轮船回香港，然后参加中航飞机师的排班，驾机回汉口。一切都定下之后，伦纳多说："你这次回上海，还没玩过，又要走了。那么，明天我们去百乐门跳舞吧，玛兴也一直嚷嚷着要去呢。"汤仲翔大大地赞成，他需要来一场狂欢，摆脱掉这件事的阴影。

上海滩的跳舞风本来就盛，沦为孤岛后，跳舞的热度更无以复加了。国难财发得厉害的人，眼见财富爆炸，要恣情享乐，当然爱跳。没发财的，出于集体末日心态，要最后享受一把，也爱跳。但凡职员、店员以上阶层，几乎无人不跳。舞厅的数量，因之如雨后春笋般，平添了几十家。中午有餐舞，下午有茶舞，晚间有晚舞，有几家甚至举办起了晨舞，睁开眼便蓬嚓嚓跳将起来，终于让跳舞成了一场夜以继日的全民运动了。

次日晚，伦纳多夫妇与汤仲翔到百乐门时，午夜刚过，正是一天中热闹到顶峰时。车子首尾相衔，左右相挨，车灯如带，绵延无际，开不到门口。二个人远远便下了车，钥匙扔给了跑步过来的"小郎"。小郎们戴红白制帽，在舞厅门口接送、代驾代停。玛兴头一回来，仰首前望，禁不住娇呼了一声。但见舞厅建筑的顶部是梯形的柱体，一层层缩小，每层嵌着霓虹灯广告，闪过来是"南洋烟草"，闪过去是"三星白兰地"，眨着眼，变着形状，换着颜色。大门两翼安装了垂直的流线型灯柱，把天空也染得五彩缤纷。空气里，进口香水、头油和脂粉的味道，比百货公司的化妆品部还要浓烈。再看进出的男女，无不穿戴最新款的巴黎时装和鞋包，做了考究的发型。巧笑浅语汇成嗡嗡一片。

来到这少年时代最常光顾的场合，汤仲翔心里五味杂陈。面对这番情景，实在很难想象此时此刻，中国大地上，正不知有多少躯体，被炮弹炸成肉碎。伦纳多看汤仲翔霓虹中变幻的脸，拿肘子捅捅他道："翔，我知道你在想啥。整个中国都在战乱中，对比这里的情景，实在太虚幻了。"

百乐门的底楼是店面和厨房。三人随人流进了大门，沿螺旋形的大理石楼梯直上二楼舞厅。推开柚木弹簧门进去后，乐声扑面而来。又有几个穿黑白两色制服的西崽迎了过来，其中一位把三人引到乐队附近坐下。这张桌子声音干扰大，不好说话，所以才空着。玛兴入座后东张西望，见舞池似乎容下了无数的男女，一场狐步舞正跳到一半，旋转的彩光下，沉沉的乐声里，大家都化成光和影，在旋转和穿梭。鼻子被酒精、汗液、油脂和香水的混合气味刺激，变得麻木了。人都进了舞池里，四周的桌椅空了出来，桌上的酒瓶、玻璃杯、果盘都静静待着，好像时光蓦地停滞在音乐响起的那一刻。

乐队区再过去，是舞女休息区，汤仲翔扫一眼，见舞女们大多上场了，只剩四五个在坐冷板凳。每个舞女的椅子扶手上都焊一块小板，可以放茶杯和小碟。瓜子和茶叶是舞场免费提供的，有一个西崽专门负责照顾她们，添添茶水，加加瓜子。旁边有楼梯上阁楼层，环舞厅一圈，同样摆满了桌子。伦纳多在玛兴耳边大声道："三楼还有个小舞池，全玻璃地面的，很有趣。"

玛兴连连点头，有点目不暇接了，视线粘在那些舞女身上不放，看她们的柳腰玉腿，又看她们的姿容打扮，见无论是旗袍还是晚装，都缝制得无比精美，发型妆容，也是夺目耀眼。舞女们对客人自带的女眷是最敏感的，无论是正在起舞的，还是坐在一旁嗑瓜子的，都把目光朝玛兴扫过来，不掩饰眼里的敌意。她觉得有些招架不住了，后悔自己穿得太简单，没穿那件最好的晚礼服。老是不自觉地伸手摸丝袜，看后面的接缝有没有歪掉。摸了几次后，又摇摇伦纳多手臂，问："罗约，你看看，我的口红是不是该补了？"

伦纳多刚要回答，一个穿白西服的舞女大班便匆匆赶了过来。汤仲翔几年不来了，倒还记得此人叫阿强。阿强八面玲珑，无论对谁，总归先送上一个谄媚的笑容再说，他能牢记每张面孔、姓名、职业、汽车，过目不忘。一见汤仲翔，就大惊小怪，问汤少爷到哪里发财去了，怎么几年不来了。乐队就在附近，他说话时，要扯高嗓门，几乎比唱戏时的念白还大声。

汤仲翔假笑道："一直在外地应酬日本人呢，没机会来捧场。"

阿强一愣，道："应酬日本人？应酬日本人好，好。这年头，应酬日本人才发财……这两位外国朋友是？"

"我的朋友伦纳多先生和太太。我是他的搭档，我们一起应酬日本人。"

　　阿强又是哈腰，又是点头，说了一套车轱辘英语，表示欢迎。上海洋场
做事的，都会来几句场面英语，说得滚瓜烂熟。再往下，便一句不会了。他
转而对汤仲翔说："两位今天要哪些小姐陪陪？对了对了，汤先生多时不来，
这里的小姐全换过了。我手下满打满算也有一百二十几个小姐。您现在是
知识真空期，一个一个介绍起来也太麻烦，要不，我给你推荐一位孙小姐如
何？"他凑近汤仲翔道："孙小姐刚来一个多月，很红啊，脸蛋儿身条子都棒，
舞跳得绝对顶呱呱。"又对伦纳多用中文说："伦纳多先生，我给你介绍俄国小
姐姬娜，模样儿顶呱呱，英语讲得好，可以深入交流。"他当着妻子替丈夫介
绍舞女，并不觉得有丝毫不妥。汤仲翔倒是犹豫了一下，替他翻译时，把"模
样儿顶呱呱"给省了。说完了，看了玛兴一眼。玛兴耸耸肩，一笑。伦纳多
也哈哈一笑，未置可否。

　　正说着，来了一个高个子的洋人，穿晚礼服，眉眼间全是笑，远远朝伦
纳多伸出手来，身边跟着一位盛装的金发女伴。伦纳多见了，跳起身，和他
又是握手，又是拍肩，又和金发女伴行了贴面礼。伦纳多转身对玛兴介绍说：
"这位是弗兰克，现在是欧亚航空的飞机师。我们一起在美国学飞行，他比我
先来中国，给少帅当空军顾问，我是他介绍给少帅开飞机的，一直开到少帅
给总司令关起来。"又介绍金发女子道："这是弗兰克的太太莎拉。"把"太太"
两字，专门咬得清楚点。莎拉二十出头的样子，着一袭款式简洁的连体黑裙，
上面露香肩，下面露长腿，皮肤白得耀眼。她小心翼翼向玛兴问好，客气得
有点过头，一口浓浓的俄国腔。玛兴淡淡地与莎拉行了贴脸礼，并没贴到，
看出她像欢场女人，觉得被冒犯了。她闷坐了片刻，站起身对汤仲翔道："翔，
我们跳舞吧。"

　　一进舞池，她的不满就喷薄而出了："罗约怎么回事，净跟这种不三不四
的人交往，让我和那种女人坐在一起，也不管我难堪不难堪。你们男人是不
是都这样，兼容并蓄，一点没品位。"汤仲翔赔笑道："说得有道理，不过，那
个女人是弗兰克的选择，又不是罗约的选择。他总不能因为一个女人，就跟
老朋友断了往来吧。"玛兴恨恨地说："为什么不能，就一刀两断。"汤仲翔道：
"要照你这么严格的标准，我们男人就没法交朋友了。就说这弗兰克吧，莎拉
已经是他的第八任老婆了。他的每任老婆都是俄国女人，都是欢场里的。要

是真因为他私生活浪漫就跟他绝交，那得绝交八次了。"

玛兴的脚踩丢了一个节拍，诧异道："你怎么知道这些的，不是头一回见面吗？"汤仲翔道："见是头一回见，不过弗兰克的事迹，之前听罗约讲起好多次了。其实我们都觉得他这人很够意思，从来不占女人的便宜，跟人同居的话，每次都在教堂举行正式婚礼，给人名分，负责她的生活。分手时再正式离婚，给上一大笔赡养费。明知是图一时之欢，很快就会分手，却坚持这么做。折腾了七八次，钱不知送走多少。"

她先不作声，沉默许久才道："他这么做又是何苦呢。"汤仲翔道："可我能理解他。我们这些人，天天和死神打交道，永远不知道有没有明天。每次结婚的时候，都当作最后一次，所以认真对待。"她道："那么说，是我妨碍了罗约，把他捆得动弹不得。要不，他也好像弗兰克一样，跟这个结婚，跟那个结婚，多快活呀。"他急急道："那不是，罗约和你一起很知足了，根本没有弗兰克那种想法。"她眯起眼，狠狠瞪视他，直到他把视线移开，才冷笑道："哼，你这话，连自己都不信吧。"

舞女们被男人搂着，一个个旋转而过，美艳一个赛过一个。她斜眼瞄着道："看你们，每天混在漂亮女人堆里，恨不得全都要过来吧？"他说："玛兴，别看这些女孩个个艳光四射，好像高不可攀，其实她们最羡慕你这样的。"玛兴道："你也不必来讨我开心。"他收起笑道："才不是呢。你看，你受过教育，见过世面，是自力更生的新女性。她们只能靠男人吃饭，能不羡慕你这样的吗？"玛兴说："这都是你说的，人家过得才好呢。"汤仲翔道："好什么，只是表面风光而已。再说，内心越自卑，越是要维护自尊，看她们矜持的样子，就是怕被人说贱。"

她跳得有些喘了，露出疲态。他说："别一下子动得太狠了，走，去歇歇脚。"扶她回到座位上。她从包里摸出一把檀香扇，对着脸摇着，另一只手拿手帕轻轻蘸去额头的汗，嘴里道："你说得不对，你看那些女孩，不都是在打情骂俏嘛，哪里自卑了，哪里矜持了。"他辩解说："只有和熟络的舞客，才会这样，即便如此，也都很有节制的。"玛兴问："熟络的舞客？怎么才算熟络，难道是情人的关系吗？"汤仲翔道："情人倒不至于。至少也要跳过十次以上吧。"玛兴道："跳十次就可以打情骂俏啦？"

见越描越黑，他只好收了口，认真喝茶。她扑哧笑了，换个话题道："上次听你说，你爸的房子跟你没关系，为什么，和你爸闹翻了吗？"他想了一会儿才说："解释起来有些复杂……你听说过中国人的'妾'吗？"她道："当然知道，小老婆呗。"他说："啊，那就简单了。我妈是我爸的妾，上海人叫姨太太。"

她的嘴唇做成 O 形，道："噢，难怪啊……可是，难道姨太太的孩子就没有财产权吗？"他道："那也不是。但和原配夫人的孩子不一样，要看爸爸的态度，还有大妈的态度……我管我爸爸的原配夫人叫大妈。"她同情地说："明白了，你爸不喜欢你，所以剥夺你的继承权了。"他迟疑道："其实是喜欢的……"

她有些云里雾里的，也不好意思追问，就问："你长得像谁？"他道："像我爸。我两个哥哥倒不太像，像我大妈多一点。"又顿了许久，似乎过去的事太苦涩，说起来会磨舌头。"不过，我妈原来是我祖母的丫鬟。全家都认为是她勾引了我爸，所以恨她，大妈最容不下她，根本处不到一块儿。爸爸没办法，只好把我们安置在外面小房子里，又不敢常来。"她同情道："他遗弃了你们。"他笑笑道："没那么严重。其实我出生后，情况是有改观的，因为我祖父祖母喜欢我，所以，读小学时，就把我接去爸爸家，放假才回我自己妈妈家。平时，我妈想见我时，就等在我放学路上。"她道："那你大妈对你好吗？"他想了想道："没觉得不好……她是大户人家出身的，很有教养。说实在的，没人对我不好，没人虐待我。"她道："那么，你怎么说你爸的房子跟你没关系呢？"他道："啊，那就不同了，房子是财产，很严重的事儿，还有田产啦，股权啦，投资啦……不是吃饭穿衣这种小钱。我大妈肯定要为自己的亲生儿女着想。再说，因为爸爸找了我母亲，她一辈子痛苦，怎么指望她为敌人的孩子着想呢？"她道："那你爸爸怎么看呢？"他道："他和我大妈是大学同学，自由恋爱结婚的。出了这样的事，一辈子觉得欠我大妈的，不敢再拂逆她的意思。"她失望地说："所以你什么都没得到。"他笑着说："我已经得到很多了，从小衣食不愁……不，应该说是生活优裕，一路接受最好的教育，零花钱从来不缺。要不是有这样的爸爸，我这丫鬟的儿子，最多就和这里的西崽一样，哪里敢指望读大学，进航校，去美国留学啊。"

她不再问下去了。他其实是内心受过伤的，难怪会在战火连天的时代，选择当飞机师，不在乎死活。这时，又一曲终了，一伙人全回到了座位。玛兴一见伦纳多就问："你是不是经常跟人跳十次以上？"伦纳多正和弗兰克话说到一半，莫名其妙，问："跟谁跳十次以上？"她道："跟舞女啊。"汤仲翔只好将刚才的对话向他重复了一遍。一桌都笑了起来。伦纳多道："这里的舞女胃口都是很大的，没有银弹攻势，谁跟你打情骂俏，跳一百次也不管用的。"

阿强介绍的两位舞女看来确实热门，换了三支舞曲，还空不出来。直到这会儿，才领了一个舞女过来，连声抱歉，说今天实在太忙，所以姬娜现在还脱不了身，只好让孙小姐先过来。那舞女见了汤仲翔，顿时把职业的笑脸，换成了讶异。

第十二章

伦纳多见了阿强带来的舞女，高兴道："正好可以陪翔，我们已经有舞伴了。"说着，站起身请莎拉。弗兰克也起身请玛兴。两对人一起下了舞池。

一桌人只剩汤仲翔和舞女孙小姐。他起身招呼她坐了，一看之下，原来就是金凤记里见过的孙菱，因为换了打扮，一下没认出。孙菱笑道："我早就认出是汤先生了。"他打个哈哈道："是是，我脸黑好认。可你就不一样了，一次比一次漂亮，一下不敢认，怕造次了。"顺势坐在她对面。那天在金凤记时，心思都在殷先生，对三个小姐，瞧得不仔细。这会儿认真看了孙菱，说美女绝不为过。她穿一身蝉翼纱的旗袍，里面衬的是一件妃色半截长马甲，整块背部透过蝉翼纱露在外面，等于没穿衣服一样。光溜溜的双腿不穿丝袜，脚踩一双白色高跟鞋。她的胸部不如莎拉或玛兴那般突出，肤色也没两位洋妇白，倒是细洁许多，呈象牙的韵调，很顺眼。

阿强凑过来问："天热，汤先生来点什么喝喝？开瓶香槟吧？正宗的'罗马'香槟，刚刚从法国运到的，冰得透心凉。"汤仲翔心里暗笑。他和伦纳多常跑香港，罗马香槟也没少贩运过。这酒在香港平平，到内地就翻几倍，南京路的洋酒行里标一百五六十元法币一瓶，在百乐门坐下来点，还要翻几个跟斗。他不愿被人斩瘟生，对阿强说："先弄两杯强尼华克来吧，再加个果盘。"

孙菱道："汤先生啊，过去跟你一直没有眼缘，这两天倒是低头不见抬头见了，不知道先生是做什么大生意呢？"他想起天天飞来飞去，运载物资和人员，便随口说："哪里谈得上大生意，就是做点运输，都是在内地乱跑，上海很少来的。"那天在赌场,孙菱便认定他是有钱少爷,听他说是搞运输,就更确定了,现时贩运物资的人,都大富大贵了,这样的客人,是最值得好好巴结的,话更勤了。聊起赌场里的事,孙菱忍不住笑道:"汤先生那天吸的烟,真是冲得够可以的,把我们几个都熏倒了。"他又道歉一番,不由得想到烟盒里的字条,想到泡汤的计划,心头一阵失落,脸上的笑意慢慢蒸发了。孙菱每天应对八方来客,惯会察言观色,忙扯到开心的话题说:"汤先生那天可得意了,手气那么好,我们那张台子,就你赢得最多了。"见笑容果然回到他脸上,趁机飞过来一个眼风说:"汤先生不请我跳舞吗?"他站起身道:"正要开口请呢。"

孙小姐身上的每个细胞都是开关,汤仲翔手指在她腰上稍点,身子将动未动时,对方早就领会,贴身逢迎,配合得天衣无缝。兼之身体柔若无骨,这舞跳起来,简直行云流水,不费吹灰之力。他想想刚才没点香槟,有些自责,因为卖酒饮的钱,舞厅、大班和舞女都会拆账的,自己一拒绝,等于断了孙小姐一笔财。便在她耳边说:"孙小姐,不好意思,刚才没叫那瓶香槟,让你损失了。"孙小姐听他提起香槟的事儿,连忙撇清道:"啊呀汤先生,快别说了,我都给阿强羞死了,逼人买这么贵的香槟。他是看你不常来,才敢这样,斩一刀是一刀。要敢这么对老客人,大家早跑到仙乐斯、丽都去了,又不只有你一家能跳舞。"

汤仲翔一笑而已。也不知跳到第几支曲了,正忘乎所以时,突然有人拍他肩膀。

他扭头一看,见是个身体横宽的男子,比自己略矮两指,但阔出许多,茄色脸皮,大眼袋,左眼角有道浅疤,头油多得快滴下来,穿件不甚合体的崭新灰西装,虽然打着领带,衬衣领口却不扣。那人伸出胡萝卜般的手指,在脸前做着倒钩动作,意思是要汤仲翔把舞伴让出来。汤仲翔当他白痴,没搭理,继续跳着,他又来拍肩膀,勾手指。汤仲翔只得停下步子,把孙小姐带到场外,那汉子也跟了过来。

汤仲翔为着办事不顺利,心中正窝着火苗,见他来者不善的样子,差点要燃起巨焰,还是把脾气按捺下去了,客气地问:"这位先生,有什么指教吗?"那汉子道:"什么指教不指教,你懂不懂规矩,她是老子的舞伴,你上来就剪边啊？"汤仲翔问孙菱："孙小姐，他已经买好你连做啦？"她不敢吭声，神色甚是尴尬。汤仲翔对汉子道："小弟没见识，但舞厅的规矩也懂一点，知道有个先来后到。再说，这里的小姐都是在门口挂上牌子的。只要花钱买舞票，谁都可以跳舞，也可以叫坐台子。舞票买得够数，从开场跳到散场也可以。全上海的舞场，好像都是这规矩嘛，你老兄不会是乡下人刚到上海滩吧。"

那人自知辩不过汤仲翔，脸色一变，早就一支手枪在手，黑洞洞顶住汤仲翔的胸口道："小白脸，老子叫你让就让，别对你客气当福气。"汤仲翔年轻时，最恨别人称他小白脸。正好因为长期在空中飞行，让紫外线把整张脸照成了黧黑，成了最得意之处。这下又听人喊他小白脸，顿时热血冲上脑门，不管有黑洞洞枪口逼着，挺胸朝对方逼近一步。他脸瘦，咀嚼肌发达，没事时就像咬牙切齿。这时一瞪眼，样子更凶狠了。

汤仲翔退出舞池时，伦纳多就看到了，脚下跳着，眼睛一直留意那边的动静，见那汉子样子，就像是来寻事的，又见他腰后鼓出一块，知道要有麻烦。待那人果真拔枪相向，暗叫一声不好，放开莎拉，冲了上去，想要相劝，让事态冷却。哪知那汉子还有个同伙坐在一边，见伦纳多冲上前来，以为他要动手，一下跳了起来，迎面拦住，也拔出支枪，顶住伦纳多。这一边的弗兰克见了，也冲了过来，挺起胸脯，挤到伦纳多前面道："开枪啊，开啊，臭小子，枪里有子弹吗？有的话就开啊。"

舞客见了枪，都紧张了。乐队也看到了，演奏虽没停，曲子却开始走调了。靠得近的人都停下舞步，朝这边张望，许多人开始往外溜。先是玛兴和莎拉发出尖叫，然后是孙菱叫了，接着另几个舞女也跟着尖叫起来。这倒并非小题大做，自孤岛时代开始后，好几家舞厅都发生过枪击案。曾有担任伪职的人，在翩翩起舞的时候，被国民政府的地下人员击毙。也发生过地痞流氓在蓬嚓嚓时被对头枪杀。所以，在舞厅里亮出家伙，绝不是闹着玩的事儿。

千钧一发之际，突然有个高亢的声音叫道："误会了，误会了。"只见一个人拨开人丛，匆匆挤了过来，一边拿块大手帕擦着额头的汗，不知是因为跳舞跳得热，还是被这场景吓出冷汗。汤仲翔见了他，一下愣住了，视线直愣愣定格在他脸上，忘了胸前被一支枪顶着。来者不是别人，正是前几天在法租界大马路上，坐车撞死老妇的戴杏文，自己的同学。

戴杏文没理会汤仲翔，赔着笑，对那汉子连连欠身道："范队长，您这个大忙人，今天有空来消遣，也不先打个招呼，让我有个机会表示表示。"说完这话，才转脸对汤仲翔道："仲翔，你怎么搞的，几年不见，怎么跟阿乡似的，有眼无珠，连范队长都不认识了。"又对那个范队长道："范队长，千万别跟他一般见识，这是我妹夫，喝过点洋墨水，喝傻了，有眼不识泰山，冲撞了你。唉，这实在是，叫我怎么说好呢？求您高抬贵手，暂且饶他一回，由我带他回家，替他好好开窍开窍……哦，对了，还有件事，小弟明天在老正兴敬备薄酌，请范队长赏光，正好有一对哥窑的花瓶，想请范队长过目。"又转身对孙菱道："孙小姐，你福气真好啊，范队长眼界这么高的人，独独就欣赏你一个，不惜用武力捍卫自己的最爱，还不赶紧卖力陪陪他。"朝她连使了几个眼色。孙菱会意，换了副样子，娇滴滴地粘到范队长身上道："好啦，人家不是在等你吗，凶死人了。"范队长的脸这才松开，朝汤仲翔横了一眼，嘴里骂骂咧咧的，搂着孙小姐下了舞场。他那同伙也收起枪，依旧板着张脸，坐回舞池旁边。

舞女大班阿强适才见要出事，吓得魂飞魄散，藏到进门的一根柱子后头，探着半张脸观察，随时准备夺门而出。见事态缓解了，才扯直了衣服，抹平头发，重新现身。戴杏文一眼瞥见他，扬臂叫他："阿强，阿强。"

"戴先生有啥吩咐？"阿强夹着屁股，缩着肩，匆匆过来问。

戴杏文又擦了擦汗，掏出支票本写好数字，签字。汤仲翔见他无名指上多了一颗比黄豆还大的钻石。亮得非常眼生，应该不是长辈给的。又想起那辆劳斯莱斯车，心想，他大概是入了什么来钱行当，风光起来了。他撕下支票交到阿强手里道："给范队长来一瓶二号香槟，其余的算是今晚我们所有人的舞票和吃喝，"伸手扫了一遍在场的几个人，包括自己，又指指舞池里的范队长，"怎么样，够不够？"

阿强看了支票上的数字，眉开眼笑，躬身道："太多了，太多了。"

戴杏文朝阿强挥挥手。看他走远了，才沉下脸，压低声道："仲翔，你真是吃了豹子胆，活得不耐烦。你知道那人是谁？"

汤仲翔摇摇头："我才不管他是谁。不过，我什么时候成了你妹夫了？"

戴杏文听了，更不满了，埋怨道："你还说呢！好端端的一门亲事，你小子自己搞砸了。不然的话，你不就是我妹夫吗？"他提起这事，便摇头叹气。当年，汤仲翔与妹妹戴幼琳走得那么近，就等着水到渠成了，却因戴家长辈的反对，终于落空。他一直怪汤仲翔自己不争气，没能争到一份家产，失去立身之本，才让长辈心寒。

两人站着，略略聊了别后各自的情形。戴杏文说得含糊，只说自己在做贸易。汤仲翔说得也不清楚，只说自己在中航当飞机师，与伦纳多一起飞香港到内地的航线。虽然"妹夫"两字都说出来了，两人却都刻意不提戴幼琳。戴杏文问他为何一别多年，杳无音信，以致全家人都当他死了。汤仲翔笑嘻嘻道，自己确实死过，哪知最后关头又给阎王爷从鬼门关里推了出来。戴杏文细问时，汤仲翔只道来日方长，改日再慢慢聊。

戴杏文压低嗓子道："你好大胆子，专挑上海滩最狠的角色惹。"汤仲翔道："有眼不识泰山，到底是什么厉害角色，你吓成这样？"戴杏文道："听说过黄道会吗？"汤仲翔道："知道，不就是一帮流氓吗，替日本人当杀手的。他就是他们的队长啊，叫什么来着？"戴杏文道："他叫范千里。队长轮不到他，只是这么叫。不过，行动大队里头，他手条子可是好狠好辣啊。谁在租界里公开反日，他就带头杀谁。炸死过好几个办报的，还把人脑袋割下挂电线杆上。他们队长赵松涛都要让他三分。要不是你两个朋友是外国人，让他有点忌惮，刚才真不好说。"

黄道会在租界里做的事，暗杀啦，扔炸弹啦，割人头啦，沪港两地无人不晓。汤仲翔一听便说："杏文，你跟这种人也熟？"扭头看舞池里的范队长，见他紧紧搂住孙小姐，脚步散乱，全然不管拍子，脸上乐开了花。戴杏文道："这年头做生意，什么样的牛鬼蛇神都得打交道，没办法。再说，这人我原来就认识，不是今天了。日本人没来的时候，一直在十六铺赌档里当打手。"

出了这样的事，大家的兴致都被一盆凉水浇透了，谁都没心思继续跳下去，便回到座位上歇息。汤仲翔把戴杏文介绍给了两对外国人，说："我们两家是世交，打小就烂熟了。"戴杏文自小受教会学校的教育，一直读到圣约翰大学毕业，英语纯熟，又精通吃喝玩乐，立刻与大家聊得融融。

阿强收了戴杏文的钱，格外殷勤，还没等大家屁股坐热，已经差西崽来上桌了，把瓜果点心摆得快满出来。香槟是车子推过来的，装在冰篮子里，放在上层。六个冻得蒙雾的香槟杯放在下层。西崽用浆得笔挺的白餐巾包起酒瓶子，"啪"的一声，瓶口"嘶嘶"冒气，斟入六只酒杯。周围的注意力都被吸引过来。舞女们个个艳羡，心里计算着孙菱今晚能拿到的抽头。那西崽知道遇上豪客了，手头忙完了，还不肯走开了，嘴里念叨着："先生，我们这碗饭，现在真没什么吃头了。没进来的时候，先要筹备一笔压柜，都是向放印钱的重利去借来的。也不知哪天才还得清。我们又没什么工钱可拿，小账每星期一拆，不过几块钱的事儿。上海房价这么贵，光身汉还好，有家室的就更不行了，别说房钱不够，小账收入连自己的三餐都不保……"戴杏文不想听他絮叨，干脆豪爽到底，掏出一本舞票共十张，塞到他口袋道："你辛苦了。"这才千恩万谢去了。玛兴在一旁看了，心想，汤仲翔要是没生在有钱人家，难道真的就会变成西崽吗？实在是想象不出来。

大家开怀畅饮起来，几轮下来后，很快就微醺了。戴杏文趁着热火朝天的当口，凑到汤仲翔耳旁道："仲翔，你这次回来得正好，大后天是幼琳生日，你是无论如何都要来的。"

汤仲翔一怔，这才想起，戴幼琳的生日果然就在眼前了。上一回与她一起过，是哪一年呢？回过头看，像看一栋空落落的旧屋，破烂的户牖，天花上垂下尘灰吊子和蜘蛛网，总觉得隔了一个时代了。借着唇舌上酒的酸涩，才把那次的情形朦朦胧胧地唤了回来。也是有酒的，是偷偷地喝，因为还在做学生，对了，是在麦达赫斯特路的沙利文，绿白的方格子桌布，咖啡，蛋糕，西餐，一瓶藏在椅子下的红酒，听电唱机放出不间断的音乐……好像有六年了，还是八年？

他踌躇着，陷进了回忆里。原本设想的上海之行是很简单的，悄悄潜入，无声无息地把事情办了，又悄悄离去。但事与愿违，踏进上海后，好像每走一步，都要绊到几根旧时的藤蔓，渐渐就给缠满一身了，挣也挣不脱的感觉。"是大后天吗？"他终于问。戴杏文道："对，大后天。"汤仲翔道："可是，这次恐怕不行了，我后天就要走了，去香港。"戴杏文道："船票买好了？"汤仲翔道："看好船期了，还没买，明天一早去。"戴杏文冷冷道："那就先不买呗，买了也退掉。这次你要不来，就不要做人了。"

汤仲翔不敢再吭声。戴杏文又补一句："难道你真要六亲不认吗？"

伦纳多见汤仲翔怔怔的，还有半杯酒没动，黧黑的脸庞褪了色一般，也不知是不是灯光的缘故。以为还在后怕，拍拍他道："老兄，做梦呢？"汤仲翔定定神，强笑道："杏文请我大后天去他家，我在想怎么安排。"伦纳多"噢"了一声，心想，他后天该踏上归途了，这个邀请，恐怕只能推掉。但看看两人脸色，猜是有难处，还是先不多嘴，回去再商量。便回过头去，继续聊朋友圈里的趣事。

过了午夜，几拨人方才分头回家。下楼时，一个背着相机的西装男子，一路跟着出来。小郎把伦纳多的汽车开到跟前，一伙人便上了车。玛兴喝得少，是最清醒的一个，便由她驾驶，往家里驶去。西装男也上了一辆等客的云飞汽车，紧随他们车后，一直跟到他们住处。等他们进屋后，那西装男也从车里出来，记下了门牌号，这才回到车里离开了。汤仲翔一伙人喝得晕头晕脑，对这一幕，自然是浑然不觉的。

第十三章

汤仲翔他们回家时，一路跟随在后的，是专写跳舞新闻的记者莫月铭。

淞沪会战失败后，上海沦为孤岛，再言中国必胜，大家不敢相信了，若说中国必败，又绝不甘心，一般市民的集体心态演化成逃避主义，不再关心世界大局，国家存亡，只专注于声色犬马，娱乐是最受欢迎的，其中舞业可以排到首位。除了米价，市民最关心的，莫过于舞场风云了，于是，大小报刊迎合市民所好，都有专门的版面，报道舞界的最新动态，专吃这碗饭的记者里头，莫月铭是佼佼者。

莫月铭家里开竹器行，钱够供他读到中学。他自幼好习艺文，中学毕业后，不当大学生，投身拍电影，发现这行当太苦，没能熬下去，就仗着笔头健，改行当记者，图行事自由，不必随班，不必坐困写字间。他在电影圈浸染过，爱上拍摄，就花了六百多元，自费买了一台莱卡照相机，时时刻刻背在身上，采访时总要拍照，写出的报道图文并茂，读者爱看，每张小照还能向报社收个五元十元，入账也增加了。他原本混过几家小报，因为表现出色，被《东方日报》看中了，将他揽了过去。

上海舞风大炽，他也入了迷，每日于下午三点到报社发稿，其他时间里，就混迹在舞场里。上海滩大大小小的舞场，没有一家是陌生的，所有的舞女，没有一个是不熟的，能信口说出每个人的生辰八字、家庭住址、父母兄弟几人。他写的舞场花絮，配上舞女小照，现场实景，吸引越来越多读者，竟大大拉动报纸的销量，老板大喜，干脆让他编一个跳舞新闻专版，结果大获成功。千千万万的新订户里，大多数是冲着报纸的跳舞新闻版来的。

莫月铭的一支笔，配合他的照相机，渐渐获得威力。入他眼的舞女，经他吹捧，总能够走红，得罪了他，在报上吃他一枪，便要走背运。他在各家舞厅行走，如入无人之境，大班和舞女都讨好他。这一日，汤仲翔一伙人到百乐门消遣时，正逢他在，汤仲翔与范队长冲突的一幕，被他尽收眼底，又用那台莱卡相机，纷纷拍了下来。

他编写跳舞新闻，奉行的是有闻必录、巨细不遗的方针，否则如何填满两个版面。某某小开今日去了某家舞厅，某某舞女今日换了什么首饰，某某客人为某位舞女开了香槟，某某舞女走楼梯跌了一跤，某旧客匿迹，某新客露面，凡此种种，不一而足。至于红舞女跳槽，舞客间起冲突，更是要大书特书，放到版面头条，配上图片，用大字做标题。若是天下太平，他的版面就清淡；天下大乱，版面才能兴旺。所以，那天在百乐门发生的事情，简直就是惊涛骇浪，非整整一个版面容不下。

这个故事，首先是人物重要。范队长是上海滩混江龙，他到百乐门跳舞，本来就是必写的。汤仲翔是新客，带着外国朋友出现，派头不小，背景神秘，本来也该重重落笔。引发冲突的孙菱，是百乐门头牌，更是例必要提到的。至于当和事佬的戴杏文，是有名豪客，每次现身，都是报道重点。除了人物吃重，故事也精彩，这范队长与汤仲翔为了争抢孙菱，闹到当场翻脸，竟至拔枪相指，更引得外国人出手相帮，寸步不让，最后由阔少戴杏文出头灭火，这简直是天赐的好题材，当年拍电影时，都编不出这样的桥段。

莫月铭趁他们剑拔弩张的当口，瞅个空子，把钉在原地不动的孙菱拉到一旁。她正吓得两腿发软，趁势一把揪紧他胳膊，才没瘫在地上。他把挂在胸前的照相机往身后一移，半扶半拖，把她架到自己那张桌子前坐下，自己也陪坐一旁，抓起一个酒杯送到她嘴边，将里头剩下的小半杯白兰地灌进去。她喝了酒，才慢慢活泛一点。他坐定后，又把照相机移回到胸前。这台吃饭家伙，平时是不离半步的，皮套子早就油光锃亮了。他二十八九岁，没有伟岸的身躯，穿一套石路上买来的廉价西服，衬衣领圈空荡荡的，两个脑门角角处，已经秃了进去，剩下中间一个尖尖角凸出来，人不动，眼珠子却不停，似乎时时刻刻在盘算什么。孙菱回过神后，马上堆起笑脸，对莫月铭，她是不敢有些许得罪的，否则这红舞女的地位，就会有大大的危险。

　　莫月铭最有兴趣的，是那个陪外国人进来的舞客。虽然已经拍下他许多小照，此时还不知道他姓名和来历，所以要向孙菱打听，否则明天的新闻里，不免就有破绽。至于其余几个，他早已烂熟了。孙菱是知无不言，言无不尽，一股脑都说了，但是他的住所，却实在说不出来。他当下决定，对他们实行跟踪，所以就一路跟踪到了伦纳多与汤仲翔的住处。这下，他的新闻要素，终于齐全了。

　　汤仲翔昨晚睡下时，天边已透出微明，这一觉醒来，就近晌午了。迷蒙许久后，昨夜的一幕幕，才影影绰绰浮上来。最后活生生逼到眼前的，是戴杏文那张脸，他是一根刺，挑破了一层幕帘，露出来的，是他不想回顾的过往，全是荒诞不经的。

　　他躺不住，掀开毯子，坐到床沿上。宿酒还在起作用，太阳穴扑突、扑突跳，隐隐地痛。上海让他倒了胃口，不想再待了，寻思这会儿就去把船票买了，明天一走，谁也不必见，谁也不必认，最清爽。他脱了睡衣裤，进卫生间快快洗漱一番，换了身打扮，改穿短身夹克。见窗帘不停滚出大浪，风硬生生往里头挤，拉开一看，天压得低低的，苍黛的云都在疾走，云上还有云，一层层把太阳捂住，要让它窒息。风打在脸上湿湿的，要下雨的样子。不由想，放在过去，这样的天气，一定不敢起飞，跟了伦纳多近两年后，都不在话下了。几个月不飞，他迫不及待要重上天空，像老鹰一样，在高处俯瞰云海。而现在，他却被云压着。

　　视线一转，见那盒三炮台还躺在书桌上，似乎在嘲弄他，便拉开抽屉，一把扫进去，砰地关上。殷先生的两张字条，早已经收在皮夹子里了，现在犹豫要不要毁掉，毕竟都没用了。门这时"笃笃"响了两声，他喊声"进来"。门慢慢推开了，探进一个脑袋，是刘妈。她跨进一步，手里拎着一双皮鞋，弯腰放在雪亮的地板上，是他昨晚放在门外的，已经擦得比地板还亮。她看了一圈，把他换下的衣物毛巾全收在臂弯里，退到门口道："汤少爷，早餐好了，老爷请你下去一道用膳。"他谢了她，说马上下去。她欠欠身，带上门去了。他坐在床沿穿鞋，想到自己是"少爷"，而伦纳多成了"老爷"，觉得滑稽。看看表，都过十二点了，还叫早餐，也有些滑稽。

　　到餐厅，见伦纳多夫妇已经端坐在餐桌边了，都穿着睡袍。根发在摆桌，果然都是早餐的东西，培根、香肠、煎蛋、薯饼、吐司一类的，杯子里的咖啡直冒热气。他在玛兴对面坐下，侧首的主位是伦纳多。食物的焦香袭来，才觉得饿了。伦纳多见他穿戴整齐问："你马上出门吗？"他说："对啊，去买船票啊，明天就开船了，不好再拖了。"根发端来他的咖啡，他抓紧喝了一大口。伦纳多问："那么，戴杏文的邀请，你准备算了？"

汤仲翔又喝两口咖啡，捡起刀叉，开始吃盘子里的东西。吃了一阵才说："是啊，还是算了吧，他那头又没什么大事。再说我休养了三个月，伤差不多全好了，再不归队，就是逃避了。"伦纳多道："可他那口气，似乎不是随口说说的。你们只是一般的同学吗？我看关系要深得多，至少是亲戚吧？"汤仲翔迟疑片刻道："我们并不沾亲，但两家人是世交，其实比许多亲戚走得更近。"玛兴来了兴趣，插进来问："怎么个世交法？"

汤仲翔叹口气，似乎回顾往事，让人疲惫不堪，但好歹还是说了下去："在清朝同治年间，也就是 19 世纪 60 年代早期，我爷爷和杏文他爷爷同在一个大官手下当差，那个大官叫李鸿章。他们一起出生入死，攻打上海周边的太平军。打败太平军后，他们都封官晋爵了，各自当过几任巡抚，就是今天的省政府主席。因为这层关系，我爷爷和他爷爷成了莫逆之交。他们的下一辈，也就是我爸和他爸，关系也很近。两人既是留日的同学，回国后又是交通银行的同事。到了我们这一代，两家已经枝蔓繁衍了，因为两人都娶了姨太太，也都生下很多子女，分散在各地。相互间的走动就不容易了。但我和戴杏文是同一年出生，同在上海，从小学起就同班，一路读到中学毕业，两家故旧的关系，就在我们之间维系下去了，虽然他是正出的，我是庶出的。读书的时候，我常常整日泡在他家里，几乎像一家人。"

玛兴道："怪不得，我看他的态度，真是把你当家人的。人家诚心诚意请你去，你这么一走了之，好冷酷呢。"她还是希望汤仲翔多逗留一阵，家里多一个人，多一份热闹。楼梯上上下下的脚步声，从早到晚的谈笑声，人一走，就都没了。汤仲翔望一眼伦纳多道："已经定好的行程，不想再改来改去。杏文那头，下次总还有机会的。"伦纳多不响，只微微颔首。玛兴悻悻道："我知道你一门心思想走，可走不走得成，还不一定呢，这么晚去买票，恐怕售罄了。"汤仲翔说："不会，淞沪会战结束后，去香港的人少多了，二等舱从来不满的。"

玛兴要跟他争个明白，起身去客厅打电话。对着话筒说了一阵，转身叫他："翔，你过来。"等他去到跟前，给了他一个得意的笑，说："你自己问吧，没票了。"他一脸不信地接过电话"喂"了一声，另一头的职员又跟他解释一通，说一个法国代表团回河内，舱位票都卖光了。"那统铺还有空位吗？"他问。结果统铺是最先卖光的。他只好定了下一班船，要十天以后了。

他垂头丧气回到餐桌，愣了半天才说："咳，大意了，应该一决定走，就去买票的。"伦纳多点头道："我也没料到船票会紧俏，这下又要多拖十天了，"在心里算了算日期，道："这么一来，你走后没过多久，我也差不多该归队了。"玛兴眉目间扫过一丝异色，被汤仲翔眼角截到了，对伦纳多使个眼色说："不不不，你跟我不同，你是美国人，帮助我们是情分。我是中国人，生下来就有卫国的义务，逃不了。再说，你帮了中国这么多年，趁这次结婚的机会，多陪陪玛兴吧。"

玛兴听汤仲翔替她说话，示威似的横了伦纳多一眼。又转脸对汤仲翔道："晚几日走，又碍什么事，也不必失魂落魄啊，你是受过伤的。"汤仲翔说："这么胡乱消磨光阴，总是愧疚得很。这里的一切也太假了，一片歌舞升平，以为中国就是这样。可中国不是这样的，我们每喝一口咖啡，吃一口鸡蛋，这么点工夫，就不知有多少人死在战火里，而且死得非常惨，国土也每天都被蚕食。"

伦纳多垂着眼皮，不接汤仲翔的话，茫茫然的脸，好像没在听，又像沉思。玛兴推他手臂道："罗约，是这样吗？"他才清清嗓子道："是这样。"玛兴急道："亏你平时像个话匣子，这会儿倒惜字如金了，难道你见过？"他这才别过脸对她道："岂止是见过，几乎天天在眼皮底下发生的。"她说："可是从来没听你说起过，净跟我说些奇闻逸事，好像你们的工作，就是在作乐。"伦纳多说："你大老远过来结婚，又不是来听丧气的话，当然挑开心的事情说。"她说："好吧，那现在总可以说说吧。"

他回过脸看汤仲翔，两人相对苦笑，不知该怎么开口，只好低头认真应对盘中的食物。玛兴嘟囔道："反正你的事情，我是别想知道的。别人若问我嫁了什么样的人，我真的说不明白。"他盖住她的手道："瞧你多心的。其实，许多事情，经历的时候，心里就像被刀扎过。再翻出来说的话，等于扎第二遍，比第一遍还痛。"

汤仲翔道："玛兴，罗约的话一点不错。那些惨象，苦难，我们经历太多了，可我和他之间，事后从来不提起，只说些寻欢作乐的疯话，因为已经受够了。你是他的救生圈，是要帮他忘却的，硬让他说这些，等于把他推回地狱里。"她有点明白了，吐出两个字："好吧。"

可伦纳多的记忆库，却给玛兴硬生生撬开了一个口子，关不住了，自顾自道："玛兴，这种事情，真是数不胜数，挑几件说说，你就会明白。有一次宜昌机场挨了日本人大轰炸，一个小时后，我就在现场降落了，亲眼看见几千个民夫给炸成肉碎，机场的泥地给血水泡成了红泥浆。遍地都是烧焦的人肉块，天又冷，尸块像烤肉块一样，都在冒着烟。机场旁边另外堆着几百具还算完整的尸体，临死的人都在惨叫，亲人们在号哭；汉口的轰炸，我也亲身经历过几次，有一次在街上眼睁睁看着一个家伙被弹片击中，整个肚子炸成个脸盆大的口子，他一时还没感觉，脸上没事似的，低头看到自己的伤口后，才露出惊异的神色，没等到痛，就一下倒地上死了。南京街头的轰炸，我也经历过无数次。我看到有人被弹片削掉了半个脑袋，还张着嘴边跑边叫，跑了几步扑通倒下死了。有人身体完好坐在地上，没伤没破，慢慢就倒下死掉，因为大脑给冲击波震糊了，里头像土豆泥那样。我在广州的街道上看到过成排成排的棺材，里面放的不是尸体，都是辨认不出的残肢肉块，有的像烧煳的野兽。我全看见过。玛兴，这些画面都刻在了脑子里，这辈子都抹不掉，半夜会被惊醒。因为经历了这些，我不能不恨日本人，不能不帮中国人。"

玛兴过去坐到伦纳多腿上，把他脑袋紧紧搂到胸口。他窒息地嘟囔一声："我要闷死了。"她说："就是要闷死你，反正你本来就是在找死的，可是你不该存心害我，明明知道会死，还跟我结婚，让我新娘当不了几天，就要当寡妇。"他挣扎着探出脸，她倒给他的神色吓住了。他说："你说反了，我跟你结婚，全是为你着想。你只有正式成为我的老婆，我死了以后，人身保险赔偿金，还有中国政府发的抚恤金，才能到你手里。我们相爱一场，我不能让你落个两手空空。这些钱不是小数目。"她绷不住了，哭着说："我不要钱，我要你活着。"他说："可是，生死的事情，是上帝决定的，我做不了主，我能做主的，是跟你结婚，让你有保障。你要知道，假如你只是我的女朋友，我身后的一切，你是没有丁点权利的。"玛兴坐回位子上，抽泣着问："是不是因为这个，弗兰克才每次要跟同居的女人结婚呢？"伦纳多道："没错，所以我才说，他是个负责任的男人。"

她终于抹干眼泪了，冷静地问汤仲翔："翔，你实话告诉我，你们的工作到底多危险？"他道："说真话吗？那好吧，是挺危险的。三年前和我一起从笕桥航校毕业的七十几个同学，已经战死一半了。"伦纳多说："中国空军第十四国际中队的外国飞机师，已经被打光了，大部分都是我朋友。"她抱着最后一腔希望说："可是，你们飞的是民航机，不是空军，应该安全啊。"汤仲翔道："民航机才最危险，因为日本空军见到中国民航机，是一概击落的。他们在所有航线上巡逻，再怎么躲，总会遇到。民航机速度又慢，机动又差，也没有可以反击的武装，遇到他们，就成了活靶子，没有逃生机会的。他们最喜欢打中国民航机，就跟玩似的。"

这一点，伦纳多一直瞒着她。她茫然望着新婚丈夫，他只离着两尺，却仿佛飘走了，越飘越远，抓也抓不住，直到有一天，要消失在天边。就算一次次地逃过了劫难，可是还有下一次，再下一次。嫁给他，本来想着相依一辈子，结果变成嫁给了保险金和抚恤金，可他说是为了给她保障。她已经哭过了，再哭又能怎样，总不能哭一辈子，所以只有忍着。她不要再看他了，垂眼在盘子上。盘里的早餐还剩一大半，半熟的煎蛋凉透了，红艳艳的蛋黄瘪了下去，像哀伤的脸。两个男人的盘里全空了，还用吐司将蛋液抹得干干净净。明明在谈论着死亡和抚恤金，胃口却一点不打折扣。

见他们静默着，她蓦地惊觉了，自己像个怨妇，一直朝着空气里喷射有毒情绪。听说结婚的女人，往往就这么把丈夫赶跑的，可不要逼得罗约变成弗兰克那样，结了又离，离了又结，变得玩世不恭起来。想到这，叹了一口气，没话找话问："翔，你的保险金和抚恤金，准备留给哪个幸运的女人？"话出口了，自己听出还带着余毒。他不由笑了，道："我是中国职员，没什么人身保险，抚恤金也可以忽略不计的。我们中国人每天要死掉千千万万，怎么可能有这些。罗约可不一样，他是美国友人，待遇是比照美国标准的，再加上一倍。"她问："那么，你因为没有保险金和抚恤金，就不谈女朋友了吗？"他说："不然怎么办？要是我撒手走了，留下孤儿寡母，断了经济来源，岂不是害人？"见她脸上又阴了，忙说："不过你放心，罗约的命比谁都硬，这种事，不会落到他头上，根本没机会领那些钱。"

她咬住下唇，两手紧箍住伦纳多的手臂，使劲地摇。他锁起眉头喊痛，她只当不闻，就是不停手，把头发都晃到脸上，沙黄一片，挡住了视线，看出去的伦纳多是一缕缕的。至少眼前的他还是囫囵一个，摸得到，抓得住，以后便不好说了。时时出入轰炸现场的人，逃出来是运气，死倒不奇怪，待到他成为千万碎尸中的一个，眼下这一幕，只有从回忆里翻找了。伦纳多按住她的手道："达令，别闹了，翔还要再待十天呢，咱们正好每天找地方玩，保证让你开心，怎么样？"

刘妈见他们吃得差不多了，过来收拾桌子，玛兴这才放开手，把散乱的头发掠回去。她见汤仲翔嘴角幽幽带笑，似乎在嘲笑伦纳多找个老婆给自己上套。她对伦纳多说："明天开始，我打算去找一份报社的工作。我不想等你归队以后，每天一个人发呆，等着领抚恤金。我可不像弗兰克的那些女人，我在美国就是新闻记者，有自己的事业。"汤仲翔连连点头道："这样最好，你在上海不会闷，罗约也不用时时担心你。"

一声寒鸦传来，见落地窗外，风头疲了下来，那两株银杏，晃得不如适才那么疯了。黄透的叶子，被夜风摧扫，掉了一地。云慢慢散去后，天色亮了一些。汤仲翔看了看时间，心想，总不能在屋里耗完剩下的半天吧，不如出去散散心，就说："都下午了，今天也没什么正事，要不，出去透透气吧？"伦纳多夫妇点头赞同。"是去沧州饭店打弹子，还是去新世纪滑冰？或者，去南京大戏院看电影？刚看了报纸广告，两点四十分有一场《浮生若梦》。散场后，正好慢慢走路去蜀腴川菜馆吃晚饭，我请客。饭后带你们去观摩京剧，黄金大戏院正在演《朱砂痣》，是一个老伶人时惠宝担纲的，很不错。玛兴不是一直要看京剧吗？"说完了，才发觉这种日子，又滑回到过去。那时，终日不是打弹子、滑冰、看电影、吃喝、跳舞，就是看京剧、捧戏子、逛书寓，每夜扶醉而归。这种纨绔子弟的生活，本来是一心要抛弃的，可想做的事情偏偏做不成，却兜兜转转，又回到这种生活里，难道注定要活成一个可怜虫的样子，不由一声苦笑。

玛兴对打弹子了无兴趣，也不爱滑冰，只中意看电影。她一直喜欢卡普拉导演的片子，每一部都追的。于是决定先看电影，余下的项目就照汤仲翔的安排。大家准备停当后，便开车出门去了。

第十四章

话分两头，却说在怡红院里，赵善纯嘴里的二十多万美元，让高剑霞大大地心动了。任凭他见多识广，这么巨大的一票现金，也是头一回遇到。听了赵善纯的描画，这情形，除了偷，似乎也没有更好的法子，假若有，他也不会来求助，白白被人分去大头。但他这回是拜对菩萨了，高剑霞果然是有理想的人选，只是能不能说动人家，还没有十成的把握，当场先不打保票，只待把事情落实了再说。

傍晚过后，上海华灯初上，高剑霞便换上一身西服，来到了百乐门舞厅。他要找的金手指，不是别人，正是这里的一个舞女，名叫池彩娣。

进入场子里头，见乐队还没到，一些瘾头大的舞客，已经在留声机的乐声里，搂着早班的舞女转起圈子。阿强远远见了他，一边大声招呼着，疾步迎了过来。高剑霞凑到阿强耳旁，低声吩咐一番。

阿强听到要包池彩娣的台，媚笑的脸上，渐渐覆上了一层讶异，及至听到他点的东西，更是笑不出来了。公共租界里头，高警长是他最忌惮的，官小势力大，黑白通吃，哪里得罪他的话，给你双小鞋穿，阿强就别想混下去。他家凡有吊庆，一概不敢错过，三个月前，他母亲过世，风光大葬，阿强还随了一份大礼。所以，他来舞厅点吃点喝，岂敢开他行情价，只能象征性收一点，成本都不到，越点贵价货，亏得越多。他的心思，高剑霞看得明明白白的，交代说："你放心，今天点的东西，我会照价全付的，不过，池彩娣的抽头，你一分钱不能少她。"说完，在阿强肩上重重拍了两下，便上二楼，在玻璃舞池旁选了一张桌子，将搭在手臂的风衣搭在椅背，拉过另一张坐下，点上一支雪茄，怡然看下面不停流动的舞池。

阿强抚着被拍痛的肩胛，垂着头走开，内心满是纳罕，这高警长千挑万挑，找了一个坐冷板凳的舞女来坐台，让他摸不着头脑。池彩娣才来了一个月，论外表、身段不算太差，脸蛋也还过得去，只是有些木头木脑的样子，那些巧笑顾盼、口舌生花的手段，一样都使不来。她可能下海不久，舞技也就刚刚及格，很难让客人迷上她，只有坐在冷板凳上，缺人的时候被请去凑数。这种资质，根本入不了阿强的眼，奈何她是沪上红舞女孙菱的密友，一个月前，为了把孙菱从丽都挖过来，只好答应她的要求，让池彩娣一起来，好比抢购紧俏商品，非要买一个搭一个。孙菱跟他讲斤头时，一口咬死了，若不让池彩娣一起来，自己一辈子不会答应跳槽到百乐门的。

高剑霞端坐楼台，视线落在下面的舞池里，思绪跟阿强一样，也跳到了池彩娣身上。多年前的情景，就如电影里的淡入一般，从一片空白中朦胧地浮现出来，终至清晰了。常人世界里，她的经历是极度罕见的，十岁的时候，就触犯了法律，落到了公共租界巡捕房手里，经办人就是高剑霞，所以她的身世，他最清楚不过。

她最早是个弃婴，被逃难来沪的父母，丢在洋泾浜旁边等死的。洋泾浜的烂泥滩，是上海弃婴最集中的地方，和死猫死狗扔在一块。慈善组织时不时去那里巡查，捡拾被人扔掉的孩子，捡来后，送到仁济育婴堂养大。她算命大的，被丢弃时，适逢初夏，若是冬天，不消几分钟，命就没了。她借助天气的帮忙，把一口气息拖下去，一直等到被人捡了起来，逃过一死，送到了育婴堂。但育婴堂容量有限，只能抚养到幼年，就必须放归社会，否则育婴堂会被挤爆掉。一个小女孩，流落到社会上，靠好心人救济，吃万家饭，仍不免常常饿肚子，就在街边乞讨。结果被一个丐帮头目看上了。

她身上有一个特别的地方，一般人不去留意，而专事行窃的人，却最为看重，那便是手指的形状。她的食指和中指一样长，而且又细，又长，指尖比日本人的筷子头还尖，就像一把人肉镊子，里头汇集的神经，比起普通人，恐怕要多出几万根，天生有当稀世大盗的本钱。于是，"丐帮"头子用食物做诱饵，收她为徒，开始教授各种功夫，每天几个小时，偷懒就打，不给饭吃。她练到八岁的时候，就能以电光般的速度，用两根手指，把烧得通红的煤球，从炉子里夹出来，放进旁边的锅里。煤球不能碎，手也不会烧伤。凭借这手功夫，她正式上街了，一个营养不良的小女孩，高不及腰，谁也不提防，从人身边一过，那人身上的东西，无论是皮夹也好，怀表也好，早就飞了，立时之间，又传给了同伙，没有一次不得手。他师父有了她，偷起东西来就如虎添翼了，抱着她上趟电车，乘客堆里一挤，好多女人脖子上的金项链，就落到了她手里，又进了师父的口袋。再不然，就是师父师母带着她，扮成一家三口，随便找家店进去，装作买东西。两个大人缠住店员，小女孩就趁机下手了。谁都想不到，这个小女孩偏偏是个神偷。

常言道，常在河边走，难保不湿鞋，她这么东偷西偷，作案太频密，惹怒了巡捕房，撒芝麻一般，在案发最多的几个地点，密密麻麻布下暗探，终于让她失手，落在新巡捕高剑霞手里。他见神偷竟是这么一个幼女，几乎无法言语。那时她年纪不到十岁，不担刑事责任，又是初犯，自然不深究，被送进儿童院教化后，两年就放了，旋被送去慈善组织办的妇女研习班，学习识文断字。研习班一个兼职的语文老师夫家姓池，自己头胎是女儿，便给这个不明来历的女孩取了个"池彩娣"的名字。池彩娣扫盲的同时，又接受职业培训，几年后出来，到洋人家里当上了用人。

用人的活计做了几年，池彩娣深感没有出头之日，下定决心把工辞了，打算另谋出路。陆续换了不少活计后，进了一家俄国人开的小酒吧兼舞厅当女招待，酒吧的名字叫黑眼睛。这种地方，出入的外国水手多，上岸后，拿着几个月、半年攒起来的薪水，买酒不眨眼。喝醉酒，有时也乱给小费的，所以来钱快。有一年，酒吧里突然来了一批新客人，是中国人，笕桥航校的学生，跟着一个美国教官来的。一来二去，她不知如何就昏了头，竟然跟其中一个发生了关系，以致珠胎暗结。等发现有孕了，那帮航校学生却杳如黄鹤，再也不来了，找也没处找。及至肚子大起来后，那份招待的工作就丢了，也没法再找其他活，渐渐坐吃山空。眼看衣食无着，只有重操旧业，重新干起偷东西的行当。

这回，换了路数，不在外面作案，专挑金店下手，只偷一款不镶宝石的光板足金戒指，男人的款式，足足半两重。她的操作简简单单，先是看中了戒指，说是送给父亲过生日，要店员取来细看。横看竖看后，还是觉得款式不合适，就还给店员。等她走后，店员才发现戒指被调包了，变成个镀金的假货。有时好几天后才发现。她总是衣着得体，神态自若，像个小康人家的少奶奶，在掌柜或店员的眼皮底下看货，慢条斯理的，没有小动作，也不会一惊一乍制造花头，转移别人视线。就这么随随便便的，就把戒指掉了包。

她自己的童年太苦，为了不让即将出世的婴儿重复自己的命运，急着积谷防饥，失去了理智，偷得太多了，短时间里，就在二十几家金店里作过案。同业公会一开会，大家一说起来，她就无所遁形了。接下来，上海所有的金店都开始防范一个大肚子的少奶奶。然而，即便有了准备，把眼珠子撑得比核桃还大盯着，也看不到她做了什么手脚。她给抓住，是人家金店见她顶着大肚子，又是看同一款金戒指，吃准她就是那个窃贼，在她离开时硬生生扣下，让老板的女眷脱衣搜身，这才找到那枚戒指。

多年前亲手抓获的小女孩，如今再次犯案了，高剑霞的注意力，自然紧随着案情的进展。由于是连续作案，累计偷了二十几个金戒指，重量超过一斤，她成了惯犯。法官见她已经成年，又有案底，即便有孕在身，也不再宽恕，判了她八年。她的孩子是在监狱医院里出生的，是个女儿。生出来两个月后，就被工部局领走，安排让人领养了。

在高剑霞看来，池彩娣的手上功夫，世上是罕有匹敌的，这么白白浪费在牢狱之中，真是暴殄天物。于是，他施展了影响力，终于将她的八年刑期，减到了四年。她出狱后，除了会盗窃，并没有谋生的长技。这时沪上舞风大盛，他便出个主意，让她去跳舞学校学跳舞，先去当舞女，把温饱解决了。将来的发展，不妨徐徐图之。他不是急功近利的人，没打算靠她牟利。但出色的棋手，总会在适当的时候，布下几个闲棋。没想到，这枚闲棋，突然就有了大用。

想到这，他兴奋起来，脚也痒了。这时，菲律宾乐师都到位了，关了留声机，试了几个过门后，开始奏响《红河谷》。一转眼，看到一个熟悉的红舞女白美丽袅袅婷婷走到舞女区的第一排坐下，连忙起身下楼，邀她下了舞池。他吃不准池彩娣几时才到，不妨先快乐起来，她一来，阿强自会通知他。

池彩娣那天是早班，乐队奏过几个曲子后，就赶到了舞厅，匆匆进洗手间补粉。出来时，见外头一个人在等她，正是舞女大班阿强。

阿强时时都在应付众多的豪客和红舞女，笑脸永远处于透支状态，对不必要的人能省则省。平时跟池彩娣说话时，一句能说清楚的，绝不说一句半，脸上连笑的残渣都找不到。这会儿，他那张脸却罕有地被笑意照亮了一点。他说："噢哟，彩娣啊，第一次见你这么漂亮嘛！正好正好，生意来啦，有人要捧你啦。"

池彩娣一脸糊涂问："要捧我，是谁啊？"

阿强道："那可是上海滩上一只鼎哦……哎呀，问问问，别问啦，待会儿不就知道了嘛。人家要请你坐台，台子订好了，就在二楼玻璃舞池旁头一张，快去吧，去吧。"

阿强不说客人是谁，池彩娣也猜不出。她在百乐门几乎没熟客，也不热门。有时一群客人要请好几个舞女坐台时，才请她凑数。一上班就被人预约的，都是孙菱那样的当红舞女，她从来没这种福分，没想今天会有好运轮到她。上了二楼，看到的是张空台子，椅背上搭着一件风衣，没有人。桌上的罗马香槟、茄力克烟、南非腰果、美国杏仁已摆得满满的。见了这些，她表情更糊涂了。阿强踩着脚后跟上来说："这是客人吩咐上的，你随便用。他包了你一个晚上。我这就去找他。"说了，噔噔噔又下去了。

当红的舞女是不愿被人包的，因为顺了这个客人的情，会开罪其他恩客，所以宁可不断在各张台子间走台，面面俱到。池彩娣的生意本来清淡，自然乐得有人包。只是没想到，那客人会如此大手笔。

六点是百乐门相对清淡的时段。有花头的客人还在宴饮应酬，当红的舞女，大部分也都在被人宴请。楼下的客人稀稀拉拉，楼上就她这桌。她在乐声里喝了茶，嗑起了瓜子，脑子转得比机器还快，尽想着早上看过的《东方日报》，那个男人的照片，把她的心，占得鼓鼓囊囊了，盼了八年，终于出现了，第一次知道他的名字，原来唤作汤仲翔。她在心里默默念着这名字，一遍又一遍。那张报纸被她藏好了，因为上面有他的地址。中饭前，她已经去看过，在门前来回走了几趟，他没出现。她昨晚没上班，现在后悔了，但不怕，有了姓名，有了地址，总会把他抓牢的。

舞可以停，人可以停，音乐却是一刻不停的。一曲终了之后，楼下的乐队又换了曲子。顿时，满场响起了施特劳斯的《春之声》。百乐门的菲律宾乐队在上海的舞场里是靠前的。配器没交响乐团那么全，听着单薄，胜在配合熟练，够激情，善于调动人的情绪。她平时爱看孙菱跳圆舞曲的样子，一直羡慕，总在心里做模仿，想象也能那么跳，头微侧着后仰，轻步踮地，玉臂浮在空中，衣袂飘扬，人像失去重量般的滑出去。这会儿，一颗闲下的心，受了音乐的刺激，又见玻璃舞池里空无一人，便放下茶杯，下了小舞池，随着音乐，试着一个人转了起来。

她穿的是一件新买的晚装裙，乳白清透的料子，薄纱夹里，低开的胸口，乳沟部分被一片钩织的图案略略掩着。那衣服说不出的服帖，太轻了，穿了又感觉不到穿，反有一种脱光的解放感。她半闭着眼，随着《春之声》滑行，旋转，双臂悬在空中，搭着一个无形的舞伴。无形的舞伴渐渐现出了形状，是汤仲翔的模样。她被汤仲翔搂着，转了一圈又一圈，直到音乐袅袅休止。

她站着不动，还半闭着眼，大口喘气，胸部剧烈起伏。

不远处，响起一个孤零零的掌声，啪……啪……啪……

睁眼一看，是个矮壮的身影，缓慢地拍着肥厚的双掌。她怔了片刻，露出笑意道："哎哟，是高警长啊，你怎么来啦。"

高剑霞穿的是一身驼色西装，皮鞋亮得晃眼。西装是巧手定制的，贴合他五短的身材。西装领口上，还插一支红色的康乃馨。他的头发刚理过，短得贴到了头皮。他扬眉一笑，窄窄的额头上堆出几层纹路来，指着桌子说："阿强没说吗？来捧捧你的场啊。"

"原来是你啊，上海滩上一只鼎哦，"她学着阿强的腔调说，"这个阿强，还神神秘秘的。你是大恩人，我个没本事的，也没定期去孝敬你，怎么还麻烦你来捧我场啊。"她说是这么说，心里倒是暖融融的。有人对你好，总是件快心事。她拿起香槟左看右看道："你来看看我就很开心了，何必那么破费呢。这种香槟都是斩瘟生的。我去跟阿强说，让他退掉。"说着就往楼梯走。

高剑霞伸手拦住道："好了好了，不就一支香槟嘛。你说阿强敢斩我瘟生吗？哈哈哈，坐下，坐下。"轻轻拿回香槟，放回桌面上。他跳得热了，身子一动，池彩娣嗅到了香皂、剃须膏、洗发水和雪茄的混合味道，看来他是刚刚泡了澡，剃了头。

高剑霞前脚一到，西崽后脚就殷勤地跟上楼来，帮着开了香槟，"噗"的一声，瓶口冒出一缕白烟。斟了冰凉的香槟在细高脚的玻璃杯里，又在大口瓷杯里泡了热腾腾的绿茶。这么中西合璧地服务一番后，才下楼去。池彩娣嗑着瓜子问："警长，你这个大忙人，今天怎么有空的？"

他没直接回答，上下打量她道："乖乖！你这件衣服不得了。不便宜吧？"

池彩娣撇撇嘴道："别提了，简直贵死了，都买不下手，那些白俄的东西真敢叫价，可也真是好，穿上就脱不下来了。"她头一回打扮得这么高级，总是不自在，摸摸领口，扯扯后腰，身子都不知道该怎么摆才好。衣服是下午在霞飞路买的，一家俄国女人开的时装店。从报纸上看见汤仲翔后，突然就苛求起自己的外表了。置装的念头就是这么生出来的。念头一旦起了，就压不下去，终于独自到南京路的几家大公司细细走了一遍，嫌太贵，继而扫了霞飞路。俄国人的服装店东西都不差，价钱比百货公司低一截，才舍得下手。她在店里试了衣后，当场就将身上那套旧衣服换掉了。付钱时意识到，这是有生以来最贵的一件衣服，居然没肉痛的感觉。平时，她无时无刻不在计算银行里的存款数字，买东西都是锱铢必较的。衣服买好后，觉得鞋子也不配了，又买了双新的皮鞋。

汤仲翔的出现，让她陷入慢性的亢奋，身体变了质，脑子浑浑沌沌的，把惯常的自怨自艾暂时忘却了，定下已久的存钱大计，也一时丢到了九霄云外。

第十五章

高剑霞与池彩娣坐定后，端着香槟忘了喝，思忖该怎么开口向她提，视线就滴溜溜在她脸上不停歇地转。

"怎么了，高警长，你看得我都发毛了，我脸上有豆豉啊？"她忍不住问。

"噢，"高剑霞说，回过神来，"我在想，你这衣服穿得不错，显得发型有些不配了。有时间把头发去烫烫。"她摸摸头发，触到了额前的发夹，心想对啊，刚才照镜子，总觉得缺些什么，不禁一笑。他定定神，觉得一上来就直奔主题的话，太猴急了些，就问："这身衣服是哪家的？"

她说："就在幕尔鸣路靠霞飞路，我叫不上名字，都是洋文。"

"噢，那我知道了，是 Princess Ludmilla。"高剑霞念了个洋文，池彩娣眨眨眼。她在洋人家帮工时，洋泾浜英语是学会说了，却不认字，见到英文是读不出的，这下才知道那家店的读法。他见她恍然的样子，就解释道："那家店的老板娘叫柳芭，很小就到了哈尔滨，'九一八'后来上海的，在法国总会瞎混，认识了一个瑞士的外交官。她能开那家店，就是那瑞士人出的钱。她哪有什么钱。"

"你认识她？哎呀，早知道就好了，你去说说的话，还能拿点折扣吧？"

"我不认识她，只认识她的情人，法租界总巡捕房政治部的。不过，那女的情人多了去了，只要能派上用场的，都成了她情人。"

"这样啊？"池彩娣觉得不可思议，"那她老公不说？"

"哈哈哈，她老公说什么？她老公不行，再说他们洋人不在乎这个……不过这终究是不行的，所以两个还是离婚了。她是赚到了，弄到个瑞士护照，得了不少钱财，还有就是这家店。离婚后，生意是越做越好，就租了个好大的工厂，请了七八十个工人缝衣服。不过，听他们法国人说，她是很有才的，天生是个设计师，她店里的衣服全是她自己设计的，料子都从法国买过来，不简单。"他的视线落到池彩娣胸前，"你看这料子，这么软，这么白，这么薄，你要对客人作出警告啊，跟你跳舞前要把手洗了又洗，要不一碰一个手印，前面看着好好的，转过身来，腰上倒黑了一块，那就煞风景了。"又审视她化了妆的脸，"你出来这一年多，好像要脱胎换骨了嘛。"

池彩娣咯咯笑道："高警长，你那副贼忒兮兮的样子，要吃我豆腐啊，当心家里母老虎发威哦。"

高剑霞嘿嘿笑道："哪敢哪敢。"他近过身的女人到底有多少，记不清了，大多是狐媚妖娆会来事的。池彩娣是另一种路数，成年了，还像一颗没长熟的青桃子。看人时眼光不带一点钩，好像脑子跟不上耳朵，有些愣怔。说话也不拐弯，不会挑逗男人，或根本是没想过要挑逗。兼之肤质带暗黄，营养明显不良，头发的质地也不好，弄不出太多花样，总是一成不变的发型，半长不长，四六分开，垂在两边，有时用发夹别到耳后。身材也不见有明显的凹凸。他有时会想，这种女人估计是平铺直叙，索然无味的那种。今天，头一回见她描了眉，画了眼，敷了粉，不免有些意外，觉得对她的印象或许偏颇了。

抓起瓜子嗑了起来，嗑出一小堆壳后，神情变得严肃了，换个话题问："怎么样，彩娣，说笑归说笑。问你一句正经话，是不是很想你孩子了？"

池彩娣猝不及防，笑容僵在了脸上。他沉默片刻，才继续说："我想，你大概常去孩子的住所附近，偷偷看她玩吧。"她更意外了，眼神里划过一丝惊慌："好啊，你派密探跟踪我了？"

"这还需要跟踪吗，猜都猜到了。你出狱后，向我求爷爷告奶奶的，非要知道孩子养父母的地址，难道是为了写感谢信给他们？你们女人脑子里转些什么东西，我还是知道一点的。"

她垂下头去，眉眼间的笑影，好像被一块冰冰凉的丝绒擦净了。楼下舞池里，青红蓝紫的灯色不停变幻，她的脸色就跟着变，把乐声都沾染了。她把手里的瓜子壳丢进小篓子里，见手指染黑了，掏出手绢，蘸点茶水去擦，一下一下，擦了许久。池彩娣那双手，高剑霞是很熟悉的，手指细长遒劲，最奇妙之处，是食指和中指一样长，指尖又细，伸出去，就是一把天然的镊子，这双手提醒了他，她毕竟不是一般的女人，所以总会有些一般女人没有的吸引力。

等她再抬起脸时，高剑霞见她双眼含着泪，心里一喜。

她说："高警长，你说我怎么办？"

"什么叫怎么办？"

"我想我孩子，想死了。"

高剑霞凑近她，低声道："可是，彩娣，她已经不是你的孩子了。她一出生，就正式过继给人家了。你只是孩子的生母，人家才是孩子的合法父母。"

乐队开始奏一首欢快的曲子，楼下舞池里的人，渐渐多了起来，气氛是兴高采烈的，而池彩娣却泪流满面。高剑霞下意识瞄一眼旁边，二楼还没客人上来，桌子仍旧空着。他并不急于安慰池彩娣，开了桌上一听茄立克，抽出一根点上，慢慢吸了起来。池彩娣静静地流泪，偶尔抽泣一声。他则平静地吸着香烟，不看池彩娣，只看着楼下一对对旋转的舞客。

她又抽泣一声，突然下了决心似的，长长吸了一口气，用手帕蘸光泪水，擤了鼻涕。她挺直腰身，好像刚刚发现桌上的香槟，抓过杯子，一仰脖子，喝得丁丁净净。香槟有些凉，有些酸，味道让她很不习惯。这么难喝的东西，价钱那么吓人。但她顾不上这些。她说："不瞒你说，我去过囡囡家了。"囡囡是她给女儿随口起的小名。

高剑霞"哦"了一声，这才转过眼来。他似乎不怎么惊奇，只是探寻地看着她，等她往下说。她吃不准高剑霞是知道了，还是不知道，也管不了这么多了，权当他不知道，说："谢先生一家准备回美国了，房子要顶出去，在报纸登了广告。我就假装租房，让经租人带我去看。"于是，把自己如何借着看房的名义，如何进入囡囡房间，一一说了。她像大多数女人一样，心里有事，总要找对象倾吐，把过程说得很细琐。高剑霞脸上没什么表示，心中暗自赞叹她的行动能力。

"囡囡已经好大了，"她说，从随身小包里找出一张照片递给他。"你看她，像不像我？"

"哪来的？"高剑霞问，伸手接过，马上明白是她偷出来的。他仔细看了照片上的孩子，又抬头看看池彩娣，看不出有太多相似之处。半天才说："唔……嘴巴这儿好像有点像……鼻子这儿，好像也有点你的影子。"池彩娣要回照片说："行了，你们男人不会看。"

高剑霞道："好吧。那你有什么打算？"

池彩娣道："我要带走囡囡。"

他还是四平八稳，眉毛都不动，似乎一切尽在预料之中。"怎么带走？带去哪儿？"

"我已经想好了，"她说，脸上的皮肤紧绷了起来，眸子的光骤然亮了几度。高剑霞觉得，她的灵魂已经不在这舞场里头了，"上回我假装去看房时，门房间的俄国人见过我了。我再去的时候，就会跟他说，我是来复看的，已经跟房客约好了，阿嬷在家里等着。我是个女的，他对我又有印象，听我这么一说，一定就放我自己进去了。再说，他是个酒鬼，只顾着喝酒，不会管太多的……"

说到这，池彩娣被一种紧张情绪催迫，坐不住了，站了起来，拧着两只手，仰着脑袋来回走，高剑霞只好换个姿势，仰视着，视线跟着她来回动。她继续说："到了楼上以后，我不能去敲门，因为阿嬷没得过主人关照，一定不会让我进去的。不过我有办法。我只要把外面的电闸拉掉，阿嬷见屋里突然没电了，一定开门出来检查电闸。上次去看房时，我已经看清楚了，电闸的位置在楼道另一头，要拐个弯。我就在拐角后等她，见她一露头，就拿浸过哥罗芳的手帕捂住她的鼻子。她马上就会昏过去，我就扶她回到屋子里头，对囡囡说，我是隔壁的阿姨，刚才看到阿嬷在外面发病昏过去了，很危险。不过，有阿姨在，囡囡不害怕，让阿姨抱囡囡找妈妈去，找到了妈妈，她就会叫医生来给阿嬷看病的。不过咱们要快，要不就来不及了。小孩听我这么说，肯定相信了，就会让我抱她出去。我就抱着孩子跑到门房，对那个看门的俄国人说，刚才看房看到一半，阿嬷突然犯病晕倒了，孩子吓坏了。你赶紧上去看看要不要紧，我在这里照看孩子。那俄国人听了，肯定头也不回就去了。等他一上去，我就带着孩子走了。"

她站着不动，迫切地等着他的反应。他一语不发，许久，才渐渐露出微笑道："佩服，实在佩服。"这话是发自肺腑的。心想，要是手下人都有池彩娣的心眼，办起案来，不知要顺手多少。这么想着，叹口气说："不过，彩娣，这里头有个漏洞，不知你想没想过。"

"漏洞？"

"你知道吗？你逃走后，最多十分钟，那俄国人就下来了。你的把戏就被戳穿了。他一打电话，不出五分钟，公共租界的巡捕都会动员起来，开始追捕你们。你能跑多远？"

"我不会停在公共租界的。我一出门就叫汽车，直接开到法租界。"

"我刚才没说全。公共租界巡捕房一接到报案，就会同时知会法租界巡捕房。不出十分钟，我在的中央捕房，还有老闸捕房、新闸捕房、静安寺捕房等所有捕房，会全面出动抓捕你。上海两大租界的所有关卡、车站、码头都会仔细盘查，所有旅馆饭店都要派警员兜底搜查。第二天，你的照片和孩子的照片就会登在各家报纸上，还会发放到每个巡捕手中。到那时，你就插翅难飞，寸步难行了。"他停了停，看看这些话的效果，满意了，继续说："彩娣，你是有前科的。要是再进班房的话，别说和孩子在一起，这辈子就别想再见外面的蓝天了。到那时，就算我想帮你，也没那个本事了。"

"我不要听你的泄气话。"池彩娣说，灯光再怎么变，也盖不住她脸上的死灰，她拉过椅子，一屁股跌坐下来，说是坐着，不如说是瘫在靠背椅上。高剑霞本没有喝酒的念头，见池彩娣失魂落魄的样子，倒放心了。从冰桶里取出香槟来，给自己慢慢斟了一杯，顺带把池彩娣的杯子加满。她还沉浸在自己的思绪里。他喝着酒，见舞厅里已经逐渐拥挤起来，邻桌也在不知不觉中坐满了人。

客人多了，上班的舞女也多了起来。孙菱是这时来的，她穿一件藕色紫花的旗袍，白色高跟皮鞋，一来就到处找池彩娣，楼下没找着，问了阿强，才知道有人请她在楼上坐台，不禁替她高兴。笑嘻嘻上得楼来，见了池彩娣和高剑霞两人的架势，不禁有些疑惑。她喊了一声彩娣，见没应答，端详她的表情，一副万念俱灰的样子，以为她受了欺负，便对高剑霞怒目而视。高剑霞猜中她的心事，微笑着解释说："池小姐刚才说到一些伤心往事，有些难过，你劝劝她。"又自我介绍说："在下姓高，在巡捕房做事。"

"啊，你就是高警长吧，听彩娣说过。"孙菱这才重新露出笑容。转脸问池彩娣："彩娣，有什么不开心的事儿？哟，今天这么漂亮，不认识你了。你看你这身裙子，什么时候买的呀，很贵吧。"伸出手指搓搓料子，"什么料子啊，怎么没见过嘛。"

孙菱絮絮叨叨了好一会儿，池彩娣才抬起眼睛，勉强笑了笑。高剑霞几杯香槟落肚，见孙菱漂亮，谈兴也变得很健，和她聊了一番上海滩近期的花边新闻。池彩娣一直怏怏的样子，被问到了，才勉强答一句半句。

聊了一阵子后，高剑霞见舞女大班阿强在邻桌招呼客人，招手让他过来，吩咐说："孙小姐的坐台费别忘了算，记十个钟。"阿强却没喜色，挤出一个笑脸道："得令。"孙菱娇笑道："啊哟，高警长，你那么客气干吗，我是来陪彩娣的，又不是陪你。"他咬着烟，呵呵地笑道："你这么个大红人来坐我的台，这个面子可是太大了，可别嫌少哟。"孙菱在他手背拍了一下："什么话嘛。"

就这么一会儿工夫，舞厅里的人又多出一倍，一下就座无虚席了。只见阿强匆匆登楼而来，在孙菱耳旁道："范队长来了，一定要请你赏光。"孙菱说："我正忙呢，让他找别人。"阿强道："说了，哪肯啊，非找你不可。"她狠狠地说了声"讨厌"，只得随阿强下楼去。不一会，就见拥挤的舞池里，范队长满面春风，紧搂着孙菱转起了圈子。高剑霞隔着香烟的蓝雾，视线紧随着他，好比一只豹子，盯着来跟自己抢食的狼。在工部局警务处里，范千里的资料足有一尺厚，全是他杀人放火的记录。要不是英国当局忌惮日本人，范千里这会儿跳舞的地方，就不是百乐门，而是阴曹地府了。

高剑霞看了一会儿他们俩，掉转头来，接着先前的话头道："彩娣，还有一条，就算你吉星高照，额角头撞到了天花板，真的带着囡囡逃出了天罗地网，又能去哪儿？现在到处兵连祸结的，一出上海，不是游击队，就是土匪，要不就是日本人，你能活着走多远。"

"我准备带上她去香港。"

"去香港？那地方可是处处要钱的，你坐吃山空啊？听回来的人说，杜老板在那儿都捉襟见肘，混得那个苦啊。你有多少身家，也学人去香港，你供得起她？还不说养你自己呢！"

她说："怎么就养不起了，这一年我省吃俭用，已经攒了三千多块钱了。再说了，要是香港真像你说的那么难，那我去乡下好了，这么多钱在乡下总可以吧。"她的语气已经没那么坚决了。

高剑霞笑了笑："三千块要是蹲到乡下去，熬个两年，也不是不可以。可你忘了，囡囡已经不是乡下小妞了，别说吃糠咽菜，就是大饼油条，她也吃不惯的。她从小到大，吃的是亨氏食品，喝的是克林奶粉，住的是煤气、电灯、电话、电风扇和抽水马桶齐备的高级公寓，说的是英语，看的是美国童话书，坐的是汽车。你要是强行带她去过你的乡下日子，就是把她从天堂拖进地狱，她不仅不会认你这个妈，还要恨你，恨你一辈子。"说到这，他顿了顿，看看池彩娣，见她一脸惊恐，继续说："彩娣，你想过没有，囡囡已经不是中国人了，她虽长着中国面孔，却是个彻头彻尾的美国小姑娘了，你明白吗？她离开了你，被人家美国华侨收养，是她的造化。她已经一步登天了，不属于你这个世界了，你想硬把她夺回来，那可不是小事，那是惊天动地的大动作，可你一点没准备好，也没长久打算，只是凭着母爱的冲动，盲目行动。现在母爱有什么用？能管什么事？做事情需要的是理智。方方面面都得考虑周到，否则就别去做。"

她束手无策，喃喃道："我不知道……还怎么考虑……不是都想到了吗……"

他没接她的话，继续道："你要记住，彩娣，这么重大的事情，经济是头一位的，先要准备好的就是钱，不是什么三千块，也不是什么三万块，要多得多，否则你怎么伺候囡囡那样的美国丫头？你养她到能够自立或嫁人，至少还要个十几年吧？其次，要想好去哪里，内地是不必想了，香港迟早也是日本人的天下，我和英国人共事那么多年，早看出他们是群废物，靠不住的，根本不是日本人的对手。要逃，就干脆逃到美洲，至少也要去欧洲，这才是长久之计。"

她低着头，长长叹了口气，把裙子搓来搓去，最后才道："唉，都是白说。"

"不是白说，"他道，"如果你真有这心，我倒可以给你指条路。"

她抬起眼睛。他喝着香槟，从玻璃杯沿上望着她，对视了良久。他说："你再那么搓下去，把新裙子搓坏了。"

"什么路？"她问。

高剑霞刚想答话，一曲伦巴停住了。舞女大班阿强走进舞池，对大家连连躬身作揖，将舞客们一一请出场子。等舞池清空后，他两手举过头顶挥舞着，对大家说："请各位先生小姐注意了，今夜我们特意请来了罗宋艳舞团，给大家表演最肉感的巴黎艳舞。今夜大家可要开开心心，大饱眼福了。趁欣赏表演的机会，建议诸位该吃的吃，该喝的喝。香槟、威士忌、啤酒、汽水，应有尽有。长夜漫漫，何时天明，中华民族一定要振奋精神，苦中作乐，等待下一场持久战是不是？"他篡改了抗战的宣传套话，惹大家会心一笑。西崽们开始各张桌子跑，推销酒水小吃。

这时的灯光全集中在舞池里，休息区里一片昏暗。乐队伴奏下，五个俄罗斯裔舞娘扭着身子，鱼贯上场。舞娘们很壮硕，开始时跳的是草裙舞，动作舒缓，臀部画着圆环，朝四周甩动旋转，笑得灿烂，媚眼满场抛射。跳了一会儿慢舞后，音乐开始提速，舞女们的动作也激越起来，虽然身子的上下都很丰肥，却依然扭得跟蛇似的；玉臂高伸，有时像攀爬，有时像收卷；大腿频频侧踢，高过头顶。高剑霞受到吸引，张大了嘴，津津有味地看着。他的脖子很短，却拼命伸着，几乎要把颈骨扯脱开来。

池彩娣捅捅他道："高警长，高警长。"

高剑霞回过脸："嗯？"

"你说给我指条路，什么路？"

他勉强把视线从舞娘身上收回来。"我有个朋友，最近有单大生意，想找人接。我觉得你很合适。"

"大生意？"她警觉地问。

"对，大生意。做好的话，别说下半辈子，几辈子的钱都够了。你的囡囡就算是公主，也不愁供不起了。我那朋友，场面上很吃得开的，动个小指头，就能调动看不见的力量，助你把囡囡带走。天涯海角，你爱去哪儿就去哪儿，神不知鬼不觉，没人在屁股后面追你。"

"什么样的生意？"

"噢，这个——"他拂拂手，"对你来说是小意思，不是什么惊天动地的事，只是请你帮忙，从一个房间里，悄悄取走一样东西。"

她望着他，一语不吭，脸上写满的，全是失望和惊愕。半晌她说："高警长，你让我再去偷东西？那又要犯法了。"

高剑霞道："彩娣，这世上有许多不义之财……咳，三言两语也说不清。《水浒传》里有一段《智劫生辰纲》，不知道你听过没有。"

她愣了愣道："我在大马路萝春阁茶馆楼上，听过王少堂的扬州说书《水浒》，是不是说杨志的？"

他一拍大腿道："没错，里头有他。你要明白，劫生辰纲的人，个个都是英雄，管他犯不犯法。你要做的事情，跟劫生辰纲是一个道理。"

她沉默了许久。他紧张地盯着她，一时忘了场子里的艳女们。

"可是，要是再给抓住的话，还不一样要坐牢。"

"彩娣，先不说我朋友的势力，有我在这儿，会让你去坐牢吗？"

池彩娣垂眼坐着。他期待着，并不催。看看进行中的艳舞，看看她。终于听她说："不行，我不想再进班房了。你看我现在这样子，都是那四年在铁窗里害的，亲生骨肉都被人领走……求求你，别再跟我提犯法的事了。"

他长长看她一眼，没再说什么，只点了点头。

第十六章

池彩娣又梦见了女儿，正在她怀里安睡，突然被人一把夺去，大叫一声醒了，腾地坐起了身子。隔着一层泪雾，见窗外亮堂堂的，日头已经过了晌午位置，射进屋子，光柱里浮满了微尘，像撒了金粉。楼下人家都在吃午饭，饭菜味道弥漫了整间屋子。她顾不上脸上的泪湿，只不停想，是谁抢的呢？那张脸模糊一片，看不清，会不会是高剑霞呢？想起他说的那番话，没有钱的话，即便能要回女儿，终归是守不住的，那颗赚钱的心，更急迫起来，轻手轻脚下了床。房间另一头睡着孙菱，昨夜跳得力竭了，又喝多了酒，睡得死沉，池彩娣惊梦的喊声，并没吵醒她。

洗漱打扮后，拿一只缺了口的旧瓷碗，装半碗昨日的冷饭，端起竹壳的热水瓶冲了一碗泡饭。水是温的，也顾不上去老虎灶打热水了，就着酱瓜和腐乳草草吃了，就出门往舞厅去，打算赶茶舞那拨生意。到了以后，却被阿强告知，这一阵生意不好，要把舞女缩编掉三成，她也在缩编之列，从今天开始，不必来了，以后要人时再通知她。她愣了半天没回过神，阿强见她发呆，不再理会，忙他自己的事去了。她又站了一会儿，终于缓了过来，虽然意外，但上海多的是舞厅，所以也不特别难受，再找就是了，便折返住所。

孙菱刚醒的样子，披头散发的，正坐在床上，持一面圆镜照来照去，见她进屋，一身舞会装束，都是孙菱退下来的旧装，诧异道："咦，这么早就去上班了？"池彩娣道："本来想去做一趟茶舞的。"孙菱道："怎么又回来了呢？"池彩娣便把事情说了，孙菱却不信，说无端端的，为什么要辞掉你？池彩娣道，只说生意不好，要裁撤一些人。孙菱道，生意明明一日好过一日，谁也不瞎，他这是借口。当初为了挖我，一口答应让你来，见生米煮成熟饭了，便过河拆桥，这阿强，实在可恶。于是"猪头三、杀头胚"地骂了一大串。

骂完了，心头还在恼，跳下床来，胡乱披件旧衣服，把乱蓬蓬的头发用橡皮筋一扎，素着脸，下身的睡裤不换，踩着一双拖鞋，噔噔地冲下挂满腊肉、风鸡和鱼干的楼梯，去弄堂口打电话。她这副样子，和弄堂里的女人们没有二致，倒契合环境。她在电话里把阿强骂了一通，威胁说如果不要彩娣，她也不干。阿强虽然舍不得孙菱，竟然坚不让步。孙菱话已经说绝，只能当场把工也辞了。

回到屋里，把刚才的决定告诉了池彩娣。池彩娣吓了一大跳："你看你，这又何必呢，我再找就是了。"孙菱断然道：最看不上这种人了，绝不惯着他。说着，点起根烟，从嘴角哼哼道："谁爱去你那破百乐门啊，一天到晚被那个姓范的畜生缠牢，不停地跳啊跳啊跳，两条腿都跳断了，也没见他多给一张舞票。喝东西还享受免费的，我一分钱提不到。这个姓范的，枪杀鬼，不得好死。"咒完了，神色狐疑起来，道："这事情没头没脑的，你到底哪里惹到阿强了呢……我知道了，是不是因为开罪了那个费先生？"

"哪个费先生？"

"还有哪个，就是一撮白。"

费先生是做颜料生意的，一头乌黑硬挺的头发，理成齐刷刷的平头，只是在靠近额角处，有一撮铜钱大小的白发，成了个显著标志。舞女们管他叫一撮白。池彩娣想了起来道："我没对他怎么呀，就跳了一支。"孙菱道："他跟我跳的时候，问你是不是生气了，说你从头到底板着张脸，问你什么，也不爱搭理。"池彩娣脸一红道："哦哟，那真是不好意思了，可能在想什么心思吧，没听见。"孙菱道："你老这样！就算不想心思吧，也总是直愣直愣的，一点不会来事，就不能改一改啊。男人来舞厅，就是搂搂抱抱，调调情，吃吃豆腐。你老那么煞风景，谁愿意找呢。其实，我看费先生对你是有点意思的。这人可有钱了。"她啧着嘴，深感可惜。池彩娣道："我也没想要假装正经啊，反正都下海了，也不在乎这些……就是不管见了谁吧，总是怕怕的，练也练不出来。"她叹口气。从小就是贼，每个陌生人都是危险，活到今天，都是在躲避、隐藏和防范，才变成这样的。但这些话，没勇气说出来。

孙菱也不着忙，只是打电话给莫月铭，说自己与池彩娣一道，已经与百乐门分手，两人准备同进退，打算一起换东家。孙菱是舞界红人，跳槽是大事，自然值得浓墨重笔来写。消息在《东方日报》刊出后，从圣爱娜、大都会、仙乐斯到远东，二十几家舞厅的大班争相邀请她去，但口径居然都是一样的，对孙菱本人，那是无比欢迎，条件任开，但池彩娣就暂时不好安排，需容后再议。池彩娣见了这情形，心里就有些明白了，怕是自己违逆了高剑霞，被他做了手脚。孙菱当然不明就里，就与池彩娣商量说，大都会开出的条件是最好的，不如自己先去大都会上班，再从容地找机会，把她也拉进去，反正也不急这一时一刻的。她也正好趁这机会，养养身体，日常的开销，无须她出一分钱，只管放心休息就是了。

池彩娣自是感激不尽，但她岂是那种无功受禄的人，不愿靠孙菱养活。第二天，趁着孙菱去大都会见舞女大班，她自己跑了十几家二三流的舞厅，结果居然如出一辙，都被婉拒了。看来，高剑霞为了逼她就范，跟所有舞厅都打了招呼，不得录用她。于是彻底死心了。

从最后一家舞场出来，就决定不再找了。对她而言，那么多合法挣钱的行当里，来钱比较容易的就是当舞小姐了。既然这条路断了，还不如一不做，二不休，当下便动手，拐走女儿，远走高飞。至于那点存款能撑多久，也顾不得多想了。

决定作出后，反而轻松了。她漫无目的，沿着跑马厅路走到近威海卫路的地方，看到马路对面的一堵褐色高墙，停住脚，正好一片枯叶飘飘忽忽落下，落在她头发上，她却几乎无感。高墙正中开了扇黑漆漆的大铁门，与墙等高，门上隆重地雕上繁复的图案，旁边竖悬着门牌一块，上面大书"上海仁济育婴堂"。大门左侧隔开不远的墙上，有一个包覆着马口铁的大抽屉，上面大书三个字"接婴处"。大门里的守卫是个包头巾的锡克人，挺着大肚子，在门庭里威武地来回踱步。抽屉里一收到新的弃婴，他就负责抱进去。大部分弃婴都是女孩，由一群中国阿嬷照顾，监督她们工作的则是天主教会的修女。育婴堂是教会在管，但运营的费用来自上海有钱人的捐款。

她站在那儿不动，头上的黄叶被风拂掉了，肩上又落了一片。经过的黄包车都要停一下，问她要不要车，她避开车夫们的视线，机械地摇头，不停地摇头。二十四年前，她就是被人从洋泾浜的泥潭捡来后，放进了那个大抽屉的。这家育婴堂永远那么巍峨地矗立在上海市中心，不断提醒她的痛苦身世，平时她总是能避就避，今天却特地来到它跟前。

对抛弃自己的父母，她从来不怨。他们不可能是好人家的，不是苏州河旁的赤贫船民，就是在杨树浦打工的外来者。了不起是有钱人家的丫鬟，给主人搞大了肚子。就算勉强把自己拉扯大，会比现在更好吗？至于这家育婴堂，她也不感激。命是被他们救活了，却活得一点意思也没有，还不如让自己一出生就死掉，跟上海街头每天无数的死婴一样。运气好的话，会在凌晨时被普善山庄的收尸车收走，还能有一方蓝布裹住尸体。运气不好的话，最多就做野狗的美食好了。她仿佛看到自己的一只小胳膊叼在野狗的嘴里，身上起了层鸡皮。

反正自己就是一条烂命，最多是个死，有什么可顾忌的呢。这么想着，转身走回斯文里的住所。

她做好了拐走女儿的决定，不会和孙菱商量。从六岁开始学偷盗手艺，最严苛的一条，是死不松口，免得被抓后，供出背后的主使。守秘便成了她的天性。到家时，孙菱也回来了。她做出开心的样子，对孙菱说："你说的也有道理，先不急着找事情做，因为急也急不来。还不如逛逛公司，吃吃东西。反正手头的钱够活好一阵了。"见她从守财奴变得爱上了生活，孙菱惊奇之下，更替她欢喜，说，"那最好不过啰，好好打扮，开心一点，还愁找不到好男人吗？没钱的话就先花我的好了，反正我的收入没断。大都会的钱还更好赚呢。"

池彩娣哪有心思逛公司打扮。她去药房买了哥罗芳和棉花，去银行取了存款，将细软装了一个箱子，买了两张去宁波的二等船票，开船日期是两天后。她准备在那一天动手，劫持女儿后，便直奔码头上船，到了宁波，先找个偏僻地方住个一年半载。到那时，风头也过了，女儿也认她这个亲生母亲了，再作打算。

两天后，她正式行动了。囡囡的住所，是高级住宅，去看房子的人，身份也须相配。她洗净脸，坐到圆镜前，在脸上敷一层洋蜜做底子，再扑上干粉，抓起桌上一份旧报纸，扇得干了，开始涂唇膏、胭脂，再画了眉，描了眼。接下来，照着电影画报上胡蝶的发式，把前刘海弄得蓬松，后面扎上，打个蝴蝶结。这一切，都是跟孙菱学的，还手生，费了老长时间，才勉强弄妥帖。池彩娣今天的装束，也是孙菱的，她衣服多，两人身材相仿，一直让池彩娣分享服装首饰，池彩娣嘴里答应，却几乎不实行，今天是破例了。穿戴好，站在镜前，像看一个陌生人：尼龙丝袜，雕花的高跟鞋，暗红格子的呢上装，紧身束腰窄袖，大领子，扣子一直扣到脖子，紧身裙是同样料子花色的。头上，是一顶浅黑的丝帽，左侧缀着一朵丝花，手上戴着白丝手套。终于多了一些自信，囡囡看了，应该不会嫌弃的。

祥生公司的出差汽车已在弄堂口等着她。她提着箱子，踩着不熟悉的高跟鞋，步伐有些扭，身子有些摆，朝汽车走去。车夫一见，殷勤地跳出车子，接过箱子，跑前跑后，拉门关门，眼神是仰视的，像仆从看主人。想想自己一个穷舞女被当成贵妇，浑身不自在起来。车子是拨了四〇〇〇〇号电话叫来的，车夫知道目的地，等她坐定，替她把门一关，便上车发动机器，从新闸路开到西摩路，往南一拐，一过静安寺路，就开到花园公寓，在大门口停下车。

令她意外的是，公寓大门外突然多了一个香烟摊。摆摊的坐在一只两拳高的破木凳上，见了她，似乎认得，咧嘴一笑，站起身，把短裤随意一撩，腰间的短枪一闪。她顿时像木头一般，直挺挺僵住了，觉得一盆冷水劈头盖脸浇下来，接着，胃里一阵阵痉挛，想吐。退了两步，转过身，见稍远处还有个擦皮鞋的，在愣愣地盯着她，似乎也认得。

高剑霞棋高一着，料到她会来，早布下人手等着了。她跌跌撞撞爬回汽车里，捂着嘴，怕吐出来。车夫问："小姐，接下来去哪？"她还是捂住嘴，摇摇头，说不出话。司机紧张道："小姐，你想吐啊？这可是新车子，千万别吐里头。"她说不出话，只有点头。就这么瘫在座椅上，也不知过了多久，才稍稍恢复，透了一口长气，便哭了起来。

那车夫抓耳挠腮，毫无办法。她哭了几下，蒙眬的泪眼朝窗外一瞟，见车外那两个"摊贩"毫不松懈，死盯着车子，急得朝车夫猛挥手，意思是让他快走，却不说去哪儿。司机想，既然是从斯文里来的，干脆原路送回算了。开到卡德路，她才说出话，有气无力道："不要回去，我要去静安寺。"

她在静安寺前下了车，结了车资，提了个箱子，站在寺庙前，两条腿软得如同面条，对着这每日往来的地方，竟怎么看怎么生分。静安寺路上电车、汽车如织，各种小贩往来不绝，吆喝声喧闹无比，与往常无异，只是在她看来，突然都透出了敌意，都不愿容她。一定是得罪菩萨什么了，她想。随你做什么，就是不能遂心。我的业有这么大吗，要这么罚我？看来是犯了天条，得求佛祖释罪。

古寺的正门紧锁着，只能走边门。一群污秽的乞丐蹲在边门的石阶上，见来了个年轻女子，穿着暗红格子呢套装，眼里燃起希望，枯黑的手伸成了一片小树林。池彩娣什么都看不见，径直穿了过去。她从小在乞丐群里长大，她就是乞丐。

古寺里头浓荫蔽日，倒还清静。昏昏暗暗中，四处是朽木、旧漆和苔藓。庭院的砖是半黑的，砖缝里生出杂草，走起来有些不平。她踉跄走过一口积满灰尘的古钟，进了大雄宝殿，舌头能舔到沉积千百年的陈腐空气，凝重又潮湿。

古钟的石座靠着一个乞丐，双腿齐膝断掉，用两块旧皮革包着，扎着破带子。看到她走过去了，那乞丐从困顿中回过一点神，慢慢跟着她爬去。

宝殿的顶，被积年的香火熏成柴黑。菩萨坐在挂着绣帷的莲花上，绣帷的丝线都残旧了，被香火熏得焦灰，身上的颜色，也斑驳了。他红光满面，笑脸丰满而紧实，好像有高剑霞的影子。她放下箱子，点了三支香，匍匐在菩萨面前肮脏的黄垫子上。她已经站不住了。

"菩萨，我该怎么办？"她喃喃问。当舞小姐的路给封死了，劫走女儿的计划也失败了，难道非要再作冯妇，去偷去盗吗？她等着菩萨的启迪。

她就这么长跪着，一动也不动。寺庙里正是最冷清的时候，偶尔有几声鸟啼，风过时，树叶沙沙作响。杂乱的市声，都被隔到了远处。

突然，她的左手如弹簧一般，朝后方直射出去，紧紧捏住一只枯黑的手。原来，那乞丐正匍匐在她身后的门槛上，用一根细钢丝，无声无息地打开了箱子上的锁。乞丐遭了突袭，失声一叫。池彩娣早把那根钢丝夺在手上。仔细一看，是精钢锻就的，头上带着弯钩，手指一试，弹性软硬程度上佳。她右手把钢丝塞进旗袍上装的暗袋里，几乎同时，左手闪电般去那乞丐怀里一探，早就取出了另一枚钢针，比牙签略长略粗，上下通直，没有丝毫弹性。这两根家伙到了高手那里，世上九成九的锁，都可在几秒钟内打开。她看了，一并塞进了暗袋里。这才对那乞丐说："好大的胆子，菩萨面前也敢。"

那乞丐叩头道："小姐饶恕，肚子实在饿得受不了，想找点吃的。"他嗓子喑哑，说话时"嘶嘶"作响，带苏北口音。

"找吃的找到箱子里去了。你的身手可以啊！要不是身上的臭气往我鼻子里直熏，我还真觉不到呢。"她不断在衣服上擦手，觉得身上发痒，害怕已经招了他身上的虱子，疑神疑鬼起来。

乞丐道："菩萨慈悲，菩萨慈悲，可怜可怜我这个伤兵。两条腿给日本人打断了，为国卖命，国家也不管，实在是没有办法……"

池彩娣冷笑一声道："你抬起来。"那乞丐还没把身子抬直，她就去他胸口猛力一推。他没有防备，仰身便倒，后脑勺磕在石板上，"扑"的一声。趁他眩晕之际，她也顾不了恶心，三下五除二解开捆在乞丐膝盖上的破布条，把两块旧皮革一扯，扬手一扔，"啪、啪"落在远处，接着把他两条阔大的裤管朝上一捋，赫然露出了折在大腿下面的两条发紫发黑的小腿。小腿是用长布绳一圈一圈捆住的，在一旁打个活结。她把活结一扯，那乞丐呻吟一声，伸手去揉腿，挣扎着想爬起来，奈何两腿虽然松了绑，但早就麻木了，加上脑子里还在天旋地转，只好又躺倒了。

她改用苏北话说："伤兵？你在菩萨面前偷盗，那是一宗罪。撒谎，那是二宗罪。你心里还在想第三宗罪，就是对我动粗硬抢。你好大胆子啊。你来啊，你动手啊，趁现在没人。你祖师爷是谁，胆敢败坏门规，在寺庙里撒野。你要不说出你的祖师爷，你就是个空子，偷踩地盘，看我不叫人来收拾你。你等着，我就去叫巡捕来。"

乞丐听了她的口音和话语，领教了她的身手，翻过身来拜："哎呀，姑奶奶，小的瞎了眼，大水冲了龙王庙，一家人不认一家人，你就行行好，饶了我一次，我做牛做马，也要报答你。"他的嗓子还是喑哑的，说得急了，"嘶嘶"声越发刺耳。她刚刚看清他的脸，除了脏和瘦，牙齿也不剩几颗了，双颊瘪了进去。

她说："谁和你是一家人。"但他的话倒是提醒了她。要是自己不出面，发动一群乞丐等在花园公寓附近，哪天保姆带孩子出来时，一哄而上抢走，高剑霞布置的爪牙，估计就防不胜防。这念头一闪过，就否认了。就算能成功，孩子早就吓死了，何况太过离奇，全上海都要轰动起来。

她叹口气，锁好箱子，顿住了，不知该怎么办。对着那尊佛像，只管发呆。她看到佛身上划过一道亮，跳出一个念头：怎么那么巧，正在拜着佛，就来了个惯偷，难道是菩萨的暗示？难道真让自己再走回过去那条路？她不敢深想，跳起身，提起箱子逃开了。

第十七章

　　她在静安寺门口拦了黄包车，回到斯文里。弄堂口下车时，不当心碰掉了帽子，就抓在手里，不戴了。弄堂又狭又脏，脚下是东一摊、西一摊的污水，腐臭的气味直往鼻孔里钻。几只瘦骨嶙峋的狗和猫，在垃圾堆里小心徘徊。另几只静静伏在地上，下巴搁在爪子上，盯着她。她怕弄脏孙菱的鞋，踮起脚尖寻干净地方落脚。看过了花园公寓，这种下等地方真的很难忍。

　　斯文里是清一色的三层楼石库门弄堂房，红砖青瓦，间隔狭小，密密麻麻。她和孙菱住的那幢，因为二房东会算，足足住了十户人家。她们赁下了二楼前间，算是最好的部分。开了底楼后门的锁，推门进去，眨眨眼，慢慢适应着室内的黑，半摸着进楼。每次到家，都是鼻子先知道的。煤灰、隔夜饭菜、脏衣服、不洗澡的体味、腌腊、海味鱼腥、尿桶、下水道的返气，组成了气味交响曲，在潮气夹裹下，幽灵般徘徊在狭小空间里，拒绝离去。久而久之，渗入砖缝楼板，成了最永久的住户。

　　上楼前，先要经过底楼的客堂，里头住了一家山东籍巡捕，老婆四十岁左右，两个女儿，都生得中姿。巡捕在放印子钱，一块钱放出去，可收对本对利。借他钱的都是一些小贩，其中一个是夜里出去卖火腿粽子的常阿婆，就住在二楼前间上搭出的阁楼。巡捕这会儿正在穿戴，准备上差。她没心思理他，知道他上差后，必定有三四个油头小伙子进来客串，找他女儿。客堂上也搭出一层阁楼，住的是一对江北夫妻，男的是皮匠，早就挑了个担子做生意去了。他的女人在木板搭的陋床上躺着。她天天蓬头垢面，赤了脚，和邻居搓麻将到下半夜，白天便痴睡。客堂背后，隔出一间漆黑小屋，住的是一个在本弄堂小学里教书的小学教员。夫妻一起时就互相责骂，两三个小孩，整天大哭小喊。楼梯口左手原是灶披间（厨房），现在改成二房东一家的栖息之地。这家人构成简单，男的五十光景，女的不满三十，苏州人，一家的伙食开支由女的一人支配，男的每天到书场去溜一趟。靠租金能过日子，也不必做其他营生。

池彩娣楼梯走到半截，要先经过二楼亭子间，才能到自己住的前间。亭子间里住了三个年轻人尊尼、杰米和汤姆，都在国际饭店里当侍役，正准备出门上中班，趁时间不到，又吹口琴，又弹吉他，热闹不已。这三人总是穿一身不三不四的西装，颇有点洋派头。他们常炫耀："阿拉进至酒店，有号衣穿的，笔挺雪白，不是瞎讲，大学生的西装没有阿拉好。"三人平时在三流舞厅里一元十跳，甚至二十跳。但逢到手头略为宽松时，也会到百乐门开次洋荤，忍着肉痛，来个一元三跳。当下见了池彩娣，一声欢呼，无论如何要拉进房间，对她的盛装品评了好一阵，又缠着切磋几下最新的舞步。池彩娣强打精神，虚与委蛇一阵，方才脱身。

出得亭子间，便听一阵楼梯响，一个穿长衫的中年男子，手里捏着一个包子，一路咬着，三步并作两步从身后抢上楼来，见了彩娣，腮帮鼓鼓地点头招呼。她往后一闪，让他先上去。那是住晒台上的风先生，一个单身汉，身上的长衫很少换洗，胸前袖口都油腻得发黑，头发四处支棱，沾着头皮屑。他栖息在一间铁皮搭起的简易房间里，除了一张行军床外，别无长物。听二房东说过，好像在一张小报里当校对先生。每天是傍晚起来就走，白天回来。有时又长时间不见踪迹。池彩娣似乎未听他开过口。这么沉默，总让人觉得善用心思。说他只是一个校对，似有未必，究竟啥路道，倒有点弄不懂。

池彩娣进了房间，把门闩插上。孙菱已出门了，房间里残留着她的香水味。窗帘拉拢着，因为薄，遮不住光，屋里朦朦胧胧亮着。她把手里的帽子往床上一丢，迫不及待脱了鞋，脱了裙装，换上一件平常的布旗袍，才拉开窗帘，从包里拿出囡囡的照片，倒在床上。她的眼睛变成吸管，一毫米，一毫米，尽情吮吸照片上的女孩，从皮肤深入血管，从血管深入细胞，把她吸入自己身体，直至两者混为一体，就像六年前，她还在自己身体里那样。

一直看到精疲力竭，才把照片压在胸口，合上眼，迷糊过去。但午休时间一过，弄堂里又像早晨般的喧闹起来。上海这地方，生活的便捷确实是无以复加的。在偏僻的近郊马路住宅区，若是上等住宅，家中装有电话，凡生活所需，可以打电话去购买，马上就有送货车送到府上，便利无比。即使是斯文里这种中下等住宅区，也会有卖菜的、卖小吃的，以至卖毛巾的、肥皂的熙进攘出。这会儿叫卖声又来了，各家中的主妇大概都被吸引住了，开门声吱吱呀呀响起一片，从喧闹的声音判断，弄堂中已挤了一大堆的人，把叫卖袜子的团团围住了。主妇们边挑选边议论，你要两双，她要四双，更多主妇络绎涌来，不一会儿的工夫，小贩就大叫卖完了、卖完了。池彩娣知道，她们的老公穿上这袜子后，大概出不了一天，上面便会脱了线，袜底会生了几个洞，知道买了滑头货，她自己就上过当。然而，女人家的脾气，遇到弄堂中有便宜货来叫卖，免不得要出手的。

这么一来二去，池彩娣已经睡意全无了，干脆轻手轻脚起床，把照片藏好。洗去脂粉后，坐到窗前，就着窗口的光，看早上买来的《新闻报》。在扫盲班学过识字，一般的读写基本可以应付了，平时喜欢看戏院广告和新闻副刊，这会儿拿着报纸，却怎么都看不下去。正感觉无聊时，忽听弄堂里又传来了"叮叮叮叮"的金属敲击声，接着便是一阵抑扬的三弦琴，如泣如诉，如怨如慕，她对于这种音乐是很熟悉的，知道是瞎子算命。心头一阵触动，很想排排八字。

那瞎子正边走边弹，忽听前面后门一响，知道有生意来了，急忙停弹三弦，跟着一个年轻女人的声音，走到弄底的一块空地，放下自带的小板凳，坐定身体，慢吞吞问道："是男命还是女命啊？"池彩娣也带着一个板凳，面对面坐下，道："就先替我排一排好了，二十四岁，某月某日某时生。"瞎子把手指屈了几屈，口中念念有词，说了一番算命书上的术语，什么庚申、壬戌、甲子、五行缺木、八字缺水，等等，然后把三弦琴轻轻弹起，鼓着嘶哑的喉音慢慢地唱道："适才女命报来，是天煞星下凡。一生颠沛流离，至亲骨肉分开。金钱来了又去，比目鸳鸯不再。劳身劳腿劳腰，荣华富贵难来。"唱完了便又说道："姑娘的命，主一个'孤'字，自幼失去双亲，长大难觅夫君，即便有了亲生骨肉，恐怕也难享天伦之乐啊。"

池彩娣听他在唱的时候，早已是泪水如注。待他说完，更是将脸埋入了双掌，抽泣得喘不过气来。她哭得双肩乱颤，却不敢出声，怕引来围观。这么哭了小一会儿，猛地止住哭，抬头盯着瞎子的墨镜，不甘心地问："那怎么补救呢？总该有补救的办法吧，再不好的命，都是可以补救的，不是吗？"

瞎子沉吟道："这个嘛……"

池彩娣从腋边的暗袋里抽出一张一元的法币，塞进他手里。这等于是三场舞白跳了，本来她上场的机会就不多。

瞎子的手指在纸币上来回摸了两遍，嘴角漾出一丝笑意，吐出了六个字："一不做，二不休。"说着，把钱往口袋里一塞，起身而去，那把破三弦琴，又呜呜呀呀响了起来。

池彩娣念叨着瞎子的话。呆坐了许久，许久。回到屋里后，又仰倒在床上，最后一丝力气被抽走了，一动不动。这"一不做，二不休"到底啥意思，难道是要她听从高剑霞安排，借他的力量，夺回女儿吗？一万个不愿意，但这是唯一剩下的路，再没其他选择了。她躺不住，从床上一跃而起，想马上见到高剑霞。弯腰套上一双旧的平底皮鞋，顾不及看天看地，冲下楼，冲出后门，一路奔到弄堂口。一道电光闪过，伴着嚓拉拉一声巨雷，才发觉变天了，也没带伞，哪里管得了，继续跑着。雨说来就来了，劈头盖脸泼下来，新闸路上熙来攘往的人群顿时大乱，纷纷遮着头四处乱窜。她只得继续跑，见前面一个旧书摊，一头钻进篷子下。篷子是洋铁皮做的，被雨点砸得当当乱响。档上堆满了花花绿绿的旧武侠书，摊主是个独眼老头，见她来了，嘴里就不紧不慢念叨着："《明儒学》《秋水轩尺牍》《唐祝文周全传》《交际大全》……"念了半天，见她只顾躲雨，没有买书的意思，终于出声道："小姐，你往旁边一点，挡住了。"她朝外挪了半步，看看身后，是一张红纸毛笔招贴，写着"重价收买中西各科用书"。

暴雨之下，街上一下空了，透过白花花的雨帘，对面是卡德影戏院，色彩斑驳的揭告纸条在风雨中乱舞，一张大幅招贴画被风掀掉了一半，只看到一个坤旦的下巴以下部分，和"王瑶琴"三个大字。就在这时，一辆黄包车从一条夹弄里神奇地冒了出来。"黄包车，黄包车。"她扯起嗓子拼命喊，举手乱摇。

晴天时，黄包车夫见人就兜生意，还要相互抢。一到下雨刮风，嘴脸霎时就变了，你怎么招呼，他都兀自埋着头，拖了空车，假装没听见。这么装腔作势一番，乘客便知难而退，他开什么价，也只得依了他。他见池彩娣伞也没有，鞋也湿了，狼狈不堪，打定主意要宰她，任她怎么喊，只是不应，最后才停下脚步，一脸不情愿，仿佛一顿豪华大餐就会因此而错过似的。

"去哪块？"他恶狠狠问，用力吐口浓痰。他生着一排龅牙，嘴合不拢。那辆车的黄漆掉得斑斑驳驳的，和他褴褛的衣服很配。

"三马路，兴旺达旅馆，快走快走。"她已经跳上车了。

"三马路？这种天气去这么远？跑不到的。要去，给三块。"

平时从这里去兴旺达，最多也就六角。车夫那套把戏，池彩娣早料到了。她说："给你四块，快走，不走我找其他人。"作势要下车。

车夫本来等着她还价，一听给四块，一口咽下后面的话，拉起车就跑。他的技术比态度还毛糙，一路上，又是碰到了挑担的小贩，又是擦到了自行车，还差点撞上一辆汽车。她攥紧了雨篷的铁骨，俯着身子，准备好会翻车。这种公共的黄包车后面不装脚，发生碰撞时，万一车夫松手，车子就会朝后倒仰，人也闹个后滚翻。黄包车的雨篷也是破的，有几个地方在滴水，她顾不上这些，心里只有无尽委屈，泪水滴滴答答流了下来，和雨篷的漏雨，汇在一处。

到了兴旺达门口，她一摸身上，连手绢都没带，哪有钱包。对车夫说："等着，我进去拿钱，马上出来。"不管车夫在那儿呼喊，冲进旅馆里去。

高剑霞正在账房和两个探员说话，神情严肃。见一个散发赤脚的女人湿漉漉冲进来，一惊。看清是池彩娣后，已经明白了。他堆起笑脸道："哎哟哟，彩娣，你怎么搞成这副样子。"

池彩娣抹去脸上的水说："警长，先借我四块钱，我去付黄包车钱。"

"四块钱？"高剑霞瞪圆了眼。他转过脸，对其中一个探员一摆头道："阿四，去看看。"

那探员穿着灰色绸子对襟中装，玄色阔脚裤，足蹬布鞋。池彩娣一看，认出是在花园公寓外扮成小贩的那位。他朝她一笑，把香烟往耳上一夹，噔噔噔迈着大步就往外走。一见那车夫，隔着雨幕，认出是谁，大喊一声道："龅牙，侬蛮结棍的嘛！"

那车夫躲在雨篷下，正坐在拉手上喘气抹汗，见了探员阿四冲过来，吓得跳起来，连连作揖："不敢不敢，四爷栽培。"

阿四指着车上挂着的牌照道："栽个屁培，快点快点，给我把照会撬下来，还有，坐垫也抽下来。今天你福气，提早收工，回家抱老婆困觉去。"

另一个穿西装的胖探员吸着烟，摇摇晃晃跟了出来，见龅牙在那儿磨蹭，大怒道："死人，还不动手？是要老子替你撬吗？"

龅牙的脸色早已白得如报纸，腿软得要跪下去，带哭腔道："两位爷，小的做错什么，您只管罚，只管打。您要撬了照会，抽了坐垫，小的一家五口就只有死路一条了。"

"死路个屁，你活得比老子可滋润多了，这一趟就有四块钱落袋，你抢钞票啊！"

"……这这这……"

"走啊，今天是高警长替池小姐付车钱，跟我进去，让他亲手给你。"阿四道。

"这是误会，全都是误会，我是专门送小姐过来的，根本不收钱，不要钱的。"车夫连连摆手，拉起车，拔腿就跑了。

高剑霞在屋里收起笑容，对池彩娣道："怎么样，近来过得可好？"

池彩娣挤着头发上的水，一听，停住手道："高警长，你又何必问呢？"他只是笑笑道："彩娣，不要误解我。让你做的事情，对你只有好处，没有半点不利的。这样吧，既然来了，你就索性住下，不要再回去了。从今天起，别再接触熟人了，包括孙菱。"她道："那可不行啊，我什么都没带呢。"他说："我让人跑一趟，把最要紧的东西拿来。其他无关紧要的，随时买就是了。"她想起那口手提箱，里头装着全部积蓄和换洗衣物，说："最要紧的东西都装在箱子里了，把箱子拿来就好。"

两位探员回来道："是那个给美国人打过的龅牙，已经让他滚蛋了。"那龅牙前一阵拉过一个喝醉的美国海军陆战队员，美国人嫌他拉得慢，又漫天要价，便拒绝给钱，被他拖住不放，结果挨了一顿暴打，差点进了鬼门关。此事经各报报道，掀起过一阵抗议浪潮。当时警务处的调查工作，就落在高剑霞的部门。高剑霞想起他，手背拂拂道："这个瘪三，迟早给人打死……这样，你们两个到池小姐的住处去跑一趟，帮她把东西都拿来。"转脸对池彩娣道："在哪里，怎么走，你跟他们说说。"她说了地址，又详细描述了行走路线、自己箱子的模样和摆放的角落。高剑霞关照两个探员说："你们快去快回。不过，这事不要写进警务日记，就当没发生过。"

他们走后，高剑霞对池彩娣道："我有点公务要先处理。你上楼开个房间洗洗歇歇，衣服拿回来后先换上。晚饭等我来了一起吃吧，就在这里，我让外面送过来。到时再细聊。"递给她一份报纸说："你先看报纸，回头再跟你解释。"关照了茶房，出门而去。

这场雨来得急，去得也快。转眼的工夫，太阳又在云缝里出入了。

第十八章

这天，跑马厅刚好有赛事，高剑霞出门后，打电话约赵善纯到跑马厅碰头。一见面，就对他说："老赵，人我找到了。"

"哦，什么时候能动手？"赵善纯问，搓搓手，又搓搓那张皮包骨头的脸。他激动时，爱做这动作。他今天穿了件藏青西服，袖管里空落落的。纽孔上插支康乃馨，打条番茄红的领带，衬衣的领口有些大，更显出脖子的细瘦。

他们坐在会员包厢，玻璃外是大片的草场，草场后面，便是南京路、西藏路上鳞次栉比的高楼和幕尔堂的尖顶。暴雨后，草色泛出新鲜的绿。雨把天也洗得很蓝，一团团白云被风推着，从西北往东南游去，变幻着形状。太阳在云里时进时出，露脸时有些刺眼，却不烫，空气凉爽，是跑马的好日子。

赛道围成一圈，中间和四角是大块的绿地。上海的西人平时都在绿地举行马球赛、足球赛、板球赛、网球赛和曲棍球赛等。一直以来，那些绿地是不准华人进入的，因为养护方式是欧美的，不用粪便浇灌，西方人可以放心卧躺滚爬。他们还怕本地人在草地上吐痰擤鼻涕扔东西，让小孩随处便溺，坏了西方人的好事，干脆禁绝，于是又增加了华人对西方人的仇恨。但这两人对这些不介意，因为本来对西方人的行为就莫名其妙，干吗要热衷这些无用的事情。他们中意的是逛堂子、泡澡、听戏、搓麻将和赌钱。对赛马的兴趣，也仅仅是因为能赌钱，而非争胜，平日里，是不踏足这地方的。

下面的看台已是黑压压一片，马没开跑，心急的观众都涌到栏杆边，你推我搡，想看得更清楚些。因为激动，人人都扯着嗓门说话，声音汇在一起，成了喧嚣。高剑霞也穿西装，叼根雪茄，看着玻璃外的人群，含含混混道：

"日本人来了，赌马的人可一点没见少。什么爱国啊，抗日啊，都是嘴上说说的。只有这娱乐和赌博，才真的永远放在心上。"他头发理得很勤，永远只得半寸长。头皮上的胎记总是清晰可见。赵善纯看着那块胎记道："这叫抗日不误娱乐，是吧？因为抗日是持久战，如果没有娱乐，怎么坚持？既然人找到了，那你说，什么时候动手？"

高剑霞刚要回答，侍者过来斟上香槟。杯子还没沾到嘴唇，就听一声枪响，赛马在雷鸣般的欢呼声中开始了。上海赛马的形式是英国的，但跑的是蒙古马，长尾，短腿，被毛粗杂。但对赌徒们而言，这些都不重要，只要决出输赢就行。当下万众起立，伸长脖子。赵善纯忍不住站到椅子上，用手挡着阳光，紧张得一言不发。下面看台里，更多人涌到了赛道旁边，脸红脖子粗地喊叫，挥舞拳头。高剑霞抓起一个高倍数的望远镜架到眼睛上。紧盯着棕色的 11 号马，见它逐渐从第三赶到第二，步步逼近第一，也开始吼叫起来。赵善纯押的是那匹领先的 4 号马，通体雪白，见要被 11 号马追上，急得嘴里喷喷有声，右手背敲着左掌，不断念叨："喔哟哟，喔哟哟。"

最终是 11 号棕色马跑了第一。赵善纯押的 4 号白马只得了第四。他悻悻然道："嗨，独赢没中，前三的位置也没中，给 11 号棕马破了。要是没 11 号的话，第四名朝前挪一位，我也中个前三位置奖……来，看看你押的什么。"高剑霞呵呵笑道："一分钱没押。那头名的马是我的。"赵善纯惊喜道："啥，你当马主了？不得了，今天赢了，就能参加十一月的香槟赛了。可喜可贺啊。"高剑霞道："也没什么可贺的，就算赢了香槟赛的头马，我这马主的趟头银子也就 3000 元，管什么用。你那笔生意要能成，比中了香槟赛的头彩还多好几倍。"赵善纯肚子里一算，香槟赛的头彩是 22.4 万元，那殷先生箱子里的美元如果有 25 万元，按今天市价 1 比 5.6 来算，也有 140 万元，等于中了四个香槟赛的头彩。不禁频频点头，嘴里却道："不管怎么说，今年是要拜托你买张A 字香槟票了，你是会员才能买的嘛。"高剑霞道："这好说，要是你万幸中了头彩，我一分钱回扣也不拿你的。不过就算替你买了票，还得能中号。就算中了号，还不知给你配到的是哪匹马。要中这个头彩，真比登天还难上几倍。还不如先把手头的事情做好了。"赵善纯道："那是，就等你说什么时候动手了。"

高剑霞道："不是跟你说了吗，人都找好了，接下来得看你了。"

"是哪方神圣？"

"是个舞女。"高剑霞道。

赵善纯眨眨眼，看看窗外的马场，回过来看着高剑霞，道："真是个舞女？"

"真是个舞女！"高剑霞道，声音很平静。

赵善纯的神色有些复杂，惊疑，失望，还有些期盼。高剑霞点了一支烟，望着蓝烟袅袅升起，道："肚皮有点饿了。娘的，这地方没东西吃，只给你喝香槟。我还是喜欢到茶馆说话，饿了叫一客生煎，要么蟹壳黄。"赵善纯道："是啊是啊，外国人的地方就摆花架子，不实惠。不过茶馆太杂了，耳目太多，怎么好说话……可是，怎么会是个舞女呢？"高剑霞道："我还没说完，你就急着打断……"

下一场比赛又开始了。高剑霞的 11 号马不跑，他便不看。对于赌博，他一向兴趣寥寥。买一匹马当马主，就和开旅馆一样，只是投资。任何事情对他，都简化成投资和回报的公式。赵善纯则赌性很足，凡是能下注的地方都要下注，就跟呼吸一样，成了本能。这场他也事先押了一匹马，是赔率高的冷门。他站在椅子上，举着高剑霞的望远镜，从头看到底，终是没赢。

"唉，今天手气臭，"他说，"但愿咱们这件事手气好点。"

高剑霞警告说："这叫不是押宝，不是手气不手气的问题，要看怎么准备。"

"那是。"赵善纯掏出下注的回条又看了一遍，确认今天颗粒无收了。"可你刚才怎么又说她是舞女。难道当小偷给你抓了后，就转行啦？"高剑霞这才把池彩娣的故事，一五一十详细说了。待说到池彩娣因为怀孕，丢掉女招待工作，不得不重新行窃时，赵善纯打断他问："她怎么大肚子的？"

马已经跑了四场，当日的赛马结束。人群开始朝外涌去。高剑霞建议先吃饭，于是决定去湖北路荟萃楼吃面。"好久没吃他们的圆菜面了。"赵善纯道。那是两人都喜欢的面，就是把大甲鱼剁成块做面浇头。一想起那种美味，早已满口生津了。

高剑霞那张脸，西藏路以东的商家，很少有人不认识的。他和赵善纯进了那家苏菜馆，老板早就笑吟吟地过来招呼了，领进楼上一个雅间，递上滚烫的毛巾。两人各点了一碗圆菜面后，老板又送了五六样精致小菜，奉上一小坛黄酒，一壶碧螺春，一罐茄力克烟，方才退下。

高剑霞受惯了别人的好处，不以为意。赵善纯羡慕道："老兄，像你这么活着，才真是风光啊。到哪儿都有人巴结着。"高剑霞挥挥手道："你就看到风光的一面，等人家回过头找你摆平事情，才伤脑筋呢。"两人就着小菜，咪着黄酒，等着面条上来。赵善纯道："你刚才说那池彩娣大肚子了，难道她嫁人了？"

就听"嘭"的一声，跑堂的拿屁股顶开门进来，转过身，手里是个大盘子，装着两大碗热气腾腾的圆菜面。两人等不及，稀里哗啦吃了起来。那甲鱼果然甘肥，汤汁牛奶一般，喝了能把两片嘴唇粘住。高剑霞吃了热面，脸上红里透紫，拿毛巾擦一把道："好吃，真是好吃，百吃不厌……事情是这样的，她当女招待的那家小酒吧兼舞厅，唤作黑眼睛，你去过没有？"赵善纯仰头想了想，摇摇脑袋道："没去过，也没听说过。"高剑霞道："是个小地方，去的都是些外国烂水手。但外国水手喝醉酒，有时也乱给小费，所以来钱快。她在那儿时，大概是六年前。"赵善纯恍然大悟道："原来是外国水手，那她怀的是杂种啊。"

高剑霞道："倒不是外国人。听她说，那年酒吧来了一批新客人，是中国人，笕桥航校的学生，跟着一个美国教官来的。一来二去，她就跟其中一个混熟了，结果被人家弄到了手。等发现自己怀孕了，那帮人不来了，找也没处找。"他一拍自己的腿，连连摇头，为池彩娣的犯傻可惜。"肚子大起来后，那份招待的工作就丢了，也没法再找其他活。眼看衣食无着，只有重操旧业，重新干起偷东西的行当。后来的事，就是我一开头说的。"

"那她给抓住怎么办呢，挺着个大肚子。"

"那也没办法，该怎么判就怎么判，到底偷了二十几个金戒指呢。再说她已经是再犯了。法官给了她八年。"高剑霞伸出拇指和食指，做出一个"八"字，在鼻子前面翻了几下。

"孩子呢，就在牢房里生了？"

高剑霞点点头："在监狱医院里生的，是个女儿。生出来一个月，工部局就领走了，然后就安排让人领养了。"

赵善纯扳指头一算，道："不对呀，你说她给判了八年，那现在该在牢房里才对。"

"提前释放了，关了四年就出来了。"

赵善纯盯着高剑霞半天，道："是你疏通的关系吧。"

高剑霞点点头："替她想了点办法。我是看她可怜啊。"

"你是看中了她的本事。"

高剑霞端起黄酒啜了一口，既不承认，也不否认。"她出来后，也没什么长技，我就给她出了主意，让她去跳舞学校学了跳舞，先去当舞女，至少把温饱解决了。这次，倒是可以派上她的用场。"赵善纯佩服不已："老兄，你目光长远啊，妙哉，妙哉，既然人找到了，就不宜再拖，尽早动手吧。"

两人开始商量行动细节，聊到快近黄昏时方才分手。回到兴旺达旅馆时，池彩娣刚从昏睡中醒来，一问，一天没吃东西了，于是打电话，让三马路的河南菜馆梁园送晚饭来。店隔着没几步，菜摆上桌时，热气全在。池彩娣看了那一桌的黄香管、爆双脆、摊黄菜、糟溜瓦块鱼，等等，才觉得饿得前胸贴后背了。哪里忍得住，筷子雨点似的落下，又迅速扒了一碗米饭下去。吃得太急，一下便撑住了。高剑霞留心看她吃，见搁下筷子喝汤，才一一介绍菜的炮制法和好处，说黄香管是猪肚子头上一段寸把长的小肠，一般菜馆子都扔掉的，梁园用秘技烹制它，吃口独特。池彩娣埋怨说："哎呀，你也不先介绍，我都没吃出来。"高剑霞道："那就再吃呗。"

池彩娣搁下筷子说："高警长，我吃好了，你想让我做什么，就说吧。"

他兴奋起来，点着一支烟，起身走了半圈又坐下，看到桌上的饭菜，突然有了胃口了，把吸了两口的烟拧灭了，给自己装了一满碗的饭，道："这个太容易了。让我先把饭吃了，慢慢跟你说。"池彩娣道："要不去热一下吧，都凉了。"他说："不怕。"三下五除二把饭吃了。吃完后，喊来茶房收了桌子，倒了两杯威士忌酒，和池彩娣一人一杯，开始讲述他替池彩娣想好的逃亡计划。

"你不知道吧，上海可是全世界最大的假护照市场，要什么护照，有什么护照，只要给钱。"他说。

她不信："美国护照也能弄到？"

"当然能弄到，当然能，通过中间人，就能。来上海的外国船员，他都认识，你要什么护照，就向那个国家的船员下单，去买旧护照。卖了旧护照的人，白白挣一笔钱，转身就申请一份新护照，说原来的护照丢了。所以这生意很好做。"

"你认识中间人？"

"那还用问。做这门生意是违法的，他要定期孝敬我们，否则工部局一收紧，他们就蹲牢房了。"她点点头，他继续道："等旧护照买来后，有专门的匠人会把你的照片换上去，看上去如假包换，没人看得出是改过的。就说美国护照吧，二十美元可以买到一本旧的。美国华侨多，很容易找到适合你的旧护照，护照主人是二十多岁的女性，有个中国名字，就可以了。但是，你不能去美国，"他顿了顿，"因为你女儿本来就是美国籍的，到了美国，海关一问她，你就露馅了。你应该去南美洲，去巴西，我可以给你买一本巴西护照，这连造假都免了，是真的护照，巴西驻上海总领事签发的。那赤佬靠卖护照已经暴富了。不过通过中间人去他才卖，直接找的话一概拒绝。其实，有钱的话，住巴西比美国还好，开销便宜多了。你在那边，可以一辈子像皇帝一样，不过千万别露富。再说，我有两个朋友在巴西，可以让他们替你安排料理一切，这不很好？"

池彩娣听完，终于有了笑意。她只想夺回女儿，骨肉团聚，不再做一个孤苦伶仃的人。至于后面会有什么艰难险阻，完全不去操心了。高剑霞问："怎么样，滴水不漏吧？你不必怀疑我办事的能力。多少案子在我手里破掉的，你知道吗？"她当然再清楚不过了，道："那好吧，你要我做什么？"

高剑霞就等这句。他打开抽屉，将一沓照片扔在桌上。

她一张张地看，很慢。照片里是个衣着考究的男子，三十多岁，长得壮实，胡子刮得精光。照片的角度各异，远近不同。有几张照片里，他提个密码箱。最后，她把其他照片放下，只留两张在手上，是箱子和密码锁的特写。把两张照片看了又看，才说："是让我偷箱子里的东西吧？这锁不好开的。这是德国造的密码锁，内外全精钢的结构，没有锁孔的。你看到了吗，它的密码有八个数字，只要三次输错了，就会彻底锁死的。要猜出密码，全凭耳朵听，手指感觉。我很久没碰这活儿了，不一定开得了。"

他说："我已经买了一只同型号的密码箱，这几天你抓紧练。到时如果实在打不开，还有第二方案，就是直接把箱子带走。当然，最好是留下箱子，只要箱子在，殷先生去报案也白搭，他证明不了里面是钱，更证明不了钱被人偷走，因为箱子是有密码锁的。假如把箱子拿走的话，后手就要麻烦一点，因为他天天用铁链拴着箱子，走来走去，证明人太多。再说了，带走箱子也费事，他每晚睡觉时，箱子都用铁链锁在手腕上，开锁一样麻烦，还不如开箱。"

见池彩娣若有所思，他说："你不必害怕，金凤记里，有我们的内应。你的一举一动，都有人暗中接应。"

"可是，就算我得手了，怎么就能保证下半辈子衣食无忧呢？"

"对对，正要和你说报酬的事儿……实话告诉你，这箱子里装的都是美金，毛估的话，应该在二十四万上下。"他看看池彩娣的反应，她果然惊得合不拢嘴。"不管箱子里的钱有多少，头三万完全归你我两人。如果超出三万，我们就先拿下这头三万块钱，再和委托人瓜分超出部分。这个分法是我们拿四成，委托人拿六成。所以，假设箱子里的钱是十万美金，我们能得到五万八千美金，委托人得四万两千美金。如果箱子里的钱是二十五万美金的话，我们拿十一万八，他们拿十三万二。这下清楚了吧？"

池彩娣点点头。

"至于你我之间，也是四六开，你拿六，我拿四。这么算下来的话，假设是二十五万美元，分到你手里，就有七万美金。这点钱，足够你富裕一生了。"

"就怕打开来，是个空箱子。"

"那怎么会！那个殷先生在金凤记玩，每天都有万把块法币进出，已经不是一天两天了。箱子里的，就是他随身带来的本金。那好，我再给你一道保障，万一箱子里头的钱真的不超出两万美元，我就分文不取，全部归你。要是我们倒霉倒到放屁都砸脚后跟，真是个空箱子，你也没有损失。我自己掏腰包送你一万元法币，再替你夺回女儿，把你们母女两个安排到内地。你看呢？"

池彩娣长吁一口气："我还能说什么呢，你都说到这份上了。"

第十九章

接下来，高剑霞便告诉池彩娣该如何行事。

"你就装成是一个有钱人的外室，因为男人不在身边，就来赌场里消遣。金凤记里，这种人多的是，没人会留意的。你的化名是甘小姐，赌场里的内应会用这化名，预先替你订好房间，就在殷先生的楼下。在你的床头柜里，有一把钥匙，是楼上一个空房间的门钥匙，那个空房间就在殷先生房间的隔壁，你的行动就从那里开始。但你要等准备行动时，才悄悄溜进那个房间。案发后，受害人隔壁的房间，还有对面的房间，一定是巡捕房首先要查的地方，所以没有直接安排你住那里。"

池彩娣撑大眼，一味地点头。

高剑霞继续说："在空房间里，你的内应会预先放一个包裹，里头有殷先生房间的钥匙、麻药和无声手枪。这些作案工具不能随身带进金凤记，因为法租界其他赌场发生过军统锄奸行动，所以，金凤记看场的人，对新客人，都可能搜身。"池彩娣问："难道女客人也要搜身吗？"高剑霞道："现在这世道，什么事情没女人的份。当然搜，毫不手软的。此外，作案工具放在你房间，也不可靠，万一让女仆看到，都会坏事。平时一定要远离作案工具，免得意外露馅。只有在行动时，才可以带在身边。"

"为什么有无声手枪？你让我杀了他？"

"不不不，手枪只是为了以防万一。这个殷先生武功很厉害，万一你失手，脱不了身，就开枪打死他。不然的话，被他制服了送到法租界巡捕房，所有人都有麻烦。千万记住，只有到了生死关头，你才用枪。真出人命的话，这个烂摊子就搞大了。"

"那你让我怎么弄好？"

"嘿嘿，问得好，这就是为什么要劳你的大驾。我一个人就算想破脑壳，总有漏洞，要和内行一起切磋才好。长话短说吧，初步的打算是这样的，那个殷先生不是有喝几口的习惯吗？我想让你趁他在赌场玩的时候，溜进他房间，往他酒瓶里加麻药，然后躲在他隔壁房间，等他回来喝了之后麻倒，再进他房间偷走密码箱。"

他说完了，眼巴巴等她的反应，见她眨巴着眼朝天花板看，脸渐渐皱起来，好似吃了一颗坏掉的花生。最后她说："这计划简单是简单，可也太多破绽了。万一殷先生那天晚上身体不舒服，结果没喝酒，或只喝了一小口呢？我一进房间，他好端端坐着等我，那算什么？或者，万一殷先生那天晚上正好有客人来，那酒让客人给先喝了，结果殷先生没倒，客人倒先被麻倒了，不反而露馅了吗？"

高剑霞眼珠一转，一拍大腿道："你看，还是你厉害。不明底细的人，看警察抓到小偷，都说小偷没有警察精，其实小偷精多了，他们作十次案，我们能抓到一次，已经谢天谢地了。那你看，还有什么更稳妥的方法？"

她还是对着天花板，喃喃道："不如这样吧，我们在两个房间之间的墙上钻个小洞，要钻在高一点的地方，不显眼的地方，比如靠窗帘的那个角落。等确定他睡下后，我就从那个小洞里往他房间灌迷魂药。这么熏他半个钟头，就差不多了，这时我再戴着口罩进去。不过，熏蒸只可以迷翻他，却是迷不透的，要再来点哥罗芳，让他彻底昏过去，保证三四个小时不醒。这样我就有足够时间笃笃定定打开箱子。不过，这么做的话，还得备齐三样东西：一瓶哥罗芳，一个碳粉口罩，还要一个听诊器，你能替我准备吗？也放在楼上空房间里。"

"听诊器，你还给他看病啊？"

"我把听诊器放在热水汀上，就能听到他在隔壁的动静。热水汀的管子都是连在一起的。等那边没动静了，我就知道他上床了。放迷药时，最好等他睡下了才放，要不容易被发现。"

高剑霞一听，击节赞赏，庆幸找对了人。他继续指示说，东西到手后，池彩娣须把装钱的布袋，还有作案工具，全部留在殷先生隔壁房间里，只身下楼回自己房间，如常过夜。内应自会处置那些东西。第二天，殷先生发现箱子里东西失窃，会向巡捕房报案。巡捕房一定会对案发时在金凤记的所有人逐个盘查，她的房间会遭兜底翻。盘问完了，搜查完了，自然一无所获，她也就排除嫌疑了。接下来，她必须在赌场里再玩个三四天，然后怡怡然离开。

他交代完，见她不响，问道："还有不明白的吗？"她说："假如箱子密码锁打不开，只好整个提走，放在隔壁房间，由你们的内线拿回去，想办法硬撬开。这么一来，我怎么知道里头到底多少钱呢？"

高剑霞道："你是没法知道，只能指望我的诚实了。开箱时我会在场，点下来多少，我会如实告诉你。你信不信任我？"他直视她的双眼。

她微启双唇，想说什么，没说出来。

他说："在江湖上混，不像做生意，没有什么合同，就靠信义两字。别说钱，就算命，也常常要交在别人手里。你要习惯。"

"那如果我失手被殷先生抓了，谁救我？"

"你不会失手的，也不会被抓的。"

"万一失手呢，总有万一的嘛？"

他沉默许久道："我会设法救你，替你找最厉害的律师，方方面面打点到位，最后让你逃脱牢狱之灾。不过，你得把一切都揽到自己身上。因为，就算你说是受人指使的，也没有人会承认，只会让自己日子难过。你明白吗？"她读懂了他眼底深处的意思，微微颔首，脊梁一阵发冷。

高剑霞给她开房住下，她便拿那只同型号箱子练手。箱子装了德国产的德斯曼密码锁，是密码加钥匙的双重锁。池彩娣从小练习用辨声法开密码锁，在黑暗之中，只凭耳朵，就能找准数字，破解密码。她怕多年不碰后耳生，就一遍遍地反复来，见十次里倒有九次是成功的。高剑霞觉得，在轻松无忧的环境里开锁，不能算数，便想了个绝招，牵了条凶恶的狼狗在手里，让它对着池彩娣又扑又叫，让她在压力下静下心来，专注地开锁。刚开始她耳里全是心跳的声音，屡试屡败。渐渐才学会控制情绪，任由恶狗再凶狠，也能听出密码来。

磨炼手段的同时，高剑霞要让她改头换面，变成贵妇，所以头发必须重做。行动那天上午，她照着预约，找到静安寺路上的华安理发店。开门的是个白俄姑娘，化着精致的妆容，白蜡烛的肤色，沙金头发，眸子冰蓝。店堂里的空气很暖，氨水味、肥皂水、高级香水和烫焦的头发混在一起。那姑娘费力地翻开接待桌上一个皮面的本子，足有两本杂志大，凑近看了半天问："请问贵姓？"

"姓池，池彩娣。"

"池……"她费力地找着，眉头皱了起来。

"……哦，是高警长预约的，高剑霞。"池彩娣突然想了起来。

白俄姑娘听到高警长的名字，恍然大悟，立时春风满面："啊，是的，是的。请池小姐这边先坐一下，马上就会轮到了……"她又看了池彩娣一眼，看得比第一次仔细。

四周莺莺燕燕的，欧美女人占多数，夹杂着几个欧化的中国人。有的满头夹子，对着电热丝烘头发；有的白布披身，让银剪在秀发上翻飞；有的伸着玉指，让修甲师摆弄指甲；有的在梳头，让橡皮刷子在头发上梳啊梳的。人不少，说话声轻细，嗡嗡嗡的，好像远处的一群蜜蜂。给蜜蜂伴奏的，是无线电里好莱坞电影音乐。头顶悬着一盏盏枝形吊灯，四壁净是玻璃大镜子，她想起自己平时修剪头发的那家小店，就在斯文里的弄堂外，一切都是黑的，旧的、残缺的、肮脏的，门后面还飘米马桶的臊臭。

白俄姑娘端来一个盘子，放在池彩娣旁边的茶几上，盘子里是一杯热气腾腾的咖啡，一罐方糖，一罐牛奶。杯碟都是洋货，闪闪发亮。"一会儿让蒂娜给你洗头，托尼给你剪，剪完了再烫和吹，要好几个钟头呢。"她说。池彩娣谢了她，端起咖啡啜了一口，很香。她是这几天跟着高剑霞，才学会了喝咖啡。高剑霞想让金凤记里的豪客一见她，就自然而然认定她是高官贵胄的外室，趁着男人无暇兼顾，单独来小赌怡情。他怕她进不了角色，费尽心思要改造她，除了置办行头外，还频繁带她出入高档场所，所以，这华安理发店楼上的金门饭店去过，隔壁的国际饭店也去过，今天又让她来这里做头发。总之是让她既能改头换面，又受些耳濡目染，举手投足间，能和身上的衣冠相配。

她翻翻桌上的杂志，有美国的《生活》、法国的《竞赛画报》，都看不懂，就拿起一本中文的《电通画报》来看。一页一页的，都是精美的糕点、穿时装的漂亮女人、尼龙丝袜、克莱斯勒汽车、骆驼牌香烟、波本威士忌等。她看着这美妙的世界，有钱，平安，没有日本人，没有战祸和饥饿，没有赤贫，没有横尸街头的乞丐。这世界难道真和自己有关系吗？高剑霞再三让她相信，只要事情得手，她就能过这样的日子，母女团聚，衣食无忧，到一个太平世界里，度过一生。

"池小姐，这边请，先给你洗头发。"蒂娜过来说，微笑着。她是个深色头发的女孩，眼睛有些凹陷，是个混血儿。

她躺下洗头，后脑搁在一个月牙形的皮垫上，头发散了开来，放进身后的瓷盆里。这么洗头，在她也是头一回。水的冷热很合适，洗得很慢很仔细，一遍又一遍，边洗边按摩。她长长舒了口气，觉得自己开始染上骄奢之气了。上海本是个大染缸，一个女人变奢真的不难，何况她已经当了一段时间的舞女，原先的棚户气已洗脱得七七八八了。她最不像有钱人家的地方，倒是不谙赌博这一项。这点让高剑霞担心，他怕她进了金凤记后，会像一只鹅混进了鸡群里，引起别人的怀疑，就连续三个晚上带她去南市的几家赌场长见识，让她快快学会几种主要的赌法。还好她是活络的人，上手快，不管是二十一点还是牌九，玩起来都像模像样了。

头发洗完了，坐到理发椅子上，那个叫托尼的理发师过来替她剪。他冲镜子里的她笑笑，她回了一笑，一闪而过。他是个三十岁出头的中国人，肤色有些黑，留一抹小胡子，梳锃亮的大背头，和服务员说话时，讲的是英语。见她不爱说话，也就不多嘴，给她看一本发型杂志，建议了几个发型，一口广东人说的上海话。她选了一种发型。他看看镜子里的她，又看看图片，点头同意了。

她坐的地方背着门厅，有客人进出时，总能看到。镜子太多，反射来反射去，看得眼花缭乱。理发店还有个男子部，在门厅的另一头。从镜子里能看到最靠外的男客人，正躺平了刮胡子，秃脑袋冲着这边，脸上堆着泡沫。她想起高剑霞，他大概是常客，所以给她也约到这里来。她的思想又回到了女儿身上，回到了未来的生活。那生活虽然让她憧憬，却总觉得缺少生气，她知道是因为缺一个男人。自从那天知道汤仲翔来过百乐门后，她隔三岔五会梦见他。有时做白日梦，也会看到他来到自己身边。

她想着想着，又恍惚了，看到有男客人进出，就觉得像汤仲翔。后来竟越发真切起来，看到汤仲翔穿了件蚕豆色的暗格西装从男子部出来，系了条暗朱闪亮的领带，头发整洁熨帖，真是个玉山朗朗，琪树亭亭，走到白俄小姐前结账。那白俄小姐望了他，笑得甜过了头，他却一脸的郁郁寡欢，掏钱包，交钱，做了个手势，没收她找回的零钱。她看看手里的钱，笑得那么灿烂，浑不似刚才对自己的那种职业性笑容。他只点点头，一语不发，转身出门而去……

"小姐……小姐……"托尼停下手里的活。他看了池彩娣愣怔的样子，以为自己剪错了。

电吹风正响成一片，把他的问话淹没了。又叫了几声，她才回过神来："怎……怎么了？"怔怔地望着他，隔良久又说："噢，我好像睡着了……"

池彩娣回到兴旺达后，在房间里浑浑噩噩坐着，不知该做些什么。有人敲门了，拉开一看，是高剑霞。他一语不发进了房间，顺手关上门。池彩娣在兴旺达住了四天，这是他头一回进她房间。这一阵，她在外头忙碌完了，就回旅馆里待着，跟谁都不敢联系，连孙菱也是，就怕节外生枝。这下终于等到行动开始了。他来，估计是想最后再关照几句。

他在长条凳坐下，把她从头到脚，又从脚到头打量了一番，现出满意的神情。再看屋里，墙边放着三个大小不一的路易威登皮箱，里头是她的全套行头。她的头发经过托尼的妙手，修到齐耳长短，顶上梳得油光水滑，末端烫成小细卷，后面看去，像戴了一个黑色的花冠。身上也全副披挂了，上身一件奶油色开司米短身外套，在肚脐部位用两粒象牙纽扣扣住，把腰身收得盈握，圆形翻领开得很低，镶蕾丝的粉色衬衣领子翻在外头，颈窝下悬一颗鸡心翡翠，串在一根细金链上。耳垂上一对红宝石坠子荡来荡去。下面衬条杏仁色的长裙，在脚踝上面一点收住。脚蹬鳄鱼皮高跟鞋。这一身是巴黎传过来的最新款式。首饰也价值不菲。

他今天穿身半旧不新的麻灰色长衫，肚子圆滚滚地凸了出来，若不是衣襟上那条金表链，那样子与烟纸店的小老板无异，与池彩娣的派头形成了一个鲜明对照。池彩娣见他手里抓顶礼帽，知道他说完话就要出去忙他的公务，剩下她单独行动，不禁起了神经性的惊慌反应，手心沁出一层细汗。这事能成的话也就罢了，一旦失手，就只有自己受过了。他一早就做好了铺垫，可以把自己洗刷得干干净净，不沾半点干系。手心尽管在出汗，头脑还是冷静的。以往当贼时，每次要出去偷，都会惊恐的。一旦动了手，也就把害怕之心丢到脑后去了。

他脸上不见笑容，肤色就显得比平时暗淡，态度完全是公事公办的。把注意事项一样一样过了一遍后，神色才稍稍松缓一些。最后，从袖子里摸出一纸包东西，递了过去。

池彩娣接在手里，觉得又软又薄。打开一看，是副乳胶手套，西医戴的那种。

"你在我们这儿有指纹档案，"高剑霞道，"法租界捕房有最好的指纹采集设备，就怕他们在现场采了你的指纹，到我们这儿来比对。所以，动手时，一定要戴上手套。"

她点点头，试了下手套，正好合适，脱下来放进衣兜。

"事情完成后，你要把到手的东西，还有所有的作案工具——包括橡胶手套——全部留在殷先生的隔壁房间。你换回正常衣服，下楼回到自己房间，在门外挂上'请勿打扰'的牌子。我们的内应见了牌子，就知道你已经完事了，自会上去收拾的。"高剑霞说到这儿，和池彩娣对视一眼。这内应是谁，他从来没透露，池彩娣当然也识趣，从来没问过。"你回自己房间后，千万不要开灯。那个时候已经是凌晨三点左右，到处黑乎乎的，你一亮灯，下面的守卫就会注意到，会记住。事后警方来调查时，得知你房间正好在案发时间亮灯，就是个疑点。"

这些要点，之前已经关照过多遍，但高剑霞还是不厌其烦又交代一遍，因为实在是出不得半点差错。"绝不能在今明两晚动手，否则你一入住就出事，会头一个被怀疑。案发后的三天里，你要照常留在赌场招待所，每天下去赌，只当没事儿，等着警察来找你录取口供。那都是例行公事，每个住客都要问过的。你就一问三不知。除了录口供，他们还会彻底翻查你的房间，这样倒好，因为你的房间里既没有赃物，又没有工具，什么可疑物品都没有。案发之后，你又一步没有出过赌场，也没会过客。我是做探员的，我们探员一看是这种情况，立马就把你从嫌疑名单里勾掉了。这叫排除法。等尘埃落定后，你就可以离开了。我会派一辆汽车，带着巴西护照来接你，直接送到码头，上船去香港。"

她望着他，期盼他说下去。他明白她的意思，继续道："你的女儿也会在船上。等船离开了上海水域，你们就可以母女团聚了。我已经把你女儿的出生手续和领养手续拍成一套影印件了，到时一起给你，这样你可以向她解释是怎么回事。"他想了想，又说："她现在还小，等她长大点可以解释。至于你的那份钱，还有各种身份证件，也会在船上一并交到你手中。你就放心吧。"

她知道，此刻开始，她的命运已经完全不受自己控制了。

高剑霞走后，池彩娣让茶房叫了云飞公司的汽车，把行李搬到车上，直奔金凤记而去。车窗外已是满目秋意了。这一阵，梧桐叶子的绿意褪得很快，头顶上的树盖一日黄似一日。秋风来一阵，枯叶就刮下一片。马路上多出许多清道夫，一路上都是工部局 SMC 的黄色号衣。"唰啦、唰啦"的扫地声隔着车窗玻璃都能听到。车子经过的每个弄堂口，都支起了卖糖炒栗子的黑铁大锅，铁铲在"刮擦、刮擦"地翻动栗子。她摇下两寸玻璃，听到小贩颤着声音吆喝："糖——炒栗子——"栗香随着吆喝飘进鼻孔里。

这种天气，最容易勾起愁绪来，对一个念女如痴的母亲，尤其是。但池彩娣陷在紧张状态，这两天竟没工夫去想女儿，更没时间去品尝愁滋味了。直到这时，才仿佛一只被戳破的汽车轮胎，突然松懈下来。疲累的感觉把她冲垮了。她贴在座椅上，除了眼珠，竟没力气挪动一寸身体。女儿的样子浮到眼前。包里就藏着女儿的照片，但她没力气去取，只在脑子里一次次地回味那张小脸，想象着两人在一起的情景。得不到女儿时，会疯一样地想重新得到。等事儿有些眉目了，倒有些怕将起来。她会认我吗？愿意叫我妈妈吗？

那想象的画面里老闯进一个男人的影子，让她茫然。没想到在理发店又见到了他。但他猝然而至，又猝然而逝，更虚幻了。想到归根结底可能还是一场幻觉，禁不住悲从中来。

第二十章

次日一早，戴杏文就打电话找到汤仲翔，提醒他下午要来家里。汤仲翔没买到船票，不去就没借口，再不情愿，也只好走一趟。下午去南京路的惠罗百货，买了给戴幼琳的生日礼物，近晚时，就安步当车，从伦纳多的房子走去海格路戴府。走到大院外，便听里头锣鼓喧天，像在唱堂会。一个脸生的用人打开大铁门上的小门，汤仲翔一步跨进去，记忆就被院子里的草木气息唤起了。那么多年过去了，旧日信息还固执地扎根在鼻腔里，逢到时机，就漫灌回来。

当年，海格路一带，还都是农田，地价相宜，所以李鸿章就置下大批地产。戴杏文的爷爷受李家影响，也在这里买地建屋。他父亲是长子，继承了房子，而他是长孙，几个弟弟结婚后都另置婚房，姐妹们也早就嫁了出去，这里自然由他继承。

幺妹戴幼琳家里最小，她住在娘家，又在娘家过生日，自然是云英未嫁。汤仲翔在心里一算，她今年已经实足二十五，虚龄二十六了。早几年的话，二十六岁而没有婆家，会是多难堪啊，放到现在，在普通阶层人家，也是很难启齿的。

院子里搭起棚子，芦席铺顶，汽灯早早点上了，四处都浴在蓝白的灯光下。看看天色，其实还是温煦有光的。草地上聚了三四十号人，吊嗓的吊嗓，拉琴的拉琴，敲锣的敲锣，其实并非堂会，是一帮票友在自娱自乐，大家各唱各调，各说各话，全不受别人影响，局外人一看，简直是乱成了一锅粥。

戴杏文正在棚子下面张罗，远远见了汤仲翔。笑眯眯地迎了过来，一把握住他的手说:"你看,从上一次你来到现在,有多久了。"手下用力地摇,眼里透出湿润。汤仲翔被这份情感动了,似乎一直憎恶的少年时代,也没那么不堪了,一时不知该说什么,不住打量四周,搜寻熟悉的过去。戴杏文道:"你也知道,老爷子一向爱京戏,'八一三'后,干脆养了一帮丝竹好手,天天在家里玩票,倒也活得自在。"汤仲翔嘴角抽了一抽,觉得恍如隔世,置身上海,一点看不出整个国家正深陷战火,这种时候了,戴叔叔还是迷恋灯红酒绿的生活,要借着女儿生日,过一把自己的戏瘾。

今天来的亲戚不少,女眷多,孩子更多,手里拿着糖果花生,都穿着新衣服,叽里呱啦地你追我跑。汤仲翔只顾朝大棚底下望去,见一男一女在对戏,唱的是《四郎探母》。那唱铁镜公主的,正是戴幼琳。戴杏文拉住他手臂道:"来来来,先那边坐,喝口茶,定定神,喘口气。"把他引到一张桌子旁坐下。用人一刻不停就上了茶水点心,七手八脚,满满摆了一桌。汤仲翔拿个花旗橙子剥开,一瓣一瓣塞进嘴里嚼着,这样做只是不让自己闲着,一边目不转睛看唱戏的戴幼琳。戴幼琳应该瞧得见他到了旁边,只是不拿正眼来看,显是故意的。耳朵里听她唱道:

……

听他言吓得我浑身是汗,

十五载到今日才吐真言。

原来是杨家将把名姓改换,

他思家乡想骨肉不得团圆。

我这里走上前再把礼见,

……

今天是她过生日,却穿了一件褪成桂圆色的半旧布旗袍,外头罩件玄色对襟薄毛背心,脚下穿双平底旧缎面布鞋,一身上下都宽宽松松的,不求好看,只求舒服。脸上也不施粉黛,肤质很干净,但没血色。她最富生气的地方还是头发,浓密顺滑,没有黏性,好像逐根上过蜡,抛过光,亮闪闪的,头一动,整堆头发就荡来荡去。汤仲翔望着她,有些走神。她自襁褓起,就被丝弦锣铙熏陶,因为家人左右都痴迷京戏,就算耳朵里天天塞着棉花,毛孔里也会吸进许多去。她一路长大,也零零碎碎学过,只是把京戏和小脚、辫子、顶戴花翎归到一类，认作旧时代的遗物，心向往之的都是话剧、电影和西洋音乐，从没有像老父那样，对京戏全身心投入过。但几年不见，突然见她摆起了资深票友的架势，可见她的趣味上、想法上，都有逆折了。

戴杏文道："怎么样，还认得出吗？"汤仲翔道："当然了，还是老样子啊，就不知性情有没有变呢。"戴杏文踟蹰半晌说："她不像小时候了，好多事儿，问了也不说，嘴巴越来越严。"汤仲翔盯着他，等他往下说，他道："我也说不好，也许是为主义献身的那种？哈哈，说笑，说笑。"汤仲翔心想该去打招呼，无奈她那对眼波，就是不朝自己这头荡过来，就对戴杏文道："杏文，要不我先去和幼琳打个招呼吧。"

戴杏文道："好啊……不过先跟老爷子照个面吧。"汤仲翔道："那是，那是，"起身跟着戴杏文，朝草坪上另一堆唱戏的人群走去，嘴里道："你对幼琳真够可以的，过个生日，摆那么大的阵仗。"戴杏文道："嗨，老爷子的掌上明珠。不用心点，他不高兴的。"

四年不见，老爷子戴弗奎越发瘦了，眼窝陷得深，两蓬寿眉乱长，黑中带白。瘦骨嶙峋的下巴长着一蓬山羊胡。头发也稀疏，比面粉还轻，微风过处，就乱飘乱舞，露出布满黑斑的粉红头皮。他显是经不住一点寒气了，已经穿上了厚夹袍。上海的秋天，白天即便是烈日高照，热汗淋漓，但日头一收，就凉意沁人了，妇女和上了年纪的，最为敏感。虽然怕凉，老头照旧握着一把折扇。就算没蚊子，扇子也不会离手的，好像握住它，就把文气紧紧攥住了。他坐一张旧藤椅，背靠一棵磨盘粗的老香樟树，正跷着腿，眯着眼，摇头晃脑，随着曲子节拍，拿折扇敲着大腿，听上去，像敲在一根木棍上。他现在的样子，早看不出年轻时是个骑马、开车、网球、跳舞样样精通的风流二世祖，一辈子不改的，是对京戏的迷恋。汤仲翔打小就知道戴伯伯是个超级戏迷，银行里的工作都当副业，精力全在捧名角，大把地拿钱组织票房。现在看来是更进一步了，干脆在家里蓄养起老伶工、过气艺人——资深票友，竟日不离了。

戴杏文道："我爸现在搞大了，那些名角啊什么的，个个都认他。不光上海的，外埠的也是，只要来上海，必定要来拜码头的，哈哈。"说着，已经到老人身边。"爸，仲翔来给你请安了。"戴杏文说。

老爷子没听见，继续摇头晃脑，塌陷的嘴唇微微在动。汤仲翔留意到，他嘴巴周围一圈的皮肤，布满了细小的网格纹。前面两个老人在唱《朱砂痣》，三个老伶工丝竹伴奏，声如裂帛。戴杏文凑到汤仲翔耳边道："那老头就是时惠宝，这一阵在上海登台。"汤仲翔见老爷子戴弗奎注意力全在曲子里，干脆陪着看。戴杏文清清嗓子，又把嘴巴凑到老爸耳边道："爸，仲翔看你来了。"

老头这才猛地睁眼，茫然地望着两张面孔。他视线在汤仲翔脸上扫过，一点没认出来。"谁，你说谁？"

"是仲翔，汤叔叔的老三仲翔。"

"哦，是仲翔，"他说，看了半天，"变这么黑了，不像，不像。"

汤仲翔深深一鞠躬道："戴伯伯，仲翔给您请安了。"

"这些年也没见你来，都去哪儿啦……沪江毕业了没？"

汤仲翔道："晚辈不才，沪江没毕业，就进了笕桥航校学习，后来又去美国学习了两年，回来后就在航空公司里开飞机，哪儿都住，哪儿都待不长，没顾上给您老人家请安，实在不该。"

老人挥挥手一笑，"当飞机师啊？哈哈，你们是国家栋梁，现在正是国家最派用场的时候，我们这些老朽，看不看都罢了。"说着，把扇子在藤椅扶手上敲了几下，对唱戏的几个说："好歇歇了。"转脸对戴杏文说："还不过去，把幼琳叫来？"戴杏文满口应承，转身去了。

一会儿，戴幼琳才拢着头发，跟在戴杏文后头，慢慢走了过来，对汤仲翔说："早看见了。"刚才那副浑然不觉的样子，果然是故意装的。她哥发胖了，她却依旧清瘦，只依稀出了两抹浅浅的眼袋，眸子还如往日一般灵动，看他时，眼神一点不躲避，也没笑意，态度不像是看见一个六年不见的熟人，当然更不像是看旧日情人了，"稀客，稀客，大飞机师光临，该不是给人胁迫过来的吧。"

他听她道出了自己的职业，知道戴杏文跟她说过了。过去，他总能轻松掌控她，她则处处赔着小心，因而不太在乎她。这次一见，看她寡淡如水的样子，有些不同了，不知该和她握手，还是拥抱，犹豫之下，只僵立着，故作轻松道："幼琳，祝你生日快乐。"她迎着他的视线，微讽地笑道："你还记得啊，真真不敢当了。""怎么会不记得。"他赶紧表白，手伸向衣兜里，刚要去掏礼物，发现这场合不太合适，又抽了出来。

戴杏文好像突然发现什么："哎，都站着干吗，坐下，坐下，"四周一看，又说："怎么都愣着，拿几张椅子来。"于是旁边人七手八脚，搬来好几张椅子。汤仲翔坐下后对戴弗奎道："早就想来给戴世伯请安了。你说巧不巧，正想着，就碰到杏文了，赶紧就来了。"戴幼琳接道："是挺巧的，正赶上有人生日。真要记的话哪记得住，现在谁也没那么好的记性了。"汤仲翔听了，只有苦笑。老爷子横她一眼道："幼琳，瞧你那张嘴。"又对汤仲翔感慨说："和你爸也是一年多不通音信了。他随俞鸿钧、杜老板他们去了香港后，一切可顺利？"没等回答又说："不过，香港这地方能有什么好的，哪像在大上海。听那边回来的说，杜老板在九龙也是捉襟见肘，养一门子人都困难。"

"我跟爸联系也不多了，"汤仲翔道。老爷子点着头，表示理解。汤仲翔是姨太太的孩子，自从母亲死后，跟父亲及大房一家就逐渐疏远了。汤仲翔又补上一句："爸在香港待了一阵，又去了重庆，那是最高当局的意思，让他参与振兴后方的银行业务。"

老头一怔，"这样啊！你爸什么都好，就是过于书生气。其实留在上海有什么不好呢？世道要变的话，任你是天大的英雄，也很难左右。文天祥固然伟大，但是，宋亡元兴的历史潮流他能阻挡吗？中日国力相差那么大，硬是以卵击石，只会生灵涂炭，百姓遭殃。虚名要不得啊，还不如采取务实态度，与日本人虚与委蛇，伺机反扑嘛。何必争一时之短长呢。"

汤仲翔听了，没有吭声。换上在少年叛逆的时代，可能就跳起来顶撞了。现在学会了以沉默代替驳斥，只是在心里放纵着对老头的鄙夷。父辈里这样的人，他见得太多，无论经商还是从政，凡事精心算计，只求损失最小，利益最大。到了国家民族存亡关头，还在要弄这套，实在是无可救药。自己父亲也一样，去重庆，不见得是忠于原则，只是投机而已，与戴伯伯的不同，不过是押宝押在哪一边的区别。

老人最在乎自己的观点有响应，见汤仲翔没吭声，又追问一句，他只得点头称是。老人又问："既然如此，你又何必一腔热血，不顾实力的悬殊，驾飞机和日本人硬打呢？"

戴杏文插嘴道："爸，仲翔是开民航机的，他在中国航空公司工作，不是空军。"老人一怔："噢……不过，那也是玩命的活，不是吗？徐新六上个月是怎么死的，不是乘你们中航飞机给日本人打下来的……"说到这，老人突然哽咽了。

汤仲翔知道，他和徐新六是银行界的熟人，所以有兔死狐悲的情绪。仰脸一想，徐新六死在八月十六日，要不是自己还在香港养伤，要不是伦纳多正在上海休婚假，执飞的可能就是他们这组。想到这，打了一个寒战，道："徐叔叔出事是因为奸细。其实日本人的目标不是他，是孙科。"

视线一转时，被戴幼琳一对眸子截住了。她问："可是，孙科并没在飞机上啊。"

他不假思索便说："他原定是乘那班飞机的。到了机场时被挡住了，没让上。后来才知道，军委会译电组破译了日本间谍的密电，知道他的行程已经泄露了，可能会被拦截，才临时挡住他的。后来果然出事了。"

她的视线还在他脸上逡巡，似乎有话要说，还是打住了，习惯性地举手到后脑，去理一头青丝，她头发乌云般密实，多到拢不住，脑子里想事情时，就不自觉地这么做，他看出那态度是探究的，藏着点疑惑。没见她前，以为会遭她冷眼，看她眼神里，倒是找不到，冷冷静静的，心才稍定了。她的手没停下，一直轻拍着戴老先生的背，侧过脸时，青白的灯光勾出她轮廓，玲珑的鼻线，曾让他迷醉过。老人缓过劲，长吁了口气："可惜啊，都是国家的精英啊……你们年轻人，不要轻言牺牲啊，要为民族留下种子啊！"汤仲翔听了，心里在冷笑，如果都是奴才种子，不留也罢了。到了这份上，大家只有拼到尽了，该存就存，该亡就亡，还有什么好算计的。这么想着，没说出来。

他们说话时，周围锣鼓铿铿，丝竹旋徊，咿咿呀呀的唱腔此起彼伏，有激昂的，有缠绵的，汇成嘈杂的乱音。戴幼琳见汤仲翔搜肠刮肚地找话说，站起身道："我有话要问你呢。"他抬脸看，天黑透了，她换了方向，汽灯从后脑射来，面孔背着光，暗蒙蒙地看不清，道："你问什么？"她说："这里太吵了，还是回屋里说吧。"

第二十一章

　　戴府的院子里，树木比六年前是更繁茂了，虽是秋天，一蓬蓬的三角梅，紫红，鹅黄，浓艳艳地开着。一路走来，下人还是那么多，厨师、园丁、车夫、洗衣服的，有些下人还认得他，喊他汤少爷。这称呼，陌生又熟悉，一下把他拉回少年恣肆妄为的时代。那时节，戴家的祖母还健在，有两个贴身丫鬟，一个侍候茶水，另一个专门替她梳头。其他家庭成员人人都有专门的用人，连车夫都带一个徒弟，坐在副驾驶座，逢到车子拐弯，就伸手乱摇，车一停，先跳下来给大家开门。夏天吃饭时，一家人围着大圆台吃饭，怕饭菜吹凉了，吊扇都不开，就让四个用人站在四个角落，拿着大蒲扇替大家扇后背。现在这东一个西一个的下人，大多是那时代攒下的。到如今，戴杏文几个弟弟陆续分了出去，女儿们一个个也嫁走了，但用人的数量几乎没见少。养这么多人，看来只是一种习惯，并不是出于需要，就跟老爷子要养那么多伶工戏子一样。只是戴杏文能独自撑起那么大的摊子，那财力，着实令汤仲翔咋舌。

　　丝竹管弦和吊嗓子的声音被远远甩到了身后。一大幢宅子里，楼下的灯全开，处处照得通亮，孩子们尖叫着相互追逐，把地板踩得震天响，却搅不动空气的沉滞，满鼻子都是线装书霉湿的气味，几十年积攒下来的，恐怕只有来一把烈焰，才能消除掉。戴弗奎和汤仲翔的父亲一样，一辈子不停收购线装古书，见太阳好，就让用人们在草坪搭起床板，把经年收集的旧书搬出来晒，里头自有不少的宋版书、明版书。他们是一丘之貉，把自己埋在各种高雅嗜好里，书画、瓷器、戏剧，自我陶醉，往毫无追求的人生上面，喷一层人工的绚烂，欺骗自己，也欺骗别人。

戴幼琳还住原来那间，在三楼朝东南的角落。房子是请赍安洋行设计的，斜屋顶，窗户高而狭，窗外是株广玉兰，白天时，透过枝叶，能看见整个大花园，这时透着远处汽灯的苍白。内房服侍的丫头倒是换了一个，年纪很小，嘴唇厚厚的，有一点斜眼，不认识汤仲翔。见他这么坦然走进屋子，大为意外。在她的记忆里，戴幼琳的房间从没进过男人，连老爷子和大少爷都没进来过。见她稀罕地看着自己，他朝她挤出一个笑。"阿金呢？"他问戴幼琳。

"嫁人了，回了绍兴老家。孩子都已经半岁了。"戴幼琳说。阿金比戴幼琳要小四岁，却已经有孩子了。戴幼琳随口这么说，汤仲翔听来，觉得暗含更多意味。

屋里有股幽幽的熏香暗徊，是他熟悉的。房间的格局摆设基本未变，墙上的画还是戴幼琳早年画的那些，被岁月添上一层微黄。视线扫到五斗橱时，停住了。上面有一只深灰的猫，看着陌生，又有些熟悉。原本趴着，见了他，撑起了两条前腿。见他吃不准的样子，她说："自己的猫，不认识啦？"他惊讶说："这么大啊？"她说："可不吗，七岁多了，再不大就有病了。"六年前她过生日，他送了一个漂亮的礼盒给她。打开后，"喵"的一声跳出一只小猫来，把她吓了一跳，他便唱起了《生日快乐》。眨眼间，六年过去了，又到了她的生日，而世相人事都翻天覆地了。

他望着猫，猫也望着他。丰满的圆脸，一对铜钱般的圆眼。瞳仁撑大了，像两粒桂圆核，盯着他看。看着看着，把脸侧了过来。"它还认识我吗？"他问。

"凭什么！这么久你来过吗，为它付出过什么？"她反问。

他讪讪一笑，收回眼光。记得听人说过，猫的记忆是一个月，还是记不住好。打量四周墙壁，问："没再画新画了？"戴幼琳迟了两秒才说："谁有这心思啊。"她抱着胳膊站在窗前，竖起耳，听远处那些人唱的唱，拉的拉，念的念。听了一会儿，突然回过脸，一双眸子，罩住了他："你怎么回上海了？"声线锐利，不像聊天，倒像逼问。

汤仲翔噎住了。过去她可是娇弱如柳的，连马路都不敢一个人过，虽然也有尖刻的时候，但只是细微的尖刻，像指甲划过那样，现在那副样子，简直是凌厉。他把视线移到那只猫，见它犹豫之下，决定活动身子，一跳，轻落到床上，又一跳，落到地上，伸了一个大大的懒腰，然后迈开四肢，身子一扭一晃，不慌不忙地朝自己走来。到了脚跟边，黏滋滋叫着，扭过脖子蹭他。他蹲下去，摸它下巴道："你看，认得的……我回上海，是因为前一阵受了点伤，在香港养得差不多了，想上海了，就来了。"突然想起什么，站起身，从西装内兜掏出一个小盒，双手递到她面前道："祝你生日愉快。"

她接过一看，盒子上印着"欧米茄"字样，打开来，是一只金光灿灿的坤表。取出来，翻来覆去看，眉目间，还是看不出变化。他紧张等待着，见她把手表套到腕上，才松了口气。

"干吗送这么贵重的东西？"她捋起袖管，露出一截皓腕，看效果。她的脸侧对着他，终于从嘴角处，看到了一丝丝的笑意。

"不贵重，生日嘛……"

"生日是最不好的日子，提醒你又老了。"她转过脸，似乎并无笑意。他一吓，道："这可不是我的意思。何况，怎么谈得上老……"她说："再说，我已经不戴这些东西了，手镯啦，项链啦，戒指啦……"他看她脖颈空空的，耳垂只嵌着两只细小耳钉，脸上也是粉黛不施，旗袍是半旧的，最普通的布料子，失去了光泽，袖口泛了白。他问："为什么？"她说："不为什么，不想那么奢靡。"说着，慢慢取下手表，装回盒子。他以为她要退还，刚想抗议，她转身去五斗橱，拉开抽屉，把盒子放了进去。"谢谢你费心了。"

他摊摊手，不知该说什么。她话锋又一转问："是不是我哥硬拽，你才来的？"

她似乎有意拿他答不了的问题逼他，好看他撒谎，让他难受。他觉得这么站着更像在受审了，装没留意她的问题，也不等请，一屁股坐到一张单人沙发上。戴幼琳见他这么自说自话，惊奇地看着。沙发是他过去常坐的那张，弹簧依旧很紧致，可见平时是没什么人坐的。猫咪见他坐下了，跟了过来，挨到他小腿上，弓起了身子，来回摩擦。它的毛色是浅灰色的底，深灰的条纹，扁扁的脸，像亚洲人，眼睛几乎眯成了一条线。两只耳朵折着，像书页的折角。他弯腰挠着猫的下巴，它翻过身来，四脚朝天，眼睛睁开又闭上。他的视线一荡，正好扫到茶几搁板，见一沓《电影之星》杂志已经发黄了，看上面的年份，还是六年前的。那时，她每一出新片子都不落下，每一本电影杂志都买。还写些电影评论去投稿，总给登出来。而这几年，她竟然再没添过一本新杂志了。难道看电影的旧好也断绝了？但他不敢问，因为他曾是她上电影院的忠实陪伴。怎么还好问。

"汤少爷，我问你呢，是不是我哥硬拖你来的？"她追问一句。

他被"汤少爷"的称呼怔住了。她从来都是喊他"仲翔哥"的。怔了许久才勉强道："哪里的话，是我自己想来的。"恨自己又撒了一个谎，可是不撒谎的话，难道承认自己确实不想来吗。戴幼琳叹了口气："你要诚心来看我，怎么到了上海，连一个电话也不打？一定是被他撞到了，才不得不来吧？"不等他辩驳，转身将一份报纸，丢到他腿上。

那是一份《东方日报》，展开一看，都明白了。那天夜里在百乐门舞厅的一切，变成了趣味横生的故事，讲得明明白白，他的名字、住址都有，还配上了大照片。他对着图文并茂的版面，只管垂着脑袋，脖子仿佛突然金属化了，抬不起来，听她说："你倒是没变，小时候为了戏子跟人打架，现么进步了，换成跟别人争舞女，枪都拔出来了。"他的脸发烫，欲待辩解，怕弄出一副急赤白脸的样子，又咽了回去。她见他不语，也在对面一张椅子坐下，随手从茶几上拿起个大本子。她过去有个习惯，和他对坐的时候，总是一边说话，一边随手画他的速写，这会儿见了他，旧的习惯不知不觉就回来了。他机械地抚摸着膝上的猫，努力放松下来，但那种不自在，却没能掩饰住。心想，叫我来到底有什么事呢。灯泡的黄光打在他脸上，勾出了他黑瘦的轮廓线，瞳仁处的聚光很亮。她拿着纸笔，涂画了几笔，想起什么，又放下了。

"小兰，去给汤少爷沏杯茶啊……把门带上。"戴幼琳扭头对丫头说。听着她脚步下楼去，才说："你还会自己来看我！这世界上你最怕见的人，就是戴幼琳。如果有什么戏法，能让我从这个世界彻底消失，你就是倾家荡产也要拜师去学的。"他维持着笑容道："幼琳，你从小就没说过我一句好话。"心想，难道找我上来，就是为了发泄对我的积怨不成。她道："那是因为没什么好话用得上。怎么啦，你怕啦？"

他只有唯唯，她语气平和，话音故意去掉了感情色彩，表情也滤除了，却句句带着刺。过去那个一览无余的小姑娘，彻底消失了。这让他担心起来。转而一想，假如当初她也这么难琢磨，也许自己反而给勾住魂了，不会那么没常性。这么想着，觉得自己无耻。楼下餐厅传来了阵阵喧闹。那些伶工们每天吃饭都要开出三四桌来的。凑到一起时，免不了兴奋地夸夸其谈，汤仲翔起身道："下面开饭了，好热闹啊。我们不吃吗？"

"你坐下。"戴幼琳说，汤仲翔一愣。她说："坐下嘛。"他只好又坐了下来，辩解道："有点饿了。"她的胸口有些起伏，又拿起了本子和笔画了起来。她好像是靠画画来调节情绪，看来并不是真的心如止水。他觉得自己正在被她用画笔剖析，全身上下都透明了。

"饿不死你的——还没坦白为什么来上海呢。你是不可能为我来的，连顺便看我都不可能。你对女人可没常性了，也不愿担责任。你就想征服猎物，到手了，兴趣就转到下一个猎物了。"汤仲翔无言以对，只好呆视着她。"别那么一副无辜的样子，我就是被你征服的猎物。"戴幼琳说，慢慢画着，像在说别人的事。

汤仲翔终于吃准，她找他来，就是为了宣泄对他的怒火。这怒火憋了六年多，至今小姑独处，必须让他承受。心想，那就让她发泄个痛快吧。嘴里却忍不住还是要辩解几句："幼琳，你把事实颠倒了。当初不是我不愿意，是你爸不想你嫁给我。我是被迫放弃的。"毕竟斗嘴是过去的常态。

她停住笔，渐渐地红云上颊，道："我爸为什么不愿意？是因为你跟他说，你妈过世后，你爸把家产全归到你大哥名下，你什么都没得到。"

"这我也没说错啊。这么重要的事，难道应该瞒着他老人家吗？"

她冷笑道："好诚实啊！明知道我爸是势利眼，我哥也是势利眼，绝不肯把我嫁给一个没钱的，不管是谁。汤少爷，别再当我是白痴好不好，你爸怎么分配家产，外人谁也不知道，你满可以先不说的，可你偏偏急不可耐地告诉我爸。让我爸先拒绝这门亲事，让我爸来背这个罪名。你就是不想和我结婚，你压根儿不想和任何人结婚，这样你就可以尽情玩弄女性，又不背责任。"汤仲翔低下头去。戴幼琳说："你别低头，我在画你的脸呢。"他只好又抬起头。"你说，我的话对不对？"她逼问。

汤仲翔不语。楼下那帮人没唱够，吃饭时也大声放《打渔杀家》唱片。他对京戏一向淡然，好的坏的，也分不太清，总之就是高分贝。但他还是听了一会儿，一边整理思路，才说："幼琳，我不跟你结婚，对你只有好。干我这行性命是朝不保夕的，根本不适合有家庭。"

戴幼琳抢白道："是不适合有家庭，但挺适合骗取女孩子贞操的。"

他干脆解开衬衣扣子，露出肩膀上一摊烧伤的疤痕。"看，上一次飞昆明，油箱给打中了，跳伞时沾到了火苗，还好戴着航帽，否则这张脸也没了。这次算是运气，但运气不会光顾两次，下一次再出事，说不定就没命了。对我来说，别说将来了，就算明天的事，也没法确定，要是和你成亲了，哪天我死在空中，你就惨了。万一还有个一儿半女，你年纪轻轻就孤儿寡母，就更是惨绝人寰了，那你岂不是更恨我？"

"不会的，"她说，"孤儿寡母也好过小姑独处。"

汤仲翔无言以对，慢慢扣上扣子。

"那你是承认了？"她逼问。

"承认什么？"

"占了人家便宜后，还使了手段，把不结婚的责任推到老爷子身上，然后说被迫放弃？"

汤仲翔耸耸肩道："要是你非这么想的话……"

戴幼琳一抢手，把手中的铅笔朝汤仲翔狠狠掷去，砸在离脑袋不远的墙上。"被迫放弃？"她从牙缝里挤出这四个字。

他弯腰捡起铅笔，暗暗松了口气。他怕的就是她的冷静，像这样失控发作，反倒好办了。等她渐渐平复了，他把猫一放，起身把铅笔递了过去说："画得怎么样，我看看？"猫突然没人抚摸了，在地上长长"喵"了一声，表示抗议。

"不看。"她把画从本子上扯下，一撕为二，再一撕为四，拉开一个抽屉，把纸揉成一团扔了进去。他依稀晃到一眼，是自己的坐像，抱着一只猫。

发泄了，她平静一些。"刚才你说的跳伞是怎么回事？"

"跳伞？噢，是这样的，三个多月前，我们从香港飞昆明，给日本飞机拦截了。那天的气象报告也不准，本来说云层很厚，等我们上了天不久，突然就晴空万里了，我们没遮没拦，成了活靶子，最后是油箱给击中了，只好弃机，跳伞。就这么受的伤。"他突然觉得刚才袒露伤口的举动傻，轻描淡写起来："……后来给老乡救起，送到贵阳，后来就到香港去养了三个月伤。现在没事了，趁着还剩一个月的伤假，就来上海放松一下，正巧赶上你生日……"

戴幼琳打断他："后面的省了，免得听了又来气。"他做手势时，手表在灯光下晃到她的眼。见不是她熟悉的那只表，就让他取下来看了。拿在手里，认出是一只江诗丹顿牌子的表，表带上印着一个"中"字，语带讽刺问："是什么人送的定情物吧，"又补上一句："用不着告诉我，才不想知道。"汤仲翔一笑道："是上峰给的奖品。"

"上峰给的奖品，上峰给的奖品，"她若有所思地重复道，把手表递还给他，语气里还带着残存的讽刺，"你的上峰，难道不是蒋介石和宋美龄吗？"

他点点头，接过表，戴回腕上，对她语气间的不敬，很不习惯，只是克制了没说出来。同事间平时说话，都称呼总司令和夫人。

"他们经常乘你的飞机吗？"

"你怎么知道这些？"他有些惊讶，隐隐觉得，她找他来，或许并不仅仅是要发泄积怨。

她没回答他的问题，继续问："你的工作这么要紧，怎么敢到上海来？"

他见她脸上一派严肃，连适才的讽刺都不见了。

第二十二章

汤仲翔迷离着双眼，足足半分钟，也没吐出半个字来。上海之行，是为了殷先生，为了"上田工作"，这是不容透露的。但他厌倦了谎言，不想再编了，口中这条舌头，竟像废了。戴幼琳冷笑道："你不好意思，我替你说吧，你是想当面锣，对面鼓，跟我来个彻底了断。"转身打开另一个抽屉，取出一个牛皮纸袋，放到他腿上道："还给你。"

他疑疑惑惑地拿起来，不明白是什么。黄里泛褐的纸袋，边角都磨出了白毛，中间扎了一条褪色的红丝带，慢慢打开，看清里头内容后，脸"腾"地红了。手里是一包信，一包他给她的情书。这段情史，本来已让长空硝烟熏得淡漠了，拿了信，才突然清晰起来。当初多疯狂啊，后来退起烧来，又是那么迅速，一个给荷尔蒙控制的少年人，是天下最不靠谱的，回头看，简直不相信是自己的所作所为。她拿出这些，分明要抖搂自己始乱终弃的劣迹，羞辱一下，便赌气道："何必给我呢，扔掉就行了，要不就烧掉。"

她说："我不敢扔啊。你远走高飞了六年，躲到天涯海角，音也没有，信也没有，就算嘴里没提过，行动上早就和我绝交了。现在回来了，要是不交到你手上，怕以为我拿着证据要勒索你。"他辩解说："我才没躲，我去了美国，回来后又一直在飞，然后就是卢沟桥事变……"她说："行了，用不着这么多理由，这些还给你，你也好安心了，扔了也好，烧了也罢，是你的事情。反正，你写的，我全背得出，证据就在我心里，要不要我背给你听听？"

他刚想抗议，她已经背诵开了：

"从你如春光般飘去，

> 我的花园便变了景色，
>
> 蟋蟀唱秋天的曲子，
>
> 草坪为乌鸦的战场。
>
> 当恍惚地见你的影儿，
>
> 盼燕羽剪短我苦恼之束缚，
>
> 或弃我的笔儿去执枪儿，
>
> 是以泪眼睨天，星光黯淡。
>
> …………
>
> 我欲随黄昏远去，
>
> 寻觅你如梦之脚踪，
>
> 我愿如奴隶般跪在你的膝前，
>
> 求你解答我命运之疑问。"

听到最后两句，他的一张脸，兜底彻腮红透了。暗暗咒骂，却不知咒骂的是谁。

她问："还记得这首诗吗？"

他摇摇头道："忘了。"

"你当然记不住啦。那不是你的创作，是你抄来的，抄了胡崇轩的诗。"

"胡崇轩，他是谁？"

她鼻子里哼了一声，有些鄙夷地说："算了。"

他是个懒于阅读，更懒于动笔的人，这些信，都是当年请缺钱的同学代笔的。猖狂张扬的岁月里，不觉得过分，现在就成了心病。本来他已自认理亏了，却忍不住嘴硬道："哈，这种骗女孩的东西，都是找人代笔的，一块钱写一封，两块钱写三封。诗也是他们代抄的。哪里抄来的，我可不关心，没想这些垃圾，你还珍藏那么久！"

他等着看她被激怒的样子。

但她却泰然自若道："这种事在你身上有什么新鲜吗？你是凶手，可你从来不在乎的……就是你，你杀死了我的孩子。"他眼前浮现了德国医生的诊所，鼻子嗅到了来苏水，她冰凉如钳子般的手，勒住他的三根手指，她不停颤抖的身子。六年多了，却好像就是眼前的事情。

他呆呆对着她，半天不言语。她奇道："你怎么啦？"

他道："幼琳，你要真这么想我的话，那么，我现在可以娶你。"

她有些猝不及防，顿时粉生双颊，摸索着取下头上的发压，把已经整齐的头发又抚了一遍，把发压戴了回去。又拉了拉身上的衣服，才道："你在说什么呢。"

他又重复了一遍。

一瞬间的工夫，她已经冷静下来，走到离他一尺，逼视他道："这算什么，怜悯吗，施舍吗，还是赎罪，好让自己良心过得去？"

"我不想让你一辈子待在娘家，不想让你爸和杏文把你当累赘。见了你，我才明白，这一切都是我的错。"

她顿了许久才道："谁会愿意嫁你这种人，明摆着是要当寡妇的。"

"就算当寡妇，也是风光的寡妇。我出事死了，你就是烈士遗属了，有资格领国民政府抚恤金的，不过少得可怜。"

她扑哧一笑道："呸呸，什么死不死的。"

"幼琳，我已经不是从前了，没有什么是放不下的。另外，只要我在，薪水全数给你，过日子绰绰有余，你可以马上搬出去独立。我靠外快就足够过很体面的日子了。"

"原来如此。婚还没结呢，规矩就开始做起来了，让我在家里待着，等着你带来巴黎的时装、香水和皮包，意大利的鞋子，美国的丝袜和口红。每天早上睡得晚晚起来，梳妆打扮，找别的太太打打麻将，晚上看看电影，跳跳舞。孩子交给阿嬷带。是这样吗？"

"那样不好吗，那你觉得该怎么样？"

"我倒问你，你了解我吗？"

他想说了解，又想到这六年来的巨变，已经不配这么说了，道："你不说，我怎么了解？"

"既然不了解，怎么就说要和我结婚，跟一个不了解的人怎么能做夫妻？你看待女人，只是看一个没有思想，没有灵魂的肉体，她想什么，要什么，追求什么，都不屑去知道，反正是用之即弃的东西。如果当老婆，就是一件摆设，和墙上的画，架子上的花瓶古董，没什么区别。我可不稀罕这种婚姻，为一张饭票结婚。你的钱留着自个儿用吧。谁还不知道你，要跳舞，要赌钱，要交女朋友，要去四马路，再多的钱也不够。你哪天手头紧了，我倒是可以借点私房钱给你……"

他竖起掌制止她道："幼琳，你那张嘴怎么磨得比锥子还尖了。你爱干什么都可以，没有让你关在家里做金丝雀。再说，我也不是过去的我了，你认识的汤仲翔，已经死了。"

她不响，他偷眼看，见她苍白着脸，对着天花板发呆，现出难受的样子，突然捂住嘴，似乎要吐。过了许久，才深深喘一口气说："你认识的戴幼琳，也已经死了……"话音刚落，又一把捂住嘴，急急冲进浴室，把自己锁起来。他隔着门，隐隐听到呕吐声和冲水声，这声音那么熟悉，一下把心底的沉渣勾了起来。

等她出来，他直接问："幼琳，你怀孕了？"

她慢慢坐回原处，泪眸一转，飘飘忽忽溜到他脸上，没回答他的问题。

他又问了一遍，她才点点头。

他一时找不出话了，是震惊，还是解脱呢？似乎一块石头从胸口搬走，终于可以舒一口气。顿了半天，才字斟句酌问："是谁的孩子？"

"你别问了，我不会说的，"她说，"永远不会说，跟我一起死掉。"

他点点头。两个人这么沉默着，也不知过了多久，他才道："那你不准备嫁给那人？"

"不可能的，想都别想。"她说得决绝。

"这样啊！那么……"他心里想着那个做堕胎的德国医生，把后面的话咽了回去。

"不，"她摇摇头，明白他的心思，"绝不。"

过去的一切，淅淅沥沥又渗进了思绪里。同样的事，竟在她身上一而再地发生，多荒谬啊。他问："那你准备当未婚母亲？"她只是沉默着，他又问："有多久了？"

"才发现的。这个月没来，就去检查了……"她低声说，见他不出声，冷笑一声道："怎么样，害怕了吧，还敢说娶我吗？"他笑道："既然你不打算嫁给那人，我怎么不敢娶你？"

她认真端详他道："你当真吗，也不在乎替别人的孩子当爸爸？"

"幼琳，我已经不是从前了，生死都丢开了，还有什么放不下的。"

"我可没逼你娶我，要娶不娶，你自己看着办，但是，假如真结婚的话，我做的事情，你都不要干涉，因为我这人向来爱干啥就干啥，不管别人是怎么希望的。"

汤仲翔略略涨红了脸，本想顶回去，终于没说出口，过去做过恶人，一辈子都要背上这恶人的包袱。眼看话说到了尽头，再坐下去只有无趣，便起身告辞，没留下和大家用膳，也没与老爷子和戴杏文辞别，悄悄走了。

第二天一早，戴杏文的电话就追来了，约汤仲翔下午两点的时候，到汇中饭店的茶室碰头，说要好好聊聊。

汤仲翔挂了电话，见时间还早，就胡乱梳洗了一下，换好衣服，下楼到隔壁的华安理发店修脸、洗头和吹风。他是每天必来的，小费给得慷慨，里头个个认识他，态度自然恭敬有余。

他并没留意到今天的女宾部里，突然有一对星眸牢牢锁住了他。其实，即便面对面，他也认不出她是谁。两人固然有过短短的交集，于他而言，只仿佛枝叶拂脸，过了就忘了，何况又隔了炮火硝烟的漫长六年。

他努力放松心情，慢慢逛遍了南京路，在圆明园路的一家意大利餐馆吃了午餐。看时间差不多了，从餐馆出米，绕道外滩，过了南京路口，走到了汇中饭店大门外。从人行道一侧的落地玻璃看进去，戴杏文已经到了，正在看报纸。

戴杏文眼角余光瞟到汤仲翔，忙放下手中报纸，站起来握住后者的手好好摇了几下。他穿了一身三件套的英国毛料条纹西服，胸前口袋露出一角白绢的手帕，衣领的纽孔插了一朵康乃馨，稀疏的头发梳得根根到位。

十月里，吊扇没开，茶室的空气凝滞倦怠，四壁蒙着深色的桃花芯木，椅子都是牛皮的，历经岁月，布着细微裂纹，有人在吸雪茄，天花板下悬一层薄薄蓝雾，一切都是男性的，严肃的。隔着玻璃，能看到外滩码头上的栈桥，和往来船只的桅顶，隐隐听到扛大包苦力的号子声，"吭哧、吭哧"不绝于耳。

汤仲翔一落座，戴杏文就问："幼琳昨晚得罪你了？"汤仲翔想起昨天的一番口舌冲突，不禁有些颊上生热，道："哪里，是我得罪她了。"戴杏文道：

"我从写字间出来前，给她打电话了，问她有没有空一起过来喝茶，她说有事不能来，结果专门派了一个工友送来这个，让我带给你。"手一抬，把系成一串的两包东西放在汤仲翔面前。他解开棉线，摊开毛边纸包，是一包云片糕，再摊开另一包，是绿豆糕。糕点是现做的，米香、豆香和油香，一蓬一蓬浮散开来。他用两个指头捏起一块绿豆糕，放进嘴里慢慢嚼着。这其实是戴幼琳爱吃的点心，他跟她吃多了，才爱起来的，但离开上海的几年，再没机会尝了。和了油的绿豆面在嘴里渐渐融化开来，甜腻的清香沁进了脑门，一下又拉回到过去的岁月了。不知为什么眼里有些泛湿。

他把纸包推给戴杏文道："你来一块。"戴杏文摆摆手，那颗巨钻凌厉一闪。那表情，似乎另有心思，突然愁眉不展起来。汤仲翔道："你怎么啦？"

戴杏文晃晃报纸道："又出大事儿了，你没听说？"

汤仲翔摇摇头："今天没看报，也没听无线电。"

"今天全上海报纸的头条都是这件事。唐伯伯昨天被杀了。"

"唐伯伯，你是说唐绍仪伯伯？"汤仲翔问。两人的父亲与唐绍仪关系都不错，他过去也常来两家走动，所以都熟悉。

戴杏文道："记不记得有次我们一起到他家玩，把他书房里一只唐三彩的马给砸碎了。"

"怎么不记得，是你砸碎的，结果赖到我头上，害我挨了我爸一顿好打。"

"嘿嘿嘿嘿……"戴杏文尴尬地笑着，很快收了笑容道："是给斧头砍死的，太惨了……你说政府那帮人，自己没本事，打不赢人家东洋人，逃得远远的，只会拿我们这些手无寸铁的老百姓开刀。什么政府！"

汤仲翔一时没接话，想了许久才说："是不是他落水了？"

"嗨，仲翔，什么落水不落水的。就算他落水了，又有什么错？这大片土地自己没守住，让人家日本人拿去了。现在日本人自己管不过来，请我们中国人出来管，有什么不好，总比让日本人管好吧。这么杀来杀去，杀的全是中国人。你杀掉一个，日本人就再找一个来，还是中国人，对日本有什么损害？"他说完，耷拉着头，陷入长久沉思。突然抬起头，握住汤仲翔的手道："仲翔，说真的，哪天我死了，还要麻烦你照顾一下我爸，还有我妹。"

戴杏文的脸，小时候白皙清秀，但五官偏纤小，虚胖后，失去了轮廓。

这会儿因为气愤和害怕，皮肉都堆折起来。汤仲翔道："怎么突然说起这话……你也有危险了？"

"这帮军统的亡命之徒，越来越滥杀无辜了，谁知道他们会干出什么。"

"滥杀无辜？我看死的都是和日本人有关系的——你也和日本人有关系吧？"汤仲翔问，抽回手，神色严厉地逼视着戴杏文，见他不语，又问："就直说好了，是什么样的关系？"

"哪有什么关系，就是做做生意而已。生意就是一个利字，跟谁做都是为了利。你不做，自有千千万万其他人去做，还不一样？我又不是只跟日本人做。重庆方面我也做，共产党方面我也做。你说这些人，简直是……"他声音颤抖，说不下去，不停摇头。

"既然这样，你紧张啥。我看地下人员针对的都是政治人物。不过听我一句，日本人那头的生意，你还是停掉吧。"

"什么政治人物，你也太天真了。"他从西装口袋里摸出一封信，递给了汤仲翔。

汤仲翔触到信封里有个硬物，掏出来一看，是一粒弹头。粗劣的信纸上写着一行钢笔字：汉奸的最后下场。看字体，写字的人文化不浅。他抖抖信纸问："杏文，你做的是什么生意，逼得人家要杀你？"

戴杏文两手一摊道："就是一般的物资贸易——棉布、火油、药品、煤、铁、大米。反正什么利润高就倒什么。"

"还一般的物资？杏文，这不是一般的物资，是战略物资。你在向日本人供应战略物资！难怪人家盯上你。"

戴杏文脸涨红了，憋在肚里的火气一下宣泄出来："我要不要做生意，要做是不是？这里已经是日本人的天下了，做什么生意都和日本人脱不了关系。就算你开家饭馆，日本人来吃饭你给不给他吃？他吃饱了就打中国人怎么办？"

汤仲翔望着他想，人对是非的判断，真是差得太远了。中国人和日本人之间难调和，中国人自己人之间也一样难调和。他不想太剑拔弩张，勉强笑笑道："杏文，咱们是说不到一块儿了。"

"仲翔，我知道你开飞机吃了日本人很多的苦头，我家一样，也吃日本人的苦头。我们在新市老家那么多田产，现在一分钱佃租收不到，两家当铺也给日本兵毁了。日本人在新市杀了几百人，里头好几个是我家亲戚。抗日理论我全懂，我也恨日本人，没有一个中国人是不恨日本人的。可古话不是说么，识时务者为俊杰，日子总要过下去。你看老爷子，开销一点不能少，洋房汽车不说，用人也一个都不肯辞掉，家里长年养着三四十个伶工票友，北方一有名角来演出，就十张、二十张地包票。这钱就像流水一样出去。我是长子，这个家要靠我来维持，空喊口号是填不饱肚子的，日子要过下去，就要出来做点事。可如今这世道，做什么事情都躲不开和日本人的关系，绝对不骗你，这样的日子看不到尽头……我抽支烟没事儿吧？"他问，掏出一支烟叼上。汤仲翔没吭声。戴杏文划了两根火柴才点着，喷了口烟。

汤仲翔道："杏文，你也过于悲观了吧，先不说美国人的态度，苏联已经在援助了。斯大林去年就出手了，派了三批飞机师和机械师过来了，一共有七百多人，飞机也来了好几百架，而且源源不断会来。最近保卫武汉的几次空战都是苏联空军打的。只要苦撑下去，国际援助会越来越多，总会有转机的。"

戴杏文叹口气道："苦撑……都是命数，在劫难逃啊。"

汤仲翔望着天花板，心里凉了半截。他闭着眼，许久才说："杏文，你要是真出什么事情，我可以替你照顾戴伯父，只要我活着。虽然过不了你们今天的日子，挨饿受冻总是不至于的——但我真心希望你别出事。"

戴杏文点点头。他期期艾艾道："那……幼琳呢？"

第二十三章

汤仲翔料到戴杏文找他，是为了妹妹的事，见他终于说到正题上，故意问："幼琳怎么了？"

"咳，你知道我的意思。"

"我不知道。"

戴杏文又沉默了，望着那两包糕点，似乎在斟字酌句，末了说："我直说了，我现在做的事情，有点像在刀口舔血，万一有个三长两短，这个家就塌了。只有把幼琳托付给你，我才放心，也只有你，能像我一样对待老爷子，我那几个弟弟和姑爷都靠不住，全是些不靠谱的东西。"

汤仲翔啜着咖啡，不响。

戴杏文继续道："我爸当初没答应你们的亲事，是很不好，但也不能太怪他，他只是怕你经济能力不够，让女儿后半辈子受苦。"说到这，神色有些尴尬，认真地吸着烟，没有直视汤仲翔。汤仲翔猜得到，当初他也是反对者之一。不过，自己也玩了手段，只是戴幼琳识破了，要是让他知道这层，不知会怎么气愤。她对我看得最透，却隐忍不说，连父亲和哥哥那里都没有透露半句。她是为了维护自己的面子，还是不愿坏我的声誉？想到自己的自私，汤仲翔一阵阵羞愧起来，觉得真该负荆请罪。但一想起自己在天上被日本人追打，而他们父子却和日本人苟且，又打消了这念头。戴杏文拂拂手道："时过境迁了，过去担心的问题，搁这会儿看，全都不是问题了，所以……你们俩就不能重新考虑这门亲事吗？"他现出和解的笑容，似乎在为过去道歉，又像在求汤仲翔。

汤仲翔暗忖，他是很急着要牵这根红线。或者，这又是戴幼琳的意思？但想起昨晚的那幕，一时又变得恹恹的，说："幼琳只想跟我一刀两断。"

"这是她说的吗？别听她的鬼话，她要一刀两断，巴巴地给你送点心，又是为何？你领教过她那小姐脾气，心里想的，嘴里偏反着说。"

汤仲翔想起了过去的她，确实时嗔时嘻，阴晴不定，道："可这次恐怕没那么简单，她跟从前不一样了，你这当哥哥的，难道一点没察觉？"

戴杏文踟蹰半晌，终于道："不瞒你说，幼琳这几年，真有些让我摸不着头脑。入了学校就变了，左得要命，一天到晚出去瞎闹，一会儿举行集会，一会儿撒传单，一会儿街头演讲。卢沟桥事变后，整天参加抗日活动，抵制日货，演出抗日的街头剧，老爷子没少担心。"

汤仲翔愕然道："不会吧，这不像我看到的幼琳。"

"怎么不会，差点儿跟家庭决裂。你在的时候还没见她那样，可你们一分手，就是你去美国后不久吧，她就变了，"他抱歉地一笑，似乎在说，当初要同意这门亲事，就没这么多事儿了，接着道："原来一个穷讲究打扮的人，突然就把漂亮衣服全收了，首饰也不戴了，妆也不化了。出门黄包车也不坐，说是不能压迫劳苦大众，汽车也不坐，说是不愿高高在上，整天骑着个自行车到处跑。对家人也不像过去亲热了，亲戚那儿也不爱走动了，总之是换了个人。说实在的，看她那样，老爷子也后悔了，可你已经跑美国去了，能怎么样。"

汤仲翔咬着嘴唇想，就算没去美国，也不会有什么结果。那时整天要哄着她，捧着她，实在很厌倦了。记忆里的幼琳是锦衣华服的娇小姐，这次见了她，确实像清水冲洗了一遍，素净了。她的变化，是在自己离开后发生的，难道是因为受了这事的刺激？若真是因为这些波折才起了变化，算是好事还是坏事？他说："你说的这些，听上去像共产党的做派。"

"我们也怀疑过，问她，就是不说，可我觉得她不是。你想，共产党是抗日的，可她毕业后，怎么就替日本人工作呢？"

这消息倒是出乎汤仲翔的意料。

戴杏文道："所以说啊，她这人没个定性，日本人打下上海后，事先也不跟家里商量，突然就进了南满铁路的上海办事处，后来不知怎么，又转到了

中国派遣军司令部。脾气也变得很犟，我和老爷子问她，一概不回答，只说
这活儿是她一个同学的哥哥介绍的。一开始，我也反对她在那种地方上班的，
转念一想，我一个做贸易的，各方面都要有路子。万一碰上个三长两短，也
好有个靠山。可后来，又觉得这里头有猫腻，她给我介绍过两个下家，定期
来上海办货，都是大手笔的，那些货都去了封锁线的那一边，你明白吧。好
就好在，跟那头做生意，油水是最足的。"

汤仲翔怔怔望着戴杏文，这次阴差阳错，重续了过去的关系，却发现没
有过去了，一切都是新鲜的。戴幼琳对自己的意思，他领会不到，她到底是
什么样的人，他更糊涂了，也许马上就离开上海，从此再不见他们，才是最
可取的。

汤仲翔没有对结亲说不，戴杏文只当他愿意，心情顿时大好起来，似乎
唐绍仪的死，以及威胁信的事情，也变得微不足道了。他把半截烟掐灭了，
道："你和幼琳成亲的话，房子的事情要好好合计合计。你爸把房子都给你两
个哥了，所以你也没婚房了——别说婚房，连个落脚的地方也没了。"说到这
儿，他露出难以置信的神情道："仲翔，你也太老实了，他们这么欺负你，你
也就认了？起码也该请个律师争一争。你看他们盛家，几房子孙为了争遗产，
官司打成那样，最后连女儿、孙女都人人有份。你还是个儿子呢，连房子都
没弄到一套，也太窝囊了。"见汤仲翔低着头不吭声，又说："你别误会了，我
不是嫌你没房子。房子算什么，这几年我赚得不多，但也造了五条弄堂房子
出租。到时送一条给幼琳当嫁妆，又算得了什么！至于你们的婚房，老爷子
在福开森路有幢小洋房，现在租给一个外国人住，租约过两个月就到了，我
会把它收回来，重新装修一下，当你们的婚房，你看可好？"汤仲翔觉得在听
天方夜谭，鼻子里嗯过两声，胡乱应付他。戴杏文以为他同意了，更起劲了：
"不过，房子重新修补要用掉两个月，我们女家还要准备陪嫁——满屋的木器
都要置办起来。你看，三个卧室都要有全套的床和柜子，外加梳妆台，落地
灯，西式长靠椅，箱子……"

汤仲翔唯唯附和。又聊了一会儿闲话，便告辞要走。戴杏文要留他一起
吃晚饭，他推说已经和伦纳多有约，执意不肯。戴杏文只得放了他。临分手
关照说："这两包点心你趁新鲜吃了，放长了干掉，口感就不好了。"

汤仲翔出了汇中饭店的大门，穿过了外滩马路，上了黄浦江边，又顺着栏杆朝苏州河口方向走去。漫无目的，只是为走而走。

下午突然变了天。江风异常地凌厉起来，头发被吹得纷乱，他只任由之，眯起眼，竖起衣领，一手拢住领口，另一手提着两包糕点，顶着风走。惨淡的太阳在云霾中时隐时现，江水的颜色也随之变化，一会儿土黄，一会儿铁灰，涌到浪顶跌下时，又翻出白色。随风送来的是一阵浓，一阵淡的腥臭，混合了机油味。停在江中的军舰在浪涌里摇晃，各色舢板像树叶一般，无助地起起伏伏，踟蹰慢行。

不知不觉，已经走到了苏州河口的公共花园。平常这里多的是西洋主妇、小孩和中国阿嬷。这会儿已经是人影寥落，显然都给大风赶回家了。铅灰的天空下，只有几个穿工部局号衣的清道夫包着头，在慢悠悠扫地。一边扫，树叶一边落，撒拉、撒拉地响。配上呜呜的风啸、噼啪的浪涌，很契合他此时的心境。

走到一棵脸盆粗的香樟树下，停住脚，不觉仰起脸来。看了一会儿后，心头涌起无数回忆。树旁是张绿漆的木条椅，随手把两包点心放下，顺势就坐了下去。整座公园里，这张椅子最熟悉，当年陪幼琳逛公园时，每次都挑这里坐，因为放眼望去，正是江河交汇的地方，对面是理查饭店和几家领事馆，左手是外白渡桥。站到栏杆边，每个角度都可以拍出好看的照片。

椅子还是那张椅子，只是刷过了新漆。树还是那棵树，只是树干越发粗、越发黑了。同样的江水，同样的建筑，只是人已经不同了。

慢慢打开那包云片糕，举到鼻子前，新鲜的米粉香一层一层弥漫开来，每一层中间，都夹着核桃仁的清韵。剥下一片来，拿在手里看，雪白磨砂中，嵌着半透明的琥珀，含进嘴里，甜甜地化了开来。幼琳是零食的俘虏，每次来江边，总带着各式好吃的，脑袋歪顶在他肩上，把东西放进嘴里慢慢嚼着。时不时抬起头，塞一点到他嘴里。他就是以这样的方式，被迫地熟悉了各式零食的味道。自从和她分手，又和那些"好吃的"东西隔膜了。他体味着嘴里云片糕的甜香，被抛回到了过去，似乎中间的几年空隙，都不存在了。

今天好比做了一次滚轮练习，五脏六腑都颠乱了，原本熟悉的幼琳，突然变成一个彻头彻尾的陌生人。幼琳怀孕了，幼琳给日本人做事，幼琳给共产党拉生意，她到底是什么人？还有，她到底是想嫁给自己，还是不想嫁？一通话谈下来，始终云里雾里。她肚子里的孩子怎么来的，他猜跟日本人有关，但并不在乎，只是娶不娶她的事，因为她这种模糊态度，变得无所适从了。不知不觉间，那包云片糕一片接一片地消失到嘴里，只剩下半包不到，于是站起身来。这才隐隐觉得脸颊刺痛，原来北风太烈，已经把双颊刮皲了。

他匆匆出了公园，站在外白渡桥下等人力车时，一个蓬头的老乞妇凑了上来，伸手乞讨。他想起那天在法大马路的惨剧，心里把她们当成了同一个人，就把剩下的糕点都给了她。她千恩万谢刚要走，他招招手，又摸出一块钱添上去。然后就跳上一辆人力车，回到住处，看看天色，已经朦胧了。

他的心里纠缠着一团困惑，想与伦纳多聊聊，夫妇俩却不在家。回屋仰倒在床上，原想躺几分钟就起的，竟睡着了。醒来一看，已经过了八点半，扭亮台灯，对着天花板上一圈黄黄影子，依稀见到有一个地方，从遥远的过去，向自己走来。在心里回味着，忍不住盼着去重温，于是起床洗澡洗头，这么一弄，倒振作了。他换了干净衬衣，套上黑色皮夹克，出门而去。

刚要下台阶，伦纳多的车子就吱的一声停到了跟前。原来，他是陪太太去音乐会了。听汤仲翔要到外面喝酒，大喜过望，表示乐于奉陪。汤仲翔很清楚，他对古典音乐一向兴趣寥寥，只是为了太太的喜好，才勉强相陪，大概在剧场里闷到呼吸不畅了。于是两位飞机师搭档挥别了玛兴，驾车轰隆隆走了。

伦纳多穿一身晚装，上下齐黑，只领结是玫瑰红的。汤仲翔看看自己的皮夹克，对他说："你穿这么正式啊。"伦纳多道："那怎么办，本来就是正式的活动。"汤仲翔道："那你别介意，我想去的地方没那么高档。"伦纳多道："无所谓的，我就喜欢鹤立鸡群的感觉。"哈哈一笑。

论起对夜上海的熟悉程度，汤仲翔自然远胜伦纳多，毕竟是上海土生土长的。所以两人在路边停下，换了位置，由汤仲翔驾车。他先顺涌泉路往西开，越界进了愚园路，然后就转入一条小马路，之后便东拐西拐。夜色下，伦纳多只看到马路两旁都是两层楼的房屋，阳台压得低低的，店铺都闩上了门板。开了一会儿，车停在了一个小路口。汤仲翔招呼伦纳多下车，领他走进一条卵石路，两边是泛黑的竹篱笆，稀稀疏疏透出光来，能看见里头在煤油灯下干活的人们。有的在修铜器，有的在补布拖鞋。伦纳多摇头道："你瞧瞧，这么晚了还在干活。都说白人剥削中国人，我看啊，剥削中国人最狠的，还是中国人自己。"他光顾着看篱笆里头的情景，没顾着脚下，被一块废木头一绊，一个趔趄。汤仲翔出手扶住说："对，我们只挑外国人不好的地方说。其实许多外国人在帮助中国，我们都不提。比如你。"伦纳多看他一眼道："翔，我没有邀功的意思。"

说着，到了一个不起眼的门洞，伦纳多抬头看，见门楣上画着一对巨目，黑色的瞳仁，黑色的睫毛，绿色的眼影，眼波斜睨，神气魅惑，每个眼睛下各亮着一盏电灯泡。汤仲翔松了一口气道："太好了，还开着，一点没变。我过去常来这儿。"

第二十四章

这是家酒吧兼舞厅，小小的，取个不寻常的名字：黑眼睛。

门厅的四墙刷着白灰，没有装饰，一面墙上有一排衣钩，挂满了男人的帽子和外套，另一面墙边放张小桌，两个上了年纪的俄国人坐在桌边，算是看门的，一人端个盘，自顾自地喝罗宋汤，只当没看见他们，牛肉洋葱气息冲他们扑过来。伦纳多吸了吸鼻子，解下领结塞进兜里，问："是俄国人开的吧，你喜欢这地方？"汤仲翔道："这儿挺好啊，消费低，开到天亮，很随意，没人打扰你。"

门厅尽头处，是一个不大的舞厅，有几根碗口粗的柱子顶住屋顶，防止塌陷下来。柱子被装饰成椰子树，缠着棕榈，绿色的叶子从天花板密密垂了下来，灯光疲惫，仿佛月色，感觉走进了一片椰子林。地上铺了宽木板，没有上光打蜡，木结、木纹清晰如初。舞厅四周放一圈桌子，三三两两地坐着些外国水手，有几个受不住疲劳和酒精，已经伏在桌子上呼呼大睡。另一桌人倒是格外清醒，个个目光炯炯，压低着嗓门，在激烈争论着什么严肃话题。再过去，是一桌中欧模样的客人，兴致很高昂，桌上的酒瓶堆积如山，大声说笑。舞厅的一堵墙上也画着一对黑眼睛，黑眼睛前坐着一个三人乐队——钢琴、小提琴和沙球，乐手都是菲律宾人。乐队后面有两排粗木椅子，坐着五位舞女，应该是俄国人，也许有葡萄牙人，都有些年纪了，肩膀厚实，胸脯丰硕，臀围庞大。其中四个白衣黑裙，另一个穿灰色的人造丝连衣长裙，裙摆镶着红边，左耳上插一朵红色的假花。她见了汤仲翔后，那一双眼睛长久黏在他脸上不放。汤仲翔觉出了异样，只好朝她点头笑笑，心想，难道过去和她跳过？却怎么也想不起来了。

他们在五名舞女的视线中穿过人造椰林，拣张空桌坐下。"喝点啥？"伦纳多问。汤仲翔道："还是啤酒吧。这地方咖啡太难喝，烈酒又不敢喝，怕是用酒精兑出来的，喝了以后，明天早上起来，发现眼睛瞎了，那就晚了。"

啤酒上来后，伦纳多看看瓶子上的标牌，见是青岛，给自己满上一杯，咕嘟喝了一大口，道："这啤酒还不错……西崽，再上三瓶……我说翔，你这么挑剔的人，倒喜欢这种水手光顾的地方。"门口坐着的白俄老头又端来三瓶啤酒。放下酒瓶时，才把两人的脸，认真端详了一下，他们的样子，和平常来的客人，有些格格不入。

汤仲翔四处打量着，仿佛还在恍惚中，半天才道："跟你说实话吧，谈不上喜欢，就是有些恋旧而已。头一回来这儿，还是在笕桥航校的时候，随美国教官来的。他对我很不错，那天我生日，正好是周末，他就开一辆卡车，带着十几个同学，直接开到了这儿。我在上海长大，去过的地方很多，可是这种外国水手光顾的低等酒吧，从来是不踏足的。我们的教官一直在中国开飞机，这种地方最熟。其实，这地方消费低，又没那么一本正经，当学生的都喜欢这种感觉，管它下三滥下四滥呢。后来每次回上海时，就来这儿玩。玩多了，自然有些感情。笕桥那鬼地方，谁在那儿过周末啊。"

伦纳多偷眼瞄那些舞女，问："你们就跟这几个玩？"

汤仲翔笑着说："什么呀，舞女从来是不固定的，跟飞虫一样，来来去去，都不知换过多少茬了。"想起刚才盯自己的舞女，微微瞟她一眼，见正在和一个水手慢悠悠地跳着，更确定了，并没有任何印象。放心地拿起酒瓶，直接对着嘴喝。喝了几口才道："那时的舞女比现在多，有十几二十个的样子，也经常换人，什么国籍的都有，中国的，俄国的，朝鲜的，葡萄牙的，日本的，还有欧亚混血的……物是人非啊，现在回来，舞女都不认识了，一起玩的同学里，也死了一大半了……"

汤仲翔抓着酒瓶的手，微微在颤，那么多同学死了，他却活着，有独自偷生的愧疚。一受到酒精刺激，这感觉就异常尖利，变成钩子，抓挠他的心。他的心病，伦纳多已经习惯了，就像有癫痫的人，隔一阵就要犯，没有兆头。他问："你是心里头难受了，才想起过来喝酒的，是吧？"汤仲翔不语，只是闷头喝，转眼一瓶酒就见底了。又续了一瓶后，脸上渐渐现出暗红，才冷不丁道："不全是。"

伦纳多又猜是因为殷先生的事情失利不爽，见他一味摇头，就不言语了。他却问："罗约，你说我该不该和幼琳结婚？"

"幼琳？"伦纳多呆了半晌，才想起是戴杏文的妹妹。虽然言谈里说起过，一直没有谋面，就留不下印象。他搁下玻璃杯，把脸凑近汤仲翔的脸，看了又看，道："嘿，伙计，我说你是醉了吧。"

"有一点，但还没全醉。"

乐队刚才一直奏舒缓的慢步舞曲，这时换了一支欢快的曲子。那些睡觉的、认真讨论的、说笑的客人，突然都有了跳舞的愿望，于是全到了舞池里群魔乱舞起来。水手们有的自己勾着手臂跳，有的拉起了舞女跳。一曲舞罢，大家重新坐下，那个穿着人造丝长裙的女人站到了钢琴旁，用俄语唱了起来。汤仲翔听到歌声，扬起了脸。她的嗓子有贝加尔湖的宽广，有乌拉尔山的厚实，添上烟熏火燎的味道，竟是大师级的程度。歌声时而排山倒海，时而细如游丝。唱着唱着，眼里泛出了泪光。汤仲翔道："我一句也没懂。"伦纳多看到他眼里的泪光，点点头道："我也不懂……"

她唱完了，大家一起鼓掌。汤仲翔和伦纳多跟前已摆了五个空瓶。汤仲翔喃喃道："我跟你说一个秘密，你别说出去。本来我早就应该跟幼琳结婚了。是当时他爸反对，才黄掉的……因为我做了手脚。"

这故事不新鲜，伦纳多听过了，而且不止一遍。每当他说起车轱辘话，就到喝醉的临界点了。他审视汤仲翔的脸，一寸寸地看，见他双唇抿成了一条直线，眉头微锁，肤色酱紫，没有一丝笑意，说明还没醉到底。汤仲翔的醉态见过两次，都是一脸白痴似的傻笑，不似这种硬生生的神态。点点头道："原来如此！你就为了这笔旧账，所以想和她结婚。是赎罪？"

"赎罪？可你评评看，我算是有罪吗？我只是把家里发生的事儿，跟她爸，就是戴世伯，说了。结果他爸就不准她跟我往来了。趁这机会，我就去了美国。"见伦纳多茫然的样子，解释说："因为我是一无所有了。而幼琳是戴世伯的掌上明珠，当然希望她嫁个家道殷实的人家。知道了我这种状况，怎么会让我娶她呢。"

"你怎么就一无所有了？"伦纳多继续装作不解的样子。

"被剥夺了呗。我生母是姨太太，过世又早。我大妈妈，也就是我父亲的原配夫人，对我父亲娶姨太太的事，恨之入骨，一直不能原谅，连带也就讨厌我。我生母过世后，父亲见自己老了，为取得大妈妈的原谅，就把名下所有资产，包括乡下的田产、当铺、上海房子的道契，还有他在几家银行的股票，等等，全都过到我两个异母哥哥的名下，只给我一点现金。我等于被家庭革除了，说起来是个富家子弟，其实是穷光蛋一个。我只是把这些事儿，如实告诉幼琳他爸了。"

伦纳多这才现出微笑道："明白了，他当然不想女儿嫁给一个穷光蛋……但这之前，她已经为你打了胎？"汤仲翔点点头。"你也答应过娶她了？"汤仲翔又点点头。伦纳多收起笑，叹了口气，末了才摇摇头说："你是个狡猾的人，"顿了顿，"但这么做，真是挺恶劣的。"

汤仲翔道："你没明白，我不是狡猾和恶劣，是病态……我不是很正常的人。"

"谢谢你告诉我，"伦纳多警惕地说，见汤仲翔的神情几乎是在乞求理解。"我……一直没发现你有这问题。"

"是情绪问题，从小就容易低落，常常低落得特别厉害。别的孩子有好吃好玩的，就能高兴起来。但对我的作用很小。直到出了一件事，我才有些摸清楚自己。"

伦纳多又要了两瓶啤酒。汤仲翔道："我不喝了，不喝了。"见伦纳多把杯子斟满了，只好又端起来喝了一大口。"有一次，随我妈回乡下，跟着一帮小孩去河里玩。那时我不会游泳，但水很浅，我就踩着水乱跑，没想就滑进一个深坑。我一沉一浮，吓得狂叫，其他孩子也都尖声乱叫。这么挣扎了一会儿，我就失去知觉了。醒来时，发现躺在河边碎石子上，原来被一个过路的老农捞了起来。我受了惊吓后，却分外亢奋起来，那种幸福感过去没有体验，就好比大脑给砸了一下，某个接缝处松了，喷出来幸福的激素。这感觉非常奇妙，延续了很久，我天天兴奋得跳啊，叫啊，我妈觉得我得了什么病。打那时起，我情绪一低落时，就不由自主地要找些危险的事情来刺激自己，让大脑再给砸一下，让那些激素再喷点出来。我会爬到屋顶上，从这幢楼的屋顶跳到那幢楼的屋顶。我会和同学打赌，半夜时，坐到静安寺对面的西洋人坟场，一直坐到天亮。为了这些事儿，我母亲没少打我。但我改不了，靠危险来不断刺激自己，才能正常一点活下去。预期危险的临近，对我来说，是最好的兴奋剂。我没法活在按部就班，周而复始的生活里。"

"行了，行了，我明白了，你是想说，你天生病态，要在危险里找刺激，婚姻生活对你不合适，所以，只好逃避和幼琳结婚。"

"你终于明白了。"汤仲翔松了口气。

伦纳多沉默许久道："咱们方方面面都不同，就这点，是完全一样的，都得靠危险来刺激自己，才能比较正常地活下去。在美国，他们管这叫'肾上腺素上瘾'。其实，白种人得这病的，比你们亚洲人多。你看看中航里那么多美国人、瑞士人、西班牙人，还有你的教官，你以为他们是为了赚钱吗？赚钱只是借口。他们要找的，就是冒死飞行的感觉。"

"那你怎么会跟玛兴结婚呢？中航的外籍飞机师里头也就你结婚了。"

"也许是欺骗自己吧，好让自己相信是正常人。你要听实话吗？其实我已经后悔了——别告诉玛兴——我觉得婚姻生活是天下最闷的。婚假刚过两个星期，我已经待不下去了，很怀念危险的天空……但咱俩情况不一样，我和玛兴订婚那么久了，婚期一拖再拖，再不结是不行了。你好好的，怎么突然想起结婚呢？而且这结婚的原因，实在是……"他不停摇头。

乐队这时奏起了水兵跳的吉特巴舞，汤仲翔喝空了瓶子，起身道："我也要跳。"

他没邀请舞女，自个儿独舞，脚步有些虚浮，反使舞姿利索之余，多了飘逸。伦纳多见他几瓶酒落肚，就挣脱了行为的羁绊，觉得有趣，用手指在桌面上打着节拍，嘴里喊着"好、好"。其他客人也跟着喊。汤仲翔跳得越发起劲了。刚才唱歌的那个长裙舞女忍不住，也下去和他对跳起来。两人并不互看，似乎对方不存在，却配合得天衣无缝。

音乐停了，汤仲翔也精疲力竭了，跟跟跄跄地回到座位，趴在桌上，额头顶着桌面，喘着粗气。慢慢平复后，脸才仰了起来，一双眼闪出红光说："我觉得奇怪，幼琳是个很简单的女孩，除了读书，平时就跟着一个俄国画家学画画，看书，看电影，怎么突然搞起了政治？"于是把戴杏文说过的事又转述了一遍。"而且很奇怪,她的性子也变了,凶巴巴的,不像过去那样,柔柔的,跟糯米团子似的,"脑袋又垂了下去,未几,再次抬头道:"不行,要制止,不能让她这么下去。"话音未落,额头砰的一声,砸到桌上。

唱歌的中年舞女和汤仲翔一曲舞罢,一直留意这边。这会儿,端着杯红色的酒,坐了过来。见伦纳多面前放着香烟,也没等邀请,自动抽了一支叼在嘴角。伦纳多为她点上火。她深吸两口,喷到头顶,然后侧过脸,望住汤仲翔的后脑勺。汤仲翔先是嗅到她的香水味,继而是腋下淡淡的狐臭,被她的目光烫到了,侧过脸来迎着。她又吸了几口烟,等呼吸平顺了,才说:"你看上去脸熟,我一定在哪儿见过你。"她的英语里,俄国腔调很重。嗓子的粗粝,看来是烟酒磨出来的。

两个男人都笑了,笑得有些无可奈何,这搭讪的话,着实太老套了。

那舞女却不笑,视线继续停留在汤仲翔的脸上。过了许久,又突然迸出一句:"你认识戴幼琳吗?"

两个男人都惊到了,齐齐望住她。汤仲翔坐直身子道:"你认识她?"

她点点头。

"你又怎么知道我认识她?"

"她的身份证套子里面,夹着你的照片。我看到过几次。"说到这儿,她收敛起笑容。"是她让你来的吗?"

"她让我来,什么意思?"

她仔细观察他的表情,确认他是真糊涂,才恢复了微笑说:"啊,没什么,逗你呢。"

"逗我?等等,你怎么会认识幼琳的?"

"啊,她……有时会来这儿喝酒。"

汤仲翔越发糊涂了,"她会喝酒,而且来这种地方?"

那舞女站起身说:"我们这儿什么人都来的……又该我唱歌了,失陪了。"

汤仲翔的视线黏在她的背影上,久久拔不下来,越发觉得幼琳云蒸雾绕了。她让那舞娘看过自己的照片,可见关系不是泛泛,这可是奇事,怎么会和白俄社区交集这么深呢?过去,很早的过去,她是跟一个俄裔犹太画家学过画,难道是通过这层关系介绍的?就算是,和舞女的往来,也不像是纯社交的。那么，是什么呢？上海的白俄社区里，苏联和共产国际据说已经植根很深了。她明明投身到日本阵营了，偏扎身到俄国社区里头，是在帮日本人刺探苏联人，抑或是更深一层，在帮苏联人刺探日本人？

　　于是又联想起杏文说的，她经常介绍生意到封锁线的另一边。难道说，她依附日本的事，内里真的另有乾坤？

第二十五章

　　池彩娣是金凤记的新客，先要办理会员证，才能入门。这些手续和程序，高剑霞早就巨细不遗交代过了，应对起来很自如。所需的身份证件，也假造了一套，自然是毫无破绽的。但检查并不止于证件，那个穿藏青中山装的守卫，还要求池彩娣打开几个行李箱查看。她想，要是没有内应，自己带了作案工具来，这时就露馅了。她摸了摸外套口袋，里头的乳胶手套像块丝帕，几乎触不到。

　　进了预订好的房间后，照着高剑霞的吩咐，给了两个侍应生每人五元的小费。两人欢天喜地去了，她却心里大疼，自己跳舞跳到腿抽筋，一天也未必能挣到几个十元，他们提个箱子走几十步路，就轻松挣到了。一边心疼着，一边就审视起房间来。招待所是幢三层的西洋建筑，她的房间在二楼，格局与楼上殷先生的房间，应该是一模一样的，只不过朝向是相反的。进来时，见楼房建在大院靠围墙的地方，她的窗外看出去是内花园，那么，殷先生的窗外，就应该是外花园和围墙了。她仰头看了一圈，房间的天花板很高，四壁都有柚木护墙板，一直装到画镜线的高度。动手时，在殷先生隔壁房间钻孔的话，只要紧贴着画镜线的上沿，站在地面上，是无论如何看不见的。但天花板这么高，空间就大出了许多，用迷魂药熏的话，恐怕要加量。

　　她做事前，要熟悉周遭环境，找好退路，就打开了窗户，扫视外头。窗户也是西洋的做法，里头一层纱窗，中间一层玻璃窗，外头一层木百叶窗。三层窗户的铜铰链都有些紧，开启时吱呀作响。她凝神一想，返身拉开床头柜的抽屉，见里头有两根断电时备用的蜡烛，取一支在手，把每一副铰链都里里外外擦了一遍，直到活络如新，听不出一点声响，才满意地把蜡烛放了回去。

窗一开，甜腻的桂花香就扑面而来，随香味而来的是巨大的嗡嗡声。定睛一看，窗外是一株高龄桂花树，累累地挂满淡黄密实的花串，成群的蜜蜂正在逐花采蜜。见窗户洞开，有几只飞到了她的眉前鬓边，旋绕两圈，又舍她而去，飞回树梢。她想，脂粉香毕竟是敌不过花香的。深深地呼吸，好像怕浪费这馥郁之气，吸了几下，突然鼻子一阵痒痒，打了一个喷嚏。楼下稍远处正好一个穿中山装的守卫巡过，抬头看看她。那一片都是花园，隔开不远是另外两幢楼，大的那幢就是赌场。看来赌场的戒备是森严的，时时刻刻都有人巡逻。

她把三重窗户全关了，耳边顿时一静。坐到床上，拉开床头柜的抽屉，伸手在抽屉底下一摸。抽屉的底板有一个扁扁的凸起，靠胶布粘着。她扯下一看，果然是一把钥匙，形状与自己房间的钥匙类似。心就安了。

一阵睡意袭来，她倒在床上，两秒钟后，就进入了梦乡。她的睡眠很不踏实，一直在和一个男人……

醒来后，躺在床上，没有一点起床的欲望，想到手头的任务，只得挣扎着爬起来。清洗收拾一番，换了条干净的底裤。安顿好之后，下了楼，穿过灯影朦胧的花园，进了赌场大门，上楼进了贵宾厅。一路走得熟门熟路，因为事先已演示过无数遍了。

进赌场不是为赢钱，是让职员们看到有她这个客人，对她存下印象。案件发生后，警方是一定会对过夜的客人作逐一排查的。那个时候，就有人会替她证明。如果住进了赌场而不赌，龟缩在房间里不出，没人见过她，难免成为疑点。

换了两千元法币的筹码，这张台子坐坐，那张台子坐坐。今晚的人流稠密，她是头一次光顾，也不知是不是天天如此。似乎所有人都视金钱如粪土，让她暗自惊心，面子上要装出熟视无睹的样子。一边玩，一边留意场子里的人。殷先生那张脸，已经从照片上看得烂熟了，只要他露面，是绝不会认丢的。但玩了半个多小时，并没有见他出现。倒是希望能在动手之前见到他，看看他的音容笑貌，行为举止。行动前，总希望目标是具体的，有血有肉，而不是一个抽象的概念。

这么玩着，钱来了去，去了来，并不是自己能把控的，便觉得很没意思。即使面前的筹码多了起来，也高兴不起来，总觉得马上又会输出去，心里这么想，偏就这么发生。所以，赌博对池彩娣来说，是件没意义的事。她坐在一张二十一点的台子上，随便出着牌，抽空就东张西望，只把筹码当木头片，感受不到刺激。发牌的荷官见她这种态度，当她多有钱。

又一圈后，她拿了黑杰克，结果庄家翻出来一看，也是黑杰克，空欢喜。她有些憋尿，想去厕所，想想还是再玩一圈。但赌博提不起她的精神，不觉又困了，掩嘴打了个哈欠，眼睛眯了起来，便起身去账房兑了钱，回房间睡下。

十点半一过，闹钟把她唤醒了。她拿了钥匙出了自己房间，悠然地拾阶上楼，见走道无人，迅速开进了殷先生的隔壁房间。她知道窗帘是合拢的，出于谨慎，还是没敢开灯，摸黑打开橱柜，摸索半天。果然有一个包裹，解开松散的结头，摸到里头有一把电筒，拧亮开关，见有一把钥匙，应该是开殷先生房间的。此外还有一把装了消音器的手枪、一个听诊器、两个玻璃药瓶、一个金属容器，容器的盖子上拖着一根长长的橡皮管，小拇指粗细。行动时，只要将两个玻璃瓶内的药品清空，倒进金属容器里，将盖子拧紧摇晃，然后将橡皮管插进小孔，再将容器顶端的阀门拧开，麻醉气体就会源源不断涌进隔壁房间。这套动作她已经演习过好几回了。包裹里还有一个防毒面具和一套黑色的运动服装。待会儿进殷先生房间时，必须戴着防护面具进去，否则自己也会中招。

她把手电筒倒扣在地毯上，借着弥散出来的些许光晕，见墙壁上架着一把电工用的木梯子。她攀上四格，把脸凑到画镜线上，见墙上果然已经钻好一个小拇指粗的孔。从洞孔看过去，隔壁房间黑乎乎的。

她脱下衣裙挂好，又脱下高跟鞋，换上黑色运动衫裤和球鞋，扎好头发。然后在床上躺下。不知过了多久，听到门外有动静，然后是隔壁房间的开门关门声。估计殷先生回来了。看看夜光表，指针指着 11 点 40 分。她戴上听诊器，重新爬到小孔的位置，见小孔里有了亮光，凑近看，只看到对面的墙，看不到下面的家具和人。看来，殷先生是无论如何发现不了小孔的。她把听诊器的探头压到小孔上，能清晰听到殷先生上厕所撒尿、冲马桶、倒酒喝的声音。她估计殷先生没这么快休息，便下了梯子，仍旧躺在床上等待。

从床上看不到画镜线上方的小孔，但在漆黑一团的房间里，那小孔透出的光却是清晰可见的，虽然微弱。池彩娣想，只要光点一灭，就说明他休息了，再隔一小时，便可以动手放药。

殷先生似乎并没有马上休息的打算。又过了十几分钟，墙上的光点还在。她心有些焦，再次爬上梯子，透过听诊器听那边的动静。殷先生不知是在看书还是在睡觉，静悄悄的。她想，万一他有开灯睡觉的习惯就糟了。最迟等到子夜一点，无论灯是不是还亮着，都必须放药了。

过了近二十分钟，墙上的亮点灭了，估计殷先生熄灯就寝了。又耐心等了一个小时，她开始行动。先将两个玻璃瓶内的药品一一倒进金属容器里，将盖子拧紧摇晃，然后将橡皮管的一头套在盖子的凸嘴上，端着金属容器爬上梯子，把橡皮管的另一端塞进墙上的小孔，又用橡皮泥将小孔四周缝隙封住，再拿胶纸将瓶子固定。一切做妥帖了，才将容器顶端的阀门拧开，轻微的咝咝声中，麻醉气体源源不断涌进隔壁房间。

她轻手轻脚下了梯子，换上黑色运动服，扎起头发，见时候不到，在床上躺了半个小时。然后一跃而起，将房门拉开条缝，探出头去，确定走道上空无一人，迅速套上防毒面罩，拿钥匙开了殷先生的门，进入房间。

还好殷先生处处设防，睡觉时，落地窗永远紧闭着，不然的话，迷魂药就不灵了。窗帘倒是没有全拢上，敞开一条缝，天幕有微微星光，花园小径的地灯，福煦路的路灯，也遥遥泛射入来，房间没有黑到不见五指的地步。她站定了，张开身上的每一个毛孔，静静感受环境。殷先生纹丝不动，呼吸均匀，像失去了知觉，又像熟睡。她自然是不放心的，一步一步小心凑到跟前，心里防着他突然跃起，一只手握住腰间的枪，另一只手，将倒了哥罗芳的毛巾捂到他鼻子上，压住不动，良久，退开一步，确信他彻底昏迷过去后，才慢慢挪到窗前，见没有异常，将窗帘拉得密密实实，然后回到床头，打开灯。

动手前，她再次将四处巡视了一遍，确保动手时，一切细微处，都尽量不去变动，尽量保持原样，让殷先生醒来后，看不出有人闯入过。那只密码箱，被一条粗粗的铁链，牢牢锁在他手腕上，与高警长买来练手的箱子，除了颜色有别，其余都一样。箱子的开锁处，是六排数字转动轮，外加锁孔。

双手掂了掂箱子，沉甸甸的，看来是装满的。她透过防毒面具，做了几个深呼吸，镇定下来，把六个数字默默记在心里，然后将耳朵贴近密码锁，开始一格一格慢慢转动数字盘，几圈一试，就听出了那个密码数字。每找出一个数字，就查看一下殷先生，他一直不醒。这么一排一排试下来，等六个数字全部找到，已经过去了半个小时，直起身，发现全身上下，几乎被汗水湿透了。

密码解开了，开锁便容易得多，将两个小钩伸进锁孔稍一捣鼓，就开了。她屏住呼吸，慢慢掀起皮箱的盖子，满满一箱绿钞票，赫然呈现在眼前。一刻不停，小心抓起钞票，一沓一沓放入黑布袋，一共数了二十五沓，高警长的信息，果然一点都没错。全部完成后，将布袋扎紧了，放到脚边地板上，然后合上箱子，将数字调回到原先的组合，按着原来的位置摆好，纹丝不差。

提起布袋子，该离开了，不知为何，却站住不动。今晚的行动，将她压抑六年的本能，通通唤醒了。那时候，入屋行窃的话，是不可能留下任何角落，不搜就走的。心里斗争好几下，终于没说服自己马上离开，决定搜查殷先生的其他物品。枕头里，床垫下，每一个抽屉，每一件衣服，每一个口袋，每一双鞋子都查看了。她动起手来，还是无比的仔细，不留一点动过的痕迹。

最后，她从挂在橱里的西装口袋里，找到一本证件，封皮写着"军官证"三个颜体字。翻开看内容，有些字似熟非熟，才知道不是中文，是日文：

"参谋本部第二部第七课岛津正博中佐"。

念了两遍，惊出一身冷汗，头脑霎时一片空白。失措了几分钟，努力镇定下来，大起胆，凑近殷先生的脸，仔细看了，还是辨不出哪里像日本人。心想，像不像，祸已经惹下了，赶紧脱身要紧。本准备把军官证放回那件西装口袋里去，转念一想，改了主意，藏到自己身上，又慢慢检查一遍房间，是为了将自己的痕迹收拾干净。确定一切都妥帖了，才溜回到隔壁房间。

进到房里，也不敢开灯。摸黑一坐下，就彻底瘫软了，再站不起来，双手止不住地颤抖，连一只杯盖都掀不动了。嗓子干得冒烟，只好忍着。脑子却像通了电，几万种念头同时在转，越想越不妙，这高警长千算万算，偏偏没算到，这位殷先生竟然是日本人。凭直觉，凡是和日本人沾上边的事，都不会有好结果的。但再害怕，对高警长总要有个交代，否则女儿的事情怎么办？

望着袋里鼓鼓囊囊的美金，突然清醒了。高警长拿到这些钱，真会跟自己分吗？真会费心费力，将母女一起送到美洲吗？一切都是空口无凭的。他要是改口，推诿，自己一个刑满释放的女贼，找谁说理呢？这风险太大了。再说了，自己偷的是日本人的巨款，他们现在势力大，还会把区区一个巡捕房放眼里吗？不可能罢休的，闹到后来，高剑霞还不是要连钱带人，将自己交到日本人手里，好洗清他自己。自己把钱送上去，还有什么意义呢，与其将命运交给高剑霞，不如一不做，二不休，将这笔巨款，全数拿走。

但是，直接携款出逃的话，是别想逃出高剑霞手掌心的。她又苦苦思索了十来分钟，终于想出一个主意，于是，换回上楼时的装束，将所有作案工具留下，却把那套黑色运动服、球鞋卷成一团夹着，怀里抱着装钱的袋子，强作镇定，怡怡然下楼，回自己房间。

既然做了新的决定，原先定下的计划，就要彻底打破了。她必须带着钱，这一刻就离开金凤记。已经是下半夜了，赌场大门已锁，就算没锁，也断不能打大门出去，除非想自曝行迹。她将布袋的口子扎紧，重新换回夜行装束，留下入住时带来的全部行李衣物，轻手轻脚打开窗户。上过蜡的铰链顺滑无声，不禁庆幸自己白天的临时起意。蜜蜂都休息了，秋虫却叫得热闹。风是歇一阵，起一阵，树木参差摇曳，稀里喇啦在响。正好是个无月的夜晚，又恰好一片云过来，星星也不见了，她一身黑衣，可以彻底隐入暗夜。

她将布袋子系牢在后腰，拿张椅子垫脚，爬出窗外，将木百叶窗原样合上，再顺着铸铁的雨水管上了屋顶。刚站稳，就有三人一组的巡场从下面花园走过，手电筒四处照着。她连忙伏身不动，等他们走远了，才爬上屋脊，翻到屋顶的另一面，又慢慢顺雨水管下到地面，弯着腰，疾步来到围墙边，爬上一棵大香樟树，顺着粗大的树枝爬上围墙顶。确定墙外没人后，下到福煦路的人行道上。摸摸后腰，布袋子安然无恙。

茫茫世界，这一刻，她能找的，只有一个人了，这人靠不靠得住，她吃不准，也只能赌一把了。趁着夜色，和一身全黑的打扮，她从福煦路，摸到了白赛仲路伦纳多住所，好在这一路很近。那天读了《东方日报》的报道，就按着上面的地址找到过这里，所以一点都不陌生。

整栋楼暗乎乎的，找不到一个亮灯的窗口，车道上停着一辆汽车，借着身后的路灯，看到上面覆着一层掉落的桂花。她从汽车旁穿过去，摸到大门口，睁圆双眼，隐约辨出门铃的形状，不管不顾地按了下去。

隔着门，铃声闷闷的，像从被子里发出来。响了几起后，里头终于亮了灯，黄幽幽的，接着，传来了细碎的脚步。吱呀一声，门开了一条缝，里头人见门外是年轻女士，把门又开大了一尺。池彩娣见里头是个保姆模样的老妇人，蓬着头，拿手掩着没扣紧的衣襟，睡眼惺忪的样子，没等她开口，就压着嗓子抢先问："阿嬷，请问汤仲翔先生可是住这里？"

老妇人正是刘妈，听到汤仲翔的名字，顿时醒透了。三更半夜的，一个陌生的年轻女人来找汤少爷，那可是了不得的大事，她堆起笑脸，退后一步，把门开到最大，连声道："小姐是找汤少爷啊，快请进，请进。"

池彩娣道："我还有急事要办，不进去了，只是麻烦你把这点东西交给汤先生。"说着，把装钱的布袋子递到刘妈怀里。刘妈一把抱住，没料到那么沉，跟跄了一步。池彩娣又道："麻烦你告诉他，这两天我会来找他的，可是现在说不好时间，请他务必要等我来。"

"一定，一定，可是，不知小姐怎么称呼呢？"

"我姓池，叫池彩娣，你一定要告诉他，我是从黑眼睛来的，黑眼睛，他听了就明白的，"她想了想，从怀里掏出囡囡的照片说："请把这个也交给他，我走了。"

刘妈抱着布袋子，对着她后影道："小姐放心，我一定把话传到的，"见她已不见了，就不停自言自语："池彩娣，黑眼睛……"关上大门，回到自己屋里，放好了布袋子，对着灯光，看那张照片，见是一个小女孩，再仔细一瞧，吓了一跳，这小女孩的长相，怎么和汤少爷如此相像啊。

池彩娣顺着来路，回到福煦路，穿过马路，就到了公共租界的地界。没走几步，路边就冒出一个巡捕，拦住她去路道："来来来，这位小姐，现在几点知道吗？"

"知道啊。"她冷冷回答。

"知道还在外面走？有宵禁通行证吗？"

"没有。"

"那就不好意思了，要麻烦小姐到行里将就过一夜了，天亮会放你走的。"

她道："我不麻烦，倒是要麻烦你了，你们高剑霞高警长急着找我呢，麻烦你送我到兴旺达旅馆见他，要是耽误了，他要不高兴的。"

那巡捕听到高剑霞三字，登时变了脸色，马上带上她，拐到哈同路，送上一辆刷着 SMP 字样的黑色密斗卡车，这种卡车，每晚都停在公共租界各要冲，收容违反宵禁令的市民。巡捕对司机说："马上送这位小姐到兴旺达，高老板在等她。"

到了兴旺达，茶房却说，高警长今晚去大都会舞厅消遣，还没回来，于是，卡车又将她送到了大都会门口。

第二十六章

回头说高剑霞。他送走池彩娣后，也觉得精疲力竭了，这件事太机密，没人可以借手，事事亲力亲为，很久没这么劳累过了。见事情告一段落，总算松了一口气，等不及要好好放松一下，想起《东方日报》上说过，孙菱已经从百乐门跳槽到大都会，决定去新地方会会她。孙菱转到新地盘，巴不得老客人个个来捧场，众人添薪，把一盆火快快烧旺，见他来，自然喜出望外，高剑霞来光顾，明日报纸上的跳舞新闻版必定渲染，走红效应最强，所以落力巴结，守着他跳个不歇。高剑霞是热得快的人，搂着孙菱，一圈一圈跳下来，衬衣的领口就往外直冒热气，脸上的感觉好似蒸锅里的馒头，等第三首曲子一停，就对孙菱说："要歇歇了。"孙菱在他肩头拍了两下道："啊哟，你的汗好大，潮透了。"

他呵呵一笑，累归累，毕竟浑身舒坦了，回到位子坐下，把西装脱了挂在椅背，领带也松了。他们坐的地方正好隔着场子与乐队的舞台正对。高剑霞抹着汗，招手让侍应开了一瓶香槟。孙菱说："何必这么破费呢。"心里却很是高兴。她今天穿件桃红发亮的旗袍，把身体裹得紧紧的。如果她的身体是肉肠，那这件旗袍就是外头那层肠衣，把身体的曲线勾勒得太过真实，真实得散发出肉香来，让人不敢看，又不得不看。四面八方的视线密密麻麻扫过来，从来没停过。大家都急不可耐要搂住她跳，但她一坐高剑霞的台子，大班就不敢来催她换台。好在高剑霞心里有数，知道怎么补偿她，几十倍地送舞票不说，还开香槟。

高剑霞喝着香槟，短短五分钟内看了两次手表。她见了说："高警长，你怎么魂不守舍的，还有谁在等着你吧。"她怕他会半途而废，又要去赶其他场子。他今晚一掷千金的架势，多半有什么好事情。她想趁这势头，独占他一晚。一会儿收工后，随他去宵夜，顺势或许还去开房间，完成丰收的一天。

高剑霞听她这么问，一笑道："哪有谁在等。再说，还有谁比得过你呢。"抓起一个芦柑来剥，笨手笨脚的，手指间掉下一小块一小块金红的碎皮。她看不过眼，夺了过来说："哎呀，这么笨，我来吧。"把柑皮一整张剥好了，丢进篾篓里，把柑肉掰成两半，放他面前道："给……你来了这么会儿，怎么没问起彩娣？"他鼻孔里给芦柑沁凉的清香充满了，正想着池彩娣不知是否顺利，冷不防听她问起，心头蓦地一跳，假装不解地问："问彩娣？她怎么啦？"她说："彩娣失踪好几天了，你不知道吗？过去你来这儿，每次都会问起她，可今天一句没提。"他若有所思地看了她一会儿，说："噢，是啊是啊，你不说我还真没想起她。你说啥，失踪好几天了？"她道："电话是来过一个，匆匆挂了，没说几句。说是临时有事离开上海，我不信。这不像她平时的做派。"他道："担心啥，不会失踪的，大概去找什么亲戚朋友了，过不了几天，又会回来的。"说着，吃起了芦柑，"哇，这芦柑好甜啊。"

孙菱眯起眼看着高剑霞，想说什么，又咽了下去，觉得池彩娣的踪迹，高剑霞不像是一无所知的。他岔开话题道："我说孙菱，你挣了那么多钱，有什么打算呢？"孙菱啐一口道："瞎三话四，谁钱多了，就那么几个辛苦钱，还不够置几件像样的衣服呢。做我们这行的，还能有什么打算，做一天算一天拉倒呗。"他说："那老了怎么办？"她笑道："我都不去操这个心，你还替我操心？真操心的话，就把我娶了吧。"将来事情，她是最不敢想的，一提起来，笑容就渐渐退却了，把手在面前一扇，好像要把这不快的想法扇走。他又掰瓣芦柑放进嘴里，嚼了一会儿，发出满意的哼哼。她说："甜就多吃啊，我再剥一个。"他说："我只是觉得，这世道有点不太妙，所以大家都要开始想好退路。能挣的钱尽量多挣，到手的钱别乱糟蹋，要积谷防饥。"孙菱道："哟，你一个跟着英国人的大警官，还操心以后啊。"他说："东洋人那么凶，怎么不操心。"她说："怎么啦，东洋人会开进租界里来吗？"他道："覆巢之下，岂有完卵啊。"孙菱听不懂他的话，只管怔怔的，拿着芦柑也忘了剥了。他说："东洋人对英美的势力，容忍不了多久的，总有打起来的一天。到那时，你说这弹丸之地的租界还保得住么。"她说："东洋人就不怕英国人吗？"他冷笑一声："怕英国人？那是一百年前的故事了。现在英国人跟当初的八旗子弟差不多，只懂吃喝玩乐，谁还怕他们呀。我跟这拨人天天共事，看得最清楚不过了，"他把最后一瓣芦柑塞进嘴里，凑近道："给你一个忠告，有钱就换成美金，存到花旗银行里，到时看势头不好，想办法往美国一溜。"她说："美国，怎么去？"他指指自己的鼻子道："有我在，全世界哪里去不了。"

孙菱本来没心思，让高剑霞一说，倒忧心忡忡起来。平时与舞客们聊天，都说些明星逸事，舞坛近况，飞短流长，虽然战事遍地在开花，国家似乎随时要亡，但男人到舞厅来，话里都极少碰政治，可能大家生活里的政治已经太浓了，浓到快被毒死，才要拿纸醉金迷的虚幻感觉来解毒。她生活在这个幻梦搭起的帐篷里，没怎么出来过。高剑霞的一席话，突然把这顶帐篷收了起来，现出周围的黑山恶水。但她一想起自己要跑到一个语言不通、举目无亲的地方度过余生，不寒而栗起来。她默默又剥了一个芦柑道："就算东洋人打进租界来，日子就不过了吗？"把芦柑捧在手心递给他。

他摆摆手说："我够了，你自己来……日本是个什么国家？一个一无所有的国家。他们来这里，又不是为了行善，是为了把东西都搜刮走了，好供他们的丘八去打全世界。"他上下打量她桃红鲜亮的身体，嘴角有一丝笑。她给看得毛了："看什么，要收钱的。"他道："到时，你就会没有新衣服穿，因为没布供应了。没有汽车坐，因为没汽油。没有电灯，因为没有煤来发电。没有大米面粉吃，没有牛奶喝，也没有蔬菜和芦柑了，"他抓起芦柑晃了晃，忘记刚说过不吃，又塞了一瓣在嘴里，声音含混地说："连烧饭的煤球都没有，恐怕要劈家具当柴火。就算你有钱，也给你作废掉，只用日本人发的军票。当然啦，就算再惨，没办法的芸芸众生，也只能继续过下去。"他跷起拇指朝肩后指了指，孙菱想，那是沪西歹土的方向。他说："可你愿这么过吗？"

"真有那一天的话，你怎么办呢，也逃去美国？"她突然问。

"所以我说要积谷防饥吗。"他说，有些答非所问。她说："还积谷防饥呢，那么大手大脚的。这一瓶香槟，够买几个月的大米了吧。"他拂拂手道："哎呀小姐，这都是小钱。靠省几瓶香槟，能防得了饥啊，你也是昏头了。"她不敢想什么是"大钱"，又怎么去弄到手，只说："好吧，就算积谷防饥，东洋人进了租界，也保不住你积下的谷子啊。你是想好要逃到美国去吗？"他迟疑道："想是想过，不过……"她见他迟迟没下文，追问道："不过什么？"他又想了一会儿才说："一下还说不清楚。"

她盯着他看了半天，说："彩娣到底去哪儿啦，你一定知道的。"

"我怎么就一定知道？"

"你要不知道的话，怎么不向我打听她。"

他用不可思议的眼神瞧她，道："这是什么逻辑，我也没向你打听你妈，就说明我知道你妈在哪儿？"

"好讨厌……池彩娣不是那样的人，不可能突然就消失的。我跟她合住那么久，太知道她了。她很多东西还在呢，这么说走就走，胭脂粉盒都没拿，一定是突然出什么事儿了。再说，她知道我马上要搬场了，也答应随我一起搬的，怎么会不关照一声就走？平时她去烟纸店买草纸，还跟我说呢。"

"你搬好了？"他问。

她摇摇头："还没呢，那对美国华侨还没走……你看，你一点不急，一定知道她的事情……你到底知不知道她去哪了？"

高剑霞替她把香槟杯斟满了，又替自己斟了。被灯光染过的酒液，仿佛两杯琥珀。他斟了酒却没喝，打开一个黄金的雪茄盒，拿出一支亨牌雪茄。孙菱见了，从他手中取了过来，熟练地夹了头，放进嘴里，打火机点上火，对着烟屁股烧，半天点着了，才取下递给他。他见雪茄上有一圈玫瑰红的淡淡唇印，张嘴一衔，狠狠吸了一口，又跟着连吸几口，红光一亮一亮的，瞬息，蓝烟弥散开来，烟的馥郁也如涟漪般扩散，和芦柑的清香混而为一了。他说："我真不知道她的下落，不过这是好事儿。我们捕房发现得最快的，不是大活人，都是尸体啊什么的。没发现，就不会有事。"孙菱说："呸，呸，呸。"他说："再等两天吧，她真不会有事的。"说着，又看了眼手表。心想，池彩娣的行动应该是结束了。若一切顺利，今晚应该大大地庆祝一下。这么想着，端起了香槟杯。

孙菱也随他端起香槟杯说："随便你怎么说吧，不过，你看到她的话，一定告诉她……"说到这儿，她的嘴张大了，直勾勾望着进门的方向，眼神里又惊又喜。高剑霞顺她的视线望去，见竟然是池彩娣，正一脸焦虑地东张西望。他的心猛地一沉。

孙菱却兴奋得难以自持，把左手举到空中拼命摇。池彩娣没看见，便站了起来喊她："彩娣，彩娣，在这儿。"因为太激动了，忘了右手的酒，杯子早斜了，香槟溢到手背上，慌忙扶正了，弯腰放到桌上。池彩娣动作迅捷，已经到了跟前，拉开一张椅子，一屁股坐了下来。

孙菱天天在为池彩娣的突然失踪苦恼，心里积累了一万个问题，没想到她的出现，竟如她的消失一样的突然，一时倒不知从何说起了，只是望着她傻笑。池彩娣却没笑意，脸色发白，透着惊慌，头发也不整齐，再一看，黑色运动裤的膝盖处划破了一条口子，脚上没穿皮鞋，却是一双黑色的球鞋，沾着泥土，还一身是灰。而高剑霞则一声不吭，神态与刚才已判若两人，垂着眼，只一味地抽雪茄，脸色黑得和嘴角那支雪茄差不多。孙菱看不过池彩娣的样子，替她拍肩上的灰说："彩娣，你怎么这副样子……到底出什么事儿了，说不见就不见了，连个招呼都没有，我急都急死了。"

池彩娣下意识低头看自己一身，这才发现那些狼狈之处，一只手盖住膝盖上的破洞。她的脑子似乎给什么急迫的事情占满了，要费大劲才能勉强挤出一点空间来处理孙菱的问题，反应便出奇得慢，就摇摇头乞求道："孙菱，这话太长了，一天一夜也说不完，改天就我们两个的时候，我跟你慢慢说吧。"说着，就去看高剑霞。高剑霞也盯着她，嘴角里冒着蓝烟。孙菱更肯定了，她失踪的那几天里，一定是和高剑霞有联系的。大家沉默了一会儿，高剑霞突然把雪茄一搁，站起身道："彩娣，请你赏光。"

这是一首慢狐步，两人走得慢之又慢。高剑霞的手揽在她腰里，觉得是揽住了一块木板。她的手拽他也太紧，仿佛走在独木桥上，怕稍一闪失就会落水。乐队后的角落里坐着十几个挑剩的冷门舞女，为了不受伤害，脸上都挂着蔑视的神情，嗑着瓜子，说着闲言碎语，似乎对舞客们不屑一顾。她们见池彩娣一来，衣衫不整，就被高剑霞拥入舞池，都停了嘴，齐刷刷盯着她，目光里不由得满是妒忌，也忘了掩饰。池彩娣却浑然不觉，双眼直直瞪着，什么也没看见，机械地挪着步子。

"出什么事儿了？"高剑霞在她耳边问。两天了，她的头发还残留一点烫发时的氨气和焦味。他表情装着很舒坦，好像在谈论好吃的糕点。舞池里挤得满满当当的，舞女们裙裾缤纷，舞姿翩翩，暗香沉浮中，细语浅笑编织进了乐声里。孙菱这时已被一个矮她两寸的舞客拥入了池中，曼妙地舞动着。那人想必是久等之后终于得逞，一脸炫耀与满足。他们舞过池彩娣和高剑霞身边时，孙菱朝他们做了个鬼脸，两人却没看见。

池彩娣把高剑霞推开一点道："都是你逼我做这种事！都是你。你害了我，害了我女儿！"

他两边一瞥，把她拉回来，压低声音问："到底出什么事儿了？"声音已经带着不耐烦了。

"那只密码箱我打开了，里头根本没东西，空的。"

第二十七章

高剑霞一听找到的密码箱是空的，脚步一收，她也跟着停下。后面跳舞的人刹不住步子，撞了上来，两人都趔趄了一下。高剑霞头也没回，只是呆呆望着她，似乎有些迷糊。

"你把密码箱打开了？"他问。

"那还用说。"她说，脸上还有惊吓。

舞池太拥挤，站着不动，一拨一拨的舞客不断撞上来。他猛地又迈开了步子，她被出其不意的一带，再次趔趄了一下。这回，他的步子很大，急急匆匆的，像士兵在练操。

"你仔细搜查过了？"他在她耳边问，声音很严厉。

"怎么不仔细，就差被子没拆开来看，所有角落都没落下，就是没找到啊……可这还不要紧……"

"嗯？"

她没马上回答。他又催了一声，她才说："你说那人姓殷？"

"是啊，怎么啦？"

"可他根本不是中国人，他是日本人。"

高剑霞站定了，死死盯住池彩娣，眼白被烟熏成了茶叶色，布满血丝，突然变陌生了，道："先不说了，我们换个地方。"

回到座位，高剑霞勾手唤来西崽，结了酒、水果盘和点心的账，又留下厚厚一沓舞票给孙菱，最后给了西崽五元法币的小费。那西崽千恩万谢，高剑霞挥挥手，起身便走。舞池里被男男女女挤得密密匝匝的，按同一的拍子起舞，仿佛一池深水在缓慢晃动着。池彩娣跟在高剑霞身后，边回头搜寻孙菱，却没看到，她知道今晚孙菱是别想停下来了。

两人出了门，上了高剑霞的汽车，开上了涌泉路。高剑霞一路沉思，许久才开口道："说吧，从头开始，慢慢说，别漏掉。"

于是，池彩娣便把行动过程从头至尾叙述了一遍，等一切道尽了，车子已经走完涌泉路和南京路，到了外滩，于是顺外滩朝北开到了英国领事馆，再沿苏州路开到西藏路。高剑霞一个个细节追问，池彩娣一次次重复解释。未几，车子已经从西藏路拐入九江路，到了兴旺达旅馆的门口。

高剑霞示意池彩娣坐在账房外间，自己进入里间，关上门，打了两个简短的电话，然后开门示意她进来。他把门一关，一声不吭坐到办公桌前，就伸手道："我看看。"

池彩娣知道他要什么，走到他身边，递上了殷先生的军官证。

高剑霞翻开那本军官证看了半天，脸色变得越发难看了，用钥匙开锁，拉开抽屉，拿出一个牛皮纸信封，抽出一张殷先生的近距离特写，同军官证上的照片比对了半天，最后从牙缝里挤出一句："娘的皮。"便没话了。她瞥到拉开的抽屉里，躺着一堆散开的名片，便趁他的注意力都在军官证上，如金蛇吐信般出手，已经把一张名片卷到袖子里了。一方面，他完全不防着她；另一方面，她的手速实在太快了，所以他是一点没有察觉，把照片对比完了，放回牛皮纸袋，扔进抽屉关上，仰身瘫坐了半天，突然又坐直了，道："日本人就日本人，那也算了，可箱子里的钱怎么会不翼而飞呢？实在说不通。"转过脸看池彩娣，她正略垂着脑袋，翻起眼睛看他，脸上挂着虚脱后的冷漠。两人对视了半天，他先移开视线，挣扎着从椅子上站起来，开始在房间里踱步。池彩娣看着他，联想起动物园关在笼子里的野兽。他走了几圈后说："彩娣，我这次是真心想帮你，可你却搞砸了。"

池彩娣顶了回去："不是我搞砸的，没有就是没有，我也变不出来啊！"

他没接她的话，继续说："这件事你是冒风险，但我的风险比你大得多，明白吧。你万一失手，又没有职务可剥夺，又没有财产可没收，又没有名誉会扫地，又没有友情遭唾弃，最多是旧罪重犯，大不了再判个几年，还可以争取减刑。出来后和原来差不多。我要是穿帮了，被揭露是这事儿的幕后黑手，那我的地位、名誉、财产、社会关系，就滴里当啷全部完结了，晓得吗？但我还是把这件事托付给你了。"他停下来望着她。见她一脸茫然的样子，喷着嘴道："你还不明白啊，我让你干这事儿，对我自己来说，是害大于利，我不算大富大贵，可也不穷吧，多这点钱，锦上添花而已，添一朵小花而已。"他伸出食指和拇指，在空中一夹，捏住了一朵想象中的小花，"但要是出一点差错呢，我就全完了。"他凑近一步，盯着她道："这么不合算的生意我为什么还做？为什么，还不是想帮你。对于你来说，就算是再活一百辈子，也别想挣这么多钱，拿到这钱，你不仅瞬间富贵，还可以母女团聚，从此一步登天，一辈子永保无忧，不再受苦受累。我一直可怜你，见你从小到大没亲人，没好日子过，就想让你借这次的机会，彻底翻个身。"

池彩娣听他提到身世，眼泪不受控制，哗啦啦喷涌出来，伸手捂住嘴巴，还是压不住一声长长的抽泣。咽了好几口气，才说："高警长，你的恩情我全知道，我也想把事情做好了报答你……可你看，怎么就偏偏出这种事儿呢。"

高剑霞坐回椅子，仰头对着天花板喃喃道："我是真心为你着想的……我也相信你不会骗我，可这钱怎么就……唉，太奇怪了，实在说不通啊。"

沉默了好一会儿，他终于又拎起电话拨了一组号码。等了许久，突然开口道："喂，老兄，是我。你那边情况怎么样？"

电话另一头的赵善纯道："啊，是老兄啊。我还在等女士房门上的信号呢。好像时间拖得有点长了是吧。"他的声音听起来很正常。

高剑霞道："不用等了，她已经撤出来了，现在在我这儿……说是没找到那东西，箱子里头是空的。"

电话那头久久没接话，高剑霞又"喂"了一声，赵善纯才慌里慌张说："你说什么，再说一遍。"于是他又说了一遍。

"这不可能，"赵善纯断然道，声音变得刺耳，"那老朋友回房间前，是我亲手把东西从保险柜里拿出来交给他的，跟平时一样，沉得要命，怎么会是空的？空箱子我掂不出来啊，当我傻子吧？看他跟平时一样锁在手腕上，然后独自回房间的，也没去其他地方。"听到这，高剑霞瞥一眼池彩娣。她猜到了几分。

他沉吟片刻道："你知道吗，这事情有点乱，她还说，那位老朋友不是我们同胞，是东洋朋友。"

赵善纯提高嗓门道："不可能，别听她瞎说。"

"不是瞎说，我手里拿着那人的证件呢。"

"瞎说，肯定瞎说，什么证件，一定是计谋……再说，女士是怎么出去的？我们这儿已经锁门了。"

"她说是翻墙头出来的。"

"娘的，"赵善纯骂了一声，"我们都着了她道了。肯定是带着东西翻墙出去，把东西藏了起来，要不就是交给了别人。然后才去找你的……这样，这边我马上去收拾，你那边先把她扣住。"

高剑霞也不怕池彩娣听到，反问道："她要是吃里爬外，早可以远走高飞了，还来找我干吗？"

"咳，整个大上海的黑道白道都在我们手上，天罗地网她能跑得了吗？她明白着呢，所以先把你糊弄住了，再笃笃定定开溜。无论如何，先把她扣住再说。"

高剑霞挂了电话，对池彩娣说："你也听见了，我朋友对你有怀疑。"池彩娣的脸色早已煞白。他继续说："这也难怪他，换上我也会犯嘀咕，错就错在你不该出来，应该照着原来的计划，回你房间里待着。"他陷入沉思。突然，有人在外面"笃笃"敲门。他起身去开，见是探员阿四和胖猫，说："你们来了，先外头坐会儿，我这儿马上好。"把门关上。

他又苦思冥想了一会儿，突然问："彩娣，箱子里头的钱，你肯定没拿吧？"

"没有。"

"你敢不敢发誓？"他目光炯炯盯着。

她点点头："要是我自己拿了，我女儿就不得好死。"心里想，这钱已经给了汤仲翔，所以不算我自己拿的。

他听她拿女儿下毒誓，竟无话可说了。再说，假如她拿了，这么短的时间里，外面又在宵禁，她能把钱往何处藏？那可不是小钱，那是二十五万美金，一大堆呢。看看手表，见是两点五十分，又问她："殷先生还有多久会醒？"

她迟疑道："这可说不准，但三四个钟头里是醒不过来的吧，我想。他吸了迷魂药，我又加了哥罗芳。"

"那好，我得亲眼看看。"

他对金凤记周边环境很熟，一盘问，就弄清了池彩娣出来的路径。他拉开门，对阿四和胖猫道："我要先回家。池小姐今晚在四楼三号房休息，她这两天有危险，你们要好好保护，寸步不离。"又对池彩娣道："你就在这儿歇着，不能离开你的房间半步。"声音里并没有警告的意思，但她听出了警告。

高剑霞离开后，池彩娣在两位探员陪伴下上楼。进屋拉亮电灯，上好了插销。

屋里墙壁简单地刷成粉白，地上铺青灰色的方砖。天花板中央孤零零地吊着一盏莲花灯，黄黄的暗光，有气无力，电线是明线，在白墙上爬过，开关是拉绳式的，最下面一截已经发黑了。她看了一圈四周，觉得冷清沁骨，不禁缩起了脖子。前两天住在这儿不觉得什么，从西式奢华的金凤记招待所猛一回来，便有些不习惯这种中式的空旷简陋了。

她慢慢走到中式的大床边，一屁股坐到床沿，发出嘎吱一声。床大得犹如小型舞台，带顶棚，挂着蚊帐，但没有弹簧床垫，只在木板上铺了一层薄薄的棉胎。床单被褥还是几天前的那一套，倒还不脏。她仰倒在被子上，脸正对着床右边的夜壶箱，随手拉开抽屉，见那天穿的衣服还在里头。

屋子欠奢华，面积却一点不吝啬，除了大床和左右两只夜壶箱，靠窗处放着一张八仙桌和八只凳子，给客人打麻将和观战。对着床的另一边墙，是一张长条靠背椅，并排能坐四个人。床左有一个脸盆架，脸盆毛巾齐备，再过去的墙角处垂着一道帘子，里面的夹弄放着马桶。中式旅社是没有抽水马桶和浴缸的，洗脸洗手用脸盆，大小便就上马桶。每天早晚两次，有专门的茶房来换马桶。

她觉得尿急，起床上马桶。刚坐下，门外传来两个探员的交谈声，还有椅子搬动的声音，估计是从楼下搬来了椅子，准备在门口坐守至天明。她担心小便声音传到外面不雅，起身去窗户旁的角落里，扭开了收音机。收音机热了许久才进入工作状态，把旋钮扭了半天，扭到一家外国人的电台在播古典音乐。这乐声很熟悉，也是她最爱听的。她把音量调大点，坐回到马桶上。

音乐声弥漫了整个房间。她呆呆坐着，忘了起身。六年前，她在黑眼睛舞厅里当女招待，圣诞前的一天，一帮航空学院的学员跟着美国教官来玩。酒精刺激下，大家都肆无忌惮了。他们聊天，唱歌，跳美国水兵舞，直到凌晨打烊。她被其中的一个学员迷住了，不知是为了他微笑时嘴角的动作，还是他的声音，还是他身上的味道。她本来拘谨，那晚，身体却有一个隐在暗处的开关，被无意中触碰到了，于是变得春水荡漾起来，酒也忘了节制，人也忘了收敛，一股脑地黏在了那人身上，就这么一直兴奋到了舞厅打烊。之后，还毫不犹豫地上了那人叫来的出差汽车，跟他去了都城饭店。

就是那天晚上，她怀上了那个学员的女儿。

她从来不知道他的名字，那天看了《东方日报》，才知道他叫汤仲翔。

直到音乐播完，换成了另一支，她才从马桶上起身。那晚和他缠绵的时候，收音机里播的就是这音乐，她问是什么音乐，他说是普契尼的《今夜星光灿烂》。

池彩娣横倒在床上，一小段、一小段回放昨夜的经过，她只要一个答案：若他知道有一个女儿在世上，会不会帮助自己，一起去找回女儿？

所有这些，只有见到他，才有解答。

看看手表，高剑霞走了已有半小时，待他回来，再想脱身就难了。她突然火烧火燎起来，一跃坐起到床沿，垂头想了一会儿，将收音机留着，只灭了灯，计外面两个探员以为她已睡下。然后轻手轻脚起身，凑到窗口，轻轻推开窗户，探出身去。

外面又淅淅沥沥地开始了下雨。九江路与南京路只隔着一条街，却是两个天地，沿街都是中式旧楼，两层的木结构店铺，门面都上了排板，搭出架空的招牌，鳞次栉比，俯视下，黑郁郁的，电线结成一片蛛网。她的窗户朝北，开在旅社的建筑正立面，直上直下的，很难从四楼攀缘而下。但她在这儿住过几天，知道在楼的东墙外有一个防火逃生梯，就在楼道尽头处的窗外。

门外有两个探员守着，当然不能从楼道过去。

她踩着一张凳子，上了窗台，探出身去，抓住一米开外的一根铸铁雨水管，身子荡了出去。她抱住管子不动，屏住呼吸，竖起耳朵听了一会儿，确定没有异常，才手脚并用，慢慢上了屋顶，随后猫着腰，蹑手蹑脚踩着铁锈色的陶瓦，到了东墙边。探身一看，见逃生梯上空无一物，走道尽头的窗遮着窗帘，透出淡淡的灯光。这才反过身来，踩着墙面上凸起的装饰砖花，慢慢下到了安全梯上。梯子是铸铁的，她怕脚下踩出哐当的声音，就脱了鞋捏在手里，悄无声息地飘下楼去。

到路面上，见四周无人，疾步走到云南路口，正有一辆黄包车停着，车夫缩在后座，脸上盖一顶帽酣睡。她伸手摇醒他。

"小……小姐，去哪儿？"车夫睡眼惺忪地问。

"白赛仲路。"

"可现在还在宵禁呢，不能走，要等到天亮。"

池彩娣压着嗓门，把高剑霞的名片推到他鼻子跟前说："我是受高剑霞警长的吩咐，去替他送要紧东西，哪个巡捕敢拦我。"车夫不识字，却认得名片上公共租界巡捕房的标头，高剑霞的名头更是如雷贯耳，立刻清醒了，道："好好，就走，就走。"

一路上的巡捕，看了高剑霞的名片，听了池彩娣的说辞，果然没人敢留难。她一路顺顺利利，很快又回到汤仲翔住所附近，隔着三栋房子，就下了车。她付了车资，等车夫走得看不见了，才悄悄进了汤仲翔的房子。这次，她没有敲大门，直接绕到后院，抬头一看，有一个窗户开着，透出灯光，一定就是汤仲翔的房间。收到她的东西后，他是不可能再次入睡的。

她不打算惊动其他人，决定直接从他的窗户爬进去。

第二十八章

高剑霞出了兴旺达旅馆，一路沉着脸，把车子开得飞也似的，握方向盘的手一直在颤，有两次挂挡没挂上，到了红绿灯前，车也刹得太急，脑门差点撞上挡风玻璃，才觉得自己很失态。

眼睛看着路上，思绪却总绕着池彩娣转，说起来，知她不可谓不深了，况且，她还拿女儿发了毒誓，就算有人敢骗自己，也不可能是她。但心头还是被一个大大的"怕"字堵着，怕的就是万一，毕竟，对江湖上老吃老做的人来说，发起假誓来，就如吐痰一般容易，池彩娣怎么说，也是老江湖了。

一城一池的得失，过去就过去了，江湖上混，最怕的是看人不准，自己就算三头六臂，也做不到事必躬亲，总有假他人之手的时候，人都看不准的话，说明判断力已经毁了，还能成什么事儿？可老话也一点儿不错，知人知面不知心啊，看人，永远是最难的，所以此事含糊不得，非弄个水落石出不可。

两根烟的工夫，车子到了福煦路古拔路口。

福煦路是公共租界和法租界的分界，路北归公共租界管，路南归法租界的同行管。他把车停在自己管的那侧，脱下西装，扯掉领带，扔到后座，又抓过一件黑色的粗布中式短衫套上，衣服宽大，遮住腰里的手枪，最后从手套箱里找出一把中指大小的电筒，放进裤兜。

下车锁好车门，又打开后箱，在一堆东西里翻出一捆钩索，挂到腰间，隔着衣服拍平整了，才慢慢穿过马路，来到围墙下。仔细辨认一番，找到了池彩娣说的位置，便停下脚步，掏出一支烟在手背上敲着，并不点火，只借机查看四周，见路灯暗淡，街上没有法租界的巡捕，连行人也不见一个。他倒不怕被查，身上有公共租界的警察证件，万一查到，就说是越界追捕罪犯。上海两个租界的警方虽说各有地盘，但追捕犯人时，越界是常有的事儿，一般都淡化处理，因为双方是以合作为主的，他只是不想手头的事情被干扰。

仰头张望墙里，正好能看到三楼的部分。但墙与屋之间长着两棵繁茂的玉兰树，遮住了建筑。那些躲在阳台后面的落地窗里又都不亮灯，所以状况不明。

他从腰上取下那捆钩索，看准一个树丫，"嗖"的一声，连钩带索抛将出去，钩住了。扯了一把，钩子没吃牢，掉落下来。收回绳索后，刚要再抛，突然一串自行车铃声，一个穿电车公司制服的男人骑车自西而来，拐进古拔路，往南驶去。他瞥到了高剑霞，但没减速。

高剑霞深吸一口气，让心跳平复。看看表，三点半过了。电车场的工人是四点上班的，要在五点半出车前做好维护和保养。而自己的时间远不如那些工人充裕了。他看准那个树丫，屏住气，噘起嘴，"嗖"的一声，把钩索再次抛了出去。这次钩得很牢，用力连扯了几下，休想扯得下来。确信身后无人后，抓住绳子，噌噌噌几步上了墙。

他是从普通探员做起的，早年间，短小精悍的他身手也算一流，摸爬滚打的事一样难不倒，但脱离了一线这么多年后，养尊处优惯了，身体也发福成这样，没想逼急了，还能折腾几下，他不知该气愤，还是该高兴。

墙里的草丛刺啦一声，猛低头，一小团黑影穿过，是只野猫。他蹲在墙头，把钩索绕好，挂回腰间，瞠目细看四米开外的几个落地窗。原本的打算，是先进入池彩娣潜伏的房间，拿上钥匙后，再开门进入隔壁殷先生的房间。但一看之下，却犯了踟蹰。

池彩娣房间的落地窗仍虚掩着，殷先生的房间却是门户洞开的，窗帘也敞着，只是没灯，看过去，屋内如同黑洞。

他可以攀上阳台直接进去的，却不敢贸然行动。心里塞满了疑团：开门的会是谁？殷先生处处提防被盗，自然不会开门睡觉。池彩娣进去是行窃，更不敢开阳台门。难道是殷先生已经醒了，自己开门透气？那也不像，否则屋里怎么没灯？

要不，就是赵善纯已经来收拾过了？

他推算来推算去，几十个假设做过了，也没满意的答案。见时间不多了，决定不作他想，进去看了再说。

他顺着枝丫攀上了阳台，怕屋里还有残毒，就掏出一只大口罩戴好，做好进屋的准备。竖起耳朵听了一会儿，听不出屋里有任何动静，便右手握枪，左手握手电，躬身摸进屋去。

房间里空气清新，不像被麻醉药熏过。眼睛适应了里头的黑，借着阳台进来的微光，大致看清了床的位置。慢慢又凑近几步，还好地上是地毯，吃掉了一切声响。到了床边，他先蹲下不动，竖起耳朵捕捉动静。听了一会儿，只有外面树叶窸窸窣窣的碎语，床上的人却连呼吸都听不到。

好像有点不对头。

他猛地直起身，同时扭亮了手电。手电的光斑罩住一张脸，嘴巴微张，双眼半合，没有一点儿生气，跟照片比，已经走样了。十几年的警探生涯中，这种脸见得太多了，他暗咒了一声，把手电灭了。第一个反应，是原路撤回。但脚下刚一动，又收住了，脑子里有太多疑问，让他不愿就这么一走了之。

他站了好一会儿，回身把落地窗关了，拉好窗帘，这才重新扭亮手电。殷先生的姿势依旧不变，探了探鼻息，确定已经死了。再把被子掀起一角，才看到他脖子上一条紫红的深痕，明白是被勒死的，细看伤口，很新鲜，很深，显然是男人干的，似乎使出了千钧之力。看他手腕上，密码箱不见了。

他已经不指望密码箱还在屋子里了，但还是决定搜查一遍再说。他扯掉脸上的口罩，包在手上，免得留下指纹。所有角落搜了一遍，也不见密码箱的影子。房间和卫生间的东西井然有序，没有打斗的痕迹，可见殷先生是昏迷后被勒死的。

下手的人，可能是池彩娣，可能是赵善纯，或者是另外有人？

这件事本意是为了谋财，事先的计划可说是天衣无缝，怎么执行起来，就走样了，把谋财变成了害命？照理，殷先生吸进麻药，应该是不省人事了，既不会反抗，又不会事后指认，一点没威胁，杀他干吗？想来想去，一时也没答案，必须见到赵善纯，看他怎么说。

他身上带着池彩娣给他的军官证，这时掏出来，决定将它放回原处。池彩娣说过，军官证是在壁柜里西服口袋里找到的，那就照她所说，物归原处吧。刚要拉开壁柜，就听到门外传来开锁声，心想赵善纯终于来了。回身一看时，门外冲进两个举相机的人，镁光灯"咔、咔"一闪，两张照片拍好了，便夺门而出了。

他的眼睛被镁光灯刺得半盲，等视力恢复了，见门口还有人，并不是赵善纯，而是另外三个。他呆呆看着为首那人，那人则威严地与他对视。自己的身边是殷先生的尸体，右手包着口罩遮盖指纹，高剑霞意识到，自己这样子，像是给抓了现行。

最后，还是那人先开口道："高督察，你怎么在这儿？"他腋下夹着一只小狗，它察觉出主人声调的变化，朝高剑霞"汪汪汪"地尖吠了几声，好像在警告他。

高剑霞和金石寒交往不深，但都是上海滩场面上的人，自然认识。他这时才清清喉咙道："金先生，久违了。"

金石寒慢慢走了进来，身后两个保镖也跟进了几步。两人都比主子高出半个头，一身上海白相人打扮，黑色的香云纱对襟上衣，挽起白色袖管，露出小树般粗细的手腕。这下，高剑霞明白殷先生脖子上的勒痕是怎么来的了。

两人僵持了一会儿，金石寒指指那对单人沙发道："请坐。"他先过去一屁股坐下了，把小狗放到大腿上，一下一下轻抚起来，那狗因为舒服，把两只鼓起的大眼珠子合拢了，眯成了一条线。高剑霞跟着坐下，还是缄默不语。他脑子一直在转，把前前后后的事情一串，渐渐理出了一点头绪。

"高督察，还是那句话，怎么会深更半夜走错房间的？"金石寒再逼问一句，语气好似在聊家常。

高剑霞道："这个问题你不必问我，问问你们的赵善纯最清楚了。"

"怎么又跟善纯扯上关系了？"

"自然有关系，是善纯把我拖进来的，你把他请来，不就一切都清楚了么。"

金石寒摇摇头道："善纯是请不来了。昨天下午就不见他，到处找也没找到。是你让他藏起来的吧？"他锐眼逼视高剑霞。

"金先生，两个钟头前我还给他打电话，那时他还在写字间的。"

"这不是在说笑话么，我一个晚上都在写字间，哪里见过他的影子。"

高剑霞的脸腾地涨红了，他定定神道："金先生，你是执意要洗清跟这事儿的关系是不是？"

金石寒道："我洗清什么，我有什么可洗清的？我可是什么都没做，也什么都不知道。"他的声音提高了半度，做着几个表示清白的手势。小狗睁开眼，表情警惕起来。

"那您老人家怎么也三更半夜走错房间呢？"

金石寒的嘴角露出得意的微笑，似乎正等着高剑霞问这句话："我可没走错房间，我跟殷先生有约，说好一点钟碰头的。结果左等不来，右等不来，电话也没人接，实在不放心，所以就过来看看，碰巧把你捉了个现行。"

高剑霞一脸不屑道："是啊，门也不敲，拿钥匙就开、进客人的房间。"

金石寒道："怎么没敲，不是敲了很久吗？"两个保镖附和道："是啊，一直敲，没人答应才用钥匙开门的。"他很满意地点头，继续道："你看，你看，这么多证人……殷先生见我们这里生意好，一心想入股，今晚就是约好谈这事儿的……对了，他有一个密码箱要交给我，里面是他准备好的定金，不知那箱子还在不在，你们看看。"转脸朝两个保镖挥挥手。那两人四下查找了一遍，一无所获。朝老板摊摊手。

金石寒道："高督察深更半夜不请自来，想必知道密码箱的去向吧。"

高剑霞没理睬。一直以为这件事是赵善纯的主意，没想幕后竟是金石寒，他自然做足了功课，横竖不会被牵连的。

两个保镖去床头一看，道："董事长，殷先生已经死了。"

金石寒道："你看，高督察，殷先生的密码箱也没了，人也死了，现场就你一个人，你说这事跟你没关系，别人怎么相信？问你吧，你把这事儿一股脑儿推到善纯身上，要他来对质，偏偏他也人间蒸发了。事情到了这份上，我想从你这里听听事情的来龙去脉，总不为过吧？"

高剑霞暗中留意两个保镖，见他们已经挡住了阳台，知道突围而去没大戏了，事已至此，只能相机行事了。明明知道金石寒在装腔作势，也只好顺着，就把赵善纯如何找到自己，如何制订里应外合的计划，如何让池彩娣担当，如何发现密码箱里的钱失踪，自己又如何回现场复查，一五一十说了一遍。

"不过，池彩娣进来的时候，密码箱还在，但里头空了，没钱，"他说，"她也没有杀死殷先生，本来就没打算杀人，别当我看不出来，人是你们事后杀的，他刚死，不会超过一小时。"他望着两个保镖，看看这个，又看看那个。

金石寒摊摊手道："证据呢，证据？"

"不必证据。道理太简单了，既然密码箱里头的钱不见了，又得知殷先生是日本人，他就非死不可，否则，他醒来后，惊动日本当局，你们就会人财两空，金凤记也会完蛋。"

金石寒道："没有证据，那就是白说。我们这头可是铁证如山啊，那么多人撞到你入屋行窃，一看就是刚刚勒死了殷先生。照片都拍下了，就算惊动日本人，也是找你算账，不关金凤记什么事。"

高剑霞绞尽脑汁，一时竟看不到有什么退路。

金石寒见他不语，逼问道："那么，高警长，这件事你是愿意公了，还是愿意私了？"

"公了怎么样，私了怎么样？"

"公了的话，就要委屈你在这里稍稍等候，容我向法租界警察局报案，让他们马上来现场勘查，我们几个则尽市民义务，如实做证。他们查出死者是日本公民，自然会通知日本当局，由日方接受处理。至于你算不算入室偷盗，继而谋财害命，一切都由法租界和日本当局按司法程序定夺，我们也无从帮你。"

他微笑着，那两个保镖也微笑着，把手指关节掰得"嘎巴、嘎巴"响。

"那私了呢？"高剑霞也微笑着。

"那就简单多了。我们只当今天的事没发生，什么也不知道。第二天，房间早已干干净净，就像没人住过。殷先生这个人，从来就没有在金凤记出现过。"

"那我呢？"

"你马上就可以走啊。不过有个条件，要把密码箱里头的钱，给我追回来。"

"追回来，从哪儿追回来？"

"还有哪儿，当然是你那个舞女了，案子是她作的，凭她一句话，就撇得一干二净啦？我看，她已经把那些美金据为己有了，不给她点苦头，不会说实话。"

一提到舞女，更证明金石寒是赵善纯的幕后主使了，池彩娣的舞女身份，自己只对赵善纯说过。但赵善纯已经人间蒸发了，估计是给金石寒藏了起来，这样的话，一旦有官司，自己就死无对证了。其实，即便有办法洗清，也不能卷入这种官司，这类丑闻一出，在工部局巡捕房就不能待了，何况死者还是日本人，搞得不好，命都不保。只好叹口气说："如果真是她拿的倒好办了，这会儿人就在兴旺达，插翅难飞了，你等我消息吧。"

高剑霞是从阳台上顺原路攀树翻墙出去的。他走后，金石寒指指殷先生的尸体对两个保镖说："把地方弄干净了。"说完，满脸怒容，走回自己的小楼，心里怪赵善纯，本来无事，为了一点钱，惹上日本人，也怪高剑霞所托非人，明明可以到手的巨款，结果便宜了那个舞女。现在是白忙一场不说，还逼得自己亲自出马来收拾残局，不得已做掉日本人，陷进险局里头。当然，最最痛恨的，还是那个舞女了。

金石寒一离开，两个保镖马上动手，将殷先生的尸体剥光，放进一个装脏床单的推车，又把所有床上用品扯下来，堆在推车上，乘电梯下到底楼，推进一个杂物间。两人先把拆下的床上用品，还有那只空皮箱，一股脑扔进隔壁的锅炉里烧了，然后拿出一个巨大的麻袋，将殷先生的尸体一套，扎紧，抬上一辆黑色的小型密斗卡车。

他们开车顺金神父路南下，过了法租界边界哨卡，进入日本人控制的华界。他们的车子证照齐全，又是常来常往，每天去华界采购生鲜食物，所有哨兵都认识，并不查看。又开了一会儿，来到黄浦江边一段荒僻的岸线，两人把车停下，抬下麻袋，绑上事先准备的几个大秤砣，啐了几口吐沫，将尸体抛进江里。黄浦江每天漂过数不清的尸体，没有人会管，也没有人在意。

两人绕了一个大圈，从沪西进入公共租界，再穿过福煦路回到金凤记，又马上回到殷先生的房间，彻底打扫干净，换上新鲜床上用品。待一切都收拾妥当，已是拂晓时分了。两人审视房间，这才露出满意的笑容。

房间已看不出一丁点儿住过人的痕迹。

第二十九章

从金凤记出来后，高剑霞迫不及待要跟池彩娣对质，一路把车开得风驰电掣。到了兴旺达，等着他的却是个空房间。

收音机还在响着，被他"啪嗒"一声关掉。窗户大敞着，窗前的凳子上有个浅浅的脚印。探出窗子，四周一看，见屋檐的雨水槽凹下一块，知道她上了屋顶，马上联想到东头的防火楼梯，明白了她逃走的路径。

阿四和肥猫犯了这低级错误，又羞又怕，缩起了脖子，等着挨劈头盖脸的一顿臭骂。

高剑霞涨红脸，红到了脖颈，轮流死盯着他们，最后没骂出口。他憋着怒火，在屋子里来回走了几圈，心里骂池彩娣愚蠢。那个殷先生，或者叫岛津，明摆着不是她杀的，好好等在这儿不好么，只要出面和金石寒、赵善纯一对质，真相就大白了。这么一逃走，反把事情弄僵了，也让自己失去交代。

至于她到底有没有拿钱，他现在也不敢定论，一屁股跌坐在那张长条靠背椅上，闷了许久，才对肥猫说："你给刑事处值班的打电话，报告重大犯罪嫌疑人池彩娣在逃。逃犯是有案底的，找出她的卷宗号，里面有她的犯罪记录，体貌描述，还有照片。让技术处马上印照片出来，每个捕房分发下去。"

高剑霞继续说："照片发到后，让各捕房迅捷派员，在所有关卡、车站、码头仔细盘查，每家旅馆饭店都要兜底搜查。甲乙两个区的搜查就由你来负责吧，人就从刑事处的弟兄里抽调，找他十来个人就可以了，另外再让每个捕房各出几个人。但要切记，抓到疑犯后，任何人不得擅自审讯，必须立刻解送到中央捕房，由我亲自审讯。明白了吗？"

"明白了。"肥猫说。他见高剑霞没骂人，鼓起勇气问："督察，请问这女的犯了什么案了？"

"犯了什么案了，还不是偷吗，"高剑霞随口编着，"从某个闻人的私宅里偷了一大串钻石项链。警告你们啊，自己知道就好，不能漏出一句，苦主是知名人物，要求保密的啊！让报纸嗅到风声的话，就满世界知道了，想找回来也就难了……唉，这女人，江山易改，本性难移啊，去吧。"

"是。"肥猫说完，匆匆下楼打电话了。

高剑霞又对阿四说："你负责另一件事，再去找一个兄弟来协助你，像上回一样，化装一下，给我去蹲在花园公寓大门外。疑犯很有可能去花园公寓找一个人，"他若有所思道，"这是我的推测，但成数很高的，所以别胡乱应付，一定要打起精神，人是你们俩弄丢的，就看你们能不能将功赎过了。"阿四唯唯，转身欲走。高剑霞叫住他："等等，还有件事，去叫几个兄弟过来，我要亲自带队，去找另一个人，一个关键证人。"

高剑霞迫不及待要找的，当然是赵善纯。他的住所在戈登路的一个弄堂，高剑霞带人赶到后，封住了两个出口，自己一马当先，冲到17号后门嘭嘭嘭用力敲门。二房东开了，认出了高剑霞。高剑霞也不啰唆，拨开他，直冲二楼。他敲了房间门，见无动静，便示意左右，两个探目一起用力，撞开房门，见屋里整整齐齐，东西很少，蒙一层薄灰，显然很久不住人了。

高剑霞见这景象，摆摆脑袋，一个探员立刻下楼把二房东提了上来。二房东有一对扇子般的招风耳，瘸着一条腿，个子很矮，看每个人都要仰视。他看这情形，明白高剑霞的意思，操着无锡口音说："赵先生难得来住，最近两个礼拜，连影子都不见了。他不拖欠房租，我们也管不着他来不来。"

高剑霞大吼一声"滚"，二房东屁滚尿流要逃下去，又被他喝住了："哪儿去！"只好又钉在地上。高剑霞转身对手下发令："翻。"一帮探员立时开柜门，拉抽屉，翻床底，想查出点蛛丝马迹，推断出赵善纯的藏身处，结果折腾了半天，一无所获。高剑霞那股怒气越冲越高，实在按捺不住，抓起夜壶箱上的台灯，往地板上猛地一摔，砸得粉碎，还不解恨，又抄起一张四方凳，奋力砸在脸盆架的镜子上，顿时玻璃水花般飞溅。这才气咻咻盯着二房东道："你管不着，那就我来管管。"把二房东吓得站不稳，哆哆嗦嗦地抓住门把手。

高剑霞恨的不是赵善纯潜逃，恨的是自己受了愚弄，这间房子让他联想到戏台上的道具，而整台戏，就是金石寒和赵善纯处心积虑排演的。

他回身一把抓住二房东衣领，几乎把他提离地面："说，他不住这儿，那住哪儿？"

二房东紫涨着脸，吐着粗气道："不……不知道，要不外面有女人吧。"

这话提醒了高剑霞，他想到了会乐里的姜钰涵，姜钰涵跟自己熟，跟赵善纯更熟。他手一松，二房东"扑通"一声摔倒在地上。

一行人呼啸着去到会乐里。到了弄口，高剑霞一转念，觉得不能搞出太大阵仗，便打发了手下人，只身去怡红院找姜钰涵。

上了楼，却扑了个空，娘姨说姜钰涵去裁缝店做衣服了，要过两个小时才回来。高剑霞只得强压焦躁，让摆上茶围，坐下来，边品茗边等待。放松下来，才觉得累了，回头一想，已经连续三十多个小时没合过眼了。见睡房有张西施椅，就过去一靠，困意顿时一阵阵袭来，合上眼，回想过去两天的一幕幕，不敢相信世事变化竟是如此之快。赵善纯和池彩娣两个，明明是知根知底的人，一眨眼竟陌生得不认识了，还先后玩起了人间蒸发，匪夷所思！那个谋财计划，初看挺单纯的，竟藏着骗局，活到快四十岁了，第一次上朋友的当，而且是连环当。他一向得意于自己的洞悉力，这下大大动摇了。

这笔钱到底会是谁拿走的呢？如果是池彩娣，为什么还要回来找自己？直接远走高飞岂不更好？如果是赵善纯，金石寒又何必捅破设下的局，现身台前，逼自己抓捕池彩娣？殷先生的身份，更是诡异，明明是一个有钱的东北佬，突然成了日本参谋本部的军官了，设若不假，那他乔装打扮，携带巨款跑到赌场蹲着，必定是另有玄机的。日本军官么，收入就这么一点，而且都不涉赌。一个小小中佐，突然带着几十万美元，藏到中国人的赌场来豪赌，不可能是小事。现在日本方面人财两空，会不了了之吗？这股祸水要是被金石寒引到自己身上，麻烦就大了。

这事如何收场，他左右推算，不见答案。钱没拿到，倒可能被日本人缠进去，这是最可怕的。不过，按金石寒的江湖习性，应该会毁尸灭迹，隐瞒不报的，这样的话，日本人那头或许不会马上知道。

眼皮是合上了，却有一张脸不停晃来晃去，那是金石寒的脸。自己在明处，他在暗处，看不清他有哪些牌，那种感觉，让高剑霞抓狂。

倦意沉重起来，终于顶不住，昏睡过去。

醒来时，见姜钰涵在一旁就着灯光绣花，穿着睡衣，原来已是入夜了。姜钰涵见他醒了，张罗着让他洗脸换衣，说他睡了足足有十个钟头，自己正等他醒来，好开晚饭。高剑霞哪有什么吃饭的心思，见事已至此，也只能由着她张罗。

梳洗完了，他借这机会说："姜小姐，这么零零落落吃饭有啥意思，不如把善纯一起叫来。"姜钰涵道："还说赵大少呢，到处找不到。正想着找你打听他下落呢。"高剑霞装出意外的样子道："赵大少怎么会失踪，你没去他家里找过？"姜钰涵问是哪个家。高剑霞道："还有哪个家，不就是戈登路的那个家吗？"姜钰涵道："找了，说两个礼拜没回了，平时也少住。他该不会有另一个家吧。"高剑霞道："那可糟了，有一件顶重要的生意刚谈了一半，急着等他下文呢。"姜钰涵急道："他可别不回来，还被他欠着好几千块钱账呢，那可怎么好，上次走时还说，这礼拜会结账的，说是不管局账、饭账还是店账，只要是写在他折上的，都由他来还。"高剑霞道："他欠你这么多啊？"她道："可不么，在我这里做花头的钱就不去算他，裘天宝和方久霞两家的账一共就六百多，前两日已经来问过了，还有老介福和大集成，大约也有八九百，虽说记在他折了上，可都是陪我去买的，这两天肯定也会来讨的，我是欠了一屁股债的人，怎么垫得出这么一大笔钱啊。"

高剑霞深表同情道："善纯这么做事，也太不像话了……要不这样，我帮你调查一下，你自己也认真打听打听。最好去金凤记打听，那里认识他的人多，说不定就有人知道他的下落，或知道他有哪些亲朋好友。"

姜钰涵坐着不动，慢慢地垂下泪来，操着一口苏白道："想想悔不当初啊，两年前，何先生要娶我，不该回断他的，那时仗着还小，心高气傲，不愿意当人家第五房姨太太，再说东洋人没打过来，世道好，进账流水一般，心里不怯，也怪何先生不好，推说不能犯重婚罪，不愿行正式结婚礼，可是这么悄无声息搬进他家去，我这张脸哪放得下啊，所以就错过了，唉，回过头想，这些有什么要紧呢，现在你看，世道差不说，年纪也上去了，你看我眼角，鱼尾纹都出来了。"

高剑霞凑近仔细看了，道："哪里有，你怎么看的，比你身上的绸子还光滑呢。"他记得她是属虎的，那么今年虚龄二十五了，已然偏大了。本来，在堂子里当馆人，最好的结局，就是嫁入豪门当姨太太，要走这一步，也要趁早才行，古代人写青楼女，老大嫁作商人妇，现今的上海滩，哪个商人会娶老去的青楼女，等你老了，容颜衰落，别说多金的商人，就连普通客人也会渐渐不来，终有一天撑不起堂子的开销，最终只有沦落到咸肉庄了。看现今情形，似乎她的下坡路已经开始了，账收不大上来，赵善纯这么一逃走，更是雪上加霜了。这些青楼女，毕竟眼光短，看到眼前一片流光溢彩时，就想不到前路会灯火阑珊，当初要是抓牢何先生，住进他在大西路那六进大院子，一生的荣华富贵就有了保障，哪会像现在这样，为收账、开销这些琐事忧心。

正想着，聚丰园已经将四碗四碟的夜饭送来了，姜钰涵刚才还在垂泪，这下又打起精神，顾不上自己，很落力伺候他吃，她对他一向极殷勤，他闹不清是因为自己魅力强，还是地位重要。他一点不饿，但不吃也说不过去，就有一箸没一箸，慢慢往嘴里送，来回嚼半天，还没下到肚子。他由姜钰涵身上，想到了孙菱，又想到池彩娣。这里头，只有池彩娣有小孩，这小孩就成了她的全部，所以，池彩娣是逃不掉的。没有孩子的话，就算那些钱确实在她身上，也是空的，不出几日，她必定回来找孩子，这一点他最放心。至于赵善纯能不能找到，其实无关紧要，反正钱不在他那里，找到他，只是出出气而已。

饭吃得再磨蹭，毕竟也吃完了。姜钰涵指挥娘姨、大姐收拾好桌子，又摆上汤羹果盘，亲手削一只雪梨，递到他嘴边，他只好接了，刚咬了一口，汁水就顺着嘴角淌下来，她用热腾腾的白毛巾替他擦去，嘴里道："噢哟，送水果的没骗我，这梨真的好多汁水啊，不急，慢慢吃……高警长，你好久没做我夜厢了，今晚不好回去的。"她贴他站着，一只白嫩嫩的手搭在肩上，摇了几摇，胸脯在耳尖来回蹭了几下，他起了一层细细的鸡皮，顺手揽住她腰下肥软丰腴的地方，她身体上下藏着厚厚肉头，但骨骼细，看起来还挺窈窕。他忍不住在她的肉上面捏了捏，她低头浅浅一笑，样貌说不上倾国倾城，五官平缓，细眼，脸幅略略宽了一点，但胜在肌肤奇白，又细腻得找不到毛孔，看久了不生厌。他有些感慨，好多时不来，她生意淡了许多，吃饭时，只听到一两通叫局的电话，记得以往忙起来，电话铃声是不断的，夜厢也都是排到几天以后了，临时根本插不进。她要他做夜厢，想想不好拒绝，其实，这一阵他公事私事都忙，大多时间在兴旺达过夜，难得回康脑脱路的家，今晚本打算回家一趟的，但做夜厢就做夜厢吧，回家对着老婆也没什么意思，还是与姜钰涵过夜有趣许多。

她让娘姨打来洗脚水，坐在一只小凳上，替他洗脚。别的客人，她都让娘姨做了，高剑霞来，她总是亲自动手，马屁要拍到十足，这会儿一边洗，一边用丝丝绵绵的苏州话，问些太太、儿子和家里的闲事。堂子里的馆人个个说一口苏白，讲起来都是苏州人，其实大多算不上，高剑霞知道，姜玉涵真正的老家，是在宜兴乡下，父亲只是普通农人，抽上大烟后，终至把几亩薄田陆续卖光了，所以她自幼就被卖到上海的书寓，学会识文断字，吹拉弹唱，大了就开始接客，她的苏州话，是在上海的堂子里学的。她天资不差，在风月场中混，接四面客，会八方人，总能学会一些见风使舵、曲意逢迎的手段，惯会应酬。前个月他老母过世，她不忘随了五百元的礼，这种人情账，他横竖是要还的，无非是各种打赏，就比如今天，几百块钱总要出去的。这种钱他花得甘心，因为只有来这种地方，才是真享受，一颗心可以彻底落地，忘掉钩心斗角，尔虞我诈，也不担负一点责任，她们只是图钱而已。

上了床，她无限温存，这也是谋生手段，多年历练下来，不能不好，颠倒一番后，他心满意足，觉得近来难得这么尽兴过。她替他点上一支雪茄。

他吞云吐雾，许久，才有力气说话："钰涵，你是有意找个归宿，当人家姨太太，还是打算将来回宜兴养老？"她道："宜兴是回不去了，已经给日本人占去了，我可不想在日本人下面讨生活。就算没日本人，我也不会去宜兴，把我卖身到上海那天，就跟那里彻底断了。"

一句"日本人"，把他带回到现实里头，其实他一直陷在困扰里，并没有走出来。那个岛津正博中佐，为什么要假冒中国人，带着一笔巨款，跑到金凤记来？日本人必定在谋划一件大事，而自己则无意中，参与到金石寒的诡计里，破坏了日本人的大事，还杀死了一个日本要员，风声走漏出去，那么自己乃至全家的身家性命，就危如累卵了。默默一算，知道这件事情的，除了自己，就是池彩娣、赵善纯、金石寒，还有他手下拍照的人，以及两个打手，漏洞太多，这秘密太难守。

　　她看他许久都不说话，问："高警长，我说得不对吗？"他回过神道："……噢，说得很对，你要是不介意做人姨太太，我也可以帮你留意留意，你认识金老板金石寒吗？"她说："不认识，他是谁呢？"他说："他是金凤记的本家，有钱，太有钱。"

第三十章

池彩娣顺雨水管爬到亮灯的窗口外，探出半张脸，隔着玻璃，见汤仲翔坐在书桌前，撑着前额，正在发呆，桌上放着囡囡的照片，被台灯光笼罩着，身后的床没收拾，放着那只装钱的黑布袋，敞着口。

他已经坐了许久。刘妈收到池彩娣的东西，见她透夜送来，知道事关紧要，不敢耽搁，转身就上楼敲他的门，把他唤了起来，从那时起，他就醒了，越来越清醒。见了那二十五万美金，他震惊到以为还在梦境里，虽然不明钱的来历，马上联想到，会不会就是殷先生箱子里的那些，因为数目正好。只是，一切太过魔幻，不敢相信有这种巧合。

从刘妈嘴里听到了"池彩娣"这个名字，搜遍脑子里的每一个细褶，没有半点印象，但是，刘妈嘴里的"黑眼睛"，是他再熟悉不过的，她叨咕了一遍又一遍："黑眼睛，黑眼睛……"他坐到书桌前，苦苦思索起来，把记忆变成一个打开的啤酒瓶，让泡沫从瓶口慢慢涌将出来。有些事情，即使醉得再深再死，其实没有忘却，只是有意拉上一层又一层的帷幔，遮蔽起来，不知是不敢去看，还是不想去看，却并没有抹除干净，只是藏到了潜意识里，藏得太深，以为忘了，但时不时要冒泡，不然的话，那天为什么领着伦纳多，莫名其妙又去造访了那个地方？

他一点一滴地想，那些细节，像密写的文字遇到显影药水，于空白处淡淡浮现出来，他想起了那个女招待，但那夜的酒精，把意识侵蚀得太甚，无论怎么努力，还是想不起她的容颜，难道今晚送东西的池彩娣就是她？那晚的具体行为，也想不起来了，自己到底做了什么？应该没做过什么，但眼前女孩的照片，动摇了他的执念，她太像自己，像得恐怖，他背脊沁出了冷汗。

可是这个池彩娣，又怎么弄到这二十五万美元呢？是谁把自己的任务告诉她，让她来帮自己的？他坐着一遍遍地思索，脑袋都想破了，还是没有答案，也明白不可能有答案，只有与她当面锣对面鼓，才可能弄明白。刘妈说，她这两天会来的，却说不准时间。

他像飞行中钻进无穷无尽的迷雾里，出不来，这时，听到玻璃轻轻叩了两声，放下挡住前额的手，看见了窗外的池彩娣。

外面是漆黑的，灯光隔着玻璃罩，又穿过窗玻璃，投到她脸上，幽幽的有一层暗绿。那是一张陌生的脸，并没有存在他记忆里，但立即猜到，就是迫切想见到的她。

对视了一阵，他才起身去开窗。他起床后，没洗漱过，还是一身睡衣裤，一脸的胡楂儿，头发东歪西倒，眼睑有些浮肿，脸色蒙了一层青灰。在香港养伤时，每天做日光浴，肤色就一贯地黑着，到了上海这一阵，见不到什么太阳，那层黑色便渐渐溜走了，变得半黑不白的，但她一眼就认出来，一直牢记着的这张脸，从来没有模糊过。

她从落雨管跨一步爬上窗台，他伸出手臂，她抓住一撑，直接越过书桌，轻轻跳到地板上。两人相向而立，找不出话来，又仿佛飘进一团空白里，忘了何时与何处。最后，他终于指指角落的一张软椅说："你先坐坐，我收拾一下。"

他在热水里劈头盖脸淋了许久，直到皮肤发烫了，才关了热水。从浴室出来后，变了样子，换上西裤衬衣，套一件皮夹克，头发湿湿的，梳得齐整，鬓角还挂着水珠，冲过热水的脸上泛出一层血色，刮得光溜溜的。她已经换了位置，坐到床沿上，床上的被子叠好了，床单平平整整，一定是她整理的，那只黑布袋挪到了床头柜上，口子扎得紧紧的。

见那张软椅空出来，他坐了上去，这才认真审视她，觉得一点谈不上美丽。他看到不美的女性，总替她们难过，认为是无来由地被上苍剥夺，所以不公，可现在他却自责，好像她的不美丽，是他的责任。她见他一直不语，终于鼓起勇气，开口说话了，问："你知道我是谁了？"

他点点头："我知道，是在黑眼睛里，好几年了。"她说："六年了。"两人间的过往，于他模糊的，于她却是最丰富，最清晰的，清晰到每个细节，都纤毫毕现，可是，越是丰富，越是清晰，越不知从何说起。

于是又陷入漫漫的沉默，最后，他指指那个黑布袋问："那些美金是怎么回事，你跟我说说好吗？"

"是我偷来的，不是我自己想偷，是被高警长逼的。"她说，便将高警长是谁，以及事情的前前后后，和盘托出了。

汤仲翔听完她的长篇故事，早就呆了，就好像一幅熟悉的图画，翻转过来，原来还有另外的一面。自己处心积虑想弄到殷先生的美元，哪想到还有另外的一拨人，在动着同样的脑筋，还计划得如此细密，若不是他们第一次劫道失手，被殷先生识破，取消了原定的安排，说不定自己会与他们撞到一起，结局会很难看的。

"高剑霞为什么偏偏选中你，来做这件事？"他问。

"因为只有我有这本事啊。"她老实说，一点没有炫耀的意思。

"是这样吗？"他问，声调带出了惊奇。与她的交集，只是在黑眼睛那段，以为不过是个女招待，看到的，还不及一鳞半爪。而她早就迫不及待，要对他倾诉，见他这么问，就带出了一段更加漫长的人生故事，等她把故事讲完，天已经白了。他想，怪不得她身手这么好，能悄无声息爬到窗口，从窗台跳下时，像猫一般灵活，原来自幼就习练飞檐走壁，当梁上君了。她的脸似乎比刚才生动了，不知是晨曦的关系，还是他的感觉，也许是受到了故事的影响。

他问："那么说，你帮高剑霞偷到这笔钱，他就会帮你夺回女儿，把你们送到外国？"

她说："她也是你的女儿。"

他早猜到了，只是在等她确认，听了这话，倒是松一口气，不像刚看到照片时，满心只有恐惧。她的心怦怦跳，怕他跳起来否认，他若质疑，她除了声称女孩长得与他像，是没有铁证的，但单凭长相，走到哪里说，都是不作数的。他双肘支着膝，埋下头去，不置可否，许久才道："你说说，是怎么回事。"

"那次是你们班级毕业，全班一起来的。"

记忆好比马赛克，从云中一片片散落下来，慢慢拼成图画。那是个狂欢之夜，全班除了他即将去美国深造，其余都分到了空军。那一年，正逢"一·二八"事变爆发，年轻身体里流动的，都是为国捐躯的激情，跳舞时，只当是人生最后一场。他耳里响起那晚的音乐，鼻子里嗅到酒精和脂粉，眼里浮现当晚的情景，一个个年轻的躯体不胜酒力，全都失态了，自己也像大家一样，搂着一个舞女，一直跳下去，一直说下去，后面，就成了空白。而那个舞女，应该就是眼前的池彩娣。

他喃喃道："那晚我喝多了……又隔了那么多年。"

"我也喝了，"她说，"只是喝得没你多，再说我顶得住酒力，所以一直清醒的，把你的话都记住了。你一直说你爸对你妈不好，所以不喜欢家庭，从小盼着能远走高飞，终于要实现了，一下就要飞去美国。"

他挪动下身子道："我对你说了这些？"她说："可不止，还有好多好多。"他道："后来呢？"

"那天你们闹到天快亮了才散，喝到后来，都神志不清了。你跟同学说回家，其实是在都城饭店包了房间。你死拉住我的手，非不让我走，还没说够，让我陪你回酒店接着说，我只好依了你，你已经没准头了，连我的名字都是胡乱喊的，一会儿叫我这，一会儿叫我那，后来我也不纠正了……"

她一说，依稀唤起他的印象，他回上海，从来是包酒店房间，拒绝回家住，那时国际饭店还没造好，他每次都选在都城饭店，这是编也编不出来的。"我喊你什么了？"

"不记得了……对了，好像是'琳琳'吧？"

他的脸腾地红了，越发不自在起来，只有在最亲密的时刻，他才管戴幼琳叫"琳琳"，那种时刻已遥远淡漠了，现在从别人嘴里出来，禁不住微微起了鸡皮疙瘩。

"再后来呢？"他接着问。

她的脸也红了，道："你就不规矩了呗。"他点点头，不想再听下去。她却收不住了："……你解不开我的扣子，就乱扯我的衣服，衣服全扯坏了……"

他紧张起来，以为明白了她的来意，打断道："你来找我，是因为当年我强迫了你？"

"没有，你没有，是我愿意的。我要不愿意，也不会随你去饭店……你也做不成的。"他这才松了口气，却无论如何想不起与她做爱的情节，又不好质疑，只好努力回忆。她见他眼神茫然，就说："可能那天我以为你很孤单，就心软了，自己一直都是孤单的，碰到另一个孤单的人，就像是亲人……其实是我自己在瞎想，你孤不孤单，我哪里知道。"

"后面的事情，我真不记得了。"

她想，我可记得清清楚楚，却把那些缠绵的细节跳了过去："……后来你睡得跟死了一样，我就走了……过了两个月，月经没来，我去看医生，说是怀孕了。再后来肚子显了，就没法在黑眼睛做了，只好辞了。"说得干巴巴的，仿佛谈别人。她把两人分手后的事情，又说了一遍，比刚才说得详细。失去工作后衣食无着，干脆趁着怀孕，别人不易起疑心，重操偷盗的旧业，专偷金店。一开始顺风顺水，却因为一再得手，各家金店损失太重，联手防她，终于逃不掉落网的命运。女儿是在监狱里生下的，由工部局安排领养。坐了四年牢后，办案的警官高剑霞同情她，疏通关系，将她提前释放，这时已是"八一三"淞沪会战之后，上海成了孤岛，人口大量涌入，娱乐场所遍地开花，舞场尤其普遍。她不愿走犯法的老路，又别无长技，为了谋生，就经高剑霞介绍，去黑猫舞厅当了舞女，后来又换到百乐门。生活初初稳定下来，但念女之情排解不掉，一门心思夺回来，才又铤而走险，答应帮高剑霞去偷。

他说："结果你却破坏约定，把钱带到这里来，他还会帮你吗？不但不会帮你，恐怕还会满世界抓你呢。"

"我不敢把钱交给高剑霞，怕他靠不住，万一他钱到手就翻脸，不分给我，又不帮我夺回女儿，我就走上绝路了，"她突然打住，顿了片刻，才鼓起勇气道："我是想，你会帮我的，就算不帮我，总会帮你女儿的。"

他听到"你女儿"三字，一阵不自在，只是忍住不驳，直起身问："你想让我怎么帮你？"

"帮我夺回女儿，然后我们一起，带着钱逃到外国去，重新生活，这些钱几辈子都用不完的。"

"我们一起？"他拉下脸，干巴巴问道，视线长久留在她脸上，一直逼到她垂下双目，才泛起一丝笑道："带着钱逃到外国，你知道这钱是谁的吗？"

"我知道，日本人的，叫岛津正博，我看过他的军官证。"

他说："日本人的钱，就是敌资，必须充公，用于国家的抗日大业，你我是没资格拿的。这次我来上海，就是奉上峰的命令，来接受这笔钱的，但我的行动被你们破坏了，最后钱才落到了你手里，你把它送过来，算是将功补过好了，怎么能打公款的主意？"见她一脸的不信，他起身拿来皮夹子，取出殷先生给他的两张字条，让她过目："你看看吧，这是岛津正博中佐给我的字条，取得这笔钱，正是我这次来上海的任务。"

她来来回回看了好几遍，终于相信了汤仲翔的故事，心情用"失落"两字，是轻描淡写了，简直堪比从巅峰跌落到谷底，两手持着字条，说不出话来，眼泪扑簌簌直落。他收回字条，她才轻声说："天底下怎么有这么巧的事情？"

他叹一声说："我也不敢相信，但就是这么巧，都不知该怎么想你了，是上天派来破坏我的，还是派来帮我的？"

她把脸埋进手掌，再不愿吱声，他耐着性子等，她只是不响。这时，房门笃笃响了两声，她一惊，下意识抬起脸。

进来的是刘妈，手里拎着汤仲翔的皮鞋，见了池彩娣，她一下石化了，手里的皮鞋"啪嗒"跌落到地板，张开嘴，舌头与牙齿一阵打架，话都说不成句子，半天才说："这……这不是池小姐吗……你一直在这儿？可是，可是，我怎么记得你……你好像走了，还是我记错了，你没走？"

池彩娣刚想开口，汤仲翔朝她使个眼色，她及时打住了。他无心向刘妈解释，太费事，再说池彩娣攀墙越壁爬进窗户，也不是什么光彩的事，就简单对刘妈说："池小姐一直在的。"刘妈看见床头柜上的布袋子，越发糊涂起来，结结巴巴道："好像是池小姐把袋子给了我，让我交给汤少爷，就走了，这袋子死沉死沉的，难道我记错了不成？"汤仲翔问："你回屋后，有没有接着睡？"刘妈道："又睡下了，一沾枕头就着了。"他说："看，睡着了，没准做梦了，醒了以后，容易把梦里的事，当成真的，我就常常这样。"刘妈苦着脸，拿手背叩前额，嘴里啧啧有声，说："哎呀，汤少爷，这下真坏事了，我是犯老糊涂了，小时候外婆就是老糊涂，说的话，做的事，转过身去就忘得精精光，我一直说老了可别像她，没想才四十刚出头就犯了。"

她嘴里絮絮叨叨，开始收拾房间，见床已经铺好，越发相信池小姐在这里过了夜，起床后顺手收拾了，因为汤少爷从来不自己收拾的。她又进浴室打扫，出来时，手臂上挂着他换下的衣服，问池彩娣："池小姐没什么要洗的吧？"汤仲翔抢先回答："池小姐来得匆忙，没带换洗的衣服。"刘妈点着头，失魂落魄地走到门口，他叫住她："刘妈，你跟根发说一声，多准备一份早餐，池小姐跟我们一起吃。"她连声说着"好的好的"出了门，少顷又慌慌张张推门进来问："汤少爷，我没忘做什么吧？"他安抚说："没忘，都做了。"

他竖起耳听她的脚步声往楼下去，还不及开口，池彩娣就对他说："汤先生，你才是老天派来帮我的，要不是这件事，你也不会来上海，我也不可能再找到你。"他听她又提起帮她，更不悦了，冷着脸说："让我陪着你，带着钱逃到外国去，这个忙我帮不了。"

她说："我明白，这些都不说了，我只想求你一件事。"

他见她那样，突然过意不去，点点头。

"你就陪我去看看囡囡好吗？就远远看一眼，她经常到外头玩的。"

"看她，到哪儿看？"

她把女孩的情况仔细说了，他耐心听完，心里想，设若一切都是真的，那么，小女孩已经找到了最好归宿，怎么会发起昏来，要将她劫走呢？却忍住没说，她一说起女儿就痴痴癫癫的，不是三言两语能说服的，到了这一步，不如见机行事，就问："就看一眼吗？"

"就看一眼。"她肯定地说。

他这才勉强点点头。

她高兴得不能自已，垂下头去，开始先"啪嗒、啪嗒"掉泪，终于决了堤，干脆趴倒在床上，呜呜大哭起来。他先是一急，明白她是宣泄的哭，倒释然了，一眼瞧见那张照片还在桌上，就去拿过来，又端详了一番，越看，越难以否认小孩与自己的血肉关系。他把照片翻过来一压，回角落的椅子上坐下，心如乱麻。她渐渐平复了，隔许久，才抽泣一下，未几，他听到了轻微的鼾声，她睡着了。

他慢慢起身，挪到床边，要不是她喉咙发出的轻微咕噜，真的如死了一般，这种睡法是力竭后的昏睡。他心里在长长叹息，六年前吸引自己的地方在哪里，以致要撕坏她的衣服？难道酒后乱性以至于此？他无法理解自己，怪不得有人说最陌生的人就是我。而那个陌生的我犯下的错，要今天的我来收拾。

他站立半天，又坐了回去，瞧她那样子，真是全不设防，只有对自己一百个的放心，才会睡得这么坦然，他发现自己落入她的圈套，不期然地要对她负起责任。

汤仲翔看看时间，伦纳多应该在书房里了，他起得早，每天都去书房看早报，等玛兴起床后，才一起下去吃早餐。汤仲翔悄悄拿起那袋美金，蹑手蹑脚出了房间，去书房找伦纳多。

第三十一章

汤仲翔进了书房，郑重其事地关上门，还上了锁，这举动让沙发上的伦纳多诧异，从报纸上抬起脸来，正要问汤仲翔什么意思，却见他走到书桌，把一个沉甸甸的黑色布兜，扑的一声放到台面上，心想难道里头有什么宝贝，才这么神秘兮兮的，这时才注意到，他一大清早，就穿戴整齐了，不禁问："你这是准备出门呢，还是出门刚回来啊？"他自己依然一身睡衣裤，光着脚丫，双腿跷在脚凳上，腿上放着好几份报纸。

汤仲翔不接话，来回走了几圈，才一屁股坐到他对面的沙发上，定定地望住伦纳多说："发生了一件大事，你就算把脑壳想破了，也想不到会发生这种事情。"伦纳多见他脸上并无喜色，怕不是好事，隐忍着不问，只瞥一眼那只布兜说："怪不得一进来就锁门。"这话提醒了汤仲翔，他见窗户还敞着，一抹朝阳斜射到西壁的书柜，又起身去拉上窗帘，屋里顿时就阴下来，就把灯都打开了。

伦纳多语带讽刺道："什么事情，这么见不得光啊？"汤仲翔朝那只布兜努努嘴道："你自己看。"伦纳多带着早晨的慵懒，不想动，可架不住好奇，推开一摞报纸，起身，踩上拖鞋去写字台。布兜被池彩娣扎得太紧，他费了大劲才打开，顿时呆住了，咽了几下口水，把两只手搓了又搓，嘴唇收拢起来，长长吹了声口哨，怕自己眼花看错了，把布兜的口子撑到最大，但见绿莹莹的一片，全是成捆的百元美钞，胡乱堆在一起。确定是一整袋的美元后，回身问汤仲翔："怎么回事？"

"我们想搞又没搞到的钱，有人帮我们搞到了。"

伦纳多蹙起眉，脸上现出愠意，声音也严厉起来："你的保密工作做得真好啊，这么大的事，我怎么就被你蒙在鼓里了？"汤仲翔道："冤枉了，不止你被蒙在鼓里，我也被蒙在鼓里的，直到几个小时前，它们才刚刚送到我手里。"

伦纳多坐回沙发上，视线在汤仲翔脸上来回扫了几遍，确定他没打诳语，语气缓了下来道："那你说说嘛，这事情也太离奇了，我不敢相信。"

汤仲翔花了大半个钟头，才把事情大致说明白了。

伦纳多仰身沙发上，长长透一口气，足足咀嚼了两三分钟，事情的逆转太出他的意料，一时竟不敢相信会有这等好事，突然坐起身问："这么说，你女朋友这会儿就在你房间里？"汤仲翔道："她就在房间里，睡着了，不过不是什么女朋友，几乎跟陌生人没区别。"伦纳多道："她是你女儿的母亲，你说跟陌生人没区别？"汤仲翔连连摇头，半天才不情不愿道："是不是我女儿，并不是什么铁板钉钉的事。"伦纳多道："翔，不要只顾着洗脱自己，不是你女儿的话，池小姐会不顾一切，把这么大一笔钱送到你手里？我知道你脑袋里在转什么，还是放不下戴幼琳，怕池小姐坏你的事。"

这话把汤仲翔镇住了，脑子里出现了小女孩那张脸，分明都是事实，自己却一味抵赖，怎么就变成一个没有担当的人了？可这头担当起来，幼琳那头又如何处置？不是刚答应要跟她结婚吗？还是伦纳多旁观者清，他的话是不留情面，却一针见血，自己终究还是猥琐的人，只顾打小算盘。

他对伦纳多说："罗约，你说的有道理，是我私心太重了，原来只想着还幼琳那笔债，池彩娣这一来，又带出另一笔旧债，一下蒙了，所以下意识要抵赖，你这一说，我明白了，逃是逃不掉的，但这一团乱麻该怎么理清楚，是天大的难事，你得帮我一起，慢慢商讨出一个万全之策来。不过今天没时间了，要赶紧处理这笔钱的事情。"

伦纳多道："不急，万一是假币呢？日本人可是什么事都做得出来的。"

这提醒了汤仲翔，两个人当了多年飞机师，倒买倒卖美元的事情没少做，见了钱，第一件事是点数目，辨真假。因此一语不发，把布兜拿来，一屁股坐到地上，兜底一抖，那些美元噼里啪啦在地毯上落了一堆。伦纳多也过来坐到对面，笑着说："干这事，确实见不得光，要拉上窗帘的。"汤仲翔说："自从池小姐半夜从窗户爬进来，我心里就多了个疙瘩，总觉得窗外有眼，她能翻墙爬窗，其他人也可以，不得不防着点。"

先数了总数，一共二十五捆，接着，分头逐捆解开验看，验好一捆，放回一捆，每捆都验过了，全都是百元美钞，一张不缺，当中不夹小面额的钞票，也没发现一张假币。两人守着满满一袋美元，对视良久，竟不知该说什么，似乎还有些不信。最后伦纳多说："伙计，十五架蒂瓦丁到手了。"汤仲翔这才跳起来，大张双臂，伦纳多也跳了起来，和他紧紧拥抱到一起，跳着转圈，把对方的背脊捶得咚咚响。

这书房自带一个入墙的保险柜，是英国屋主建造时安装的，伦纳多把布兜放进去锁好，这才拉开窗帘。两人都想到喝酒庆祝，但大清早喝酒太过分，想起还没喝咖啡，伦纳多就打开书房门，探头喊根发送咖啡来。不一会儿，根发端着大盘子进来了，往茶几摆上热腾腾的大壶咖啡，牛奶，还有方糖，走时对伦纳多说："老爷，你还有什么吩咐，按铃就行了，我马上会上来听命的，你一喊，怕会吵醒太太。"伦纳多抱歉说："对不起，刚才一激动，把那玩意儿忘了。"汤仲翔看根发下去了，对伦纳多说："那些英国大班惯会摆派头，造房子的时候，每个房间要装电铃，屁大一点事，就要按铃叫用人，你还没学会。"

话音未落，门又被推开了，这同进来的是玛兴，她披了件睡袍，睡眼惺忪，一只手在抚头发，想把它们压平，嘴里道："你们疯啦，这么早就开始闹了。"声音里还带着睡意。伦纳多道："哈，达令，你起来了？干脆一起下去吃早餐吧。"她说："太早了，我还要再赖床一会儿，你们不许再哇啦哇啦叫了。"

她走后，他俩则继续喝咖啡，咖啡与酒精正好起相反的作用，酒精让人忘却现实，咖啡却让人认清现实。伦纳多喝下一杯美式黑咖后，眨着眼，现出若有所思的样子，汤仲翔道："又想到什么了？"

"我在想，从池小姐偷走东西到现在，已经好几小时了，殷先生早该发觉了，你觉得他会怎么做？我觉得八成是要报告给日本方面，就是字条上写的那个岛津龙芥，华中方面军情报处的中佐。眼下，他们不会知道钱已经到了你手里，没那么快，但用不了多久，就会从金凤记查到高剑霞，然后查到池小姐，最后查到你身上。如果查到你拿了钱，日本人接下来会怎么做？会不会因为秘密已经泄露，决定废除原计划，逼你交回这笔钱，我们吃不准。所以，你待在上海终究是不安全的，得尽快离开，钱，也不能放在上海。"

汤仲翔道："钱的问题我想过了，中国现在处处是战场，这么大一笔现金，不可能带出上海，所以必须在上海就地消化掉。你记得吗，陈纳德关照过，钱到手后，就把法国蒂瓦丁飞机定下来，那么我们就这么做，马上去福州路汉密尔顿大厦343室的联洲公司，找到帕特森，当场把买飞机的合同签了，然后一起去外滩法国东方汇理银行，把二十五万美元直接汇入蒂瓦丁飞机公司的户头，这样一来，所有问题都解决了。"

伦纳多说："好主意，这下子，钱就彻底安全了，十五架飞机也铁定到手了。"

汤仲翔道："不是十五架，是三十架，陈纳德的信誉很好，又有中国政府和夫人的背书，可以轻易拿到账期，我们这次就买它三十架，先付一半首期款，共二十五万美元现金，余款货到即付，我们要保证的是货到，至于余款能不能付，什么时候付，就看政府了。"

伦纳多笑着说："你这银行家的儿子，门槛果然贼精，好吧，就照你说的办呗。"一不做，二不休，他当场拿起写字台上的电话，拨了联洲公司的号码，听筒里铃声响起时，他看了看墙上的挂钟，正指着九点三十五分，嘴里道："但愿这小子上班了。"铃声响了没几下，就被接了起来，一个低沉的声音道："早上好，我是帕特森。"他果然是个勤快的人。伦纳多说明了意图后，帕特森甚为高兴，与陈纳德及中国政府做生意，总是最稳妥、最顺当的，于是约好十一点在公司见。

放下电话后，伦纳多想了想，又说："但是，解决了钱和飞机的问题，只是一部分，最重要的是，从这一刻起，'上田工作'已经实质上废止了，日本人很可能在中航另外物色飞机师，来暗杀总司令，这可是防不胜防的，怎么看得出谁被收买了呢？所以，必须说服总司令和夫人，恢复原先的做法，让我们当总司令的专职飞机师，每次飞行时，飞机可以换，但飞机师是固定的，永远是我们两个，这才万无一失。"

"照这么说，我们就该尽早回武汉了？"

"没错，你的船期还有五天吧？我就买两张同一趟的船票好了，带上玛兴一起去香港，她愿意住香港的话，就安排住香港，不愿意的话，让她从那儿回美国。我们两个就在香港归队，飞回武汉。"汤仲翔站起身道："好吧，我回房间换洗一下，一会儿就去福州路买飞机。"伦纳多笑着说："你的口气，不像是买飞机，好像是去买两瓶酒。"

汤仲翔与伦纳多前后脚离开书房，回到自己房间，开关门的动静，没吵醒池彩娣，她的喉咙发出咕噜咕噜轻响，让他联想到猫。

他踱到软椅前，一屁股跌坐下去，闭上了眼睛，回想刚才与伦纳多的对话。道义也好，责任也好，撇开这些不说，她真的等同于陌生人，这么想着，就起身慢慢走到床边，再看仔细些。她的左眼角出去一点，有粒小小的黑痣，这粒痣倒是勾起一点模糊的记忆，似乎亲热过。论外表和气质，她是遥遥不及幼琳，但男人寻欢作乐时，往往不挑剔，因为把女性物化了，用过即弃，看不见灵魂，只看见胴体，这便是女人最恨男人的地方。但长相厮守的女人，灵魂的沟通便重要了，甚至到了苛刻，求精神上两不厌倦，而自己与眼前这位陌生人，恐怕一生一世做不到，奢谈厮守就成了笑话，那么责任又如何承担，用金钱补偿吗？但金钱她有的是，布兜里的二十五万美元，本来已经归她了。

视线一拐，看到床头柜上小女孩的照片，他弯腰拿在手上，看了一会儿，心跳加快了，于是回到软椅坐下。有意找出这孩子与自己的不同，但任凭怎么努力，却只看到儿时的自己。心里涌起陌生的体验，烦躁一阵阵袭来，重新闭上眼睛，想整理思绪，却架不住整夜不眠不休，迷迷糊糊睡了过去。

不知多久，觉得脸上有东西，睁开眼，见有对眸子在注视自己。

池彩娣坐在床上，收拢了腿，下巴搁在膝盖上，正观察他，见他醒了，笑了笑，有些尴尬，迟疑一下说："你黑了。"好像是因为他变黑了，才引她聚精会神看。她说他黑时，语气并不惋惜，不像一般人，把黑当成憾事。他去了美国之后，趣味随了美国人，崇尚起了粗粝，所以倒是爱听人说自己黑，这会儿本该得意的，但因为心里存着事儿，就大大冲淡了，又嫌这话题太亲密，便没吭声。她察觉了，掉转话题道："我肚子很饿。"

他听了，脸上果然放松一点，说："那我们下楼吃饭吧。"她却不动，脸色有些尴尬，似乎不好意思下楼，他不明白原因，也不勉强，就问："你想在房间里吃？"她点头道："随便弄点东西就好了，能填饱肚子就可以的。"他想起可以按电铃，就去床头按了，未几，根发就上来了，欠身问汤仲翔："汤少爷有什么吩咐？"视线一点不拐弯，似乎池彩娣根本不存在，汤仲翔说："就做个三明治吧，分量足一点。"根发转身出去了，还是不朝她看一眼。她见根发下去了，就起身把圆桌子收拾了，把写字椅搬到桌旁。

不一会儿，根发把东西送来了，先把一块白巾铺桌上，放下一个托盘，压住白巾一角，这才第一次拿正眼看了她说："小姐请慢用。"欠欠身出去了。她没说谢，因为中国人的习惯里，对下人是不说谢的，倒是汤仲翔替她说了。她察觉了，愣一愣，觉得犯了错，听汤仲翔道："趁热吃吧。"她见大大一个托盘里，只有一份三明治、一杯咖啡，外加牛奶方糖，道："就我一个人吃啊。"他说："可不是么，本来要带你去楼下餐厅，跟大家一起吃的。"她忸怩一下，脸渐渐红了，抓起了三明治，吃了起来。这一刻的情景，她不知幻想过多少遍了，现在，女儿的父亲真给自己准备了吃的，还在一旁陪着，整个人几乎飘起在云端里。汤仲翔见她一脸幸福，不禁想，她看来真饿了，一个三明治，让她这么高兴，忍不住说："赶紧吃吧，厨师是花了心思的，你看里头的东西，有火鸡肉、煎培根、忌廉芝士、牛油果、英国芥末酱、德国酸黄瓜、生菜，我在美国时，吃的三明治还没这好呢。"

正说间，想起两声敲门声，轻轻的，他以为又是根发，等着他推进来，却不见动静，又等来两声敲门声，就过去把门拉开一尺，不见有人，探出身去，才发现玛兴贴墙站着，勾手让他出去，他只好走到门外，顺手带上门，问："玛兴，什么事？"她压低嗓门说："听刘妈说，你女朋友来了，是真的吗？"他听到"女朋友"三字，顿时不自在了，想想又无从辩解，只好说："是有个池小姐昨晚来找我，我也没想到，这一大早，没来得及跟你说呢。"她说："原来你早就有女朋友了，没想到瞒得这么严实。"语气里很有些受伤。他说："你搞错了，我什么也没瞒你，这件事，跟你想的彻彻底底不一样的。"她说："这些再说了，现在我能进去，向她问个好吗？"见他犹豫，又补一句："我可是这儿的女主人啊。"他一摆脑袋说："有什么不可以的，本来就想带她下楼，一起吃早餐的，只是她有些不情愿。"

池彩娣见他们进来，已经站起身，用那块白巾抹嘴，盖住了大半张脸，玛兴饶有兴味地盯着她看，等着她把白巾拿开，她却僵着，局促起来。玛兴看出她为什么局促了，那身黑色的运动装沾有尘土，人也没洗漱过，有些蓬头垢面的，身量又比玛兴小一点，站在上下齐整的玛兴面前，显得落魄。汤仲翔没留意池彩娣的情绪，介绍说："池小姐，这位是玛兴，是这儿的女主人，她可有善心了，让我在这儿白吃白住。"玛兴道："翔就是这样，假借着奉承我，寻我开心。怎么样，池小姐，三明治还可以吗？"池彩娣倒是听懂了她的英语，这才放下白巾，认真说："汤先生说，三明治比他在美国吃过的都要好。"她说的是洋泾浜英语，玛兴正端详她长相，听了她的话，惊奇道："你的英语很不错的。"池彩娣道："小时候在孤儿院里学过一些，后来在英国人家里做过一阵用人，所以能讲些简单的。"

玛兴听了一惊，大大尴尬起来，刚才一口咬定她是汤仲翔的女朋友，没想到她不仅是孤儿，还又当过用人，跟汤仲翔完全是两个阶层的，才明白他所言非虚，内情恐怕与自己所想，确实彻底相左，只好找话掩饰道："瞧，这阅历多丰富啊，世界上花样太多了，最好什么都试它一试，才清楚自己想要哪样，是不是？"池彩娣一时没明白，只愣愣地望着玛兴，她更尴尬了。

玛兴见盘里的三明治还有一大半没吃，似乎发现什么，建议说："走吧，我们下楼吃早餐吧，大家一起才热闹啊。"汤仲翔很赞成，池彩娣还是一副勉强的样子，玛兴干脆挑明了，笑着说："池小姐，你放心吧，我们都是很随便的，没人会介意你的样子，等吃好早饭，咱们让刘妈安排你洗澡更衣，家里的新衣服新鞋子有的是，一会儿就把里里外外、上上下下全换掉，保你更加漂亮呢。"听她这么说，池彩娣才松了一口气，同意一起下楼，她转身端起盘子，汤仲翔见了，替她接过来，示意她走在前面，自己断后，三个一起下楼去了。

第三十二章

伦纳多对池彩娣的亲热态度，玛兴看了不胜讶异，他正喝着茶，听到隆隆的楼梯声，立刻放下杯子，远远迎了过来，也不等介绍，就像老相识般，伸双手去握池彩娣的手，摇了又摇，一连串问好，说感谢的话，汤仲翔插进来说："池小姐，这位是伦纳多先生，我的朋友，这儿的主人。"伦纳多说："管我叫罗约就行，你的情况翔介绍过了，我全知道，所以不用再介绍了，"然后扶着她的胳膊肘带到餐桌，替她拉椅子，请她坐下。汤仲翔将那张盘子放到她面前，伦纳多一见，扭头对着厨房方向说："根发，过来把池小姐的东西收了，给她重新做一份早餐。"池彩娣双手护住没吃完的三明治说："不用不用，这三明治特别好吃，我要吃完它。"根发已经走到身边了，伦纳多对他说："看来你的三明治做得不错，池小姐非吃完不可，那就再加一份鸡蛋香肠薯饼。"说着，挨着池彩娣坐下，替她斟红茶。

玛兴照常坐到她的主人位，心想，罗约今天真反常，平时没心没肺的，不懂招呼人，今天倒是殷勤得过头了，毕竟池小姐并不是什么身份高贵的小姐，翔也不承认是女朋友，罗约这么殷勤，不会事出无因，这当中恐怕还有什么隐情，自己不知道。汤仲翔坐在玛兴右边，对着伦纳多和池彩娣，脸上挂一抹微微的笑意，心里清楚，伦纳多是因为池彩娣帮了他们大忙，才如此热情。玛兴看他那样子，心里有点痒痒，忍不住问："翔，你向罗约介绍了什么情况啊？你可是一句没跟我提过，是不是就瞒着我一个呢？"汤仲翔连忙说："怎么敢瞒你呢，再说也没什么秘密，这么着呗，一会儿我和罗约出去办事，等办好回来，你想知道什么，我通通告诉你，一定知无不言，言无不尽。"

池彩娣的胃口真的好，吃完三明治，再把煎蛋、香肠和薯饼依次都消灭了。早餐结束后，玛兴看着两个男人迈着大步子，匆匆出门，罗约还提着一个陌生的黑色大布兜，鼓鼓囊囊，望过去分外沉重，把他的一只肩都拉得往下斜了。看他们神色，要去办的，绝不会是等闲小事，可一直到昨晚上床前，罗约也没提起过今天有事要办，显见这一切都是池小姐突然出现后，才派生出来的，那个沉甸甸的黑布兜，肯定是池小姐带来的，于是心里头的疑云一层层堆了起来，越堆越厚。她想，趁两个男人不在，一定要和池小姐透彻地聊一聊。

她取出一件崭新的浴衣交给刘妈，让她去准备洗漱用品，带池彩娣去汤仲翔的浴室洗浴，关照说："我去找池小姐穿的衣服，你一会来我房间拿，等她收拾好了，就请她到楼下客厅来坐。"交代完，就回了自己的主人房间。她的衣帽间敞阔无比，带着窗户，跟汤仲翔那间客人房一般大小，伦纳多的衣服只占小小一个角落，其余都是她的行头，自从来到上海，天天逛百货公司，买了又买，根本来不及穿。结婚时，又收到成堆的礼物，总有一大半衣服鞋袜没拆封，许多还在购物袋里，塞在架子上，地板上堆得到处都是。本来应该理智购物的，但一见东西比美国便宜那么多，便理智不下来，冷静时，走进衣帽间，不免会愧疚，但一踏入花花绿绿的商店里头，就不受控制地亢奋起来，事先的告诫，全抛到九霄云外了。这下要给池彩娣找衣服，又一次被自己购物时的任性吓到了。在美国时，自己不会这样的，到了上海，和许多普通的西洋人一般，感觉成了富豪，止不住地膨胀起来，这就是这座城市的腐蚀性，来了都不愿走，情愿被腐蚀，慢慢糜烂在这块地方。可自己在上海恐怕不长久，因为和罗约捆绑在一起了，他要回到蓝天，同日本人作对，不会在这里长久待下去，所以，她的上海梦，注定是短促的。

她见池彩娣身量比自己小，就专门找偏小的衣服，所以一件简单的事，却折腾了半天。女人替自己挑衣服最难，没想替别人挑衣服也一样难。她找好衣服出来，放在西施椅上，等刘妈下来取，然后去到靠落地钢窗的五斗橱，把无线电打开了。昨晚临睡时，无线电调在一个放爵士乐的音乐台，这时将红针旋到美国人的新闻台，听了几句，突然又觉得气闷，就转身打开落地钢窗，呼地一阵风灌进来，把五斗橱上一个相框扫倒了，头发也吹得四散。她扶起相框，是她和罗约在夏威夷海滩的合照，头发被风吹散在空中，和现在一样。当时她在那里度假，罗约也在度假，就萍水相逢了，没什么浪漫的地方，都不指望会长久，结果却丝丝缕缕，从罗约给张学良开飞机的时候，一直绵延到今天，已改成给蒋介石开飞机，不仅没断绝，竟走到了结婚。她顺手抓起橱子上的发箍戴上，把无线电的音量调大，走到大阳台，在一张藤椅坐下，静静听新闻。

这风昨天就起了头，一夜没停，这会儿阳台的马赛克地面上，躺满了落叶。今天风明显急了，吹一阵歇一阵，天幕像泼墨，一团团的浓黑浅黑，随风极速改变着形状。楼下的后院里，园丁顶着阴霾，省去了遮阳的草帽，也省去了脖子上的毛巾，光着花白的寸头，正拿一柄三钉耙子，躬身给一垄紫红的石斛兰松土施肥，上衣后背灌满风，鼓成一个球。这园丁是与隔壁邻居合请的，每天在两家的花园里轮番打理，日暮后回南市的家。他已经做了十几年，院子是他一手雕琢出来的，她搬进来时，就是冲着后院成熟的乔木，香樟啦、银杏啦、广玉兰啦，当然还有桂花，都是上海常见的。院子里没有奇花异草，墙根处隔三岔五种着茶花，开出水红的花朵，园丁说过，这品种叫宫粉。角角落落的地方，一蓬蓬艳黄的三角梅正在怒放。和夹竹桃一样，都不求费心打理，就好比穿着居家便服，宽松舒适最好，台风来了，也经得起摧残。

脑子里在想台风，无线电就讲到台风，风的呼啸越发刺耳，听不清电台声音，她眯着眼，起身回到屋里，把落地窗关严实了。徐家汇天文台预报说，台湾东部洋面形成的台风，目前正朝西北方向移动，预计明天夜里抵达上海，最大风力可达十二级，今天外滩悬挂二号风球。

玛兴不禁想到汤仲翔的船票，台风来了，估计航班是要取消了。门敲了两下，不等她发声，刘妈推门进来了，罗约不在家时，她就没那么讲究了，有时直接就推门而入。玛兴指指西施椅上的衣服说："这些衣服是给池小姐准备的，她收拾好了，就请她到楼下客厅喝茶吧。"刘妈道："哎哟，池小姐吹干了头发，困得不行，又睡着了，我看她是昨夜折腾得太厉害了。"玛兴道："说到昨夜，我正想问你，她是几点钟来的，我怎么一点没听见？"刘妈道："可晚了，我已经睡着了，是给门铃硬生生吵醒的，后来看了钟，都快三点了。"说完，似乎想到什么，人变得呆呆的。

玛兴见她困惑的样子，半天不言语，喊她一声，她才道："我脑子坏掉了，好像记得她没进屋，只是托我把一袋东西和一张照片交给汤少爷，人就走了，可今早醒来后，去汤少爷房间，见她好好的就在屋里，你说我怎么就糊涂成这样了。"玛兴问："她给你的布兜里是什么东西？"刘妈道："我怎么敢看，就知道比米还沉，可摸上去又不是米，不敢耽搁，直接就上楼交给汤少爷了，只是不记得池小姐是跟我一起上楼的，好像她是走了，可今早汤少爷说，她昨夜就在屋里的……对了，刚才老爷和汤少爷又把布袋带出去了。"

玛兴一笑，吃准是刘妈犯了糊涂，她的忘性太大，敲门的事，说了忘，忘了又说，最后都懒得再提了。白天如此，半夜里睡得稀里糊涂，还指望她清楚吗。打发了刘妈，见她拿着衣服出去了，便坐在西施椅上独自出神，心想，罗约回来后，一定要问个水落石出。

下午两点钟敲过，两个男人才回到家，有说有笑的，那个沉甸甸的黑布兜，也不见了踪影，正要往书房里去，被玛兴叫住了，她对伦纳多说："罗约，你到房间里来一下，有事情跟你说。"

今天的事情进展得顺利，在美国律师阿乐满的见证下，签了正式合同，汇了钱，拿了收据，两个男人本来想去书房喝一杯，庆祝一件大事完成。见伦纳多被玛兴截走了，汤仲翔扫一眼客厅，不见池彩娣的影子，估计回房间了，这时想起，她的事情，还等着了结呢，心头又沉重了，低着头拾级上楼，先回自己房间。

池彩娣正在浴室里，听到动静，探出一个头，见是汤仲翔，才出来。她洗过头发，换上了刘妈送来的新衣服，变了一个人。她见汤仲翔盯着自己，觉得他的眼神挑剔，不自在起来，说："是玛兴给的，太高级了，不适合我吧？"

他没接，只点点头，说："你坐吧。"看她在写字椅坐下了，他才一屁股坐到角落的软椅上，掏出烟，叼一支在嘴上，想想又放了回去，仰头在天花板搜寻许久，才坐直身子，直笔笔看着她说："那笔日本人的款子，已经交给国家了，也已经派上了重要用场，这件事情，完全是你的功劳，而且是很大很大的功劳，很多有钱人给国家做的贡献，还不及你一个人。"说到这，他终于露出一点笑意。

她也笑了，笑得灿烂。让她喜悦的，并不是为国家立下功劳，而是终于看到他的好心情了。他又沉默了，最后问："那么，你接下来是什么打算呢？"

她道："汤先生，我没别的打算，只想求你去看看我们的……我的女儿。"

"非看不可吗？"

她微微瞥他，并没看到愠色，就双掌合在胸前，朝他连连摆动，怕他不答应。他问什么时候合适。她说现在正是时候，因为每天下午三点半后，保姆会带孩子到公共花园玩。

他站起身道："那走吧。"他的干脆，出乎她预料，其实，他只是想尽快将事情了结掉而已。

走过客厅时，正巧电话响，接起一听，是法国轮船公司打来的，找的也正巧是他。对方是通知他，受台风影响，他的班轮取消了，何时恢复，请等待电话通知，也请每天查看各大报纸的轮船信息版。

开车去花园公寓，瞬间就到了。他顺静安寺路朝西开，向南拐入西摩路，再掉个头，把车停在路东。路边栅栏里是一片草地，一群孩子在玩，有些踢球，有些跳绳，有些踢毽子，有些追来逐去。几个穿上白下黑中式衣服的用人在一旁谈天说地，眼角留着神。池彩娣压低声音道："你看，你看，那个穿黄色连衣裙的……看见吗，就是在踢毽子的那个。"她太激动，有些上气不接下气。

小女孩扎根小辫在脑后，黄裙子很短，裙子里是白色紧身长裤，脚上是双小小的白色胶底鞋。她在绿草上跳跃，小辫在脑后跟着跳跃。她把毽子从前面踢到后面，从后面踢到前面，再从前面踢到左侧，再从左侧踢到右侧。两条腿左右开弓，忽前忽后，拧来扭去，还不停前后拍手。那只毽子好似黏在她身上。

汤仲翔看得呆了，忘了说话。一边看她的动作，一边在心里模仿，换上是自己在踢，做出来的每个动作，正好是和她的动作重叠的。若单说五官长相和自己像，总能找理由解释，这世界长相近似的情况多了去了，但看她的动作身段，实在全是自己的影子。他看着看着，突然意识到池彩娣在看自己，回过头去。看到池彩娣眼里有泪水，才意识自己眼睛也湿了。"我没骗你，"她说，"就是你的。"

他没反应，实在是因为不知该说什么。原先的怀疑一扫而空了，骨肉之情来得突然，震撼太甚了。

他们过于专注小女孩的一举一动，就没有留意周边的其他人和事。其实，高剑霞布置的肥猫和同事在附近已守候多时了。他们一直留意过往的单身女性，没料到池彩娣会乘一辆高级轿车过来，起初没太注意，只是因为车子停得久了，才随便朝车里看看。这一看，发现车里的乘客，居然就是久等不来的池彩娣。

这一变化，是肥猫和他同事始料未及的，只道池彩娣会只身前来，没料到半路杀出一个男同伙来。回去报告讨援兵吧，这好不容易出现的良机，只恐会稍纵即逝。肥猫想，之前让池彩娣翻窗逃走，已酿下一错，这次再让她逃走，就是再错了，高剑霞那头，绝不会轻饶的。两人脑袋一凑，咕噜一阵，决计强行实施逮捕，于是一左一右，拔枪在手，另一手亮出派司，冲到车窗旁大吼道："不许动，巡捕。"

池彩娣见是肥猫，却不紧张，找到了汤仲翔，世上的一切都无所畏惧了。汤仲翔见了巡捕，并不知是在守候池彩娣，还以为自己的事情败露了，一时搜肠刮肚，想不出是哪里出了漏子。他迫不及待要回到蓝天，怎肯在上海坐班房，第一反应，是绝不肯束手就擒，于是朝池彩娣使了个眼色。她看了，明白他要动武，微微点头，这一瞬间，他发现两人之间居然存着天然的默契。

他端坐不动，举起了双手。池彩娣见了，也学他的样子。两名探员见他们举着双手，却端坐着不下车，示意他们下来。汤仲翔便放下双手，慢慢推开车门，一只脚先踏到地面。他的动作极慢，站在他车门外的肥猫，以为他会一直这么慢下去，不料他突然间发力，把车门撞向肥猫，一下将他撞飞两丈开外，后脑勺撞在路面，发出椰子落地似的一声闷响。池彩娣那边的探员见状大惊，还不等他有所反应，池彩娣早就如法炮制，车门飞旋出去。那探员站的位置不巧，车门的尖角正打在他太阳穴，身体往旁边一滚，还没着地，已经失去知觉了。

汤仲翔跳回车上，发动了引擎，池彩娣也一跃而入，没等她坐稳，车子已蹿了出去。他在西摩路上掉个头，朝南面法租界方向去，转瞬间，回到白赛仲路，却不敢回伦纳多家，在离家百米处停下。经历了刚才的惊险，他神经末梢上的每根绒毛都竖起了，不敢贸然回去，怕再次撞入别人圈套。车停了，熄了火，四处打量一圈，不见有什么异常，马路上只是多了两辆卡车，喷着"四海搬家公司"几个大字，一群搬运工肩扛手提，正往下卸东西。"八一三"之后，苏州河以北的居民，还有江浙的难民，一批批涌进租界，搬家是上海最常见的景象，似乎每个路口、每个时辰，都能看到搬家卡车的影子。

风越发紧了，树木吹弯了腰，呼啸声中，满地枯叶乱滚，两个藤筐被刮落马路上，搬运工在后面追着跑。汤仲翔又扫了眼四周，才深吸了几口气，转脸对池彩娣说："怎么会有巡捕抓我的，再说了，他们怎么知道我会去那儿？都是临时才决定的。"

"你好凶啊，"她看他的样子，心悬了起来，"他们是等着抓我的，又不是你，刚才那个巡捕就是昨晚关我的那个。囡囡住在花园公寓里，最先还是高警长告诉我的，他料到我会去的，才派人等在那儿……可我怎么没想到呢，是我不好。"他这才松弛下来，道："别这么说，我没怪你。"

他刚才语气急，自己听出来了，其实不是冲着她，只是不知该怎么对待这小女孩，更不知该如何对待池彩娣，因为欠她太多了。千真万确，自己确实有一个女儿，再怎么抵赖也徒然，而池彩娣也千真万确是女儿的母亲。这一切，与过往的生活太不搭调了，一时没了主意，像钻进无尽云海里，手头偏偏没带罗盘。还好每次危机，总能冷静下来，心里暗忖，手头的事，需要优先解决掉，两个巡捕醒来后，就会通知所有同事，满世界找自己，车牌估计早给记下了，所以，这辆车不能开了。他的手指在方向盘上飞快地弹跳，眼睛眯了起来。最后，侧过脸对她说："池小姐，人也看过了，接下来呢？"

"看到吗，我说的全是真的，不是编出来骗你的。"

"你没骗我，可她已经是别人的孩子了。"

"可她是我女儿。我根本没答应让人领养，是他们强制的，我就是不愿意。"她的眼泪又在眼眶里转开了。他不忍看她的样子，把视线移开了。眼前搬家的场景进一步展开，家私在人行道上摆了一地，行人只能走到马路上，把狭窄的派克路挤得越发阻塞了。他说："你说得或许没错，可生米已经煮成熟饭了。"

她说："我不管，我一定要把她抢回来。"

"这是犯重罪的，拐带儿童。"

"我不管，你帮帮我吧。"她哀求。

他说："要我帮你的话，得答应一个条件。"

"你说。"她迫不及待道。

"这几天，你要躲在房子里，一步都不能离开，也不能和外界联系。要保证一个人都不许找，不许打电话，不许写信，不许带口信给别人。要是违反了，就别怪我不帮你了。"

她拼命点头，接着就破涕为笑了。

"万一有不相干的人问起来，你就是我太太，我就是你先生。其他的，一概不能说。"

她说："那你答应我了？"

他发动了车子，一边说："这种事情是要从长计议的，先回屋里再说吧。"一边把车子开进了车道。

第三十三章

那天早上，戴杏文从汇中饭店打来电话，说要和汤仲翔碰头，谈结婚的事，让戴幼琳一起去。她倒是满心愿意的，只因前一天无端呛了汤仲翔一顿，想想后悔了，存心弥补一下，奈何却脱不了身，因为她的上司岛津龙芥一分钟前刚刚来过内部电话，请她上楼去，有事情商谈。她只好吩咐一个中国工友去买了零食，送到汇中饭店给汤仲翔，但愿他能明白自己心迹。

岛津龙芥的办公室在三楼，门上的木牌写着"第二课课长室"。她敲敲门，里头人用中国话说："请进来。"

对着门的墙上是一幅裕仁天皇画像，身着大元帅制服。房间不大，右手靠墙是一排木质书柜，满满当当的，中文书多过日文书。左手沿窗的一面，摆张办公桌，和窗子呈九十度。桌子后面坐着一个穿衬衣的男人，正在研墨。她记忆里，课长岛津中佐似乎从来没穿过制服。他身后是个矮柜，摆在裕仁画像下。矮柜上的收音机在播新闻，是他最常听的日本 XQHA 电台。

见她进来，他抬起脸来。西晒的光线透过竹帘子，从右侧照到他的脸，一半亮，一半暗。戴幼琳有轻度近视，看稍远些的人和东西，边角都是模糊的，但很真切地捕捉到他脸上的笑意。他的高兴是由衷的。

"课长，找我有事吗？"她嘴里问着，眼神在他办公桌上随意扫过，见桌上如前两次一样，放着《苏南农村实况调查资料概况》《华北农业特征》和一本横光利一的《上海》，但多了一份陌生的文件，用一个照片框压着。虽然颠倒了方向，也看清了标题是《适应时局的对中国谋略》。她这份工作，接触最多的日语词汇恐怕就是这"谋略"两字了。译成中文的话，谋略的意思就不再是"谋略"了，指的是"情报工作"。他手头在写的，估计是对这份文件的策应。

岛津点点头，指指桌子前面的空椅子。她把裙子一拢，坐了下来，和他成了面对面。天花板上一盏吊扇缓缓转着，影子在文件柜上有节奏地划过。窗框上系挂的风铃，被微风搅动，丁零、丁零地轻响着。窗台上是一盆豆科植物，叶子好像刚擦过，亮得如喷了漆。窗外是上海的北四川路，竹帘隔不住车水马龙的噪声，这条马路是日本化了，从竹帘缝隙望出去，满街日本商店的红灯笼店招"杂烩烧酒""年糕汤""寿司"等等，迎风摇晃着。名义上，它还是公共租界D区，归工部局警务处管治，而实际的控制，已全部落在驻沪的日军手里了，驻沪的日本机构，大都设在这个区域，包括这个中国派遣军司令部特务部。

"幼琳小姐，上午的工作顺利吗？"他泛泛地问，她回答说很顺利。她今天的任务，是将日本对俄国叛逃将领留西科夫的反应泄露给苏联方面。日方让她泄露的是假情报，而她却将真情报泄露了。反过来又将苏联的假情报，传递给日方，而日方则以为是真情报。最后她说："明天我会把报告交到您手上的。"

谈完了工作，岛津看看表，殷切地问："那么，幼琳小姐，今天下班后，可以赏光和我一起吃个饭吗？"他问的时候，磨墨的手一直没停，似乎一停，就会被她拒绝。她没马上应承，视线被他的动作吸引了，他手里的墨棒在砚台上顺时针画着圆圈，和所有中国人是一样的。她见过其他日本人研墨，都是上下擦动的，他们洗脸时也一样，用毛巾在脸上擦动，直上直下。

见她不响，他补充道："我只是想再请教一些京戏上的问题而已。"他今年刚三十二岁，头发密，手指都难插进，梳个大背头，鼓得很高。浅褐脸色，厚重的单眼皮，粗黑的眉毛，鼻梁隆起。嘴唇厚薄适中，微笑时，右上唇会向上扯起，露出两颗牙，使他的笑总带点尴尬，或者不确定，似乎笑完会后悔。他面前放一沓朵云轩的宣纸信笺，写好的十几页纸翻铺在一边。他能写一手俊秀的蝇头小楷，写文件时，不管日文中文，是从来不用钢笔的。

让他期待够了，她才露出笑道："去就去吧。可是课长这么忙的人，真这么迷京戏？

他放下手里的墨，抓过一团废宣纸擦手，唇角扯起，两颗牙又探了出来："啊……当然不仅仅是……"

她等着他说下去，伸手拨开额前的头发。他的视线跟随着那只手，半透明的，羊脂白，关节处有一个个小小的肉窝。她朝他一笑，眼光一转，装作刚发现桌上那份文件的样子道："哎，这好像是份新文件么，叫什么来着……《适应时局的对中国谋略》。"伸手去拿。还没触到，手已被他半路截住了，他贪馋地把她的手包在自己的手心里，轻轻捏弄着。大热天里，她的手却沁凉润爽，好似蒙了一层极薄的蜡。她见右手沦陷了，就改用左手，挪开文件上的相框，抓过那份文件。

"是军部的一份建议，内阁五相会议刚刚通过的。"他嘴里漫应着，注意力只在她身上。这文件虽不在戴幼琳的工作范围，但让她翻翻，有什么大不了的，毕竟是从满铁研究所上海事务所借调到特务部的，都是情报系统里的人，何况，他们已经那么熟了。

她的短发密而滑，没有丝毫黏性，头一垂下来，呼啦一下全落到面前，仿佛一道黑帘，把脸遮了个严实。岛津想看她的表情，却看不到了，就全神玩那只手，把手指一根根拉过。

她固执地抓过了文件，却看得漫不经心，扫了没几眼，一页就翻过去了，又扫了几眼，第二页翻过去了。五页的文件，一会儿扫完了。她仰起脸，把头发甩到后头，望着他。她的脸很净，没有脂粉，连口红也没有。

"使蒋介石垮台？"她突然问。

"啥？"他有些猝不及防。

她抽回手。他抓空了，顿时一阵失落。要是能永远握着那双玉手，那该多美，他心里暗暗祈愿，可是，只要有花子在，这恐怕只是痴心梦想吧。和妻子离婚，丢开子女，同一个中国女人结婚，在上海的日本人社区是不可思议的，不仅要遭所有人的唾弃，连工作都不保。他的脸盖上了阴云。

她指着文件道："这里面说，要'采取推翻中国现中央政府、并使蒋介石垮台的方针'。"

"噢，这个！大概是军部有点发急了。"他恍惚地说。

"可是，现在的中国，和几年前不同了，没人想推翻他，也没人敢这么做了，军部不明白这么浅显的道理吗？"

他踌躇该不该继续说。戴幼琳的眸子清可及底，甚至和一汪水底下的黑卵石一样，没有欲求。对着这种眼神还要防范的话，自己都会嫌自己不干净，所以还是说了："当然不是等他自动垮掉……你明白了吗？"

她读到了他眼里的意思，"你是说，军部是想从肉体上消灭蒋介石？"

"这只是我的猜测嘛，"他说，"如果你是军部的负责人，你会怎么想呢？中国战场目前这种胶着状态，都是因为蒋的不合作态度。上个月的张鼓峰事件……"

她竖起耳朵。

"……军部是被迫向苏联求和的。武汉会战刚刚打响，要全力对付蒋介石，就不可能扩大与苏联的冲突。如果一不做，二不休，干脆除掉蒋本人，随便换上谁，中国的所有问题，都可以迎刃而解了，皇军就可以脱出身来，全力应对苏联了，张鼓峰事件的结局，也不至于如此屈辱，我猜军部一定是这种思路。"

她下意识伸出右手，见上面有淡淡墨渍，是被岛津捏弄时沾染上的，他的手没擦干净。她愣了片刻，甩甩头发说："好宏伟的目标啊……好吧，不管它了，还是说说晚上的事吧，吃饭，还有京戏。"意味深长地看他一眼。

他当然还有更多的期待。对她的身体是痴迷已久了，奈何她把持很严，一直没机会。而自己囿于身份，兼之是已婚的，当然不可用强，只好饱受着煎熬。好不容易在一个多月前找到机会，终于让她醉倒，才得到了她。自那后，又没法染手了，也许今晚……其实，对岛津龙芥而言，对戴幼琳的期待远不止一夕之欢那么简单。但有些期待是注定破灭的。所以也只有抓取片刻，不求恒久了。他辩解说："我还真是想谈谈京戏的，最近不是在琢磨中国人的国民性么，自从跟幼琳小姐看起了京戏，发现中国人的国民性全浓缩里头了。你瞧啊，那忠孝节义，正邪对错，是敌是友，戏里头都界定得一清二楚。就说咱上回看的《四郎探母》吧，跟现在的时局，咋就那么像呢。仔细咂吧咂吧杨四郎的心思，对处理中日的民族关系，还真有好多可以借鉴的。所以，真的值得多看，多研究啊。"

跟岛津说话，很容易忘了他是日本人。他那中国话带点碴子味，语气、神态、表情都是彻头彻尾的东北土著。她扬起眉道："还至于去研究吗，课长是东北土生土长的啊，对中国的了解，恨不得比我都透彻呢。"

他的手在脸旁拂了几下，先纠正她嘴里的"东北"道："现在是'满洲国'了……说到我的中国话嘛，自己也一直自负的。但现在知道了，这是远远不够的。有些地方我还是会犯日本式的错误，说明我对中国人的了解还是肤浅的。也许小时候不该读满铁的日本居留民学校，应该读中国人的铁路学校……中国人是变幻无穷的，自古以来都要处理好忠孝节义的关系，其实这四个概念是没法两全的，只有中国人能把它们捏到一块儿，这些在京戏里都有。"

她说："就算这样，我和课长一起时，也常常会产生错觉的，觉得你是一个会讲日本话的中国人。"

这话让岛津很是开心，右嘴角朝上扯了起来，颧骨的地方泛起一层暗红，有那种受不住赞扬的纯真："因为我们从小归中国保姆带，自然就养成了中国习惯了。"

"你家也用保姆吗，我看在上海的日本主妇好像都不爱用保姆的？"

"是的，在日本国内肯定都不用的。到了中国后，有些人就用上了。我们是按中国习惯长大的。日本人不在乎吃冷饭，我和我哥就不行，我们只喜欢吃热饭，和中国人一样。日本人做菜很少放油，吃不得油腻的东西，我们没事儿啊，从小吃中国饭，再大的油照吃不误，什么东西都淋上麻油才好吃呢。日本人早上起来都用凉水洗脸，我们就不行，我们非得用热水洗脸不可。最神奇的是什么你知道吗？在上海的日本人都会得阿米巴痢疾，中国人就不会。我也从来没得过，在外头怎么乱吃都没事儿，和中国人是一模一样的，所以经常忘了自己是日本人。"

又聊了一会儿，她站起身告辞，才留意到桌上新出现的相框。照片上是两个一模一样的男孩，穿着日本学生制服，依稀看得到岛津现在的影子。

"怎么想起摆照片啦，是你们两个双胞胎兄弟吗，哪个是你？"她问。

他道："左边那个……花子这两天整理东西，整出一堆旧照片。我觉得这张挺有意思，就摆出来了。不知怎么回事儿，这两天老梦见我哥哥，奇怪。"

"你哥哥在哪里？"

"他不固定的。朝鲜待过，'满洲国'待过，天津、北京都待过，最近应该在东京的参谋本部。"

"你哥哥的中国话和你一样好吗？"

"一样。什么都一样，我妈都分不清哪个是哪个。"

她若有所思点点头，突然道："课长，咱们只是边吃饭便聊京戏吗？空谈理论有什么意思。"她站起身，突然提起气，好似换了一个人，刹那间，已摆出一个打渔杀家中的身段。她身上衣裙剪裁得极贴身，勾出来的曲线，让他很着迷。他的视线跟着她的腿，粘在她玲珑的足踝上，拔不下来。她在窄小的办公室脚踩莲步，走了一个8字，回身一个亮相，用京腔的念白道："公子，还不如随奴家看戏去。"

他拍手大笑道："好，好，好，太好了，咱们吃完饭就看戏去。"在他的脑子里，自己已经在把玩那足踝的曲线了，不禁一个寒战。很遗憾地想，花子怎么没有长出这么漂亮的一双腿呢。

戴幼琳走到门口时，回过头来，正遇上他的眼神，问："课长，你在看什么呀？"

他一时迷眩，脱口问："如果我和花子离婚了，幼琳小姐愿意嫁给我吗？"

她面不改色道："等课长离婚了，自然就知道了。"

说完一笑，带上门出去了。屋里只留下她身上的淡香，和风铃的丁零声。

他那憧憬的笑还挂在嘴角，渐渐变成苦涩。呆呆望着竹帘缝外的熙攘街景，却什么也没看见。许久，才低下头去，抓起一支毛笔，写下一行熟悉的俳句：

"她，是不是一个住在风铃声中的女人。"

第三十四章

岛津龙芥与戴幼琳的约会事到临头，却生变了。五点不到时，他打电话把她叫上去，说临时生出了事情，约会只好改期了，听语气是极不情愿的。他没说是什么事，戴幼琳自然不好追问，但能迫使他放弃这种约会的，不会是家庭琐事，总是与"帝国"的事业有关的。他的办公室还是一贯的样子，只是那份新文件不见了踪迹，戴幼琳估计他收起来了。桌上有墨迹刚干的字纸，上面的字迹，与一旁赵松雪写的《登黄鹤楼》原迹竟看不出丝毫分别。半年的接触，她知道了他的习惯，一有心思，就会拿本帖子练字，一边挥毫，一边编织自己的思绪。果然他说："今晚的事情真的很重要，否则，约好的活动也不会临时取消，放幼琳小姐的鸽子。实在很不好意思。"

她说："这倒不要紧，刚才我大姨来电话，说我表姐在分娩，昨天开始生，到今天还没下来，就怕有什么意外。让我下班过去陪。我表姐小时和我最要好了，这是她的头胎，结婚四年才怀上的，一家人高兴得什么似的。现在这样子，大家都有点怕了，本来打算晚点才去，既然课长这头有事，我干脆一下班就过去了。"

他似乎松了一口气："那就太好了。你表姐住哪儿？"

她顿了顿，不知他是关心她的事，还是怀疑她的话，道："她家在吕班路的万宜坊 64 号，离日本海军俱乐部不远。"

他点点头，没开口。收音机这次是调在租界里一个亲中国政府的电台上。上海有四十多家无线电台，他每天都轮番听一遍，从电波里披沥信息。播音员正念道："……现在播送武汉前线发来之最新战况。昨日，敌军已突破我第二十三集团军左翼兵团第一四六师正面防线，从贵池上游登陆。陈万仞兵团长正调集主力，全力肃清登陆之敌。反击中，我军一部突入敌阵，敌即施放催泪性及窒息性毒气，我突入敌阵之全部官兵均牺牲，我军被毒气阻于阵地外……"

她脸色不觉阴了下来，他见状，起身把无线电调回到 XQHA 日本台。虽然她在为中日和平运动工作，但毕竟是中国人，听到同胞死于日军的枪炮，谁还能泰然自若呢，这点，以他生于斯、长于斯的经历，是感同身受的。他突然领悟到，她的情绪变化，过去总以为是女性的不可捉摸，恐怕还是和时局息息相关的，顺手倒了一玻璃杯的水给她。这举动在日本男人里头很不寻常，若不是生在中国，又长期在上海，是绝对做不出的。他想，如果她朝自己发作，即便是骂日本，骂天皇，也由她去好了，这世界谁没有气呢，何况是国土遭人蹂躏的中国人。

日本台的调子听上去明朗多了，正在用日语采访从东京参谋本部来访的矢口大佐，谈论的是中国儿童问题。

这些都没进戴幼琳的耳朵。日本的宣传听得太多后，已经麻木了。她只是在想岛津说的"重要事情"，不知会是什么，有些心动，一转念还是按捺住了好奇。要是时时刻刻都对情报显出如饥似渴的样子，别人不起疑心都难。她说："那我先告辞了。"他看看挂钟道："离卜班也不远了，干脆等下班后我先送你过去？"

让他送的话，固然可以多套点话，但还是欲擒故纵好一点。她道："不必了，我还要先回家呢，吃了晚饭，换身平时衣服再过去。他们一家忙得四脚朝天，没人做饭的。再说，我也不能空手去，还得准备点东西啊。"

龙芥临时生出的事情，也是要去见一个人。下班后，他按约到了北四川路一家普普通通的居酒屋和那人碰头，吃了一顿普普通通的晚饭。饭菜虽普通，却吃了近两个小时，因为讨论的内容确实重要，出乎他的预料。

对方是海量，他也陪着灌下不知多少杯清酒。分手后，本想就回家了，但温热的酒精在肚子里发威，思考这谈话内容，人变得极度躁郁，在大街上胡乱走了半小时，不见半点平复，想来想去，还是要找戴幼琳聊聊才行。于是毅然决然，折回办公楼，开车上路了。戴幼琳说的地方，离吕班路上的日本海军俱乐部不远，所以路很熟悉。

那是条宽敞的弄堂。他把车停在一进弄堂处，找到 64 号前门，见前门只是虚掩着，里头一片嘈杂，就推门而入了。门内是个小小天井，上两级台阶是扇落地钢框玻璃门，也虚掩着，透过玻璃，见客堂间很多人进进出出，全是妇女，估计是既有婆家方面的，也有娘家方面的，从五六岁的小女孩，到六十几岁的老太太，都风风火火，小的撒开腿奔跑，老的用小碎步走路。从衣着分辨，既有主人客人，也有帮佣下人，个个脸上都挂着要事临头的表情。这一刻，似乎是所有妇女共同的重要日子。

他在客堂中央站了片刻，看到几个妇女在角落支起了一张麻将桌，看来准备打持久战了。大家在他身边来来去去，也没人招呼他，他想，这些人大概都不是这家里的。最后，还是一个娘姨模样的中年妇女停下来问他："先生，您是舒盈娘家的？"

他想，舒盈大概就是戴幼琳的表姐了。"我是来找幼琳小姐的。"他微笑说。日本人里头，他是最占便宜的，因为跑到哪里，大家都当他是中国人。

"啊，幼琳小姐的朋友啊，我去叫她……你贵姓？"

"免贵姓殷。"

"殷先生，您沙发上先稍坐，我马上去叫她。"刚要上去，电话响了，于是急急接起电话，说了长长一通，不断跺脚，拍大腿，所有人都在着急。他耐着性子在沙发上坐等着，电话终于讲完了，娘姨上楼去。过不多久，一阵楼梯响之后，戴幼琳随用人进了客堂间。她一脸的疑惑，及至见了是他，才松了口气。她对那桌正在洗牌的妇女道："你们今晚不回啦？"一个烫头发的胖女人道："看样子宵禁前也没戏，不如就打通宵了……她睡了吗？"戴幼琳道："睡了倒好了，还在陪着说话呢。"那妇女摇头道："哎呀，这么说下去，更没力气生了。现在的年轻人真是没用，哪像我们那时候，挺一挺就出来了。"大家一阵笑。岛津注意到，戴幼琳并没换衣服，还是上班那套，只是加了一副袖套。她说："没时间回家了，就直接过来了……你怎么来了？"

他只是笑笑，见大家在看自己，说："没什么事儿，过来看看。"她知道他不便说得太清楚，点点头道："跟我来吧。"

她带他经过挤满人的厨房，走了一截楼梯，到了二楼亭子间，正好在厨房上面，朝北朝西各开一扇小窗，能听到下面传来的说话声。亭子间里放张单人床，一张书桌，一把椅子，一个衣柜。单人床上方的墙上装着吊柜。床单被褥都是粉色的，还放着一只洋娃娃，一望而知是个小女孩的房间。他不便坐到女孩的床上，就在屋里唯一的椅子上坐了下来。她关上门，一屁股坐到床上，房间小，两人斜对角坐，近得伸手能碰到。她见他还在打量四周，就说："这是舒盈小姑的房间，她刚念初中……你什么时候变成'殷先生'了？"

"带我们的保姆叫殷大嫂，所以，我们想变成中国人的时候，就说自己姓殷。从小这么说，习惯了。"

"怪不得，我还在莫名其妙呢……今天来的人可多了，表姐的很多亲戚、朋友都来看她了。你看下面这么多人，三楼还坐了一床的人呢，摸手的摸手，摸头发的摸头发，陪她说话，陪她哭。真是太作孽了，生了两天了，还没下来，人都脱形了，这时候最想别人的安慰了。我要不来的话，她会恨死我的……"

"医生说还有多久能生？"

"你来之前医生刚走，说大概还有三个小时。不过那几个生过孩子的女人都说，恐怕下半夜都难说。你听着好了，一会儿楼上要是一起欢呼的话，就是生了。"

他没再说什么，似乎陷入沉思。她问："找我什么事情，课长？"

他一挥手："不用叫我课长，又不在特务部里。"说完又陷入沉思。她想起连茶水都没招待他，起身去楼下厨房，过了一会儿，端了两杯白茶上来。见他的姿势一点没动过，就把一杯茶放到他面前。他这才突然回过神来。

"今井武夫来找过我了。"他说，表情绷得很紧。

她没吭声，知道不必问，他自己会说的。

他果然继续道："他说，我哥哥失踪了。怪不得这两天一直梦见他。"他好像刚刚注意到那杯茶，端起来，几口喝干了。"他说哥哥是执行一项绝密任务时失踪的。"

她想起他办公桌上的照片，问："就是你那个孪生哥哥吗？"

他点点头。

她想，如果他哥哥站在自己面前，会是什么感觉呢？终于问："什么绝密任务？"岛津既然主动找自己倾诉，就不会对自己保密。

"今井说他也不知道，是本间部长亲自过问的，只知道任务的代号是'上田工作'。"

戴幼琳知道，"本间部长"是指参谋本部第二部的部长本间雅晴，今井武夫的直接上司，厉害的角色，不喜欢按常理出牌。今井是个慎言慎行的人，他能露出这种口风，说明行动已经有了眉目。可是，这"上田工作"的具体内容到底是什么呢？

岛津又说："这任务的内容今井不说，我是不可能知道的，更不用说你们满铁系统了。他们第二部的绝密行动，从来是不见诸文字的，所以不可能在派遣军司令部的资料室里找到。而且，首相那边也一定会瞒着，所以，首相府那头的关系，也帮不上什么忙。"

"既然是绝密任务，一点都不能透露，干吗还要告诉你，就因为是你哥哥？"

"他希望由我来调查失踪这件事。事情发生在租界里，日本当局不能公开出面，只能暗地里进行。我是弟弟，正好在上海，又可以随时化身中国人，所以是最合适的。"

戴幼琳一愣："你哥是在上海失踪的？"

他点点头："是的。他已知的最后活动地点，是法租界的金凤记娱乐总会，"摇摇头，"离得这么近，也没机会见一面。"

"你哥哥是执行绝密任务的，怎么会跑到赌场去的？"

"今井也不知道为什么。连我哥哥去金凤记的事，也完全是偶然中知道的。今井说，为了降低泄密的概率，哥哥是独立行动的，只是定期给今井打个电话，用暗语报个平安。失去联系后，今井没有办法，只好先通过我们在工部局总巡捕房和法租界巡捕房的内线，查阅两家的警务活动记录，看看有没有线索。没承想一查，真给查到了。"他停下来，见戴幼琳身子前倾，认真在听，就继续道："七天前，一个叫殷钰宁的中国人曾在巨籁达路遭到袭击，幸好被执勤的安南巡捕解救，没有受到严重伤害，随后便被送回金凤记。"

"殷钰宁？"

他点点头："就是我哥，是他的中文名。我的名字叫殷钰歆……通过这个记录，今井才确定，哥哥最后的活动地点，就是在那家赌场。"

戴幼琳想了想，觉得有些不对："你哥哥执行这么重要的任务，应该很谨慎才对，怎么就给人袭击了呢？不会有这么巧的事儿吧？"

"应该不是纯粹的巧合。根据警方记录，殷钰宁之所以遭到伏击，是因为随身携带的一只密码箱，歹徒希望夺取那只密码箱未果。记录里说，当事人拒绝透露箱子里的内容，警方只能推测密码箱里可能藏有'高价值'的内容。"

说到这儿，岛津停了下来，等着戴幼琳问他。于是她问道："是什么'高价值'内容？"

"今井告诉我，哥哥的密码箱里装有二十五万美元，用来执行本间部长亲自交代的任务。"

"二十五万？美元？"她吸了一口气，"那么大一笔数目，可以开不小的银行了……不会是让他开银行吧。"

"当然不可能，可你说还能是什么特殊任务？总不会是让他去赌场替参谋本部赢钱吧？"他露出一丝微笑，右嘴角吊了起来。

她想了想，认真道："肯定是要收买什么人吧！"

"我逼问了，今井说他确实不知道，但我也猜到这可能了。如果真是这样的话，应该是个很大很大的大人物了。"

戴幼琳点点头。这猜测是很合逻辑的。日方正急切地争取有声望的中国人下水，来担任各地傀儡政府的首脑。像吴佩孚、已经被暗杀的唐绍仪等都曾是被努力争取的目标。

岛津龙芥继续道："可如今的问题是，他连人带钱一起消失了。虽然今井没对他的诚信表示半丝怀疑，但案子这么悬着的话，总有人会说三道四的。"

"你的感觉呢？你哥会是携款潜逃的人吗？"

"我哥和我是百分百一样的人，我是死也不会做这种事情的，他怎么会。"

戴幼琳瞪着他，没再说话。两人对视一会儿，他说："我知道你在想什么，他这回恐怕凶多吉少。"

她说："既然有人抢过他，说明他要么是漏财了，要么是泄密了。一种可能呢，是蓝衣社的人劫走了他。另一种可能呢，是赌场方面做了什么手脚。他们都是青帮的人，见财起意，杀人销赃，都是老吃老做的。"

"我想过了，蓝衣社都是搞暗杀的，主要杀参与和平运动的中国人，抓人和劫财的事，没听说过，所以第二种可能恐怕更大，"岛津掏出一张金石寒的照片递给戴幼琳，"这是金凤记的老板金石寒，今井认为，他的疑点最多，调查一定要从他着手。但他是沪上闻人，势力盘根错节，我们要统治上海，不得不倚仗这种人，轻易也得罪不起。我脑子很乱，不知道该怎么入手，所以非找你商量不可。"

"那你不是泄密了么。"

"幼琳小姐，在你面前，我是没有秘密的。"他真诚道。

戴幼琳心里一动。装着认真看照片，掩饰心里的交锋。门"嘭"的一声被推开了，一个十二三岁的女孩冲了进来。"幼琳姐姐，我拿作业本。"她梳了两根垂到肩膀的辫子，辫梢上系着蝴蝶结。孩子眼尖，瞥到戴幼琳手里的照片，嚷嚷道："这是金石寒。"戴幼琳道："你怎么认识的？"女孩道："《新闻报》上老有他的照片的。"门一开，楼上楼下的嘈杂都灌了进来。产妇一声一声的惨号，听得清清楚楚。戴幼琳问："舒盈姐姐怎么样了，快了吗？"女孩道："她们说快了。我不敢再上去看了，她脸色好可怕。"她在桌上挑了几本课本和作业本、铅笔，刚要出去，岛津突然问："小妹妹，你觉得金石寒是好人吗？"小女孩这才正眼看他，羞怯一笑道："当然是好人啦，他是慈善家。"说完，嘭嘭嘭跑了出去。

等戴幼琳关好门，岛津才说："金石寒已经把法租界的方方面面、上上下下全买通了。哥哥失踪后，今井通过我们的人去法租界警方查询过，并没有金凤记的报案记录，自然就不可能作侦破，所以，别想从法国人那里得到什么帮助。"

戴幼琳没吭声，还在遐思，既然叫"上田工作"，必然是有工作对象的，这"上田"到底会是谁的代号呢？

"幼琳小姐……"

"嗯？"她抬起头。

"你是怎么想的？"

"还记得前几天你在看的那份报告吗，《适应时局的对中国谋略》，会不会和那有关系？"

他的眉头拧了起来，仰头望着吊柜，迟迟不语。最后自言自语道："……

采取推翻中国现中央政府，并使蒋介石垮台的方针……二十五万美元……你是说，这钱是为了用来使蒋介石垮台？"

"不知道啊，在问你呢。"

岛津又沉思了许久，才说："从今井的话来看，参谋本部确实对当前的局势非常不耐烦。以徐州作战来说，我国已经是相当勉强了。现在开始了汉口作战，就更加勉强了，要筹集足够的兵力都困难，再加上还有苏联的问题。徐州作战前，因为是估计苏、'满'国境线上会比较平稳，才终于决定作战的，但无法保证苏联始终保持沉默。目前的国际形势对我国是不利的。苏联在远东地区的军事力量是日本的五至十倍，苏联如果参战，日本将不堪一击。所以，必须在苏联插手之前，解决中国问题，结束军事行动。但是，外务省和满铁主导的'和平工作'，进展实在是过于缓慢，本间雅晴部长不得不另想办法，以便快速解决中国问题。不过，他会另想什么办法，谁也不知道。"

"会不会拿二十五万美元买凶杀人，消灭蒋介石？"

"如果本间部长真让我哥拿二十五万美元，去买凶谋杀蒋介石，我也不会觉得意外。跟你说句实话吧。其实我最担心的，倒不是哥哥的安危，而是他的名誉。我们处在这样的时代，总是做好了死的准备，最怕的是哥哥被重庆方面的人抓捕，受不住严刑拷打，泄露我国的机密。所以，就算证明哥哥是被金石寒的人谋害，也总比他被蓝衣社抓捕要好一百倍。这件事，还希望你能帮我。"

她点点头，正中下怀。刚要说什么，突然听到楼上传来的婴儿啼哭。"你听。"她兴奋道。

戴幼琳扭身要出去。岛津一把抓住她的手。她见他眼里带着乞求。

"幼琳小姐，今晚我不想回家了，你陪陪我吧。"

她重新坐回床上。换上在和平年代，比如自己父亲年轻的时代，让她嫁给一个日本人，不会是问题，但今时今日，与他的关系已经突破禁忌了，再进一步，是不可想象的。

她突然说："岛津课长，还没跟你汇报呢，我要结婚了。"说这话时，眼前浮现出汤仲翔的脸。

他松开手，先是愕然，继而颓然。他不敢向她承诺婚姻，自然就不敢阻止她和别人结婚。自己是有家有口的人了，太太的圈子里全是同事的妻子，还有上司的妻子，每天一起活动，有什么异常逃不过周围的眼。在上海的日本人社会里，发生婚外情是个丑闻，更何况是跟中国人，泄露出去，自己的仕途就完了。如果因婚外情而离婚，他就会被降级，调离目前的关键岗位。

他垂着脑袋坐了许久，最后才抬起脸说："如果这样，那我就自己去一趟金凤记吧。"

她站起身，刚伸手拉门，他也跟着起身道："幼琳小姐，希望你的婚姻不要影响我们之间的气氛，也希望你一以贯之，给我支持。"

第三十五章

同卵双胞胎之间，存在世上最奇妙的关系，自幼起，哥哥的一切，岛津龙芥就能够感同身受，反之亦然。这会儿，他的体内起了陌生的空洞感，似乎五脏六腑被掏掉了一半，只觉得不祥。嘴里说不在乎哥哥的生死，更在乎名誉，但哥哥真死的话，自己即便活着，也等于死了一大半了。他看过一篇德国的研究文章，说同卵双胞胎只要死去一个，另一个都会在两年内紧随而去，无论死因是什么。

龙芥迫不及待了，告别了戴幼琳，便驱车直接去了金凤记。

从进了大门那一刻起，就仿佛是梦境重回。金凤记里头的一切景物人文，本该是陌生的，却没有陌生感。更奇的是，每一个看他的眼神，分明是熟悉的，笑容里带着尊敬。从门卫开始，招呼的声音络绎不绝，都称他"殷先生"，有些还说"好几天不见了"。他明白，所有人都把自己当成哥哥了，证实了哥哥确实是这里的熟客。

他在场子里兜了两圈，见没一样是玩得来的。最后发现轮盘赌最简单，站在一旁看了几盘，明白是怎么赌了，才坐了下来。

看台面的自然也是认识他的，又是躬身，又是微笑。他掏出钱包，抽出张一百元法币递过去。台面微微一愣道："哟，殷先生今天节制了。"把钱塞进口子，递过来四个二十五元的筹码。龙芥捏着四个薄薄的筹码，看看两旁，都是成堆成堆的，知道自己出手寒酸了。他想，哥哥让这里的人如此毕恭毕敬，出手不知有多豪阔，而对自己来说，就算一百元法币，已经是半个月的零花钱了。他的工资全部交给花子，每天带便当作午饭，每个月只留两百元法币的零花钱。

在这种地方，这点钱，一分钟时间，就灰飞烟灭了，越想越心惊。好在今井武夫答应他有特别"手当"，另加活动经费，如实报销，不设上限。

他就这么几个筹码，不敢押孤丁，因为赢面实在太小。就只能押颜色、大小和单双。见红色许久没出来过，鼓足勇气押了一个上去，果然赢了，心怦怦乱跳。拿回来后，见手里的筹码无端端厚出四分之一，由衷欣喜起来。想起可以报销，又多换了一百元筹码，底气稍足一些，心想，赌钱果然是容易上瘾的。

正想着，觉得有一只软软的手在轻轻拧自己的脖子，鼻孔里飘进了混着体热的暖香。一转脸，鼻尖差点触到一对鼓起的乳房，他连忙把头一仰，见一个女招待正望着自己，眼神又喜又嗔。也不知她是何方神圣，赶紧回以笑脸，笑得不免有点尴尬，心想，又被人认错了，看来，这姑娘和哥哥的关系不一般。

"你还活着啊！"三号女招待说。他想，这话说得有些放肆，更说明他们的关系了。含糊答道："突然有点急事去办，所以走得急了……"三号点点头。他的声音没变，但语气态度，让她觉出了异样，又吃不准哪里不对头。她眼神在他脸上搜寻一会儿道："脸上全好了，连个疤都没有……吃仙丹了？"他摸摸脸，啊啊几声，岔开道："你找过我？"

她点点头，态度收敛起来道："第二天想去看看你的，谁知道只看到一个空房间。干干净净的，好像从来没住过人，问了人，都不知道你怎么走的。"停下话头，观察他的反应。他的眼神没任何内容，表情也一片空白，维持着空洞的镇定。她突然觉得他很遥远。"后来，后来……去找赵经理打听吧，连他也找不到了。"她逼视他，等他回答。他真想问她这"第二天"是哪一天，更想知道"第一天"发生了什么，却因顾忌，没有问出口，自己无意中已经顶着一个"殷先生"的身份，怕一问就穿帮了，只好笑笑道："赵经理没来吗？好几天没见了，怪想的。"他不知道这赵经理是谁，但既然认识哥哥，又和哥哥一起消失了，就值得了解。

一提赵经理，旁边一个穿绿旗袍、藕色毛衣的女士也凑过来道："啊呀，你们是不是说赵大少啊，我也在找他呢。"岛津留意看她，见她生一张圆盘脸，搽着脂粉，描着入鬓柳眉，画凤眼，珍珠耳坠、金项链吊着鸡心红宝石、翡翠手镯，好似一只新鲜出炉的仿古花瓶。连忙微笑问："太太，您也是赵经理的朋友？"那女士道："可不是么，多少年的朋友了，说不见就不见，打听了好几天，都说不知道他去哪儿了。"她转脸问看台面的："你们赵经理去哪儿了？"他茫然道："这几天没来啊，我们这些下面的人怎么会知道。"她叹口气道："瞧，都这么说。你说玄乎不玄乎。"岛津一旁想，这赵经理早不消失，晚不消失，哥哥失踪了，他也不见了，很可能脱不了干系。

三号女招待这时插话道："殷先生，你们聊，我做事去了。"她脸上还挂着笑，那笑里头的真情已经褪尽了，只剩一个壳，慢慢退开去了。这人肯定不是殷先生，她暗忖，长相和声音倒是如同一个模子刻出来的，但里头的灵魂很陌生，肯定不是同一个人。这几天怎么啦，净出这些稀奇古怪的事儿？她想想不寒而栗。

龙芥见她离开了，松了口气。她跟哥哥的关系一定不寻常，那样子，已经看出端倪了。自襁褓时起，别人都容易把兄弟俩弄混，已经成了常态，所以一旦被认错，两人都懒得纠正，常常将错就错，顶对方的身份。碰上极熟的人，也免不了混淆，直到话对不上，才分辨出来。哥哥在这里待了不止一两天，总有几个熟稔的，比如那个三号女招待。自己一时可以顶着哥哥的名义活动，谈话多了，免不了露馅，不如趁现在还能蒙，尽量多摸些情况。

他亲切地问那位绿衣女士："既然是赵经理的朋友，那也就是我的朋友了。请问怎么称呼太太？"绿衣女士刚才还一脸愁云，听他这么一问，马上堆起笑脸，在他手背上轻轻一拍道："哎呀，殷先生真客气，咱们也算打过照面的，那天不是坐一张台子上吗，你跟汤先生抽的烟，把人都能呛死。"她并不知他名字，听见人人都称他殷先生，就跟着叫开了，"什么太太不太太的，叫我钰涵就好了，姜钰涵。"说着，打开蛇皮小包，摸出一张名片递过去道："不瞒你说，我也是生意场上的人，先生既然是赵大少的朋友，可得来捧捧场啊。赵大少可是大恩客啊。"

龙芥漫应道："那当然，当然。"仔细看名片上写着"怡红院姜钰涵"，下面是四马路会乐里的地址电话，原来是堂子里的馆人。把名片仔细收起了，问："钰涵小姐这么急着找赵大少，真是情真意切啊。"姜钰涵瞪他一眼道："殷先生，你寒碜我呀？"他说："不敢不敢，只是看你这么想他，有些妒忌他了。"她叹口气，欲言又止。他心里燃起一丝希望，或许，这女人会有赵经理的线索，只要找到他，不怕打听不到哥哥的情况。

边聊边玩，又一圈下来，姜钰涵中了一个双号，赢了五十元。龙芥先前连赢，现在却连输了几盘。他这么输输赢赢，最初买的八个筹码，只剩下孤零零的一个了，对姜钰涵道："手气不好，换张桌子玩玩。"她笑道："我今天手气还可以啊，是不是你的运气都让我沾掉了，那今天就跟定你了。"捧起一堆筹码，随他换到另一张轮盘赌的台子。看台面的是个姑娘，见了龙芥，热情招呼他，当然也是称他"殷先生"，问他这一阵去了哪里。他说是有些私事要打点，离开了几天。一切都要含糊，免得露出破绽。见手里只剩一个筹码，只好又忍痛抽出两张一百元的法币，换来二十个十元筹码。荷官把筹码摆在他面前，嘴里不响，心里嘀咕道，这殷先生几天不见，怎么变了性了，束手束脚不说，话也变多了。之前没见他和人搭讪过的，现在倒和花丛里的人也打得火热，姜钰涵是谁，她是知道的。心里想着，不免看多他一眼。岛津见她的眼神，知道自己什么地方让她起疑了，却不知是哪里不对，又不好问，有些不自在起来。

看台姑娘把白球在转盘里一划，手一松，白球飞转起来，嘴里道："好了，请收手。"姜钰涵赶在她话音落下之前，闪电出手，把一摞筹码放在红色 26上面，然后伸长脖子，紧张地盯着飞速绕圈的白球。龙芥来不及下注，津津有味地陪着看，见那球飞旋几十圈后，渐渐慢下来。又过了不知多少圈，"嗒啦"一声，掉进一个红格子里，定睛一看，不偏不倚，竟然就落在红色 26 号。他刚要恭喜她，她已经兴奋地大喊一声"孤丁——"，一边"啪啪啪"自己鼓起掌来。龙芥笑道："姜小姐今天吉星高照啊。"庄家把一枚旗杆竖在红 26 格子上，把其他没中的筹码全部耙清，然后一五一十，数出一大堆百元筹码，小山一般堆在姜钰涵面前。她笑得合不拢嘴，对龙芥道："我说呢殷先生，你还真给我带来运气了。你不知道，这一阵我有多倒霉哦。"龙芥道："怎么会，难道也是赵经理不好？"他是逮着一切机会把话题往赵经理身上引。她的笑容立时收掉一点道："啊呀，这种事真不想说，说出来就难为情了。"想了想，把嘴凑到他耳边轻声道："这死人，欠了我五千多块钱局账，一声不响，就消失了。"她的胸脯蹭着龙芥的胳膊，呼吸撩拨他的耳朵，浓香逼进他的鼻孔。说完了，手在他腿上一拍，仰开身子，似嗔似怒地望着他，用正常声调道："怎么样，没想到吧。"

龙芥觉得她的一颦一笑、一乜一斜都是诱惑，每个毛孔都滴出荷尔蒙的浆汁来。他虽然是中国通，但常年待在日本机构里，接触艺伎是常事，进入上海本地的花丛还是很难得，庆幸有这种公私兼顾的机会。道："赵经理会这样，倒是没想到。一定是有什么原因的，这种事我也不能袖手旁观……这里说话不方便，要不，我们到你家边喝茶边聊？"

姜钰涵哪有不愿意的，凭空多出一个客人来，正是求之不得，听他话里的意思，好像是要替赵善纯还那笔欠账，赌场里人人对他神态恭敬，一定是个多金的主。再说今天手气超好，赵善纯欠的钱，倒回来了一小半，顿时心情大好，一口答应了。

说走就走，两人去兑钱柜台把筹码换成法币，在一群看场的送别声中下了楼梯，朝出口走去。还没走到门口，迎面一群人从门外进来。他不认识来者何人，见他们人多，气势又盛，往旁边让让。没想对方远远地呆立住了，视线齐齐落在他脸上，个个露出惊恐的表情。这让他大感意外，不免也把他们细细打量一遍。

对方一共五个人，中间一个身着麻栗色哔叽长衫，身形魁梧，肩背有些佝偻，花白的板刷头，酱紫的大脸盘，正是照片上见过的金石寒，另四个一身短打扮，肯定是他的保镖了。这群人的惊恐神态，让岛津不解，疑惑地把视线转到前面保镖身上，四目刚一相对，那人突然就指着他号叫起来："鬼……鬼……"叫声来得突兀，调子又凄惨，岛津一惊。姜钰涵本是个迷信透顶的人，听到"鬼"字，更是给吓得不轻，"哇哇"尖叫起来，触电一样从他身旁跳开，噼噼啪啪逃出门去。见她逃了，那个丢了元神的保镖也跟着逃了。金石寒借大个块头，竟也吓得迈不动步子，像被钉在地上，双手垂在身旁打战。

龙芥一定神，全明白了，哥哥肯定是死了，而杀死哥哥的，可能就是眼前这几个，金石寒，还有他的保镖。他们见了自己，以为遇到哥哥的鬼魂，所以吓成这样，他眼泪涌了出来，好不容易才克制住，既然把我当成鬼，那就装鬼装到底了，逼近一步，对金石寒道："你杀了我。为什么？为什么？"

金石寒毕竟经历过大风大浪，能沉得住气，突然袖口一翻，手里多出了一把小小的镀金手枪"掌心雷"，忽地指向龙芥，怒吼道："你想怎么样，我是菩萨保佑，金刚不坏之身，任你是什么妖魔鬼怪，吓不着我。"

他们这么一闹，早惊动了上下两层所有看场的，稀里哗啦都赶了过来，见大老板拿枪指着豪客殷先生，全摸不着头脑，却不敢怠慢，个个拔枪在手，齐刷刷指着龙芥。龙芥顿时被黑洞洞的枪林围在中间。这架势壮了金石寒的胆，让他冷静下来。

仔细打量，见前面这人的左脸颊并没有伤痕，而那天殷先生与人打斗，左颊伤得不轻，再者，刚才他走路时，也不见他跛脚，所以，来人不可能是殷先生，这么一想，心头大定了，当务之急，是把眼前的危局化解掉，杀人的事是决不可泄露的。他放下手枪，朝四周那伙一示意，大家就都跟着收了枪。这才堆起笑脸，顺水盘舟道："殷先生，你活得好端端的，谁害死你了？我们几天不见你，以为你又像上次那样，被人暗算，死于非命了。所以突然见你出现，给吓了一下。你没事就好，我们也不必向法租界巡捕房报告你失踪了。"转身对围成一圈的看场们吼道："去去去，没你们事儿了。"又对龙芥道："殷先生，请到寒舍喝杯茶，压压惊吧。"

龙芥见他那么快识破谜底，有些遗憾，只好随着他穿过花园小径，来到他落脚的爱荷楼。一路上，两人都不吭声，岛津吃不准金石寒是在盘算什么，还是紧张。

爱荷楼是幢西式的小楼，客厅的天花板高得有些邈远，沙发是西式的，其他家具是中国式的，角落的墙上还挂了一幅日本浮世绘，让龙芥有些意外。一只巧克力色的吉娃娃听到动静，早早迎了出来，见了龙芥，汪汪吠了几声后，察觉主客的神色都不对，就噤声了。两人坐定后，小狗立刻跳上金石寒的大腿，凸起两只大眼，一眨不眨地盯住龙芥。

上了茶，屏退了左右，金石寒才问："在下斗胆请教先生是何方人士？"

龙芥见所有人都散去了，继续装神弄鬼已经没用，便掏出名片递过去。金石寒摸出一副老花镜架在鼻子上，嚅动嘴唇吃力看着，认出名片上印的是"大日本中国派遣军情报部二课课长岛津龙芥中佐"。放下名片，现出茫然的神色，问："先生是日本人？"

"名片上说得很清楚了。"

金石寒似乎不敢信，眼睛眨了好一阵才道："那么，岛津中佐和殷先生这么像，应该是双胞胎兄弟了？"

"我是他弟弟。"

"那么，殷先生也是日本人了？"

龙芥不语，只点了点头，他不知金石寒是在装傻，还是真的不知道哥哥的身份。他说："我来这儿的目的，想必金先生也猜到了。我哥哥来你们这儿后，原本好好的，突然就不见了。我国政府把调查的任务交给了我，希望金先生能给予配合。"

金石寒沉吟片刻，拿定了主意，既然是日方派来的人，对殷先生的底细，只会比自己更清楚，遮掩隐瞒反而坏事，他们唯一不掌握的情况，是殷先生的真实结局，这一点死死咬住，绝不松口就是了，于是开口道："先生想听实话吗？"

龙芥强压住不耐烦道："你认为呢？"

金石寒点点头，"我们真的不知道令兄去了哪里。"

龙芥一下脑门充血，拳头攥了起来。小狗紧张了，支起了前腿。他警告自己冷静，深呼吸了几下才说："那么，你们刚才见到我紧张什么呢，为什么把我当鬼？"

"我们真没害过令兄，但他好端端一个大活人，突然就不见了，任谁都会猜是被人谋害了，所以见到你才吓成那样，想必让你误解了。"

龙芥想了许久问："是怎么发现哥哥不见的？"

"客房部的清洁妇每天早上八点打扫他的房间。那天她敲门没人应，开门进去一看，房间收拾得干干净净，好像从来没住过人。她记得，前一天下午殷先生把水弄到浴室地上，让她去拖过地，随口还说过要再住一阵子的，突然见人去屋空，觉得意外，就去账房问殷先生有没有结账退房，账房说根本没有，又去问门卫，也没见殷先生出过门。"

龙芥端起茶杯，低头慢慢喝着。金石寒也打住不说，习惯性地摸着小狗的脖子。那只紫檀木的落地钟"咔嗒、咔嗒"在走。龙芥问："这最多只是失踪而已，凭什么就推测他是被人谋害了？"

"这世道，带了那么多现金，人不见了，先想到的，就是谋财害命了。"说着，翻起眼皮望着岛津，看他知不知道那只箱子，以及箱子里的内容。

岛津当然明白他的心思，点破说："他的箱子里是二十五万美元，用来执行大日本帝国政府派给他的任务。这一点，金先生也清楚？"

金石寒摇摇头，又点点头："贵国政府的任务，我们不清楚。但他那满满一箱子美钞我们是知道的。鄢总会有规矩，陌生客人进大门时，行李箱包一律要打开检查的，怕藏枪支炸弹，所以看到过箱子里的钱。令兄平时很小心的，那只密码箱形影不离，离开房间时，还用钢链条锁在手腕上。他出门时被人打劫过一次，没成功，可见他是给人瞄上了，所以，他一不见了，我们的推测就是谋财害命。"

龙芥道："就算给人瞄上了，也是给知情者瞄上的，何况这里针插不进，水泼不进，外人能进来谋财害命吗，除了你指使人做，还能是谁？"

金石寒不急不恼，显是早有思想准备，叹口气道："岛津中佐，我手下有三十六家公司要管，这里是难得来一次的。平时都交给赵善纯一手打理，他才是这边的主持人。那天大家找不到殷先生，就去找他，这才发现他也一起消失了。"

龙芥想，所有线索都指向这个赵善纯。这么容易就有结论，恰恰最不放心。问道："金先生已经认定是赵善纯作的案？"

"不是认定，是推测。"

龙芥把茶杯往茶几上一放，略微大力了些，小狗一惊，"汪汪"叫了两声。他说："好你个推测！赵善纯再有本事，就凭他一个人，能在众人眼皮底下，把一个大活人变得无影无踪？"他受不了被人当傻子愚弄。

"不不不，中佐，赵善纯不是一个人。他在这里一手遮天，要风得风，要雨得雨，没人敢问，没人敢管。要把人弄出这里，对别人难，对他是轻而易举的事儿。别看大家见了我跟老鼠见了猫似的，但真正管事的，是老鼠头子。"

龙芥见他堵得滴水不漏，换了个角度问："既然怀疑是他，怎么不见你抓他回来？"

"不抓？整个上海滩起码有三百人在打探他下落。每条沟、每个缝都掏过了，硬是没发现一点蛛丝马迹。他不可能还在上海滩，估计早就远走高飞了，所以，我说他不是一般的人。"

龙芥语速急促起来："既然活不见人，死不见尸，疑凶也没影子，早早断言我哥已经被害了，存什么心呢？"

金石寒道："我说了，不是断言，是推测。你想啊，这种事，无论谁干的，总是在江湖上混的人，做事情，都是差不多的路数……你看过《水浒传》吗？"他想起对方是日本人。

"《水浒传》《封神演义》《七侠五义》……哪一本没看过。"龙芥说这话时，不免透出些自豪。

"看过就好。那你就知道什么叫'无毒不丈夫'了。到手那么多的钱，是不敢留下活口的。"说这话时，不自觉地做了一个切菜的动作。金石寒语调沉重，龙芥却觉得他内心正幸灾乐祸，怒火慢慢积蓄起来，要是能亲手宰了这个人，丝毫不会愧疚的。但杀人不解决问题，重要的是真相，既然问不出所以然，只有亲自搜出证据。

他说："带我去看我哥的房间。"

第三十六章

黄色灯光下，殷先生住过的那间客房，空旷整洁，空气凝滞，有薄薄的霉味，看不出一点住人的痕迹。金石寒一摆脑袋，手下人过去拉开窗帘，打开了重重的落地窗户。一阵风卷进来，窗帘噼啪扬起。龙芥吸入了布缝里的灰，打了一个大喷嚏。

他走上阳台，望着密匝匝的枝干，透过枝干，借着暗淡路灯，依稀能辨出下面的围墙，暗忖，行凶者从墙外潜入是可能的，行窃后，再原路逃走，也是可能的。但哥哥的失踪，无论是死是活，不可能循这条线路，就算有外人参与，也是里应外合，从从容容，另有善后的途径。

这么想着，折返屋里，来回走了几遍，东看看，西望望。最后扯掉床单，检查席梦思床垫。床垫不是新的，也没有血迹，但吃不准是原来的床垫，还是从其他房间搬过来的。把床垫翻转过来时，见侧面缝着一块布，上面写着房间号，能对得上，可见是这间屋子原配的床垫。这便说明，这里没有发生过流血杀戮。于是把床垫放回原位，拉上床单。

他沉吟许久，要求大家都出去，说要一个人在房间里待一会儿。

人走光了，房门也关了，他才仰身躺倒在床上，就这么闭上眼，一动不动，仿佛睡着了。房间打扫得无比干净，但他的毛孔能轻易吸到哥哥残留在床垫里的信息。渐渐地，他觉得自己和哥哥融为一体，回到了过去的日日夜夜。回忆引出龙芥的泪水，眼皮包不住，从眼角淌到了枕头上。同文书院毕业后，两兄弟就未曾谋面，难道就此天人永隔吗？无论如何是不甘心的。哥哥最后几天的情形到底是怎样的，他是那么渴望知道，而这也只能靠想象了。

他开动了脑子，渐渐陷入混沌中，不知不觉，哥哥的灵魂仿佛蒸汽，从床垫深处弥漫进了自己的身体，那晚发生的一切化成了电波，模糊地再现了出来。隐隐约约能看到一些图像，却总看不真切。到了最后，觉得被人勒住了脖子，喘不过气来，憋得满头满身大汗，从床上一跃而起，大叫了一声。

门外的金石寒听屋里一声怪叫，忙不迭开门闯了进去，见龙芥头发散乱，双眼瞪得似铜铃，手掌护着脖子，张着嘴在干呕，说不出话来。跟着进来的两个保镖见了这样子，明白了一二，腿先软了，又想逃走，被金石寒怒眼一瞪，只好勉强撑着，被迫回想那天行凶时的情形，恐怖到几乎昏厥过去。金石寒见要坏事，扬手对着左边那位的脸狠抽了两记，回过身，对着右边那位来了两记更狠的，怒吼道："发什么呆，还不去帮岛津中佐。"两人才惊醒过来，脸上挂着红掌印，忙不迭过去把龙芥扶下床。

龙芥站稳后，挣脱两人的手，踉踉跄跄去到卫生间，拧开冷水，捧起来洗脸。洗啊洗，足足洗了几分钟，才觉得活了过来。

擦干脸，仰脸看镜子。对哥哥的回忆太强烈，一时忘了自己是谁，竟以为镜中的影像是哥哥。他对哥哥咧嘴一笑，哥哥也回他同样一个笑。这一刻起，竟无法把自己和哥哥区分开来了，成了哥哥的投射。

金石寒耐着性子，竖耳听卫生间里的动静，只听到哗哗流水不停。最后门一开，人总算出来了，及至见了他走路的架势，又吓一大跳。那死去的殷先生是个跛子，还好他弟弟是正常的，才分得出来。不想这会儿走出的人，居然也成了跛子，且跛得和死去那位全无二致，令他刚定下的心又糊涂起来，吃不准眼前的是人是鬼。他哪里知道，龙芥对哥哥岛津正博思念过切，已经不自觉地在模仿他的一切，他们本就同声同气了一辈子，一模仿起来，自然惟妙惟肖，别人是看不出丝毫区别的。

龙芥一屁股坐到床上，双手撑着床沿，垂头呆思良久，突然抬头，目光挨个扫过面前的人，道："我哥哥死了，是给人勒死的。"说完那一句，脑袋又奔拉回去，手撑着床沿，把两个肩耸起来，吊住了下垂的脑袋，被悲痛折磨到丧失了说话的气力。金石寒想说些什么，张开嘴，又合上了，找不出合适的话说。他一生里做掉的人不少，自然也见过无数悲恸欲绝的亲人。但杀死同卵双胞胎的事，倒是头一回。眼前的这个日本人，失去了双胞胎哥哥，就好比自己也死一半了，悲痛更甚于一般丧亲的，报复起来，不知会如何凶残。这么一想，更是坚定了决心，要抵赖到底，决不能承认与他哥哥的死有一丝一毫的关系，好在有数十年的江湖历练，不至于张皇失措，脸上绝不透露一丝内心的活动。

龙芥歇了许久，稍稍缓过来一些，晃晃悠悠站起身，也不说话，开始一寸寸检查房间，这回检查得极仔细，鼻子恨不得贴到墙上。不仅查看与视线齐平的区域，上至天花板，下至墙脚，无一放过。慢慢查到靠近窗帘处时，突然看到什么，蹲下身去。在踢脚板上沿，有一层漏网的白灰，范围在五公分左右。伸手指一刮，捻了捻，像是墙壁的灰粉。便站起身来仰头看，视线所及，并无异常，只是那条画镜线的上沿看不到。

他转脸对金石寒道："给我拿把梯子来。"

金石寒一愣，复转脸看两个手下，面面相觑了一会儿，道："听见了吗，快去。"其中一个才去了。

梯子来了后，岛津往墙上一架，一瘸一瘸爬了上去。金石寒仰头看着，心想，这时把梯子一拉，将他摔下来，几个人上去摁住，几下就解决了。但干掉他容易，对付他背后的日本军方难，所以就仅止于想想而已。龙芥上了几格梯子，一眼就看到了一处新修补的痕迹，便掏出胸前的钢笔，用力去捅。修补处很马虎，也就是填了点泥灰，捅了没几下，就现出一个小洞，透出光来。低头问金石寒隔壁是什么，金石寒道，也是一个客房间。

"带我去看。"龙芥说。

隔壁的房间也是干干净净的，并没有任何住人的痕迹，龙芥要求查看记录，看谁在房间住过。金石寒道，殷先生入住时，为了安全，就把左右两个房间一起包了下来，不许有人来住。所以，这房间一直是空着的。

龙芥冷笑道："没人住不等于没人进来过。"

他还要求把刚才那张梯子从隔壁搬过来，架上墙，爬到高处，从这一侧查看了墙上的洞。洞的四周残留着某种胶状物，深灰色，用指甲抠下一点看，像是橡皮泥。他给女儿买过这东西，所以熟悉。他似乎嗅到什么，把鼻子贴在洞口，拼命吸气。最后，若有所思地点点头。

下了梯子，就去看门锁，见是把旧锁，而且完好，心里更有底了。进卫生间慢慢洗了手，擦干出来，对金石寒道："全都清楚了，想听听吗？"

金石寒道："自然，自然。"心里暗暗叫苦，开始紧急盘算对策。他把两个保镖挥退了，请龙芥在一张沙发坐下，自己坐了另一张，道："愿闻其详。"

龙芥说："有人在这间屋子里朝我哥哥的房间放迷药。等他昏迷过去后，才进入他的房间，用绳索将他勒死，抢走他的钱。"

金石寒纵有心理准备，也没料到他说得出这种细节，嘴张得老大，问："何以见得呢？"

龙芥指指天花板方向道："上面那个小洞里有芬太尼的气味，洞的四周有橡皮泥，作案者是将管子插进洞口，用橡皮泥封住了缝隙，朝隔壁房间放毒的。"

金石寒自然知道对殷先生用了迷药，但哪里会了解药的名称，问："芬太尼？"

龙芥见他茫然的眼神，吃不准他是真不知还是假不知，好歹解释道："芬太尼是从鸦片里提炼的一种神经性麻醉剂，吸了会昏迷，吸多了还会死……总之，这件事如果赵善纯是指挥，一定有内部的支持。"

金石寒道："这，这不见得吧，鄙总会是没有这样东西的。"

这话便明显是装傻了。龙芥冷笑一声道："金老板有钱，天下什么东西不能买到？再说现在所有的证据，都对贵总会很不利。你看，凶手做这事之前，先得进这个房间钻洞，这就要用到钻子和梯子。钻子还好说，梯子是不可能从外头带进来的，一定是内部提供的，应该就是刚才那架。钻好了洞，还要清扫。最后，作案也是躲在这间屋子开始的。我看了，门锁是旧的，也没有破坏的痕迹，可见进出都有钥匙，不是内部人，就是和内部人串通的。"

金石寒那张脸皱了起来，痛苦万状，不住摇头，最后伏下身去，把脸埋进双掌，瓮声瓮气道："知人知面不知心啊，我对他一向深信不疑，没想他暗藏祸心，背着我做出这种伤天害理的事情。"

龙芥望着他缺了一角的小耳朵，知道他嘴里的"他"，指的是赵善纯。是真情，是演戏，无从知道，暂且装作相信他吧，道："金老板，赵善纯杀了人，必然要毁尸灭迹的，依你看，他是怎么做的？"

金石寒一震，心想，好恶毒的问题，回答不知道吧，便形同包庇，回答知道吧，又自认是同伙了。他放下手掌，慢慢直起身子，为争取时间，干脆站了起来，低头踱起方步，心里盘算，要洗清自己，还得站到对方一边，任何阻挠、刁难，只徒增自己嫌疑而已。于是抓着头皮道："我也在想这问题啊，如果真是赵善纯干的，估计会用装床单的推车把尸体推进电梯，运到地下室，再装上运货的卡车拉出去，这么做的话，是可以避开所有人耳目的。"

龙芥站起身道："那么，马上带我去地下室。"

在地下室的地上，龙芥找到了一粒纽扣。那么的熟悉，和自己一件衬衣上的纽扣完全相同，因为是一起买的。这是好几年前的事情了，当时还在东亚同文书院读书。他把纽扣放在手心，跪了下去，哥哥的死，终于有了实实在在的物证，他掩住脸，抽泣起来。

金石寒望着跪在地上的龙芥，心里又起了一阵杀人的冲动，只想就地灭了他。地下室没有外人，声音传不开，时机巧，地点好，己方五个功夫了得的壮汉，对付他一个，谅他是林冲再世，也占不了上风。杀了他，卡车就在旁边，拿床单一裹，混在垃圾里拖出去，成全他兄弟俩一个同生同死，自己眼前的麻烦也解决了。心里想着，两只拳头攥成了两个铁砣子一般，鼻孔撑了开来，太阳穴上的青筋暴得如蚯蚓一般。旁边几个人马上察觉了，立时紧张起来，只等他示意，空气顿时凝固了。

龙芥突然仰起脸，眼里两道光，紧紧锁住金石寒。他一凛，回到现实里，捏紧的拳头松开了，笑意也慢慢堆到脸上，又觉得不合适，换成同情的神色道："岛津中佐，就一粒扣子，不足以证明殷先生已经蒙难了，我看，当务之急，还是要找到切实证据，不要过早下结论，调查的任务，我可以全力配合你的，阁下若想去赵善纯的住处看看，本人乐意相陪。"

金石寒嘴里吐出的每个字，在龙芥的耳朵里都是谎言，他想咆哮，但空口无凭，徒费口舌而已，心想，只等我抓到证据，就把你这里，从上海地图上彻底抹去。他站起身，拍净了膝头的灰，下定决心，要从那个逃逸在外的赵善纯入手，搞个水落石出。

他对金石寒说："那好，就从赵善纯的住处开始吧。"

如龙芥预料，赵善纯的住所找不到一丝线索，唯一的信息是，据二房东说，不久前，公共租界总巡捕房的高剑霞警官来查过。他问金石寒是否知道此事，金石寒表示一无所知，也不认识此人，他们在法租界经营，与公共租界巡捕房从来不打交道。龙芥听了，还是认真记下了高剑霞这个名字，以备将来用。

他打发了金石寒一伙，也不喊人力车，顺着戈登路，独自朝静安寺路方向南行，这一路都是弄堂，马路上熙熙攘攘，与法租界住宅区的景象迥异。经过戈登路巡捕房时，他特意停下步子，认真观察了一番，心中纳罕，金石寒没有报过赵善纯失踪，公共租界总巡捕房何以就来查？难道他在公共租界犯有另案？看来，很有必要与这位高剑霞警官一晤。

他活到三十三岁了，还是头一回经历亲人的亡故。虽说前年祖父过世，但他远在日本，从来没见过，没有切身的痛。而这次，仿佛被重重斫了一刀，身心失掉了大大的一块。按说和哥哥也有几年不见了，但平时隔得再远，总觉得就在身边。直到永久失去了，才觉得无形的存在，其实与有形的存在是等重的。

他情不自禁模仿哥哥的一切，包括他的跛脚，似乎这么做，能让他复活。他们曾经因为哥哥的残疾互相憎恨，哥哥恨他的健康，因为老让他想起曾经的完整，他恨哥哥的残疾，因为怕自己也变成和他一样。他一瘸一瘸地走着，觉得带着残疾的哥哥进了自己身体里，而自己则渐渐地变成了哥哥。

夜已阑，却不敢回家，自己的情绪再掩饰，也瞒不过生活多年的妻子，死的毕竟是双胞胎哥哥，演技再好的人，也做不到若无其事，花子见了，必然逼问。不告诉会闹别扭，告诉了，爸爸妈妈就瞒不住了，继而整个上海的居留民社区也会知道。那么渲染开去的话，还称其为秘密调查吗？不，绝对不行。哥哥的行踪是参谋本部的秘密，他携带几十万美钞，躲在中国人开的赌场里，到了上海也不联系自己，可见不是简单的任务。凭直觉，这件事的重大程度，或许关系到日本国的国运问题。把绝密的调查任务托付给自己，就这么没轻没重地透露给家属的话，自己不就成了国家的罪人了吗？思来想去，决定这几日不能回家，明天给花子打一个电话，告诉她在执行特别任务，要出差几天。

一时不知该去哪里，懵懵懂懂一路瞎走，只觉得街上越来越热闹，回过神来，已经走到跑马厅对面的国际饭店了。几个浓妆艳抹的女子挽着臂走过，留下浓浓的脂粉气，他深深吸了几口，觉得熟悉，忽然想起了怡红院的馆人姜钰涵。是的，她是认识那个失踪的赵善纯的，调查何不从她那儿开始呢？于是往会乐里去了。

第三十七章

岛津龙芥走到会乐里时，正逢夜上海最热闹的时分，弄堂里大大小小、高高低低的花灯透亮，写的都是芳菲艳丽的名字，隐隐约约听到无线电里传出的丝竹声，夹杂在福州路成片的嘈杂里。他对照名片，找到了姜钰涵的地址。

进了天井，见几个相帮和娘姨正围着一张掉了漆的矮桌吃饭，屁股下面是黑霉斑驳的竹凳子。菜好像很简单，一大碗榨菜蛋花汤，一碟虾皮冬瓜，一碟冬菇青菜，一碗红烧豆腐。见了他，一众人都现出意外的神色，未料到会有陌生人来，几双眼睛成了探测仪，把他从头到脚扫视了一遍，不漏过丁点细节。这些人眼睛都毒，能在两秒钟内判定一个人的斤两。当下，一个男相帮把碗筷一搁，袖子在嘴上飞快一抹，忽地起身，朝龙芥深深欠下身，用不咸不淡的国语道："先生是来……"他已看出龙芥是北方来的。

龙芥抬抬呢帽，操一口东北话道："我来看看钰涵小姐，不知她可在？"

"先生有没有名片？"

龙芥摸摸口袋，触到里头中国派遣军特务部的名片，道："抱歉，忘带了，鄙姓殷，钰涵小姐知道的。"提醒自己，开始执行新任务了，要去印个新身份的名片。

那相帮并不介意，乐呵呵跑到楼梯下，拉长了调子喊："殷老爷到——"做个手势请他上楼。

楼上的姜钰涵也没听清是哪位"老爷"，匆匆迎到楼梯口，见迎面而来的是下午赌场那位"殷先生"，想起当时闹神闹鬼的场景，脸上的媚笑顿时僵住了，进也不是，退也不是。冷场了许久才问："你到底是人，是鬼？"

龙芥被拦在楼梯最后一级，摘下呢帽，朝她微笑，听她这么一问，便伸出胳膊道："那你就摸摸我的手呗，看有没有热气。"

她低头看那只手，鼓起勇气去碰了碰。他趁机一把抓住。她抽了几下，挣不脱，只好由他捏着。他因为走了长路，手心热得有些发烫。他说："就算是鬼，也是热血沸腾的鬼啊。"她这才"扑哧"笑出来，门牙上沾着小片菜叶。看来她也正吃到一半。

她今晚既没有出局的，也没客人预约要来，所以一身居家打扮，穿件半新不旧的蚕豆色的布旗袍，外头套件褪了色的荔枝红毛衫。不施脂粉，也没首饰。龙芥抽机会细看她那张圆盘脸，灯光下，眼角的细纹清晰可见，头发上别着发夹，小腹上也有一些赘肉凸了出来，竟和下午时的第一印象判若两人。

进了香闺，见她果然是在独自进餐，屋里的脂粉气中混合了饭菜的味道。桌上摆了一碟墨鱼烤肉、一碟油豆腐炒黄豆芽和一碟油菜。一小碗白米饭吃剩半碗。她见他认真看桌上的饭菜，走到楼梯口喊道："顺发，敬茶。"

那顺发和一个娘姨上得楼来，还没敬茶，先三下五除二把吃到一半的饭菜收拾干净了。龙芥见了，有些愕然，只是没问。姜钰涵朝他们使个眼色，又堆下笑对他道："殷先生稍坐，我就来。"闪身出去，进了后间。他在一张酸枝扶手椅坐定，另一个娘姨就上来了，迅捷地在他面前摆上了龙井茶、茄力克烟，还有四色水果：一盘花旗橘子，一盘暹罗文旦，一盘玫瑰葡萄，一盘天津鸭梨。他一看花旗橘子，想起花子在虹口市场买过一次，说是稀有而昂贵的，又见那娘姨迫不及待的架势，知道这就是常听人说的"茶围"，看来花丛里的温柔一刀，已经挥了过来。往常碰到这种情景，难免会心里收缩起来，担心破费太大，这次居然毫不在乎。是的，经历了哥哥的死，突然觉得钱财这种事太微不足道了，细细玩味自己的心境，感觉是变了，哥哥的性格确实附到了自己身上，躺在他床上的那一刻，就有这种奇妙感觉，好比是化学反应。一时间，那种被人勒住脖子的感觉又回来了，他举手去喉咙口抓，脸上失去了血色……

"先生，先生……"

他一惊，放下手。那中年娘姨担心地望着他："你没事儿吧？"

"啊，没事……给我来个花旗橘子。"

"好好。"娘姨说着,用小刀在橘子皮上划了六刀,把皮翻开成莲花状,再把橘子一瓣瓣分开,剔去筋,捧到他面前。他塞一瓣在嘴里。"很甜啊。"他说,觉得有些干,可能运来时,在海上时间长了。

姜钰涵回来了,容光焕发,艳光四射。原来欢场的人,就要有这种变身术,这下她又变回上午那个人了。

她叼一支香烟在嘴角上,点上火,龙芥以为她自己要抽,她却取下来送到他嘴边,趁势挨着他坐下。他原来是不吸烟的,这下却很自然地张嘴咬住,狠狠吸了几口,想起哥哥是吸烟的,也就不奇怪了。她嫣然一笑,马上又改成愁苦脸色道:"今天还有茄力克给你抽,再这么下去的话,是抽不起了,只好给你抽三五了,再差下去的话,三五也没得抽,就只有白锡包给你抽了。'八一三'炮声一响,这里的生意就一落千丈。后来大世界门口落了炸弹,来的人就更少了,弄堂里吃这碗饭的,好多已经撑不下去,都转行当舞女去了,空出来的房子,全给来上海避难的人租去了,你没看嘛,这弄堂里多冷清啊。"龙芥说:"还好啊,花灯不少。"她说:"您是没见过原来热闹的样子。可惜那样的好日子一去不回了,我都想不起上一次来新客人是什么时候了。"龙芥道:"抱歉,那我该早点来捧场。"她轻拍他大腿道:"啊哟,您今天能来,已经艳阳高照了,要怪也怪可恶的东洋人。我要不是早些年会做人家,攒了几个铜板,现在也只好去舞厅里货腰了。"

那男相帮又端来了两盘瓜子、花生、美国松仁和各色蜜饯。她抓过一把酱油瓜子,张嘴一嗑,麻利地剥出瓜仁来,跷起尖尖玉指,递到龙芥唇边。他没习惯这种狎昵的吃法,偏过脑袋,举手去接,被她娇嗔地拍掉道:"还嫌我手脏啊。"他只好喀起嘴把瓜仁吃了。她喂他吃,自己也吃,突然扑哧一笑。他以为自己什么地方不懂规矩,尴尬问:"怎么了?"她道:"你好好的一个大活人,怎么被人当成鬼,吓成那样子……就是早上在金凤记那会儿。"原来是这个问题,他早准备好她会问的,笑笑道:"我在金凤记住了好一阵,前几天有急事,没打招呼就离开了。巧的是,我走后没多久,外面正好有人被杀了,脑袋都给割掉了,现在还没找到,他们就胡乱猜测了,说那人就是我,真是活见鬼了。"

说说笑笑间,姜钰涵又让人去梁园叫了一桌饭菜。龙芥看着那一碟碟美味佳肴，想起她刚才匆匆收了吃到一半的饭菜，知道她逮着机会榨钱，正中下怀，由着她去，只求她快活。这一来，不仅姜钰涵高兴，怡春院上下乐翻了天。

吃了一半，姜钰涵给一旁服侍的娘姨使了个眼色，娘姨便悄悄溜了出去。未几，楼下喧闹不已，姜钰涵一问，说是来了一个珠宝贩子，有难得一见的宝贝，非要给小姐过目。姜钰涵不耐烦道："又来了，这不忙着吗，赶快打发了。"男相帮下去一圈又上来回话道："哪肯走啊，说是百年一遇的机会，非得小姐过目了才肯走。"没办法，只好传那人上来，见是个相貌清雅的中年人，留一撮稀疏的山羊胡，不夹杂一根银丝。他打开一个布包，一层又一层，终于露出里头一个精致小红缎盒。掀开盖子，姜钰涵顿时倒吸了一口气，两眼撑得老大。只见盒里冷光闪闪，躺着一对钻石耳环，足有花生米大小。"是从一个世家子弟收来的，北方来的。住在上海入不敷出，只好拿老本换点现钱用用，要得急，三钱不值两钱。"姜钰涵尖起纤纤玉指夹到眼前，对着灯光一看，哪里还肯放手，便开始与那个贩子讨价还价起来，没完没了。龙芥冷眼旁观了一会儿，知道又是一出戏，便起身观赏起墙上的画。看完楼上的，听他们还在激烈讨价还价，又慢步下楼梯。

楼下客堂间挂着一幅中堂，一看是王羲墨宝，向男相帮打听来历。他自豪道，那是公共租界中央捕房刑事处督察长高剑霞赠送的，他也是小姐的大恩客。龙芥凑近些，把大大小小的印章一个个看过来，见其中有"仙潭善人"经眼章一方。嘴里念叨着"高剑霞""仙潭善人"，记在了心里。

忽又听一阵楼梯响，娘姨下来找到他说："殷老爷，小姐说拿不定主意，请你上去帮着参谋参谋。"龙芥早料到有这一招，正等着。他看出了姜钰涵的用意，只是还没想好怎么应对，这时眼珠一转，有了主意，上得楼来，取过耳环略略一看，问了价钱，道："机不可失啊，这么好的东西，还想啥，要了。"又对那贩子道："东西留下给小姐，明天晚上这个时候来拿支票。"

姜钰涵见得手了，更是柔情万种，开口留龙芥做夜厢，他正等着这句话。于是撤了席，服侍岛津梳洗了，便上了床。龙芥是头一回与上海的烟花女子欢合。

云消雨散后，姜钰涵让他躺着不动，喊娘姨端来热水，亲自绞了毛巾，替他擦得干干净净，那娘姨在一旁也不避，龙芥恍惚觉得，自己回到了襁褓里，由两个阿嬷换尿布。侍弄完了，她自己才上床挨他躺下，脸对脸，嘴对嘴，呢呢喃喃说话，让龙芥错以为，他正伴着一个长久的情人，而不是刚认识一天的青楼女，这一手迷魂的功夫，让他暗暗叫绝。过去读中文小报上的故事，有《九尾龟》这类狎妓小说，看到有钱人为堂子里的姑娘倾家荡产，总觉得言过其实，现在是口服心服了。就算真的替她买了钻石耳环，也会觉得是值了。

说了一会儿话，不免谈到白天在金凤记的情形，他又适时把话头扯到了赵善纯身上。姜钰涵抱怨说："他那五千多块钱都欠了好久了，每次问他，都说就给了，就给了。本来也没急到那份儿上，只是这一个多礼拜索性人也不来了，音信也没了，我才觉得有些不对，这才去场子里找找他，没想连班都不上了。你说他别出什么事儿吧？真不行的话，也只有上他家去找了。原来是不想上门找他的，毕竟是欠堂子的债，追上门去太不好看，一个馆人跑到恩客家里讨债这种事，我还没见过呢，你让人家太太的脸往哪儿搁啊，唉……可我也怕这钱烂掉啊，不小一笔呢。"

龙芥道："他家？下午我刚去找过了，人去楼空，除了灰尘和蜘蛛网，什么也没有。"

她支起脑袋，怔了半晌问："那你去过南市没有？"

"什么南市，他家不在戈登路吗？"

她道："听他提起过，他家几代人都住在南市松雪街，那里还有他老宅子，不过具体哪一幢哪一号，倒是不清楚，也不知道还有没有人。"

龙芥怔住了，翻过身，望着天花板，总算明白了，戈登路的房子是赵善纯租来做幌子的。上海寸土寸金的地方，专门租间房子做幌子，足见一直做好了金蝉脱壳的准备，不干杀人越货的勾当，费这心干吗？本来，金石寒把疑点指向赵善纯，他是半信半疑的，这么一来就深信不疑了。

他认准了凶手，心里刹那填满了悲愤。哥哥太大意了，因为金凤记的名声大，就以为是安全的，一个精于谋略的帝国军官，没想遭了这种人的暗算。但人算不如天算，自己随便到金凤记走一遭，就遇见了姜钰涵，抓住了赵善纯的狐狸尾巴。赵善纯啊赵善纯，你的日子到头了。

"你怎么啦，抖啊抖的。"她道。

他睁开眼，把她搂紧一点道："我也很久没见善纯兄了，要不，明天我登门拜访，你就算陪我去探望，顺便要那笔欠款，这样，你也不会太尴尬了。等见过他了，你再陪我去旅社取支票，把耳环钱付了。"

姜钰涵想到可以讨回那笔欠账，又骗一笔耳环钱到手，自然大喜过望，千恩万谢。不免又努力承欢了一番。龙芥力竭而歇，一夜无话。

第三十八章

　　岛津龙芥在姜钰涵的香闺过了一夜。次日，两人各乘一辆黄包车去南市，准备到松雪街寻觅赵善纯。姜钰涵要先去拜拜城隍爷，求个好兆头。龙芥也无甚不可，于是一路先到了城隍庙。日本人近月已在南市解了禁，过了法租界闸口，见回迁的居民多了起来。除了路口和大街可见持枪的日本兵外，市景和氛围快要回到"八一三"前的水平了。这天又正逢有庙会，城隍庙二山门前的大广场挤满了小吃摊贩，各式吆喝声嘈杂不堪。上海各处的市民涌进来不少，焚香的善男信女在摊档中穿行，挤成了一堆乱麻。

　　好不容易烧了香，叩了头，从大殿里挤了出来，姜钰涵拽住龙芥的手说，西边有一个星宿殿，一定要去一下。龙芥受了这一番挤，急着要走，姜钰涵却不让，道："城隍爷那里头都叩过了，还差这几步吗，再说星宿殿才是非去不可的，是为你自己好，你去了就知道了。"

　　龙芥无奈，只得又跟了姜钰涵，一路摩肩接踵，进了星宿殿，才发现这地方果然有些特别。殿内三面陈列着一尊尊描了金漆的星宿塑像，共有六十尊，每尊像高五尺，像前的排位上雕刻着甲子乙丑等字样。姜钰涵指着排位说："喏，看见了吧，这六十个星宿里，必有一个和你的干支年份一样的。你就顺着排位找到他，好好进香礼拜。包你逢凶化吉，无往不利。"关照完，兴冲冲找自己的星宿去了。龙芥听了，心头一动，也许星宿能给自己的调查任务助一臂之力也不一定。这么想着，就一尊尊星宿看过去，想看看自己的星宿是怎么一副尊容。

　　他虽然中文流利，毕竟是日本人底子，对干支系统只是一知半解，只知道自己生于甲子年，背不出顺序，只好一个个塑像找过去。看了十几尊的样子，果然见到和自己干支对应的那尊星宿塑像，却正好有人对着那尊塑像认真地跪拜，嘴里还念念有词。那人穿件半旧的灰长衫，因为太瘦了，背脊像屋脊那样突了出来，其余地方空空荡荡，好像裹着一团空气。龙芥想，看来是和自己同年生的，见他如此虔诚，怕打扰到他，就在他身后五步站定了。

那人一再念叨，拜了又拜，总算站了起来，拍拍袖口，拂拂前襟，转过身来，一眼瞥见龙芥，顿时呆若木鸡。

龙芥见他这样，莫名其妙，低头看看自己，又抬头看看对方：一张灰白的脸，布着稀疏的胡楂儿，头发因磕头而乱。并不认识。但那人的表情分明是认识岛津的，而且因为认识，而现出了极度的惊恐。龙芥上前一步，刚想请教，那人却急急地猫身往后一退，伸出双掌挡在前面道："殷……殷先生，饶……饶……"

龙芥只迟疑了几秒，已经明白了，顿时脸色大变。那人见龙芥变了脸色，腿一软，"扑通"跌坐到地上，顺势又翻过身来，连连叩头，哭号着告饶。这么折腾了一会儿，龙芥因为心绪纷乱，一时呆了。待回过神来，琢磨该怎么应对，那人却突然起身狂奔而去了。

"赵大少，赵大少……等等……"龙芥听到姜钰涵在叫。原来她听见喧哗，过来一看，见到了这一幕。这真叫踏破铁鞋无觅处，得来全不费功夫，对着殷老爷跪拜的人，竟然就是千寻不见的赵善纯。她只道赵善纯做了什么对不起好朋友的事儿，要行大礼告饶。这会儿见赵善纯跑了，跟着就追过去，嘴里边喊他"赵大少"。赵善纯听到是女声，惊恐之际，哪辨得出是谁，以为是女鬼在喊，更是魂飞魄散，在人群里一路冲撞，狂逃而去。姜钰涵见追不上赵善纯，赶紧气喘吁吁回到龙芥身边问："刚才那不是赵大少吗？他怎么了？"

龙芥铁青着脸，一时没说话。赵善纯看到自己，以为是哥哥的鬼魂出现，才吓成这样。无意中的表现，是最过硬的铁证，供出了他这个凶手！

"殷老爷，殷老爷。"姜钰涵在摇他的手。龙芥这才长长地舒了一口气。

"哟，殷老爷。到底是怎么回事，怎么所有见了你的人，都怕成这样？赵大少不是你的老朋友吗？"她堆起笑脸问，笑得极勉强。

"他是中邪了。"他斩钉截铁道,"中邪中得不轻,怪不得突然不上班了。"

"中邪……"她倒抽一口冷气,伸手挡住张开的嘴。龙芥庆幸她是个没见识的女人,容易糊弄,说:"姜小姐,我肚子有些饿了,要不找个地方坐下,我边吃边跟你说好吗。"

他们找了家点心店坐下,叫了汤圆、春卷和虾蟹面。待到热气腾腾的面条上桌时,龙芥已经在心里把故事编好了。他长叹一声说:"姜小姐,今天是什么日子?"她翻起眼睛略一想道:"九月初四啊。"他道:"赵大少一直有个失心疯的病,你知道吧?""啥?"姜钰涵一脸的意外,半天冒出一个字。他道:"看来他还瞒着你。这病有年头了,发起来六亲不认,不定做出什么来。听他说过是小时候中了邪,法师、道士找过不知多少,法力都不够,断不了根。你看刚才那样子。"她怔怔半天道:"这样啊……那跟九月初四搭什么界?"他说:"立秋后,就发作得勤了。""那,不会做出什么伤人的事情吧,他平时可是很斯文的。"她忧心道,心想他脑子犯病,恐怕一切债务都会赖掉。他略一思忖道:"不好说,逼急了,什么都做得出,动刀动枪都保不准的。所以,这时候提还账的事情,恐怕……"

姜钰涵拿勺子拨着碗里的汤圆,拨来拨去,半天也没吃一口,末了才狠狠说:"难道这账就这么坏掉不成。"他说:"这倒不见得。要不这样,你先回去,我还是要去看他的,老朋友一场了,他这副样子,不能不管,反正我知道怎么才不会惹毛他。先聊些不相干的事儿呗,再找机会旁敲侧击,慢慢把这意思给说了就是了,不怕他赖账。"她半信半疑,也没其他好办法,只好同意了。问:"可他都疯得不认识你了。"他拂拂掌道:"我能让他醒过来。"她道:"你能找到他家吗?""这还不容易,松雪街就那么一截,好打听。"他是铁了心要支开她。原先让她陪着来,是因为不认识赵善纯。现在照过面了,再不会认错了,那她就不仅多余,而且碍事儿了。

两人在点心店外道了再见。姜钰涵没走几步,又掉头急急赶回来,捏着他胳膊说:"殷老爷,今晚你可不许放我鸽子啊。你要不来,我就坐着等到天亮。"龙芥望着她殷切的眼神,愣了一秒,差点以为是眷恋,马上想起是为了那对钻石耳环,堆起笑脸道:"都已经答应你了,还会不来吗?"哪里还有再见她的意思。

龙芥在同文书院读书时，了解过上海老城的历史，知道是明朝嘉靖年间开始建的，万历三十二年落成。现在信步于狭窄的石路，和夷场的马路一对照，才感受到中外古今的巨大不同。老城街道的宽度，两抬轿子交会都困难，站在店里往外泼水，可以泼进对面的店里。正因为它的逼仄，才造就了街市的熙攘与繁盛。他想起中文里那个"摩肩接踵"的成语，放在这里是纯白描的手法，丝毫没有夸张。这老城里的繁盛与洋场的繁盛，也是截然不同的，伴着出奇的肮脏与无序，香臭交混。中药、炒菜、南货、糖水、糕点的气味中，夹杂着垃圾、臭鱼、腐肉、屎尿的气息。眼睛迎来的，也是一幅幅奇怪的画面，刚走过高悬的火腿、鸭脖子，就迎来了金器、翡翠。刚看了古玩字画，就遇见萝卜、菠菜。这边是绸缎呢绒，对过就是油炸臭豆腐。前一家是文房四宝，后一家就在杀鸡宰鸭。他明知是落后的景象，却没什么反感，再一次证明自己是很中国化了。他头顶着错乱的店招幌子，脚踩着污水菜皮，鼻子吸着万种气息，眼里掠过五花八门的景象，走街串巷，一路找到了松雪街。

松雪街是在石皮弄后面的一条小巷，远远出了闹市，房屋大多失修。他沿一溜旧屋挨个看去，吃不准哪是赵善纯的老宅，街上倒有不少人走动，从居家的打扮看，都是邻里。他怕闹大动静，也怕被人记住，没随便问。正走着，突见旧屋之间夹着一间佛堂，门首的匾上写着"静虚庵"三个被岁月侵蚀的楷字。大门虚掩着，隐约有"笃笃"木鱼声传出来。站定了想，佛门开在这里，邻里都是施主，或许能打听出来。便走上两步，"吱呀"一声推门而入。门内是个小庭院，庭院中心歪立着一只古雅的小鼎，里头有几段残香，些许白灰，估计很久不承香火了。铜鼎左右各种着一株柏树，枝干遒劲苍老，叶荫稀疏。他在铜鼎前立了片刻，打量四周，见木结构的屋子已残破，漆皮尽去，裸露着旧木的棕灰和霉黑。

木鱼声停了。正殿里慢慢地现出了一个灰色身影，蜷缩的身形，一身旧灰袍，是个老尼。她步子一瘸一拐的，费力地跨过门槛，眯起眼看他。

"师父，正好路过，进来烧炷香。"他抱拳说。

老尼点点头，引他点了香，拜了佛。问："听口音，施主是北方人，怎么会经过小庵的？"

他说："不瞒师父，我是专程来拜访一位老友。只知道他住在松雪街，却不知是哪个门。"

"这条街里住的，大都是赵松雪的后人，所以才叫松雪街。不知施主要找的是哪位？"

"原来这松雪是指松雪道人——赵孟頫啊？"他道，心想，难道赵善纯也是赵孟頫的后人，"不知师父知不知道一个叫赵善纯的。"

"认识，认识，打小就认识。他家不远，出门往左，第七个大门就是。"

他见进门处有一个残破的功德箱，掏出钱包，抽了一张十元法币，想想又加多一张，塞了进去。老尼眼里一亮，道："施主远来辛苦，说了半天，还没来得及敬茶呢。"于是引到东厢房坐下，敬上香茗。他喝着茶，与老尼海阔天空扯了起来。原来，赵孟頫确实有座很大的旧宅在这条街上，那是元朝的事情，上海城还没开建。可惜的是，一百多年前，他的后人把老宅子卖给了教会，原址上便改建了教堂，致使原屋荡然无存了。后裔各支中，有不少还在老宅边就近居住的。这一带姓赵的人家里，十有八九是他的后裔。

"那善纯也是啰？"他问。

"是啊。"

"倒是没听他提起过。"

聊得差不多了，他才正色道："师父，你可知道善纯是在洋场里的金凤记娱乐总会做事？"她点点头道："这我知道。"他道："他最近碰到一点麻烦，怕惹官司，所以赋闲在家。我是奉金老板的吩咐，来跟他商议这事儿的。他家里人多嘴杂，所以，想麻烦师父去走一趟，把他请到这里清静处，方便说话。"她说："就说是金老板派人找他？"他点点头。她取了根拐杖，刚要出门，他又叫住道："师父，这里是五十元，麻烦你替我去买些敬佛的法器来。你不在的时候，我和善纯会替你照看这里的。"

她明白他的意思，收下钱问："给你们两个钟头够不够？"他道："够了，足够了。"

大约一袋烟的工夫，龙芥听到有急急的脚步声走近，便闪身到虚掩的大门后。来人正是赵善纯，他推门而入，见院里空无一人，张嘴刚要发问，就听到身后大门"哐啷"一声关上了。惊得耸起肩膀，猝然转过身来，看到了靠在门上的岛津龙芥，一下僵在那里了。他没穿长衫，上身是件麻灰色的中式对襟上衣，下面是黑色的中式布裤子，脚上是双踩了跟的黑布鞋，像店里打杂的伙计。

吃惊归吃惊，却不再迷狂了。他逃回家后，在房间里抖了半天，终究还是回过了神来，明白自己撞到的，不见得就是殷先生的鬼魂。那人和殷先生并不是完全一样的，比方腿脚就很正常。但怎么解释长得那么像，他猜了很久。推断下来，无非是殷先生的血亲，最有可能是兄弟，甚至是孪生兄弟。不过这当口上，闹清来者的身份不是当务之急，来者不善，寻仇的可能性最大，自己是大祸临头了，要紧的是赶紧脱身。他这么想着，眼光不禁朝四处打量起来。

"赵先生，别费心思了，你走不了。"龙芥的手里多了一把手枪。

听了他的声音，赵善纯又抖了一下，活脱脱就是殷先生的翻版。他舔舔嘴唇道："你也是日本人？"

龙芥道："是我来问你，不是你来问我。"他努力克制，免得听上去气急败坏，"事情到了这一步，你也别跟我耍花腔了，就老老实实交代两件事，一件，你把我哥怎么了；另一件，他的密码箱去了哪里。"

"你哥？噢，我没把你哥怎么样……"终于确定了来者与殷先生之间的关系。

"还狡辩，你勒死了他。"龙芥将左手的食指和拇指做成一个八字，卡在自己的脖了上，眼里喷出火米。

赵善纯不由自主抖了起来。勒死殷先生的细节，只有四个人知道，除了他，就是金石寒和两个保镖。见对方也知道这事儿，他的第一反应，是金石寒把脏水泼到自己身上。

"瞎……瞎说，我没勒死他，不是我勒死的。"

"不是你是谁？"岛津逼近了一步。

赵善纯突然住口了，眼神警惕，决绝："这事儿跟我没关系。我啥也不知道。"

"我再问最后一次。你把我哥怎么了，你把他的密码箱藏哪儿了？"

赵善纯垂下了脑袋。片刻，略微一点头，似乎是下了决心，仰头直视龙芥道："臭日本人。"说着，从腰里抽出一把匕首，就要拼命。

龙芥枪管一低，平静地扣了扳机。这一生里，这是龙芥头一次对人开枪，内心却波澜不惊，做起来如家常便饭。他明白，自己已经不是自己，而是哥哥正博了。

子弹打掉了赵善纯左腿的膝盖板，穿过腿，打在他身后的石板地，又弹了起来，击中那只铜香炉，发出"咚"的一声。他摔在地上，匕首掉到一丈开外，双手紧紧抱住膝盖，因为剧痛，那张脸扭成个核桃，却哼也不哼一声，与前面在星宿殿的行为，判若云泥。

枪声不大，"扑"的一声，好比宴会里打开香槟酒塞，庵门又紧闭着，外头应该不会注意到。但龙芥不放心，走到门边，静听外头的动静。赵善纯终于痛得忍不住了，开始轻轻呻吟。龙芥折回身，蹲在他旁边。他的血流得很多，左面裤管已透了。龙芥道："赵先生，说吧，我哥哥的尸体，还有箱子。你说出来，我让你死得痛快。"

赵善纯呻吟着，从牙缝里道："你哥哥在黄浦江里喂鱼了。"

"箱子，箱子呢？"

"箱子是空的，里头什么也没有，已经烧掉了。"

龙芥认定是说谎，二话不说，起身退后一步，照着赵善纯的右膝盖又开了一枪。赵善纯又一声惨叫，一面哭号，一面不绝叫骂。他翻过身来，匍匐在地，两条腿拖在身后，只靠两只胳膊肘拼命爬，想从龙芥身边爬开。梅红色的血从双膝涌出，满地都是，一片黏糊。龙芥跟在后面，避开地上的血，道："你这是何苦呢，就一句话的事情。说吧，说啊。"

"我说……"赵善纯喃喃道，继续一寸一寸往前爬，"我说……"

龙芥耐着性子等着。

"我说……王八蛋。"

等龙芥明白过来时，已经晚了。赵善纯抓起地上的匕首，双手握柄，刀锋朝上，然后把上身像条眼镜蛇那样，拼命支了起来，再奋力向下一扑。匕首从喉咙插入，整个没入了他的脖子。血注喷了出来，像爆掉的自来水龙头。龙芥躲避不及，右手袖管被射到一股血。

"别——"他大喊一声，也不管地上的血池，跨上两步，右手抓住赵善纯的后领，把他整个人提了起来，左手捏住匕首柄一拔，远远甩开。"咕嘟"一声，一股更大的血注喷了出来，射得他一头一脸。他手一松，赵善纯脸朝下，直挺挺摔在地上。他抓起赵善纯的肩，一翻，将他翻成个脸朝天。

他的左颈动脉破了，血随着心脏的收缩，一股一股朝外涌，越来越少，越来越弱，再看他眼里，迷狂、恐惧都一扫而光了，剩下一丝得意，血迹斑斑的脸上挂着微笑。缓缓地，他抬起手，抬到头颈边，压住喷血的伤口，嘴唇抖了半天，似有话要说。龙芥一阵狂喜，把耳朵凑到他嘴边，却听他蚊子般地说了一句："你输了。"

赵善纯说完了，压住伤口的手掉在地上。血继续往外冒，不再是一股一股的，已经成了血泡了。他脸上的得意一直保持着，视线也一直在龙芥脸上，没有移开。

龙芥也不管血不血的，往地上一跪，凑到赵善纯面前道："你以为你赢啦，你以为战胜我了？"

赵善纯已经说不出话，继续报以微笑。龙芥明白，那意思是在骂人。

龙芥伸出枪，把枪管硬塞进赵善纯鲜血淋漓的嘴里。"是你输了。"他狠狠说，别过脸去，扣动扳机，这次的枪声更加沉闷，赵善纯的后脑炸开一个口子，立时气绝了。

龙芥拔出枪，细细审视死者的脸。他的眼睛依旧睁着，两颊塌了下去，更显得枯瘦了，只是那副嘲弄的微笑，好像还没去掉。龙芥慢慢站起身，脑子突然一片空白，这么茫然站着，不知过了多久，突然，朝赵善纯的尸体深深躬下身去，他看到了死者最后时刻的勇气，必须尊重勇气，何况他们还同属一个星宿。

他胸口一阵轻松，多日郁积的悲痛、无助和仇恨，一下冲得干干净净。

不知站了多久，一阵敲门声把他惊醒了。门外传来老尼的声音。她一边拍门一边道："施主，施主，开门。"他惊慌了一下，转瞬镇定下来，过去若无其事地开了门，将她让进来，一把就关死了。

她走了几步，看清眼前的景象后，两大包东西脱手，香烛纸钱撒了一地，浑身筛糠一般，连"阿弥陀佛"都说不出来了，这么抖了一阵，喉咙里突然冲出一声嘶哑的惨叫。龙芥急忙道："嘘，别叫。"她转身就冲大门跑。他一步过去拉住，抓小鸡似的，用胳膊从后头卡住她脖子，她还挣扎，他说声："师父，对不起。"将胳膊肘收紧了，再用力一勒，一拧。

老尼终于没声音了。过了一会儿，龙芥感觉到生命已经离她而去，才一放手，那具干枯的身体一下掉在了地上，失去生命的她，看上去比活着时更小了。

龙芥这才觉得浑身虚脱，站立不稳。他踉跄地走到东厢房，一屁股跌坐到凳子上，见了桌上剩下的茶水，一口喝得精光。这么坐了近一个钟头，等肾上腺素褪得七七八八了，思维才恢复了正常。这时，他才渐渐明白，自己其实没赢，可以说输得很惨，人杀了两个，想要的东西一样没获得。哥哥的下落呢？箱子的下落呢？

他惊于自己竟这般嗜血。向来自认是温文尔雅的，待人力求礼数周到，谦逊，克制，今天却残暴若狂了。苦思了许久，渐渐就不费解了，长期的"忍"和"抑"，永远的自律，过多的规范，不停地迎合同类，掩饰自己，把自己变成一个压力罐，一旦撕裂一个小口子，登时就爆炸了，炸出来的，就是人性中最凶残的动物性那一部分。

视线无目的地扫过门槛外，停住了。那把匕首就躺着那儿。原来刚才随手的一甩，把它甩到了这儿。那把匕首的形状有种特殊的美，冷光闪现的刀身上面沾染的血花，更让这种美显得圣洁，这绝不是件俗物。他心里一动，出去捡了起来。匕首躺在掌心上，越发像件宝物了，翻来覆去看，见刀柄上似乎有字，就抓起桌上一块抹布，把黏稠的血迹擦去。看清了，是"精忠报国"四字，落款是"仙潭善人"。

他愣愣地看着"仙潭善人"四字，觉得如此眼熟。想来想去，一时无果。

见自己成了个血人，他起身穿过佛殿，到了后面的天井，果然有口井在那儿。于是把上下里外都脱了，打了水，洗净了身上的血迹。井水冰冷，他浑身一阵阵泛起鸡皮，头脑越发冷静下来，回想刚才一连串的事件，已经恍如隔世了。

他把匕首也洗得干干净净。除去了血迹之后，它成了一件艺术品，不再是凶器了。他欣赏了一阵，想到赵善纯是死于这么美丽的刀具，心里总算有点宽慰。放好刀，仔细地擦了皮鞋上的血迹。但外套、外裤上的血迹只能洗，不能擦。外套可以不穿，裤子却不能不着。想了想，只有等天黑后出门，这带血迹的裤子，才不会显眼。

他找到老尼的卧室，倒在硬板床上等天黑。早已是精疲力竭了，却无法入眠，对着那一屋的佛像和法器，犯罪感渐次强烈起来。他起身进了佛堂，烧了香，谢了罪，于是便释然了。

再回到床上时，一下便迷糊了过去。他的梦很碎很杂，好像这几天发生的事情都被碎纸机打碎后，随机串了起来。一系列的时空切换后，他到了姜钰涵的房子，在楼梯上走，到了楼下客堂间，在欣赏墙上的字画……

他猛然惊醒了。

终于想起"仙潭善人"是谁了。姜钰涵客堂间挂的那幅王翚的中堂，就是"仙潭善人"送的。

他是公共租界中央捕房刑事处的高剑霞督察长。

他奋力开动脑筋，一条线索浮现出来。赵善纯是姜钰涵的熟客，高剑霞也是姜钰涵的熟客，现在，又有了高剑霞送赵善纯的宝刀，足以推断两人的关系非同一般，怪不得赵善纯失踪后，高剑霞第一时间就去查找。

下一步要找的，就是高剑霞了。

第三十九章

汤仲翔看了女儿，回到住处，头一件事情，是把车子开进车库里，关上车库门。平时为了方便，车子都停在车道上，现在这么做，马上会被巡捕房找到，因为两个租界在寻找肇事汽车时，是联手的。

刘妈听到汽车声，已经迎出了大门，交给他一封信，说是有人专程送来的。信封没贴邮票，没有地址，只写上他名字，是戴幼琳的笔迹。他把信塞进兜里，对刘妈说："你去请一下老爷，让他来书房。"就带池彩娣先去了书房等。

未几，伦纳多就来了，玛兴跟在后头。汤仲翔他们在外头时，夫妻俩一直待在主人房里，妻子把丈夫当成一管满满的牙膏，不停地挤啊挤，直到那管牙膏被挤得干干净净，成了一张瘪塌塌的铝皮，终于把想要知道的一切，全打听清楚了。这会儿，她看池彩娣的眼神，全是同情，她活到今日，听到的人生故事里，池彩娣是最悲惨的。

汤仲翔看到她的眼神，明白她从丈夫那里探知了一切，这最好，可以省去一大堆口舌。就把刚才出门后发生的一切，原原本本讲述了一遍，末了说："出了这件事，带来了两个结果，头一个，车子暂时不能开了，不过我会另外租一辆汽车；第二个结果，池小姐暂时不好出门了，巡捕房一定在搜捕她……玛兴，她可以在你这里借住一段时间吗？"

玛兴道："当然可以啦，我马上让刘妈她们收拾一间客房出来。"她直直逼视着汤仲翔道："怎么样，看到你女儿啦，再也不抵赖了吧？"汤仲翔辩解道："我没抵赖，只是……一开头不能确定而已。"她说："你不能确定，可是，池小姐却因为你，受了那么久的苦，这可是最确定的吧，这你怎么说呢，又

276

怎么打算呢？"汤仲翔垂下头去，不敢开腔。池彩娣不忍，替他说："汤先生
没抵赖……"玛兴道："可他没有勇敢承认，这比抵赖，好不了多少。"伦纳多
见太太的情绪有些激动，想想她这几日要来月经，最好浇一勺冷水，就插进
来说："干吗还站着，都坐下慢慢说吧。"把池彩娣引到长沙发坐下，自己坐在
她旁边，汤仲翔远远逃到最角落的一张单人座。玛兴不动，靠着写字桌，半
个屁股坐在桌面，不放过汤仲翔，又问他一遍："你怎么打算呢？"

汤仲翔招架道："玛兴，这件事我做不了主，得问池小姐。"

伦纳多就问身边的池彩娣："池小姐，你有什么看法？"

池彩娣道："我就想要回女儿，就是抢，也要抢回来。"

话音一落，屋子里顿时一片静默。过了许久，伦纳多才柔声说："池小姐，
当初你女儿被带走，我知道你是不愿意的，这件事，违背了你的意愿。可你
知道吗，那时你是囚犯，没有拒绝的权利，公共租界的行为是合法的，程序
也正确，这个决定没法逆转，就算去上诉，你也赢不了，不仅在租界赢不了，
到英国、美国和其他国家也赢不了。假如硬把女儿抢回来，就犯了劫持罪，
要判重刑的。"

玛兴说："池小姐，罗约没说错，那时候，当局找不到孩子的父亲，你又
没有其他亲人，只好强制安排领养。假如那时就知道翔是孩子的父亲，孩子
就会交给他，也就不会被别人领养了。"说到这，又斜斜瞄汤仲翔一眼。汤仲
翔被她横斜一刺，觉得自己是世上最大的恶人，只好又垂下头去。玛兴见汤
仲翔无声地认罪，转脸对池彩娣说："池小姐，欢迎你住在这里，多久都行，
可是，你要断了抢夺孩子的念头。我倒是有个想法，既然我们已经知道孩子
的养父母是谁了，也知道孩子生活得很好，就不必硬把她夺回身边，我们只
需在一边默默关心她，看着她发展，一直等到她成年了，再与她相认，这不
是很好吗？"池彩娣不响，默默流泪。玛兴道："我知道，这不是小事，池小
姐先慢慢盘算吧，反正这一阵也不能动。我建议，从明天开始，你就每天跟
我练英语呗，以后和女儿相认的时候，你必须说很地道的英语才行，不能只
会洋泾浜，否则怎么说得深呢。"

一阵风过来，窗户被吹得砰砰乱响，提醒了汤仲翔，他说："忘了告诉你
们，出门前，接到轮船公司的电话，因为台风的关系，航班取消了，什么时

候恢复，要等进一步的通知。"

伦纳多说："既然翔暂时走不了，池小姐也不能动，后面怎么安排，大家都不必急，先静观其变吧。"玛兴过去拉起池彩娣道："池小姐，我带你去看你的房间。"又对伦纳多说："罗约，还是你出面去租车吧，翔刚刚跟巡捕打过照面了，他去租车的话，警方只要去租车行一查，就能查到的。"伦纳多恍然大悟道："太太，你真是太聪明了，我们两个男人的脑瓜加起来，顶不上你一个啊，你说得一点不错，巡捕找不到嫌疑人的车子，就会推测嫌疑人可能把车子藏起来，另行租车使用，接下来必然去租车行调查，然后顺藤摸瓜找到翔……很好，我马上骑脚踏车去租车行，他们是绝不会怀疑到美国人头上的，哈哈。"

他们都走后，书房里只剩下汤仲翔一个，他掏出戴幼琳送来的信封，拆开一看，只五个字："见字即来电。"下面写一串陌生的电话号码，不是她家里的，应该是办公室的电话。他点上烟，把这几个字来来回回看了几遍。她来找，大概是为结婚的事儿吧？

他觉得房间太安静，扭开了无线电。一个急促的男声在说英语，上气不接下气，介绍一个刚来上海访问的奥地利指挥家，接着播放勃拉姆斯交响曲，是他指挥工部局交响乐团演奏的，录得效果不好，现场还有人咳嗽。他听着音乐，开始怀疑自己的结婚承诺太冲动了，像在模仿骑士精神，这是为补救过去的不堪，还是旧情难灭？再者，这样的婚姻合适吗？幼琳无疑是共产党了，虽然没明说。她愿意与总司令身边的人结婚，是出于感情考虑，还是为了更好掩护身份？还是说，觉得可以把自己争取过去？

最后想，何必探究这许多，但求心安就是了，心安了，就可以把过去的垃圾彻底埋葬。至于幼琳的意图更不必考虑了，反正结婚不结婚，不过是走走形式，台风一过，自己终究是要一走了之的。

他拎起电话，照着号码拨过去。她马上接了，也许周围有人，只简单对他说："我有话跟你说，我们在惠尔康吃晚饭吧。"

惠尔康在兆丰公园对面，远远出了公共租界的西界，是越界筑路后生出的暧昧地方，路面归租界管，路两旁的房子归日本人管，总之是日本人的地盘。过去，他们常在那里出没，但现在已经是日本人的世界，难道她在日本人那里才舒坦？

"几点？"他问。

"六点。"

"好的。"他说，刚要挂断，她又说："等等……就你一个人来啊，不许带别人。"

出门时，伦纳多已经把新租的汽车开回来了，是一辆新型的克莱斯勒轿车，挂着租车公司的白牌照。汤仲翔向他要来车钥匙，说了晚上的安排，伦纳多摇头说："你这次来上海有点忙啊，不知该羡慕你呢，还是同情你。"又压低嗓门道："这么夹在两位女士中间，准备怎么处理呢？"汤仲翔朝他苦笑一下，也低声说："你不是说了吗，只有静观其变了。"

车子只跑了五千多英里，刚过磨合期，开起来顺手，两支烟的工夫，就到了惠尔康。这家餐馆傍着兆丰公园，不远处是黑猫舞厅，出入的都是时髦人。它经营露天餐饮，夜花园的夜宵生意最好。汤仲翔赶到时，正是晚霞化成了铁锈红色，将灭未灭的时候。营业高峰未到，大部分座椅都空着。

戴幼琳已先他到了，坐在一棵老而壮的银杏树下看《大美晚报》。见西崽领他过来了，放下报纸。

"对不起，来晚了。"他说。

"是我来早了。"她说。她过去总摆小姐谱，约会没一次是准时的，只是不在乎钱，吃饭爱结账。他想，她身上当初让自己头痛的毛病，现在都不治自愈了。大概只有理想和主义才能让人退去雕饰。他说："这儿怎么有《大美晚报》？"这是反日的英文报，发行不出孤岛。她抖抖报纸说："我从市里带来的。"她穿件枣红底白花的单旗袍，外头套件齐肚短的开襟粗毛衣，冬青绿的，脸上薄施了脂粉，描了眉。头上戴个银色的阔边发箍，大概怕吃饭时头发散落到嘴边。他的视线在她脸上多停留了半会儿。

"看什么，没见过吗？"她道。

"见是见过，只是每见一次，增色一次。"

她莞尔一笑，一转念，马上收住了，警惕地问："这是哪本书上的话？"

他有点受伤道："我自己的书。"

她这才把抑住的笑容释放出一点道："不漂亮一点，谁还跟你结婚呢！"

　　果然是要谈婚礼的事儿，他想，朝她笑笑。他出于礼貌，关心了戴伯伯的身体。她说："人到了这时候，就好比轮船汽车旧了，每天都会生出新的毛病来。再维修保养，总有一天修不好的。"他想，山河破碎的年代，活着就是万幸了，还谈什么维修保养，嘴里说："能用到旧，已经很幸福了，我们的飞机年轻力壮时就完蛋了，不是被打成碎片，就是摔得稀巴烂，根本没机会老旧。"她说："爸老了以后，常念叨苏东坡的话：哀吾生之须臾，羡长江之无穷。"他淡淡说："我好多同学二十多岁就炸成炮灰了，连感叹须臾不须臾的机会都没有。戴伯伯这么长寿，也不算须臾了。再说，既然知道须臾，何必去哀它呢，趁活着，该干什么干什么吧。"

　　她听出话里的冒犯，却不生气，语带讥刺道："那应该干什么呢，吃喝玩乐，是吗？"没等他应答，又微笑问："你爱吃什么？"说着，拿起报纸旁的菜单，一阵风过来，差点将报纸吹到地上，他出手按住说："今天风太大了，还是里头坐吧。"

　　于是换到餐厅里头，找了个雅静的角落坐下，她翻着餐单问："还和过去一样吗？"他点点头。两人相对而坐，点熟悉的菜，把他带回以往约会的场景，勾起了酸酸甜甜的情绪。西崽见她翻看菜单，就跑步到了跟前，她一口气点了三菜一汤，合上菜单。他说："净点我爱吃的，那你自己呢？"抬头对跑堂说："这样，再来一个东乡炸仔鸡，一个霉千张，一个草棚螺蛳。"她说："气味难闻，吃相难看。"他想起过去自己嘲笑她的话，笑了笑。西崽一走远，她斜他一眼道："哟，还记得我爱吃什么，我是没敢点，怕你留了洋回来，学得文明了，被我的吃相吓到。"

　　客人还少，菜一样样上来了，有一搭没一搭地扯起了京剧界的花絮。幼琳不顾忌自己的吃相，用手抓起鸡腿啃。啃完一只鸡腿，又吃起了螺蛳。她吃螺蛳不是用手一个一个撮着吸，而是舀满整勺，次第吸过去。转眼的工夫，一盘螺蛳就变成了骨碟里的一堆螺蛳壳。电动留声机在放好莱坞的电影插曲，是秀兰·邓波儿用童声在唱"I Love to Walk in the Rain"。

　　他听了一会儿，问："这电影你看过了吗？"

　　"什么电影？"

　　"就是邓波儿演的这部，"他向空中竖起指头，"Just Around the Corner，这不就是里头的主题曲嘛。"

"还没来得及去呢，上海刚上映……你想请我看？"

"要是有这荣幸的话，是专门请你看的，我在香港看过一遍了。"

她默默的，不知是在听音乐，还是想事情，末了道："真好听……你在香港，是跟谁去看的？"

他顿了半秒道："没跟谁，自己去的。"其实，他是请了一个护士陪着看的。

她用那种眼神看着他。他分辩道："反正我说什么，你都不信。"

"要我信你？好吧，我问你件事情。"

他放下筷子，拿起餐巾擦了嘴。他就等着她提这事儿。

她说："你这次回上海，到底什么事情？"

他愣了半晌，本来以为她是要问婚礼的事情，再看看她，没一点表情，视线直勾勾盯在他脸上。他把一句俏皮话咽了回去，道："怎么啦，不是问过了嘛……行行行，那我再说一遍。我们的飞机被日本人打中了，跳伞时肩膀受伤，在香港住了三个多月的医院，回上海是来休整一下，也看看你，不可以吗？"

她还是沉默，出其不意道："不对，你回上海，是为了'上田工作'。"说完，视线锁住他双眼。他的微笑僵住了，噎了半天才道："说什么呢，我不明白。"为了掩饰，捡起筷子，夹一只虾仁放进嘴里慢慢嚼着，脑子一时乱了。她倒浮起了微笑，一瞧他样子，答案已经在胸了，从小，有看透他肚皮的本事。

见他不响，她说："就你这样，还让我相信你？"

他想，到了这份上，一味否认倒真是没什么意义了，最要紧的，是弄清她手里有啥牌，便说："好吧，我可以都告诉你，不过你先说说，怎么知道的。"她说："为什么我先说？"他道："有来有往，才是公平交易嘛。"

她刹那间变了脸："汤仲翔，别油嘴滑舌了，这不是在开玩笑。"

"是吗？那好，我先说也行，但我说完了，你也得回答我的问题。"

"你没资格讨价还价。"

他收起笑容道："那你想怎么样？"

她从牙缝里道："我要你告诉我，你来上海干吗。"

"呵呵，你不是已经知道了吗，是为了'上田工作'。"

"嘘……谁让你这么大声的，"看看四周，见没人偷听，继续低声道，"还有呢？"

"还有什么？"

"'上田工作'是什么？"

"你不知道？"

"我当然知道。我要你说。"

静默中，四道目光牢牢纠缠在一起，不知多久，他才说："这是审讯吗？"脸色严峻起来。见他要犯犟脾气，她终于做了让步，叹口气道："好吧。岛津龙芥课长刚接到一个新任务，是调查他哥哥正博的下落。他哥哥是在执行一项绝密任务时失踪的，代号就叫'上田工作'。"

"那你怎么把我和这事扯上的？"

"轮到你了，你说完了我再说，'上田工作'是什么？"

他点点头，拿起一根筷子，沾点茶水，在桌上写了一个"石"字，放下筷子，右手做成一把手枪，食指一勾，嘴里"啪"的一声。

她的脸煞白："果然跟我推测的一样。"

"你是推测的？"

"我的工作就是做推测，把收集的情报东一点、西一点，放在一起，就看出眉目了。"

"那我证实了你的推测，你得谢谢我。"

但她脸上没有一丝的笑意，道："岛津正博给你的具体行动安排是什么？"

于是，他把在香港遇到殷先生，他的要求，以及开出的价码，都对她说了。他说钱已经到手，至于其中的曲折和细节，则略过不说，对于池彩娣，更是只字未提。

她没再打断他，听得眼睛都不眨一下，听完了问："仲翔哥，我要你认认真真回答我，你到底有没有执行这任务的打算？"

他说："幼琳，你问出这样的话，让我心寒了，我是那种为了钱出卖国家和民族的人吗？"

她面无表情道："人是会变的。"

他的脸慢慢涨红，"我要有这打算，会把这些告诉你吗？"

她还是不为所动道："请你正面回答我。"

他把筷子往桌上一拍道："岂有此理，当然不打算执行了，这件事，我们已经向最高当局汇报了，到手的钱，买了30架法国飞机，不久就要在越南海防交货，你当我什么人了？"

她的态度这才松弛下来，夹一筷子菜送进嘴里，慢慢嚼着，道："你们碰头之后，岛津正博就杳无音信了，你是最后见他的人，你没杀他？"

"当然没有，干掉他有什么好呢？他一死，巡捕房要查，日本人要查，倒搞得我们要仓皇逃窜了，"见她不吭声，又补充一句，"这件事牵涉到领袖和国家的存亡，多杀或少杀几个日本人，太微不足道了。"

她自言自语道："那就奇怪了，那岛津正博怎么会突然消失呢……"眉头紧锁了起来，良久道："问题可能出在金凤记里头，他们是青帮，谋财害命不奇怪。如果是这样，说明岛津正博带的钱财暴露了……咦，可我就不明白了，钱已经到他们手里了，他们并没拿到钱的啊，何必杀人呢……"

他没说话，发着愣，不知要不要把池彩娣的事告诉幼琳，想想决定不提。她说："你想啥？"他回过神道："我在想，你到日本人里头工作，是共产党派你去的吗？"她觉得，已经谈得这么深入，就不必继续隐瞒了，便点点头。他直起身，松了一口气："既然是共产党，对总司令的生死还这么在意？他死了，你们不更高兴吗？"

她认真道："中共领导的救亡运动从来不是孤立的，它是世界革命的有机组成部分。现在我们需要共同抗战。"

"所以总司令不能死？"他说。

"对。"

第四十章

戴幼琳谈起大局来，话说得简简单单的，风平浪静的样子，却透着坚定，掩盖不住职业革命者做派。本来，他以为这次约会，是要讨论婚礼细节，儿女情长，哪知她是来摸他底细的，想弄清他的任务和态度。假如自己真是替日本人效劳的话，她会干掉自己吗？恐怕会的，否则，何必大老远跑来日本人的地盘。他很清楚，她若在此地制裁自己的话，事后只需亮出日本情报系统中的身份，假托击毙的是重庆的地下人员，就能得到日本宪兵的保护，而不必受制于租界的司法系统。他相信她下得了手，如今的戴幼琳，似乎不会把情感的事放在首位，她想的是大局。

他忘了吃东西，想起她刚才那句话"人是会变的"，无语地望着她，怎么看，这张脸还是最顺眼的。池彩娣真有两个美国人说的漂亮吗？他不能信服，但池彩娣一眼能望尽，幼琳隔着迷雾，背后那么深邃，光色那么浑朦，会把他的脑子看累。

她出其不意绽开笑容说："你做好准备啊，我要吃最臭的东西了。"说着，夹一块霉千张放进嘴里。他说："怕什么。"也夹了一筷子吃起来，两个人相对笑了，恢复了轻松愉快。终于，她摸着肚子说："都是你，害我吃那么多，撑死了。我去下洗手间。"抓起小包起身。

他视线正好和她小腹齐平，趁机多看了两眼，见平平整整的，他不知道女人刚怀上时，肚子应该是什么形状的，视线从她肚子移到手里那只小包，她说："又看出什么了？"

他道："你包里是什么？"

她一怔，明白了他的心思，微笑着打开包，送到他鼻子下面。一股浓香扑鼻而来，包里头零零碎碎的，小瓶子、口红、粉饼、梳子、零钱、钱包，没有枪的影子。包里还有一张戏票，她把戏票取出来，合上包。

"要杀你的话，是不必用枪的。"她说，笑容还挂在脸上。

"那用什么？"

"毒药。"

他倒吸了一口凉气，望着桌上的碗碟，记得每个菜她都吃过。她把票子给他说："请你一起看戏，大后天的，是新编的神怪剧，这是家里包厢的票子。哥哥也去的，到时去接你。"他看一眼戏票，见是黄金大剧院的，道："那么近，不用接了……可我不爱看戏的。"她道："我知道，可婚礼的事总得商量商量吧，包厢里说话也方便，不是吗？"他想，戏院里锣鼓喧天的，说话才不方便，也许干地下工作的人才有这习惯，道："今晚不能说吗？"她道："今晚我还有事情……"却不说是什么事。

他若有所思地点点头。既然提到了戴杏文，便忍不住问："杏文到底在忙些什么，我看他的生意都和日本人有关，说难听点，都是三点水才干的事情。"

她站在那儿欲言又止，干脆重新坐下，低着头，好一阵不开腔，表情复杂，不知是痛心、内疚，还是辩护。这一刻，她第一次显出了疲惫，最后道："对日斗争很复杂，有时候，我们做不到的事，敌人内部的人能做到，我们能做的事，敌人内部的人可以做得更好，所以，汉奸也不全是没用的……再说了，人是会变的，他想做什么，就算是至亲骨肉，也阻止不了。"

他说："撇开正邪对错不谈，他干的事情很危险，命都可能丢掉，那天同他在汇中饭店喝咖啡时，就看到他收到一封警告信，里面还夹着子弹。反正你提醒他吧，能不干尽量不干，抛头露面的事少做，政府的地下工作人员，专门盯他这种人呢。"

她不跟他辩下去，起身道："我去下洗手间。"若无其事朝外间走去，经过那个西崽时，低声道："行动取消。"西崽的表情一下松弛了，微笑着目送她朝洗手间方向袅袅婷婷走去。

她从洗手间回来，把西崽叫来，点了一扎黑啤。他端起来，慢慢将她的玻璃杯斟满，她看着杯子下面积起深褐的液体，上面堆上了白泡，密密实实的，仿佛再重的东西都能承托起，抓过来，把泡沫慢慢吸光，放下时，嘴唇上留着一圈白沫，像一圈白胡子。这么喝啤酒，是过去常玩的小把戏，他想，往昔还能再来吗，就听她问："仲翔哥，跟过去比，你觉得自己变了吗？"

他回想起恣意妄为的纨绔时代，浮出一丝苦笑，点了头，没吐露一字。和六年前比，自己岂止变了，简直是脱胎换骨了，若一样样说过来，恐怕几天都不够，想了半天说："我们都变了，过去你就跟一块糯米糕似的，很甜很黏的糯米糕。"她不禁莞尔："是啊，好吃是好吃，可咬一口，就黏得有些人满嘴满牙的。"他想，这形容倒是真贴切，不仅会黏牙，多吃几口还不消化，但没说出口，只问："那现在呢，不再那么黏了吗？"她摇摇头道："回头看以前的自己，就好比看一个彻头彻尾的陌生人，一个没用的废物，没用到连马路都不敢自己过，总要人搀着。"他点点头，想起自己就是最经常搀她过马路的。回忆她少女时代的样子，真难想象她会去撒传单，游行，举行集会。

餐厅角落的一台落地电唱机在放《天鹅湖》的音乐。唱片老了，音色遥远而古老，带着十月革命前的味道。她继续道："所以说，时代变了，我们也变了。干脆，我们就画一条线吧，把今天以前的历史彻底剪掉，就当我们过去从来不认识，就当我们之间什么都没发生过，才能像两个成年人，平心静气谈话，不会老牵出过去的事，你说呢。"

他没料到会听到这话，一时不敢相信，再一想，可不嘛，对面的人，真的不是自己认识的那个幼琳了。她表情很平静，举起覆在腿上的餐巾，轻轻拭去唇上的白沫。他谨慎道："你不觉得这样对你不公平？"她垂下眼，把餐巾缠在手指上，又放开，又缠上。她对受到的伤害，做不到彻底忘怀，他看得明白，清一下嗓子说："幼琳，不管你怎么想的，我想对你承认，过去的事，是我害了你。"

她说："又说过去了……"便说不下去了，转过脸望窗外。

他说："让我说最后一次吧，说完这次，就再不提了。当初的一切都是我设计的，只顾着自己逃避，甩包袱，至于给你带来的伤害，根本不管了，这就是真实的我。"西崽过来了，送上他们点的菜：俄式土豆沙拉，俄式红菜洋葱牛肉汤，炸鱼排，奶油布丁，黑面包。等西崽走出几丈开外，他继续道：

"只要能弥补一点，做什么都可以。"

她把腰杆挺得笔直道："我该感谢你啊，你把我像破扫帚一样扔掉后，我才惊醒了，自己原来真是一个废人，一个对国家、对社会、对国民没有半点用处的废人。"她的用词让汤仲翔如坐针毡，禁不住地摇头。她继续道："还好有人来关心我，开导我，带我参加社会活动，认识了社会的现实和本质，我才开始反省自己的生活。积极改变自己，去参与改变社会。"

他说："你的事情，杏文跟我提过一些了。"

她一只手撩起头发，喝了几口汤，又抹了唇，撩起眸子看他，那一刹那的神情，如此的熟悉，让他僵住了，恍惚起来。

她问："怎么了？"

他勉强回过神来。她已经过了少女时代，不但投身社会，还要改变社会，而且怀着别人的孩子。想到这，脱口而出道："你肚里的孩子，是你同志的吗？"这问题在脑子里翻滚了几天，终于借着一杯啤酒冲出口了。

她没防备，愣了半晌，才微笑道："不是，"顿了顿，又加了一句，"我是怀过同志的孩子，不过流产了。"汤仲翔道："什么意思，这是你第三次怀孕了？"她毫不迟疑地点头，见他震惊的样子，嘴角透出微笑，不知是嘲讽，还是挑战。

他看出米了，她要用惊世骇俗的行为，向过去作报复，这报复的惨烈程度，超出了自己的心理准备。看他呆若木鸡的样子，她尝到了得逞后的快意，笑眯眯道："这都是向你学习的结果，我不再傻浪漫了，老把自己身体当个神圣的东西，要好好保存着，留给自己心目中的王子。"

汤仲翔被她灼灼燃烧的目光烫到了，他痛心道："可这又何苦呢，身体是你自己的……"

她呼吸急促起来："得了吧！身体那么重要吗？看看今天的中国，多少人为了国家，为了理想，生命都牺牲了。就说你和伦纳多吧，天天在天上飞，随时就没命了。"

他一时间失去了所有的胃口。勉强吃了一口鱼，却尝不出一点蛋白质的鲜味，仿佛舌头上的味蕾在咔嗒一声中消失了。要不是自己的所作所为，她大概不至于这么自暴自弃，到了这年纪，早和其他富家女儿一样，嫁一个门当户对的丈夫，生儿育女，过上惬意的少奶奶生活。他不敢相信，当年自己的劣行，破坏力竟至于此。而在自己留下的废墟里，一个新的幼琳诞生了，这是值得悲哀，还是值得庆幸，他没能力作判断了。

他放下刀叉，喃喃问："你怀了他的孩子，应该很爱他吧，你的同志？"

她说："那是意外，稀里糊涂怀上的。他是我从监狱里救出来的。"

汤仲翔不敢相信自己的耳朵："你还从监狱里救过人？"

"是啊，他是一个领导，关在法租界捕房里。他很重要，必须要把他救出来。"

"就是那个关心你，开导你，带你参加社会活动的人吧？"

她斜他一眼，没有正面回答，继续道："为了救他，组织花了不少钱，买通了法租界巡捕房的医生，证明他有肺结核。你知道，捕房当局是最怕肺结核的，所以就同意他出去住在广慈医院治疗了。"

"那你呢？"

"我吗，当然就假称是他的太太了，到他住的隔离病房里服侍他，每天陪他过夜，睡在他旁边的床上。几天一过，捕房管得就松了……他们的警力本来就不够。那天凌晨的时候，我们都化了装，换上医院工友的衣服，提着清洁工具，直接出了医院大门，外面有汽车等着我们，司机开足了马力，一路开到了苏州，就这么重获自由了。"

"所以你们就假戏真做了？"他问这话时，竟从自己的声音里听出一丝妒忌。

"咦，你怎么忘了，我们是夫妻，在苏州的旅馆里住在一个房间里，这样别人才不怀疑啊，还可以节省经费……你怎么不吃了？"

他哪有胃口，但也只好重新拿起刀叉，胡乱吃一口，问："你为了节省经费，就可以那么随便？"

她严肃道："什么叫随便。那是组织的经费，每分钱都是要节省的。再说，那种事是自然而然发生的，事先谁也没想过。我是回到上海后才发现怀孕的。"

汤仲翔道："那他呢？"

她说："我们在苏州分手后，我的任务就完成了。他转到北方去了，我仍旧回上海，后来就再没联系过，他不知道我怀孕和流产的事儿，就算知道了也不会有什么不一样，对革命事业来说，这都是很小的插曲，不是吗？"

他说："既然没有结婚的打算，就不应该怀上他的孩子。"

她把餐刀往桌上一拍，第一次提高嗓音道："什么话！头一次怀孕时，是想跟那人结婚的，有用吗，结成婚了吗，生下孩子了吗？"

西崽被声响惊动，赶过来探究竟。汤仲翔朝他摇摇手，表示一切正常。他把手伸过桌面，盖在她手上，凝视她眼睛道："对不起，幼琳，一切都是我的过错。但刚才不是说好的吗，我们画一条线，就当过去的事情从来没发生过，就当我们是刚刚认识，要是你对婚姻没有绝望，我们就结婚，本来今天来见你，就是打算谈婚礼的事情。"

她眼眶里的一潭秋水渐渐满盈了，差点溢出来，但没有，她控制情绪的能力经过了千锤百炼，不轻易让自己融化，抽回手，重新拿起刀叉，默默吃起盘里的东西，嚼得很细，很慢。又喝了几口啤酒，才问："什么条件？"

"没有条件。"他道。

这回轮到她惊讶了。"新鲜，你不是满嘴都是条件吗，不能做这个，不能做那个？"

他说："都无所谓了，既然你是共产党。"

她讽刺道："一会儿谴责我替日本人工作，一会儿说我是共产党。变得倒挺快的。"

汤仲翔道："是共产党的话，替日本人工作的事，就好解释了。"

"谁说过我是了？"

"那我问你，是不是共产党？"

她想了想道："若我不是共产党，我会如实回答不是，若我真是共产党，是不能告诉你真相的，也只能回答不是，所以，不管你怎么问，我的回答都是两个字——'不是'。但是，在今天的上海滩，说什么都是次要的，关键看他在做什么。"

戴幼琳还有事，不能再留了，临走时叮嘱说，明晚一定要来看戏。他没问她的去向，不想自讨没趣。

第四十一章

次日，汤仲翔早早就出了门，怕见到池彩娣。他的痛处是，面对两个伤害过的女人，即便想补救，也没有一条两全其美的路，自己的人生，就是一连串的遗憾，似乎只有自己死了，这事方能圆满了结，现在还活着，除了逃避，一时真没办法了。

本想安步当车的，风太大，就乘电车到静安寺路，进了新世界。从小到大，一直是那里的常客，就爱它的嘈杂，借它的热闹，焐热内心的冷。他头脑空空地到处看，唱戏的，卖艺的，摆摊的，眼花缭乱。看了一会儿戏法，听了一会儿大鼓书，便穿地道去了老新世界，上二楼，空气中弥漫着烟雾，但见东一个诗谜摊，西一个诗谜摊，里里外外围着人，有坐有站，蹙眉皱脸，在那儿绞尽脑汁乱猜，他就随便找一处坐下，玩了开来。猜诗谜靠胸中墨水，比一般赌博有趣多，但他墨水有限，每次揭谜底前，旁边相帮的就喊"摆下来，摆下来，要开啦，开啦"。他眼里紧盯着看，往往还没想出所以然，已经开出来了，这么屡屡受到挑战，反复输钱，反而更觉得刺激。他不与周边人交谈，也不喝茶、抽烟、抹手巾，摊主以为他抠门，不舍得花钱，看他样子又不穷，其实他只是嫌脏。

一门心思做事时，脑子搅动起来，时间过得飞快，等觉得肚子饿，已经几个小时过去了。新雅饭店离得近，便去吃了饭，饭后，见时间早，又穿过南京路，去大新舞厅跳茶舞，一直跳到晚饭时间。结账时，掏出皮夹里的戏票再看一次，确认是黄金大戏院的二楼包厢票，时间是夜里九点半，见离开锣还早，就步行过去。

自然的天光已经被路灯和霓虹取代了，若是无风无雨，十月是上海最舒畅的时候，知了早就消停了，酷热也尾随而去，到了这季节，市民的鼻子也免了许多罪，空气中少了烂瓜果的气味，阴沟、河浜不那么频繁地泛臭，蚊蝇虫螨的踪迹也难见了。但今天风太大，不适合闲步，路上人人顶一头乱发，低头疾行。他顺西藏路走到法大马路，鼻子里五香茶叶蛋的味道越来越浓，抬头一看，已经是黄金大戏院的门口了，就停下脚步，看墙上的海报。人流从他前后左右穿梭而过，马路上车流滚滚，喇叭此起彼伏，人力车的叮当不绝于耳。海报是新近糊上去的，左上角写的头牌演员是"翠岚霞"，右下角大书"替婚记"三字。字是红色的，下面的笔画流动起来，往下滴沥，成了血水。

戏院前的观众挤成了堆，小贩们脖子上挂着木板，在人堆里穿梭，叫卖着香烟、汽水、各色糖果小吃。有几辆汽车停到了马路沿，放下衣着鲜亮的有钱人，他视线落在一辆酱红的劳斯莱斯轿车上，见司机迅捷地从右侧跃下，从前排扶下一位白胖的西装客，正是戴杏文，又打开后门，扶下一个穿藕色连衣裙的女士，一看，是戴幼琳。

戴杏文兄妹夹在人丛里进了戏院，汤仲翔不急着招呼，跟着进去了。戏院里一如既往的嘈杂，恨不得每个人都在动嘴，嗑瓜子，吃花生，吃慈姑片、熏蛋、糯米饼，削生梨，嚼糖果，样样都有，既要顾着吃，又要顾着谈，为了压过旁边的声音，只好越叫越高，成了一场喊叫的竞赛。招待员来回跑动，卷成筒状的热毛巾在空中飞来飞去。琴师已经在试音，各拉各的，吱吱呀呀不成调子。汤仲翔手里捏着票根，跟着戴杏文他们上了二楼，进了左侧的第三个包厢。

三个人不知道的是，还有一个人跟着他们上楼，目送他们进了包厢。

戴家在黄金大戏院有常年包厢，兄妹俩前脚进去，汤仲翔后脚就到了，脸上挂着笑。幼琳白他一眼，没招呼，汤仲翔知道是碍于她哥在场，不愿显出亲热，戴杏文倒是和他热情寒暄了一番。刚坐定，热腾腾的毛巾就端到了面前，大家不约而同地摆手谢绝了。上海的公共场所都提供热毛巾，大家擦了脸，就朝里擤鼻涕和吐痰。他们受过洋教育，怕招惹各种病毒，听到这声音就怕，哪里敢碰。汤仲翔想，我们三人，大概也就剩下这一点是共同的了。

他对京戏一向兴趣寥寥，随便抓过一张戏单来看，白炽灯下，戏单泛起一层昏黄，大大小小的字，介绍了剧情和演职人员。又俯瞰舞台上，见琴师们已在左侧的角落上端坐了，正将手里的乐器，弄出各种声响。

声浪中，招待进来斟茶倒水，摆上了糕点果品。戴幼琳对汤仲翔坐立不安的样子只当不见，抓过一把酱油瓜子，闲闲地嗑了起来，他见了，也抓过一把来嗑。上海人爱小西瓜子，比米粒大不了多少，他不知多少年没碰过了，这会儿嗑起来，还像过去一般娴熟，嗑着嗑着，想起儿时三人一起耍乐时的情形。

戴杏文的兴趣也在戏外，他的视线四处搜寻，见到相熟的，就挥手招呼。对靠得近的，还扯起嗓子说几句，也不管听不听得见。汤仲翔拿眼睛溜了一圈四周，见贵价的座席和包厢里，满是衣香鬓影。大克拉的钻石，在灯光下闪得此起彼伏。他暗想，国人的鲜血倒也换来了戴杏文他们的财富。视线所到之处，突然发现一些妇女或明或暗在留意他，有些意外。戴幼琳见了道："这儿来来去去都是这些人，你是新面孔，所以大家好奇。"汤仲翔失望道："还以为是因为我长得好看。"她冷笑一声："臭美吧。"戴杏文道："幼琳说得没错，这些人啊，都是离开戏就活不下去的。你看老爷子，兴致还要高，要不是今晚有客，也是要来的。"

正说话间，舞台上突然锣鼓齐鸣，发出裂帛一响，把汤仲翔惊得跳了起来，手里的瓜子也撒到地上。戴杏文随口道："怎么吓成这样？"汤仲翔苍白着脸，好一会才回过神道："这一阵一直这样，医生说是战争创伤。"戴杏文道："你听，这锣敲得多过瘾，一听就是周师傅……你说啥，战争创伤？哈哈哈。"汤仲翔问："周师傅，谁？"戴杏文指着舞台边的琴师道："就那个，戴鸭舌帽的。他是个秃头，上台就戴个鸭舌帽遮着。在我们家住了八年了……上海滩上常有戏班子到家里借人。最旁边那个拉京胡的林师傅，也是家里的。"

观众席里有孩子哇哇大哭起来。戴幼琳道："仲翔哥，你说的战争创伤是怎么回事？"汤仲翔以为她要嘲笑自己，见她一个瓜子放在门牙之间没嗑下去，眼神认真，才笑笑道："用老百姓的话说，就是吓破了胆，给炮火打过的都会这样。"他对自己失态有些恼火："跟你说个笑话，五月初的时候，有一次我和罗约在武汉街上走，正好一家店铺开张放鞭炮，我们俩扑通一下，一起卧倒在地上，哈哈哈。"戴幼琳没笑，戴杏文这回也没笑，道："你们开民航机的也这么险？"汤仲翔道："开民航机是最险的。我们没武装，速度慢，只能挨打，没法还手，所以时刻想着怎么逃避，一颗心永远提在喉咙口。不过，再怎么当心，总有逃不掉的时候。就像八月底徐新六坐的那架飞机，我同事飞的，被打中了油箱，死得一个不剩。我算幸运，虽然给打下来了，却没死，但遇到几次这种事，神经就变得非常过敏了。"幼琳问："怎么过敏法？"汤仲翔道："锅盖掉在地上也会跳起来。"戴杏文道："你给打中过几次？"汤仲翔道："被直接击中的是两次。差点击中的次数就多了。"戴杏文摇头叹气道："仲翔，听我一句劝，跟幼琳结婚后就留在上海吧，真的别再干了。"见汤仲翔不语，又对妹妹说："戴幼琳，你也好好劝劝仲翔，别这么死脑筋。"

戴幼琳迅速瞥汤仲翔一眼道："我的劝要是管用……"

戴杏文举掌不让妹妹说下去。他最感迫切的，是将妹妹尽快嫁出去，怕一争论开去，又横生波折，道："怪我多嘴了，单身时和结婚后，想问题的角度自然会不同，仲翔的职业，到时他自己会有想法的。"见汤仲翔在点头，又道："倒是婚礼的细节要早点定了，好张罗起来。"

他主张在华懋饭店办酒席，大礼在西藏路的穆尔堂举行，这点大家都无异议。但是选穆尔堂底楼的大礼拜堂，还是二楼的小礼拜堂，二人争论了好一会儿。戴杏文自然倾向于大礼拜堂，但妹妹和准妹夫不想太张扬，要选小礼拜堂，于是只好"容后再议"。至于通知亲友的方式也陷入了分歧，戴杏文力主登报启事，在中英各大报上整版刊登，戴幼琳和汤仲翔又都持异议，主张派人逐家上门送帖。戴幼琳的借口是自己在日本机关工作，凡事宜低调，免得引起"壮汉"注意，引来不必要的麻烦。其实她是担心汤仲翔的安危，怕一登报，将他的行踪告知全天下了。

戴杏文略一沉吟，心想，结婚大事能定下来，大功成了泰半，不可废于细节上的歧见，反正一切都是自己在操办，到时生米煮成熟饭，他们也奈何不得了。道："你们的意思我清楚了，反正一是隆重，二是节制，到时我酌情照办就是了。"说着说着，大幕就开了。

《替婚记》是一出新编剧目，说的是同治年间的事，所以满台都是前清的打扮。汤仲翔小时常跟大人上戏院，近十年就不曾看过了。大幕一拉开，他便觉得一种熟悉的新鲜。戴杏文道："现在都兴这种海派京戏，跟话剧学的，用的全是机关立体布景，道具也全用上真家伙了，上回有出戏，把汽车都开到台上了。"汤仲翔道："这算是进步还是退步啊。"

大家不再说话，专注看戏。说的是男主人公打败太平军后，官封三品，回乡迎娶未婚妻。他却有个寡居的嫂子，见小叔子衣锦还乡，打起了他的主意，使出身段和手段来勾引他。她在场子上又唱又念，身体扭得眼花缭乱，最后居然色诱，解开外衣，露出贴身小袄。于是观众席里卷起一阵如潮的喧闹，不知是谴责，还是兴奋。

戴杏文说："不雅，不雅，现在编的戏全乱套了。"这戏他看过不止一次了，垂目听了一阵，便起身告退说，要去后台跟大家打招呼。他走后，戴幼琳道："他是去找翠岚霞。"汤仲翔刚看过戏单，知道那是今晚担纲的花旦。

包厢里只剩汤仲翔和戴幼琳两个。茶几上一堆吃的东西没怎么动，戴幼琳削了一个生梨，递给汤仲翔。他犹豫一下，还是接过来，咬了一口，见她冷眼在看，连忙三口两口吃光了。戴幼琳把自己的手绢递过去说："擦擦。"

舞台上出现了迎亲队伍，新娘一身红装，顶着盖头，被簇拥着上了舞台，那英雄正意气风发，又唱又念，向道贺人群回礼致谢。他的寡嫂同样一身红装，躲在阴暗角落，趁他不留意，突然出手，将新娘掳走藏到新房，吊在房梁上，又夺了新娘的盖头，遮到自己头上，迅速顶了新娘的位置，英雄自然是浑然不觉的。汤仲翔见了这荒诞的剧情，不由暗笑，看看戴幼琳，她似乎有同感，正回头看他，也扑哧笑出声来。昏暗的灯光把她的眸子衬得清亮，他突然觉得，她这会儿还是几年前的样子，不禁愣住了。

"怎么了？"她问，又拿起一只梨子，他笑笑，把梨从她手里拿掉，放回果盘里道："不用削了，我的维他命够了。"她重新拿起道："没说是给你的，我自己吃，我也要维他命。"他不禁莞尔，她也跟着一粲，慢慢削着手中的梨，技巧很高，梨皮削成面条般细，一圈又一圈，当中不断，像在雕一件艺术品。

舞台上的剧情渐渐紧张了。那寡嫂赶到新房，将吊在房梁上真正的新娘放了下来。她有个贴身侍女，协助她一起作恶，将新娘打晕过去，再将她勒死，拖拽到一道帘子后面。恐怖的一刻到来了，那寡嫂在帘子后面一番忙乱后，竟将新娘整张皮给剥了下来，扔给帘外的侍女。整个剧场同时一声惊叹。汤仲翔望一眼幼琳，见她捂住张大的嘴，见他在看自己，连忙把手放了下来。台上的侍女接过那张人皮，匆忙地卷成一筒，扛起就走。

汤仲翔越看越觉得剧情荒诞，把手指又擦了一遍，鼻子飘进幽幽的暗香。这时，突听一个声音在身后说："幼琳，来看戏啊……杏文呢，刚才不是见他在吗？"

汤仲翔转过身，见是一个西装煌然的男子，三十岁出头，个头和体态都有些像戴杏文。幼琳和他打了招呼，又把他跟汤仲翔相互介绍了一番，原来是戴杏文生意场上的朋友黄先生。那黄先生见戴杏文不在，倒也不急着走，熟门熟路地坐下聊起了天。他有天生的自信，见人即熟，两句话里就要夹进一句法语。戴幼琳解释说，他是留法回来的。

戴幼琳和汤仲翔一边听黄先生说话，一边继续观戏。这时，机关舞台突然嘎嘎一转，布景换成了一间暗室，墙上挂满了字画，案几上的线装书摞成堆，一个模样老朽的县令在香炉前喃喃自语，像在乞求上苍协助。他的祈祷果然应验了，未几，后台深处传来号哭声，台上的灯光渐渐转暗，哭声也一声紧似一声，越发骇人了。猛然间，原有的布景升了起来，露出一条暗道，通往野外，但见那里到处是奇形怪状的东西，星火点点，县令也被这景象吓得魂不附体。

汤仲翔的手被戴幼琳一把抓住了，她手指细，勒得他痛。她的脸变得惨白，那惊恐的表情，让他想起她十五六岁时的样子。这时，一样"东西"终于出现了，顺着通道缓缓漂移到了前台。

戴幼琳发出一声尖叫，双手遮眼，身体在椅子里缩了下去，突然想起什么，又抓住汤仲翔的两只手，放到他眼睛上轻声敦促："别看。"黄先生这时也住了嘴，但两片嘴唇忘了合上，睁大眼紧盯舞台。汤仲翔按戴幼琳的关照，两只手盖在双眼，想起过去和她看电影时，看到骇人的地方，她每每这样。看来，人再变，总有一些地方是永远不改的。

他从指缝间看着舞台，明白那"东西"就是被害新娘的"冤魂"。她因为被剥了皮，所以穿了一件白色的紧身衣来表示，但效果不像是剥了皮的鬼，倒像是个裸女，只是多了一道一道的血迹，这在京剧里头也是前所未见的行头。在哗哗声中，舞台上开始用干冰释放烟雾，紫蓝的灯光射过来，气氛愈加诡异了。

一个神秘的陌生人，就趁着这个时候，摸进了他们的包厢。

他猫着腰，蹑手蹑脚逼近，包厢里的三人都没留意到。

枪声响了。

汤仲翔一听枪声，本能拉住戴幼琳往地上一扑。黄先生正想对台上的表演发表一句高论，却如收音机断了电，一个字刚吐出一半，瞬息间断了声，身体如一袋土豆，慢慢倾倒下去，脸磕在茶几上，哼也没哼一声，又顺着茶几腿瘫滑到地上。汤仲翔的身体刚着地，大脑已经恢复到工作状态，一闪之间，明白了身边的状态。他的手朝腰里摸去，发现空空如也，记起这是在上海，不是在岗位上。与此同时，刺客的腿跨前一步，又连发两枪，汤仲翔觉得有热热的液体溅到脸上，意识到是脑浆。刺客开完枪后，一刻不停地蹿出了包厢。整个过程不到三十秒。

汤仲翔一跃而起要追，不想扯到背上的伤，痛得啊哟了一声，单膝跪在地上。戴幼琳一把抱住他的腰，缠得死死的。杀手的枪管没有装消声器，周边都听到了枪声，乱了起来，一些妇女发出尖叫。楼下观众都回头看楼上，舞台上一时也偃锣息鼓，朝二楼疑惑地张望，这时有人喊："有刺客，有刺客。"全场顿时乱了。大家也不知场子里进了几个刺客，打死了多少人，都急着出去，顿时你推我搡，鬼哭狼嚎。

戴幼琳凑到汤仲翔耳边道："别去追，是上海区的人……他们不是冲他来的，是要杀杏文。"汤仲翔才想起检查黄先生，说："知道了，你松手吧。"戴幼琳还是紧紧缠着他。他把她的手指掰开，去把黄先生身体翻过来，见左边的脸已经没了，右边脸还存着一点轮廓。空气中残留着熟悉的气味，夹着血腥的淡淡硝烟味。他叹了口气，想起武汉大轰炸后的情景，比这可怖得多。

他把戴幼琳从地上扶到座椅上。她指指他的脸道："你的脸。"他伸手一摸，一片黏湿，红殷殷的。想起戴幼琳那块手帕还在兜里，便掏出来擦。一边擦，一边看身上，见布满了斑斑血迹。再一看，鞋子也沾满了血迹，原来满地都是血了。这时才发现，尸体旁边的地上有张纸，去捡起来一看，是半张戏单，被血水浸得半湿，上面写着五个大字"汉奸的下场"。看完了，扔回地上。

戴幼琳呆呆坐着，似乎有些接不上气，脸色苍白。她的视线避开地上的尸体，也不知落在何处，空洞洞的。过了一会儿，眼里开始流泪，终于控制不住地饮泣起来。汤仲翔知道她在后怕，杏文如果没离开的话，死的可能就是他了。他坐到她旁边，一只手搂住她的肩，她哭着哭着，把脸埋到他的颈窝里，一股热流顺着脖子慢慢淌了下去，哭了一会儿，渐渐止住了，嘴唇还触着他的脖子。他扭过头看，她的脸朝他侧过一些，睁开泪迹未干的眼，嘴唇离他不到几寸。梨子的味道残存在她呼吸里，吹在他鼻子上。他刚想凑上去，她把他脸推开道："不要……"他才想起自己一脸的血迹。她轻叹一声，眼睛又合上了。

楼下有个焦急的声音在高叫："幼琳——幼琳——仲翔——"戴杏文刚从后台跑出来，顶着人潮，一时挤不过来，急得乱叫。汤仲翔松开幼琳，起身到栏杆边，朝楼下的戴杏文挥挥手，表示一切都好。他转过身对幼琳道："看到了吗，多危险，跟杏文说一下，再别和日本人做生意了。"

戏院经理赶了过来，未几，已经来了几个巡捕，三个人只好留下来，应付巡捕的查询取证。后面陆续又来了刑事处的侦探、取证处的摄影师和法医，最后来了搬运尸体的工人，用担架抬走了黄先生的尸体。等一切手续完成，可以回家时，早已过了宵禁时间，三个人坐上劳斯莱斯轿车，由巡捕房的警车开道，一直送到戴府门口，汤仲翔想，今晚只好在戴府过夜了。

第四十二章

老爷子戴弗奎今晚没去看戏，因为北京来了两个梨园名角，一师一徒，专门来给老爷子"拜客"。两位艺人穿着专为上海之行定做的西装，油头粉面，乘的轿车是大中华饭店派的，携着大盒小包，礼数很是周全。那时，从北京搭班来上海演唱的艺人，都讲究个拜客。拜了爱京戏的上海阔人后，后者就会出钱出人捧场，造出个大大的声势来。戴弗奎是上海滩数一数二的名票，把身家都倾注到京戏上，北方有艺人前来，没有不进戴家大门的。

按一般规矩，京剧伶人上名票家"拜客"是不唱的，但这次的来者额外给面子，不仅送上口蘑、通州蜜枣、熏茶和青酱肉的"老四样"大礼，还示意十七岁的徒弟当场"给戴二爷吊一段"。听了这话，戴弗奎灰白的脸兴奋得微红，撇开香樟树下那张藤椅，亲自东走西走，指挥现搭班子。戴家的伶工人才济济，不一会儿，院子里便锣鼓铿锵，京胡嘹亮，定准了音之后，武场敲起小锣，文场拉起流水的过门。那十七岁的西装徒弟便做起身段，甩起无形的水袖，放出扑闪的眼神，现出一个活脱脱的柳迎春模样，然后便轻启红唇，来了一段《汾河湾》原版。戴弗奎对《汾河湾》是熟得不能再熟了，早已垂下眼皮，竖起耳朵等着。哪知不听则已，一听那唱腔，微红的脸顿时涨成了大红，脑袋便跟着晃了起来，后来竟晃得如风中的气球似的，那枯细的脖子差点要支不住，不断喃喃道："好，好，好天资，好材料，太响了……不只是响，而且甜啊。"

那少年唱到一半时，大门外一声喇叭，戴杏文的汽车急促地冲进来，"吱"的一声刹住。车门一开，弹簧似的跳出一个人，定睛一看，是汤仲翔，身上有斑斑血迹，戴老爷一哆嗦，从椅子上站了起来，见车子后门打开，一儿一女分毫无损地下了车，心才稍定，见他们一个个挂着凝重脸色，问："出事了？"

戴幼琳路上已恢复了镇定，只脸色略略苍白，过来扶他坐下才说："黄先生你认识的……刚才看戏时被人暗杀了，就坐在仲翔旁边。"老爷子这几天血压高得难以控制，时时眩晕，她怕他惊吓过度，会突发中风，说话时，轮番抓起他左右两只手，揉压他的拇指，医生说，这么做有降压的功效。老爷子听了，颤着嘴，"这，这"了半天，没说出个完整的句子，不停打量儿子。幼琳道："不知道黄先生是开罪了谁，这么绝。"她不敢说杀手是冲着戴杏文来的。

戴杏文在一旁说："爸，我一直在后台，没看到，只是让仲翔受惊了。"想起还没和客人打招呼，堆着笑，拱手施礼道："招待不周，招待不周，今晚还亏得你们来了，要不我爸也去看戏，平白受一场惊吓——对了，咱们继续，继续。"于是丝竹再起，少年人继续唱了下去。戴幼琳也坐下看演唱，汤仲翔见她作出全神贯注的样子，一边还要照顾老头子，只好暂且跟着坐下，定下心来，呆呆地望着那少年艺人表演，做着女性化的表情动作，用假嗓子唱起高亢悠长的女声。

戴杏文在他耳旁道："这小伙子功底扎实，一定会红的。你看他眼神，还有那手势，配得绝妙……这下叫'垂丝'……这下叫'斗芳'……这下叫'散馥'……"说着，掩嘴打个哈欠道："对不起，这两天没睡好……今晚的事儿不必和老爷子细说，他神经受不了。"汤仲翔低声道："杏文，为了国家，为了老爷子，为了你自己，收手吧，别再挣不该挣的钱了。"杏文道："知道，知道。"

一曲终了，大家噼里啪啦鼓掌，汤仲翔机械地跟着拍了几下。戴幼琳眼角瞟他一眼，见他的魂全然不在场。老爷子受了女儿安抚，缓过了劲，鼓着掌站起身，大声赞美道："难得啊，难得，高处如九霄鹤唳，宽处如万顷汪洋，低处如古寺晚钟，这宽和低是最不容易的，这么小小年纪就如此了得，可造之才啊。"那师傅听了，自然也得意非凡，俯到徒弟的耳旁，嘱咐再来一段《武家坡》。汤仲翔见停了唱，鼓了掌，掩锣息弦了，本已欠身起来，忽见锣鼓重开，丝竹再起，那少年又婉转喉咙唱起了新曲，待要重新坐下，杏文拉住他说："得了，你也不爱听，赶紧去洗一洗，把这身换了。"招来个用人吩咐几句，领汤仲翔去洗浴。

洗好出来时，里里外外的干净衣服都备齐了等他，都是戴杏文几年前的行头。那时他没发胖，身材与汤仲翔相类，所以这衣服穿在身上，还算合适，说是旧衣服，件件都崭新的，散发淡淡的樟脑味儿，最多也就上过一两次身。

院子里，少年伶人来了精神，又一连唱了好几曲。老爷子抖抖地起身，颤着声音道："真是长江后浪推前浪，自古英雄出少年，不输王瑶卿，不输王瑶卿啊。老朽没什么本事，出些绵薄之力吧，咱班子在黄金舞台演出这一个月里，每天包票20张。老朽和家人是场场必到的，另外还要广邀各界头面人物来捧捧场。"他眼光一扫，突然看到汤仲翔焕然一新地走来，想起他交往的美国人多，随口加一句说："不仅有我们同胞，还有美国朋友也来，让咱们的国粹，发扬光大到全世界。"

唱京戏的都知道梅兰芳去了美国一趟，就闹得海内外轰动，身价倍增。所以，师徒俩一听能请来美国人捧场，当作一件大事，赶紧过来握手鞠躬致谢，说了大段的北京客套话。汤仲翔对那少年客气说："看了您的表演，印象太深刻了，看到后来，真的忘了您是男的，这艺术形式在西方是找不到的。"师徒两人一听，更加喜形于色，问："照您看，咱得请哪些美国长官比较合适？"汤仲翔不愿扫大家兴，一本正经道："美国政府有许多长官在上海，都可以请啊，比方说大使馆的、领事馆的、文化处的、新闻处的、亚洲舰队的、驻沪海军陆战队的，这些是官方的。还有民间机构的人士，像美国各家新闻社和报社的记者、美国商会、花旗总会、美国的教会大学、教会医院和教会组织，太多了。"

于是皆大欢喜，厨房里开出夜宵来，餐厅里摆了三大桌。除了北京的艺人和随从一行，还有戴府家人和票友伶工。大家借着酒劲，大谈起梨园恩怨典故，那声浪，仿佛有三十桌人在同时说话。北京的艺人没忘记扩大国际影响的事儿，领头给"姑爷"汤仲翔敬酒，其他人也跟风来敬，一轮又一轮的，不知不觉就喝了不少五粮液下去。戴幼琳见他脸色开始变了，抽个空隙轻声对汤仲翔说："别再大言不惭了，到我房间去吧，还有话跟你说。"

汤仲翔只得迟疑地跟她上了楼。戴幼琳进了房间，见屋里空无一人，走到楼梯口朝下面喊："小兰，怎么不来倒茶？"喊了三声，贴身侍女小兰才怡怡然上来。"你倒是不急不慢的。"她埋怨道。小兰嘟囔道："我当你们都在吃饭呢，怎么没声没息就上来了？"幼琳蹙起眉道："就你嘴硬。"

小兰转身又下了楼，汤仲翔依旧在那张熟悉的沙发上坐下。秋将尽而冬未至，锅炉房还没生火，热水汀没热，坐着不动，觉得房间里渗出凉意，不禁搓了搓手。戴幼琳见了道："给你床毯子盖上吧。"他摆摆手。猫猫在柜顶上酣睡，被他们打扰了清梦，"喵"了一声，左爪绷直伸了出去，翻个身，又回梦里去了。他受了酒的影响，也觉得困了，问："你有话跟我说？"

戴幼琳拉开窗帘，月光水一般泼到了身上。对着月仰起脸，见树梢上的月亮缺了一块，蒙一层薄薄雾气，黄黄的像块旧玉。看了会儿月亮道："以为月亮是很暗的，但盯着看久了，也会刺眼的。"他不胜酒力的样子，微合眼，喘粗气，没接话。她突然问："你是真心愿意和我结婚？"

他撑开眼皮，眨巴几下才道："不是都定了吗？"

"我要你再说一遍。"

他清清嗓子，似乎在酝酿情绪，然后认真回答："我是真心愿意和你结婚。"

她想憋住笑意，没完全憋住，道："你在胡说，你只是良心过不去，要找个解脱。"

他给她说中了心思，不能承认，就挥挥手，表示不值得一辩。

小兰拿个福州漆盘，端来两个瓷杯，粉彩的红楼梦人物，分别放在两人面前。青葱翠绿的嫩叶子，一片片竖着浮在冒着热气的水面，戴幼琳端起杯子，吹了吹茶叶。汤仲翔望着杯中茶问："现在这季节还有那么新的茶？"她说："一直放冰箱里冻着，所以才新鲜。"他若有所思道："若娶长久，还是冷一点才好。"她回味他的话，喝了一口，嫌水烫，放下杯子，对小兰说："这里没你事儿了，去下面歇着好了。"

他端着杯，视线落在茶杯的图案上，那是幅黛玉葬花图，四行题诗是："试看春残花渐落，便是红颜老死时，一朝春尽红颜老，花落人亡两不知。"心想，她当少女时，或许也有这情怀，其实剥去辞藻，就是女人的不安全感，怕男人尚未有着落，容颜先老去，遇见想托付终身的男人，便要死死缠住，绝不松手，当初自己要逃避，或许就是怕这个。现在她是革命者了，用这杯子，似乎不合适了，便问："幼琳，你怎么想起加入 CP 的呢？"

他问得冷不丁，她把眼瞪了半天才说："我是注定要加入的，因为不想重复我妈的生活，或我阿姨的生活，还有伯母们、舅妈们、外婆、祖母，更不必说那么多的姨太太了，从小看她们，已经看得够够了，自己再这么过一遍，还不如死。"他想起自己当人外室的母亲，想起她的一生，如果自己是姑娘，打死也不愿重复她的一生，所以明白幼琳的感受。她继续道："她们活得太卑贱了，不停地斗，和婆婆斗，小姑斗，妯娌斗，姐妹斗，还要和奴婢斗，和别人的太太斗，和所有认识和不认识的女人斗，一生一世，为的又是什么呢？为了男人的一个眼风、一件皮草、一颗祖母绿、一碗参汤，有时只是一包点心、一块料子的大小、小孩的出息、拜年时的顺序、看戏的座位。因为没有知识，没有权力，没有地位，没有资本，斗起来只能靠使心计，耍小心眼。斗输了，用哭闹和寻死挽回败局。一本《红楼梦》，把女人的卑贱写透了，书看完了，我的一生也完了，再要往下活，只能换另一种活法。"

他点点头道："啊，原来是为了另一种活法……"而自己不去读书，不去经商，不去从政，偏要开飞机寻死，何尝不是为了另一种活法。她又说："妇女再不能做男人的附庸存在了，这个旧世界一定要砸碎。砸碎了，才能建设一个新社会，我们才能解放。"他问："能砸碎吗，能建成那个新社会吗？"她道："总是能成的，也许十年，也许一百年，我不在乎，只要投身去做，生命就有意义了。"

他饶有兴趣地观察她。她现在有了使命，有了终极目标，也就有了存在的价值，男人不再是她生活的全部了。这次回沪，自己与她接触越深，对结婚的事越坦然，不再如过去那样，想到婚姻就受精神重压，也应该缘于这一点吧。不过，男人如果不被妇女依附，还有什么价值呢，可能只有当妇女的工具了。现在的自己，似乎已经沦为她的工具了，他发现这想法有趣，不禁展开了笑容。突然听她又问："你很想知道孩子的父亲是谁吗？"

一时吃不准她的意思，他小心道："想是想，不过要是你不愿说的话，就不必勉强。"

她说："他是岛津龙芥课长。"

他愣愣望着她，想起了殷先生，一个打算买通自己，暗杀高层的人。在他眼里，殷先生的孪生兄弟，和殷先生就是同一个。他觉得自己应该愤怒，却并不，只有失望与不解，不由得移开了视线。也许，在她眼里，男人真的只是纯粹的工具了，无论是友是敌，是好是坏。而异性间的肉体关系，已经彻底摆脱政治属性，也摆脱伦理道德的属性了。但想到自己在风月场所的行为，这难道不正是与男性看齐吗，又有什么可谴责呢？沉默片刻问："你们CP

也用美人计来捞情报？"

她说："首先，组织上是不允许什么美人计的。其次，这不是美人计，是工作上的意外，而且没法纠正了。那天，他说心情很坏，让我陪他喝酒。这不是第一次。他是我的上级，又是最主要的情报来源，你说我不该陪吗？"

他说："我没说不该。"

她说："这半年来，他一直心情很坏，因为深陷在矛盾里。他长在中国，很爱中国。他又是日本人，当然更爱日本。他的理想，是日本能够以和平的方式吞并中国，没有战争，没有流血。"

他插话说："就是中国人都放下武器，乖乖投降。"

她说："他是这么想的。后来看到越来越不可能，非通过武力拼出个你死我活了，就很难受。最近一直在说，要保日本，就保不住中国了，一难受就喝酒，这种时候，是我获得情报的最好机会。平时，他接触到的许多东西，我是接触不到的，喝起酒来，他会主动和我分享，因为他对我没戒心。"

汤仲翔冷笑道："是你对他没戒心吧。"

她一怔，竟说不出话，噎了半天道："就算是吧，我放松了警惕，没想到他会在酒里面做手脚……我醒来时，他哭着向我忏悔。你说我能怎么做？"他一时回答不出，她继续道："我又不能去揭发他，不能杀他，不能辞职。我的首要任务是做好党派给我的工作，情报工作，任何影响工作的事，都是严格禁止的，不管什么借口……然后就发现自己怀孕了。"

她的样子很坚强，没有委屈，没有自怜，倔强地昂着头。他刚才还曾对她失望，这下只剩下同情了，心想，要是她愿意打掉胎儿，就简单了。她像读到他的心思，道："我不能再做那样的事了，已经有过两次了，罪孽太深了，再那么做，会疯掉的，所以无论如何，只能生下来了。再说了，不管父亲是谁，孩子是无辜的，总不能把对一个国家的恨，发泄到一个胎儿上吧。看看我们中国，有多少人有日本妈妈，或日本爸爸，难道把他们都杀掉吗？"

他摇摇头道："那么，那个日本人知道你怀孕的事吗？"

"当然不能让他知道。不仅要瞒着他，还要瞒着我的家人和亲戚。"

"组织上呢？"

"还没向组织报告。不过，我们结婚的话，这一切都迎刃而解了。"

他瞪大眼道："凑巧我回上海了，不然的话，你准备怎么处理？"

"不知道，反正总有办法的。"

他无语地望住她，她眼一红，终于绷不住，抽泣起来，因为低着头，头发垂挂下来，看不见脸，只看见双肩在颤。他看了一会儿，见没有停歇的意思，慢慢起身到她身边蹲下，搂住她的肩。她趁势把脖子一折，脸埋他颈窝哭了一会儿，又突然把他推开，瓮声说："不许你可怜我。"他退回沙发坐下，她擦干泪，痴痴望着窗外问："等孩子生下来，就要姓汤了，你愿意吗？"

他从来没想过这问题，却毫不犹豫道："当然愿意。"

"取什么名字好？"

他又被问住了，道："谁知道是男孩女孩。"

"如果是男孩呢？"

汤仲翔最先想到的，就是和自己一起出生入死的伦纳多，道："就叫汤罗约吧。"心想，那日本人的儿子找了个敌人当养父，又取了另一个敌人的名字，倒是挺恰当的。她看他一眼，没再言语。

他站起身，戴幼琳道："你想去哪儿？"

"去找杏文啊，让他给我找个房间对付一夜，就我原来住过的那间就行。"

"可这里是你准太太的房间啊，你不跟自己准太太住一个房间吗？"

小兰这时敲门，进来换热水瓶，戴幼琳对她说："小兰，你去拿多一个新枕头过来，再拿一套新睡衣，还有毛巾牙刷，汤少爷今晚住我这里。"小兰微微愣了一下，脸有些红起来，不敢看汤仲翔，点头说好的，垂着眼皮出去了。

第四十三章

回头说高剑霞的两个手下，他们在花园公寓外面守株待兔，以为这次再不会失手，一定会轻松捉到池彩娣，没想到她多了一个同伙，还公然暴力扼捕，反把他们打晕，又输了一局。

当时，阿嬷们看到这一幕，早就抱起各自的小孩，逃回家里，任两个便衣警探横在公寓外的草地上。肥猫的知觉是最先恢复的，先感受到眼缝漏进来的光亮，慢慢睁开眼，看到了半黄半绿的梧桐树叶，正想着是在哪里，突感到脸上痒痒，是两只苍蝇在爬，一只进了嘴里，他啐了一口，坐了起来，刚才的一切霎时间回来了。看看表，闹不清昏过去多久，大概也就几支烟的工夫。

几步开外，他同伴还没醒，姿势很古怪，手脚隔一阵抽一下。他慢慢站起来，活动活动四肢，走了几步，觉得没有脑震荡，稍稍松口气。青肿和挫伤是免不了的，这不打紧，只是面子大大受了伤。几次三番地出错，怎么回去面对高督察呢？他低着头，在路边慢慢来回走着，想把故事编织得严密一点，好替自己开脱，一边想，一边下意识踢路边杂草，突然踢到一样东西，定睛一看，是块手表。

捡起一看，表带上的钢针弹簧轴震脱了，怪不得掉在这儿。放自己手腕上比画一下，松松垮垮的，可见表主的手腕很粗。这表和普通手表不太一样，除了洋文，全是密密麻麻的刻度和数字，看那复杂的样子，肯定不便宜。再仔细看，见皮表带上压个纹印，圆圈里一个"中"字，似乎眼熟，一时想不出哪里见过。不过，这块表是最好的证据，可以替自己开脱了。他把手表滑进口袋，过去推搡没醒的同事，弄了半天没反应，决定先不管了，走到最近的电车站，搭电车回兴旺达旅馆找高剑霞汇报。

高剑霞坐在账房间的写字台后面，把手表翻来覆去看，不能相信池彩娣居然有个男同伙。但物证就在手里，实实在在的，不是肥猫能瞎编出来的。这么看来，殷先生应该是男同伙杀的，钱也一定在他们手里了。没想到连池彩娣都会骗自己，这世界上还有谁能相信呢？在她身上，自己跌了人生最大的跟头，可说是一败涂地了。怒火把他的五脏六腑都烧穿了，假如她在这一刻现身，他会一语不发地拔出左轮枪来，把弹匣打空，填满了再打空，先在她浑身上下留下十二个冒血的弹孔，再说话。

肥猫脸上贴着膏药，手上缠着纱布，在一旁等了二十分钟，见他不声不响，只管摆弄那手表，实在忍不住了，斗胆问："督察，是什么表？"

他回过神，望着那张贴了纱布的脸道："牌子叫万国表，这一款是飞机师专用的。"

肥猫若有所思道："飞机师？哦，想起来了……"

"什么？"

"我是说表带上有一个'中'字图案，是中国航空公司的标徽，怪不得挺眼熟的。"

旁边一个探员插嘴道："那家伙是飞机师啊？"

高剑霞沉吟半晌道："不好说。好像万国商团的团长也有这表，他也没当过什么飞机师……我倒怀疑是偷来的。先不管这些，你赶紧到交通科查一下，看那辆汽车是登记在谁名下的，然后顺藤摸瓜，把这家伙给我逮住。"

分派好工作，刚要处理积压下的公务，茶房拿着名片进来通报有访客到，一看，是金石寒。换在昨天的话，他会大不耐烦的，但经历了一系列的突变，倒是有必要和老家伙交交底了，他叹口气，勾勾手，示意带他进来。

金石寒还是一贯的阵仗，两个贴身保镖寸步不离，其余的布置在旅馆外围和汽车旁，臂弯里还是那只咖啡色的吉娃娃犬。看他脸色，说愤怒不是，说焦虑也不是，似乎更像是气急败坏。上了茶水香烟后，也顾不得寒暄，直截了当问："高督察，有进展吗？"

高剑霞欲言又止，望着两个保镖。金石寒扭头道："你们两个，出去……

等等，还有它。"把小狗塞给他们。

等门关上了，高剑霞才道："金先生，情况不妙啊。"

"擦那，别给我耍花枪了，两条路，要么直接交出钱，要么交出那个女人，两样都不交的话，就是你想独吞，阿拉也就不再客气了。"

"息怒，息怒，你先看看这个。"他把那只掉了表带的手表递了过去。

金石寒皱起眉，看了两眼道："这算什么？"

于是，高剑霞将池彩娣的故事从头至尾讲了一遍，从她的童年，一直说到肥猫在花园公寓外的遭遇。说完时，空烟灰缸已经堆成了小山，屋里犹如走了火烛，那只小狗不抱出去的话，会活活呛死在里头。

金石寒沉默了足足一分钟，突然放开嗓子狂笑起来，笑得口水呛到气管里，狂笑于是变成了狂咳，差点憋过气。

金石寒抚着胸口，缓了半天气，用手掌擦去眼角里笑出的泪，道："高督察啊高督察，你这权倾公共租界的大警官，给一个女犯人随便玩玩啊，可笑，可笑。"

高剑霞听了，并不恼，反松了一口气，金石寒总算信了自己。他道："金先生，这事情教会了我一个道理：我这一辈子，恶贯满盈，没干过几件好事，就是对这个池彩娣发了点善心，结果闹了这么个下场。也好，踏实了，以后不必顾忌什么，该怎么来怎么来，什么积德不积德的，去他的。既然她匹夫不义，我也就智者不仁了，不落我手里便罢，落我手里，千刀万剐。"

金石寒道："千刀万剐是后头的事，先要把钱交出了。"他最关心的是钱。

桌上电话丁零零响了起来。高剑霞接起听了一会儿，说："知道了。"放下话筒，把肥猫叫进来道："交通科查过了，这辆车子登记在一个美国人名下，原来是在旗昌洋行干的，现在回美国了。车子没有过户，估计是借人了，但要等联系上原车主，才知道借给了谁。"

金石寒插话道："在找谁的车子呢？"

高剑霞道："哦，忘了跟你说了，就是池彩娣男同伙开的那辆克莱斯勒汽车。肥猫被那人用车门砸昏过去，好在脑瓜子硬，没敲坏，车牌号码还记得。本来是很简单的事情，到交通科一查车主资料，就把这小子手到擒来了。没想车子是借的，车主又是美国人，回国了，要联系到他，不知道要猴年马月，何况，那美国人要是拒绝透露，我们一点没辙。"停了停，"这小子才是关键，勒死殷先生的，一定就是他，我想池彩娣也没那么狠。他是主谋，钱也在他手里，肯定是的。"他对池彩娣的恨，转到了这位面目不清的男同谋身上了。

金石寒知道这推断是胡扯，勒死殷先生是自己下的令，但这事不必对高剑霞提，虽然对他已不疑了，只说："杀没杀人，谁杀了人，都他娘的很次要了，先想想怎么找到他们才好。"高剑霞道："早布下天罗地网了，只要他们人在上海，就插翅难飞。"便把布控布防的细节说了一遍。金石寒摇头道："不够，不够，上海人口五百万，随便找个地方闭门不出，你在口岸的布置就是白搭。"高剑霞道："我只说了其一，还有其二，就是梳子行动，先查大旅馆，再查中小旅馆客栈，再查弄堂公寓，就算他变成只蟑螂，也挖出来。"金石寒道："这样吧，你把那汽车型号、牌照写给我，回头让兄弟们每条马路去查，不愁找不到。"高剑霞点点头，去桌上取张纸写了，递给金石寒。他知道这是良策，青帮在上海数万兄弟，大多吃马路生活，找到这辆汽车，最多几天的事儿。

金石寒道："知道我干吗急吗，时间不多了。"于是把岛津龙芥到访一事说了一遍，最后道："日本人那头我顶着，你这边一定要抓紧了，如果让日本人抢在前面，我们钱没到手不说，还可能把身家性命都搭上了。"说着，一双眼睛，直直射向高剑霞。

高剑霞听出了话里的威胁，只要金石寒把自己丢出去，就成了日本人嘴里的肉了，暗暗吸了口冷气，道："那个岛津龙芥是一个人来的……怎么不把他做了？"

金石寒道："想过，当然想过，在地下室的时候就是天赐良机，要解决他真是太容易了。可一转念，他是奉命前来的，后面是日本的中国派遣军，才不敢下这个手。我还想多活几天。"

两人都陷入沉思。高剑霞想，日本人只知道金石寒，并不知道自己。把金石寒干掉，线索断了，自己才会解脱。但此人在上海徒子徒孙数万，由自己动手的话，总会走漏风声，别想活过几天。正想着，见金石寒又叼上根烟，忙起身替他点上。他吸了几口道："前一阵，日本人托人找到我，让我出任上海工商协会的副会长，说如果同意，就把被日本人没收的杨树浦、闸北、南市和浦东的工厂、码头仓库都还给我。"高剑霞道："恕我多嘴，这种事要慎之再慎。上海市民协会那几个头，陆伯鸿被上海区的人干掉了，顾馨一的家中被扔了一颗手榴弹，荣宗敬也逃到香港去了。"金石寒笑笑，似乎不以为意，又道："这事刚过不久，盛家老五又来了，要我加入宏济善堂卖私货，把闸北划出来给我一个人做。那可是日进斗金的大生意啊，又有日本人保护，任谁也不敢来抢。可明明肥肉就在眼前，却不敢吃，就是因为不能当三点水，其实有什么关系，中国都快玩完了。"高剑霞心想，你当汉奸也好，让上海区的人炸成碎片，我这儿倒省事儿了。嘴里却道："说中国要灭亡，现在还言之过早。不到万不得已，这一步不可轻易跨出啊。"

金石寒一拍大腿道："现在已经到了万不得已了。前两天账房跟我算过细账了，说我已经亏空了至少五十万。原来还指望拿殷先生这笔美金来补这个洞，结果闹了个功亏一篑。你们这帮英国人的走狗，拿了我们纳税人这么多钱，一个舞女都找不到。再不替我把那笔美金追回来，我这么大个家业，眼看着就维持不下去，那只有去当汉奸了。我当汉奸的话，挣的钱，可比这多得多了。"

高剑霞是巴不得金石寒公开投靠日本人，自找一条死路。暗忖，就算他没公开这么做，刚才这番话，已经是在表白心迹了。自己领了上海区的津贴，负有通风报信之责。把他的所言所行添油加醋报告给上海区，扣他个暗通款曲的帽子，也不为过。唐绍仪那家伙就是这么死的，到底有没有通敌，谁也说不清，但说你通敌，你就是通敌。

金石寒疑惑道："你笑啥，想出好主意了？我告诉你，你那些办法都是昏着儿，海底捞针，没用的。最好的办法是引蛇出洞，放一只小老鼠在那儿，任你再狡猾的蛇也熬不住，乖乖地爬出来。你想想，你的小老鼠是什么？能让那女的乖乖跑出来，束手就擒？"

金石寒一番话，让高剑霞顿时开了窍。是啊，怎么没想起来呢，当然有小老鼠。越想越觉得有理，忍不住起身来来回回踱步，嘴里道："好啊，真传一句话，假传万卷书，你这一句话提醒我了。"去拿了一份《新闻报》，翻到社会新闻版，指着一则绑架新闻对金石寒道："看到了吗？"金石寒看了半天没明白他意思，问："什么意思？"高剑霞道："池彩娣的女儿，就是我的小老鼠，能把池彩娣这条蛇，从洞里引出来。只要把小女孩给绑了，藏起来，让报纸一登，电台一播，不怕她妈不乖乖出来，哈哈哈。"

金石寒听了，连连拍大腿，认定这是一着妙计，打算派手下人即刻动手，却给高剑霞阻止了。此事只能让池彩娣一个人看明白，对一般市民，要让他们以为只是又一起普通绑架案。知情者越少越好，不容假手旁人，还需自己亲自出马才好。

这么决定后，便紧锣密鼓行动起来。接下来的两天，他化装成小贩，守在花园公寓外，摸清了小女孩一家的活动规律，随后便做好一切准备工作，次日就要下手了。

第四十四章

　　龙芥在南市松雪街的尼姑庵杀了赵善纯和老尼姑，从赵善纯那把匕首上的刻字，悟出高剑霞跟这件事的关系。看来，哥哥失踪一案，明显是里应外合的，里头的人是赵善纯无疑，外头那个，十有八九就是这个高剑霞督察长。他是公共租界强力部门的实权人物，有他罩着，什么事情不好办?

　　但是，该如何调查，龙芥心里也没底，想来想去，还是下死功夫，先实施跟踪，相机行事。他在尼姑庵用井水洗了身子，洗了鲜血浸染的衣裤。正愁湿淋淋怎么出门，老天帮忙，天空下起了大雨，他套上湿衣裤，拿床单包了匕首、手枪，塞进一个米袋子，确认没留下物证，吱呀呀打开尼姑庵大门，探出半个头，见整条街都罩在雨幕里，渺无人迹，才低着头，匆匆溜了出去。走在街上，就算被人看见，只当被大雨淋成落汤鸡，不会遭怀疑。

　　他在关卡落闸前溜回公共租界，果然没引起守卡巡捕的注意。到了三马路，找了一间中等旅馆住下，然后电话联系了今井武夫。次日一早，今井武夫便开一辆汽车来旅馆会他，带来了他要的衣物和经费，以及高剑霞的照片和详细档案材料。

　　"为什么要高督察长的材料，他有什么可疑吗?"今井一见面就问。

　　龙芥将这两日的调查结果略略做了汇报，自然着重谈了对高剑霞的怀疑，也谈了后续工作的思路，对连杀两人的事则只字未提。今井武夫听了，觉得他的分析言之有理，道："我给你的这些材料，是赤木帮我搞来的，他是工部局总巡捕房的特别副总巡，负责管理警务处的所有日本籍巡捕。"龙芥道："对对对，他是我在领事馆警察部时的同事，广岛人，京都大学毕业的，有他在，资料工作就简单多了。"

今井见开局不错，自然满意，让他放手行动，勉励了几句，方才相互行礼告辞。临行前，把汽车钥匙留给他，由他专用，并交代说，手电筒、望远镜和绳索等工具都在车里。

今井走后，龙芥把高剑霞的材料认真看了几遍。吃过午饭，便把汽车开到兴旺达旅馆外不远处等着。旅馆正门口停着一辆黑色别克轿车，挂着巡捕房牌照，显然是高剑霞的座驾。龙芥的打算是，这几天里，高剑霞去哪儿，便跟踪到哪儿，看能否从他行踪里找出破绽，然后顺藤摸瓜，破掉案子。

等到下午二点时，见一个五短身材、一身中式短打的人出得门来。起先以为是旅馆里的杂役，未特别在意，没想那人径直走到那辆巡捕房公车，开了车门，正纳闷，突见一个便衣探员模样的人从旅馆追出来，嘴里喊着督察长。趁他一回头，认出正是照片上的高剑霞，心想，他那身行头与身份全然不符，行色又匆匆，像是有什么秘密行动。

高剑霞与便衣探员交头接耳了一阵，坐进车子开走了。龙芥等他开出一段距离，才发动了自己的车子，尾随而去。

龙芥当然不知道，高剑霞此行是为了绑架一个英文名叫珂莱儿的小女孩。他经过两天的摸底，已准备停当，定在今天下午动手了。

高剑霞的车子从九江路开到静安寺路，然后一路向西，一直开到与静安寺隔路相对的西洋人公墓，停在大门外。龙芥见他停车了，从他车旁超过，继续朝前开，到前面绕个圈，又开了回来，把车停在马路对面的静安寺旁，隔条马路，盯着高剑霞的车。他见高剑霞在车里端坐不动，怕是另有他人，摸起车里的望远镜看过去，细辨之下，见确实是他本人无疑，才安心等待。

等了约莫半个小时，见一个用人模样的中年妇女牵着一个蹦蹦跳跳的小女孩，来到了墓园门口。

那小女孩便是池彩娣的女儿。她的养父是夏威夷华侨谢先生，给她取了一个英文名字珂莱儿。谢先生是旗昌洋行的一个部门经理，每天上午九点上班。谢太太上班时间应该是早上十点，每天却和丈夫一同坐汽车出门。她原在夏威夷一家报馆工作。来上海后，嫌待在家做全职主妇无聊，便在一家美资的广告公司找了一份工作。公司的客户都是上海各家英文报纸，业务做不完，所以要提早走。夫妻两人走后，保姆张妈上午忙家里那点活儿，准备珂莱儿的中饭。吃完中饭，两人午睡一小时，便带女孩出门玩耍。

珂莱儿是户外型的，家里待不住，最爱去的地方是静安寺对面的西洋人公墓，认定是捉迷藏的天堂，每天缠着要去。张妈对墓地从来是很抗拒的，不明白洋人怎么爱在坟堆里活动，还把个墓园整得似个美丽花园，在里头散步啦，约会啦，野餐啦，也不嫌阴森，真是想得出来。谢先生两口子看着是中国人的样子，但在外国土生土长，没多少中国味，连在上海领养的女儿也被他们洋化了，进了那种鬼气森森的地方一点不怕，还玩性十足，让她实在想不通。

深秋的阳光煌煌地照下来，空气脆脆的干爽，她们从家里顺涌泉路西行，经过哈同花园，再过一条马路就到了，大概就一里地的距离。张妈厌恶步行，平时走路很慢，为了撵上珂莱儿，走得有些接不上气。那小女孩却最不怕走路，还嫌路不够长，有时走出"之"字形，有时数着人行道砖，三格一跳。这么紧走慢走，不一会儿就到了。

再说墓园门口，龙芥见高剑霞一直没下车，渐渐困惑起来。几次抓起望远镜看去，镜头里的高剑霞总是一副安心的样子，全无下车的意思，心想，可能在等人，便耐心等待，一边留意四周，看谁来和他会合。等了近半个小时，见高剑霞突然动了动，原来有一个用人模样的中年妇人带着个五六岁的小女孩，朝他的车子走去，又从他车前经过，对汽车和车里的人，根本未加理会。龙芥透过望远镜看，见高剑霞直起身子，双眼一眨不眨，死盯着两人。原来他不是等人约会，是在盯梢。龙芥看了，一则纳闷，二则振奋。一个高级警官亲自跟踪一个用人，一定大有文章，难道哥哥的密码箱到了那用人手里？要不，是她主人和哥哥的失踪有关……

无数种可能在脑海掠过，他定下神，认真观察。

蹦蹦跳跳的小女孩拉着用人奋力前行，急不可耐地进了墓园的大门。老少俩进去后，不出几分钟，高剑霞也下了车，双手插在兜里，一副闲适模样，左右扫了几眼，没发现异常，便尾随而入。

龙芥知道公墓在爱多亚路也有个出口。但他吃准高剑霞会原路返回，因为车子停在这儿，于是在车里安坐，手持望远镜，守株待兔。

张妈和珂莱儿一老一小进了公墓的雕花大铁门，见到的第一座墓是园里最大的，张妈只知道墓主人是上海滩的洋大亨，但不知姓甚名谁。墓的四角站着四位白色天使，收拢了翅膀，垂头站着，神态各异，并不悲伤。珂莱儿经过他们时，习惯性地去摸他们的翅膀，希望摸到羽毛的柔软，结果还是一如既往，只触到坚硬和冰冷。虽然早料到了，总是有些失望。仰起小脸看，天使们长得和真人一般大小，全身白色，是大理石的雕刻。她暗暗期盼他们正好飞起来，到天堂去。看了一会儿，没有动静，就一转身，往里头冲进去，边冲边嚷嚷："张妈，你来找我。"一转眼就出了张妈的视线。

墓园里还有不少玩耍的小孩，都是西洋人，都和珂莱儿一般地在奔跑躲藏。纪念塔、墓碑、十字架、树木，都是藏身的好去处。照看他们的都是妇女，有些是外国主妇，有些是中国用人。她们都是一心多用的，有的看书，有的聊天，有的默默出神，有的照顾推车里的婴儿。墓园是个安全的地方，从来没有孩子跑丢过，也不会有坏人进来。墓园里并非清一色是妇幼的天下，也有男的园丁和杂工在干活，挖泥补土，修剪花草，整理被风吹乱的花束、花圈。

园里最安静的地方是婴孩墓区。大人都不愿去那里，也不让小孩去，不是因为怕鬼，是不愿引起联想。珂莱儿找了几个地方，都觉得人太杂，藏不住，就躬身穿过树丛，往婴孩墓区潜去了。她爸一个美国同事的女儿就葬在这里，妈妈带她来看过，还拔了上面的草。她叫苏西，才两岁，被一只猫咪抓破了手背，没承想猫咪有狂犬病。其他的小小坟墓，都有各自的悲惨故事，刻在墓碑后面。她缠着妈妈问过，妈妈只好讲给她听：小史蒂芬因为难产，没出生就死了。小黛西因为吃了苍蝇叮过的三明治，得了痢疾而死。小亨利最惨，被粗心的阿嬷失手掉到滚水里……她一块块墓碑辨认过去，似乎看到了下面冰凉凄冷的小小尸体，不禁打了个寒战。

张妈笃定泰山地四处走，眼睛随便东瞄西瞄。腿脚本就慢，又不想太早抓住小孩，就故意慢慢悠悠一点。小孩子家躲藏的那几个去处，心里太清楚了。这么顶着斑驳阳光慢慢徜徉，找了一圈儿没见人影，有些奇怪起来，心想小家伙长本事了，暗中一笑。稍微用了点心，一处处看过去。把平时走的地方又走了一遍，居然还没见珂莱儿的人影。于是打起精神，加快脚步，把墓园里每个角落，去过没去过的，统统仔细搜查过了，还是徒劳。这下才真的急了，连奔带跑地乱窜，扯着嗓子喊："珂莱儿，珂莱儿，别藏了，你在哪里，别藏了……"

鸟雀的欢唱此起彼伏，秋蝉的合唱响成了一片，似乎在演出今年的谢幕曲，在张妈耳里，这些声音都变得阴气森森了。她跑着，喊着，一无所获。墓园里所有母亲都惊觉起来，把孩子叫到身边。不久，喊叫变成了歇斯底里的哀号："珂莱儿……"在墓园听到这种哭喊，倍感凄惨入骨。张妈早已因绝望而精神崩溃了，大家围过去看时，见她跌坐在地上，双腿乱蹬，不停扯头发："啊呀老天啊，呜呜，怎么办啊，求求你们，怎么办啊，呜呜，珂莱儿不见了……"

众人费了老大劲，才闹清事情原委。几位金发碧眼的母亲立即赶到管理处，电话报警，不出二十分钟，大队制服巡捕赶到了，几度拉网式搜查后，恨不得每株小草都查过了，哪里有珂莱儿的一根毫毛。

龙芥目送高剑霞进公墓后，做好了长久等待的准备，没想半小时不到，高剑霞就出来了，连忙抓起望远镜看。

他是抱着那小女孩出来的，刚才还东蹦西跳的她，这会儿睡着了，趴在他肩头，小手搂着他短粗的脖颈。龙芥看了，下巴掉了下来。高剑霞的步子不紧不慢，态度从容，面带微笑，一只手轻拍她的小背，一看，就是个慈父抱着熟睡中的女儿。

那中年女佣则不见了踪影。

岛津恍然大悟了，高剑霞盯梢的对象，并不是那女佣，而是这小女孩，盯梢的目的，竟是绑架。她哪是在熟睡，分明是昏迷了。于是想起刚才他藏在兜里的两只手。乾坤就在兜里。

她是何许人，值得出动他亲自绑架？找到了一个答案，却带出了更多的疑问。

高剑霞已经拉开车门，将女孩轻放在后座，盖上自己的外套。他一反适才的闲适，迅捷上车关门，发动引擎，车子画出一个弧形，上了静安寺路，往外滩方向开去。

龙芥还是远远尾随着，这一路，高剑霞开得风驰电掣，简直要飞起来。到了兴旺达门口停好车，下车开了后门，探身进去忙碌了好一阵，才提了一个大大的油布包裹出来，拎在手里进了旅馆。

龙芥远远看着这幕，陷入沉思，绑架小孩，一般是为了勒索父母。高剑霞这种身份的人，就算沦落到绑票勒索，也会假他人之手的，如今他亲力亲为，必有隐情。他相信此事与哥哥的失踪有关，但具体怎么关联，还须从小女孩的父母入手。问题是小女孩身份不明，怎么查出她的父母？有了，那用人，如果她活着，应该已经报警了，如果她已死，发现她的人也会报警。从她入手的话，可以轻易查出她雇主的身份。

他想起了工部局总巡捕房的特别副总巡赤木。

珂莱儿失踪后，后面的情节便完全照着高剑霞的预料演进。

先是有人在西洋人公墓的管理处报了警，大批巡捕到场搜查无果后，审问了保姆张妈，然后通知了谢先生夫妇。两夫妇的震惊可想而知，尤其是谢太太，几乎陷入了歇斯底里。于是正式立案，侦破工作循例落到中央捕房的高剑霞手里，他旋即通报了公共租界内各捕房，又抄报法租界巡捕房协同侦破。

捕房里有新闻界的大批眼线，第一时间得到了消息。虽说绑票的事无日无之，但肉票的父母是美国华侨，洋行高级职员，故事便有了新鲜感。再者，绑架地点又是在墓园里，光天化日之下，一个活蹦乱跳的小女孩消失得无影无踪，竟然没有一个目击者，给故事平添了丰富的作料。各家报纸电台于是全力以赴，添油加醋，大加炒作。次日，中外文各报的头版无一不是小女孩的大幅照片，电台里的新闻节目也反复播报此事，一时间上海滩的街头巷尾，酒楼茶肆，人人议论。因受害人是美国籍，连美国驻沪总领事也发表声明关心此事，希望警方夙夜在公，早日侦破。而谣言也开始出现，说小女孩并没被人绑架，是给墓地里的"鬼魂"抓去做替身了。一时间静安寺西洋人公墓变得渺无人迹，因为所有中国阿嬷都是怕鬼的，谁也不愿再踏进西洋坟地一步了。

高剑霞螳螂捕蝉，龙芥黄雀在后，但他对高剑霞下的棋还是猜不透。小女孩的父母背景，他已第一时间找赤木了解过了，却大失所望。高剑霞的所作所为，也不像是针对这两个美国华侨，设若绑架小女孩只是为了胁迫其父母，达到某种目的，比如逼他们交出哥哥的密码箱，那应该尽量悄无声息才好，又何必掀起这么一场舆论大浪呢。看来自己想得简单了，背后应该另有隐情。

线索到此似乎又断了。为此他困惑了一天一夜。想来想去，应该是漏掉了什么，决定再找赤木细聊一次。

赤木挂了个巡捕房特别副总巡的名，平时上班还在日本总领事馆警察部，窗口对着黄浦江。这也是龙芥的老东家，熟门熟路。他敲门进了赤木的办公室，互相鞠躬问候。赤木是个袖珍型的男人，那件西装像童装店买来的。坐定后，他搬出一堆文件道："岛津君来得正好，我在工部局档案馆找到新材料了。"

原来，小女孩并非谢先生夫妇亲生，而是领养的。她生母叫池彩娣，孤儿院出身，曾因犯盗窃罪被捕，判了八年徒刑，关押了四年后提前释放。她女儿是在监狱里出生的，生下后就被工部局安排领养了。

赤木道："有一点很蹊跷，池彩娣的抓捕和提前释放，都是和高督察长有关的。她提前释放后，高督察长还出钱让她学跳舞，介绍她做舞女。"

龙芥迫切地问赤木："那么，我怎么能找到这个池彩娣呢？"

"找不到，"赤木道，"她在巡捕房里有另案在身，罪名是涉嫌盗窃钻石，拘捕令发出好几天了，一直没抓到，负责抓她的，也是高剑霞督察长。"

龙芥一听，长长吁了口气，明白其中的原委了。既然池彩娣是个惯偷，又与高剑霞有这种关系，那么，她就很可能为高剑霞所用，被安排进金风记，与赵善纯里应外合，盗取哥哥的密码箱。现在，哥哥不知所踪，密码箱也下落不明，高剑霞却突然绑架了池彩娣的亲生女儿，又唯恐天下人不知，说明密码箱并没到他手里。最合理的推断是，这个池彩娣得手后没有按原先安排交出箱子，而是带着它逃匿了，这就迫使高剑霞不得不出此下策，劫持她女儿，逼她现身，换回密码箱。

想到这，龙芥以拳击掌，长长吁了一口气。他想到另一个问题，问赤木："池彩娣的丈夫是谁？"

赤木把手头的资料翻了一遍道："工部局里没有她结婚登记的记录，所以，不知道。"

"那谁是她孩子的父亲？"

赤木又翻了一遍资料道："孩子是在监狱医院里出生的，父亲一栏填的是'不详'。"龙芥沉吟半晌，没有深究。他想，既然手头的证据全都指向了高剑霞，先抓了他再说，池彩娣可暂时不管。

但抓捕高剑霞并非易事，公共租界的运作是独立的，实质上归英美两国控制，日本方面无权干涉，何况高剑霞还是租界的高级警官。他想让赤木先下手为强，擅自下令抓捕高剑霞，迅速移交给华中派遣军。但赤木一听，连连摆手，认为很不可行，因为高剑霞并没有触犯租界法律，除非能证明是他绑架了小女孩。

谈下来之后，龙芥深觉赤木胆小无能，便不再理他，转而找今井武夫帮忙。后者马上带他去重光堂拜会了土肥原，土肥原爽快地答应了，他管着黄道会，可以让里面的流氓出面，帮龙芥劫持高剑霞，这件事便这么敲定了。

第四十五章

　　池彩娣那天一早起床，梳洗后，打开无线电听新闻，得知女儿遭绑票了，手里一杯水掉地上，摔得粉碎也不知，整个人变成一根木头。听完了新闻，一身睡衣睡裤跑到楼下，又不敢贸然出门，就求刘妈上街买了份《新闻报》，跑回房间里细读。

　　文章配上女儿的大幅照片，绘声绘色，把个西洋人公墓渲染得阴风阵阵，鬼影重重，似乎每一棵树、每一块石后面，都藏着阴魂，伺机捉人抵命。又分析说，这似乎不是一般绑票案，一般绑票，总要索赎，而此案至今无人提出赎金要求。随着时日推移，女孩自是凶多吉少。池彩娣看后，五内俱焚，把脸埋进枕头，止不住地号啕大哭起来。

　　哭了一阵，心里渐渐透出亮光，知道是高剑霞以女儿逼自己露面。思前想后，没有第二条路可走，只好去到书房里，拿起电话，拨了高剑霞的号码。

　　电话只响了一声就接了起来，似乎有人在电话旁寸步不离。那头的高剑霞一听是她，长长舒了口气道："彩娣，你不应该，实在不应该啊。"连说了好几个的"不应该"。

　　"高警长，我对不起你，事情没办好……"她因为紧张，嗓子一下失声，连忙清了喉咙，重新说一遍。说完，想起自己带给女儿的劫难，不知该恨自己莽撞，还是怨自己命苦，又哭了起来。

　　高剑霞道："彩娣，哭就不必了，知道错就好了，只要你悬崖勒马，我一定既往不咎。你看看，什么时候把东西送过来，只要东西送到，原来说好的条件一概不变，我高某人绝不食言。"

"可是，我不是骗你，真的没看到钱，我在他房间找遍了，就是没看到……"

他打断她道："彩娣，都这时候了，还说这话，就没意思了，你要知道，我是天天被人逼，是在代你受过啊。其实，你的事情我都知道，你是被人利用了，劝你还是看在自己孩子的分上，从善如流，别再受人摆布了，到时候受伤害的是你的孩子，那人是丝毫无损的，你明白吗？"

"别，高警长，千万别为难孩子……你说的那人跟这事儿没关系的，我们是后来碰到的……"

他提高嗓门道："彩娣，你这是在逼我啊，我和你孩子无冤无仇，绝不会伤她一根毫毛的。不过，要是你一意孤行，死不悔改，把我逼得没退路，我也只能找孩子算账了……喂，喂，你在听吗？"

她呼吸粗重，半天才道："高警长……"

"钱在他手里吧？要不这样，你把他的姓名地址告诉我，我直接找他。"

"不不不，他和这事儿没关系。"

"那你就送过来。"

"……好吧。"她犹豫再三，终于说。

"什么时候？"

"我尽快。"

他顿了顿，又试探着问："你得抓紧了。你女儿闹得厉害，就怕到时候管不住她……你现在人在哪儿，不然我派人去接你也行。"

"别，求你了，别难为一个小孩子，我马上来，马上来。"

高剑霞想，还好使了这招引蛇出洞的妙计，否则她躲在暗处，自己还真是无能为力的，便说："只要你来，孩子我会好好照顾的。"

池彩娣挂了电话后，呆坐了足足半小时。这件事情，高剑霞受伤害太深，绝不会轻易放过自己，若不出面，女儿肯定就没命，那自己也没什么活头了。

可汤仲翔的警告言犹在耳，她这么贸贸然现身，自然会拖累到他，拖累到他的通盘计划，也就等于彻底失去他，重新变回茫茫人海里漂浮的孤叶，这是无论如何不敢的，总是要先同他商量，求出一个万全之策来。可是，他从昨天早上就不见踪影，昨晚也彻夜不归，就算要商量，也要等他回来才行。

第四十五章

玛兴和伦纳多一早开车走了，早饭也没吃，去参加撒纸赛马活动，要在外头待上一整天，家里除了下人，只剩她一个。她巴巴等着汤仲翔回来，心里架起一口油锅在煎，一会儿想象女儿受难的情景，一会儿猜测汤仲翔在忙什么，这时才发现，他的世界，对她是白茫茫一片，她一无所知。

一直等到傍晚时，她再也等不下去了，眼里全是女儿惊恐的脸。她胡乱扯了一件连衣裙，都不知道什么颜色，潦草穿上，蹬上一双平底鞋，没照镜子，悄悄溜出门，叫了一辆人力车，直奔兴旺达旅馆。太阳偏到了西天，布下一片紫红的鱼鳞斑云，风浩浩从耳旁掠过，红绿灯过了一个又一个，马路拐了一条又一条，只觉得三马路从来没这么遥远过。

高剑霞与池彩娣说完电话，心里还是火烧火燎地焦虑，他铁青着脸，拿起桌上的一只端砚，往地上一砸，摔得粉碎，一屁股跌坐下来，不停喘粗气。她会不会来，什么时候来，都是未知数，他从来没这么心焦过。

烦心事总爱扎堆来，肥猫进来说，小孩又在哭闹了，劝也劝不住。肥猫和阿四是心腹，绑票的事便没有瞒他们，再说也亏得有他们搭手，否则更焦头烂额了。他只好上楼去，耐着性子帮着劝慰，没想孩子不为所动，对着一堆吃的玩的，就是不要，一味吵闹，要找妈妈。他勃然大怒，掏出手枪，将孩子恐吓了一顿，又觉得自己莫名其妙，心想，一味着急上火不是办法，不如去怡红院找姜钰涵解解闷再说。于是留下肥猫看家，只身往会乐里去了。

却没料到，龙芥和土肥原联系之后，已经派出黄道会的一众流氓，把他看得个严严实实。他甫一出门，就被人盯上了，一路跟踪到怡红院，等确认暂时不出来，马上去弄口一家烟纸店打了电话报信。

高剑霞进到了怡红院里头，想起连日的不顺，止不住地唉声叹气，大腿也说酸，脖子也说痛。姜钰涵见他如此的萎靡，茶水点心伺候不说，更使出了浑身解数，命他躺上香榻，叩动玉指，握起粉拳，替他捏脖子敲腿，揉肚子揉胸。这么折腾了一阵，直到她汗生秀额，红起双腮，才把他捣弄舒服了。他舒服了，那双手自然就不规矩起来，在她身体的凹凸壑隙处游走，弄得她也春兴勃发了，于是便宽衣解带，颠鸾倒凤了一场。

待云消雨散，清洗干净，她才上床挨着他躺下，慢慢说开了闲话。他侧过脸，见她耳垂上亮晶晶嵌一粒陌生的钻石耳环，随口问了一句。这一问，勾

321

起了她的话题，提起前几天新来的客人，道："那人说是赵大少的故旧，看他出手，比赵大少爽快多了，不过，这钻石钱的支票还没送来呢。那天他牵挂赵大少，专门拉着我去了趟南市找他，说好回来后带支票过来的，结果也不见回。"

高剑霞一听，腾地坐了起来，被子滑下来，露出一身硬实的黑肉，"善纯在南市？"他问。她诧异道："赵大少的老宅在南市，高警长不知道？"他铁青脸道："知道个屁，跟我说什么几代以前是吴江人，老家没人了……这事就不提了，反正他跟我就没说过一句实话。你先跟我说说，找他的是什么人。"

"姓殷的，殷先生。"她说，他一听，脸色更难看了，脏话一连串地从嘴里滚出来。殷先生是何许人，他从金石寒嘴里全了解了。自己没找到赵善纯，没想让他抢了先机。这几天老觉得有人在跟踪，估计也是他，便说："快说，后来怎么样，找到善纯了吗？"

于是，她就如此这般，将那天的情形如实说了一遍，最后说，和殷先生在小吃店别过，自己先打道回府了。至于殷先生有没有找到赵大少，就不得而知了，因为他并没有如约回来过夜。她想起那天设下的钻石骗局可能会功亏一篑，极不甘心，只是不好对高剑霞明说。

高剑霞听了，当机立断道："事不宜迟，你马上带我去南市走一趟，善纯活要见人，死要见尸。"一掀被子跳下床去，匆匆穿衣穿裤。

她一惊道："你胡说什么，死不死的。"

"还在做你的大头梦呢，什么等他带支票过来。那姓殷的是不会回来的，他也不是善纯的什么故旧……"他打住了，没说出他是日本人，披上外套道："你等着，我去把车开过来，听到我摁喇叭就下来吧。"

他已确信自己被跟踪了，却不以为意，这里是自己老巢，哪个敢在这地方惹自己，迈着短腿，风风火火朝弄堂口赶。

趁他在温柔乡里缠绵的这点工夫，龙芥早已率黄道会的人马，分乘三辆汽车赶到了，四散埋伏在了弄堂口。这会儿见他出来，打个手势，立时有三条壮汉扑了上去，卡住脖子，用破布塞住嘴，七手八脚摁倒在地，一眨眼的工夫，早已被拇指粗的麻绳捆成个肉粽，又被面粉袋套了头，抬进汽车的尾箱，哐当一声关上，一伙人跳上车便呼啸而去了。

　　高剑霞侧躺在汽车尾箱里，周身渐渐麻木了。捆绑他的人是个行家里手，可能做过屠夫捆过猪，把他的手腕和脚踝扎在了一处，将人躬成个圆团，绳索勒得紧，结打得死，没有一分一厘的松动余地。他嘴被堵住，靠两个鼻孔在出气，又隔个面粉袋，兼之尾箱里空气渐渐稀少，觉得快晕厥了。但每次迷糊过去时，总来一个大大的颠簸，撞到脑袋，把他撞醒，能感觉车子开得极猛，横冲直撞，左闪右避。十几分钟后，车头突然上仰开始爬坡，他朝后一滑，脑袋撞到尾箱后板，知道在上桥了，说明车子是去虹口方向，又开了大约十分钟，停了下来。

　　后盖箱打开了，隔着布袋，也能感觉眼前一亮。一群人过来，七手八脚把他抬了出来。脚上的绳子解开了，他被几个人夹住，半拖半走，上台阶，过门槛，左拐右拐，又下楼梯，最后，被推到一张椅子上，头上的布袋被人一扯，却并不觉得刺眼，原来是在一间无窗的暗室里。看头顶，只有一盏灯泡，灯泡外蒙着铁丝网。像是某幢洋房的地下室。

　　他的上下眼皮已经粘在了一起，努力撑开点缝隙，发现面前是张红酸枝的八仙桌，边角处磨掉了漆。他不停眨巴眼睛，好一会，发现对面坐着个人，等看清面孔，登时惊得跳了起来。

　　身后四只铁钳般的手一起抓住他，一个按肩膀，一个按脑袋，把他压回椅子上。

　　他亲眼见过殷先生的尸体，探了他的鼻息，摸了他的脉搏，确证了他的死，但死去的人，现在又活生生坐到自己面前，目光炯炯。他听见自己的粗重呼吸，拉风箱一般。是的，金石寒说过，来调查的日本人是殷先生的孪生兄弟，虽然已有心理准备，但猛一相对，还是受了震撼。

　　岛津龙芥开门见山道："告诉我三件事：一，你是怎么害死我哥哥的。二，他尸体的下落。三，他那只密码箱的下落。"

　　两人对视了好一阵，昏黄灯光下，高剑霞越看面前的人，越觉得和殷先生难分彼此。最后还是龙芥开口道："我和我哥是孪生兄弟，原先是日本领事馆警察部的侦探，咱们也算是同行吧。"高剑霞松了口气："啊，我和你们的赤木很熟啊，他原来也是你们领事馆警察部的。"龙芥道："既然是同行，规矩都是清楚的，我要的东西你不给的话，这事儿过不了。"

高剑霞并不胆寒，自己好歹是公共租界警务处的督察长，背后是英美两国政府。他说："岛津先生，我知道的一定全给。你刚才问的那三个问题，我是真的没答案。"话音未落，对面的龙芥突然一扬手，还没反应过来，左颊已被凌厉的鞭梢划破了，耳边听到他高喊："你说谎！"热辣的痛如同火烧一般，有温热的东西流了下来，高剑霞的呼吸变得牛一般粗重，脸涨成猪肝色，狠狠盯着龙芥，若不是双手被绑着，会扑上去活活掐死他。

龙芥见了他的眼神，没说什么，站起身摆了摆头。几个打手立刻扑过来抓起高剑霞，拖到另一个房间，先浑身上下搜了一遍，把口袋里的东西清空。接着，领头的人把一个铁桶扣到他头上，一直扣到肩膀处，其余的便一拥而上，用木棍雨点般朝铁桶猛砸。高剑霞撕心裂肺喊叫停手，但声音隔层铁，混在砰砰乱响中，根本听不出。等他们敲得累了，停手了，龙芥才走过来，用脚把铁桶挑开，对着满脸青肿的高剑霞问："怎么样，服了吧？"

高剑霞耳里只有轰鸣和呼啸，听不见他的话，躺着地上兀自喘气。几个打手缓过劲来后，见他没表示，又一人抓起一根空心橡皮管，二话不说，劈头盖脸抽过来。高剑霞一生里不知对多少人用过刑，受刑却是头一遭。原以为龙芥会顾忌自己的身份，不致动粗，没想打错了算盘。他对刑罚的套路太熟悉了，知道会层层加码，等走完程序，所有花样都轮番伺候过了，就算没死，也不想活了。他张嘴道："等等……"牙床嘴唇已全肿了，听起来像喊"毒毒"。

龙芥听见了，挥了挥鞭子，挥舞的橡皮管停了下来。就这一会儿的工夫，高剑霞已经七八下挨好了，早已皮开肉绽。他努力睁开眼，混混沌沌看不清，眼里只有一片红光，嘴里满是黏咸的液体。

龙芥在他身边蹲下，"我哥哥呢？密码箱呢？"

高剑霞嘴角冒着粉红色的泡，耳语般道："你哥哥已经死了……"昏了过去。

领头的打手拎了一桶凉水过来，朝他劈头盖脸一泼，他才醒来。

龙芥换了平和的语气道："你慢慢说，说清楚就没事儿了，我送你去医院。"

高剑霞点点头，无声地哭了，边哭，边艰难地咽唾沫。龙芥转头对打手道："弄杯水来。"亲自给高剑霞喂水。高剑霞双手反绑，侧卧在地上，脸贴着地面，水只喝下一小半，洒了一大半。一些水流进鼻子，猛呛起来。他的哭，肉体受折磨是其一，更多的还是屈辱。

呛停了，断断续续，把事发当晚的情形说了一遍。"我到他房间时，他已经死了，箱子也不见了。"

龙芥想象那晚的情景，因为悲伤，丧失了语言能力，拉过张椅子一屁股坐下，双手往两腿一支，脑袋耷拉着，不吭一声。不知过了多久，才抬起头道："就算不是你，是谁？到底谁杀了我哥哥，抢走密码箱？"

高剑霞喘了一会儿，才继续说："是金石寒手下的人，赵善纯，金凤记的首席当手。"

龙芥怒道："放狗屁！箱子要是在赵善纯手里，你干吗还去劫持那个小女孩，还把事情捅给报纸？你的那点儿破事儿我全清楚，赵善纯只是内应，替你动手的人，是池彩娣。箱子是不是在她哪儿？"

高剑霞听他提到池彩娣，睁开了眼，问："那是谁？"

龙芥冷笑一声，高剑霞那张血肉模糊的脸让他越发憎恶了，他一五一十，把池彩娣的背景，她与高剑霞的关系原原本本地讲了一遍："你那点破事儿休想瞒得过我，你抓了池彩娣的女儿，关在兴旺达旅馆，想逼池彩娣拿密码箱来换女儿。"

高剑霞长叹了一口气，由衷感叹日本人的厉害，残存的一点点意志，如盐巴掉落滚水里，消融于无形了。他说："活儿确实是池彩娣干的，可她不会杀人。"岛津问："凭什么这么肯定？"高剑霞道："凭我对她的了解。"龙芥道："不是她，是谁？"

高剑霞再次陷入了沉默。龙芥努努嘴，那领头的打手过来把高剑霞当胸抓住，施展臂力，把人整个提起，哐当砸到一张大台面上，只让脑袋朝后仰在桌外。此人正是在百乐门与汤仲翔争夺孙菱的范队长，当时还是个诨名，现在货真价实了，那个正队长四天前在情妇家里，给军统特工割了喉咙，土肥原当即将他提拔为正队长，他受宠若惊，这几天做起事情来，格外地卖力。他把高剑霞架上台面后，另一个打手提来一个锈迹斑驳的煤油桶，拧开盖子，对准高剑霞鼻孔，灌注辣椒水。

高剑霞呛得乱咳，继而杀猪般号叫起来，拼命挣扎，奈何那张台子是钉死在地上的，纹丝不动，只把自己搓得周身渗血。岛津摆摆手，打手才停了手，待他难受得差不多了，龙芥才说："杀人的不是池彩娣，那会是谁？"高剑霞嘴唇动了半天，听不见声音。龙芥凑近了道："再说一遍。"高剑霞还是发出不来声音。

领头的打手把高剑霞的身子朝里一拉，脑袋搁上了桌面。只听他咕噜一声，鼻孔和嘴巴喷出一滩水，又咳了半天，才用细若游丝的声音道："还有一个男人，是她的同伙，我也是前两天才知道。"于是说一句，喘一喘，叙述了如何吃准池彩娣会去探望女儿，如何派肥猫等人预先埋伏，如何在抓捕时被她一个男同党出手干涉，暴力拒捕，功亏一篑。

龙芥问："那男的是谁？"

高剑霞道："让他们逃了，没人认识他，只有一个线索，现场捡到了一只手表。"

龙芥一阵失望，但"手表"两字，又触到了哪根神经，问："那只手表呢？"

"就是我戴的那只，刚才给你们的人搜去了。"

龙芥回过脸问范队长："手表呢？"

范队长脸上掠过一丝惊慌，迅即堆起笑："哦，有，有。"伸手进怀里掏出一只手表，殷勤地递给了龙芥。

龙芥把手表翻来覆去看，没看出任何名堂，心想，单凭这只表就想找到主人，也是遥不可及的，随手塞进兜里，问高剑霞："就是说，池彩娣去看女儿时，是带着那男的一块儿去的？"

"没错。"

"这人会不会就是池彩娣女儿的父亲？"

高剑霞没马上接，不停咳嗽喘气，好一阵才说："我看那人是她的同党。"

"这两个身份，并不相互排斥吧？"

高剑霞睁大了眼，他仰面朝天躺着，那张脸四周摊开去，比平时大了一圈，再睁圆眼睛，有些不像是他了。龙芥说的这一层，他一直没想过。难道说，这几年来，池彩娣一直和孩子的父亲暗中联系，两人合谋要了自己？龙芥明白他的心思，脸上浮起微笑，那意思是说，你就自以为聪明吧。

高剑霞恨恨道："我已经在电话里说动了池彩娣，她答应带钱到旅社来换女儿的，等抓了她，这一切不就水落石出，钱不就到手啰？你把我抓到这里，全打乱了。"

龙芥精神一振道："她答应来了？什么时候？"

高剑霞道："只说是尽快，可能是今天，也可能是明天、后天。不过，她女儿在我手里，怕什么？她总要来做这笔生意的。"

龙芥点点头，陷入沉思里，不再理高剑霞。站了一会儿，突然转身回到隔壁屋子，从兜里掏出那块手表，坐在八仙桌前，若有所思地来回翻看。这表不如欧米茄或江诗丹顿那么为人熟知，但一看便不便宜。戴这款表的人，不会是下层社会的，也不可能是经营淫赌毒发财的江湖人士。再仔细一看，见表带上压出一个带圆圈的"中"字，似乎是中国航空的标志，难道池彩娣的同伙是个飞机师？想想又否定了。飞机师在中国社会是精英，不可能和一个惯偷搅和在一起，突然明白了，这是一块偷来的手表。想到这层，不禁一笑，把表塞回裤兜里。

现在，赵善纯死了，高剑霞已经榨干了，剩下的唯一线索是那个池彩娣，尤其是她的男同伙。要控制池彩娣，必须控制她女儿，有她女儿在手，不怕她不就范。他起身喊道："来人。"话音刚落，黄道会行动队的一帮人就匆匆聚了过来。他视线在每个人脸上扫过，特别在范队长脸上停多了一秒，大声说："大家听着，现在休整一下，吃过晚饭，天黑后再行动。晚饭不许喝酒。另外，白天用过的车不能再用了，马上去给我另找三辆汽车来。到时候三辆车分头出发，分头过河，在二马路的兴旺达旅馆会合。"

范队长凑到他身边，压低嗓门，伸拇指戳戳身后方向问："那家伙怎么办？"龙芥沉吟片刻，问："捕房知道他的事儿了吗？"范队长道："哪能不知道，刚才行动时，弄堂里头的人全看到了。我们在现场的人刚才来电话说，我们刚走，就有人报警了，现在满城都在找他，公共租界的巡捕差不多全出动了……"龙芥皱起眉，挥手打断他。高剑霞的价值已经用尽了，却不能释放。他遭人绑架的事固然已尽人皆知。但遭谁绑架却是谜，而这个谜是不能捅破的，若捅破，日本与英美间必起外交纠纷，日本驻沪总领事必然要追责。一追责，今井武夫也难招架，自己更是逃不脱责任。

他低头走了两圈，心想，赵善纯已经杀了，老尼姑也杀了，既然开了杀戒，杀一个人是杀，杀十个人也是杀，没什么区别，更何况，死得再多，也抵不过哥哥一个，想到这儿，做了一个砍头的手势，道："要不留一点痕迹。"

行动队有专门的杀手，杀人已经有瘾了，听说要结果高剑霞，怕龙芥变卦，马上取条麻绳在手，冲到隔壁。龙芥本想不看，一转念，又起身跟了过去，正看见杀手把绳子往高剑霞脖子上一套一勒。他力气奇大，手脚也麻利，一跺脚，大吼一声，地动山摇，任你是山猪野牛，也立时气绝了。

将死未死时，高剑霞脚跟来回蹭了几下地面。龙芥鼻子里飘进了一股秽臭，原来他屎尿失禁了，忙退后几步，举手捂住鼻子。范队长让手下抱来了一卷破席子，把高剑霞的尸体一裹，抬了上去。龙芥知道，他的葬身之地将是江湾的无主乱坟堆，因为是草草掩埋，迟早被饥饿的野狗扒出来吃掉，过不了多久，这个世界上，就再也不会有他高剑霞一丁半点的痕迹了。

第四十六章

行动队里有个队员叫顾当乐，是青帮的徒众。黄道会成员中，青帮的不少，都拜过金石寒为老头子，顾当乐便是其中之一。他目睹了高剑霞的被抓、被虐与被杀，趁着休息的当口，找了一个公共电话，将事情告诉了金石寒的保镖韩飞腿。

不出五分钟，金石寒就知道此事了。

事先若知道殷先生是日本人，纵有金山银山的诱惑，金石寒也不会去招惹他的。正因为不知情，才错走了一步，随后便一步错，步步错，等发现是日本人，只能杀他灭口，而杀了他，又捅下更大的马蜂窝。现在已经是陷在马蜂群里，躲无可躲了。

先是赵善纯为这事送了命。那一日，他堂兄见他迟迟不起，去找他时，才发现彻夜未归，感到蹊跷，想起前一天有老尼来传唤过他，便去尼姑庵打听，于是撞破了血案。不敢报警，先飞奔来找金石寒报信。金石寒听了堂兄描述的现场，看得出杀手是怀着深仇大恨的，马上猜到是谁下的毒手。这场火没蔓延到自己身上，可见赵善纯至死没供出自己，他的忠心，以惨死做了诠释，想到这点，金石寒独自掉过两次泪。善纯光棍一个，没有家眷需要抚恤，金石寒还是取了一大笔款子，让他堂兄好好超度，厚葬他。

他料到杀戮不会就此打住的，死神果然又找到了高剑霞。虽然早有预料，仍不免脖子上汗毛全竖，三个谋划此事的人去了两个，难道下一个是自己吗？高剑霞与自己既无渊源，又无师徒名分，酷刑之下，就是石头，也能挤出油来，何况人，他若把殷先生的死赖到自己头上，是自然的。但听顾当乐的意思，他只供出了池彩娣和男同伙，倒是只字未提自己，这话让他将信将疑。

盘算半天，觉得不可大意，无论如何，要抢在岛津龙芥前头控制池彩娣，若让对方抢了先机，自己就人财两空了。事不宜迟，马上开上了两辆汽车，带着八个看场的，直奔公共租界的兴旺达旅馆而去。

一路上，金石寒抚摸着小狗的脑袋，不断在想高剑霞的死。他只是工具，被自己拿来用了，谈不上私人感情，但毕竟是因自己的事而死，不能说毫无歉疚，而这一切，都要归因于殷先生的那个孪生兄弟。那天没在地下室结果他，留下大患，回想起来，真是后悔万分。这一次，只要机会合适，决不可再犹豫了。日本人固然可怕，但租界毕竟还在英美手里，自己的势力，连外国人都忌惮三分，何必过虑，只要不留把柄即可。越往深里想，越觉得目前的结局也未必尽坏，如果跟此事有关的人都死光了，那笔美金自然就由自己独吞了。一看，车子已经从爱多亚路拐入了西藏路。

到了兴旺达一看，与自己的预估不同，并没有明枪暗哨的防守，似乎在唱一出空城计。原来，高剑霞被绑的事情传开后，公共租界便开始了全城搜捕，上海租界开埠以来，这级别的警官被绑架还是头一回发生。巡捕房大部分探员都出了外勤，阿四和肥猫也不能例外，只好把小女孩交给老茶房看管。高剑霞精心策划的一场绑架案，竟现出虎头蛇尾，不了了之的颓势。

金石寒一到便直闯账房间。账房先生和老茶房对着这烂摊子正犯愁，见了金石寒来问小女孩的事儿，顿时如蒙大赦，马上领他上顶楼，到了一扇门前，打开两把锁，吱呀一声推开了。

金石寒抢进门去，见果然有一个穿粉红连衣裙的小女孩坐在床上抽泣，这才露出放心的笑脸。她冷不丁见闯进一个壮老头，花白的寸头，膀阔腰圆，腋下夹着一条巧克力色的小狗，忘了哭了，腮帮子挂着两滴泪，眼珠滴溜溜转，轮番看看小狗，看看金石寒，看看他身后的保镖。金石寒见了她，仿佛见到了那笔美金，心情顿时大好了，两手端着狗，送到她眼前，让她看清楚了，突然手一松，小狗掉在地上，趁势打了一个滚。她"啊"地叫出声来。

金石寒哈哈一笑，嘴里道："起立。"那狗听令，果然只用后腿站了起来。他又喊："向前——走。"它便如一只企鹅般，两只后脚一摆一摆地朝前走去。珂莱儿看了，挂着泪花，咯咯咯地笑出声来。金石寒又唤一声："向后——走。"

小狗便退着走，样子更滑稽了，珂莱儿见了，不由在床上站了起来，拍着手笑。金石寒又唤一声："机器狗表演——"小狗这才放下前肢，表演起了原地蹦跳，每次蹦起两尺高，一落地，马上接着蹦起，就这么一下接一下地原地蹦着，好似装了弹簧和发条的机器狗。珂莱儿看得兴奋起来，也随着狗一起蹦，把床板跳得山响。老茶房进来窥探，见了忙摆手呵斥："床板跳坏了，床板跳坏了……"她不理，只是一味地跳。

跳累了，才一屁股坐在床上，突然想起什么，嘴角又挂了下来。金石寒问："怎么样，想妈妈了？"她眼泪扑簌扑簌地又掉了下来，问："老爷爷，我妈妈呢，我要妈妈。"金石寒听她喊自己老爷爷，觉得这小孩倒乖巧，伸手道："要不要老爷爷抱抱？"她犹豫一下，张开手，让金石寒抱起来。那只小狗正四处嗅来嗅去，见金石寒抱起小女孩，"汪"地一吠，蹿过来猛扒拉他的腿，喉咙里嗯嗯乱响，显出了极度的妒忌。金石寒伸腿撩开它，对珂莱儿说："你妈妈这几天到杭州去了，所以赶不过来，让我来看看你。我是你妈妈的好朋友。"珂莱儿道："你骗我，我妈妈没有去杭州，她去上班了，我是被绑架了。"他想，这么小也知道绑架这词，问："什么叫绑架？"她瞪着眼睛想半天道："就是给坏人抓起来。"他道："坏人是不是都很凶，是不是要打人？"她点点头。他问："这里有人对你凶，有人打你了吗？"她犹豫片刻，摇摇头。他道："这就对了，所以你不是被绑架的，你看，要是坏人抓了你，会给你买好吃的吗？会给你买好玩的吗？会带小狗狗给你玩吗？会陪你玩游戏吗？"她抓住破绽道："根本没人陪我玩游戏。"他道："我就是来陪你玩游戏的啊。"见床上散落着一副跳棋，道："这不是跳棋吗，来，让老爷爷教你玩跳棋。"

于是让韩飞腿在麻将桌上摆好跳棋，和珂莱儿面对面坐下。小狗见了，"嗖"地跳到他膝盖上，他低头拍拍它脑袋，珂莱儿见他耳朵缺了一块，高兴道："老爷爷，你耳朵少了一个角。"他认真说："是啊，小时候因为不听话，一直哭，就被一只大老鼠咬掉一块。老鼠最爱咬哭鼻子小孩的耳朵，因为小孩子一哭的话，她的耳朵就变得很好吃。"说着，盯着她的耳朵看，咂巴着嘴，夸张地咽下一口唾液。她"啊"地叫了一声，赶紧捂住两只耳朵道："我没哭，我没哭。"他点点头道："那老鼠就不来吃了。"

他把韩飞腿叫来，在他耳边关照了许久，他拼命点头，匆匆下去布置了。

等韩飞腿一走，金石寒便认真地教珂莱儿下跳棋。她倒是稍一点拨便明白，不消一会儿工夫，就超过老头了。他感叹道："响鼓不用重锤啊！"她道："我不要吃香菇，有一股味道，我要吃巧克力。"他看看床上一堆吃的东西，净是些鸭胗干、五香豆、豆腐干，没有巧克力，便唤来韩飞腿，吩咐去买巧克力。趁着一盘刚下完，重新摆棋的工夫，他说："小妹，一会儿有个阿姨会来看你，她是你妈的朋友。"她说："我不叫小妹，我叫珂莱儿。"他说："好好好，一会儿有个阿姨要来看珂莱儿，你高兴吗？"她问："是琳达阿姨吗？"他摇摇头道："不是，是你池阿姨。你生下时，她是第一个抱你的，最喜欢你了。"她摇头说："我不认识池阿姨，我要妈妈。"他道："池阿姨是你妈妈的好朋友，她先来看你，要是你听话，她就带你回家见妈妈。"她问："是真的吗？"他说："你看，老爷爷会骗你吗？"她有些吃不准老爷爷会不会骗她，最后还是摇摇头。

又下了一盘后，巧克力也买来了。他撕开盒子，将鸽子蛋大小的巧克力倒了一桌。珂莱儿抓起一个金色的，剥去外面的金箔，紧嚼慢嚼，还没咽下，又去剥第二粒。他见她吃得津津有味，嘴巴周围糊了一圈，道："一会儿你池阿姨来了，我们要和她玩一个游戏，看她是不是胆小鬼，你说好不好？"她对老爷爷已经完全信任了，连连点头说："好，好，玩什么游戏呢？"他说："她一会儿进来时，我就抱住你，拿一把假刀搁你脖子边，假装要杀了你，看她怕不怕，你要装得像真的一样，这只是一个游戏，演好了就可以回家了，好吗？"小女孩听说是玩游戏，自然兴高采烈起来。

金石寒做了万全准备，却吃不准池彩娣何时会来救女儿，只有干等，没想她倒是来得快。太阳将落未落的时候，她乘人力车直奔兴旺达前门，头发被风刮成蓬草一般，车没停稳，已经跳了下去，扔下几张钞票，不等找钱，飞奔入旅馆大门，撞到一个正出门的中年汉子，也顾不上道歉，嘴里喊着"高警长、高警长"，一头闯进了账房间。

那账房先生正心事重重在拨算盘，见她一阵风进来，认出她来，心想，高督察长给绑架了，她跟他那么熟，怎么还一无所知的样子，跑过来找他，一时竟不知如何应答，右手半悬在空中，只管对着她发愣。这时，刚才撞到的那个中年汉子尾随进了账房间，随手关了门道："池小姐吗？"原来是金石寒的保镖韩飞腿。他领了金石寒的命令，早在旅馆门口等着，却不认识她，但观其行，听其语，猜也猜到了。

她见是个白相人打扮的陌生人，心一沉，问："你是谁，高警长呢？"说完，看看账房先生，他垂下了眼，她更紧张了。

韩飞腿道："高警长给人绑架了，现在是我们在负责这块。"

这一个晴天霹雳来得太突然，她一时应对不了，眼睛眨了无数下才喃喃问："被绑架了，被绑架了……你们是谁，囡囡呢，我女儿呢？我要见我女儿。"

韩飞腿听她一下问出那么多问题，先不回答，拉开门，脑袋探出去，叫了一个手下过来，关照了几句，才关上门道："池小姐，你等等，让他们上去叫人了。"她的心怦怦乱跳，见韩飞腿把胳膊往胸前一抱，站在门旁，那意思是不让她出去，只好用力深呼吸，试着平静下来。不知道他们是谁，也不知要让谁下来，到了这步，只能见机行事了。

正想着，门已经开了，一个花白头发的壮汉抱条小狗阔步进了账房间，目光炯炯地盯她看了半天，见她空着一双手，脸上闪过一丝狞笑，开口道："池小姐，你倒胆大，居然敢空手来啊。"池彩娣在金凤记住过几天，却没见过金石寒，问："你是谁？"他道："我是谁不打紧，关键是你得认清自己是谁，只有明白自己是谁，才好把自己位置摆正了，做事不至于出格。池小姐，这点你做得很不好啊。"她摇摇头，表示不明白。他道："那好，既然你还不明白，老朽不妨多啰唆几句，你是受过高督察长恩的人，他在你身上花的心血银子不少，本以为你会知恩图报的，没想到他却阴沟里翻了船，遇到一个见利忘义、以怨报德的人了。"

池彩娣道："你瞎说，我才不是你说的那种人。"

他道："怎么瞎说，你的事情我最清楚了。"于是将她受高剑霞命潜入金凤记，里应外合，半夜进入殷先生房间，偷走密码箱里的美金，最后翻墙逃走的事，原原本本罗列了一遍。她听了，忍不住再问："你到底是谁？"一旁的韩飞腿插嘴道："真是有眼不识泰山，他就是金凤记的金董事长。"见她茫然的样子，又补充道："金石寒董事长。"

她听过这名字，知道是上海滩新闻人物，但自己是平常人，和他隔得太远，也就是个空泛的概念了，并不惧怕，道："我没拿到什么美金，殷先生房间里什么都没有。"

韩飞腿怒喝一声道："还在胡说,没拿到美金你逃什么逃。"金石寒也道："你还在狡辩,高督察长英明一世,糊涂一时,看错了你,这叫知人知面不知心。他做了这么周详的安排,没想你明里听从,暗地里就找了个男搭档另搞一套,得手后就翻墙出去,把美金给了他,再去对高督察长谎称没见到钱,真不是个东西!既然你还敢空手而来,可见死不悔改,我也不必多费口舌了,你就等着替女儿收尸吧。"说着,丢个眼色给韩飞腿,一转身出门而去。

池彩娣听到"替女儿收尸"几个字,尖叫一声:"等等——"扑过去想拉住金石寒,被韩飞腿当胸扯住,撩起巴掌就是一记耳光,然后一脚蹬在她肚子上。这一脚力发千钧,把她踢得飞过半间屋子,砸到对面墙上,才滑落在地。她嘴角挂着一条血痕,后脑壳撞在墙上,顿时失去知觉。账房先生眼皮都不敢抬,装作写字,手却抖得毛笔也抓不住,掉到桌上。韩飞腿狞笑着过去,怕她死了,伸脚踩住她无名指的关冲穴一使劲。她胳膊一抽搐,睫毛开始颤抖,他这才放心。大概两三口烟的工夫,她眼睛开了,见了他,有气无力道:"求求你,放了我女儿。"

他装作没听清:"说什么?再说一遍。"等她又说了一遍,才道:"放了她?没这么容易,先把钱交出来。"

她道:"好,我交,可我要先看到女儿。"

他说:"那好啊,要看趁早,晚了就只能看尸体了。"

她挣扎着坐起身。他拎住她后领,助她一臂之力,跟跟跄跄爬楼梯到了顶楼,韩飞腿敲了门,金石寒在里头喊了声"进来"。门一开,不看则已,一看之下,她忍不住撕心裂肺地叫了声"囡囡",就要扑过去,两只胳膊却被韩飞腿双手铁钳般夹住,哪里动弹得了。

金石寒抓小鸡似的,将小女孩勒在胸前,左手捂住她的嘴,右手拿把匕首架在她丝瓜般粗细的脖子上,小女孩作声不得,两只眼睁得快掉出来了。金石寒冷笑一声道:"人家不叫什么囡囡,人家叫珂莱儿,美国名字。"

池彩娣哭着道:"求求你们,放了她,放了她。"似乎所有的话都忘光了,只会这句。

金石寒道:"我现在火很大,你别再跟我废话,再多说一句,我这手一抖,她脑袋就掉地上了。我现在什么都听不进了,只要看一件东西,你把它拿过来，她这小脑袋就还安脖子上，要是再不拿来，这脖子上就只剩一个疤了，你明白吗？"

她浑身筛糠似的乱抖道："我给你，给你……我知道在谁那儿，请你别难为小孩子。"

"快说，我数到十。一、二、三……"

"……在白赛仲路，58号。"

见刀子架在女儿的脖子上，池彩娣好比拆去绑带的脚手架，哗啦啦尽数崩塌了。只要能保住女儿的命，世上的一切都不重要了，包括自己的生命。这时候是金石寒问什么，自己说什么，把汤仲翔的来历，但凡自己知道的，一股脑儿倾倒了出来。她知道钱已经不在汤仲翔手里，但顾不得多想，只求先逃过眼前这一劫，后面的事，见招拆招吧。

金石寒听了，觉得不像是编造的，但没有证实之前，再动听的话语，也只当毒药。于是叫了两个精壮的看场进屋子坐着，手枪上膛，牢牢看住母女俩，也防止那个汤仲翔来夺人。自己和韩飞腿带上余下的人，准备即刻扑向白赛仲路，找到汤仲翔，不管采用什么手段，一定要夺回那票美金。

第四十七章

金石寒从池彩娣嘴里逼出了汤仲翔的地址，带上一群手下，打算直扑白赛仲路，将他连人带钱一起拿下。

刚出旅馆大门，外面正好涌进一大帮人来，把他们堵住了，顿时就剑拔弩张起来。那帮人的领头，正是岛津龙芥，黑洞洞的枪口指住了金石寒。金石寒略略一扫，已明自己方不是对手了，单论人数，对方已经两倍于自己，火力配备更是悬殊，自己只有几把手枪，对方脖子上都挂着德式冲锋枪，腰里别着地瓜式手雷，一望而知，这装备是去年沪战时从国民党军队里缴来的，够打一场正规战了。日本正规军的制式装备只用本国产品，这些德制战利品，就给附逆的中国人用了，比如黄道会。对峙片刻后，金石寒见大家脸上都失去血色，腿也在颤，就朝韩飞腿使个眼色，大家举手投降了。

龙芥命令将金石寒的人，连同账房先生，挨个搜身，缴去武器，然后五花大绑，关进二楼的一间大房。又让茶房找出"客满"的牌子往门外一竖，派两人扼在旅馆大门里头，见有来投宿的人，一律谢绝入内，有钥匙的客人只让进，不许出，以防有人报警。自己取出一副手铐，替金石寒戴上，带进账房间，脚跟一勾，把门关上。那只小狗手脚快，从门缝里"嗖"地跟进来，差点夹到尾巴。龙芥不去理小狗，拿枪管顶住金石寒脑袋问："池彩娣来了吗？"

金石寒两只手被铐在背后，只好抬下巴示意道："在四楼。"

龙芥不再多说，出门一招手，带着范队长和五六个人，三步并两步地奔上了顶楼。哥哥失踪的那晚，池彩娣是动手的人，最清楚哥哥的最后时刻了，解开谜底的时候终于等到了。

对池彩娣来说，今天是大悲大喜的日子。她在世上孤身一个，却偶然生出一个女儿，本可以相依为命，却硬生生被人从怀里夺走了，这一晃已有六年了。六年来，她无时无刻不在做同一个梦，就是重新将女儿搂进自己怀里，寒冷的人世间，只剩下这一点盼头，今天终于梦想成真，把自己身上掉下的这块肉，再次揽在自己胸前。

珂莱儿看到有个阿姨来救自己，也不在乎陌生不陌生，乖乖投进她的怀抱。她生在上海，由中国阿嬷带大，总知道绑票的事，也知道自己是落到了坏人手里。见新来的阿姨那么在乎自己，心头的恐惧才消去一点。这阿姨明明是不认识的，为什么这么亲，好像比妈妈还亲呢？她在自己脸上、身上、手上亲了有几百下，流了那么多的泪水，把自己弄湿了，取块手绢擦干了，回过来又亲开了，恨不得要把她小脸上的皮肤亲破了。但她身上的味道闻了舒服，所以就不抗拒，让她亲了。

此刻的池彩娣，大脑里的多巴胺也好，内啡肽也好，井喷似的只管分泌出来，用欲仙欲死来形容也绝不过分。她只沉浸在幸福里，对身旁黑洞洞的枪口和两个汉子熟视无睹。重逢的情景虽与梦境不同，但幸福感并无二致。这么激动了一阵子，珂莱儿在她耳边说："阿姨，我肚子饿了。"池彩娣道："好啊，阿姨给你买吃的，你喜欢吃鳝丝面吗？"珂莱儿眨眨眼道："什么是鳝丝面？"又改口用英语道："我要吃熏三文鱼加牛油果三明治，还要加英国芥末酱。"她说起西餐里的东西，只会用英语说。池彩娣一愣道："阿姨听不懂，你用中国话说。"珂莱儿咿咿呀呀半天，想不出该怎么用中国话说这些，急得嘴一瘪道："我想找妈妈，妈妈，妈妈。"

池彩娣鼻子一酸，眼泪又下来了，这回流的不是激动的泪，而是心酸的泪。女儿眼里的妈妈并不是自己，她说的话，自己不懂，她想吃的东西，自己闻所未闻。这么个女儿，就算回到身边，自己又怎么带她。只好不情愿地说："快了，阿姨马上带囡囡去见妈妈，囡囡不怕，阿姨是妈妈的好朋友。"珂莱儿道："我妈妈不会说中国话的，她的朋友都说英语的。我没见过阿姨啊。"池彩娣点点头道："阿姨认识你妈妈那会儿，囡囡刚生出来，还不知道事情呢。"说着，又呜咽起来。珂莱儿呆呆地望着她，突然觉得这阿姨好可怜，又觉得她什么地方很熟悉，却说不出来，看来她没骗自己，一定是自己很小很小的时候见过的。她伸出嫩得半透明的小手，替池彩娣抹去眼泪，道："阿姨不难过好吗，珂莱儿就吃鳝丝面好了。"池彩娣听了，呜咽得更厉害了，好不容易压住了，转脸对两个汉子道："阿哥，麻烦你去德兴馆给孩子买一碗鳝丝面好吗？这点钱你拿去，剩下的给自己买点吃的，你们也辛苦了。"

两个汉子面面相觑了一会儿，迟疑着接过钱，还没起身，听得楼下喧哗，警惕起来，拉开手枪的保险。不一会儿，只听得楼梯一阵乱响，千军万马涌上来的感觉，脚步声未见稍停，随着一声爆裂声，房门已经被踹开了。进来的人见两个壮汉持枪在手，不由分说，冲锋枪对着他们就是一阵扫射。两个人一声没来得及吭，已经倒在血泊中了。

池彩娣顾不得怕，捂着珂莱儿的眼，弓起身，埋着头，将她抱紧在怀里，筛糠似的颤抖着。又忙乱了好一阵，两具尸体被抬了出去，她这才慢慢睁开眼，满鼻子浓浓的血腥味，逼得她只想吐。等看清眼前是谁，不禁吓得蜷缩起来，闭上眼不敢看，以为自己出了幻觉。再睁开眼，还是他，殷先生，不由伸手挡在眼前，尖叫起来。她听说殷先生已经死了。

龙芥不管她，俯身抱起了珂莱儿。小女孩刚才见两个大人被冲锋枪扫死，已经吓傻了，木呆呆的，隔一会儿抽搐几下。被龙芥抱起后，还是愣愣的，不哭不闹，也不言语。池彩娣见女儿被抱走了，一激灵，也不管鬼不鬼的，扑上去就要抢，被龙芥提脚当胸踢回去，仰天摔倒。刚才被韩飞腿踢过那一脚，胸口已中了暗伤，这下伤口又挨了一记，痛彻心扉，几乎昏过去，只因为记挂着女儿，硬是撑住了，挣扎着慢慢坐了起来。剧痛倒是起了个作用，让她脑子清醒一点，觉出眼前这人可能不是殷先生的鬼魂。但这么像，就算不是鬼魂，也是和殷先生有关的，而且一来就抱走女儿，一定是寻仇来了，急忙道："求求你，别难为她，殷先生不是我害死的。"

龙芥冷冷审视她，见是个相貌平凡的女人，没兴趣多说，急着直捣主题道："我全知道，是你同伙下的手。他是谁，在哪儿，箱子是不是在他那儿……还有，我哥呢？"

听他称殷先生"哥哥"，池彩娣这才明白来人是殷先生的弟弟，那他也是日本人了。听龙芥问到汤仲翔，忍不住失声痛哭起来，这一刻，她对汤仲翔只剩下怨恨了，没有他的话，她不会怀上囡囡，不会失去工作，不会再去偷东西，不会坐牢，更不会受骨肉分离的苦。而这六年里，她因为他吃遍了天下所有的苦，他却逍遥自在，无损分毫，也没对自己母女有过一星半点的帮助，害得自己要铤而走险，落到这种险境。事情到了这地步，他还不肯出手相助，连个影子都不见，实在太不是人了。

龙芥看她哭了，耐着性子等着，女人一旦痛哭，差不多就崩溃了，一旦崩溃，就知无不言了。果然，池彩娣哭了一会儿，慢慢安静下来，颤着声道："我离开你哥哥房间时，他还好好的，只是昏睡过去而已……"

龙芥打断她："不要说你，说你的同伙。"

她摇摇头："他不是我同伙，他是你哥的朋友，你哥哥的那箱子美金，本来就是要给他的，我只是替你哥哥做了这件事。"

龙芥听了，焦躁起来道："胡说，不是同伙，怎么和你搞到一起的？你女儿难道不是他和你生的吗？"他右手托着小女孩，左手的虎口正卡在她细细的脖子上。池彩娣看了，紧张得差点把自己的手掐破。地上两大摊殷红的血还很新鲜，提醒她此人的毒辣，远远超过江湖大佬金石寒。她说："这话说起来太长了，求你把女儿给我，我慢慢说给你听。"

龙芥不理会，继续问："你同伙叫什么？"

"汤仲翔，他是中国航空公司的飞机师。"

他听到"飞机师"三个字，呆若木鸡地站着。她又哀求道："求你了，把女儿给我。"他这才慢慢把小女孩递了过去。池彩娣接过来，一把搂进怀里，小女孩的脸触到她软软的胸，突然清醒过来，撕心裂肺地大哭起来。

龙芥听她这么闹，只是皱起眉头，没发作，他从裤兜里掏出那只手表，端详表带上的中国航空图标，心里在想，这个汤仲翔，果然就是中国航空的飞机师了，还误以为这表是偷来的。难道他真是哥哥要收买的对象？如果是，又为什么要收买他？他渐渐冷静了，问池彩娣："你说我哥哥这箱美金，本来就是给他的，有什么证据？"

池彩娣道："汤先生和你哥哥约好，在金凤记拿钱，可是没成功。你哥哥给他一张字条，让他去找你帮忙，字条我看过，上面说，你是中国派遣军司令部特务部的岛津龙芥中佐。"

龙芥从来没介绍过自己，而自己的头衔从她嘴里出来，一字不差，绝对不是编造的。他闭上双目，希望哥哥的灵魂可以附体，这种时候，也只有哥哥能帮自己厘清这团乱麻了。池彩娣从眼角瞟他，不敢吱声，屋里一片死寂，珂莱儿经过刚才的惊吓，累过了头，这会儿脸凑在池彩娣胸口，昏睡了过去。

龙芥突然睁开眼，跳了起来，开始来回踱步，走了几圈后，停在她面前问："汤仲翔呢，人在哪里？"她把地址说了。他说："给他打电话，让他带钱过来。"四楼的电话在走道里，挂在楼梯口的墙上。她一手紧紧搂着怀里的珂莱儿，一手拨了伦府的电话，接起来的正是汤仲翔，似乎已经等了多时。

他昨晚在戴幼琳房间过夜，白天陪她看了福开森路的婚房。

到了薄暮时分，她才依依不舍与他分手，她要陪戴老先生，在福禄寿大饭店宴请北京来的梨园一行，他这才回到伦宅，却发现池彩娣不在了。下人们都不知道她怎么离开的，但他听了无线电的报道，又看到书桌上的《新闻报》，早已猜到了原委，于是便在书房里安坐，守着电话，翻看今天的一堆报纸，心里拿定了主意，既然事情到了这地步，已经无处躲避，干脆就主动出击吧。这会儿听池彩娣在电话里气急败坏地喊叫，平静得出奇，只简单说："你不要急，我马上就来。"就挂了电话。

池彩娣听电话嘟嘟嘟响，木头木脑地攥紧话筒，愣了好半天，才慢慢放回基座。龙芥问："你觉得他会来吗？"她怔怔瞪视他，一时没作声，钱已经不在了，就算人来，也是徒然。可是，这日本人留着自己母女两个，是当作诱饵，来引诱大鱼的，若大鱼只是泡影，诱饵就没用了，怕就不留了，所以不能直说，一切等汤仲翔来了，再作打算吧，这么想着，打了个寒战说："他说马上就来。"

龙芥鼻子里哼了一声，从他角度看，汤仲翔来解救女儿的可能，大概在五成。自己有两个选择，一个，在这里守株待兔，另一个，去白赛仲路抓他。但大队人马带着武器，从公共租界跑到法租界，过关卡时，恐怕惹出大事，横算竖算，还是等他来最明智。他对池彩娣说："你先求菩萨吧，让汤仲翔一定来。他不来，你们就在这儿一直等下去。"说完，让行动队员把母女俩送回房间继续关押，自己噔噔噔下了楼，去账房间找金石寒。

金石寒被反铐双手，在账房间待得不耐烦，见龙芥进来道："岛津中佐，何必为难我，你要的密码箱早已到了别人手里了。跟我合作，倒可能有转机的。"

龙芥在他对面坐下，直瞪瞪盯他半天道："跟你合作？我是不会与虎谋皮的。赵善纯也好，高剑霞也好，从我哥一进赌场，就开始打他箱子的主意。原来我信了你的话，以为你不知情，今天让我撞到了，才明白你就是背后的主谋。你们的计划出了意外，让池彩娣耍了，怕阴谋泄露，所以杀了我哥，暗中追回这笔钱。咱们不必再玩虚的，你还是老老实实告诉我，你们三个是谁杀了我哥，我是活要见人，死要见尸。"

金石寒与他对瞪了片刻，含糊地摇摇头，垂下眼。他老江湖了，知道事情到了这地步，多说不如少说，少说不如不说，能拖先拖，毕竟这日本人还面对更迫切的事，急着找回钱，不会马上杀自己。

龙芥果然是这心思，他见金石寒已是砧板上的肉，可以先搁置，便不与他浪费口舌。视线一扫，见四周墙上有不少名人字画，品位驳杂，看不出什么趣味体系，猜想是高剑霞收到的雅贿。摆件也不少，入他眼的，只有一座唐三彩和一面汉朝的铜镜。整间屋子竟然找不到一本书，无论是古籍还是新文化，想想自己从《诗经》读到鲁迅，一肚子墨水，不禁对高剑霞生出更大的鄙视。又看了一圈，见玻璃柜里放着几十坛茶壶大小的黄酒，挑了一坛打开来，酒香四溢，口水一下满了。高剑霞已经成了自己的手下鬼，他的东西，当然就予取予夺了。拉过一张椅子坐下，就着坛口喝了起来，一喝酒，不免想到哥哥的死，仇恨之心被孤单之情替代了，泪水止不住地涌了出来。

龙芥的酒量有限，喝了两小坛黄酒，便太阳穴如开机关枪，脚底虚浮，再也撑不住了，上楼找了间腾出来的客房，也顾不得脏，一头扎到床上昏睡过去。

第四十八章

对人生，金石寒没有工夫想，有时间就捞钱，不捞钱时，吃喝玩乐，可今天，他居然想到了人生，因为终于有了工夫。

龙芥喝了酒，上楼去了，留下酒气在账房间里缭绕。金石寒双手反铐在后背，形影相吊，不由得回想起过往几十年的日日夜夜。被人绑架关押，并不是头一回经历，但最后一次受这种苦，是哪一年的事，竟然脑瓜敲破，也想不起来了，只确定那是在前清年间，因为当时还拖着一条辫子，被人揪着，歪着脑袋跟跟跄跄走弹格子路，身上是五花大绑。那是与人争抢一爿烟馆，被对手抓去当人质，关在一条砂石船上，要是谈不拢，随时会抛进水里喂鱼。打那以后，这种事再没发生过，只有他绑别人，关别人，没有倒过来的事。四一二事件后，他渐渐远离了打打杀杀，随着越来越发达，沾血的事情，都交给手下喽啰去做，自己慢慢变成上等人，要风得风，要雨得雨，不承想，自己还会重受一遍这种苦，难道好运真的到头了吗？

他把自己的人生回放一遍后，越想越觉得这次凶险，对手不再是前清道台，不是帮派徒众，不是工会组织，不是军阀，不是租界巡捕房，而是日本人。在日本人面前，只要你是中国人，就足够杀你了，惯常的手段，对付他们都没用，要活着出去，渺茫得很。

不停胡思乱想，看着窗户由白转黑，又口渴，又憋尿，开始大喊大叫，小狗见了，跟着一起狂吠，外面有了反应，一阵脚步声，门开了，一个脑袋探了进来，金石寒一看，是顾当乐，一喜，大声道："快，我要撒尿！"顾当乐不说话，猛使眼色，脑袋缩回去，关上门。未几，提个马桶进来了，摸出钥匙，替他开了手铐。他终于撒了长长一泡尿，对顾当乐说："快给弄点吃的，小家伙饿坏了。"顾当乐耳语般说："你先忍忍，范队长命令说，没有岛津中佐的同意，一口水、一口饭都不能给。他没说不许撒尿，所以我才敢趁他们都在睡觉，拿马桶过来。"他赔着媚笑，将金石寒重新铐上，提着马桶，蹑手蹑脚出去了。

正想着怎么熬过这漫漫长夜，外面又一阵熙攘，随着杂乱脚步声，门再次开了，除了顾当乐，多了一个穿西装的年轻人。顾当乐把那人往门里一推说："金老板，这位汤先生说是来见高警长的，先和你挤一挤，等岛津中佐醒来，要带他去受审的。"交代完，砰的一声关了门。小狗对着陌生来客，又是一阵狂吠，一边吠，一边后退。

金石寒一下认出他，那天在金凤记里，赵善纯指给自己看过，说他是赌场的新面孔。当时，他正和几个女人话别，随后开车扬长而去，原来此人就是那个姓汤的，池彩娣的同伙。

汤仲翔一时迷惑了，接到池彩娣电话时，说好是来见高剑霞的，结果看到的却是金石寒，还被铐了双手，显见成了阶下囚，听那匪徒的话，殷先生的弟弟岛津龙芥中佐居然也在，身处总巡捕房督察长的老巢，还放心大胆睡觉，说明高剑霞也已经完了。

他原以为是要对付一帮眼里只有金钱的不法之徒，心里还七上八下，这下反倒彻底坦然了，对付岛津龙芥这个日本人，他有的是办法。

金石寒这时开口说："汤先生，你行啊，一桩好买卖，让你和池彩娣搅了，我行走江湖几十年，头一次吃这么大的亏。"

汤仲翔板起脸道："你这话说反了，不是我搅了你的买卖，是你们这群帮会的人，差点搅了国家的买卖。"

金石寒冷笑着打量汤仲翔，心想，你小子还想忽悠我。"国家？你和那个池彩娣就是国家？我只想知道，你们俩啥时候串通的？到了这地步不怕说实话了，我是佩服你老弟手段的，高剑霞神通这么大，都不知道有你这么个人。他小子失察，我也失察，可见你的高明，把我们全骗了，现在大家离死不远，说说无妨吧？"

汤仲翔道："金老板，什么串通不串通的，我不是偷箱子的贼。日本人的密码箱，还有里头的钱，本来就是要给我的，殷先生跑到金凤记住下，是专门等我的。"

金石寒的神色疑惑起来："你是他们的人？"

"我是他们要收买的人。"

"用二十五万美元收买！什么人值这么多钱，就你？"

"我是不值，但有人值。"

"娘的。"金石寒把脖子扭了好几圈，颈椎嘎巴嘎巴乱响，似乎每个关节都锈住了，要上机油。他说："老弟，你没上铐子，麻烦去抽屉里给我找根烟来……我给铐了一个晚上，撒尿时才开一下，一根烟没抽过，这脑子快不转了。"汤仲翔翻了几个抽屉，果然找到一包开过封的茄力克，一盒火柴。抽一支出来，插进金石寒嘴里，点上。他拉风箱似的猛吸了几口，瞬间小半根就化成灰了，舒服得眼珠子翻上了天。又猛吸了几口，把剩下的一小截在嘴角咬住，问："你说，是谁值二十五万美金？"

"总司令，"见金石寒只管眨眼，补一句，"我是他专机的飞机师，我可以取他性命。"

金石寒不再说话，也不吸烟，久久地发着呆，突然觉得嘴角一阵烫，连忙吐掉烟头，问："你，你真打算做？"

汤仲翔露出点微笑问："换上你呢，做不做？二十五万美元。"

金石寒被问住了。又讨了一支烟抽上，斗争半天才道："不能做，我和总司令是认识的。当年他在大华饭店结婚，我也是被他请的，还送他一份大礼，虽然都被他捐掉了。所以，不能做，但日本人的钱，不拿白不拿。"汤仲翔一笑道："瞧，你已经替我回答了。"

金石寒看他一眼，终于明白了，脸上浮起抱歉的神情，长叹一声道："可惜啊，知道得晚了，早知道的话，我也不来坏你的好事。"

汤仲翔问："你把池彩娣怎么样了？"

"关在四楼呢，母女俩关在一起，放心，我没为难她们，好吃好喝招待……可能受过一点小惊吓。"

汤仲翔一颗悬着的心，这才稍稍放下，问："那么，殷先生是给你做掉的？"说话时，小腿有东西骚扰，低头一看，是小狗在使劲扒拉。

金石寒看着他，嘴唇动了动，欲言又止，最后才道："麻烦你，再去抽屉找找，有没有吃的。"汤仲翔问："你饿了？"他道："小狗饿了，它一直没吃。"汤仲翔把几个抽屉翻遍了，只找出两包烟，并没吃的东西。金石寒只好又要了一根烟，静静吸了半天，终于说："人，是我让做掉的。"抛过一道警告的眼色，"反正说过就过，等于我没说，你没听见。"

汤仲翔点点头："那么，是怎么处理他的？"

金石寒终于转过脸，直视着他，渐渐露出笑意道："简单，绑上几个大秤砣，丢黄浦江里喂鱼了，呵呵。"喷出口烟，青青浓浓一团，又袅袅化开去。两人各怀心思，半天不说话。金石寒突然又问："你大钱都已经到手了，还不脚底抹油，待在上海找死啊。"汤仲翔道："还不是因为你，因为高剑霞。我拍拍屁股走是容易，但我走了，池彩娣就要替我送命。"他当然不说还要和幼琳结婚一节。金石寒听了，又叹一声道："现在，赵善纯死了，高剑霞也死了，可池彩娣又落到日本人手里了，我也自身难保，晚了，帮不了你了。"

汤仲翔道："不见得，或许还能补救，但要你配合我。"金石寒狐疑道："到了这地步，你能有什么高招？"汤仲翔道："还真是有高招。"凑到他耳边，低语了好一阵。金石寒合上眼皮听，头一直缓缓在点。

次日，岛津龙芥终于醒来了，却醒得极艰难，用了几倍的力气，眼皮才撑开一条缝，让一丝光线透进米，头痛得如锥子扎，嘴里又干又苦，喃喃道："水，水。"

"……岛津中佐，那人来了。"

他慢慢醒了过来，睁开眼，见是黄道会行动队的范队长，才慢慢想起自己的处境，但想不起怎么来这个房间睡觉的。他撑着坐起身，见满屋亮堂，问："现在什么时候了？"

"八点了。"

"你说谁来了？"

"那个叫汤仲翔的。"

龙芥这下才彻底清醒过来，问："人呢？"

"在楼下，和金石寒关在一起——不过他是空手来的，没带东西。"

龙芥揉着太阳穴，死死盯着范队长，那眼神，让对方看了发冷，半天道：

"找个茶房来，服侍我洗脸刷牙……还有，给我找片阿司匹林，还有热茶。"

找来的茶房是个年轻的，不是昨天的那个老茶房。一头癞痢疤，手脚倒是麻利，不一会的工夫，热水毛巾、牙膏牙刷、剃须刀片等都准备停当了，阿司匹林也找到了。他迫不及待吞下药片，刷着牙，总觉得有什么地方不妥，问那头上有癞痢疤的年轻人："那个老茶房呢？"

癞痢疤道："你说师傅啊？不知道啊，没见他在。"

龙芥吐掉嘴里的白沫，快快漱了口，叫来行动队长问老茶房的下落，也说不知道，于是下令马上找，一边慢慢刮脸等着。等刮完脸，梳好头，范队长才上来说，十几个人上上下下忙活半天，每个角落都找了，也没见那老茶房的影子。龙芥没等他说完，就狠狠扇了他一巴掌道："混账，叫你们看好大门，一个人不能放走，肯定偷偷睡觉了。"

但范队长指天发誓，说一只苍蝇都没放走过。龙芥压下火，想了片刻，问癞痢疤："你们这儿还有什么地方能出去？"癞痢疤翻起白眼想半天，突然道："噢，对了，楼下杂物间有扇小门是通到后面弄堂的，倒垃圾才走那里的，要不师傅去倒垃圾了？"范队长上去就一巴掌道："你他娘的放走那老东西还跟我装傻。"拔枪顶住他下巴。龙芥大喝一声道："够了，一群废物！马上派人去杂物间看看，把通到后弄堂的路打探清楚了，好走的话，把汽车停到后面弄堂口，万一有巡捕从正门来，就从杂物间小门撤退。"

见形势紧迫，龙芥无暇废话，又一阵风下楼进了账房间。推开门，便听到小狗冲他一阵狂吠，鼻子里涌进一股臊臭。原来，小狗关了一晚上憋不住屎尿，在房间里就地解决了。金石寒见他进来道："岛津先生，麻烦你给狗弄点吃的，咱们人类闹意见，不该让畜生跟着受罪啊。"

龙芥只当不闻，正眼不瞧金石寒，几步逼到汤仲翔跟前，冷冷道："真不容易啊汤先生，你终于露出真容了。"

汤仲翔看到龙芥，恍惚起来，以为真是见到了殷先生，立刻想起了黄浦江，仿佛看到殷先生被五花大绑，坠着几个大秤砣，缓缓沉入江底……他望着龙芥，想着殷先生，分不出谁是谁，似乎觉得龙芥已经落得和他哥哥一个下场了，这么想着，一阵快意从后背的毛孔掠过。这快意是补偿对龙芥的憎恶，憎恶他居然在酒里做手脚，迷奸幼琳，让她怀孕。

　　龙芥见汤仲翔只管怔怔地盯着自己，以为他怕，便缓和语调，把话又说了一遍："你想活命不难，只需要做两件事：第一，交回你拿走的密码箱。第二，证明你和我哥哥的死无关。"

　　汤仲翔这才回过神来说："行，不过我有话要和你单独说。"龙芥在他脸上研究片刻，认定不是花招，点点头，又一摆首，转身往楼上就走，一群黄道会的人押着汤仲翔跟在后面。到了龙芥过夜的那间客房门口，他把汤仲翔往房里一拉，吩咐其他人道："你们等在外面。"门一关，找张四方凳子坐下，双手撑着膝盖，对着汤仲翔道："有什么话，你说。"汤仲翔见没让自己坐，便面朝他站着，酝酿半天才说："岛津龙芥中佐，你这么感情用事，危及的不是我个人，是你们日本国的最高事业。"

　　龙芥不响，一只嘴角微微吊起，露出牙尖，眼神似乎在说，还想在我面前耍花招，嘴里问："你是怎么打听到我的？"汤仲翔说："是你哥哥岛津正博告诉我的。"龙芥一翻脸，厉声问："你对他上刑了？"汤仲翔道："笑话，上什么刑，他巴不得什么都告诉我。我岂止知道你的名字，还掌握日本的最高机密，你有没有听说过'上田工作'？"

　　龙芥听到这四个字，从凳子上跳将起来，拔枪指着汤仲翔的脸问："你怎么知道我哥执行的任务，我哥是绝不会吐露机密的，你对他施了什么酷刑，用了什么手段？"汤仲翔退后一步道："别急，让我说完，既然你听说过'上田工作'，知道具体内容吗？"龙芥涨红脸道："是我在问话，不是你在问话，不许兜圈子，把你知道的都说出来。"

　　汤仲翔道："都说出来？你配知道吗？在香港，你哥哥亲口告诉我，'上田工作'的具体任务，全世界只有三个人知道，一个是布置这项任务的本间雅晴，一个是你哥哥，一个就是我。"

　　龙芥道："胡说，今井武夫就知道。"汤仲翔道："他只知道有这项工作，但不知道具体内容。他的唯一作用，是从宏济善堂的鸦片收入里，提取出活动经费，交给你哥哥，这就是密码箱里那笔钱的来历。那么，你是要我把这个日本国的绝密计划，告诉你这个不相干的人吗？"

　　龙芥收起枪，气急败坏在屋里绕了好几圈，最后打开房门，对门外黄道会的人说："你们全部滚开，不许靠近二十步以内。"关上门对汤仲翔道："说吧，听听你怎么编，奇文共欣赏，疑义相与析，声音小点。"

汤仲翔这才道："好吧，你敢听，我就敢说，'上田工作'的任务，就是在空中控制蒋介石，将他劫持到常州的海军航空兵机场，如果不成，就在空中击毙他，尽快结束中日战争。上田，就是蒋介石的代号。你哥哥依照本间雅晴的命令，亲自布置我执行这任务，因为我的飞机，蒋介石坐的次数最多。这点，你信不信？"

龙芥斟酌半天说："毕竟死无对证，也就姑妄听之吧，凭什么信你？"

汤仲翔摸出皮夹子，掏出那张航线图递给他说："你自己看。"

龙芥迟疑地接过图纸，一眼瞥到上面密密麻麻的蝇头小字，慌忙将图纸贴到面前，几乎触到鼻尖，视线紧紧粘在图上，那贪婪的样子，像是在看，又像在嗅，将每个小字，都念了三遍以上。那笔迹，对他太熟悉了，和他本人的笔迹如出一辙。他似乎想无穷无尽地看下去，终于看完后，把图纸贴在胸口，对着空中喃喃自语。

这么折腾一番后，才恢复常态，对汤仲翔略略欠身说："你说的，我相信了，这张图纸很宝贵，容我珍藏起来。"仔细折好了，装进西服内兜里，拍了拍。

汤仲翔逼近一步问："这笔二十五万美元，是日本参谋本部给我的活动经费和报酬，你现在满世界抓我，要追回这笔钱，难道让我归还活动经费，取消这次行动？你有权改变本间雅晴中将的命令吗？"

龙芥坐回凳子上，垂着头，额上开始出汗，他掏出手帕去擦，却越擦越多，终于抬起头，咬牙切齿道："如果真是你说的那样，为什么拿了钱以后，还要杀害哥哥？"

汤仲翔道："我领到经费，等任务完成后，还有尾款，怎么会反手杀死你哥，自断财路，又自寻绝路？他的失踪，是在我拿到经费之后，有人以为钱还在他手里，所以要谋财害命。"

"就算是另一伙人干的，那你怎么解释，他们派去作案的池彩娣，就是你的情人，这难道是巧合？"

汤仲翔深深吸了口气。这种巧合，连自己都难以置信，又如何说服龙芥呢？只好说："绝对是巧合，她在百乐门当舞女，我去百乐门跳舞，就是这么碰上的。她偷到这笔钱，跑来找我，本意是策动我一起劫持女儿，带着钱远走高飞，没想正好帮我完成了任务。这件事，范队长倒是可以做证的，我跳舞时，他跟我抢舞女，差点打起来，那个舞女叫孙菱，是池彩娣的好闺密，她们俩还是一起合租的室友，我碰见池彩娣，奇怪吗？"

龙芥听了，当场打开房门，把范队长喊了进来，一番对质下来，果然没有一句虚言。

等范队长关门出去后，汤仲翔说："今天，为了洗脱我自己，继续完成你哥哥布置的任务，我才不得不把参谋本部的最高机密透露给你，这个秘密，本来连你的孪生哥哥都不会向你透露半句的。我对着你哥向天皇发过誓，至死不透露半个字，现在，请你也向天皇发誓，把这个秘密一直带进坟墓，决不能泄露半句。"

龙芥一听天皇两字，啪地一个立正，垂下头去，喃喃自语，发了一通誓言。汤仲翔看了心中暗笑，因为天皇于他是一文不值的。他见龙芥抬起头，又追加一句："另外，还要请你保证我安全离开上海，及时从香港回汉口，在蒋介石撤出武汉前，完成'上田工作'。"

龙芥瘫坐到床上，垂着脑袋，沉默了许久，然后下意识掏出手枪，翻来覆去把玩。他虽然不语，汤仲翔也能看出他的挫败感。这挫败感越来越甚，渐渐演化成愤怒，而这愤怒，只有杀人方能宣泄。他要杀的自然是楼下的金石寒，因为已经认定是金石寒杀了他哥哥岛津正博。

汤仲翔瞅准这时机道："还有……"

龙芥抬起头。

"你哥没死。"汤仲翔一字一顿说。

第四十九章

汤仲翔一说殷先生没死，龙芥仿佛听到一声炸雷，眉头聚拢，嘴抿成一条直线，两腮的咀嚼肌鼓突出来，眼眸里要喷出火来。

汤仲翔轻声说："刚才在楼下时，金石寒偷偷跟我说，他把你哥藏起来了。"

"藏在哪儿？"龙芥悄声问。

"听他说是在嘉定一个地方。"

龙芥把手枪往床板上一拍，厉声道："胡说！"

汤仲翔的肩一耸，手一摊，意思是说，反正他是这么说的，我只是把听到的告诉你。龙芥是个聪明人，不会轻信别人的话。但只要把一粒怀疑的种子播进他大脑，他就不敢仓促对金石寒下手，毕竟至今未见到哥哥的尸体，万一真的没死呢？

刚才还沮丧无比的龙芥，这会儿焦躁起来，逼视汤仲翔，等他往下说。却听他道："要么……他是胡说，我也吃不准。"龙芥无奈，走到窗边探出身去，望着外头的汉口路。今天大晴，风已经减弱了，沿街的每扇玻璃都反射着阳光，有几个档口在卖早餐，大饼油条和豆浆的香味一起飘了上来。这香味让龙芥的嘴里生出了一层津液，觉到了饿意。他早已习惯了上海式的早餐，每见新到的日本同胞一早吃白饭和酱汤，就会别扭。视线不自觉在杂乱的招幌中寻找大饼油条摊，心里想着派人下去买来吃，却看到车水马龙中，一辆警车刚开到楼下，一队荷枪实弹的巡捕跳下车，开始驱赶路人。连忙看远处，红绿灯那头还有两辆警车，看样子也是冲着这里来的。

他急急缩回身子，冲出房间喊一声："巡捕来了，撤。"从兜里掏出那只万国牌手表，一语不发地扔给汤仲翔，便冲下楼去。听了汤仲翔的一席话，他彻底排除了对他的怀疑。赵善纯死了，高剑霞死了，杀害哥哥的嫌犯，只剩金石寒一个了。

他来到账房间，一脚踢开门，扑进去揪住金石寒的衣襟，劈头盖脸一顿狂抽。那只吉娃娃见他对主人逞凶，冲过来，照着他脚踝就咬。龙芥一脚撩开，小狗毫不怯战，反身再扑，边咬边吠。龙芥吃痛，照着它就是一枪，登时毙命。

见爱犬被杀，金石寒大吼一声，反铐着双手，朝龙芥一头撞去。这一撞里头，含着被囚了一整夜积攒起来的怒火，竟比平时浑身的力气还膨胀了两成。要知道，他是十六铺赌档看场出身，拿脑袋撞人是拿手绝技，所以这一撞，立时将龙芥顶翻在地。龙芥在东亚同文书院练武的成绩也很出色，倒地后一个侧滚，便鲤鱼打挺跳起来。金石寒趁他立足未稳，又一头撞来，将他顶在墙上。龙芥拔出枪，枪口死死戳住他太阳穴，杀人的冲动登时把胸口填得鼓胀起来，那张脸兜底通腮地成了紫红，两排牙齿几乎咬碎。金石寒当打手时，被人枪口顶住脑袋、刀尖封住咽喉的事，三天两头发生，小菜一碟，何惧之有，反而越发嚣张了，声嘶力竭地叫："开枪啊，有种开枪啊。"龙芥想起哥哥下落未明，总怀有一丝存疑，终于没有扣下扳机，改抓住枪管，用枪托猛砸他花白的脑袋，登时皮开肉绽，鲜血涌出。

这时，两个行动队员扑将过来，从后头将金石寒拖开，脸朝墙壁死死摁住。金石寒硬扭过脸来，额头挂着几注血，直直地瞪着龙芥，破口大骂道："你哥就是老子杀的，拿绳子往他脖子一勒，比勒死一条狗还容易。"他这么说，龙芥反而有点相信哥哥是被他藏起来了，道："活要见人，死要见尸，说，他在哪儿？"金石寒道："早就扔黄浦江里喂鱼了。"龙芥道："放心吧，我会以其人之道，还治其人之身。"让两个行动队员夹着金石寒先撤退，准备往虹口去。金石寒道："别做梦了，这是英美的地盘，全城都在找高剑霞，你要全身而退，没这么容易。"龙芥凑到他面前，鼻子顶鼻子道："我已经要了赵善纯的命，要了高剑霞的命，要你一条小命，也是轻而易举的。不过先不杀你，让你尝尝宪兵队的滋味，不说出哥哥的下落，休想罢休。"

汤仲翔见龙芥一伙下楼去了，拔腿就往楼上冲，嘴里喊着池彩娣的名字。他不知母女俩关在哪间屋子，只好一间间开门看。那些被关了一天一夜的客人这时才知道解禁了，从各个房间一涌而出，争先恐后往楼下挤，人群里夹着客人招来的向导女，叽叽呱呱吵成一片。其中一间屋子里一下冲出六个五大三粗的汉子，汤仲翔看着眼熟，认出是金凤记的看场。他们骂骂咧咧，因为被缴了械，赤手空拳，所以一出来就到处找家伙，有的扯一把长条凳，有的砸了方凳，拿两根凳腿在手里挥舞，有的跑到厨房抄起砍骨刀，杀气腾腾。

汤仲翔顾不得管他们，继续一间间找人，见空出来的房间里，无不是杯盘狼藉，麻将牌四散，尿臊味熏人。这么一路找，到了顶楼，发现几个房间都门户紧闭，楼梯口呈直角放着两排长凳，长凳脚下几个烟灰缸里烟头堆成了小山，地上瓜子壳积了半寸厚，还有好几个喝剩的大茶缸，像是有人彻夜把守，那么人必然就在这里。开了第一扇门，是无人住过的空房，再开第二扇门，也没住人的迹象，但地上横着两具尸体，帮会人物的打扮，猜想是被日方击毙的金石寒手下，连忙关上。第三扇门一拉开，赫然见池彩娣就坐在床上，怀里紧搂着小女孩，两双眼睛惊恐地望着他。

汤仲翔将门关好，锁上，见墙上和地上血迹斑斑，先不开口，等确定母女都完好，才说了一句："没事儿了。"池彩娣一时不信，他又重复了一句，她才把脸埋在女孩身上，抽抽搭搭哭了起来，含糊说着"对不起"，不敢直视他，因为供出了汤仲翔，这时无比内疚起来。

他不顾血迹，在长条凳坐下，如释重负，一下虚脱了，见桌子上半杯喝剩的茶，不问是谁的，抓过来就仰脖子喝了下去。她见了，嗡着鼻子道："……别，那是凉的，我给你倒热的吧。"这才想起什么，对珂莱儿说："这是汤叔叔，叫叔叔。"但小女孩这两天吓掉了魂，最怕的就是陌生男人，哪里肯叫，两只小手紧紧攥住池彩娣的衣襟。汤仲翔一进门，眼睛就黏在珂莱儿身上，喝水时也没挪开，这时用手背抹下嘴角，朝着她微笑，摆摆手道："嗨。"心里起了一阵冲动，想把她抱过来，发现自己居然想流泪，急忙清了清嗓子，柔声问垂着眼皮的池彩娣："那么，接下来打算怎么办？"

她不响，他以为没听到，又问一遍。她开口时，大出他意料，说："我想送她回去。"见他疑惑的眼光，又说："想了一个晚上，还是送她回去吧，为了她好。"伴着长长一声叹息。他以为她要哭，但她没有。珂莱儿听到"回去"

两字，终于开口了，用英语说："我要回家，我要见妈咪，我要吃芝士培根汉堡包。"

他点点头，用英语回答她："叔叔马上送你回去，很快的。"心想池彩娣终于从泛滥的母爱里探出脑袋，睁开了眼睛，认清了现实，随口问道："孩子送回去后，你自己怎么打算呢？"

池彩娣摇摇头道："我除了会偷东西，就会跳舞，再说舞也跳得不好，其他的更不会了。"汤仲翔后悔这么问，心想，她从来不知道父母是谁，没有兄弟姐妹，没有亲戚朋友，没有老公，现在又彻底失去了孩子。而这种可悲的境遇，不正是自己造成的吗，实在该替她作些打算。但转眼自己就要和戴幼琳举行婚礼，之后就离开上海，要是能变成孙悟空，弄几个化身出来多好。池彩娣见他为难的样子就说："你不用管我，总会有办法的，我活了二十五年，都是一个人，不也过来了嘛。"汤仲翔道："我先给你租个地方，你先住下休息，我好好盘算一下，会有办法的。"

她道："你不必管，住的地方我有了。"他问是哪里。她这才说："就是珂莱儿住的花园公寓，他们一家马上回美国了，我想把租约顶下来，让孙菱和我合租。"见他满脸的惊讶，她又道："孙菱住大房间，我就住在珂莱儿的房间里，等于她就在身边。"他高兴道："要是能这样的话最好了，不过，你也不必找孙菱了，租金找来付。"她说："孙菱最乐意和我住，因为我会做家务，不必请娘姨，粗手粗脚惹气。她是红舞女，租金都是她付大头的，我只是出一点装装样子。"他说："那你就出一半吧，我包了，不要老是揩人家的油。"

她自始至终，并没有一句话是埋怨汤仲翔的，他受到一时感情的激荡，走到床边坐下，将母女两个一起搂进怀里。珂莱儿仰起脑袋，好奇地看他，说："叔叔，你会说英语啊。"这时她已经没了戒心，他自然明白小孩的逻辑，朝她笑着。刚知道有这个女儿时，心里是那么抵触，现在可以甩脱了，却又生出难言的不舍，还用英语说："珂莱儿，叔叔要送你回家的，你说叔叔好不好？"她欢呼道："啊哦……叔叔，我好像认识你的，你是爸爸的朋友吗？"

他没控制住，眼泪终于流出来，放开她们，快快擦下眼角，从口袋里掏出那只手表给珂莱儿道："珂莱儿，这只手表，叔叔送给你作纪念。以后看到它，就想起有个叔叔把你送回家了。"珂莱儿接过手表，翻来覆去看了几遍，点点头。池彩娣看看他，又看看女儿，真像是一枚图章盖出的两个印，再没那么像的，但怕惹他生气，憋在肚里不敢明言，说："珂莱儿，咱们把它放在兜兜里藏好，回去后，让你妈妈替你藏起来好吗？"抬头问汤仲翔："怎么样，现在就走吗？"

他说："等等，这场戏还没演完呢，你过来看。"把池彩娣领到窗口。

这时，楼下的打斗声、枪声，还有兽群般的嘶吼，越发喧闹起来。

第五十章

龙芥一伙押着金石寒撤退时，因为看到前门已经有几卡车的巡捕重兵包围，便径往底楼的杂物间走，打算从后门穿到后弄堂突围。没想这次警方是有备而来，一方面用重兵在前门做成一个大口袋，另一方面派出防暴队，由旅馆的老茶房领路，全部持冲锋枪，从后门往里头强攻。龙芥率黄道会行动队押着金石寒，推推搡搡走出后门，刚从窄巷拐进主弄，就和防暴队迎面撞上。双方见了，一语不发，举枪就射。巡捕方面火力凶猛，弹雨狂喷过来，一眨眼工夫已经有两个黄道会队员中弹，横尸地上。其余的还有两个受伤的，哇哇乱叫，哪有还手之力，缩回墙角后面，紧紧拥着金石寒，原路折返，退入了杂物间，将后门关死，拿木棍、桌子等死死顶住，打算从旅馆正门强行突围而出。

没想刚从杂物间里露出头，便听一阵狂吼，乱棍、板凳雨点般落了下来，菜刀也闪着银光夹在里头上下翻飞，原来被金石寒的手下打了个埋伏。黄道会的人虽然手中有枪，但一来被杀个出其不意，二来是近身肉搏，你中有我，我中有你，有枪也不敢乱开，反而占不到便宜。双方以身体和冷兵器搏杀，棍棒互殴，拳脚相向，脑壳互撞，银牙互咬，间或放一两枪。这么一番厮杀后，黄道会的人又被放倒了五个，金凤记的看场们也倒了三个，但金石寒是给成功抢了回来，虽然受了好几处伤。

龙芥在剩下的五个行动队员掩护下，终于甩开了金石寒人马的纠缠。一旦拉开了距离，枪支便占了优势，火力压过来，棍棒菜刀靠近不得。金石寒见此，一边派人去开杂物间的后门，放巡捕进来，一边去行动队的尸体上捡枪支。他自己回到账房间，找到一把剪子，把沾了许多血的长衫当腰一剪，一扯，嘶拉一声，扯成一件短褂。剪刀一扔，袖子一挽，冲了出去。

趁着这一会儿的工夫，龙芥几个已经撤到大门口，见外面的巡捕密密匝匝围成个铜墙铁壁，并不投降。几个人奋力而上，卸下一扇大门，然后举着门板，缩着脑袋就往外冲。

汤仲翔和池彩娣站在窗口，正好俯视这一幕拉开。这时马路上哨声四起，扩音器开始高声喊叫，劝龙芥投降。门板在马路边停住了，龙芥和黄道会的几个人单膝跪在门板后面，低语了一阵。突然，龙芥直起身，撩手就是一梭子，然后拼命朝路边的一辆汽车跑去。与此同时，另外的五个行动队员一起从门板后探出身来，作出齐射，掩护龙芥。

巡捕方面大约迟疑了两秒钟，然后便万枪齐射，有些射向迅跑中的龙芥，但大多数朝门板开火，登时将一块厚实无比的箍铁橡木大门打成马蜂窝，门后面的五个队员全部射得千疮百孔，交缠倒地。破门板没人扶，压在尸体上。

龙芥左肩中了两枪，右臀中了一枪，前额也给一粒子弹擦过，看上去满脸满身的血，总算撑到汽车旁边。他们昨天分乘三辆汽车过来，这是其中的一辆，最普通的 1932 年型别克，褐色，挂的是公共租界车牌。另两辆车被他调到后弄堂口，只留了这辆在旅馆正门外。他拉开车门，跌进座位上，却并不马上关车门。车旁就是一个六孔的阴沟盖，他从内兜里费力地掏出日本军官证，把照片和身份页撕碎了咽下，又掏出哥哥亲手写下的航线图，最后看了一眼，万般不舍地撕得粉碎，与其余东西一起丢进了阴沟里，这才拉上车门。就算行动失败，也不能暴露自己身份，把国家拉入与英美两国的外交纠纷里。

公共租界用的是英国的交通规则，汽车靠路左行驶，方向盘在右侧，左手换挡。他发动汽车后，因左肩中弹，勉强挂上挡，右手单手打方向盘，黏糊糊的血流进一只眼睛里，世界一片模糊发红，仿佛进入了洗照片的暗房。一脚油门踩下去，右臀一阵剧痛，拿捏不住轻重，汽车就像个醉汉，弯弯扭扭，顿顿挫挫开出没几步，就撞在另一辆汽车上。他想倒车，左手已不听使唤，挂不上挡。从反光镜里，透过血色，看到一群汉子直朝车子扑来。

扑过来的是金凤记的人，领头的自然是金石寒。他们已经全副武装好了，有人持双枪，有人端冲锋枪，都是从黄道会行动队手中缴来的。龙芥知道自己的末日到了，干脆放弃了努力，直挺挺靠在椅背上，双臂垂在两侧，慢慢浮起微笑。人之将死，就将理性彻底挣脱了，剩下了最动物性的直觉，这个时候，与哥哥正博的感应是最强的。他看到了一片浑浊的水，五花大绑的正博仰面沉着，身体肿胀起来，绳子深深勒进肉里，身下坠着一个个大秤砣。是的，他早死了，否则金石寒他们见了自己，不会以为是见了鬼。可自己还是让汤仲翔骗了，是心甘情愿受骗的，因为不愿接受哥哥的死。现在他接受了，也接受了自己的死。脑海里浮现的是那篇德国的研究文章，据里头说，同卵双胞胎死去一个的话，另一个总是在两年内跟着离世。自己很幸运，没有拖到两年，这下马上就能和哥哥再见了。他觉得无比轻松。

金石寒一伙赶到车前，也不废话，一齐举枪对着车里的龙芥狂扫，七条火柱齐喷。谁也没注意到龙芥嘴唇在动，更听不到他在喃喃念叨着"哥哥"两字。直到每支枪的弹匣都打空了，才陆续收手。枪声停寂时，龙芥总吃了上百发子弹，已经看不出原先的模样了。整条汉口路上罩着薄薄一层硝烟，让人想起去年和日本人的大战。金石寒这才把枪扔给身边的人，拉开车门，双手当胸揪住尸体的前襟，奋力一扯，抛在马路上。

池彩娣在楼上见了这一幕，举掌掩住眼睛，缩回屋子里，不敢再看，只留汤仲翔饶有兴趣地趴在窗台上。

龙芥本是歪着脑袋坐在一汪血泊里，兜着一身的碎玻璃。被拖出车子时，把血水玻璃碎一起带了出来，在空中甩出了一道红雨。尸体砸在柏油马路上，那张脸，鼻子以上部分已经不见了，金石寒看了，仍觉得不解气。他想起那只被杀的吉娃娃狗，想起惨死的赵善纯，想起被折磨致死的高剑霞，仰脸朝天，发出地动山摇的一声吼，将浑身力气聚到右腿上，奋力一脚踢出去，踢在龙芥的脑袋上。

"王、八、蛋！"金石寒咬着牙，一字一顿地骂了一句。最近十几年来，为了改弦更张，努力做好一个上流人，他已经禁绝了粗口，这下旧话重骂，竟觉得从未有过的醋畅，直到这时，才彻底出了气，哈哈哈地狂笑起来。笑完了，想起什么，俯身把尸体的所有口袋里摸了一遍，没找到什么证件，这才放心地直起身。想起汤仲翔和池彩娣母女还在楼上，一仰脖，见汤仲翔探身在窗口上，朝他一笑示意。汤仲翔见他满脸硝烟黑，满身血红，像用血水洗过淋浴。金石寒朝手下招招手，转身回了旅馆，他知道，刚才岛津龙芥拿着枪顶住自己脑袋，没扣下扳机，全因为汤仲翔使了计，让他疑心殷先生还活着。汤仲翔讲他的打算时，金石寒不信能奏效，结果是奏效了。自己欠了他一条命，总要有所报答，何况他还身怀着重任，关系到蒋总司令的安危，能助一臂之力，也是脸上有光的事。

阿四和肥猫受了中央捕房抽调，加入大队巡捕搜寻被绑架的高剑霞，全城跑遍，影子没扑到一个，意外见了从老巢跑出来的老茶房，告诉说兴旺达旅馆被人一锅端了。一问，才知道居然是绑匪杀了个回马枪，老茶房来来回回说了几遍，终于将事情的大概说清楚了。

两人马上上报，总巡一听绑匪猖狂到这地步，决定使出强力打击，一道命令下去，派出几百巡捕携重武装包围旅馆正门，并把镇守西区的铁甲车全部调了过来，另派防暴队抄后路，从后门进攻。后门这一路由老茶房领路，阿四和肥猫因为是便衣，又熟悉地形，也加入了这一队。

他们刚进后弄堂，迎面撞上了突围出来的龙芥一伙，当即开火对射。一阵弹雨之后，绑匪留下了两具尸体，其余人退回墙角后面。等防暴队攻过墙角，扑到杂物间后门时，门已经从里头封死。高剑霞长年身处上海滩灭罪第一线，防范意识自然是最强的，那扇后门造得坚固无比，里头横着两根粗铁门闩，又被龙芥一伙用桌子、梯子等死死顶住，一时攻不进去，只能干着急听里头喊打喊杀地闹成一片。

大家埋头商量下来，决定先用集束手榴弹炸门，若不奏效，再去调一门迫击炮来做近距离平射。等一切准备就绪，里头倒是安静了下来。未几，听到门内一阵响动，喹啷啷竟然开了，接应的正是金石寒的手下，于是冲了进去，正赶上龙芥一伙顶着门板往正门外冲的时候。

阿四和肥猫不知那小女孩是何结局，心想如果还在旅馆里，高剑霞绑架的事情眼看就遮盖不住了，心里七上八下，恨不得马上冲上顶楼一睹究竟。整个兴旺达旅馆里，这时除了顶楼的池彩娣母女和汤仲翔，无论客人、员工，早已跑得一个不剩。但他们不明就里，担心还有匪徒藏匿，只好步步提防，带着防暴队员一间间房小心搜查过去。

快搜到顶楼时，外面的战斗已经结束。只听身后脚步如洪，金石寒带人冲上楼梯，两股人汇到一起，直奔顶楼。刚踏上楼梯口，一间客房的门开了，一男一女抱了个小女孩走了出来。肥猫一看，不知该怎么向蒙在鼓里的防暴队解释，扭头看金石寒，他也在清喉咙，捏鼻头。还好汤仲翔抢先对防暴队的负责人说：“我们是这儿的住客，听到楼上有小孩哭，上来一看，发现了她在里头。”

肥猫明白了他的意思，走近仔细看了看孩子道：“这不是前几天被绑架的小女孩吗，怎么藏到这儿来了？”

老茶房也接得快，赶紧道：“不瞒你们说，她就是被黄道会的人绑架的。高督察长查到了线索，亲自救了出来，因为怕嘴多泄密，一直不让说出去，先把孩子藏这儿，打算亲自去破案，抓到凶手再宣布，没想着了人家的道。”

肥猫叫苦不迭道：“哎呀呀，高督察长太冒险了，咱们跟他这么多年，有什么不放心的。这么单枪匹马去查，能不着他们的道吗，也不知他人怎么样了。”

金石寒沉痛道：“人已经没了，我有个不争气的徒孙顾当乐就在黄道会里混，捎了个口信过来，说高督察长被折磨得厉害，实在挺不过去，只好说出小女孩就在旅馆里。黄道会得了口供，就把他杀害了，马上要过来抢人。我一听，匆匆带了几个兄弟就先赶过来了，和高督察长这么多年的交情，不能不管。”说着，推开另一扇房门，里头赫然躺着两具尸体，大家见了，都抽了一口凉气。金石寒说：“小女孩是找到了，还来不及撤，就被黄道会的人堵在这儿了，可惜寡不敌众，这两兄弟是负责保护小女孩的，给他们打死了，我也给绑了一夜。”过去摸摸珂莱儿脑袋道：“还好小孩没事儿。”珂莱儿望着他一身的血，闻到刺鼻的血腥，吓得朝后一让，才弱弱叫了一声“老爷爷”，把他叫得眉开眼笑起来。

肥猫对老茶房道：“爷叔，亏得你溜出来报警，否则后果不堪设想。”金石寒道：“是啊，否则别说人质的命不保，我们大家的命都不保啊。”大家这么你一句我一句，竟把一件反复出岔的阴谋，天衣无缝地圆了过去。幸好黄道会的人，包括那个顾当乐，已经不存活口，死无对证，大家即兴编造的故事，便成了最权威的版本了。

听了这故事，最高兴的莫过于防暴队的队长了，任务圆满完成不说，还顺带破了个大案，救出了被绑架的美籍小女孩，这一功不可谓不大。他摘下帽子，不停地擦汗，不敢相信自己的好运。似乎怕好运会失之交臂，连忙把沾满火药的两手在制服前襟用力擦几下，去池彩娣怀里将珂莱儿小心翼翼抱了过来，仿佛抱住的不是个孩子，是一生的荣华富贵。正好一群记者赶上楼来，镁光灯登时闪成片，把这了不起的瞬间记录下来。而一个新鲜热辣编出来的故事，也通过他的嘴巴，传给了在场的所有记者。

面对此情此景，所有人都兴高采烈，唯有池彩娣悲从中来，一腔热泪再也忍不住了，此刻将女儿脱手，意味着永远地失去了。汤仲翔见事情给糊弄过去，刚把一颗悬着的心放下，视线一溜，见她用手帕堵住嘴，怕哭出声音来的样子，暗里一急。好在大家没觉出异样，亲历这场血与火、生与死，再极端的情感表达都正常不过了，何况又是个弱女子。

汤仲翔还是怕节外生枝，趁大家不注意，搂住她的肩，在耳边说："赶紧走，再等下去，巡捕回过神来，要被带到行里录口供的，那就麻烦了。"夹着她，半扶半拖地下了楼梯。池彩娣的肩膀在他手掌下抖得像一架马达，一路走，一路回头。但珂莱儿被围在人丛里，再也看不见了。

第五十一章

戴幼琳最后一次见龙芥是在表姐家，那天之后，他就没踏进过办公室一步，但每天他会打一个电话过来，粗枝大叶地说一下调查的进展，似乎也不见有什么实质进展。他杀了赵善纯和尼姑，又杀了高剑霞，当然只字不提，她也就无从知晓。但她对龙芥的本事有认识，他抓起把风闻一闻，就知道妖精的所在，这么查下去，总会追到汤仲翔身上，时间越往后拖，她就越发不安，汤仲翔不能有危险，他关系到自己的婚姻，而婚姻是地下工作的掩护，所以要力保他。

还没想好具体措施，就发生了戏院里的暗杀事件，自己失态了。她不怕死，不怕鲜血，但一想到那具尸体差点就是哥哥，意志力便一下涣散了，这才拉着汤仲翔倾吐，说了那么多不该说的，忘记了严格的保密规定。他一个普通人，不是革命同志，又没受过地下斗争的训练和锻炼，没有铁的意志，指望他严守秘密，实在是勉为其难的事。现在和他之间的一切，包括婚姻的安排，都是为了掩护地下工作，更好完成党的任务，不应夹杂儿女之私。而自己的行为，恰恰就是受了男女之情的左右，混淆了公与私的界限，想到这，连打了几个寒战。

至此，睡意已经全无了，工作的热情倒是唤了起来，想起"上田工作"的报告刚写了个粗稿，便拿出来重新润色了一遍，等一切妥帖了，才翻译成密码。睡下时，已听到雄鸡在报晓了。

次日睡得晚晚起来，拉开窗帘后，见阳光白亮而干爽，推开窗，风吹到脸上没一点冻意。连冷了几天后，气温又回升了。打了个电话到伦宅，汤仲翔不在。因为手头另有要紧的事，只好先搁下。

她挑了件天青的外国绸衬衣，那料子质地很奇怪，比泥鳅还滑，一直少穿，今天偏喜欢这滑溜的感觉。又配一条淡褐毛裙，外头套件瓜仁白的薄风衣，坐上老爷子的汽车去趟黑眼睛舞厅。

这一遭走完，密码报告便到了俄罗斯歌女柳芭手里。戴幼琳走后，柳芭打了个电话，随后叫了人力车，直奔霞飞路一家咖啡厅。她见客人里头有一位塔斯社的助理记者，便坐到他邻桌，叫了咖啡悠然喝了起来。咖啡喝完了，报告也悄无声息地易手了。那位助理回到社里后，报告便化作加密电波传到了海参崴，接着传到了莫斯科。

这一头，戴幼琳从黑眼睛舞厅出来后，坐车到南京路，打发司机回家，改乘公共汽车去虹口上班。路过北四川路8号的新知书店时，进去翻阅了几本书，买了本日华字典后离去。嗣后，书店老板在她翻阅过的《华南植物志》里，找到一份同样的密码报告。他不敢稍有耽搁，将文件卷起，藏在三轮车的轮胎里，装了一车书，送到南市的另一家书店。过四川路桥时，一车书受到仔细搜查，每本都被翻过，却没人想过查轮胎。因为无可疑处，就被放行了。就这样，这份报告顺着中共地下交通线，辗转到了延安。

将情报全脱手了，她才到办公室，已是近11点了。直接上楼到岛津龙芥课长办公室，敲了敲门。如她所料，毫无动静，便从包里取出钥匙开了进去。在她面前，龙芥是没有秘密的，一切都敞开。

办公室的气味很熟悉。他每天在办公室吃花子做的便当，经年累月，积累起大根（萝卜）和纳豆的余息，又掺和进墨汁的淡臭、书籍的霉香，成了他这个人的气息印记。竹帘垂落，窗台的那株豆科植物已在阴影中萎谢。她过去拉起了帘子，风铃声中，阳光斜射进来，屋子半明半暗。见桌上有半杯残茶，便随手取来浇进花盆里，能听到干渴的泥土在嘶嘶嘶地拼命吸。放回茶杯时，注意到下面压着张纸，用毛笔写着五个数字，数字下是"今井"两字，想必是今井武夫的电话号码了，她一眼瞥过，早把号码牢牢记住了。

每次进龙芥办公室，他都开着无线电，所以她也去把无线电打开来。一阵叽叽喳喳预热后，公共租界一个英文台在播清谈节目，主持人说着美式英语，连讽带刺地抨击着日本人。龙芥对英美方面的情报很重视，所以常年听他们的批评，从中捕捉蛛丝马迹。她半听着无线电里滔滔不绝的评论，扫视着眼前的书架墙。看龙芥的藏书，谁都会以为主人是中国人，因为大半的书都是中文的，从线装书到鲁迅作品，无所不包，而新文学作品又占了主要位置。日文书因为少，倒显得突兀了，她看到一本横光利一的《上海》，随手抽出来翻了翻，又塞了回去。

两天没接到龙芥的电话了，从一早起，又联系不上汤仲翔，她有不祥的预感，也许龙芥已经抓到了汤仲翔。若汤仲翔真落在龙芥手里，该怎么办？闭眼想象汤仲翔被五花大绑的样子，发现结论并不费力，只能毫不犹豫，消灭龙芥。但自己的任务是替党和共产国际收集日本的情报，而不是消灭情报来源。

如何才能除掉龙芥，又不与自己扯上关系，她设想了许多种可能，竟忘了时间。突然，无线电里滔滔不绝的英语停住了，换上了音乐。接着音乐又停了，换了另一个声音说："各位听众，节目要中断一下。我们了解到刚刚的突发事件，大队巡捕包围了汉口路的兴旺达旅馆，据悉，黄道会的匪徒，昨晚占领了整座旅馆，并控制了所有员工和客人做人质。旅馆的一位茶房趁匪徒疏忽，偷偷溜出来报了警，事件才得以曝光。我现在根据在前方采访的三个同事轮流打回来的电话，向大家实时报道现场的情况……"

她屏息静气听了一会儿，大概猜出了事情的粗略。黄道会是土肥原控制的汉奸组织，与特务部是密切协同的，这次带队行动的人，只能是龙芥，他跑去那里大动干戈，也只会跟"上田工作"有关，这是他眼下唯一的任务。汤仲翔一天一夜没回伦宅了，他能去哪里？一定是卷入了，一定！

于是奔下楼去，拦了辆人力车，拉到三马路。

等她赶到时，一切都结束了。警车、救护车来了一大堆，救火车在用水管清洗路面，水是血红的，顺着阴沟流淌。硝烟还没散光，大队巡捕拦起了路面，行人全部绕道，一辆黑色的密斗卡车刚开走，显然是拉走尸体的。但市民越积越多，兴奋地在看热闹，交流各自的所见所闻，听上去已经离奇不堪。从硝烟和血水看，死的人不少，但里头有没有岛津龙芥，有没有汤仲翔，无从得知，也无从问起。她的心几乎要从喉咙里跳出来，两只手掌心里全是冷汗，双腿软得面条一般，一时没了主意。

天气倒是温煦的，阳光比前几天都灿烂，她提醒自己沉住气，脚下漫无目地乱走，不知不觉到了二马路永安公司后门，走得太急，竟出了一脖子汗，举手去解风衣扣子，手却抖得厉害，解来解去没成。如果汤仲翔真死了呢？想到这，突然陷进巨大的空虚里，周围的建筑、汽车和行人都化成了雾灰。她提醒自己，这样要不得，眼里却涌出了泪，只好尖起手指拭掉。

她强迫自己冷静，心想，瞎着急不管用，何妨再给汤仲翔打个电话，万一他回家了呢？于是路边找了公用电话，拨了过去。伦宅的电话响了又响，一直不接，她已经要挂掉了，突然又被接了起来，一个妇人的声音气喘吁吁说："哈喽？"带着洋泾浜的腔调，一听就是洋人家里的下人，原来正是刘妈。戴幼琳问她汤少爷在不在家，刘妈道："回来了，回来了，可是刚刚又走了……你等等……"便没声音了。过了好一会儿，话筒里传来汤仲翔的声音："是幼琳吗？"她抚着胸口，差点说不出话，硬是装作没事似的，淡淡说："汤少爷，找你真不容易啊。"他急急说："我知道，我现在急着出门，这样好不好，一个钟头后，你到国际饭店的大堂酒吧，我们在那里碰头，一个钟头！"也不等她说话就挂了。

她一点不嫌他粗暴，听到他声音，高兴还来不及。太阳突然隐去了，天换成冷冷的金属色，她却看到世界光芒灿烂，脸上压制不住地绽出笑来。这里到国际饭店没多少路，时间足够，就从后门进了永安公司，上楼看家居用品，虽然汤仲翔等不到搬新家的那一天，就要离开上海，但不管男主人在不在，婚房总是要好好布置的，总有一家相聚的时候。

汤仲翔这时正开着汽车，送池彩娣回斯文里。她随他从兴旺达旅馆溜出来后，坚持要搬回老地方。她没明说，但从她神情里，他已经明白，这是要与过去一刀两断，包括与他的关系。他无话可说，也无能为力，只得依了她，雇了一辆汽车回到伦宅，收拾好她一点点的私人用品，打成一个小小的包，再把伦纳多的汽车从车库里开出来，准备将她送回斯文里。事情已经过去，那辆汽车终于可以重见天日，不必窝在车库里躲藏。他刚刚把车子挪到大门口，替池彩娣打开车门，就见刘妈嘴里喊着有电话，从屋里冲出来。他预感是戴幼琳找他，果然没猜错，而他也正急着要见她。一想斯文里距国际饭店近，就约幼琳在那里碰头。

进了酒吧，戴幼琳已经在了，经历了刚才那一切，远远见到她，竟然发自内心地欣喜，不由附身将她一把拥进怀里了。她任由他抱着，也不知多久了，他才放手，在旁边沙发坐下，长长舒了口气。她扬手加了一份咖啡，见他不言语，只管盯住自己，道："又这么看着我，没见过吗？"

他继续看了她一会儿，还是不言语。服务生过来放下杯杯碟碟，他端起咖啡啜一口，加了奶调匀，连喝了几大口后，道："好喝。"放下杯子，才想起她的问话，道："好像很久很久没见了。"

她见他头发凌乱，一脸胡子楂儿，衣服不再挺括了，不禁联想起马路上流淌的血水，也有种生离死别后重逢的感觉，沉默了一会儿才道："什么很久，就隔了两天。"

他现出愕然的样子："是吗……"

"怎么不是？"

他想了想道："还真是的……可是发生了这么多事情，感觉好像过了很久很久。"

"发生的岂止是事情，打得那么厉害，夷场开埠以来，好像还没发生过。"

他仰起眉头道："你知道了？"

"上海滩还有不知道的吗……电台不停在播，所以就去兴旺达找你，没找到，漫天呛鼻子的硝烟味老远就闻到了，三马路上遍地的血水，全租界的巡捕都上街了，挤也挤不进去。到底发生了什么，你跟我说说好吗？"他茫然地点点头，却没开口。她说："仲翔，我是你太太。"

他仰起脸，不知怎么说。池彩娣的故事太长，太复杂，也过去了，何必去提。可是，不提池彩娣，就没有故事了，临时现编一个，好像才气彻底枯竭了。戴幼琳只当他惊吓太甚，耐心等着，小口啜咖啡。他终于说："幼琳，有件事情，我一直没跟你说，现在，我觉得有必要让你知道。"

于是，他把池彩娣的故事，原原本本全说了。

她听了，彻底失语了，等再次开口时，问了一句："你真的和她生了孩子？"他点点头道："是的，不过都过去了。"她说："既然过去了，为什么还回头去掺和她的事，差点把自己搭进去？"他愕然道："撒手不管的话，她们母女怎么办？"戴幼琳冷冷道："她过去没你能行，现在没你，就不行了？怎么了，突然要赎罪了，你的罪那么多，赎得完吗？"汤仲翔见她又暗指过往的事，只有叹气。她想起了托尔斯泰的《复活》，说："你以为自己是聂赫留朵夫？"

他茫然道："那是谁？"

"一个自以为是的可怜虫。"

他耸耸肩。他知道幼琳善阅读，说的一定是小说里的人物，他一向对文学没兴趣，眼下更没兴趣了。再说，他也不介意幼琳把自己看成可怜虫，只要自己心里这一关能过去，其他都无所谓了。她见他不语，继续说："别以为我是小心眼，妒忌她，我才不在乎。我是在替你考虑，你真的很不安全。"他说："她不会乱说的。"幼琳道："你是真天真还是假天真？要不是她供出你，高剑霞和金石寒会知道钱到了你手里吗？岛津会知道钱到你手里吗？"汤仲翔一时无言以对。她逼问："她对你的事情知道多少？"他道："我什么都没跟她说。"她道："那一样糟，她会以为你在跟日本人勾结，传出去，让人误解你。"汤仲翔："误解就误解呗，你的工作，不也要被人误解嘛。"她说："不一样，我是在敌人阵营里，这是掩护。你是在自己的阵营里，你的声誉不能有污点，反正你要多加小心。"

对敌人还舍不得了。

她叹了口气，话锋一转说："好了，说说你今后的打算吧，武汉估计是不保了，国民政府马上会撤到重庆的，以后中航的基地也会搬去那儿。"他冷笑一声道："对我们这些飞机师来说，基地在哪儿都一样，最后还是四海为家，死无葬身之地的。"她白了他一眼："又来了……"他发现自己受她情绪影响，说得太悲观，连忙掐断了话头。

她倒是很快摆脱了情绪的阴影，话锋再一转问："那么，你会发报吗？"他道："都学过，发报，维修，枪械，投弹。后来专做驾驶，报务的事情就没再碰过了……怎么问这个？"

她道："难道我们只办一次婚礼，然后你就离开上海，然后我们就此形同陌路了？"

他想，可不是吗，嘴里却说："你想哪儿去了，当然不会。"

她一笑道："别忘了，你不仅有一个老婆，马上还会有一个儿子的。"

汤仲翔一怔，又想起了血肉模糊的岛津龙芥，想起了他的杀戮和被杀。而他的血脉，却通过她肚里的胎儿得到延续。想到这未出生的孩子，他发现自己没有恶感，只有伤感。是的，一个人被带到这世界上，全然是莫名其妙的，就像自己被父母带到这世上，就像珂莱儿被自己带到这世上，那么被动，那么偶然，和上一代人其实没丝毫关系。上一代那些肮脏的印记，又凭什么打到这些偶然的新生儿身上呢。想到这他说："这你放心，需要我照顾的孩子，我不会逃避的，一定视如己出。"

她笑道："那你答应和我保持联系。"见他点头，继续道："要联系的话，你需要会发报。你到了重庆后，会有人给你送密码本的。"他愕然道："你让我加入你们组织？"她正色道："仲翔，中国的抗战，是世界反法西斯斗争的一部分，日本是终将失败的，战后，我们都要为国家的复兴奋斗，那时候，我希望你站在人民的一边。"

他若有所思望着她，沉默良久道："幼琳，这事儿我没法答应你。"她道："那没关系。反正你是我的丈夫，我们来日方长，其实，我来是跟你商量婚礼的安排的，你送我回家吧。"

他站起身，她翻着眼皮望着他，却没动。他想起她的身孕，笑了笑，弯腰把她扶了起来。她说："你好脏啊，都不敢让你碰。"他听出话里肌肤之亲的欲望，笑笑说："这算脏吗？你没看我执飞时的样子，常常几天不洗澡，一身的汗水干了湿，湿了又干，浑身是尘土和机油，脱下飞行帽时，那味道可以熏死蚊子。"她皱起鼻子说："别恶心人了，快回家，好好洗洗。"

出了国际饭店大门，她就压低嗓子说："注意没有，有人在盯梢你。"他说："谁？没看到。"她说："就坐在大堂阁楼上，西装穿得不伦不类的，老盯着你，贼头贼脑的，一看就是外行。"他恍然大悟道："那一定是金石寒的人，是来保护我的。你知道吗，自从他知道我是总司令的人，就变得热情得要命，非要负责我在上海的安全。被我谢绝了，看来还是偷偷布置了。"

她的脸一下涨红道："你是真没脑假没脑？他还保护你？他是想抢回那笔钱。"他说："不会吧，我们是不打不相识，现在感觉是一家人了，都是中国人。"她因为生气，适才涨红的脸，一下又转白了，道："简直太幼稚了，会信这种鬼话。帮会里为了些许小利，什么都可以卖，我们有多少同志牺牲在他们手里，都是鲜血换来的教训。"

他的车停在白克路，她挽着他，朝停车地方走。她这么说，他有些将信将疑起来。她说："从今天开始，你马上搬去跟我住，深居简出，婚礼后，乘最近一班船离开上海。"

她坐到车里后，半天不言语，他问："你想啥？"

她说："在想怎么除掉他。"

汤仲翔笑道："怎么可能，他势力这么大。"

她喃喃道："势力再大也要除掉，那就来个一锅端。"

他只当她在随口发泄心中不满，也就一笑而过。

第五十二章

这次的台风没有正面登陆上海，与上海擦个边，突然拐向东北方向，往日本去了。汤仲翔一早开车从戴府回伦宅，市面恢复了正常，店铺排门板全卸了，底楼防汛的沙袋已经搬走，临时的摊档，又在路边摆开了。

昨晚戴府阖家吃饭时，戴杏文不主张汤仲翔与戴幼琳婚前就住到一起，认为于礼于俗都不合适，要给他开国际饭店或都城饭店的房间，暂住到举行大礼之后，再实行同居，却被戴幼琳狠狠抢白了一顿，说他假道学，真封建。汤仲翔本想附和戴杏文，他为了行动自由，宁可住在外头，听了戴幼琳的反驳，就不敢作声了。戴老爷则不表态，他年轻时风流惯了，又是留洋归来，根本无所谓，所以戴杏文也就投降了。戴幼琳担心汤仲翔再遭不测，寸步不想让他离开。今早她是不放他回伦宅的，但又不得不放，因为他的个人物品全在那里，车子也要归还，她才勉强同意了，关照早去早回。其实他的主要目的，是把最新进展向伦纳多汇报，跟他商讨归程的安排。

他扭开车上的无线电，吱吱喳喳旋到一个亲政府的电台，一个软绵绵的女声正在播报武汉会战的消息："……目前，鄂东、豫东战事已至最紧张阶段，北线敌军已迫近信阳，另一部敌军已占领麻城县，第五战区长官部被迫迁往麻城县的宋埠镇，继而黄安夏店。江北敌军正进逼黄陂，江南敌军也已迫近湘、鄂边境，平汉路正面门户遭到严重威胁……"他"啪"的一声关掉无线电，心里明白，战局到了这个关口，武汉沦陷已是早晚的事了。对于抗战的未来，他心里没底，但不管结局如何，总得工作到最后一天，只求无愧于一个合格的国民而已。他突然想念起热烘烘的机油味，发动机的震颤和噪声，唯有飞行的感觉，让他踏实，在大形势面前，儿女情感，个人生活，实在是无足轻重的。

伦纳多夫妇都在客厅里，无线电调在英语新闻台，见了他，好似如隔三秋，拍掌欢迎他回来。玛兴给了他一个结结实实的拥抱，"你和池小姐昨天回来过吧？我们正好不在，我去参加教堂活动，罗约去谈飞机的事了。"伦纳多同他摇手拍胳膊说："你先坐下，飞机的事慢慢说，先谈谈你的情况。"这两天发生的事，借助电波传递，全上海尽人皆知了，是去年黑色星期六以来，公众的关注度最高的事件。他们在客厅坐下，喝着海波酒，听汤仲翔述说了经历的一切。

玛兴最关心池彩娣，汤仲翔转述了她的打算，他说："池小姐在回家路上说，等搬到新家，要继续跟你学英语，将来总有一天要见珂莱儿，最怕见面时，母女俩说不上话，怕得要死。"玛兴道："我也正在想这件事，池小姐的英语有基础，人又聪明，进步很快，放弃的话就太可惜了，她有这想法，我太高兴了，以后每个礼拜安排两次课，我已经想好教她的书单，等达到一定程度后，一定要让她受正规教育。我的教友里头，有两个沪江大学的美国校董，跟他们很熟的，明年找机会，让她到沪江大学旁听。你知道我最怕什么吗？我最怕的，是她自暴自弃，结果走回偷窃的老路。"汤仲翔道："玛兴，你和我想到一块去了，对池小姐的道路，我是无权干涉的，可我真不想看她走回头路，听了你的话，心里一块石头落了地。"

谈完池彩娣的事，伦纳多说："翔，飞机的事情有新进展了，昨天，联洲公司的帕特森打电话让我过去，所以你回来的时候，正好错过。现在情况是这样，蒂瓦丁公司在越南海防有六架现货，已经做好交付准备，其余二十四架飞机，将分四批运到海防。现在，武汉会战进入紧要关头，飞机远远不够，所以我决定了，我们两个马上一起去香港，再从香港去海防，然后把飞机飞到昆明。这件事我直接决定了，不必给陈纳德打报告，因为他也会这么决定的。"汤仲翔道："这没问题，可是我们一次只能飞两架。"伦纳多道："到了昆明后，再乘中越火车返回海防，然后飞第二批，如果能拉到其他飞机师最好，一次性把剩下四架飞回来，如果拉不到，我们就飞第三次。"汤仲翔望一眼玛兴道："可是，你的假期还没结束呢。"伦纳多道："这没问题，先把事情做了，然后回来补剩下的假期，已经跟玛兴商量过了，她完全赞同……是不是，达令？”

玛兴撇嘴道："能不赞同吗，反正有抚恤金、保险金、养老金。"汤仲翔笑着安慰道："没事的，玛兴，上海你已经很熟了，那么多的朋友，每天那么多活动，还要教池小姐英文呢，肯定不会寂寞的。我们的任务很快完成，罗约马上回到你身边。"她问："那你呢，你也回来吗？"他一下噎住了，想起了戴幼琳，期期艾艾道："这个……恐怕有些难，我没假期了。"伦纳多说："还怕没假期吗，你这次立了大功，足够拿'青天白日'勋章了，假期、奖金一样不会少你的，尽管放心。"汤仲翔说："那我一定回来。"

说到这，客厅的电话响了，原来是戴杏文，他说："你怎么回事，一早就不见了？"

汤仲翔道："我回来收拾东西，顺便还车。有什么事情吗？"

"婚礼啊，千头万绪啊！ A man is not known till he takes a wife（男人在世，不娶不立）。"他有教会学校的通病，说话爱引用英文谚语，"结婚无小事，你自己的婚礼，总得费点心吧？快快快，赶紧过来我这儿，一堆事情等着和你商量。"没等接话就挂了。

汤仲翔说："好了，我要去准备婚礼了，到时你们两个都是嘉宾。罗约，你的车子我留下，那辆租赁的车子我接过来，船票的事劳你费心了。"

进了戴府停好车，想着应该先给老爷子请安。院子里票友们都在，却没人练琴吊嗓，三三两两聚在一起闲聊，扫一圈不见老太爷的影子，招呼他的用人说一早出去了。他松了口气，直奔底楼的书房找戴杏文。

戴家的书房是他最不乐见的，那酸腐气息，与自己父亲的书房如出一辙，勾起不愉快的童年记忆。他痛恨大户人家的这种做派，四壁布满红木书架，架上的每一件器物，每一幅字画，每一册书籍，每一粒灰尘，都浸泡在旧时代的气息里。这里的一切，自戴杏文爷爷离世后就没变过。戴杏文与自己截然相反，从小痴迷家族过往的辉煌，读小学时，碰到家里没人，会把汤仲翔拖到这书房里，偷偷拿钥匙打开玻璃柜，取出蓝布包裹，解开串着康熙铜板的红绸带，炫耀那些发黄的旧函：李鸿章的、郭嵩焘的、曾纪泽的、翁同龢的……这些名字从他小嘴里吐出来显得那么神圣，还盛赞这信里的文采，能大段大段地背。但在儿时的汤仲翔听来，这些人只是一群毫不相干的老朽，写的也是不知所云的空话。对他来说，这书房里有几分价值的，无非就是那几盏亮闪闪的水晶吊灯和丁零零的电话了。

历经几十年，那电话也成古董了，这会儿还在用着。他踏进书房时，戴杏文正坐在爷爷的画像下，满头大汗地听电话。见了汤仲翔，摆摆手，指指一张黄花梨圈椅请他坐下。汤仲翔屁股一着硬邦邦的椅子，就觉得皮夹克穿不住了，脱了下来，搭到椅背上，原来锅炉已经生火了，热水汀烧得滚烫。

留神戴杏文的样子，见他的热，似乎并不全来自室温，更像是紧张。汤仲翔见他满脸沮丧，说的是英语，以为是和美国人或英国人谈生意，但态度又不像。肘旁的茶几上是一架电话分机，他出于好奇，悄悄拎起放到耳朵，戴杏文见了并不阻止。

电话另一方的英语虽然流利，听得出不是母语，多听两句，就辨出是日本人了。内容不像交谈，更像在训话，说的都是些什么"……资源调查……松山部队……航道保障……税卡……制服交货期……"话语间免不了夹杂着美式的粗口。他听不下去，把话筒从耳朵挪开，轻轻挂上。再看戴杏文，额头冒出一层汗，越来越密，滴了下来。在桌上东摸西摸，抓起一块布，擦了一把，气味不对，才发觉是用人放在桌上的抹布。

戴杏文挂了电话后，长长叹了口气，瘫在靠背椅上，样子比扛完一车煤还累。汤仲翔皱着眉问："什么人，这么跟你说话。"戴杏文又叹口气道："华中振兴株式会社的前田，兴师问罪来了，说最近交货的湖北棉花每包都卷了垃圾在中间，好像我犯了什么弥天大罪似的。战火连天的，能收到东西已经谢天谢地了，人家要夹垃圾，我能怎么办，不见得跑去亲自一包包打开查吧。"汤仲翔道："那你还受这气，还跟他们做生意？你卖给他们的所有东西，都是用来打中国的。"戴杏文道："谁愿意受这气了，都是冲着一个利字。爱国的道理我也都懂，但生意就是这样，你情我愿，你不做，自有其他人会做，只要有利在，日本人不愁没生意拍档。"

戴杏文又沉默了一会儿，起身去玻璃柜里取出那个蓝布包。汤仲翔道："求你别背了，那些文言文我听了就怕。"戴杏文不语，自顾自地解开红绸带，掀开蓝花布，取出一封函件，眼神爱抚地看了，又换了另一封，汤仲翔深知他靠这个解压。戴杏文这么欣赏了好一阵才说："仲翔，我和你不一样。你是一个人吃饱全家不饿，我是长房长孙，有一个大家子要撑。我爸只懂吃喝玩乐，把好端端一个家蛀得只剩个空壳。有一阵子，差点把这些信都要拿出去卖给古董贩子，好险！我只能挺身而出，做点生意养家，力挽狂澜了。你也知道，现在的天下是日本人的，在上海滩混，方方面面都躲不开他们。这个前田人还不错，他是美国康奈尔大学毕业生，虽然不懂中文，但我们用英语谈，还算说得通。"

汤仲翔想起电话里前田的语气和那些美式粗口，瞪着戴杏文，一时无语。后者看出他的失望，辩解道："刚才他是有点过分，不过事情确实有些严重……"语气一变，道："好了，不说这些丧气的事。杏文啊，老爷子对这门亲事，可是打心眼里高兴。我跟日本人来往是谋生而已，迫不得已，但谁也不想弄个日本姑爷进来。幼琳这两年和日本人卷得太深，不仅是工作，社交生活也是，去公园、舞厅、电影院，都和日本人在一起。老爷子看了怕得要死，这下总算是皆大欢喜了。"

戴杏文道："不过，按照旧俗，结婚前，还得算你和幼琳的八字，八字般配才行。"

汤仲翔一愣道："八字？我哪知道自己的八字。"

戴杏文道："你知不知道不重要，就算知道，八成是和幼琳不配的。我知道她该配什么样的八字，你照着写下来就行了，等老头子拿去一算，一定天作地合，这不就皆大欢喜了嘛。本来都是瞎扯淡的事，蒙他们年纪大的。"

"还有，"他抓过一份《新闻报》递到汤仲翔面前道，"启事登出来了。汤、戴两家联姻的事，在上海滩已是人尽皆知了。你两个哥哥一早见了启事，已经差人送来两挑子贺礼了，倒是真快。因为不知道你的行踪，所以把贺礼送到这里来了。可是厚礼啊。"汤仲翔意外道："哟，断了联系已有八年了，也没见他们来关心。还是你们戴家面子大。"戴杏文道："不能怪人家，你成年累月到处飞，谁找得到你。再说了，你想过给人家请安吗？"

汤仲翔无话可说，接过报纸，见启事登在第三版，是以戴老先生的名义发布的，长兄戴杏文也依俗联署在后。

戴杏文道："若以幼琳的意思，婚事应当从简，启事都不必登，但哪拗得过老头子的意见。他好不容易才把个老闺女送出门去，不闹个轰轰烈烈，让亲朋好友知道她嫁了个中航飞机师，怎么挣回这面子。但好歹也做了让步，大礼订在了西藏路沐恩堂的二楼小礼拜堂，没有订楼下大礼拜堂，所以教堂请柬派得不多，只发出几十张。其余的亲友直接请到华懋饭店参加喜宴。今天请你来，是到沐恩堂排演一下，我和顾牧师约了下午一点。"

他慢慢把那些发黄的旧信笺依次放好，爱惜地包回旧蓝花布里，在康熙铜板的叮当声中，系上褪了色的红绸带。汤仲翔趁他在忙，脑子里想着与两个同父异母哥哥的往事，顺手把报纸翻到头版，见了通栏大标题，吸了一口凉气，头版上的大字标题是"金凤记赌场变屠场，金石寒闻人成故人"，副题是"法租界著名赌场漏夜遭血洗，众赌徒集体丧命横尸数十具"。

正文写道：法租界著名赌场金凤记，昨晚遭不明身份暴徒袭击。袭击者身着便衣，不下二十人，分头前来，在金凤记门口会集后，击毙大门守卫，一起冲进赌场院中的金石寒住所，乱枪射杀金石寒及保镖多人，接着射杀赶来救援的看场多人。歹徒随后洗劫赌场，撤离前，朝赌场内投掷十多枚手榴弹，炸死现场客人、员工三十一人，伤者多人。幸存人士称，袭击者装备强悍，动用的是正规军的冲锋枪和手榴弹，现场有如一场大战。歹徒撤离时，有大卡车至门口接载，后沿金神父路南撤，冲破打浦桥法租界巡捕警戒线，遁入日控区。据捕房方面揣测，帮派之间可能因利益分配不匀而火拼。金凤记已无限期关门善后云云。

第五十三章

戴幼琳的外祖父也是三妻四妾的，陆陆续续娶，陆陆续续生，女儿多，年龄也悬殊，几个小的阿姨比她母亲小十几二十岁，自然就有一群稚龄的表弟表妹了。汤仲翔推门进大餐间时，这群小孩正处在兴奋头上，有的拿废报纸糊成帽子戴脑袋上，有的嘴唇上粘着假胡子，有的挥舞着木头驳壳枪，你追我赶，钻桌底的钻桌底，爬椅子的爬椅子，小脸都涨得通红，嗓门喊得声嘶力竭，瞧都不瞧汤仲翔半眼。

汤仲翔站了一会儿，发现戴幼琳独坐在餐厅正中，还穿那身居家的旧布旗袍，在一片喧闹中，垂头静静看手里的一沓稿纸，好像四周无人。大餐间天花板悬挂四把吊扇，摆着五张圆桌，供那帮票友、清客吃饭。靠里有一个简易舞台，若遇上刮风下雨、严寒酷暑，这帮人就在上面过戏瘾。

听见他进来，她抬起脸，头发滑开，脸色平静祥和，镀着一层母性的光。

他拉过一张椅子坐下道："今天怎么没上班？"

她微笑道："谁说没上班。没进办公室的话，就是在外边调查。"

他朝周边努努嘴道："好热闹，调查什么呢？"

"说笑的。今天给自己放一天假，"看看他的样子道，"你胡子没刮干净……外套怎么不穿上，不觉得今天凉吗？"

带母性意味的语言从她嘴里出来，让他有些不太适应。他仔细瞧她，皮肤是有一层腻腻的光，半透明的，显得娇艳了。是因为临近结婚心情好了，还是妊娠荷尔蒙的作用呢？可能兼而有之，他思忖着，回道："杏文一早打电话让我过来，说下午要去教堂彩排。没想你还有另外的戏要排演，是什么好戏，那么入神的样子。"

戴幼琳朝他一笑，晃晃手里的稿纸道："我表弟写的独幕剧，让我帮他们排练，学校要演出。"他说："那么小的人就会写戏了？我看看。"她说："不必看本子了，我让他们再排一遍好了。"站起身道："好了，大家静一静，咱们排第二遍好吗？这位汤叔叔很想看大家的演出，注意了，咱们一定要好好表现，别再犯刚才的错误了。"

众小孩这时才注意到他，开始七嘴八舌穷问不已，一个女孩问："他是你男朋友吗？"

戴幼琳道："汤叔叔是中国航空公司的飞机师，是给蒋总司令开飞机的。他要是喜欢你们的演出，一定会向总司令汇报的。所以大家要好好表现。"

这一下炸了马蜂窝，孩子们顿时将汤仲翔团团围住，男孩们尤其激动，恨不得把他的皮夹克扯下一块皮带走，他只好站起来朝大家鞠躬。戴幼琳又费了许多口舌，才使他们冷静下来，同意马上开演。一转眼，表情都严肃起来，小脑袋凑到一起讨论片刻，两个女孩跑上台去，放下一块简易的幕布。

戴幼琳凑到汤仲翔耳边说："这出戏一共有四个人物：汉奸、汉奸的贴身保镖、爱国者，还有巡捕。本来很早就要排演的，但一直排不起来，因为谁都不愿演汉奸。后来只好请厨房里王妈的儿子演，就是那个胖胖的剃光头的。"

过了一会儿，大幕升起，台上站着一个光头男孩，上唇一排胡子粘得有点歪。戴幼琳道："这是汉奸，王妈的儿子。"

汉奸：哎呀，百事缠身，实在太忙了。搞得这么晚才能回家，危险，危险，太危险。【拔出了手枪做警戒状】

保镖：没事，有我在呢。

【爱国者上台了，伪装成一个卖桃子的小贩】

爱国者：卖桃子，卖桃子，新鲜的桃子，又大又甜，三分钱一个。

汉奸：多少钱一个？

爱国者：三分钱一个——【从桃子里抽出手枪，一枪击毙了汉奸。保镖拔腿就逃】中国万岁！【下台】

【保镖慌里慌张地重新登台】

保镖：好险，总算命大，逃过一劫。【幕后传来巡捕的呼喊声】这家伙嘛

死了，凶手嘛逃走了。待会儿警察来了，肯定问我为什么不开枪还击。趁他没到，我先开两枪，免得到时说不清。【拔枪连开两枪】

【巡捕登台】

巡捕：那么说，是你杀害了他，走，跟我去巡捕房。

保镖：【哭天抢地】这下惨了，给汉奸卖命真是没好下场啊！

【大幕落下】

汤仲翔噼噼啪啪一阵拍手，嘴里道："妙不可言，真是妙不可言。"接着又看了另三出独幕剧，觉得一出比一出精彩，手掌都拍烂了。孩子们因为演得成功，在那儿不断欢呼雀跃。他扭头问戴幼琳："这剧本真是你表弟写的？"她迟疑一下道："是他写的……我只是口头指点指点。"

他缓缓点头，继而拍拍手里报纸道："我看这事不像是帮派火拼。"

她开腔道："像是日本正规军在作战，穿便衣的正规军。"

这时，餐厅门打开了，戴杏文冲进来，风风火火道："喔唷唷，听好了，计划有变，顾牧师打电话来说，上午有一档活动取消了，让我们现在就过去。"

于是汤仲翔和戴幼琳匆匆忙忙，跟着戴杏文上了他的豪车，来到西藏路的沐恩堂。

进了教堂大门，扑面而来的是一股湿冷空气，伴着汹涌的合唱声，原来里头正在排练《奇异恩典》合唱曲。汤仲翔探头进楼下的大礼拜堂，看到高高的穹顶，忍不住心里赞叹了一声，一个银发的西洋老太在弹风琴伴奏，唱歌的人大多上了岁数，许多架着老花镜，人人手里持一个歌本，有洋人，也有中国人。歌声有如雷灌顶的力量，迫使人不得不听"……奇异恩典，如此甘甜。我等罪人，竟蒙赦免。昔我迷失，今归正途，曾经盲目，重又得见。如此恩典，令心敬畏……"在教会学堂上学时，每个礼拜被迫参加宗教活动，这歌声，把他带回少年时代，那时，好像每个孩子都圣洁，他是，幼琳是，杏文也是。

他缩回脑袋，见楼梯口一块牌子写着"小礼拜堂"，箭头指着楼上，跟着戴家兄妹，踏着圣歌的旋律拾级而上，有一种浮上云端的感觉。

他们和顾牧师闲聊了一会儿家常。顾牧师比一般男人矮大半个头，又比一般人粗了一倍，水煮蛋似的光亮秃顶，只剩下周围一圈毛，穿件粗呢格子西装，短手短脚，但动作敏捷，语速也快，汤仲翔要竖起耳朵才不致漏掉他的话。他因为临时改了安排，抱歉了一通，说是最近实在太忙，没想到兵荒马乱的时候，结婚的人倒一下多起来了。他说："结婚要趁早，现在结婚，结婚证上盖的还是中华民国的大印，再过两年就不知道了。听说他们东北人结婚，只能拿'满洲国'的结婚证了，哈哈哈。"他笑了起来，笑得很空洞。又说："结婚好，大家赶紧传宗接代，中华的种才不灭。"汤仲翔想起幼琳肚子里的胎儿，只微微一笑，没有看她的表情。戴杏文认真问："顾牧师，不知道上帝是帮哪一边，日本人还是中国人。"顾牧师一愣道："在主的眼里，所有人都是有罪的。不过，我相信日本人罪更深……好了，我们抓紧时间吧。"说着，一把抓住汤仲翔的胳膊，拖到台上站定道："你就给我站住这儿，其他就没你什么事儿了，等着新娘过来，到时别紧张，脸上要笑，终于抱得美人归，要高兴嘛。我会陪你一起站着，给你坚强的后盾。"他又问戴杏文："新娘呢，新娘那天是谁搀出来？是你还是你爸？……是你爸……那好，杏文先代表一下，到时要从门外进来的，你们先退到门外去，听我发令。"

顾牧师等戴杏文和戴幼琳退到了门外后，双掌用力一击，喊一声好了，便大声哼起了婚礼进行曲。戴杏文一脸严肃，挺着个胸脯，支着胳膊，僵着两条腿，踩着节奏往里一步步走。他本来就西装革履的，倒是很应景，只是戴幼琳临时赶来，没有换装，还穿着那身居家的旧布旗袍，怎么也没新娘味。她的表情很复杂，不知是憧憬，还是怀疑、惊喜、慌张。就好比对着水中月镜中花，原是不以为真的，竟又发现是伸手可触的，倒慌了神。她的样子让汤仲翔也恍惚起来。这次来上海，千想万想，也没想过会和幼琳重续前缘，更不用说是结婚了。刹那间，他看到了幼琳小姑娘时的样子，看到了两人间林林总总的一切。二十年的风云变幻，把可能变成了不可能，又把不可能变成了可能；把愿意变成了不愿意，又把不愿意变成了愿意。人间的一切，难道真有什么冥冥中的力量在操控吗？自己和幼琳真会成为夫妻吗？这次看来是真的了，已经就在眼前了不是？

戴幼琳呢？她似乎被即将到来的婚礼吓着了。她脸红一阵、白一阵，垂下了眼皮，只随着顾牧师嘴里的婚礼进行曲，被哥哥带着一步一步往前走，离汤仲翔越来越近。想到转眼就要演练交换戒指的仪式，汤仲翔肯定是没准备的。他从小对手表很讲究，戒指却从没见他戴过一个，他不看重这传统的器物，即便在两人热恋的日子里，也没见他送过自己戒指，只送些香水、鲜花、糖果之类，其实也折射出他心里没有结婚成家的概念。他的人，和他选择的职业一样，永远在天上飘着，这下结结实实落到尘土上，要和自己过起柴米油盐的日子，这难道可能吗？她出来前特意备了两只戒指在身上，想着可以临时做做样子。自己倒是戒指不少，从小到大的各种场合里，长辈们东一个西一个送的，各色各样都有，平时用手帕打成一包塞在抽屉角落里，看都很少看，更不用说戴了，因为自己是干革命工作的。

突然，顾牧师停住了哼唱，戴杏文和戴幼琳的脚步也随即停了。门口出现一个人影，是个陌生人，竹竿身形，穿件不合身的西装。

"那位先生，你有什么事吗？"顾牧师问。

戴幼琳转过身，并不认识来人，却又觉得似曾相识。来人脸上先还挂着丝微笑，很快收起了，一双眼谁也不看，紧紧盯着戴杏文，疾步抢了进来。这一刹那，剧院里的那幕浮现在眼前，她明白来了刺客，叫了一声"哥——"挡到戴杏文跟前，却被来人肩膀一顶，撞出十几米开外。

几乎同时，刚才还在台上出神的汤仲翔被两声枪响惊了一跳，看到戴杏文麻袋般软倒在地，才明白过来。他腿一蹬，从台上一跃而下，扑了过去，几步追到楼梯口，却看着刺客旋风般逃走了，因心里挂着戴家兄妹，只好折返回来。

本来还心存侥幸，希望戴杏文没事，等看到他的样子，汤仲翔只觉眼前一阵黑，心塌陷了下去。刺客的两枪都打在戴杏文的前胸。他已经满嘴是血，说不出话，只半眯着眼，似乎有什么话要对汤仲翔说。汤仲翔跪到他身边，伸臂抱起他，刚才还是活生生的，突然变成这样，他不能相信，哪怕见过那么多的死亡，那么多的鲜血，他还是不能相信。他不知道老爷子怎么承受，幼琳怎么承受，他太太怎么承受。这一刻想起的是与戴杏文共同的童年，都是他好的地方，他说："杏文，杏文，我知道，你是好人……"因为哽咽，说不下去了。

楼下的合唱还在进行"……身心可朽，生命可绝，在主殿堂，我得藉慰。一生拥有，喜乐平和，丰沛人生，如泉不竭……"顾牧师也跑了过来，跪到戴杏文身边。他一个见过许多生死的人，见了戴杏文的样子，明白一切已无可挽回了，只好紧紧攥住他的手，仰着头，闭上眼睛，开始祷告，表情透出强烈的悲苦。汤仲翔才知道，刚才对他的印象是太不完全了。

刺客刚才那一撞太过强烈，把戴幼琳撞得晕眩过去。这会儿醒转来，撑起身子，见了这一幕，叫了声哥哥，奋力匍匐过来，到了跟前，伸手拍戴杏文的脸，他嘴里又涌出一口带泡沫的血，染红了她的手，眼睛早已僵直了。她喉咙里发出凄厉的声音，出到一半卡住了，憋过气，昏了过去。

汤仲翔赶紧将戴杏文平放到地上，转而抱起戴幼琳，坐在地上，用力摇了一阵，只见她没有丝毫反应，她脸依旧惨白如纸。于是用拇指在她人中上用力掐下去。掐了几下，她的身体一个激灵，长长抽泣了一声。汤仲翔突然觉得大腿上一阵湿热，低头看，见她旗袍两腿间的地方，一块血迹化开来。

他呆呆盯着血迹，忘了动弹。他听着楼下传来的歌声，看着死去的戴杏文，流产的戴幼琳，还有悲苦的顾牧师，明白了个人力量软弱。身处历史的人，被历史塑造，却并不清楚历史会走向何方。这一刻，他心里前所未有地茫然。他明白，自己确实需要一个导引的力量，令自己不再茫然。

尾　声

汤仲翔与戴幼琳的婚礼因戴杏文遇刺，被迫取消。他随后与伦纳多共赴越南，分批接收购买的法国飞机，重回中航执飞。太平洋战争爆发后，他与伦纳多一起加入陈纳德的飞虎队，执飞驼峰航线。1943 年，死于空难，尸骨无存。他至死没有机会再回上海，也再未见到戴幼琳及池彩娣。

戴幼琳的婚礼因哥哥遇刺死亡，变成葬礼。她继续在日本特务机关潜伏，后因身份暴露，潜逃至江北，转入新四军。解放战争胜利后，她随军回到上海，在华东局公安系统工作，成为高级干部。终身未婚。

伦纳多在抗战胜利后退役，因为生性散漫，屡屡出轨，终于同玛兴离婚，回到美国。他在南卡罗来纳州经营一个农场，后因脑溢血离世，死时单身。

玛兴在伦纳多归队后，一直留在上海。太平洋战争爆发后，她被日本占领军关入龙华集中营，开始写作。在集中营的三年时间里，池彩娣坚持每周给她送食物。玛兴于抗战胜利后获释，随后加入上海的联合国难民救济署。因无法容忍伦纳多频繁拈花惹草，与之离婚。她于 1948 年回到纽约，加入《读者文摘》社，成为专职作家。她的回忆录《上海与我》成为热门读物。

池彩娣在女儿珂莱儿回国后，顶下她住过的花园公寓，与孙菱合租。汤仲翔离开上海前，委托玛兴，将自己所有积蓄留给了池彩娣。她靠这笔积蓄，加上自己当舞女所得，维持生计。她将所有热情，投入英文和打字的学习中，在玛兴认真指导下，进步极快。抗战胜利后，她经玛兴介绍，凭借良好英语能力和打字能力，进入联合国难民救济署担任初级文员。在此，她认识了一个退役的美军中校，在他疯狂追求下，与之结婚，后一起回到加利福尼亚，生了两个混血男孩。在美国，她辗转找到女儿珂莱儿，母女相认，并与女儿养父母一家成为终身朋友。

珂莱儿随养父母回美国后，在西雅图生活。大学毕业后，在一家航运公司当会计。她的生母池彩娣是在大学期间找到她的。兴旺达旅馆的那段惊险经历，一直深深刻在她脑海里，汤仲翔送她的那块手表，她一直保存着，成为她与中国的唯一纽带。再次见到熟悉的"阿姨"时，她一切都明白了。她结婚时，生母一家和养父母一家，包括她的两个同母异父弟弟，全体参加了婚礼，异常热闹。她嫁给了一个美国人，婚后就辞职做起家庭主妇，先后生了五个孩子。

孙菱一直过着红舞女的浮华生活，抗战结束后，嫁给了一个国民党的上校军官，生下一个女儿，后随他退到台湾。后来，她第一批回到上海，在花园公寓门口，回忆过去时光，哭了很久很久。

姜钰涵的书寓生意，在兴旺达事件过去后，日渐冷清，终致无法维持，只好关张了事，转入一家咸肉庄做普通妓女。新中国成立后，她被人民政府收容改造，释放后，在一家里弄工厂做工，后嫁了人。她终身未育。